John Rhys

The Text of the Mabinogion

And other Welsh tales from the Red Book of Hergest

John Rhys

The Text of the Mabinogion
And other Welsh tales from the Red Book of Hergest

ISBN/EAN: 9783337071240

Printed in Europe, USA, Canada, Australia, Japan

Cover: Foto ©Andreas Hilbeck / pixelio.de

More available books at **www.hansebooks.com**

The Text

OF THE

Mabinogion

AND OTHER WELSH TALES

FROM THE

Red Book of Hergest

EDITED BY

JOHN RHŶS, M.A.

PROFESSOR OF CELTIC IN THE UNIVERSITY OF OXFORD

AND

J. GWENOGVRYN EVANS

'We hold the man who gives texts, not before easily accessible, in a handsome and convenient form, to be ten times worthier of the corporation of letters than the man who is perpetually pottering over questions of authorship . . . The possession of the text . . . is what is really worth something; the rest is, if not all, yet in great part, literary leather and prunella.'—*Saturday Review*.

Oxford

ISSUED TO SUBSCRIBERS ONLY

BY J. G. EVANS, 7 CLARENDON VILLAS

1887

Oxford

PRINTED AT THE CLARENDON PRESS

BY HORACE HART, PRINTER TO THE UNIVERSITY

TO

THE MOST HONOURABLE

THE MARQUESS OF BUTE, K.T.

Baron Cardiff of Castle Cardiff

ETC. ETC. ETC.

THIS WORK IS DEDICATED

IN ACKNOWLEDGMENT OF THE INTEREST

HE TAKES IN

Welsh Literature

Preface.

THE sole object which my co-editor and I have in publishing the present volume is to place before the student of Welsh literature, without note or comment, the Red Book text of the MABINOGION and the Welsh Tales and Romances usually associated with them. No pains have been spared by either of us to make the reproduction as accurate as in us lies. Of course we lay no claim to absolute accuracy, but as compared with the Welsh texts hitherto published, we venture to regard our volume as the fruits of the first sustained effort to meet, in point of accuracy, the requirements of modern philology; moreover, we should not greatly dread to have our work placed in comparison with the best edited publications of the Early English Text Society, or of kindred bodies with a well-earned reputation.

An attempt to give the same text was made by Lady Charlotte Guest, with the aid of *Tegid*, now nearly half a century ago, a time which, so far as concerns a work of this nature, may be said to belong to the pre-scientific era. Still Lady Guest performed her task with great success; in a word, the text of her edition approximates to the original more nearly than that of any other Welsh text of any length. But her edition, always expensive, has for some years been practically out of the reach of the ordinary student, besides that greater accuracy is now imperative. Hence our effort to meet the requirements of a more exacting age. The so-called *History of Taliessin*, which her ladyship thought expedient to include in her edition, is not published in this volume, because it has no claim to rank with the Mabinogion and other tales of the same epoch. We have, on the other hand, inserted as an appendix a version of the Triads, Mythical and Historical, because they throw light on the contents of the rest of the volume.

Since the publication of Lady Guest's handsome volumes, an idea prevails that any Welsh tale of respectable antiquity may be called a *mabinogi*, but there is no warrant for extending the use of the term to any but the 'four branches of the Mabinogi,' namely, Pwyll, Prince of Dyved; Branwen, daughter of Llyr; Manawyđan, son of Llyr; and Math, son of Mathonwy. For, strictly speaking, the word *mabinog* is a technical term belonging to the bardic system; and it means a literary apprentice. In other words, a mabinog was a young man who had not yet acquired the art of making verse, but one who received instruction from a qualified bard. The natural inference is that the Mabinogion meant the collection of things which formed the Mabinog's literary training, his stock in trade so to say, for he was probably allowed to relate the tales forming the 'four branches of the Mabinogion' at a fixed price established by law or custom. If he aspired to a place in the hierarchy of letters he must acquire the poetic art. The supposition that a mabinog was a child on his nurse's lap would be as erroneous as the idea that the Mabinogion are nursery tales, a view which no one who has read them can reasonably take.

It is unnecessary to burden this volume with criticism on the text, or to enter on a discussion of the origin of the romances, together with kindred questions: all this ought to find its place in the critical edition, which we hope some day to be able to issue. If it should be asked whether the Mabinogion are worth so much trouble and expense,. I cannot answer the question better than by appealing to the lectures delivered on Celtic Literature in this University years ago: these lectures, I may say by the way, formed bright spots in the grey monotony of my undergraduate days; but I will only cite the following passage :—

'The very first thing that strikes one, in reading the MABINOGION, is how evidently the mediæval story-teller is pillaging an antiquity of which he does not fully possess the secret; he is like a peasant building his hut on the site of Halicarnassus or Ephesus; he builds, but what he builds is full of materials of which he knows not the history, or knows by a glimmering tradition merely;—stones "not of this building," but of an older architecture, greater, cunninger, more majestical. In the mediæval stories of no Latin or Teutonic people does this strike one as in those of the Welsh.'

The more this utterance of Mr. Matthew Arnold is examined in the light of mature study of the originals to which it refers, the more pregnant with meaning it will be found to be.

Lastly, our method of working, as well as questions of palæographical detail, I leave to be set forth by my collaborator, who has devoted years of his life to the careful study of Welsh manuscripts.

JOHN RHŶS.

Oxford, *February* 8, 1887.

Contents.

Facsimiles.

Introductory Remarks.

OF all the Welsh MSS. which have come down to us none is so well known by name as the source of the Source. present volume. *The Red Book of Hergest* may be described briefly as a Corpus of Kymric Literature, both prose and verse. It consists of 362 foolscap folios in vellum, and the whole is written in double columns in a style which is characteristic of Welsh MSS. belonging to the latter half of the fourteenth century. The present arrangement of the contents is due either to accident or the binder. Still, saving a few folios here and there, the order must, in the main, be that of the time in which the different parts were transcribed. Without a large number of facsimiles it would be impossible to discuss profitably the variety of hands that were engaged on the whole MS., but it may be stated that we find two very distinct styles of calligraphy—that in which the first third is written, and that of the remaining two-thirds, of which a fair notion may be derived from the facsimiles to be found in this volume. These facsimiles, contrary to the usual custom in the case of photolithographs, have not been 'worked' in any way, *i.e.* nothing has been 'touched in,' so that they are as reliable as the ordinary process of photography can make them. No difference of style is perceptible between the handwriting of the facsimile facing page 1 and that facing page 244[1]: the characters, it is true, are slightly smaller in the one case than in the other, which was due probably to a new quill-pen or a better piece of vellum, for the worse the quality of the vellum the larger the characters become. These two facsimiles are typical of the writing in columns 673–831; 840–844; 588–600; while the facsimile facing page 149 (which, it is more than probable, is by a different hand) represents the writing in columns 555–571; 627–672. The calligraphy of the facsimile facing page 128, confined to columns 832–839 of the Red Book, is unquestionably different from that of the other facsimiles: it will interest students of the 'Greal' to know that this writing is identical in style with Hengwrt MS. 49.

When the Series of Old Welsh Texts was first **Aim.** projected, it was resolved to aim at nothing short of a *diplomatic reproduction* of the original manuscripts. A diplomatic reproduction differs from a facsimile chiefly in one particular,—it does not profess to give the special form of the manuscript characters, but it should give character for character, letter for letter, word for word, spacing for spacing, error for error, deletion for deletion, correction for correction, rubric for

---

[1] I did not find out till the book was ready for the binders that photolithographs could be printed in two colours. This facsimile has been reprinted, but there was no time to reprint the other facsimiles.

J. Gwenogfryn Evans Oxford Feby 1st 1887

rubric ; in short, there must be no tampering of any kind, not even with the punctuation. The more faithfully this principle is carried out, the greater the value of the reproduction. Critical texts 'have their day and cease to be,' but a diplomatic reproduction, once thoroughly done, ' goes on for ever.'

The plan adopted in producing this volume, as far as is known to the writer, is a novel one, at least in this country. In order to **Method.** make the explanation intelligible, the different types used are brought together on the next page.

The **ligatured** II, in the Red Book and a few other manuscripts, represents the Welsh sound of that consonant, while the doubling of l in a word like 'callon' serves to mark the quality of the preceding vowel.

Hybrid forms are by no means of uncommon occurrence, as may be seen by a glance at the facsimile of words hard to read, facing this page. In the case of proper names as well as in that of words whose meaning is uncertain, it is often impossible to distinguish between n and u; between c, r, and t ; between fc and ft. A few calligraphic peculiarities tend to show that the scribes were copying an original written in the old Kymric hand which prevailed till the time of the Normans; for it is difficult to account otherwise for the oft-repeated mistakes between r and f in a word like llyf. Professor Rhŷs first directed my attention to this, and an examination of Old Irish and Old English MSS. will show any one that a final f followed by a full stop, or a medial f followed by such a letter as o can be easily mistaken by any one who is either a little careless, or ignorant of the language of the text. Let the reader examine the letters j, m, f, r, f., traced on the body of the curious figure at the head of the facsimile opposite: it ought to be explained, however, that these letters do not belong to the original figure. By the way, these quaint figures are mostly found at the end of 'gatherings,' and call attention to the catch-word. Moreover, it should be noted here that no attempt has been made to reproduce the grotesque ornaments at the top of each column, as exemplified in two of our facsimiles.

1	2	3	4	5	6	7	8	9
A	A	a	a	a	a	*a*	a	a
B	B	B	b	b	b	*b*		b
C	C	C		c	c	*c*	c	c
D	D	D		d	d	*d*		d
E	E	E	e	e	e	*e*	e	e
F	F	F	ff	f		*f*		f
G	G	G		g	g	*g*	g	g
H	H	н	h	h	h	*h*		h
I	I	,I		i j		*i j*	i	i
K	K	K	ĸ	k	k	*k*		k
L	L	L	l ꝼ	l ꝼ		*l ꝼ*	l	l ꝼ
M	M	M	ꝺ	m ꝺ	m ꝺ	*m*	m	m
N	N	N		n		*n*	n	n
O	O	O.		o	o	*o*	o	o
P	P	P	p	p ꝑ	p ꝑ	*þ*		p
R	R	R		r ꝛ		*r ꝛ*	r ꝛ	r ꝛ
S	S	S	s ſ	s f	s	*s ſ*		s ſ
T	T	T		t		*t*		t
U	U	U		u		*u*	u	u
V	V	V	v	v	v	*v*		v
W	W	W		w 6		*w 6*	6	w 6
Y	Y	Y		y ẏ	y	*y*	y	y

Columns 1, 3, 5, represent the ordinary characters written by the scribe, whether as capitals, semi-capitals, or small letters.

Columns 2, 4, 6, represent capitals, semi-capitals, and small letters which bear the touches of the pen of the rubricator, the mediæval representative of the modern editor.

The **Italics** (col. 7) represent letters or words which have been retraced in modern ink by some bungler 'in his cups,' thus compelling the editors to see such letters through his clouded spectacles.

The **Hair line letters** (col. 8) are used to indicate characters which, though very faint in the MS., are still legible.

( ) Brackets are used to enclose letters which are no longer legible in the MS., but have left their traces there.

[ ] Square brackets enclose all words, or parts of words, introduced from another MS., in those parts where an accident of some kind has happened to the Red Book.

_____ Letters and words which are underlined in the text are filled in above the line in the MS. It is impossible always to tell whether such letters and words are in the hand of the original scribe,—generally the ink is paler, but the characters are mostly the same as those on the line.

. . : All letters with either the *puncta delentia* under them or a stroke through them have thereby been cancelled by the scribe.

₊ When the mark ₊ is placed under a letter, it denotes a substituted character, which is explained in the Notes.

* The asterisk shows the beginning of every fresh column, and the Tudor figures at the top of the page correspond with the number of the column in the MS. The asterisk has, of set purpose, been made inconspicuous, as its only use is to facilitate reference to the original for the purpose of collation.

| It is not unusual to indicate the end of each line in a MS. by a perpendicular stroke, which, however, has been sparingly used in this text, because, as a rule, it answers no earthly purpose and, besides being extremely unsightly, is not in the MS. Let it not be supposed for a moment that this was not done in order to save trouble, for in the writer's transcript each line begins and ends as in the original. Still, in every case where there is any peculiarity in the orthography or ambiguity in the meaning, the end of lines are marked off in the usual way.

The Black letter (col. 9), and the Missal capitals at the beginning of each tale, and here and there at the beginning of fresh paragraphs, represent letters written in red ink in the original.

The Tudor fount has been employed for titles, and anything printed in that type will *not* be found in the original.

The contractions have been reproduced in cases like $\bar{a} = an$ or am; $t = et$; $p = per$; and ^{o}, which has no fixed meaning: in the cases where the contractions have been extended superior letters have been used to denote such extension, for example, Arth[ur]; gorawen[us]; gwrag[ed].

The attempt to indicate, with some approach to
accuracy, the distances between the words
has cost more trouble, labour, and expense
than any reader is likely to imagine; experience
alone could make him realize the difficulty. To
mark the spacings in the transcript is a work of
great delicacy, but the real trouble begins when the
compositor has to unlearn all the rules of his craft
and serve his apprenticeship anew. But were Caxton
himself to rise from the dead, he could not get over
the fact of the incompressibility of type, and the
perversity of long syllables. Suppose, for instance,
a line had been set in type all but the last word,
which is, let us say, 'strength[1]' or 'stretched,' while
there is only space enough left for four or five letters.
Here comes the dilemma; either previous spacings
must be altered, and so made untrustworthy, or we
must cut up our words into stre-ngth or stret-ched,
which shocks our sense of propriety. For two
months various experiments were tried with a view
to overcome this difficulty, and though but three
sheets were 'composed' during that time, yet after
endless corrections of the spacings the result is in-
differently good in the case of sheets B, C, D. At
last the logic of facts was accepted, and with sheet E
the division of words into syllables at the end of
lines was given up as a thing incompatible with

Word-Spacing.

---

[1] It is the opinion of most Englishmen that 'Welsh is full of consonants,' which implies that their own language is full of vowels, a fact attested, I presume, by such words as *strength, stretch'd,* &c.

correct spacing[1]. In this particular one fails in good company, for the scribe observes no particular rule in cutting up his words at the end of lines: for instance, he cuts up 'a wnaeth' into aw|naeth. The rules framed for indicating the spacing in this volume are:—

(*a*) When two or more words are written as one word in the MS., like 'aoɿuc,' 'aphandeuth,' 'acynyIIe,' they are separated by what may be called *space* 1, as follows: aoɿuc; aphandeuth; acynyIIe.

(*b*) When two or more words are written very close together but are not actually joined, they are separated in the printed page by *space* 2; for instance, a oɿuc; a phan deuth; ac yn y IIe.

(*c*) When words are distinctly separated in the MS., but still by a space less than a full space, this is indicated by *space* 3, thus: a oɿuc; a phan deuth; ac yn y IIe; while in a full space these words would be printed: a oɿuc; a phan deuth; ac yn y IIe.

In this way it is hoped the requirements of the scholar and the beginner are satisfactorily met; for every scholar, who has any knowledge of manuscripts, will be able to restore in his mind's eye the exact spacing of the original, while the beginner will not be bewildered by treating simple words as compounds.

---

[1] No doubt a line will be found occasionally where the spacing is only relatively correct. In all such cases it was found impracticable to set the spacing right without composing the sheet afresh.

The foregoing rules have been strictly obeyed in the case of spaces 1[1], 2, 3, but the full space will be found to vary slightly, according as necessity dictated. Note, however, (*a*) that where the MS. divides words usually treated in modern Welsh as compounds the exact spacing of the original has been reproduced, as for example, di vud; (*b*) that where the meaning is ambiguous the spacing is similarly reproduced: for instance (on page 100), 'arec douyd ynt y g6raged weithon' may be construed in two ways, with very different results. The Stuart Mills of matrimony would not hesitate to read, ārec douyd, &c. 'wives are now the gift of God;' while the John Wesleys might with more plausibility, read a rec douyd, &c. 'and wives are become the curse of God.' But really this is a question for bachelors, in whose hands I leave it.

The Index was made under the double disadvantage of illness and constant interruption: **Index.** the result is submitted with diffidence. Still it is right to say that the text has been read twice over for this purpose alone. Excessive familiarity, however, with the text made it extremely difficult for the writer to keep his mind from wandering; still, he hopes the harvest of omissions will be a scanty one. Of course, all the names indexed

---

[1] One unfortunate exception runs right through the volume. Wherever *ym* may be equated with the modern *am* it should in consistency be always separated from the word following it by *space* 1, as ym danat, *not* ymdanat.

are not proper names. Again, there are numerous references to pages where the particular name is represented by a pronoun only,—a feature nearly always neglected in Indices. When a name occurs once or twice on a page, the line or lines are, as a rule, given as well as the page; but when a name occurs thrice or more, the page alone is given. But, it may be asked, why were not the lines numbered throughout the volume ? Because the subscriptions did not justify the extra expense. As a substitute a parchment slip has been provided which, if the reader place its top number against the top line of a page, will enable him to find the required line instantly.

Cross references have been added in the hope that this Index to the Index will prove **Cross References.** of real service to the student, and enable him not only to find names and epithets mentioned indirectly, but assist him in his genealogical researches. Possibly I shall be told that I have confounded the persons, and printed in italics words which are not epithets, or vice versa. Nothing more likely : I was not born, like some Welsh scholars, full grown ; and I hope to learn something from my critics [1].

Such then are the details of the principle which governed the work of editing the Text of the Mabi-

---

[1] I speak here in the first person, because Professor Rhŷs is only indirectly responsible for the Indices. I shall be extremely grateful for any corrections which readers may be good enough to point out to me : also for hints which may enable us to reproduce the next work after a better ideal.

nogion, &c. No doubt tastes will differ about the artistic merits or demerits of the combination of founts employed, as well as concerning the general effect produced; but respecting the trustworthiness of the reproduction it is confidently anticipated there will be no justification for two opinions. The Editors were mindful of their great responsibility in adding another edition of the Mabinogion to those already in existence, for the consequences of an inaccurate text are well-nigh endless; tastes are vitiated; the love of truthfulness and scientific exactness is weakened; scholars are misled, thus giving birth to a crop of baseless theories which, cat-like, have nine lives; while the way for the appearance of a better work is effectually barred for a generation or two. In the present case the Editors can say honestly they have respectively done everything in their power to make the reproduction final, for every proof-sheet was collated with the original manuscript at least three times,—collated backward as well as forward. They have aimed high, and have spared no effort to hit the mark, in the hope that generations to come need not abandon this enterprise of their predecessors, but may build their superstructure without fear for the foundations.

We are told by Mr. Froude that ‘Among causes are included our own exertions, and each of us must do what he can, be it small or great . . . If we work on the right side, coral insects as we are, we may contribute something not wholly useless.’ Still, single-handed I should scarcely have dared to give effect to the idea which lay at the root of the scheme for the reproduction of Old Welsh Texts. But my hesitation vanished when Professor Rhŷs expressed his readiness to bear his full share of the labour of collation, for, '*then it was borne in on my mind ... that I* with co-operation and advice from such a quarter *this book* might edit, *not through boldness of much learning, but because I · saw and heard much error in many* Welsh *books, which unlearned men through their simplicity accounted for much wisdom* [1].'

I tender my special thanks to the Principal and Fellows of Jesus College, Oxford, for the cordial way in which they assented to my request for permission to transcribe the **Amicis gratias agimus.** *Red Book of Hergest,* and for placing it in the Bodleian Library for my convenience; to the Bodley Librarian for enabling me to use the MS. in the best possible light, a matter of much importance; to Mr. Macray and Mr. Madan for their readiness at all times to help me in palæographical details. From the Controller of the Clarendon Press, Mr. Horace Hart, I have received all sorts of help, for which I thank

[1] *þa bearn me on mode, . . . þæt ic ðas boc of Ledenum gereorde to Engliscre spræce awende; na þurh gebylde mycelre lare, ac forþan þe ic geseah and gehyrde mycel gedwyld on manegum* Engliscum *bocum, þe ungelærede men þurh heora bilewitnesse to micclum wisdome tealdon.* Ælfric.

him cordially, as well as for entering sympathetically into my plans; nor should I fail to record my sense of obligation to the Controller's Assistant, Mr. R. Wheeler, for the benefit of his unobtrusive advice. For the Device of the Texts, which represents the Red Dragon, the Triple Harp, and the Leek—the triadic emblems of the Kymry—I have to thank my wife, who received valuable suggestions from Mr. Madan.

It would be impossible to mention all the friends who have interested themselves actively to make the Series of Welsh Texts known among their immediate circle of acquaintances; but were it not for the exertions of Mr. David Lewis, Barrister-at-Law, Mr. Morfill, Professor Powell, Mr. Marchant Williams, and Mr. Llywarch Reynolds, the publication of this volume would have involved a serious pecuniary loss. To these gentlemen, then, and to others who have given similar aid, the Editors acknowledge their indebtedness and return their heartiest thanks. They desire, also, to express their gratitude to the subscribers for extending to the Welsh Texts scheme the encouragement of their support.

J. GWENOGVRYN EVANS.

Oxford, *February* 8, 1887.

pbr bpt. Dyscdaf arglwyo heb hi. Ramon
werth heweyo hen byf i am twoi pilar onthen
woo po yoys. Ac uy mjnnere mhen un gbe. A
hyunw oth ghyat ti. Ac uye myunaf ettwa.
o nyt ti am gbrchwr. Ac p ilybot oy etteb oi am
hynny poeuthum i. Rofi adwb heb ynten byoll.
Ugna pyatteb i ytti. peiaffon dwiis arholl ttru
gto a morpuyon ybyti. mae ti adeiuffon. Je heb
huthen. os bymny adymny kymn byrvoi ylr
erell giua oet anu. Sozen vo gemyst heb p po
pll bo kynttf. ac ynylle pmumnyeh oi gbua yr
oet. Gbuaf arglwyo heb hi. Alpyoyn pbevo yn
Upe heueyo mi abaraf bot gbled darparroie yn
barabt erb yng oyoy uot. Pu llauzen heb ynten a
umihen a ypoaf my pz oet hynus. Arglwyo heb lu
tue yntaeh achofta gytturaf oy eatlzit. ac ynu
uth yoaf i. Agbelbaun adinaethant. a chyzchu
ab naeth ef parth aeteidu aeuiuer. Pa am ouyn
bynuac avei gauthunt br ybrth y nouibrn. y eb
coleu erell ytroffei ynten. Odnua tretdab y
Vbyoyn hyt yr amtter allmaetthaut. Ac yugbear
ab ar ygunuet marchabe. amynet yrygtub a
Upe eueyo veu. Ac ef adoeth yr Upe allaihen uuikyt
brthab edoygynoz allethenyo ac arhen mabr aoeo

Pwyll, Prince of Dyved.

Ỻyma dechreu mabinogi.

Pwyỻ penndeuic dyuet aoed yn arglẃyd ar
seith cantref dyuet. a threigylgweith ydoed
yn arberth priflys idaẃ. adyuot yn yuryt
ac yny vedẃl uynet y hela. Sef kyfeir oe gyuoeth
avynnei yhela glynn cuch. Ac ef agychwynnwys y
nos honno o arberth. ac adoeth hyt ympenn Ỻwyn
diarwya. ac yno y bu y nos honno. athrannoeth yn
Ieuenctit ydyd kyuodi aoruc adyuot ylynn cuch
y eỻẃng y gẃn dan y coet. Achanu y gorn adechreu
dygyuor yr hela. acherdet yn ol y cẃn ac ymgoỻi
ae gedymdeithon. ac ual ybyd yn ymwarandaẃ aỻef
yr erchwys. ef aglywei ỻef erchwys araỻ. ac nyt
oedynt vn ỻef. a hynny yndyuot ynerbyn y erchwys
ef. Ic ef awelei lannerch yny coet ouaes gwastat.
ac ual ydoed y erchwys ef yn ymgael ac ystlys y
ỻannerch. ef awelei carẃ ovlaen yr erchwys araỻ.
a pharth apherued ·yỻannerch ỻyma yr erchwys
aoed yny ol yn ymordiwes ac ef. ac yny vẃiẃ yr
ỻaẃr. Ic yna edrych ohonaẃ ef ar liẃ yr erchwys
heb hanbẃyỻaẃ edrych ar y carẃ. Ic or awelsei ef
ohelgẃn ybyt. ny welsei cẃn un ỻiẃ ac ẃynt. Sef

B

Лiw oed arnunt. Glaerwynn Пathₐeit. ac eu clufteu
yngochyon. ac ual y Пathrei wynnet y cõn y Пathₐei
cochet y clufteu. Ac ar hynny att y kõn y doeth ef.
a gyₐru yₐ erchwys aladyffei ycarõ ymeith. a Лithyaõ
y erchõys ehunan ar y carõ. Ac ual y byd yn Лith-
yaõ y cõn. ef awelei varchaõc yn dyuot yn ol yₐ
erchwys y ar varch erchlas maõₐ. * a choₐn canu am
y vynõgyl. agõifc oₐethyn Пõyttei ymdanaõ yn wifc
hela. ar hynny y marchaõc adoeth attaõ ef. ady-
wedut ual hynn õₐthaõ. A vnbenn heb ef mi aõnn
põy õyt ti. ac nyfuarchaf i weП ytti. Ie heb ef ac
atuyd. y mae arnat oenryded ual nafdylyy. Dioer
heb ef nyt teilygdaõᵭ vy anryded am hetteil y hynny.
A vnbenn heb ynteu beth amgen. Y rofi aduõ heb
ynteu dy annwybot dyhun. ath anfyberwyt. Pa
anfyberwyt unben aweleift ti arnafi. Dy weleis an-
fyberwyt võy ar õₐ heb ef. no gyₐru yₐ erchwys
aladyffei y karõ ymeith. aПithyaõ dy erchwys dy
hun arnaõ. hynny heb ef anfyberwyt oed. achynnyt
ymdialõyf athi. yrofi aduõ heb ef mi awnaf o agclot
itt gõerth can carõ. avnben heb ef oₐ gõneuth-
um gam mi abₐynaf dy gerēnyd. Padelõ heb yn-
teu ypₐyny di. õₐth ual y bo dy enryded. ac ny
õni põy õyt ti. Brenhin coₐonaõc õyfi yny wlat yd
henwyf o honei. Arglõyd heb ynteu dyd da itt.
apha wlat yd henõyt titheu o honei. O annõuyn
heb ynteu. araõn vₐenhin annõvyn õyfi. arglõyd
heb ynteu paffuryf y kaffaf i dy gederennyd di.
Пyma yₐ wed ykeffy heb ynteu. Õõₐ yffyd gyuerbyn
y gyuoeth amkyuoeth ynneu yn ryuelu arnaf yn

wasſtat. Sef yꝺ hꝺnnꝺ. Hafgan bꝛenhin o annꝺuyn.
ac yꝛ gꝺaret goꝛmes hꝺnnꝺ y arnaf. ahynny aelly
di ynhaꝺd y keffy vygkerennyd. Minneu awnaf
hynny heb ynteu ynllawen. amanac ditheu ymi
paſuryf y gallꝺyf hynny. Managaf heb ynteu. llyna
val y gelly. Mi awnaf a thi gedymdeithaſ gadarn.
Sef ual ygꝺnaf. mi ath rodaf di ymlle i yn annꝺuyn.
ac arodaf ywreic deckaf aweleiſt eiryoet y gyſcu y
gyt athi beunoeth. am pꝛyt ynheu amgoſked arnat
ti. hyt nabo gꝺas yſtauell naſꝺydyaꝺc nadyn arall
oc am kanlynnwys i eiryoet awypo na bo miui
vych di. ahynny heb ef hyt ympenn y vlꝺydyn
oꝛdyd auoꝛy. ac an kynnadyl yna yny lle honn. Ie
heb ynteu kyt bꝺyfi yno hyt ympenn y vlꝺydyn.
pagyfuarꝺyd avyd ymi o ymgael ar gꝺꝛ adywedy
di. Blꝺydyn heb ef yheno ymae oet yrofi ac ef
ar yryt. abyd di ym rith i yno heb ef. acun
dyꝛna*ꝺt arodych di idaꝺ ef. ny byd byꝺ ef ohꝺnnꝺ.
achyt archo ef ytti yꝛ eil. nadyꝛo yꝛ aymbilio athi.
Yꝛ arodꝺn i idaꝺ ef hagen. kyſtal achynt ydymladei
a mi dꝛannoeth. Ie heb y pꝺyll beth awnaf i ymkyu-
oeth. Miawnaf heb yꝛ araꝺn nabo yth gyuoeth
na gꝺꝛ nagꝺꝛeic awypo nabo tidi wyfi. amiui aaf
yth le di. ynllawen heb y pꝺyll amiui aaf ragof.
Pileſteir uyd dyhynt ac ny ruſſya dim ragot yny
delych ymkyuoeth i. amiauydaf hebꝛygyat arnat.
ef aehebꝛygyaꝺd yny welas y llys ar kyfuanned.
llyna heb ef y llys arkyuoeth yth uedyant. a chyrch
y llys nyt oes yndi neb nyth adnapo. ac ꝺꝛth ual
y gꝺelych ygꝺaſſanaeth yndi yd adnabydy voes y

llys. kyrchu y llys aoruc ynteu   Ac ynyllys ef
awelei hundyeu ancuadeu ac yftauelloed. ac adurn
teckaf or awelfei neb o adeiladeu. ac yr neuad y
kyrchwys ydiarchenu. ef adoeth mack6yeit ag6eif-
fon ieueinc ydiarchenu. apha6p ual ydelynt kyuarch
g6ell awneynt ida6. Deu uarcha6c adoeth ydynnu
y wifc hela y amdana6. ac y wifca6 eurwifc obali
ymdana6. ar neuad agyweirywyt. llyna y g6elei
ef teulu a niueroed. ar niuer hardaf a chyweiryaf
or awelfei neb yndyuot ymywn. ar urenhines y
gyt ac 6ynt yn deckaf g6reic or awelfei neb. ac
eurwifc ymdanei obali llathreit. Ac ar hynny y
ymolchi yd aethant. achyrchu y byrdeu aorugant.
ac eifted awnaethant ual hynn. Y urenhines or
neillparth ida6 ef. ar iarll debygyei ef orparth
arall. adechreu ymdidan awnaeth ef ar vrenhines.
Ac or awelfei eiryoet 6rth ymdidan ahi. difemylaf
g6reic a bonhedigeidaf y hann6yt ae hymdidan oed.
athreula6 awnaethant b6yt allynn a cherdeu achy-
uedach. Or awelfei o holl lyffoed y dayar. llyna y
llys diwallaf o v6yt allynn. ac eur left[ri] atheyrn-
dlyffeu. amfer adoeth udunt y uynet ygyfcu. Ac y
gyfgu ydaethant ef ar urenhines. Ygyt ac ydaeth-
ant yr g6ely ymchoelut y wyneb att yr erchwyn
aoruc ef. ae gevyn attei hitheu. o hynny hyt tran-
noeth. ny dywa6t ef 6rthi hi vngeir. Trannoeth
tirion6ch ac ymdidan hegar auu y ryngtunt. Peth
bynnac ogarueidr6yd avei y ryngtunt ydyd. ny bu
un nos hyt ympenn y vl6ydyn amgen noc auu * y
nos gyntaf. Treula6 y vl6ydyn awnaeth dr6y hela

acherdeu achyfedach acharueidrꝺyd ac ymdidan
achedymdeithon. hyt ynos ydoed oet y gyfranc.
Ynoet y nos honno kyſtal y doei y gof yꝛ dyn
eithaf ynyꝛ hollgyuoeth yꝛ oet. Ac yntev adoeth
yꝛ oet agꝺyꝛda y gyuoeth y gyt ac ef. Ac ygyt ac
ydoeth yꝛ ryt. marchaꝺc agyuodes y vynyd. Ac
adywaꝺt val hynn. A wyꝛda heb ef ymwrandeꝺch
ynda y rꝺng y deu vꝛenhin ymae yꝛ oet hꝺnn y
ryngtunt. Ahynny rꝺng eudeu goꝛf elldeu. Aphop
un ohonunt yſſyd haꝺꝺꝛ ar ygilyd ahynny amdir.
adayar. Afegur ydigaꝺn pꝺb o honaꝺch vot eithyꝛ
gadu y ryngtunt ꝺy elldeu. Ac ar hynny y deu
urenhin aneſſayſſant ygyt amperued y ryt. ac ym-
gyuaruot. Ac ar y goſſot kyntaf y gꝺꝛ aoed ynlle
araꝺn aoſſodes ar hafgan ymperued bogel ydaryan
yny hyllt yn deu hanner ac yny tyꝛr yꝛ arueu.   Ac
yny vyd hafgan hyt y vꝛeich ae paladyꝛ dꝛos pedꝛein
y varch yꝛllaꝺꝛ. Ac agheuaꝺl dyꝛnaꝺt yndaꝺ ynteu.
A unben heb yꝛ hafgan padylyet oed itti ar vy
angeu i. nyt yttoedꝺn i yn holi dim ytti. ny wydꝺn
achaꝺs itt heuyt ym llad i. Ac yꝛ duꝺ heb ef canys
dechꝛeueiſt vyllad⹁ goꝛffen. A vnbenn heb ynteu.
ef aeill vot yn ediuar gennyf awneuthun itt. Keis
ath ladho ny ladaf i di.   Vyg gꝺyꝛda kywir heb
yꝛ ʜafgan dygꝺch vi odyma. neut teruynedic agheu
y mi. nyt oes anfaꝺd ymi ych kynnal chꝺi bellach⹁
Vyggꝺyꝛda ynheu heb y gꝺꝛ aoed ynlle araꝺn
kymerꝺch ych kyuarꝺyd agꝺybydꝺch pꝺy a dylyy
bot ynwyꝛ ymi. Arglꝺyd heb y gꝺyꝛda paꝺb ae
dylyy. kanyt oes vꝛenhin arholl annꝺvyn namyn ti.

Ie heb ynteu adel ynwaredaɓc iaɓn yɓ y gymryt.
Ac ar ny del ynvuud. kymheller o nerth cledyfeu.
Ic ar hynny kymryt gɓɀogaeth y gɓyɀ adechɀeu
goɀefgyn ywlat. ac erbynn hanner dyd dɀannoeth
ydoed yny vedyant y dɓy deyɀnas.   Ic ar hynny
ef a gerdɓys parth ae gynnadyl. ac adoeth y lyn
cuch.   Iphandoeth yno ydoed araɓn vɀenhin an-
nɓuyn yny erbyn. Ⅱaɓen vu pob vn ɓɀth y gilyd
ohonunt.   Ie heb yɀ araɓn duɓ adalo itt dy gedym-
deithaf mi ae kigleu.   Ie heb ynteu pandelych
dy hun yth wlat. ti awely awneuthum yrot ti. a
wnaethoft * heb ef yrofi. duw ae talo itt. Yna
y rodes araɓn y ffuryf ae dɀych e hun y pɓyⅡ pen-
deuic dyuet. ac y kymerth ynteu y ffuryf ehun
aedɀych.   Ic y kerdaɓd araɓn racdaɓ parth aelys
y annɓvyn. ac y bu digryf gantaɓ ymwelet ae niuer
ac ae teulu. kanys gɓelfei yɀ yftalym. Ⅵynteu hagen
ny wybuyffynt y eiffeu ef. ac ny bu newydach
gantunt y dyuodyat nochynt. Y dyd hɓnnɓ a
dɀelwys trɓy digrifɓch aⅡewenyd. ac eifted ac ym-
didan ae wreic ac aewyɀda. aphan vu amferach
kymryt hun no chyuedach y gyfcu ydaethant.
Y wely agyɀchwys y bɀenhin ae wreic aaeth attaɓ.
Iyntaf y gɓnaeth ef ymdidan ae wreic. ac ymyrru
ardigrifɓch ferchaɓl acharyat arnei. ahynny nyfgoɀ-
dyfynaffei hi yɀ yfblɓydyn. ahynny avedylyɓys hi.
Oi aduɓ heb hi paamgen vedwl yffyd yndaɓ ef heno
noc ary uu yf blɓydyn y heno. amedylyaɓ awnaeth
ynhir. agɓedy y medɓl hɓnnɓ dyhunaɓ aɓnaeth ef.
apharabyl adywaɓt ef ɓɀthi hi ar eil ar trydyd. ac

atteb nys kauas ef genthi hi yn hynny. Paacha6s
heb ynteu nadywedy di 6ithyf i. Dywedaf 6ithyt
heb hi nadywedeis yf bl6ydyn y gymeint yny kyfry6
le ah6nn. Paham heb ef. ys glut abeth ydymdi-
danyffam ni. Meuyl im heb hi yi yf bl6ydyn y
neithwyi oi pan elem yn yblic yndillat g6ely na
digrif6ch nac ymdidan nac ymchoelyt ohonat dy
wyneb attaf i ynchwaethach auei v6y nohynn oi
bu yrom ni. Ic yna y medyly6ys ef. Oia argl6yd
du6 heb ef kadarn avng6i y gedymdeithas adiffleis
a geueis i yngedymdeith. Ic yna y dywa6t ef 6ith
y wreic. argl6ydes heb ef na chabla di viui. Yrof i
adu6 heb ynteu ny chyfgeif ynneu ygyt athitheu yi
ys bl6ydyn y neithwyi. ac ny oiwedeis. Ic yna
menegi y holl gyfaranc awnaeth idi. Y du6 ydygaf
vyngkyffes heb hitheu. gauael gadarn ageueift ar
gedymdeith ynher6yd ymlad aphiouedigaeth ygoiff
achad6 kywirdeb 6ithyt titheu. Irgl6ydes heb ef
fef ar ymed6l h6nn6 ydoed6n ynheu. tradeweis
6ithyt ti. di ryued oed hynny heb hitheu. Ynteu
p6yll pendeuic dyuet adoeth y gyuoeth ac ywlat.
adechieu amouyn ag6yida y wlat beth uuaffei y
argl6ydiaeth ef arnadunt h6y y vl6ydyn honno. y
6ith ryuuaffei kynno hynny. argl6yd heb 6y ny bu
gyftal * dy wybot. ny buoft gyn hegaret g6as ditheu.
ny bu gynha6ffet gennyt titheu treula6 dy da. ny
bu well dy dofparth eiryoet noi ul6ydyn honn. y
rof i adu6 heb ynteu ys ia6n abeth y6 ych6i diol6ch
yi g6i auu ygyt ach6i. allyma ygyfranc ual y bu
ac datkanu oll ob6yll udunt. Ie argl6yd heb 6y

diol6ch y du6 kaffel ohonat y gedymdeithas honno.
ar argl6ydiaeth aga6ffam ninheu. y vl6ydyn honno
nys attygy y gennym ot g6nn. nac attygaf y rofy
adu6 heb ynteu b6yll. ac o hynny allan dech1eu
kadarnhau kedymdeithas y ryngtunt. ac anuon o
bop un y gilyd meirch a milg6n ahebogeu. aphob
kyfry6 dl6s o1 a debygei bop vn digrifhau med6l
ygilyd ohona6. Ic oacha6s y d1igyant ef y vl6ydyn
honno yn ann6uyn. ag6ledychu ohona6 yno mo1
l6ydyannus ad6yn yd6y dey1nas yn vn dyd d16y y
dewred ef ae vil61yaeth y diffygywys y en6 ef ar
p6yll penndeuic dyuet. ac y gelwit p6yll penn an-
n6uyn ohynny allan. a th1eigylg6eith yd oed yn
arberth p1if lys ida6 a g6led darparedic ida6 ac y
niueroed ma61 owy1 ygyt ac ef. I g6edy y b6yta
kyntaf kyuodi y o1ymdeith ao1uc p6yll. achy1chu
penn go1fed aoed uch la6 y llys aelwit go1fed ar-
berth. argl6yd heb un o1 llys kynnedyf y1 o1fed
y6. padylyeda6c bynnac aeiftedo arnei nat a odyno
heb vn o1 deupeth. ae kymri6 ae archolleu. neu
ynteu awelei ryueda6t. Dyt oes arnaf i ovyn kael
kymri6 neu archolleu ymplith hynn o niuer. Ryued-
a6t hagen da oed gennyf pei afg6el6n. Mi aaf y1
orfed y eifted. Eifted awnaeth ar y1 o1fed. ac
ual y bydant yneifted 6ynt awelynt g61eic ar uarch
canwel6 ma61 aruchel. ag6ifc eureit lath1eit ymdanei
yndyuot ar hyt y b1iffo1d agerdei o1 o1fed. Kerdet
araf g6aftat oed gan ymarch ar uryt y neb ae g6elei.
Ic yndyuot ynogyfuuch ar o1fed. Hawy1 heb y
p6yll aoes ohona6ch ch6i aadnapo y uarchoges racco.

Hac oes arglôyd heb ôynt. Aet vn heb ynteu yny
herbyn. y wybot pôy vo. Vn a gyuodes ynvud.
a phandoeth yny herbyn yɀ ffoɀd. neut athoed hi
heibaô. Y hymlit a wnaeth ual y gallei gyntaf o
pedeftric. A phei vwyhaf vei y vɀys ef. pellaf vydei
hitheu y * ôɀthaô ef. A phan welas na thygyei idaô y
hymlit. ymchoelut aoɀuc att pwyll a dywedut ôɀthaô.
arglôyd heb ef ny thyckya y pedeftyɀ yny byt y
hymlit hi. Ie heb ynteu pôyll dos dos yɀ llys
achymer y march kyntaf a welych a dos ragot yny
hol. Y march a gymerth ac racdaô ydaeth. Y maeftir
gôaftat a gauas. ac ef a dangoffes yɀ yfparduneu yɀ
march. A phei vôyhaf y lladei ef y march. pellaf
vydei hitheu y ôɀthaô ef. Yɀ vn gerdet a dechɀeu-
affei hitheu ydoed arnaô. Y varch ef a ballwys.
A phan wybuef ar y varch pallu y pedeftric. ym-
choelut hyt y lle ydoed pôyll awnaeth. arglôyd heb
ef ny thyckya y neb ymlit yɀ unbennes racko. Hy
wydôn i varch gynt yny kyuoeth no hônn. ac ny
thygyei ymi y hymlit hi. Ie heb y pôyll y mae yno
ryô yftyɀ hut. aôn parth arllys. Yɀ llys y doethant.
a thɀeulaô y dyd hônnô awnaethant. A thɀannoeth
kyuodi y uynyd awnaethant a thɀeulaô hônnô yny oed
amfer mynet y vôyta. A gôedy y bôyta kyntaf. Ie
heb ynteu bôyll ni aôn yɀ vn niuer ybuam doe y
penn yɀ oɀfed. a thydi heb ef ôɀth vn oe uackôyeit.
dôc gennyt y march kyntaf a wypych yny maes.
a hynny a wnaeth y mackôy. Yɀ oɀfed a gyɀchaffant
ar march gantunt. Ac ual ybydynt yn eifted wynt
a welynt y wreic ar yɀ un march. ar vn wifc ymdanei

yndyuot yꝛ vnffoꝛd. Ilyma heb y pỽyll y uarchog-
eſdoe. Ꝗyd baraỽt was heb ef y wybot pỽy yỽ
hi. arglỽyd heb <u>ef</u> mi awnaf hynny yn Ilawen. ar
hynny y uarchogeſ adoeth gyuerbyn ac ỽynt. ꝥef
aoꝛuc ymackỽy yna yſgynnu ar y march. achynn
daruot idaỽ ymgyweiryaỽ yny gyfrỽy. neur ry adoed
hi heibyaỽ. achynnỽll y ryngtunt. ꝥmgen vꝛys gerdet
nyt oed genthi hi noꝛ dyd gynt. Ynteu agymerth
rygig y gan y uarch. ac ef adebygei yꝛ arauet yker-
dei y uarch. yꝛ ymoꝛdiwedei ahi. ahynny nythyg-
yei idaỽ. ꝥllỽng y uarch aoꝛuc ỽꝛth avỽyneu. nyt
oed ef nes idi yna no chyn bei ar y gam. ꝥphei
vỽyhaf y Iladei ef y varch. pellaf vydei hitheu y
ỽꝛthaỽ ef. y cherdet hitheu nyt oed uỽy no chynt.
ꝥany welas ef tygyaỽ idaỽ y hymlit. * ymchoelut
awnaeth hyt ylle ydoed pỽyll. arglỽyd heb ef nyt
oes allu gan y march amgen noc aweleiſt ti. ꝥi
aweleis heb ynteu ny thykya y neb y herlit hi.
ꝥc yrofi aduỽ heb ef yd oed neges idi ỽꝛth rei oꝛ
maes hỽnn. peigattei ỽꝛthpỽyll idi ydywedut. ani
aỽnparth arllys. yꝛ Ilys ydoethant athꝛeulaỽ ynos
honno awnaethant dꝛỽy gerdeu achyuedach ual ybu
lonyd gantunt. ꝥthꝛannoeth divyꝛru ydyd awnaeth-
ant yny oed amſer mynet y vỽyta. aphandaruu
udunt y bỽyt pỽyll adywaỽt. ᴍae yꝛ niuer y buam
ni doe ac echdoe ym penn yꝛ oꝛfed. Ilyma arglỽyd
heb ỽynteu. aỽn heb ef yꝛ oꝛfed y eiſted. athitheu
heb ef ỽꝛth waſ y uarch. ᴋyfrỽya vy march ynda
adabꝛe ac ef yꝛ ffoꝛd. adỽc vy yſparduneu gennyt.
ygỽaſ awnaeth hynny. ꝥyuot yꝛ oꝛfed aoꝛugant

y eifted. ny buant hayach o enkyt yno yny welynt
y uarchoges yndyuot yꝛ vnffoꝛd. ac yn vn anfaꞔd.
ac yn vnvngerdet. Hawas heb y pꞔyll mi awelaf
y uarchoges yndyuot. moeꞅ vy march. Ic nyt kynt
yd yfkynn ef ar y uarch noc yd a hitheu hebdaꞔ
ef. Tꝛoi yny hol aoꝛuc ef. agadel y uarch dꝛythyll
llamfachus y gerdet. ac ef adebygei ar yꝛ eil cam
neu ar y trydyd y goꝛdiwedei. nyt oed nes hagen
idi no chynt. y uarch agymhellaꞔd oꝛ kerdet mꞔyhaf
aoed gantaꞔ. Igꞔelet awnaeth nathygyei idaꞔ y
hymlit. Yna y dywat pꞔyll. a voꝛwyn heb ef yꝛ
mꞔyn y gꞔꝛ mꞔyhaf agery arho vi. arhoaf ynllawen
heb hi ac oed lleffach yꝛ march pei affarchut yꝛ
meittyn. Heuyll ac arhos aoꝛuc y uoꝛwyn. agꞔaret
y rann adylyei vot am y hꞔyneb owifc y phenn. ac
attal y golꞔc arnaꞔ adechꝛeu ymdidan ac ef. Irglꞔyd-
es heb ef pandoy di aphagerdet yffyd arnat. kerdet
ꞔꝛth vy negeffeu heb hi ada yꞔ gennyf dy welet ti.
graffaꞔ ꞔꝛthyt y gennyfi heb ef. Ic yna medylyaꞔ
awnaeth bot yndiuꞔyn ganthaꞔ pꝛyt awelfei eiryoet
o voꝛwyn a gꞔꝛeic yꞔꝛth yphꝛyt hi. arglꞔydes heb
ef adywedy di ymi dim oth negeffeu. Dywedaf y
rof aduꞔ heb hi. Pennaf neges uu ymi keifaꞔ
dywelet ti. llyna heb y pꞔyll y neges oꝛeu gennyfi
dydyuot ti idi. ac adywedy di ymi * pꞔy ꞔyt. Dywedaf
arglꞔyd heb hi. Riannon uerch heueyd hen ꞔyf i
amrodi y wr omhanvod ydydys. ac ny mynneis
inheu un gꞔꝛ. a hynny oth gaꝛyat ti. ac nys mynnaf
ettwa. onyt ti am gꞔꝛthyt. ac y wybot dy atteb di
am hynny ydeuthum i. Rof i aduꞔ heb ynteu bꞔyll.

Ilyna vy atteb i ytti. peicaff6n dewis ar holl wraged
a mo2ynyon y byt. mae ti adewiff6n. Ȝe heb hitheu.
os hynny avynny kynn vy rodi y62 arall g6na oet
ami. Go2eu y6 gennyfi heb y p6yll bo kyntaf. ac
yny Ile ymynnych di g6na y2 oet. G6naf argl6yd
heb hi. bl6ydyn y heno yn Ilys heueyd mi abaraf
bot g6led darparedic yn bara6t erbynd dydyuot.
Ynllawen heb ynteu a minheu avydaf yn y2 oet
h6nn6. Ȝrgl6yd heb hi tric yniach achoffa gywira6
dy edewit. ac ymeith ydaf i. ag6ahanu awnaethant.
achy2chu awnaeth ef parth aeteulu ae niuer. Pa
amouyn bynnac avei ganthunt 6y y62th y uo2wyn
y ch6edleu ereill ytroffei ynteu. Odyna treula6 y
vl6ydyn hyt y2 amfer awnaethant. ac ymg6eira6 ar
yganuet marcha6c. amynet yrygta6 a Ilys eueyd
hen. Ac ef adoeth y2 Ilys allawen uuwyt 62tha6.
adygyuo2 allewenyd ac arl6y ma62 aoed yny er-
byn. Ȝholl uaranned yllys 62th y gygho2 ef y treul6yt.
Ȝyweirya6 yneuad awnaethp6yt Ac y2bo2deu ydaeth-
ant. Sef ual ydeiftedyffant heueyd hen ar neilla6
p6yll. Ariannon o2 parth arall ida6. Ȝam hynny
pa6b ualybei yenryded. B6yta achyuedach ac ym-
didan awnaethant. ac ar dech2eu kyuedach g6edy
yb6yt wynt awelynt yndyuot y my6n. gwas g6ineu
ma62 tey2neyd_ a g6ifc o pali ymdana6. Ȝphandoeth
y gynted y neuad. kyuarch g6ell ao2uc yp6yll ae
gedymdeithon. G2affa6 du6 62thyt eneit heb y p6yll
ados y eifted. Ɗac af heb ef eirchat 6yf am neges
awnaf_ g6na ynllawen heb y p6yll. Ȝrgl6yd heb
ef 62thyt ti ymae vyneges i ac y erchi itt ydod6yf.

Paarch bynnac aerchych di ymi hyt ygallwyf y
gaffel itti y byd. Och heb y riannon paham yrody
di atteb uelly. neuf rodes uelly arglwydes yggwyd
gwyrda heb y mackwy. Aneit heb ypwyll beth yw
dy arch di. Ywreic vwyaf agaraf ydwyt ynkyfcu
heno genthi. Ic y herchi hi ararlwy ar darmerth
yffyd yman y dodwyfi. Kynhewi aoruc pwyll kanybu
atteb a rodaffei. Gaw hyt y mynnych heb y riannon.
ny * bu uufcrellach gwr ar y fynnwyr e hun noc ry
uuoft ti. arglwydes heb ef ny wydwn i pwy oed ef.
Ilyna y gwr ymynnaffit uy rodi i idaw omhanuod
heb hi. gwawl uab clut gwr tormynnawc kyuoethawc.
achanderw itt dywedut ygeir adywedeift dyro vi
idaw rac aglot itt. arglwydes heb ef ny wn i paryw
atteb yw honnw. ny allaf i arnaf adywedy di vyth.
Dyro di vi idaw ef heb hi ami awnaf nachaffo ef
viui vyth. Pa ffuryf vyd hynny heb y pwyll. mi
a rodaf yth law got vechan heb hi achadw honno
ynda. Ic ef aeirch ywled ararlwy ar darmerth. ac
nyt oes yth uedyant ti hynny. a miui arodaf ywled
yr niueroed ar teulu heb hi. a honnw uyd dy atteb
am hynny. amdanaf ynneu heb hi mi awnaf oet
ac ef vlwydyn y heno y gyfcu gennyf. ac ympenn y
vlwydyn heb hi byd ditheu ar got honn gennyt ar
dy ganuet marchawc yny berllan uchot. Aphan uo
ef ar ganawl ydigrifwch ae gyfedach. dyret titheu dy
hun y mywn adillat reudus ymdanat ar got yth law
heb hi. ac nac arch dim namyn lloneit y got o vwyt.
a minneu abaraf heb hi pei dottit yffyd yny feith
cantref hynn o vwyt allynnyndi. na bo llawnach no

chynt. Igὃedy byꞛyer ỻawer yndi. ef aovyn itt
avyd ỻaὃndy got ti vyth. Ðywet titheu na vyd
ony chyvyt dylyedaὃc trachyuoethaὃc a gὃafcu ae
deutroet y bὃyt yny got. a dywedut digaὃn adodet
yman. a minneu abaraf idaὃ ef vynet y feghi y bὃyt
yny got. Iphan el ef tro ditheu y got yny el ef
dꞛos y penn yny got. ac yna ỻad glὃm ar garreyeu
y got. a bit coꞛn canu da amdy vynὃgyl. aphan
uo ef ynrὃymedic yny got. dot titheu lef ar dy goꞛn.
abit hynny yn arwyd y rot athuarchogyon. Panglyw-
hont ỻef dy goꞛn difgynnent ὃynteu am benn y
ỻys. Arglwyd heb y gὃaὃl madὃs oed ymi kaffel
atteb am aercheis. Kymeint ac aercheift heb y pὃyỻ
oꞛ auo ym medyant i ti ae keffy. Ineit heb hitheu
riannon am y wled ar dapar yffyd yma. hὃnnὃ
arodeis i ywyꞛ dyuet ar teulu ar niueroed yffyd
yma. hὃnnὃ nyt adawafi yrodi y neb. blὃydyn y
heno y byd gὃled darparedic yny ỻys honn ytitheu
eneit y gyfcu gennyf ynheu. Gὃaὃl agerdaὃd ryng-
thaὃ ae gyuoeth. Pὃyỻ ynteu adoeth y dyuet. ar
vlὃydyn honno adꞛeulὃys paὃb o honunt hyt oet y
wled oed ynỻys eueyd *hen.* Gὃaὃl uab clut adoeth
parth ar wled aoed dar*paredic idaὃ. achyꞛchu y
ỻys awnaeth. a ỻawen uuὃyt ὃꞛthaὃ. Pὃyỻ ynteu
penn annὃuyn adoeth yꞛ berỻan ar yganuet march-
aὃc ual ygoꞛchymynnaffei riannon idaὃ. ar got
gantaὃ. Gὃifcaὃ bꞛatteu trymyon ymdanaὃ awnaeth
pὃyỻ aỻoppaneu maὃꞛ am ytraet. Iphan wybu y
bot ar dechꞛeu kyuedach wedy bὃyta. dyuot racdaὃ
yꞛ neuad. a gὃedy ydyuot ygynted yneuad. kyf-

uarch gwell awnaeth ywawl uab clut. ae gedym-
deithon owyr agwraged. duw arodo da ytt heb y
gwawl agraessaw duw wrthyt. Arglwyd heb ynteu duw
adalo itt. negessawl wyf wrthyt. Graessaw wrth dy neges
heb ef. ac os arch gyfuartal aerchy ymi ynllawen
ti ae keffy. Kyfuartal arglwyd heb ynteu nyt archaf
onyt rac eisseu. Sef arch aarchaf lloneit y got
uechan awelydi owvyt. Arch didraha yw honno heb
ef athi ae keffy yn llawen. Dygwch wvyt idaw heb
ef. Riuedi mawr o swydwyr agyuodassant yuynyd.
adechreu llenwi y got. Ic yr auyrit yndi ny bydei
lawnach no chynt. Eneit heb y gwawlavyd llawn dy
got ti vyth. Hauyd y rof a duw heb ynteu yr adotter
yndi vyth. ony chyuyt dylyedawc tir adayar a chyu-
oeth asenghi ae deu troet ybwyt yny got. Adywed-
ut digawn adodet yma. A geimat heb yriannon kyuot
y uynyd ar vyyr wrth wawl uab clut. Kyuodaf yn
llawen heb ef. Achyuodi y uynyd aoruc adodi y
deutroet yny got. Athroi o bwyll ygot yny vyd
gwawl dros y benn yny got. ac yngyflym kaeu y got
allad clwm ar y carreyeu. Adodi llef ar y gorn. Ic
ar hynny llyma y teulu ampenn yllys. ac yna kymryt
pawp or niuer adoeth ygyt agwawl. aedodi yny gar-
char ehun. Ibwrw y bratteu ar lloppaneu ar yspeil
didestyl y amdanaw aoruc pwyll. Ic ual y delei
bob un oeniuer ynteu y mywn y trawei dyrnawt ar
ygot. ac y gouynnei beth yssyd yman. Broch
medynt wynteu. Sef kyfrvw chware awneynt. taraw
awnaei bop vn dyrnawt arygot. ae aedroet ae
athrossawl. Ic uelly gware ar got awnaethant. Pawb

ual y delei a ovynnei pa chware a wneƀch chƀi uelly.
Ɓware bꝛoch yg cot medynt wynteu. ac yna gyntaf
y gƀarywyt bꝛoch yg cot. Arglƀyd heb ygƀꝛ oꝛ got
pei gƀarandaƀut uiui nyt oed dihenyd arnaf vyꝉlad
ymyƀn cot. * arglƀyd heb eveyd hen gƀꝛ a dyweit.
Jaƀn yƀ itt y warandaƀ. nyt dihenyd arnaƀ hynny.
Je heb y pƀyꝉ mi a wnaf dy gyghoꝛ *di* am danaƀ ef.
Ꝉyma dy gyghoꝛ di heb y riannon yna. yd ƀyt yn y ꝉe
y perthyn arnat ꝉonydu eircheit a cherdoꝛyon. gat
yno ef y rodi y baƀp dꝛoſſot heb hi. a chymer geder-
nit y ganthaƀ na bo amovyn na dial vyth am danaƀ.
a digaƀn yƀ hynny o goſp arnaƀ. Jf a geiff hynny
yn ꝉaƀen heb y gƀꝛ oꝛ got. a minneu ae kymeraf
yn ꝉawen heb y pƀyꝉ gan gynghoꝛ eueyd a riannon.
kynghoꝛ yƀ hynny y gennym ni heb ƀynt. Y gymryt
a wnaf heb y pƀyꝉ keiſ veichev dꝛoſſot. Ɖi a vydƀn
dꝛoſtaƀ heb eueyd. yny vo ryd ywyꝛ y vynet dꝛoſtaƀ.
ac ar hynny ygoꝉygƀyt ef oꝛ got ac y rydhawyt
yoꝛeugƀyꝛ. Ɓouyn weithon y waƀl veicheu heb eueyd.
ni a atwaenƀn y neb a dylyer y kymryt y gantaƀ.
Ꝁiuaƀ y meicheu a wnaeth eueyd. Ꝉunny a dy hun
heb ygƀaƀl dy amot. Ɖigaƀn yƀ gennyfi heb y pƀyꝉ
ual yꝉunyaƀd riannon. Y meicheu a aeth ar yr
amot hƀnnƀ. Je arglƀyd heb y gƀaƀl bꝛiƀedic ƀyfi
a chymriƀ maƀꝛ a geueis. ac enneint yſſyd reit ymi.
ac ymeith ydaf gan dy gennyat ti. a mi a ataƀaf
wyꝛda dꝛoſſof yma y atteb y baƀp oꝛ ath ovȳno di.
Yn ꝉawen heb y pƀyꝉ. a gƀna ditheu hynny. Ɓwaƀl
a aeth parth ae gyuoeth. Y neuad ynteu a gyweirƀyt
y pƀyꝉ ae niuer. ac y niuer y ꝉys yam hynny. Jc

yı boıdeu ydaethant y eifted. ac ual yd eiftedyſ-
fant vl6ydyn oı nos honno. yd eiftedwys pa6b y nos
honno. B6yta achyuedach awnaethant. ac amſer
a doeth y vynet y gyſcu. ac yı yſtauell ydaeth p6yll
a riannon. Athıeula6 y nos honno dı6y digriſ6ch allon-
yd6ch a6naethant. A thıannoeth y nieuenctit y dyd.
argl6yd heb y riannon kyuot y uynyd. a dechıeu
lonydu y kerdoıyon. ac na omed neb hedi6 oı a
vynno da. Bynny awnaf i yn lla6en heb y p6yll
ahedi6 apheunyd tra barhao y wled honn. Ef agy-
uodes p6yll y vynyd a pheri dodi goſtec y erchi y
holl eircheit acherdoıyon dangos. amenegi udunt
y llonydit pa6b o honunt 6ıth y uod ae vymp6y.
A hynny a6naethp6yt. Y wled honno adıeul6yt. ac
ny omed6yt neb tra barhaa6d. Aphan daruu y wled.
argl6yd heb y p6yll 6ıth * eueyd mi agych6ynnaf gan
dy genyat parth adyuet auoıy. Ae heb eueyd du6
ar6ydhao ragot. Ag6na oet achyſnot ydel riannon
yth ol. Y rof i adu6 heb ynteu b6yll ygyt y kerd6n
o dyma. Ae uelly y mynny di argl6yd heb yı eueyd.
velly y rof adu6 heb y p6yll. Wynt a gerdaſſant
trannoeth parth adyuet. Allys arberth agyıchyſſant.
ag6led darparedic aoed yno udunt. Bygyuoı y wlat
arkyuoeth adoeth attunt oı g6yı goıeu ar g6ıaged
goıeu. o hynny nyt etewis riannon neb heb rodi rod
enn6a6c ida6. Ae ogae. Ae ovodı6y. Ae o vaen g6erth-
ua6ı. B6ledychu y wlat awnaethant yn ll6ydyannus
y vl6ydyn honno. ar eil. Ac yny dıyded vl6ydyn y
dechıeuis g6yı y wlat dala trymuryt yndunt owelet
g6ı kymeint agerynt ae hargl6yd. ac eu bıa6tuaeth

C

yndiettiued. ae dyuynnu attunt a6naethant. Sef lle
y doethant y gyt. y b2effelev yn dyuet. argl6yd heb
6ynt ni a6dam na bydy gyuoet ti a rei owy2 y wlat
honn. ac ynnouyn ni y6 na byd itt ettiued o2 wreic
yffyd gyt athi. Ic wrth hynny kymer wreic arall
y bo ettiued itt ohonei. nyt byth heb 6ynt y perhey
di. achyt kerych di vot velly nys diodef6n y gennyt.
Ie heb y p6yll nyt hir ettwa ydym y gyt. a lla6er
dam6ein a diga6n bot. Oet6ch a mi hynn hyt ym penn
y vl6ydyn. I bl6ydyn y2 amfer h6nn ni awna6n y2
oet y dyuot y gyt. ac 62th ych kyngho2 y bydaf. Y2
oet awnaethant. Kynn penn c6byl o2 oet mab a anet
ida6 ef. ac yn arberth y ganet. Ir nos y ganet
y ducp6yt g62aged y wylat y mab aeuam. Sef a
wnaeth y g62aged kyfcu a mam y mab riannon. Sef
riuedi o wraged a ducp6yt y2 yftauell chwech wraged.
G6ylat awnaethant 6ynteu dalym o2 nos. Ac yn
h{\~y}ny eiffoes kynn hanner nos kyfcu a 6naeth pa6p
o honunt. a thu ar pylgein deffroi. a phan deffroaffant
ed2ych ao2ugant y lle ydodyffynt y mab. Ic nyt
oed dim ohona6 yno. Och heb y2 un o2 g62aged
neur golles y mab. Ie heb arall bychan adial oed
an llofki ni. neu andihenydya6 am y mab. aoes heb
vn o2 g62aged kygho2 o2byt am hynn. Oes heb
arall mi a6n gygho2 da. Beth y6 hynny heb 6y.
Gellaft yffyd yman heb hi achyna6on genthi. llad6n
rei o2 kyna6on ac ir6n y h6yneb hitheu riannon
arg6aet. ae d6yla6. a by26n y2 efgy2n ger y b2onn.
athaer6n * arnei ehun diuetha y mab. ac ny byd
antaered ni an whech 62thi hi ehunan. Ic ar y

kyghoz hvnnv y trigyaffant. Parth ar dyd riannon
adeffroes ac adywavt. awraged heb hi mae ymab.
Irglvydes heb vy na ouyndi yni ymab. nyt oes
ohonam ni namyn cleiffeu adyznodeu yn ymdarav
athi adiamheu yv gennym na welfam eiryoet vilvz-
yaeth yn vnwreic kymeint ac ynot ti. ac ny thygyavd
yni ymdarav athi. neur diffetheeift dy hun dy uab.
ac na havl ef ynni. I dzuein heb y riannon yz yz
arglvyd duv awyz pobpeth. na yrrvch geu arnafi.
Duv awyz pob peth awyz bot yneu hynny. Ic os
ovynn yffyd arnavch chvi. ymkyffeff y duv mi ach di-
fferaf. Dioer heb vy ny advn ni dzvc arnam ny hunein
yz dyn yny byt. A dzuein heb hitheu ny cheffvch
un dzvc yz dywedut y wirioned. Yz adywettei hi
yndec ac yndzuan ny chaffei namyn yz un atteb
gan y gvzaged. Pvyll penn annvuyn ar hynny agy-
uodes ar teulu ar niueroed. A chelu y damwein
hvnnv ny allwyt. Yz wlat ydaeth y chwedyl aphavb
oz gvyzda ae kigleu. Ir gvyzda adoethant ygyt
y wneuthur kennadeu att bvyll. yerchi idav yfgar
ae wreic am gyflafan moz anwedus ac awnathoed.
Sef atteb arodes pvyll. nyt oed achavs gantunt hvy
y erchi ymi yfcar am gvzeic. namyn am nabydei
blant idi. Plant avn i y uot idi hi. ac nyt yfcaraf
a hi. Oz gvnaeth hitheu gam kymeret y phenyt
amdanav. Ditheu riannon adyuynnvys attei athzav-
on adoethon. a gvedy bot yndegach genthi kymryt
yphenyt noc ymdaeru ar gvzaged. y phenyt agy-
merth. Sef penyt adodet arnei bot yny llys honno
yn arberth hyt ympenn y feith mlyned. ac yfgynuaen

aoed odieithyꝛ ypoꝛth. eiſted ohonei geyꝛ Ꞁaꞅ hꝎnnꝎ
beunyd. a dywedut y baꝺp oꝛ adelei oꝛ adebyckei
naſ *gꝺypci* y gyfranc honno oꞁ. ac oꝛ a attei idi
y dꝺyn. ꝁynnic y weſtei. a pheꞁ*ennic y dꝺyn ar*
y cheuyn yꝛ ꞁys. ꜳdamꝺein y gadei yꝛ vn y dꝺyn.
Ic ueꞁy treulaꝺ talym oꝛ vlꝺydyn awnaeth. Ac
yn yꝛ amſer hꝎnnꝎ yd oed yn arglꝺyd ar went is coet
teirnyon tꝺꝛyf vliant. ꜳr gꝼꝛ goꝛeu * yny byt oed.
ꜳc yny ty yd oed caſſec. ꜳc nyt oed yny teyꝛnas
na march. na chaſſec degach no hi. ꜳphob nos
calan mei y moei. ꜳc ny wybydei neb ungeir y ꝺꝛth
yhebaꝺl. Ꞅef awnaeth teirnon ymdidan noſſweith
ae wreic. Ꞅa wreic heb ef Ꞁibin yd ym bop blꝺydyn
yn cadꝺ eppil yn kaſſec heb gaffel yꝛ vn o honunt.
Ꞅeth aeꞁir ꝺꝛth hynny heb hi. Ꝺial duꝺ arnaf heb
ef nos galanmei yꝺ heno ony wybydaf i pa dileith
yſſyd yn dꝺyn yꝛ ebolyon. Peri dodi y gaſſec y
myꝺn ty awnaeth. ꜳgꝺiſcaꝺ arueu ymdanaꝺ aoꝛuc
ynteu. adechꝛeu gꝺylat y nos. ꜳc ual ybyd dechꝛeu
nos. moi y gaſſec ar ebaꝺl maꝺꝛ telediꝺ. ꜳc yn ſeuyꞁ
yny Ꞁe. Ꞅef awnaeth teirnꝍ kyuodi ac edꝛych ar
pꝛaffter yꝛ ebaꝺl. Ic ualybyd ueꞁy. ef aglywei
tꝺꝛyf maꝺꝛ. ꜳc ynol ytꝺꝛyf Ꞁyma grauanc trꝺy ffen-
eſtyꝛ aryty. ꜳc yn ymauael ar ebaꝺl geir y vꝺng.
Ꞅef awnaeth ynteu teirnon tynnu cledyf. ꜳtharaꝺ
y vꝛeich o not yꝛ elin ymeith. Ic yny vyd hynny
oꝛ ureich ar ebaꝺl gantaꝺ ef y myꝺn. ꜳc ar hynny
tꝺꝛyf a diſgyꝛ agigleu ygyt. ꜳgoꝛi y dꝛꝺs aoꝛuc ef
adꝺyn ruthur ynol y tꝺꝛyf. ny welei ef y tꝺꝛyf rac
tywyꞁet y nos. ruthur aduc yny ol ae ymlit. ꜳ dyuot

cof idaƀ adaƀ ydⁱƀs ynagoⁱet. ac ymchoelut a
wnaeth. ac ƀath y dⁱƀs ꞁꞁyma vab bychan yny goⁱn
gƀedy troi ꞁꞁenn opali yny gylch. Ꝑymryt y mab
awnaeth attaƀ aꞁꞁyma y mab yngryſ ynyⁱ oet oed
arnaƀ. Ꝑodi caeat ar y dⁱƀs awnaeth achyⁱchu yⁱ
yſtaueꞁꞁ yd oed ywreic yndi. Ꝑrglƀydes heb ef ae
kyſcu ydƀyt ti. Ꝑac ef arglƀyd heb hi. mi agyſceis
aphan doethoſt ti y myƀn mi a deffroeis. Ꝑmae yma
vab itt heb ef os mynny yⁱ hƀnn ny bu itt eiryoet.
arglƀyd heb hi pagyfranc uu hynny. ꞁꞁyma oꞁꞁ heb
y teirnon amenegi y dadyl oꞁꞁ. Ꝑe arglƀyd heb hi
paryƀ wiſc yſſyd am ymab. ꞁꞁenn obali heb ynteu.
mab ydynyon mƀyn yƀ heb hi. arglƀyd heb hi di-
griſƀch adidanƀch oed gennyfi bei mynnvt ti. mi
adygƀn wraged yn vn ami. ac adywedƀn vymot
yn veichaƀc. Ꝑiui aduunaf athi yn ꞁꞁawen heb ef
amhynny. ac ueꞁꞁy y gƀnaethpƀyt. Ꝑeri awnaethant
bedydyaƀ y mab oⁱ bedyd awneit yna. Ꝑef enƀ
adodet arnaƀ gƀⁱi * waꞁꞁt euryn. Ꝑⁱ hynn aoed ar
y benn owaꞁꞁt kynuelynet oed ar eur. Ꝑeithⁱyn y
mab awnaethpƀyt yny ꞁꞁys yny oed vlƀyd. achynn
y vlƀyd yd oed ynkerdet yn gryſ. Ꝑ bⁱeiſcach oed
no mab teirblƀyd avei vaƀⁱ y dƀf ae ueint. ar eil
vlƀydyn y magƀyt ymab. achynureiſget oed amab
chweblƀyd. achyn penn y pedwyⁱed vlƀydyn yd oed
yn ymopⁱau agƀeiſſon y meirch am y adu oe dƀyn·
yⁱ dƀfyⁱ. arglƀyd heb y wreic ƀath teirnon mae yⁱ
ebaƀl a differeiſt di ynos ykeueiſt ymab. ꜩi ae
goⁱchymmynneis y weiſſon y meirch heb ef. ac aerch-
eis ſynnyaƀ ƀathaƀ. Ꝑonyt oed da itti arglƀyd heb

hi peri y hywedu ae rodi yꝛ mab. kanys y nos y
keueiſt y mab y ganet yꝛ ebaȣl ac y differeiſt.   Ɖyt
af i yn erbyn hynny heb y teirnon. mi a adaf itti y
rodi idaȣ. argloyd heb hi duȣ adalho it minneu ae
rodaf idaȣ. Ɏna y rodet y march yꝛ mab. ac y deuth
hi att y goaſtrodyon ac att weiſſon y meirch y oꝛ-
chymun ſynnyeit ar y march. ae uot yn hywed er-
byn pan elei y mab y uarchogaeth a chwedyl ȣꝛthaȣ.
Ɏ myſc hynny ȣynt a glyȣſont chȣedyldyaeth y ȣꝛth
riannō ac am y phoen.   Ɛef a wnaeth teirnon tȣꝛyf
uliant o achaȣs y douot a gawſſei ymwrandaȣ am y
chwedyl ac ymouyn yn lut amdanaȣ. yny gigleu gan
laȣer o luoſſogroyd oꝛ adelei yꝛ llys mynychu kȣynaȣ
truanet damwein riannon ae phoen.   Ɛef aȣnaeth
teirnon ynteu medylyaȣ am hynny. ac edꝛych ar
ymab yn graff. a chael yn y uedȣl yn herȣyd gȣeledig-
aeth na rywelſei eiryoet mab athat kyndebycket
armab y pȣyll penn annȣn. anſaȣd pȣyll hyſpys oed
gantaȣ. kanys gȣꝛ uuaſſei idaȣ kyn no hynny.   Ɉc
ynol hynny goueileint adelis yndaȣ. o gamhet idaȣ
attal y mab gantaȣ ac ef yn gȣybot y vot yn vab y ȣꝛ
arall.   Ɉphan gauaſ gyntaf o yſgaualȣch ar y wreic.
ef a uenegis idi hi nat oed iaȣn udunt hȣy attal
ymab gantunt agadu poen kymeint ac a oed ar
wreicda kyſtal ariannon oꝛ achaȣs hȣnnȣ. ar mab yn
vab y pȣyll pennannȣn. a hitheu wreic teirnon agyt-
ſynnyȣys ar anuon ymab y pȣyll. a thꝛi pheth argloyd
heb hi agaffȣn ni o hynny. Ɖiolȣch ac alw*iſſen
o ellȣng riannon oꝛ poen y mae yndaȣ. a diolȣch gan
pȣyll am ueithꝛyn y mab ae eturyt idaȣ. ar trydyd

peth os gŵr mŵynvyd ymab. mab maeth ynni vyd
agoꝛeu aallo vyth awna ynni. ac ar y kynghoꝛ
hŵnnŵ y 'trigyaſſant. Ɉc ny bu hŵy gantunt no
thꝛannoeth ymgyŵeiryaŵ aoꝛuc teirnon ar y dꝛydyd
marchaŵc. ar mab yn pedwyꝛyd gyt ac ŵynt ar y
march arodaſſei deirnon idaŵ. Ꝺcherdet parth ac
arberth awnaethant. ac nybu hir y buant yny doeth-
ant y arberth. Pan doethant parth ar llys ŵynt
awelynt riannon yn eiſted yn ymyl yꝛ yſgynuaen.
Ɉan doethant ar ogyfuch a hi. a vnbenn heb hi nac
eŵch bellach hynny mi adygaf bop un o honaŵch
hyt y llys. ahynny yŵ vympenyt amlad ohonaf vy
hun vy mab. ae diuetha. a wreicda heb y teirnon
ny thebygafi y vn ohynn vynet ar dy geuyndi. Ꝺet
ae mynno heb y mab nyt afi. Ꝺioer eneit heb y
teirnon nyt aŵn ninheu. Ᵹ llys agyꝛchaſſant. adiruaŵꝛ
leŵenyd auu yny herbyn. ac yn dechꝛeu treulaŵ gŵled
yd oedit yny llys. ynteu pŵyll oed yndyuot o
gylchaŵ dyuet. yꝛ neuad ydaethant ac y ymolchi.
a llaŵen vu pŵyll ŵꝛth teirnon. Ꝺc y eiſted yd aethant.
Ɉef ual yd eiſtedyſſant. Ᵹeirnon y rŵng pŵyll a rian-
non. Ꝺeu gedymdeith teirnon uch laŵ pŵyll ar mab
y ryngtunt. Ᵹŵedy daruot bŵyta ar dechꝛeu kyued-
ach ymdidan aŵnaethant. Ɉef ymdidan uu gan
teirnon. menegi y holl gyfranc am y gaſſec ac am
y mab. ac megys y buaſſei y mab ar y hardelŵ hŵy
.teirnon ae wreic ac y magyſſynt. Ꝺc wel dy yna dy
uab arglŵydes heb y teirnon. Ꝺphŵybynnac ady-
wat geu arnat cam awnaeth. a minneu pan gigleu
ygouut aoed arnat. trŵm uu gennyf adoluryaŵ

aẞneuthum.   Ic ny thebygaf oɽniuer hẞnn oll neb
nyt adnappo vot ymab yn uab y pẞyll heb y teirnon.
Dyt oes neb heb y paẞb ny bo diheu gantáẞ hynny.
Yrofi aduẞ heb y riannon oed efcoɽ vym pɽyder
ymi pei gẞir hynny. arglẞydes heb y pendaran dyuet
da ydennẞeift dy uab. Pɽyderi. Agoɽeu y gẞeda arnaẞ
pɽyderi uab pẞyll penn annẞn. Idɽychẞch heb yrian-
non nabo goɽeu y gẞedo arnaẞ y enẞ ehun.   Mae yɽ
enẞ heb y penndaran dyuet. gẞɽi wallt euryn adodyf-
fom ni arnaẞ ef.   Pɽyderi heb y penndaran uyd y
enẞ ef.   Yaẞnhaf yẞ hẞnnẞ * heb y pẞyll. Kymryt
enẞ ymab yẞɽth ygeir adywaẞt yuam pan gauas
llaẞen chwedyl y ẞɽthaẞ. ac ar hynny y trigywyt.
Ꝯeirnon heb. ypẞyll duẞ adalo it ueithryn y mab
hẞnn hyt yɽ aẞɽ honn. aiaẞn yẞ idaẞ ynteu oɽ byd
gẞɽ mẞyn y dalu itti. arglẞyd heb y teirnon y wreic
ae magẞys ef nyt oes yny byt dyn vẞy y galar no
hi yny ol. Iaẞn yẞ idaẞ coffau ymi ac yɽwreic honno
awnaethom yɽdaẞ.   Yrof i aduẞ heb ypẞyll tra bar-
hawyfi mi ath gynhalyaf athi ath gyuoeth. tra allẞyf
kynnal y meu vy hun.   Os ynteu avyd iaẞnach yẞ
idaẞ dy gynnal noc ymi.   Ic os kyghoɽ gennyt ti
hynny achan hynn owyɽda. canys megeift ti evo
hyt yɽ aẞɽ honn. ni ae rodẞn aruaeth att benndarā
dyuet ohynn allan. abydẞch gedymdeithon chwitheu
athatmaetheu idaẞ.   Kyngoɽ iaẞn heb y paẞb yẞ
hẞnnẞ. Ic yna y rodet y mab y penndaran dyuet
ac ydymyrrẞys gẞyɽda y wlat ygyt ac ef. ac y ky-
chwynnẞy teirnon toɽyf vliant ae gedymdeithon y
ryngtaẞ ae wlat ac ae gyuoeth gan garyat allew-

edynyd. Ac nyt aeth heb gynnic idaѡ y tlyſſeu teccaf
ar meirch goʒeu ar côn hoffaf. ac ny mynnwys ef
dim. Yno y trigyaſſant ѡynteu ar eukyuoeth. ac y
magѡyt pʒyderi uab pѡyll penn annѡn yn amgeledus
ual ydoed dylyet yny oed delediwaf gѡas atheckaf
achѡplaf o bop camp da oc a oed yny deyʒnas. Velly
y treulaſſant blѡydyn ablѡydyned yny doeth teruyn
ar hoedyl pѡyll penn annѡn ac y bu uarѡ. Ac y
gѡledychѡys ynteu pʒyderi seith cantref *dyuet* yn
llѡydyannus garedic gan y gyuoeth *a chan paѡb*
yny gylch. Ac ynol hynny y kӯnydѡys *trichantref*
yſtrat tywi. Aphedwar cantref kered*igya*ѡn. Ac y
gelѡir y rei hynny seith gantref seiſſyllѡch. Ac ar
y kynnyd hѡnnѡ y bu ef pʒyderi uab pѡyll penn
annѡn yny doeth yny vʒyt wreicka. Sef gѡʒeic a
vynnaѡd kicua verch wynn gohoyѡ uab gloyѡ wallt
lydan. uab caſnar w/edic odylyedogyon yʒ ynys
honn. Ac uelly y teruyna y geing honn oʒ mabyn-
nogyon.

Branwen, daughter of Llyr.

Lly̨ma y2 eil geinc o2 mabinogi.

Bendigeity̨ran vab Lly2 aoed v2enhin co2ona6c ar
y2 ynys honn. ac ardercha6c *ogo2on* lund*e*in.
A ph2ynha6ng6eith yd oed yn hardlech yn ardud6y
yn llys ida6. ac yn eifted yd*oedynt ar garrec hardlech
uch penn y weilgi. a mana6ydan uab Lly2 y v2a6t ygyt
ac ef. adeu v2oder un uam ac ef. niffyen ac efniffyen.
ag6y2da yam hynny ual y g6edei ygkylch b2enhin.
Y deu uroder vnuam ac ef meibon oedynt y eurof-
f6yd oeuam ynteu penardim uerch ueli uabmynogan.
ar neill o2 g6eiffon hynny g6as da oed. ef a barei
dangneued y r6ng ydeulu pan vydynt lidya6ckaf.
fef oed h6nn6 niffyen. Y llall abarei ymlad r6ng
ydeu uroder pan uei u6yhaf ydymgerynt. ac ual yd
oedynt yn eifted uelly 6ynt awelynt teir llong ar dec
yndyuot o deheu iwerdon. ac ynky2chu parth ac
attunt. a cherdet rugyl eb26yd gantunt. Y g6ynt yn
eu hol ac yn euneffau yneb26yd attunt. Mi awelaf
longeu racco heb y b2enhin ac yn dyuot yneb26yd
parth ar tir. ac erch6ch ywy2 y llys wifca6 ymdan-
unt. amynet y ed2ych paued6l y6 y2 eidunt. Y g6y2

a wifcƀys ymdanunt. ac a neffayffant attunt y waeret.
gƀedy gƀelet y llongeu o agos diheu oed gantunt
na welfynt llongeu gyweiryach y hanfaƀd noc ƀynt.
Arwydon tec gƀedus o bali a oed arnunt.   Ic ar
hynny nachaf un oꝛ llongeu yn raculaenu rac y rei
ereill. ac y gƀelynt dyꝛchauael taryan yn vch no
bƀꝛd y llong. a fƀch ydaryan y uynyd yn arƀyd tang-
neued. ac y neffawys y gƀyꝛ attunt ual yd ymglyw-
ynt ymdidan. Bƀꝛƀ badeu allan a wnaethant ƀynteu
a neffav parth ar tir. a chyfarch gƀell yꝛ bꝛenhin.
Y bꝛenhin ae clywei wynteu oꝛ lle yd oed ar garrec
uchel uch eu penn. Duƀ a rodho da yƀch heb ef a
graeffaƀ ƀꝛthyƀch. Pieu y niuer llongeu hynn. a phƀy
yffyd bennaf arnunt ƀy. Arglƀyd heb ƀynt ymae yma
matholƀch bꝛenhin Iwerdon. ac ef bieu y llongeu.
Beth heb y bꝛenhin a uynnei ef. a vynn ef. dyuot
yꝛ tir. Na vynn arglƀyd heb ƀynt negeffaƀl yƀ
ƀꝛthyt ti onyt y neges ageiff. Py ryƀ neges yƀ yꝛ
eidaƀ ef heb y bꝛenhin. Mynnu ymgyfathꝛachu
athydi arglƀyd heb ƀynt. y erchi bꝛanwen uerch
lyꝛ y doeth ef. Ic os da gennyt ti ef auynn ym-
rƀymaƀ ynys y kedyꝛn ac iwerdon ygyt ual y bydynt
gadarnach. Ie heb ynteu doet yꝛ tir. a chynghoꝛ
agymerƀn ninheu amhynny. Yꝛ atteb hƀnnƀ aaeth
attaƀ ef. Minneu a af yn * llawen heb ef. If a doeth
yꝛtir. a llawen uuƀyt ƀꝛthaƀ. Adygyuoꝛ maƀꝛ a vu
yny llys ynos hƀno y rƀng y niueroed ef a niueroed
y llys. Yny lle dꝛannoeth kymryt kyngoꝛ. Sef
agahat yny kynghoꝛ hƀnnƀ rodi bꝛanwen y uatholƀch.
a honno oed dꝛyded pꝛif rieni yn yꝛ ynys hoñ. teckaf

mo₂6yn yny byt oed. Ag6neuthur oet yn aberffra6
ygy∫cu genthi. Ac odyno ygych6ynnu. Ac y kych6yn-
na∫∫ant yniueroed hynny parth ac ac aberffra6.
Mathol6ch ae niueroed yn y llongeu. Bendigeituran
ae niueroed ynteu ar tir yny doethant hyt yn aber-
ffra6. Yn aberffra6 dech₂eu y wled ac ei∫ted. Sef
ual ydei∫teda∫∫ant. b₂enhin ynys y kedy₂n. a mana6-
ydan uab Ily₂ o₂ neillparth. a mathol6ch o₂parth
arall. a b₂annwen uerch ly₂ gyt ac ynteu. Nyt
ymy6n ty yd oedynt namyn ymy6n palleu. nyt
eynga∫∫ei vendigeituran eiryoet my6n ty. ar gyued-
ach adech₂eua∫∫ant. Dilit ygyuedach a6naethant.
ac ymdidan. Aphan wel∫∫ant bot yn well udunt
kymrut hun ·no dilit kyuedach ygy∫cu ydaethant.
Ar nos honno y ky∫c6ys mathol6ch ab₂ann6en ygyt.
Ath₂annoeth kyuodi ao₂ugant pa6b oniuer yllys.
ar∫6ydwy₂ adech₂eua∫∫ant ymaruar am rannyat y
meirch ar g6ei∫∫on. Ac eu rannu a6naethant ympob
kyueir hyt ymo₂. Ac ar hynny dydg6eith nachaf
e∫ny∫∫yn g6₂ an hagneuedus adyweda∫∫am ni uchot
yndywannu y letty meirch mathol6ch. A go∫yn a
6naeth pioed y meirch. Meirch mathol6ch b₂enhin
iwerd6 y6 yrei hynn heb 6y. Beth awnant h6y
yma heb ef. Yma ymae b₂enhin iwerdon. Ac y₂ gy∫c-
6ys gan v₂annwen dy whaer. ae ueirch y6 y rei
hynn. Ae uelly y g6naethant 6y am vo₂6yn ky∫tal a
honno. Ac ynch6aer y minneu. y rodi heb vygkenn-
yat i. ny ellynt 6y tremic v6y arnaf i no h6nn6 heb
ef. Ac yn hynny g6an y dan ymeirch. atho₂ri y
g6e∫leu 6₂th y danned udunt ar clu∫teu 6₂th ypen-

neu. ar raƀn ƀ2th y keuyn. ar ny chaei graf ar
y2 amranneu. y lladei ƀ2th y2 afcƀ2n. a gƀneuthur
anfuryf ar y meirch uelly. ꜧyt nat oed rym aellit
ar meirch. Ʈ chƀedyl adoeth att uatholƀch. Sef ual
ydoeth. dywedut an ffuruaƀ y veirch ac eu llygru
hyt nat oed un mƀynant * a ellit o honunt. Ʒe arglƀyd
heb y2 vn dywaratwydaƀ a ƀnaethpƀyt. a hynny
auynnir y wneuthur ytti. Ɖioer eres yƀ gennyf os
vyggƀaradwydaƀ avynnynt. rodi mo2ƀyn gyftal kyu-
urd kyn annƀylet gan y chenedyl ac a rodyffant
ym. arglƀyd heb un arall ti awely dangos mae ef.
Ʒc nyt oes itt awnelych namyn ky2chu dy longeu.
ac ar hynny arouun ylongeu awnaeth ef. Ʈ chƀedyl
adoeth at vendigeituran bot matholƀch ynadaƀ yllys
heb ovyn kenyat. a chennadeu aaeth y ouyn idaƀ
paham oed hynny. Ʒef kennadeu aaeth. Ʒdic uab
anaraƀc. ac eueyd hir y gƀy2 hynny ae go2diwedaƀd
ac aovynnaffant idaƀ pa darpar oed y2 eidaƀ. a pha
achaƀs yd oed yn mynet ymeith. Ɖioer heb ynteu
pei yfgƀypƀn ny doƀn yma. Ƀƀbyl waratƀyd ageueis.
ac nyd*uc* neb ky2ch waeth noc adugum i yma. ary-
uedaƀt rygynneryƀ ami. Ɓeth yƀ hynny heb ƀynt.
Ʀodi b2annwen uerch ly2 ym yn tryded p2if rieni
y2 ynys honn. Ʒc yn uerch y v2enhin ynys ykedy2n
achyfcu genthi. Ʒgƀedy hynny vyggƀaradƀydaw.
Ʒryued oed gennyf nat kynn rodi mo2ƀyn gyftal
ahonno ym y gƀneit y gƀaratwyd aƀnelit ym. Ɖioer
arglƀyd nyt ouod y neb a vedei yllys heb ƀynt na
neb oe gygho2 ygƀnaethpƀyt y gƀaratwyd hƀnnƀ ytti.
a chyt bo gƀaratwyd gennyt ti hynny. mƀy yƀ gan

uendigeit uran. no chennyt ti y tremic hŏnnŏ ar
gŏare. Je heb ef mi atebygaf. ac eiſſoes ny eiⅡ
ef vy niwaratwydaŏ i ohynny. Ɫ gŏyꝛ hynny aym-
choelaſſant ar atteb hwnnŏ parth ar Ⅱe yd oed ven-
digeituran. Aṁenegi idaŏ yꝛ atteb arodaſſei uath-
olŏch. Je heb ynteu nyt oes ymwaret oe vynet
ef ynanygneuedus ac nys gadŏn. Je arglŏyd heb
ŏy anuon ettwa gennadeu ynyol. Anuonaf heb ef.
kyuodŏch vanaŏydan uab Ⅱyꝛ. ac eueyd hir. Ac unic
gleŏ yſcŏyd. Ac eŏch yny ol heb ef amenegŏch idaŏ.
ef ageiff march iach ambop un oꝛ alygrŏyt. Jc
ygyt ahynny ef ageiff ynwynabwarth idaŏ Ⅱatheu
aryant auo kyvꝛef achyhyt ac ef ehun. A chlaŏꝛ eur
kyſlet ae wyneb. Jmenegŏch idaŏ py ryŏ ŏꝛ awnaeth
hỿny. Aphanyŏ om anuod inneu y gŏnaethpŏyt
hynny. Ac ymae bꝛaŏt un uam ami awnaeth hynny.*
Jc nat haŏd gennyf ynheu nae lad ef nae diuetha.
Adoet yymwelet ami heb ef. Ami awnaf y dang-
neued aryⅡun y mynno ehun. Y kennadeu aaethant
ar ol matholŏch. ac auanagaſſant idaŏ yꝛ ymadꝛaŏd
hŏnnŏ yngaredic. ac ef ae gŏarandewis. Awyꝛ heb
ef ni agymerŏn gynghoꝛ. Jfaaeth ynygynghoꝛ. ſef
kynghoꝛ auedylyaſſant. Øs gŏꝛthot hynny awnelynt
bot yndebygach gantunt kael kewilid auei vŏy.
no chael iaŏn avei <u>gymeint</u>. Adiſkynnu awnaeth ar
gymryt hynny. Ac yꝛ Ⅱys ydoethant yndangneuedus.
Jchŏeiryaŏ y pebyⅡeu arpaⅡeu awnaethant udunt.
ar ureint kyweirdeb neuad amynet y vŏyta. Ac ual
y dechꝛeuaſſynt eiſted ardechꝛeu y wled yd eiſted-
aſſant yna. Adechꝛeu ymdidan aŏnaeth matholŏch

abendigeituran. ac nachaf yn ardia6c gan vendigeit
uran yn ymdidan ac yndꝛift. <u>amy6arth</u> agaei gan vath-
ol6ch ae lewenyd yn waftat kynno hynny. Imed-
ylya6 aoꝛuc bot ynathꝛift gan yꝛ unben vychanet
aga6ffei o ia6n am ygam. a 6ꝛ heb y bendigeituran
nyt 6yt gyftal ymdidan6ꝛ heno ac un nos. ac os yꝛ
bychenet gennyt ti dyia6n. ti agey y chwanegu *it*
6ꝛth dyvynnu dyhun. ac auoꝛy talu dy ueirch itt.
argl6yd heb ef du6 adalo itt. mi adelediwaf dy
ia6n heuyt it heb y bendigeiturā. Mi arodaf it peir.
achynnedyf ypeir y6. yg6ꝛ alader hedi6 it. y v6ꝛ6
yny peir. ac erbyn auoꝛy y vot yngyftal ac y
bu oꝛeu. eithyꝛ nabyd Ilyueryd ganta6. adiol6ch a
wnaeth ynteu hynny. a dirua6ꝛ lewenyd agymerth
ynda6 oꝛ acha6s h6nn6. Ithꝛannoeth ytal6yt y ueirch
ida6 tra barhaa6d meirch dof. ac odyna y kyꝛch-
6yt ac ef kym6t arall ac y tal6yt ebolyon ida6. yny
uu g6byl ida6 ydal. ac 6ꝛth hynny ydodet ar y kymm-
m6t h6nn6 ohynny allan tal ebolyon. ar eil nos
eifted ygyt a6naethant. argl6yd heb ymathol6ch
pandoeth ytti ypeir arodeift ymi. Mf adoeth ym
heb ef ygan 6ꝛ auu yth wlat ti. ac ny 6nn nabo
yno ykaffo. P6y oed h6nn6 heb ef. Ilaffar Ilaef-
gyfne6it heb ef. a h6nn6 adoeth yma o Iwerdon
achymideu kymeinuoll y wreic ygyt ac ef. ac adiang-
yffant oꝛty haearn yn iwerdon. pan wnaethp6yt yn
wynnyas yn eu kylch. ac ydihangyffant odyno. ac
eres y6 gennyf i ony wdoft ti dim y 6ꝛth hynny. G6n
argl6yd heb ef. * achymeint ac a6nn mi aemanag-
af yti. Ynhela yd oed6n yn iwerdon dydg6eith ar

beñ goꝛſed aoed uch penllynn yn Iwerdon. a llynn
ypeir ygelwit. ami awelŏn gŏꝛ melyngoch maŏꝛ
yndyuot oꝛ llyñ apheir ar y geſyn. agŏꝛ athꝛugar
maŏꝛ adꝛycweith auoꝛles arnaŏ oed. agŏꝛeic yny ol.
ac ot oed vaŏꝛ ef mŏy dŏyweith oed ywreic noc
ef. achyꝛchu attaf awnaethant achyfuarch gŏell im.
Ie heb ymi pagerdet yſſyd arnaŏch chŏi. llyna y
ryŏ gerdet arglŏyd yſſyd arnam ni heb eſ.   Y wreic
honn ympenn pythewnos amis y byd beichogi idi.
ar mab aaner yna oꝛ toꝛllŏyth hŏñŏ. ar benn y
pytheŏnos armis y byd gŏꝛ ymlad. llaŏn aruaŏc.
y kymereis ynneu arnaf ygoſſymdeithaŏ ŏyntŏy. ac
y buant vlŏydyn ygyt ami.   Yny vlŏydyn y keueis
yndiwarauun ŏynt.   Ohyny allan y gŏarauunŏyt im.
achyn penn y pedwyꝛyd mis ŏynt ehun ynperi eu
hatgaſſau ac aghynnŏys yny wlat yngŏneuthur ſar-
haedeu. ac yneighaŏ ac yn gouutyaŏ gŏyꝛda a
gŏꝛaged da. ⦿ hynny allan ydygyuoꝛesˑvygkyuoeth
am vympen y erchi im ymvadeu ac ŏynt. arodi deŏis
im ae vyngkyuoeth aeŏynt. Ydodeis ynneu ar gy-
nghoꝛ vyggwlat beth awnelit amdanunt. Dyt eynt
hŏy oebod nyt oed reit udunt ŏynteu oehanuod
herwyd ymlad vynet.   Ac yna yny kyuyng gynghoꝛ
ykaŏſſant gŏneuthur yſtauell haearn oll. agŏedy bot
yn baraŏt yꝛ yſtauell. Dyuynnu aoed oof yn Iwerd-
on yno. oꝛ aoed oberchen geueyl a myꝛthŏl.
apheri goſſot kyuuch achꝛib yꝛ yſtauell olo. apheri
gŏaſſanaethu yndiwall o vwyt allyn arnunt arywreic
ae gŏꝛ ae phlant. Iphan wybuŏyt eu medŏi ŏynteu
ydechꝛeuit kymyſcu ytan ar glo am benn yꝛ yſtauell.

achꝰythu ymegineu⸗ yny vyd yty ynburwenn am
eupenn. ac yna y bu ykynghoꝛ gantunt ymperued
llaꝺꝛ yꝛ yſtauell. ac yd arhoes ef yny vyd y pleit
hayarn yn wenn. Ac rac diruaꝺ wres ykyꝛchꝰys y
pleit ae yſcꝰyd ae tharaꝺ gantaꝺ allan. ac yn yol
ynteu ywreic. aneb nydihengis odyno namyn ef ae
wreic. Ac yna omtebygu i arglꝰyd heb y matholꝰch
ꝺꝛth vendigeituran ydoeth ef dꝛꝺod attat ti. Yna
dioer heb ynteu ydoeth yma ac yrodes y peir y
minheu. Padelꝺ arglꝰyd yd erbynneiſt ti ꝺyntꝰy.
Au rannu * ympob lle yny kyuoeth. ac ymaent yn
lluoſſaꝺc ac yndyꝛchauel ympob lle. ac yn kadarn-
hau yny uann y bont owyꝛ ac arueu goꝛeu awelas
neb⸗ Pilit ymdidan awnaethant ynos honno tra
uuda gantunt acherd achyuedach. aphan welſant
vot yn lleſſach udunt uynet y gyſcu noc eiſted auei
hꝰy ygyſcu ydaethant. ac uelly ytreulaſſant ywled
honno trꝰy digrifꝰch Ac ynniwed hynny y kychwyn-
nꝰys matholꝰch abꝛannwengyt ac ef parth ac iwerdon.
a hynny oaber menei ykychwynnaſſant teir llong
ardec acydoethant hyt yn iwerdon. Yniwerdõ
diruaꝺꝛ lewenyd auu ꝺꝛthunt. Pydoei ꝺꝛ maꝺꝛ na
gꝰꝛeicda yn iwerdon yymwelet abꝛannwen ny rodei
hi ae cae ae modꝛꝰy ae teyꝛndlꝰs cadwedic idaꝺ auei
arbennic y welet ynmynet ymeith. ac ymyſc hynny
y vlꝰydyn honno aduc hi ynglotuaꝺꝛ. ahꝰyl delediꝺ
aduc hi o glot achedymdeithon. a beichogi adam-
weinꝰys idi ygael yn hynny. A gꝰedy treulaꝺ yꝛ
amſeroed dylyeduſ mab aanet idi. Sef enꝺ adodet
arnaꝺ gꝰern uab matholꝰch. Rodi ymab aruaeth

awnaethpwyt yꝛunꝪe goꝛeu y wyꝛ ynIwerdon. a
hynny ynyꝛ eil ulwydyn Ꝫyma ymodwꝛd yn iwerdon
am ygwaratwyd agawꝼꝼei vatholwch ygkymry. arfom
awnathoedit idaw amy veirch. ahynny y urodyꝛ maeth
ar rei neꝼꝼaf gantaw ynꝪiwaw ·idaw hynny heb ygelu.
ac nachaf ydygyuoꝛ yn iwerdō hyt nat oed lonyd
idaw onychaei dial yfarhaet. ꝸef dial awnaethant
gyꝛru bꝛannwen o vn yſtaueꝪ ac ef. ae chymeꝪ y bobi
yny Ꝫys. apheri yꝛ kigyd gwedy y bei yn dꝛyꝪyaw
kic dyuot idi atharaw boncluſt arnei beunyd. Ꝼc
ueꝪy y gwnaethpwyt y phoen. Ꝼe arglwyd heb y wyꝛ
wꝛth uatholwch. par weithon wahard y Ꝫongeu ar yſ-
graffeu ar coꝛygeu ual nat el neb y gymry. ac adel
yma o gymry carchara wynt hyt nat elont dꝛacheuyn
rac gwybot hynn. ac ar hynny ydifgynnyꝼꝼant blwyn-
yded nyt Ꝫei no their y buant ueꝪy. ac ynhynny
meithꝛyn ederyn dꝛytwen awnaeth hitheu ar dal y
noe gyt ahi adyfcu ieith idi. amenegi yꝛ ederyn y
ryw wꝛ oed ybꝛawt. adwyn Ꝫythyꝛ y poeneu * ar amarch
aoed arnei hitheu. ar *Ꝫythyr* arwymwyt am von
eſgyꝪ yꝛ edeꝛyn. ae anuon parth achymry. ar ederyn
adoeth yꝛynys honn. ꝸef Ꝫe ykauas uendigeituran
ygkaerſeint yn aruon yndadleu idaw dydgweith. adi-
ſgynnu ar y yſcwyd agarwhau y phluf yny arganuwyt
yꝪythyꝛ. ac adnabot meithꝛyn yꝛederyn ygkyuanned.
Ꝼc yna kymryt yꝪythyꝛ ae edꝛych. aphandarꝪewyt
y Ꝫythyꝛ doluryaw awnaeth bendigeituran o glybot y
poen aoed ar vꝛanwen adechꝛeu oꝛ Ꝫe hwnnw anuon
kenadeu ydygyfoꝛyaw yr ynys honn ygyt. Ꝼc yna
y peris ef dyuot Ꝫwyꝛwys pedeirgwlat afeith ugeint

hyt attaƀ. Ac ehun kƀynaƀ ƀrth hynny bot y poen
aoed ar y chwaer. Ac yna kymryt kynghor. Sef
kynghor agahat kyrchu iwerdon ac adaƀ seith wyr
yntywyffogyon yma. a chradaƀc uab bran yn bennaf.
ac eu feith marchaƀc. ynedeirnon yd edewit y gƀyr
hynny. Ac oachaƀs hynny ydodet feith marchaƀc
ar ydref. Sef feithwyr oedynt. Cradaƀc uab bran.
ac eueyd hir. Ac vnic gleƀ yfcƀyd. Ac idic uab
anaraƀc wallt grƀn. a ffodor uab eruyll. Ac ƀlch
minafcƀrn. Allafhar uab llaefar llaefgygƀyd. a phen-
daran dyuet yn was ieuanc gyt ac ƀy. Y feith
hynny a dricywys yn feith kynƀeiffat yfynnyaƀ ar yr
ynys honn. Ichradaƀc uab bran yn bennaf kynnweiff-
yat arnunt. Bendigeituran ar niuer adywedaffam
ni a hwylyaffant parth ac iwerdon. Ac nyt oed uaƀr
y weilgi yna yueif ydaeth ef. Dyt oed namyn dƀy
auon. lli ac archan ygelwit. Agƀedy hynny yd amyl-
haƀys y weilgi y teyrnaffoed. Ic yna ykerdƀys ef
ac aoed ogerd arweft ar y geuyn ehun achyrchu tir
iwerdon. A meicheit matholƀch oed ar lan y weilgi.
ƀynt adoethant att vatholƀch. Irglƀyd heb ƀy hen-
pych gƀell. Duƀ arodo da yƀch heb ef. achƀedleu
ygennwch. Arglƀyd heb ƀy. mae gennyn ni chƀedleu
enryued. coet rywelfom ar yweilgi. yny lle ny
welfam eiryoet vnprenn. llyna beth eres heb ef.
Iwel(eƀ)*ch* chƀi dim namyn hynny. Ƀƀelem arglƀyd
heb ƀy mynyd maƀr geir llaƀ *y* coet. ahƀnnƀ ar *gerdet.*
ac efgeir aruchel ar ymynyd. Allyn *o pob parth or*
efgeir. Ar coet ar mynyd aphoppeth ohynny oll *ar*
gerdet. Ie heb ynteu nyt oes neb yma awypo (dim)

y6ith hynny onys g6yi bianwen go(uynn6ch idi)*
kennadeu aaeth att uranwen. arGl6ydes heb 6y beth
debygy di y6 hynny. G6yi ynys ykedyin yndyuot
di6ad o glybot vympoen i amhamarch Beth y6 y
coet awelat arymoi heb 6y. G6ernene⁊ llogeu
ah6ylbienni heb hi. Och heb 6y beth oed y mynyd
awelit gan yftlys y llongeu. Bendigeituran vymra⸱t
i heb hi oed h6nn6 yndyuot yueis. nyt oed log y
kyghanei ef yndi. ᴃeth oed yi efgeir aruchel. ar llynn
obop parth yi efgeir. Ef heb hi y--ediych ar yiynyf
honn llidia6c y6. Y deu lygat ef opobparth ydi6yn·
y6 y d6y lynn o bopparth yi efceir. Ac yna dygyuoi
holl wyi ymlad iwerdon awnaethp6yt ygyt. ar ho⸱l
uoibennyd awnaethp6yt yn gyflym. Achyngoi a
gymer6yt. ArGl6yd heb y wyrda 6ith vathol6ch nyt
oes gynghoi namyn kilia6 di6y linon auon aoed yn
iwerdon. Agadu llinon yrot ac ef. Atho⸱ri y bont yf-
fyd ar yi avon⸱ Ameinfugyn yffyd ygg6aela6t yi
auon. ny eill nallong na llef⸱yi arnei. Wynt agilyaf-
fant di6y yi auon ac a toiraffant ypont. ⸱

Bendigeituran adoeth yi tir allyghes ygyt ac ef
parth aglann yi auon. arGl6yd heb y wyida ti a6doft
kynnedyf yi auon. ny eill neb vynet di6ydi. nyt oef
bont arnei hitheu. mae dy gynghoi am bont heb 6y.
Nyt oes heb ynteu. namyn avo penn bit bont. Miui
auydaf bont heb ef. Ac yna gyntaf y dywetp6yt y
geir h6n6 ac ydiaerebir ettwa ohona6. Ac yna g6edy
goiwed ohona6 ef ar tra6s yi auon. y byiywyt cl6yteu
arna6 ef. Ac ydaeth yluoed ef arydia6s di6od. Ar
hynny gyt ac ykuodes ef. llyma gennadeu mathol6ch

yndyuot atta6. ac ynkyuarch g6ell ida6. ac yny an-
nerch ygan uathol6ch ygyuath₂ach6₂. ac yn menegi
oe vodef na haedei arna6 namyn da. Ac ymae
mathol6ch yn rodi b₂enhinyaeth iwerdon ywern uab
mathol6ch dynei ditheu uab dychwaer. ac yny ef-
tynnu yth wyd di. ynlle ycam arcodyant awnaeth-
p6yt y v₂annwen. ac yny lle ymynnych ditheu. ae
yma ae ynynys ykedy₂n goffymdeitha uathol6ch. Je
heb ynteu vendigeituran ony allafi vy hun cael y
v₂enhinyaeth. ac atuyd yfkymeraf gygho₂ am ych
kennad6₂i ch6i. O hynn hyt pandel amgenn ny cheff-
6ch y gennyfi atteb. Je heb 6ynteu. y₂ atteb go₂eu
agaffom ninneu attat ti ni ado6n ac ef. ac aro di-
*theu yn kennad6₂i ninheu. arhoaf heb ef a do6ch
yn eb₂6yd. Ykennadeu agy₂chaffant racdu ac att
vathol6ch ydoethanthant. Argl6yd heb 6y kyweira
atteb auo gwell att vendigeituran. ny waranda6ei
dim o₂atteb aaeth ygennym ni atta6. Bawy₂ heb
ymathol6ch mae ychkyngho₂ ch6i. Argl6yd heb 6y
nyt oes itt gygho₂ namyn vn. nyt eig6ys ef y my6n
ty eiryoet heb 6y. G6na ty heb 6ynt y geingho ef
ag6y₂ ynys y kedy₂n yny neillparth y₂ty. athitheu
athlu yny parth arall. ady₂o dy urenhinyaeth yny
ewyllys ag6₂ha ida6. Ac oenryded g6neuthur y ty
heb 6ynt. peth nys kauas eiryoet ty y geinghei yn-
da6. ef atangneuedha athi. Arkennadeu aaethant
ar gennad6₂i honno gantunt att uendigeituran. Ac
ynteu agymerth kyngho₂. Sef agauas yny gyngho₂
kymryt hynny. a th₂6y gygho₂ b₂anwen uu hynny oll.
ac rac llygru ywlat oed genti hitheu hynny. Ydang-

neued honno agyɓeirɓyt ar ty aateilɓyt yn uaɓı ac
ynbıaff. ac yſtryɓ awnaeth ygɓydyl. ſef yſtryɓ a
wnaethant dodi gɓanas obop parth ybopparth y bop
colouyn o cant colofyn aoed yny ty. adodi boly
croen ar bop gɓanas. agɓı aruaɓc ympob un ohon-
unt. ſef aɓnaeth efnyſſyen dyuot ymblaen llu ynys
y kedyın ymyɓn ac edıych golygon oıwyllt antru-
garaɓc ar hyt yty. ac arganuot y bolyeu crɓyn a
wnaeth arhyt ypyſt. ſeth yſſyd yny boly hɓnn heb
ef ɓıth un oıgɓydyl. ɓlaɓt eneit heb ef. ſef awnaeth
ynteu y deimlaɓ hyt pangauaſ y benn. agɓaſcu y
benn yny glyɓ y vyſſed yn ymanodi yny vıeithell
dıɓy yı aſcɓın. ac adaɓ hɓnnɓ. adodi y laɓ ar vn arall
agouyn beth yſſyd yma. blaɓt medei y gɓydyl. ſef
awnaey ynteu yı un gɓare aphaɓb ohonunt hyt nat
edewis ef ɓı byɓ oıholl wyı oıdeucan ɓı eithyı un.
adyuot at hɓnnɓ agouyn beth yſſyd yma. blaɓt eneit
heb y gɓydyl. ſef awnaeth ynteu y deimlaɓ ef. yny
gauas y benn. ac ual y gɓaſcaſſei benneu yrei ereill
gɓaſcu pennhɓnnɓ. ſef yclyɓei arueu am benn hɓnnɓ.
nytymedewis ef ahɓnnɓ yny lladaɓd. ʒc yna canu
eglyn. ẏſſit yny boly hɓnn amryɓ vlaɓt. keimeit
kynniuyeit diſgynneit yn trin rac kytwyı cat baraɓt.
ʒc ar hynny ydothyɓ yniueroed yıty. ac y * doeth
gɓyı o ynys ʒwerdon yıty oı neill parth. a gɓyı o
ynys y kedyın oı parth arall. ac yngyn ebıɓydet ac
yd eiſtedaſſant y bu duundeb y ryngtunt. Ac yd
eſtynnɓyt y urenhinyaeth yı mab. ʒc yna gɓedy
daruot y dangued galɓ o vendigeituran y mab attaɓ.
ygan vendigeituran y kyıchaɓd y mab att uanyɓ-

ydan. A pha6b o2 ae g6elei yny garu. ygan uana6ydan
y gelwis nyffyen uab euroffwyd y mab atta6. Y mab
aaeth atta6 yndiryon. Paham heb y2 efnyffyn. na
da6 uy nei uab vychwaer attafi. kynny bei urenhin
ar iwerdon da oed gennyfi ymdirioni ar mab. aet
yn lla6en heb y bendigeituran. Y mab aaeth atta6
yn lla6en. Y du6 ydygaf vyngkyffes heb ynteu yny
ued6l. ys anhebic a gyflauan gan y tyl6yth y g6neuth-
ur a6nafi y2 a62hoñ. a chyuodi y uynyd achymryt
y mab her6yd yd2aet. Jc heb ohir kynn kael odyn
yny ty gauael arna6 yny want y mab ynwyfc y benn
yny gynneu tan. Jphan welas b2anwenn y mab yn
boeth yny tan. Hi agyngytywys b62u6 neit yny tan
o2 lle ydoed yn eifted r6ng ydeu uroder. a chael o
uendigeituran hi yny neill la6. ae taryan yny lla6
arall. Jc yna ymgyuoc o ba6p ar hyt y ty. a llyna
y god62d m6yhaf auu gan niuer unty. pa6b ynky-
mryt y arueu. Jc yna y dywa6t mo2d6yd tyllyon.
Gwern g6ng6ch ui6ch uo2dwyt tyllyon. ac yny aeth
pa6p ym penn y arueu. y kynhellis bendigeituran
v2anwen y r6ng y daryan aeyfc6yd. Jc yna y de-
ch2euis yg6ydyl kynneu tan dan ypeir dateni. ac yna
yby2y6t y kalaned yny peir. yny uei yn lla6n. ac yky-
uodynt d2annoeth yn wy2 ymlad yn gyftal achynt
eithy2 na ellynt dywedut. ac yna pan welas efnyffyn
y kalaned heb eni yn vn lle owy2 ynys y kedy2n
ydywa6t yny ued6l. Oi adu6 heb ef g6ae vi vymot
yn acha6s y2 wydwic honn o wy2 ynys ykedy2n.
Jmeuyl ym heb ef ony cheiffafi waret rac hynn. ac
ymedy2ya6 ymplith calaned y g6ydyl. a dyuot deu

wydel uonllŵm idaŵ ae vŵrŵ yny peir ynrith gŵydel.
Ymeſtynnu idaŵ ynteu ynypeir yny tyꝛr ypeir yn
pedwardꝛyll. ac yny tyꝛr y * gallon ynteu. ac o hynny
ybu y meint goꝛuot auu y wyꝛ ynys ykedyꝛn. Ɖy
bu oꝛuot ohȳny eithyꝛ dianc ſeithwyꝛ abꝛathu ben-
digeituran yny troet agŵenŵynwaeŵ. Ɓef ſeith wyꝛ a
dihengis. Pꝛyderi. Manaŵydan. Ꝺliuieri. Ꝼil taran.
Ɠalyeſſin. ac ynaŵc grudyeu' uab muryel. Ƀeilyn
uab gŵynn hen. ac yna yperis bendigeituran llad
ybenn. achymerŵch chŵi ypenn heb ef adygŵch hyt
y gŵynurynn yn llundein. a chledŵch yno ef ae wyneb
ar ſreinc. achŵi avydŵch ar yffoꝛd ynhir. yn hardlech
y bydŵch ſeith mlyned ar ginyaŵ. ac adar riannon
yncanu yŵch. arpenn auyd kyſtal gennŵch y gedym-
deithas ac ybu oꝛeu gennŵch pan uu arnaf i eiryoet.
ac yggŵaleſ ympenuro ybydŵch pedwarugeint mlyn-
ed. ac yny agoꝛoch y dꝛŵs parth ac aber henueleu
y tu achernyŵ y gellŵch uot yno. ar penn yndilŵgyꝛ
gennŵch. ac oꝛpann agoꝛoch y dꝛŵs hŵnnŵ ny ellŵch
uot yno. ꝣyꝛchŵch lundein y gladu y penn. achyꝛch-
ŵch chŵi ragoch dꝛŵod. ac yna yllas ybenn ef. ac
ykychŵynnaſſant ar penn gantunt dꝛŵod y ſeithwyꝛ
hynny. abꝛanwen ynŵythuet. Ɉc y aber alaŵ yntal
ebolyon y doethant yꝛ tir. ac yno eiſted awnaethant
agoꝛffowys. Ɉdꝛych oheni hitheu ar iwerdon. ac ar
ynys ykedyꝛn awelei ohonunt. Ɵi auab duŵ heb hi
gŵae ui omganedigaeth. yſda dŵy ynys adiffeithŵyt
omachaŵꝛ i. adodi ucheneit uaŵꝛ athoꝛri y challon ar
hynny. agŵneuthur bed pedꝛyual idi ae chladu yno
ygglan alaŵ. ac arhynny kerdet aŵnaeth y ſeithwyꝛ

parth a hardlech ar penn gantunt. Val ybydant
ynkerdet. Ilyma gyweithyd ynkyuaruot ac6ynt o wy2
ag62aged. aoes genn6ch ch6i ch6edleu heb ymana6-
ydan. Dac oes heb 6ynt onyt go2efgyn ogaffwalla6n
uab beli ynys y kedy2n. ae vot yn·v2enhin co2ona6c
ynIIundein. Ja daruu heb 6ynteu y garada6c vab
b2an. ar feith wy2 aede6it ygyt ac ef yny2 ynys honn.
Dyuot Kaffwalla6n ameupenn aIIad y chweg6y2.
atho2ri o hona6 ynteu grada6c y gallon o annyuyget.
am welet y cledyf yn IIad y wy2. ac nawydyat p6y
aeIIadei. Kaffwalla6n ar daroed ida6 wifca6 IIen hut
ymdana6. * ac ny welei neb ef ynIIad y g6y2. namyn
ycledyf. Dy mynnei gaffwalla6n ylad ynteu ynei
uab y geuynder6 oed. a h6nn6 uu ytrydyd dyn a
to2res y gallon o niuyget. Jenndarar dyuet a oed
ynwas ieuanc gyt ar feithwy2 adihengis y2 coet heb
6ynt. Jc yna y ky2chaffant 6ynteu hardlech ac y
dech2euaffant eifted. ac ydech2eu6yt ymdi6aIIu o v6yt
aIIynn. ac ydech2euaffant 6ynteu v6ytta ac yuet. Dy-
uot tri ederyn adech2eu canu udunt ry6 gerd. ac oc
agly6ffynt o gerd. diu6yn oed pob un y 62thi hi.
a pheII d2emynt oed udunt eu g6elet uch penn y
weilgi aIIan. achyn amlycket oed udunt 6y achyn
bydynt gyt ac 6y. ac arhynny o ginya6 y buant feith
mlyned. Jc ympenn yfeithuet ul6ydyn y kych6yn-
naffant parth a g6alas ympenuro. ac yno ydoed udunt
IIe tec b2enhineid uch benn y weilgi. ac yneuad ua62
aoed yno udunt. ac y2 neuad yky2chyffant. ac deu-
d26s aoed ynago2et. ar trydyd d26s yngayat y2 h6m
tu a cherny6. weldi racco heb y mana6ydan y d26f

nydylyῧn ni y agoꝛi. Ɨr nos honno y buant yno
yndiwall. ac yndigrif gantunt. Ɨc yꝛ awelſynt o
vῧyt yny gῧyd. ac yꝛ aglywyſ ehun. ny doey ygof
udunt hῧydim. nac o hynny *nac* o alar yny byt.
Ɨc yno ytreulyſſant ypedwar ugeint mlyned hyt na
wybuant hῧy eiryoet. dῧyn yſpeit digrifach nahyfryd-
ach no honno. Ꝑyt oed anneſmῧythach nac adnabot
ovn ar y gilyd <u>yuot</u> yn hynny o amſer no phan doeth-
ant yno. Ꝑyt oed anneſſmῧythach gantunt ῧynteu
gytuot ypenn yna. no phan uuaſſei vendigeituran
ynvyῧ gyt ac ῧynt. Ɨc oachaῧs y pedwar ugeint
mlyned hynny ygelῧit. Yſpydaῧt urdaῧl benn yſpyd-
aῧt vꝛannῧen a matholῧch oed yꝛ honn yd aethpῧyt
y iwerdon. Ꝯef aῧnaeth heilyn uab gwynn dyd-
gῧeith. Meuyl ar uymarafi heb ef onyt agoꝛaf ydꝛῧs.
y wybot aegῧir adywedir am hynny. Ɵgoꝛi ydꝛῧs
aῧnaeth. ac edꝛych ar gernyῧ. ac ar aber henuelen.
Ɨphan edꝛychῧys yd oed yngyn hyſpyſſet gantunt
y geniuer collet agollaſſynt eiryoet. Ɵr geniuer car
a chedymdeith agollaſſynt. Ɵr geniuer dꝛῧc adathoed
udunt achyt bei *yna y kyuarffei ac ῧynt. Ɵc yn ben-
naf ameu harglῧyd. Ɨc oꝛ gyuaῧꝛ honno ny allyſſant
ῧy oꝛfowys. namyn kychῧynnu arpenn parth allun-
dein. Ꝓa hyt bynnac y bydynt ar yffoꝛd ῧynt a
doethant hyt yn llundein. ac agladaſſant ypenn yny
gwynurynn. Ɵ hῧnnῧ uu y trydyd matcud pancud-
ywyt. Ɵr trydyd anuat datcud pandatcudywyt. Ɫany
doey oꝛmes byth dꝛῧy voꝛ yꝛ ynys honn trauei y
penn yny cud hῧnnῧ. Ɵ hynny adyweit y kyfarwydyt
eukyfranc hῧy. y gῧyꝛ agychwynnῧys o iwerdon yῧ

h6nn6. Yniwerdon nyt ede6it dyn by6 namyn pump
g6raged beicha6c y my6n gogof yn diffeith6ch iwerd-
on. ar pump g6raged hynny yny₂ un kyfnot aanet
udunt pump meib.   Ar pump meib hynny auagaffant
hyt pan uuant weiffon ma6₂. ac yny uedylyaffant
am wraged.   Ac yny uu damunet gantunt eukaffael.
ac yna kyfcu pob un la6 heb la6 gan uam y gilyd.
a g6ledychu y wlat ae chyuannhedu. ae rannu y
ryngtunt ell pump.   Ac o acha6s y rannyat h6nn6
y gel6ir ettwa pump rann Iwerdon. ac ed₂ych y wlat
awnaethant fo₂d y buaffei y₂ aeruaeu. achael eur ac
aryant yny yttoedynt yn gyuoetha6c. Allyna ual y
teruyna ygeinc honn o₂ mabinogi. o acha6s palua6t
b₂an6en. y₂ honn a vu tryded anuat palua6t yny₂
ynys honn. ac o achas yfpada6t b₂an panaeth niuer
deg wlat afeith ugeint y iwerdon ydial palua6t b₂an-
6en. ac am yginya6 yn hardlech feith mlyned.   Ac
am ganyat adar riannon. ac ar yfpyda6t benn ped-
war ugeint mlyned.

Manawyddan, son of Llyr.

Gwedydaruot y2 feithwy2 adywedaffam ni uchot
cladu penn bendigeituran yny g6ynv2yn yn
Ilundein. ae wyneb ar freinc. ed2ych a6naeth man-
a6ydan ar ydref yn Ilundein ac ar ygedymdeithon
adodi ucheneit ua62. A chymryt dirua62 alar ahiraeth
ynda6. Oi adu6 holl gyuoethawc g6aeui heb ef. nyt
oes neb heb le ida6 heno namyn mi. Argl6yd heb
y p2yderi. na uit gynd2ymhet genhyt ahynny. dy
geuynder6 yffyd urenhin yn ynys ykedy2n. a chyn
g6nel gameu it heb ef. ny buoft ti ha6l62 tir adayar
eiryoet. try*dyd Iledyf unbenn 6yt. Ie heb ef kyt
boet keuynder6 y mi yg62 h6nn6. goath2ift y6 gennyf
g6elet neb yn Ile bendigeituran vy mra6t. ac ny allaf
uot yn Ila6en yn unty ac ef. awney ditheu gyngho2
arall heb y p2yderi. Reit oed im 62th gyngho2 heb
ef. apha gyngho2 y6 h6nn6. Seith gantref ry ede6it
ymi heb yp2yderi a riannon uy mam yffyd yno. mi
arodaf itti honno a medyant y feith gantref genthi.
Achynnybei itti o gyuoeth namyn y feith cantref
hynny. nyt oes seith cantref well noc 6y. Ticuauerch
wynn gloy6 y6 vygg62eic ynneu heb ef. achynn en6-

edigaeth y kyuoeth y mi. bit y mbynant y ti a rian-
non. aphei mynnvt gyuoeth eiryoet atuyd y kaffut
ti honnb. Ha uynnaf unbennheb ef. dub adalo it
dy gedymdeithas. Y gedymdeithas oreu aallbyf i
ytti ybyd os mynny. Mynnaf eneit heb ef dub adalo
itt. ami aaf gyt athi y edrych riannon. ac y edrych
y kyuoeth. Jabn awney heb ynteu. Mi atebygaf
na werendeweift eiryot ar ymdidanwreic well no hi.
Yr amfer y bu hitheu yny dewred ny bu wreic deled-
iwach nohi. ac ettwa ny bydy anuodlabn y phryt.
wynt agerdaffant racdunt. a pha hyt bynnac y bydynt
ar yffo
rd wynt adoethant ydyuet. Bbled darparedic
oed udunt erbyn eu dyuot yn arberth. a riannon
a chicua wedy y harlbyab. Ic yna dechreu kyt eifted
ac ymdidan o uanabydan ariannon. ac or ymdidan
tirioni awnaeth y vryt ae uedbl brthi. a hoffi yny
uedbl na welfei eiryoet gbreic digonach y thecket ae
theledibet no hi. Pryderi heb ef mi avydaf brth a
dywedeifti. Padywedbydat oed honnb heb y riannon.
arglbydes heb ef bryderi. mi ath roeffum ynwreic
y uanabydan uab llyr. a minheu a vydaf brth hynny
yn llaben heb y riannon. llaben yb gennyf inneu heb
y manabydan. adub adalo yr gbr yffyd yn rodi ymin-
neu y gedymdeithas mor difleis a hynny. Ynn
daruot y wled honno ykyfcbyt genthi. ar ny deryb
or wled heb y pryderi treulbch chbi. a minneu aaf
y hebrbng vyg gbrogaeth y gaffwallabn uab beli hyt
yn lloegyr. aglbyd heb y riannon yg kent * y mae
kaffwallabn. athi aclly treulab y wled honn. ae aros
ynteu auo nes. Pinheu ae harhobn heb ef. ar wled

honno adꝛeulaſſant. Y dechꝛeu a6naethant kylcha6
dyuot ae hela. achymryt eudigriſ6ch. Ac 6ꝛth rodya6
y wlat ny welſynt eiryoet wlat gyuanhedach no hi.
na heldir well. nac amylach y mel ae phyſca6t no hi.
Ac yn hynny tyuu kedymdeithas y rygtunt yll ped-
war hyt na mynnei yꝛ vn vot heb y gilyd na dyd na
nos. Ac ym myſc hynny ef a aeth at gaſſ6alla6n hyt
yn ryt ychen y hebr6ng y 6ꝛogaeth ida6. A dirua6ꝛ
a uu yny erbyn yno. A diol6ch ida6 hebꝛ6ng y 6ꝛogaeth
ida6. A g6edy y ymchoelut kymryt eu g6ledeu ae
heſm6ythter a oꝛugant pꝛyderi a mana6ydan. A de-
chꝛeu g6led a oꝛugant yn arberth kanys pꝛiflys oed.
Ac ohonei y dechꝛeuit pob enryded. A g6edy y b6yta
kyntaf y nos honno *tra uei* y g6aſſanaeth wyꝛ yn b6yt-
a. Kyuodi allan a oꝛugant a chyꝛchu goꝛſed arberth a
wnaethant yll pedwar ac eu niuer gyt ac 6ynt. Ac ual
y bydant yn eiſted uelly. llyma d6ꝛyf. A chan ueint
y t6ꝛyf llyma ga6at o ny6l yn dyuot hyt na chanhoed
yꝛ un o honunt h6y y gilyd. Ac yn ol y ny6l llyma yn
goleuhau pob lle. A phan edꝛychyſſant y foꝛd y g6elynt
y pꝛeideu ar anreitheu ar kyuanhed kyn no hynny. ny
welynt neb ry6 dim. na thy. nac aniueil. na m6c. na
than. na dyn. na chyuanned eithyꝛ tei y llys yn wac
diffeith angkyfanned heb dyn heb *vil* yndunt. Y eu
kedymdeithon ehun wedy eu colli heb wybot dim
y 6ꝛthunt. onyt h6y yll pedwar. Oi ar argl6yd du6
heb y mana6ydan. mae niuer y llys an niuer ninheu
eithyꝛ hynn. A6n y edrych. dyuot yꝛ neuad a 6naeth-
ant nyt oed neb. kyꝛchu y kaſtell ar hundy[.ny]
welynt neb. Ym medgell. nac ygk[egin] nyt oed

namyn diffeith6ch. D[echreu] awnaethant yll pedwar
treul[a6 y6led] a hela a6naethant. a chymr[yt eu
digriu]6ch. A dech₂eu awnaeth pob [un o honunt]
rodya6 ywlat arkyuoeth y[ed₂ych a6elynt] ae ty. ae
kyuanhed. a neb ry6 [dim ny wel]ynt eithy₂ g6yd-
lydnot. I g6ed[y treula6]* eu g6led ac eu darmerth
o honunt. dech₂eu awnaethant ymborth ar gic hela
a phyfca6t a bydafeu. Ic uelly b6ydyn ar eil a treulyf-
fant yn digrif gantunt. Ac yn y diwed diffygya6 a
6naethant. Dioer heb y mana6ydan ny byd6n ual hynn.
Ky₂ch6n loegy₂ a cheiff6n grefft y kaffon yn hymbo₂th.
ky₂chu Iloegy₂ a o₂ugant. A dyụot hyt yn henffo₂d.
A chymrut arnunt g6neuthur kyfr6yeu. I dechreu
awnaeth ef uana6ydan Ilunya6 co₂feu ac eu Iliwa6
arywed y g6elfei gan lafar Ilaefgyg6yd a chalch Ilafar.
Ag6neuthur calch lafar racda6 ual y g6nathoed y g6₂
arall. Ic 6₂th hynny y gel6ir ettwa calch lafar. am
y wneuthur o lafar Ilaefgyg6yd. Ac o₂ g6eith h6nn6
tra geffit gan uana6ydan. ny phrynit gan gyfr6yyd
d₂os wyneb hennffo₂d na cho₂of na chyfr6y. Ac yny
adnabu bop un o₂ kyfr6yydyon yuot yn kolli oe hen-
nill Ilawer. ac ny ph₂ynit dim gantunt onyt g6edy
na cheffit gan uana6ydan. Ic yn hynny ymgynnulla6
ygyt o honunt. a duuna6 am ylad ef ae gedymdeith.
Ic yn hynny rybud a ga6ffont 6ynteu. A chymryt
kyngho₂ am ada6 yd₂ef. Y rof i a du6 heb y p₂yderi
ny chyngho₂af i ada6 yd₂ef. namyn Ilad y taeogyon
racco. Dac ef heb y mana6ydan bei ymladem ni ac
6ynt6y clot d₂6c avydei arnam ac an carcharu awneit.
Yfg6ell ynn heb ef ky₂chu tref arall yymofmeitha6

yndi. Ac yna kyɪchu dinas araỻ awnaethant eỻ
pedwar. Pa geluydyt heb y pɪyderi a gymer6n ni
arnam. G6na6n taryaneu heb y mana6ydan. A 6dom
ninneu dim y 6ɪth hynny heb y pɪyderi. Di ae pɪo-
[f6n] heb ynteu. Dechɪeu g6neuthur [taryan]eu a oɪug-
ant. ac euỻunya6 ar [6eith ta]ryaneu da a welfynt.
A dodi y [Ỻi6 a dody]ffynt ar y kyfr6yeu arnunt. [ar
g6eith h]6nn6 al6yd6ys racdunt hyt [na phɪynit] tar-
yan ynyɪhoỻ dɪef. onyt [g6edy na ch]effit gantunt
h6y. Kyflym [oed eu g6ei]th 6ynteu a diueffur a
6ne[ynt ac ue]ỻy y buant yny dyg6yda6d * y6 kyt-
dɪefwyɪ racdunt. ac yny duunaffant argeiffa6 eu ỻad.
Rybud adoeth udunt 6ynteu. achlybot bot ygwyɪ
ae bɪyt ar eu dihenydya6. Pɪyderi heb y mana6ydan
y mae y g6yɪ hynn yn mynnu an diuetha. Da chy-
mer6n ninheu y gan y taeogeu hynny. a6n ydanunt
a ỻad6n 6ynt. Dac ef heb ynteu. kaffwaỻa6n a glyw-
ei hynny ae wyɪ. Are6in vydem. Kyɪchu tref araỻ
a wna6n. wynt adoethant y dɪef araỻ. Pa geluydyt
yd a6n ni 6ɪthi heb y mana6ydan. Yɪhonn y myn-
nych oɪ awdam ni heb y pɪyderi. Dac ef heb ynteu
g6na6n grydyaeth. ny byd o gallon gan grydyon nac
ymlad ani nac ymwaravun. Dy6n i dim y 6ɪth honno
heb y pɪyderi. Mi ae g6nn heb y manawydan a mi
adyfcaf itti wnia6. Ac nyt ymyɪr6n ar gyweirya6
ỻedyɪ namyn y pɪynu yn para6t ag6neuthur yng6eith
ohona6. Ac yna dechɪeu pɪynu y coɪdwal teckaf
a gafas yny dɪef. ac amgen ledyɪ no h6nn6 ny phɪynei
ef eithyɪ ỻedyɪ g6adneu. A dechɪeu a wnaeth ym-
gedymdeithaffu ar eurych goɪeu yny dɪef. a pheri

gỽaegeu yꝛ efgidyeu ac euraỽ y gỽaegeu a fynnyaỽ
ehun aꞃhynny yny gỽybu. Ꝺc oꝛ achaỽs hỽnnỽ
y gelwit ef yndꝛydyd eurgryd. Ꞇꝛa geffit gantaỽ ef
nac efgit na hoffan ny phꝛynit dim gan gryd ynyꝛ
holl dꝛef. Ꞅef a wnaeth y crydyon adnabot bot eu
hennill yn pallu udunt. kanys ual yllunyei vanaỽ-
dan y gỽeith y gỽniei pꝛyderi. Ꝑyuot y crydyon a
chymryt kyghoꝛ. fef agaỽffant yn eu kynghoꝛ du-
unaỽ ar eullad. Ꝑꝛyderi heb y manaỽydan y mae
y gỽyꝛ hynn ynmynnu anllad. Ꝑaham y kymerỽn
ninneu hŷny ygan y taeogeu lladꝛon heb y pꝛyderi.
namyn eu llad hỽy oll. Ꝺac ef heb ymaỽydan nyt
ymladỽn ac ỽynt. Ꝺc ny bydỽn ynlloegyꝛ bellach.
kyꝛchỽn parth adyuet. ac aỽn y hedꝛych. Ꝑahyt
bynnac y buant ar y ffoꝛd ỽynt a doethant y dyuet.
ac arberth a gyꝛchaffant. Ꝺ llad tan a wnaethant.
Ꝺdechꝛeu ymboꝛth a hela a thꝛeulaỽ mis uelly. Ꝺchyn-
null eu kỽn attunt. Ꝺbot uelly yno vlỽydyn. Ꝺboꝛe-
gỽeith kyuodi pꝛyderi a manaỽydan y hela. Ꝺchyweir-
yaỽ eu kỽn a mynet odieithyꝛ y llys. Ꞅef a w*naeth rei
oꝛcỽn. kerdet oe blaen a mynet y berth vechan a oed
geyꝛ eullaw. Ꝺc ygyt ac yd aant yꝛ berth kiliaỽ yn
gyflym acheginwrych maỽꝛ gantunt ac ymchoelut at
y gỽyꝛ. Ꝺeffaỽn heb ypꝛyderi parth arberth yedꝛych
beth yffyd yndi. neffau parth ar berth a wnaethant.
pan neffayffant llyma uaed coet claerwyn ynkyuodi
oꝛ berth. Ꞅef aoꝛuc y cỽn ohyder y gỽyꝛ ruthꝛaw
idaỽ. ꝑef a wnaeth ynteu adaỽ y berth achilyaỽ dalym
y ỽꝛth y gỽyꝛ. Ꝺc yny uei agos y gỽyꝛ idaỽ Kyuarth
a rodei yꝛkỽn heb gilyaỽ yrdunt. Ꝺphan yghei y

gꝺyꝛ ykiliei eilweith ac ytoꝛrei gyuarth. Acynol
ybaed ykerddaſſant yny welynt gaer uaꝺꝛ aruchel.
agꝺeith newyd arnei yny lle nywelſynt namaen na
gꝺeith eiryoet. ar baed ynkyꝛchu yꝛ gaer yn vuan
ar kꝺn yny ol. a gꝺedy mynet ybaed ar kꝺn yꝛ gaer.
ryuedu awnaethant welet ygaer yny lle ny welſynt
eiryoet weith kynno hynny. ac obenn yꝛoꝛfed
edꝛych awnaethant ac ymwarandaꝺ aꝛ kꝺn. Pahyt
bynnac ybydynt uelly nychlywynt un oꝛkꝺn na
dim yꝺꝛthunt. arglꝺyd heb yp ꝛyderi mi aaf yꝛgaer
ygeiſſaꝺ chꝺedleu yꝺꝛth yc ꝺn. Dioer heb ynteu nyt
da dygyghoꝛ uynet yꝛ gaer honn nys gꝺeleiſt eiryoet.
ac ogꝺney vygkyngoꝛ i nyt ey idi. arneb adodes hut
ar ywlat aberis bot ygaer ymma. Dioer heb ypꝛyderi
nymadeuaf i vyg cꝺn. Pagyghoꝛ bynnac agaffei ef
ygan uanaꝺydan ygaer agyꝛchaꝺd ef. Pandoeth yꝛ
gaer nadyn. na mil. nar baed. narcꝺn. na thy. nac a-
nhed. nyſgꝺelei yny gaer. Ef awelei ual amgymher-
ued llaꝺr ygaer ffynnaꝺn agꝺeith ovaen marmoꝛ
yny chylch. Ac arlan yfynnaꝺn. kaꝺc eur uchbenn
llech ovaen marmoꝛ. achadꝺyneu ynkyꝛchu yꝛawyꝛ.
a diben nyſgꝺelei arnunt. Goꝛawenu aꝺnaeth ynteu
ꝺꝛth decket yꝛeur. adahet gꝺeith y kaꝺc. Idyuot
awnaeth ynyd oed ykaꝺc ac ymauael ac ef. Ac ual
ydymauaelaꝺd ar kaꝺc glynu ydꝺylaꝺ ꝺꝛth y kaꝺc. ae
dꝛaet ꝺꝛth y llech ydoed ykaꝺc yn ſeuyll arnei.
Adꝺyn ylewenyd ygantaꝺ hyt na allei dywedut vn*
geir. a ſeuyll awnaeth uelly. Ae aros ynteu aꝺnaeth
manaꝺydan hyt parth adiwed ydyd. A phꝛynhaꝺn byꝛ
gꝺedy bot yndiheu gantaꝺ nachaei chwedleu yꝺꝛth

pꝛyderi nac y6ꝛth y c6n. dyuot aoꝛuc parth arllys. pan
da6 y my6n. fef awnaeth riannon edꝛych arna6. Mae
heb hi dygedymdeith ti ath g6n. llyma heb ynteu vyng
kyfranc aedatkanu oll. Dioer heb y riannon yfdꝛ6c
agedymdeith uuoft di⸗ ac ysda agedymdeith agoll-
eift di. a chan y geir h6nn6 mynet allan. ac yꝛ artal
y managaffei ef uot y g6ꝛ argaer kyꝛchu yno awnaeth
hitheu.   Poꝛth y gaer awelas yn agoꝛet ny bu argel
arnei. ac y my6n y doeth⸗ ac ual ydoeth arganuot
pꝛyderi yn ymauael arca6c adyuot atta6.   Och ar-
gl6yd heb hi beth awney di yma. ac ymauael ar
ka6c gyt ac ef. ac ygyt ac ydyme<u>v</u>eil glynu y d6yla6
hitheu 6ꝛth y ka6c. ae deutroet 6ꝛth y llech hyt na
allei hitheu dywedut un geir. ac ar hynny gyt ac
ybu nos llyma d6ꝛyf arnunt achawat ony6l. achan
hynny difflannu y gaer. ac ymeith ac 6ynteu.   Pan
welas kicua verch g6yn gloe6 nat oed yn y llys namyn
hi a mana6ydan. dꝛycyꝛuerth awnaeth hyt nat oed
well genti yby6 noemar6. ffef awnaeth mana6ydan
edꝛych ar hynny.   Dioer heb ef cam ydwyt arna6.
os rac vy ovyn i y dꝛycyꝛuerthy di. mi arodaf du6
yn vach itt naweleifti gedymdeith gywirach noc y
keffy di vi. tra vynno du6 itt uot uelly.   Trof adu6
pei yt ue6n i yndechꝛeu vy ieuenctit. mi agad66n
gywirdeb 6ꝛth pꝛyderi. ac yrot titheu mi ae cad66n.
ac na vit un ovyn arnat. heb ef. ac yꝛof adu6 heb ef.
ti ageffy y gedymdeithas auynnych ygennyfi herwyd
vyggallu i trawelo du6 ynbot yny dihir6ch h6nn ar
goual.   Du6 adalo itt heb hi ahynny adebyg6n i.
Ac yna kymryt llewenyd ac ehouyndꝛa oꝛ uoꝛ6yn o

achaßs hynny.   Je encit <u>heb</u> ymanaßydan. nytkyfle
ynni trigyaß yma. yn kßn a goffaffam. ac ymboıth
nys gallßn. kyıchßn loeger. haßffaf yß yni ymboıth
yno.   Ynllaßen arglßyd heb hi <u>ni</u> a wnaßn hynny.
Y gyt y kerdaffant hyt yn lloegyı. arglßyd heb hi
pa greft a gymery di arnat. kymer vn lannweith *
Dychymeraf i heb ef namyn crydyaeth. ual ygßneuth-
um gynt. arglßyd heb hi nyt hoff honno y glanet y ßı
kygynnilet kyuurd a thydi. wrth honno ydafi heb ef.
dechıeu y geluydyt a wnaeth a chyweiryaß y weith oı
coıdwal teckaf a gauas yn y dıef. ac ual y dechıeuyf-
fynt yn lle aral dechıeu gßaegu yı yfkidyeu owaegeu
eureit ynyoed ouer a manweith holl grydyon y dıef
y ßıth yı eidaß ef ehun. a thıageffit y gantaß nac efkit
na hoffan. ny phıynit ygan ereill dim. A blßydyn
uelly a treulßys ef yno yny oed y crydyon yn dala
kynuigen a chyghoıuynt ßıthaß. ac yny doeth ry-
budyeu idaß. a menegi uot y crydyon wedy duunaß
ar ylad. Jrglßyd heb y kicua pam ydiodefir hynn
ygan y taeogeu.   Dac ef heb ynteu ni aem eiffoes
y dyuet. dyuet a gyıchyffant.   Sef aoıuc manaßydan
pan gychßynnwys parth a dyuet. dßyn beich owenith
gantaß. a chyıchu arbeth. a chyuanhedu yno. ac nyt
oed dim digriuach gantaß no gßelet arberth ar tirog-
aeth ybuaffei ynhela ef a phıyderi a riannon gyt ac
ßynt. Dechreu a wnaeth kynneuinaß ahela pyfcaß
a llydnot ar eugßal yno. ac yn ol hynny dechıeu
ryuoıyaß. ac ynol hynny heu groft. areil. ardıyded.
Jc na chaf y gßenith ynkyuot ynoıeu yny byt. ae
deir groft yn llwydyaß yn vn dßf. hyt na welfei dyn

wenith degach noc ef. Ꞇ ꞃeulaƀ amſeroed y vlƀydyn
aƀnaeth. natchaf y kynnhaeaf yndyuot. ac y edꞃych
un oeroffteu ydaeth. nachaf honno yn aeduet. Mi
auynnaf vedi honn auoꞃy heb ef. Dyuot dꞃaegeuyn
ynos honno hyt yn arberth. v boꞃe glaf dꞃannoeth
dyuot yuynnv medi yrofft. pan daƀ nyt oed namyn
y kalaf ynllƀm wedy daruot toꞃri pobun yny doi yny
dywyſſen oꞃkeleuyn. a mynet ymeith ar tywys yn
hollaƀl. ac adaƀ y calaf yno yn llƀm. Ryuedu hynny
yn uaƀꞃ aƀnaeth adyuot y edꞃych grofft arall. nachaf
honno yn aeduet. Dioer heb ef mi auynnaf uedi
honn auoꞃy. A thꞃannoeth dyuot ar uedwl medi hon-
no. Aphandaƀ nyt oed dim namyn y kalaf llƀm. Oi
aarglƀyd duƀ heb ef pƀy yſſyd yngoꞃffen vyn diua
* i. a mi aegƀnn. yneb adechꞃeuis vyndiua yſſyd
ynyoꞃfen. ac adiuawys y wlat gyt ami. Dyuot y
edꞃych y dꞃyded rofft. pandoeth ny welſei neb wenith
degach. ahƀnnƀ ynaeduet. Meuyl ymi heb ef ony
wylaf i heno. Ar neb aduc yꞃ yt arall adaƀ ydƀyn
hƀnn. ami a wybydaf beth yƀ. Achymryt y arueu
awnaeth adechꞃeu gƀylat y grofft. a menegi awnaeth
ykicua hynny oll. Ie hebhi beth yſſyd yth vꞃyt ti.
Mi awylaf y grofft heno heb ef. Y wylat y grofft
ydaeth. ac ual ybyd am hanner nos uelly nachaf
tƀꞃyf mƀyhaf yny byt. Sef awnaeth ynteu edꞃych.
ar hynny llyma eliƀlu y byt olygot. a chyfrif na meſſur
ny ellit ar hynny. ac ny wydyat yny uyd y llygot
yn gƀan adan y groft. Aphob un yndꞃigyaƀ arhyt y
keleuyn. Ac yny eftƀng genti. ac yntoꞃri ytywyſſen.
ac yn gƀan ardywyſſen ymeith. ac ynadaƀ y kalaf

yno. Ac ny wydyat ef uot un keleuyn yno. ny bei lygodet ambobun. ac agymerynt euhynt racdunt artywys gantunt. Acyna rꝺng dicher allit taraꝺ ym plith yllygot awnaeth. amꝺy noc ar y gꝺydbet neu yr adar yn yr aꝺyr ny chytdremei ef ar yr un o honunt eithyr un awelei ynamdrom ual ytebygei naallei un pedestric. vn ol honno y kerdꝺys ef aedala awnaeth aedodi yny uanec. ac allinin rꝺymaꝺ geneu y vanet. ae chadꝺ gantaꝺ. achyrchu yllys. Dyuot yr ystauell ynylle ydoed kicua. Agoleuhau y tan. Ac ꝺrth yllinin dodi y uanec ar y wanas a oruc. Beth yssyd yna arglꝺyd heb y kicua. lleidyr heb ynteu ageueis yn lletratta arnaf. Paryꝺ leidyr arglꝺyd aallut ti ydodi yth uanecheb hi. llyma oll heb ynteu amenegi ual yr lygryssit ac y diuꝺynissit y grossteu idaꝺ. Ac ual y doethant yllygot idaꝺ yr grosst diwethaf yny wyd. Ac vn ohonunt oed amdrom ac adelleis inheu ac yssyd yn vy manec. ac a grogaf inheu avory. Acymkyffes y duꝺ bei afkaffꝺnoll mi ae crogꝺn. Arglꝺyd heb hi diryued oed hynny. Ac eissoes anhꝺymp yꝺ gꝺelet gꝺr kyfurd kymoned athidi yn crogi y ryꝺ bryf hꝺnnꝺ. Aphei gꝺnelut iaꝺn nyt ymyrrut yny pryf. namyn y ellꝺng ym*eith. Meuyl ymi heb ef pei af caffꝺn i oll ꝺynt onyscrogrꝺn. ac ageueis mi ae crogaf. Je arglꝺyd heb hi nyt oes achaꝺs ymi y uot ynborth yrpryf hꝺnnꝺ. namyn goglyt ansyberꝺyt yti. agwna ditheu dy ewyllys arglꝺyd. Beigꝺypꝺn ninheu defnyd yny byt y dylyut titheu bot ynborth idaꝺ ef. mi avydꝺn ꝺrth dy gynghor am danaꝺ heb y manaꝺydan. Achanys nys gꝺnn arglꝺydes. medꝺl yꝺ gennyf y

diuetha. a gona ditheu yn llawen heb hi. ac yna y
kyrchuys ef orfed arberth arllygoden gantau. a fengi
duy fforch yny lle uchaf ynyr orfed. ac ual y byd
uelly llyma y guelei yfcolheic yn dyuot attau. a hen
dillat hydreul tlaut ymdanau. ac neut oed feith mlyn-
ed kynnohynny yr pan welfei ef na dyn na mil eithyr
y pedwar dyn y buaffynt ygyt yny golles y deu.   Ar-
gluyd heb yr yfcolheic dyd da itt.   Duu a rodho da
itt agreffau urthyt heb ef.   Pandoy di yr yfcolheic
heb ef.   Pandoaf argluyd oloygyr o ganu.   A phaham
y gouynny di argluyd heb ef. am na weleis heb ef yr
yf feith mlyned undyn onyt pedwar dyn ditholedic
athitheu yr aur honn.   Ie argluyd heb ef mynet truy
y wlat honn ydwyf inheu yr aur honn parth amgulat
vyhvn. a phar uy weith yd wyd yndau argluyd. Grogi
lleidyr a geueis yn lletratta arnaf heb ef.   Par uy
leidyr argluyd heb yr yfcolheic. pryf a welaf yth lau
di ual llygoden. adruc ygueda y ur kyfurd a thydi
teimlau pryf kyfruy ahonnu. gellung ymeith ef.   Da
ellyngaf y rof aduu. heb ynteu. yn lletratta arnaf
y keueif i ef. achyfreith lleidyr awnaf inheu ac ef.
y grogi. argluyd heb ynteu rac guelet gur kyfurd
athidi yny gueith honnu. punt ageueis i o gardotta
mi ae rodaf itti agellung y pryf honnu ymeith.   Da
ellyngaf yrof aduu ac nys guerthaf.   Guna di argluyd
heb ef ony bei rac guelet gur kyfurd athidi yn teimlau
y ruy bryf honnu. nymtorey i. ac ymeith yd aeth yr
yfcolheic. Val y byd ynteu ~~ynteu~~ yn dodi y dulath
yny ffyrch. nachaf offeirat yn dyuot attau ar uarch
yn gyweir. argluyd dydda itt heb ef.   Duu a rodho

da itt heb y manaßydan. athuendith. Bendyth duß*
itt. apharyß arglßyd ydßyt ynywneuthur. Grogi
Ꝛeidyꝛ ageueis yn Ꝛetratta arnaf heb ef. Paryß leidyꝛ
yß hßnnß arglßyd heb ef. Pꝛyf heb ynteu ar anfaßd
Ꝛygoden. aꝛetratta awnaeth arnaf. adihenyd Ꝛeidyꝛ
awnaf ynneu arnaß ef. arglßyd heb ynteu. rac dy
welet ynteimlaß ypꝛyf hßnnß mi ae pꝛynaf eꝛwng ef.
Y duß y dygaf vygkyffes nae werthu nae eꝛßng naf
gßnafi. Gßir yß arglßyd nyt gßerth arnaß ef dim.
Iithyꝛ rac dywelet ti yn ymhalogi ßꝛth y pꝛyf hßnnß.
mi arodaf itt teirpunt agoꝛßng ef ymeith. Ꝺa vynnaf
yrofi aduß heb ynteu vn gßerth yꝛdaß. namyn yꝛhßnn
adyly y grogi. vnꝛaßen arglßyd gßna dy vympßy.
Ymeith ydaet yꝛ offeirat. Sef awñaeth ynteu maglu
yꝛlinin am vynßgyl yꝛygoden. ac ual ydoed yny
dyꝛchauel. Ꝛyma rßtter efcob awelei ae fßmereu ae
niueroed. ar efgob ehun yn kyꝛchu parth ac attaß.
Sef aßnaeth ynteu gohir ar yweith. arglßyd efgob
heb ef dy uendyth. Ꝺuw arodho y uendith itt heb ef.
Paryß weith ydßyt ti yndaß. Grogi Ꝛeidyꝛ ageueis
ynꝛetratta arnaf heb ef. Ponyt Ꝛygoden heb ynteu
awelafi ythlaß di. Ie heb ynteu. aꝛeidyꝛ uu hi
arnafi. Ie heb ynteu kan deuthum i ar diuetha y
pꝛyf hßnnß mi aepꝛynaf ygennyt. mi arodaf feith punt
itt yꝛdaß. ac rac gßelet gßꝛ kyfurd athi yndiuetha
pꝛyf moꝛ dielß ahßnnß goꝛßng ef arda ageffy ditheu.
Ꝺaeꝛynghaf y rof aduß heb ynteu. Ian nys go-
ꝛynghy yꝛ hynny mi arodaf it pedeir punt arhugeint
o aryant paraßt ageꝛßng ef. Ꝺaeꝛyngaf dygaf yduß
vyngkyffes yꝛ y gymeint araꝛ heb ef. Ian nys

gellyngy *yꝛ hynny heb ef* mi arodaf itt awely o veirch
yn y maes hɤnn. afeith fɤmer yffyd yma. arfeith
meirch y maent arnunt. Da vynnaf yrof aduɤ *heb
ynteu.* Kany *mynny hynny gɤna yr* gɤerth a vyn-
nych. Gɤnaf heb ynt*eu.* ryd'hau *riannon a phꝛyderi.*
Ti *agey hynny* Da vynnaf yrof *aduɤ.* Beth a*uynny
di*theu. Gɤaret yꝛ hu*d* ar lletꝛith *y ar feith* cantre*f
dyuet.* Ti a *geffy hynny heuyt* a gellɤng y llygoden.
Da ellyngaf yrof aduɤ heb ef. Gɤybot auynnaf pɤy
ef y llygoden. * Tyggɤꝛeic i yɤ hi apha ny bei hynny
nys dillynghɤn. Paffuryf ydoeth hi attafi. Y herwa
heb ynteu. Miui yɤ llɤyt uab kil coet. a mi adodeis
yꝛ hut arfeith cantref dyuet. ac ydial gɤaɤl uab clut
ogedymdeithas ac ef ydodeis i yꝛ hut. ac ar pꝛyderi
y dieleis i gɤare bꝛoch ygcot agɤaɤl uab clut pan
y gɤnnaeth pɤyll penn annɤn. a hynny yn llys eueyd
hen y gɤnaeth o aghyghoꝛ. Agɤedy gɤybot dy uot
titheu yn kyuanhedu y wlat. y doeth vyn teulu attaf
ynheu ac erchi euritha ɤ yn llygot y diua dy yt ti.
Ic y doethant y nos gyntaf vyn teulu ehunein. ar eil
nos y doethant heuyt ac y diuayffant y dɤy groffd.
ar tryded nos y doeth uyng gɤꝛeic a gɤꝛaged y llys
attaf yerchi im eu rithaɤ. ac yritheis ynheu. a beich-
aɤc oed hi. apha ny bei ueichaɤc hi nyfgoꝛdiwedut
ti. achanys hynny vu ae dala hi. mi arodaf pꝛyderi
a riannon itt. ac awaredaf yꝛ hut ar lletrith y ar dyuet.
Minneu auenegeis itti pɤy oed hi. a gellɤng hi weithon.
Da ellygaf y rofi aduɤ heb ef. Beth a uynny ditheu
heb ef. llyma heb ynteu auynnaf. nabo hut vyth
arfeith cantref dyuet ac na dotter. Ti ageffy hynny

heb ef a gellóng hi. Ꝑa ellynghaf myn uyngcret
heb ynteu. Ꝑeth a vynny ditheu bellach heb ef.
Ꝉyma itt heb ef a vynnaf. nabo ymdiala arpꝛyderi
a riannon nac arnaf inheu byth amhynn. Ꝑynny oll
ageffy. adioer da ymedꝛeiſt heb ef. ef adoei amdy
benn góbyl oꝛgouut. Ꝑe heb ynteu rac hynny y
nodeis ynneu. Ꝛydhaa weithon vyggóꝛeic im. Ꝑa
rydhaaf yrof aduó heb ef. yny welóyf pꝛyderi a
riannon ynryd gyt a mi. weldy yma óyntóy yn dyuot
heb ef. arhynny Ꝉyma pꝛyderi a riannon. Ꝑyuodi
aoꝛuc ynteu yn euheꝛbyn aegreſſaóv. ℞c eiſted ygyt.
a óꝛda rydha vyg góꝛeic im weithon heb yꝛeſcob. ac
neurygeueiſt góbyl oꝛ annodeiſt. Ꝑellyngaf ynllaóen
heb ef. ac yna y gellyngaód ef hi. ac y trewis ynteu
hi ahutlath. ac ydatrithóys hi ynwreic ieuanc deccaf
awelſei neb. Ꝑdꝛych yth gylch arywlat heb ef. athi
awely yꝛholl anhedeu arkyuanhed ual ybuant oꝛeu.*
Ꝑna kyuodi aoꝛuc ynteu ac edꝛych. Aphan edꝛych-
aód ef awelei yꝛholl wlat yngyuanned. ac yngyweir
oe holl alauoed ae hannedeu. Ꝑaryó waſſanaeth ybu
pꝛyderi a riannon yndaó heb ef. Ꝑꝛyderi auydei ac
yꝛd poꝛth uy llys i amyuynógyl. ȝriannon auydei a
móeireu yꝛ eſſyn wedy bydynt ynkywein góeir am y
mynógyl hitheu. ac uelly y bu eucarchar. ℞c oachaós
ykarchar hónnó ygelwit y kyfaróydyt hónnó mabinogi.
mynnweir a mynoꝛd. Ꝑc uelly y teruyna y geinc
honn yma oꝛ mabinogi.

honn yꞶ y bedꞶared geinc oꝛ mabinogi Ϻath uab mathonꞶy oed arglꞶyd ar wyned. Ꮧ phꝛyderi uab pꞶyll oed arglꞶyd ar vn cantref arhugeint yny deheu. Ꮪef oed y rei hynny. feith cantref dyuet. a seith cantref moꝛganhꞶc. Ꮲedwar çantref keredigyaꞶn. Ꮧ thꝛi yſtrat tywi. Ꭷc yn yꝛ amſer hꞶnnꞶ math uab mathonꞶy ny bydei vyꞶ. namyn trauei y deutroet ymlyc croth moꝛꞶyn. onytkynnꞶꝛyf ryuel ae Ꮖeſteirei. Ꮪef yd oed yn uoꝛꞶyn ygyt ac ef. ᏀoeꞶin uerch pebin o dol pebin yn aruon. ahonno teckaf moꝛꞶyn oed ynyhoes. oꝛ awydit yno. Ꭷc ynteu ygkaer dathyl yn aruon yd oed y waſtatrꞶyd. Ꭷc ny aꮶei gylchu y wlat namyn giluaethꞶy uab don. ac eueyd uab don y nyeint ueibon y chꞶaer. ar teulu gyt ac Ꞷy ygylchu y wlat dꝛoſdaꞶ. Ꭷr uoꝛꞶynoed gyt amath ynwaſtat Ꭷc ynteu giluaethꞶy uab don adodes yvꝛyt aryuoꝛꞶyn. ae charu hyt na wydyat beth a wnaei amdanei. Ꭷc ynhynny nachaf y liꞶ ae wed ae anfaꞶd yn atueilaꞶ oe charyat hyt nat oed haꞶd y adnabot. Ꮪef awnaeth gꞶydyon y uraꞶt fynyeit dydgꞶeith arnaꞶ yngraf. Ꮗawas heb ef paderyꞶ itti.

Paham heb ynteu beth a wely di arnafi. Gwelaf arnat heb ef coñi ohonat dy bɽyt ath liƃ. apha deryƃ itti. Arglƃyd vɽaƃt heb ef yɽ hynn a deryƃ ymi ny ffrƃytha im yadef y neb. Beth yƃ hynny eneit heb ef. Ti aƃdoft heb ynteu kynnedyf math uab mathonƃy. ba huftyng bynnac yɽ yuychanet auo y rƃng dynyon oɽ y kyfarffo * y gƃynt ac ef. ef aegƃybyd. Ie heb y gƃydyon taƃ di beñach. Mi aƃnn dy uedƃl di. caru goewin ydƃyt ti. Sef awnaeth ynteu yna pan wybu ef adnabot oe uraƃt y uedƃl. dodi ucheneit dɽomhaf yny byt. Gaƃ eneit ath ucheneidaƃ hebef. nyt o hynny y goɽuydir. Minheu abaraf heb ef kany eñir heb hynny dygyuoɽi gƃyned aphowys adeheubarth y geiffaƃ yuoɽƃyn. abyd laƃen di ami ae paraf itt. Ac ar hynny att uath uab mathonƃy ydaethant ƃy. Arglƃyd heb y gƃydyon mi agigleu dyuot yɽ deheu yryƃ pɽyuet ny doeth yɽ ynys honn eiryoet. Pƃy y henƃ hƃy heb ef. Hobeu arglƃyd. Paryƃ aniueileit yƃ yrei hynny. Aniueileit bychein gƃeñ eu kic nochic eidon. bychein ynt ƃynteu. Ac ymaent yn fymudaƃ enƃeu. Moch ygelwir weithon. Pƃy bieƃynthƃy. Pɽyderi uab pƃyñ yd anuonet idaƃ o annƃn. y gan araƃn vɽenhin annƃn. Ac ettƃa yd ys yn kadƃ oɽ enƃ.. hƃnnƃ. hanner hƃch. hanner hob. Ie heb ynteu ba ffuryf y keffir ƃy y gantaƃ. Mi af ar vyn deudecuet yn rith beird arglƃyd y erchi y moch. If aryeiñ ych neckau heb ynteu. Ɖyt dɽƃc vyn traƃfgƃyd i arglƃyd heb ef. ny deuaf i heb y moch. Yn ñaƃen heb ynteu kerda ragot. If aaeth agiluaethƃy a degwyɽ gyt ac ƃynt. hyt yg keredigyawn yn y ñe

aelwir rudlan. teiui yɿaƀɿ honn. yn yꞁe yd oed ꞁys
ypɿyderi. ac yn rith beird ydoethant ymyƀn. a ꞁaƀen
uuƀyvt ƀɿthunt. Ɂr neiꞁlaƀ pɿyderi y goſſodet gƀyd-
yon ynos honno. Ɉe heb y pɿyderi da oed gennym
ni kael kyvarƀydyt gan rei oɿ gƀyɿeeinc racko. Ꝑoes
yƀ gennym ni arglƀyd heb y gƀydyon y nos gyntaf
ydelher att ƀɿ maƀɿ dywedut oɿ pennkerd. ᴍi ady-
wedaſ gyuarƀydyt yn ꞁaƀen. Ɏnteu wydyon goɿeu
kyuarƀyd yn y byt oed. ar nos honno didanu yꞁys
awnaeth ar ymdidaneu digrif a chyvarƀydyt. ynyoed
hoff gan baƀp oɿꞁys. ac yndidan gan pɿyderi ym-
didan ac ef. Ɂc ardiƀed hynny. arglƀyd heb ef ae
gƀeꞁ y gƀna neb uy neges i * ƀɿthyt ti no miui uy
hun. Ꝑaweꞁ heb ynteu tauaƀt ꞁaƀnda yƀ y teu di.
ꞁyma vy neges inheu arglƀyd heb ef. ymadolƀyn
athidi amyɿ aniueileit aanuonet itt o.annƀvyn. Ɉe
heb ynteu haƀſſaf yn y byt oed hynny. pany bei āmot
y rof am gƀlat amdanunt. Ɉef yƀ hynny. nat elhont
y gennyf yny hilyont eudeu kymeint yny wlat. ar-
glƀyd heb ynteu minneu aaꞁaf dy rydhau ditheu oɿ
geireu hynny. Ɉef ual y gaꞁaf. Ꝑadyɿo ym ymoch
heno. ac na naccaa ui ohonunt. auoɿy minneu a
dangoſſaf gyfnewit am danunt ƀy. arnos honno yd
aethant ef ae gedymdeithon y ꞁetty ar y kynghoɿ.
awyɿ heb ef nichaƀn ni y moch oc eu herchi. Ɉe
heb ƀynteu. padɿaƀſgƀyd y keir ƀynteu. ᴍi abaraf eu
kael heb y gƀydyon. Ɂc yna yd aeth ef yn y geluyd-
odeu. ac y dechɿeuawd dangos y hut. ac yd hudƀys
deudec emyſ. adeudec milgi bɿonnwyn du bobun
ohonunt. a deudec toɿch. adeudec kynꞁyuan arnunt.

a neb oꝛ ae gỽelei ny wydyat nabeynt eur. adeudec kyfrỽy ar ymeirch. ac ambob lle oc y dylyei hayarn uot arnunt ybydei eur o gỽbyl. Ar ffrỽyneu yn un weith a hynny. ar meirch ac ar kỽn ydoeth ef att pꝛyderi. Dyd da itt arglỽyd heb ef. Duỽ arodho da itt heb ynteu a graeſſaỽ ỽꝛthyt. Arglỽyd heb ef llyma rydit ytti am y geir adywedeiſt neithỽyꝛ am y moch nas rodut ac naſgỽerthut. titheu aelly gyfnewityaỽ yꝛ auo gỽell. Minneu arodaf y deudeg meirch hynn ualymaent yn gyweir. ac eu kyfrỽyeu ac eu ffrỽyneu. ar deu dec milgi ac eu toꝛcheu. ac eu kynllyuaneu ual ygỽely. ar deu dec taryan eureit awely di racko. Trei hynny a rythaſſei ef oꝛ madalch. Ie heb ynteu ni agymerỽn gynghoꝛ. Sef y kaỽſſant yn y kynghoꝛ rodi y moch y wydyon. a chymryt y meirch ar kỽn ar taryaneu y gantaỽ ynteu. Ac yna ykymeraſſant hỽy genhat ac y dechꝛeuaſſant gerdet ar moch. Ageimeit heb y gỽydyon reit yỽ in gerdet yn bꝛyſſur. ny phara yꝛ hut namyn oꝛ pꝛyt y gilyd. Ar nos honno y kerdaſſant hyt yggỽarthaf keredigyaỽn. Y lle a elwir ettwa oꝛ achaỽs hỽnnỽ mochdꝛef. A thꝛannoeth y kymeraſſant eu hynt dꝛos elenit y doethant. * ar nos honno ybuant y rỽng keri ac arỽyſtli. yn y dꝛef a elwir heuyt oꝛ achaỽs hỽnnỽ mochtref. Ac odyna y kerdaſſant racdunt. Ar nos honno y doethant hyt ygkymỽt ym powys a elwir oꝛ yſtyꝛ hỽnnỽ heuyt mochnant. ac yno y buant y nos honno. Ac odyna y kerdaſſant hyt ygcantref ros. Ac yno y buant y nos honno myỽn y dꝛef a elwir ettwa mochtref. Ha wyꝛ heb ygỽydyon ni agyꝛchỽn kedernit gỽyned ar

anniueileit hynn. yd ys ynlluydaw yn an hol. Sef
ykyichaffant ydief uchaf oarllechwed. Ac yno
goneuthur creu yi moch. Ac oi achaós hónnó ydodet
creuwyiyon ar ydief. Ac yna góedy góneuthur creu
yi moch. ykyichaffant at uath uab mathonóy hyt
ygkaer dathyl. Aphandoethant yno ydoedit yndy-
gyuoii ywlat Pachóedleu yffyd yma heb ygóydyon.
Dygyuoi heb óy ymae piyderi ynychol chói un
cantref arhugeint. Ryued uu hóyiet y kerdyffaóch
chói. Mae yi anniueileit yd aethaóch yneu hóyfc heb
ymath. Y maent góedy góneuth^{ur} creu udunt yny
cantref arall iffot heb ygóydyon. Arhynny llyma
y clywynt yi utkyin ardygyuoi ynywlat. Ir hynny
góifcaó awnaethant óynteu acherdet yny vydant
ympennard yn aruon. Ar nos honno ydymchoeles
góydyon uab don achiluaethóy y uraót hyt ygkaer
dathyl. ac ygóelei uath uab mathonó dodi giluaethóy
agoewin ygytgyfcu. achymell ymoiynyon ereill
allan yn amharchus. achyfcu genti oehanuod ynos
honno. Panwelfant ydyd diannoeth kyichu awnaeth-
ant *y lle yd* oed math uab mathonóy ae lu. Pan
doethant ydoed ygóyi hynny yn my*net* y gymryt
kyngoi padu ydarhoynt *piyderi* agóyi ydeheu. Ac
arykyngoi ydoethant óynteu. Sef agaóffant yn eu
kygoi *aros* ygkedernit góyned ynaruon. Ac yg *kym-
perued* ydóy uaenaói ydarhoet. mae*na*ór *pennard*.
amaenaói coet alun. Aphiy(deri) *ae kyrchóy*s yno
óynt. Ac yno y bu *y gyfranc ac y llas* lladua uaói
o bop parth *ac y bu reit y wyi y deheu enkil.* Sef lle
yd en*kilyaffant hyt ylle aelwir ettwa nant call ahyt

yno yd ymlitywyt. Ac yna y bu yꝛ aerua diueſſur
ymeint.   Yna y kiliaſſa hyt y lle a elwir dol penn
maen. Ac yna clymu a wnaethant. a cheiſſaꝟ tangneu-
edu. a gꝟyſtlaꝟ a wnaeth pꝛyderi ar y dangneued.
Sef y gꝟyſtlꝟys gꝟꝛgi gꝟaſtra ar y bedwyꝛyd arhugeint
o veibon gꝟyꝛda.   A gꝟedy hynny kerdet o honunt
yn eu tangneued hyt y traeth maꝟꝛ. ac ual ygyt ac
y doethant hyt y uelenryt. y pedyt ny ellit eu reoli o
ymſaethu. Gyꝛru kennadeu o pꝛyderi y erchi gꝟahard
y deulu. Ac erchi gadu yrygtaꝟ ef a gꝟydyon uab don.
kanys ef a baryſſei hynny. Att uath uab mathonꝟy
y doeth y gennat. Ie heb ymath. y rof i aduꝟ os da
gan wydyon uab don mi ae gadaf.   Yn llaꝟen. ny
chymellaf ynneu ar neb vynet y ymlad dꝛos wneuthur
o honam ninneu an gallu.   Dioer heb y kennadeu.
tec med pꝛyderi oed yꝛ gꝟꝛ a wnaeth hynn o gam
idaꝟ. dodi y goꝛff yn erbyn y goꝛff ynteu. a gadu y
deulu yn ſegur.   Dygaf y duꝟ vygkyffes nat archaf
i y wyꝛ gꝟyned ymlad dꝛoſſof i. a minneu vy hun yn
kael ymlad a phꝛyderi.   Miui a dodaf vygkoꝛff yn er-
byn y eidaꝟ yn llaꝟen. A hynny a anuonet at pꝛyderi.
Ie heb y pꝛyderi nyt archaf inheu y neb gouyn vy
iaꝟn namyn my hun.   Y gꝟyꝛ hynny a neilltuwyt. ac
a dechꝛeuwyt gꝟiſcaꝟ ymdanunt. ac ymlad a ꝟnaeth-
ant. Ac o nerth grym ac angerd a huꝺ alletrith gꝟyd-
yon. a phꝛyderi a las. Ac y maen tyuyaꝟc uch y uelenryt
y cladwyt. Ac yno y mae y ued.   Gꝟyꝛ y deheu a
gerdaſſant ac argan truan gantunt parth ae gꝟlat.
Ac nyt edryued. eu harglꝟyd a gollyſſynt. a llaꝟer oc
eu goꝛeu gꝟyꝛ. ac eu meirch ac eu harueu gan mꝟyaf.

Gwyr gwyned a ymchoeles dracheuyn ynllawen orawenus. arglwyd heb y gwydyon wrth vath. ponyt oed iawn ynni ellwng eu dylyedawc y wyr y deheu a wyftlyffant inni ar tangneued. ac ny dylywn y garcharu * Rydhaer ynteu heb ymath. ar gwas hwnnw ar gwyftlon a oed gyt ac ef a ellyngwyt yn ol gwyr y deheu. Ynteu math a gyrchwys kaer dathyl. Gilaethwy uab don ar teulu a uuaffynt gyt ac ef a gyrchaffant y gylchaw gwyned mal y gnotayffynt. a heb gyrchu yllys. Ynteu vath a gyrchwys y yftauell. ac a beris kyweiraw lle idaw y benelinyaw. ual y kaffei dodi y draet ym plyc croth y uorwyn. arglwyd heb y goewyn keif uorwyn a uo is dy draet weithon. gwreic wyf i. Pa yftyr yw hynny hynny heb ef. Kyrch arglwyd a doeth am vym penn a hynny yn dirgel. ac ny bum diftaw inheu. ny bu yn y llys neb nyf gwypei. Sef kyrch a doeth dy nyeint ueibon dy chwaer arglwyd. gwydyon uab don. a giluaethwy uab don. a threis arnaf aorugant a chewilyd y titheu. achyfcu awnaethpwyt genhyf. a hynny yth yftauell ac yth wely di. Ie heb ynteu yr hynn a allaf mi ae gwnaf mi a baraf itt gael iawn yn gyntaf. ac yn ol vy iawn y byda(f) inheu. a thitheu heb ef mi ath gymeraf yn wreic im. ac a rodaf uedyant vyg kyuoeth yth law ditheu. ac yn hynny ny doethant wy yg kyuyl y llys. namyn trigyaw y gylchaw y wlat a wnaethant. yny aeth gwahard udunt ar y bwyt ae llyn. yn gyntaf ny doethant hwy yn y gyuyl ef. Yna y doethant wy attaw ef. Arglwyd heb wynt. dyd da it. Ie heb ynteu ae wneuthur iawn y mi y doethawch chwi. arglwyd yth

ewyllys yd ydym. Bei vy e6yllys ny choll6n o wyz
ac arueu a golleis. vyg kewilid ny ell6ch ch6i y dalu
y mi heb agheu pzyderi. Achan doetha6ch ch6itheu
ym ewyllys ynheu. mi a dechzeuaf boen arna6ch. Ac
yna y kymerth y hutlath ac y tre6is gizuaeth6y yny
uyd yn daran ewic. Ac achub y llall a wnaeth yn
gyflym kyt mynnei dianc nys gallei. ae dara6 ar vn
hutlath yny uyd yn gar6. Kanys y6ch yn r6yme*dig*-
aeth mi a wnaf y6ch *ger*det y gyt. A(ch bot yn)
gymaredic. ac yn vn anyan a(r g6yduilot) yd y6ch yn
eu rith. Ac yn yz am(fer y) bo etiued. * udunt h6y.
y uot y chwitheu. A bl6ydyn y hedi6 dowch yma
attaf i. Ym penn yz ul6ydyn oz vndyd llyma y
klywei odozun a dan paret yz yftauell. a chyfuarthua
c6n y llys am benn y godozun. Edzych heb ynteu
beth yffyd allan. Argl6yd heb yz vn mi ae hedzych-
eis y mae yno car6 ac ewic ac elein gyt ac 6ynt.
Ac ar hynny kyuodi a ozuc ynteu a dyuot allan. a
phan doeth. fef y g6elei y tri llydyn. Sef tri llydyn
oedynt car6 ac ewic ac elein kzyf. Sef a wnaeth ef
dyzchauel y hut. Yz h6nn a uu o hon a6ch yn e6ic
yr llyned. bit uaed coet eleni. Ar h6nn a vu gar6
yz llened. bit garnen eleni. Ac ar hynny eu tara6
ar hutlath. Y mab hagen a gymeraf i ac a baraf
y ueithzyn. ae uedydya6. Sef en6 a dodet arna6
hyd6n. E6ch ch6itheu a byd6ch y lleill yn uaed coet
ar llall yn garnen coet. Ar anyan a uo yz moch coet.
bit y ch6itheu. A bl6ydyn y hedi6 byd6ch yma y dan
y paret. Ac ych etiued gyt a ch6i. Ym penn y ul6ydyn
llyma y clywynt gyuarthua c6n dan paret yz yftauell.

a dygyuoꝛ y llys y am hynny am eu penn. Ar hynny
kyuodi aoꝛuc ynteu a mynet allan. Aphan daꞔ allan.
tri llydyn awelei. Sef kyfryꞔ lydnot awelei. baed
coet. a charnen coet a chꝛyn llꞔdyn da gyt ac ꞔynt.
a bꝛeifc oed yn yꝛ oet oed arnaꞔ. Se heb ef hꞔn
a gymeraf i attaf ac abaraf y uedydyaꞔ. Ae daraꞔ
ar hut lath yny uyd yn uab bꝛafwineu telediꞔ. Sef
enꞔ a dodet ar hꞔnnꞔ hychtꞔn. A chꞔitheu yꝛ un auu
uaed coet ohonaꞔch yꝛ llyned. bit vleid aft eleni.
ar hꞔnn auu garnen yꝛ llyned. bit vleid eleni. Ac
ar hynny eu taraꞔ ar hutlath yny uydant bleid ableid-
aft. Ac anyan yꝛ aniueileit yd yꞔch yn eu rith bit y
chꞔitheu. A bydꞔch yma vlꞔydyn yꝛ dyd hediꞔ ydan
y paret hꞔnn. Yꝛ undyd ym penn y vlꞔydyn llyma
y clyꞔei dygyuoꝛ a chyuarthua cꞔn y dan baret yꝛ
yftauell. Ynteu a gyfuodes allan. a phan daꞔ llyma
y gꞔelei bleid a bleidaft a chꝛubothon cryf y gyt ac
ꞔynt. Hꞔnn agymeraf i heb ef ac abaraf * y ued-
ydyaꞔ. Ac y mae y enꞔ yn baraꞔt. Sef yꞔ hꞔnnꞔ
bleidꞔn. Y tri meib yffyd y chꞔi ar tri hynny ynt.
Tꝛi meib giluaethꞔy ennꞔir. tri chenryffedat kywir.
bleidꞔn. hydꞔn. hychdꞔn hir. Ac ar hynny eu taraꞔ
ꞔynteu ell deu ar hutlath yny uydant yn eu cnaꞔt
e hun. Ha wyꝛ heb ef oꝛ gꞔnaethaꞔch gam y mi
digaꞔn y buaꞔch ymhoen. a cheꞔilyd maꞔꝛ agaꞔffaꞔch.
bot plant y bop un ohonaꞔch oe gilyd. Serꞔch en-
neint yꝛ gꞔyꝛ agolchi eu penneu ac eu kyweiryaꞔ.
a hynny aberit udunt. Agꞔedy ymgyweiryaꞔ ohonunt
attaꞔ ef y kyꝛchyffant. Ha wyꝛ heb ef tangneued
agaꞔffaꞔch a cherennyd ageffꞔch. a rodꞔch ym gy-

nghoʒ pa uoʒɓyn a geiffɓyf. arglɓyd heb y gɓydyon
uab don haɓd yɓ dy gyghoʒi. aranrot uerch don.
dy nith uerch dy chɓaer. honno a gyʒchɓyt attaɓ.
Y uoʒɓyn a doeth y myɓn. a voʒɓyn heb ef a wyt
uoʒɓn di. Dy ɓnn i arglɓyd amgen nom bot. yna y
kymerth ynteu yʒ hutlath ae chamu. camma di dʒos
honn heb ef. ac ot ɓyt uoʒɓyn mi a adnabydaf. yna
y camaɓd hitheu dʒos yʒ huthlath. ac ar y cam hɓnnɓ
adaɓ mab bʒafuelyn maɓʒ aoʒuc. Yn ol diafpat y mab
kyʒchu y dʒɓs a oʒuc hi. ac ar hynny adaɓ yryɓ beth-
an o honei. a chyn kael o neb *gɓelet* yʒ eil olɓc arnei.
gɓydyon ae kymerth. ac a dʒoes llenn o bali yn y
gylch ac ae cudyaɓd. Sef lle y cudyaɓd y myɓn
llaɓʒ kift is traet ywely. Ye heb ymath mab mathon-
ɓy mi abaraf uedydyaɓ hɓnn ɓʒth y mab bʒafuelyn.
Sef enɓ a baraf arnaɓ. dylan. Bedydyaɓ a wnaeth-
pɓyt y mab. ac ual y bedydywyt y moʒ a gyʒchɓys.
Ac yn y lle y gyt ac y doeth yʒ moʒ. anyan y moʒ
a gauas. a chyftal y nouyei ar pyfc goʒeu yn y moʒ.
Ac o achaɓs hynny y gelwit ef. dylan eilton. ny
thoʒres tonn y danaɓ eiryoet. ar ergyt y doeth y
agheu o honaɓ a uyʒyaɓd gouannon y ewythyʒ. a hɓn-
nɓ a uu dʒydyd anuat ergyt. Val yd oed wydyon di-
warnaɓt yn y wely ac yn deffroi. ef a glywei diafpat
yn y gift is y dʒaet. kyn ny bei uchel hi. Kyfuch
oed ac y * kigleu ef. Sef a oʒuc ynteu kyuodi yn
gyflym ac agoʒi y gift. ac ual y hegyʒ ef a welei uab
bychan yn rɓyuaɓ y ureicheu. o blyc y llenn ac yn y
gɓafgaru. ac ef a gymerth y mab y rɓng y dɓylaɓ.
ac a gyʒchɓys y dʒef ac ef lle y gɓydyat bot gɓʒeic a

bꝛonneu genti. ac ymobꝛyn aỽnaeth arwreic ueithꝛyn y mab. Y mab a uagỽyt y vlỽydyn honno. Ac yn oet y vlỽydyn hoff oed gantunt y vꝛeiſket bei dỽyulỽyd. Ar eil vlỽydynn mab maỽꝛ oed ac yn gallu e hun kyꝛchu y llys. Ynteu e hun wydyon wedy y dyuot yꝛ llyſ a ſynnyỽys arnaỽ. ar mab a ymgeneuinaỽd ac ef. ac ae caraỽd yn vỽy noc undyn. Yna y magỽyt y mab yn y llys yny uu pedeir blwyd. a hoff oed ~~y veint~~ y uab wyth mlỽyd uot yn gȳ ureiſcet ac ef. A diwarnaỽt ef a gerdaỽd yn ol gỽydyon y oꝛymdeith allan. Sef a wnaeth kyꝛchu kaer aranrot ar mab gyt ac ef. Gỽedy y dyuot yꝛ llys kyuodi a oꝛuc aranrot yn y erbyn ae raeſſaỽu a chyfuarch gỽell idaỽ. Duỽ a rodo da itt heb ef. Pa uab yſſyd yth ol di heb hi. Y mab hỽnn mab itti yỽ ~~ef~~ heb ef. Oia ỽꝛ pa doi arnat ti vyg kewilydyaỽ i. a dilyt vyg kewilyd ae gadỽ yn gyhyt a hynn. Ony byd arnat ti geỽilyd uỽy no meithꝛyn o honaf i uab kyſtal a hỽnn. Yſ bychan a beth vyd dy gewilyd. Pỽy enỽ dy uab di heb hi. Dioer heb ef nyt oes arnaỽ un enỽ ettwa. Ie heb hi mi a tynghaf dynghet idaỽ na chaffo ef enỽ yny kaffo gennyf i. Dygaf y duỽ uyg kyffes heb ef direit wreic ỽyt. ar mab a geiff enỽ kyt boet dꝛỽc gennyt ti. a thitheu heb ef yꝛ hỽnn yd ỽyt ti ac ae uar arnat am nath elwir yn uoꝛỽyn. nyth elỽir bellach byth yn uoꝛỽyn. Ac ar hynny kerdet ymeith dꝛỽy y lit a wnaeth. a chyꝛchu kaer dathyl. Ac yno y bu y nos honno. A thꝛannoeth kyuodi a oꝛuc a chymryt y uab gyt ac ef. a mynet y oꝛymdeith gan lan y weilgi. rỽng hynny ac aber menei. Ac yn y lle y gỽelas delyſc a

moꝛ6yal ħuda6 long a6naeth. ac oꝛ g6ynnon ardelyſc*
ꝺꝺuda6 coꝛd6al a wnaeth. a hynny ꝉꝉawer. ac eu bꝛitha6
a oꝛuc hyt na welſei neb ꝉꝉedyꝛ degach noc ef. ac
ar hynny kyweirya6 h6yl ar y long a wnaeth. a dyuot
y dꝛ6s poꝛth kaer aranrot ef ar mab yn y ꝉꝉong. Ȝc
yna dechꝛeu ꝉꝉunya6 eſgidyeu ac eu g6nia6. ac yna
y harganuot oꝛ gaer. Ꝑan wybu ynteu eu harganuot
oꝛ gaer. d6yn eu heily6 e hun a oꝛuc a dodi eily6
ara꞊ arnunt ual nat adnepit. Ꝑa dynyon yſſyd yn y
ꝉꝉong heb yꝛ aranrot. Ȝrydyon heb 6y. Ȝ6ch y
edꝛych pa ry6 ledyꝛ yſſyd gantunt. a pha ry6 weith
a wnaant. yna y deuthp6yt attunt. a phan doethp6yt
yd oed ef yn bꝛitha6 coꝛdwal a hynny yn eureit. Ỿna
y doeth y kennadeu a menegi idi hi hynny. Ȝe heb
hitheu. dyg6ch ueſſur uyn troet. ac erch6ch yꝛ cryd
wneuthur eſgidyeu ym. Ỿnteu a lunywys yꝛ eſ-
gidyeu. ac nyt 6ꝛth y meſſur. namyn yn v6y. Ꝺyuot
ar eſgidyeu idi. nachaf yꝛ eſgidyeu yn oꝛmod. Ꝛy
oꝛmod y6 y rei hynn heb hi. ef a geiff werth y rei
hynn. g6naet heuyt rei a uo ꝉꝉei noc 6ynt. Ꞩef a
wnaeth ynteu g6neuthur rei erei꞊ yn ꝉꝉei lawer noe
thꝛoet. ae hanuon idi. Ꝺywed6ch ida6 nyt a y mi
y rei hynn heb hi. ef a dywetp6yt ida6 hynny. Ȝe
heb ynteu. ny lunyaf i eſgydyeu idi yny wel6yf y
thꝛoet. a hynny a dywetp6yt idi. Ȝe heb hi mi a af
hyt atta6 ef. ac yna y doeth hi hyt y ꝉꝉong. a phan
doeth yd oed ef yn ꝉꝉunya6 ar mab yn g6nia6. Ȝe
argl6ydes heb ef dyd da itt. Ꝺu6 a rodo da itt heb
hi. Ȝres y6 gennyf na uedꝛut gymedꝛoli ar wneuthur
eſgidyeu 6ꝛth ueſſur. Ꝺa uedꝛeis heb ynteu. mi ae

metraf weithon. ac ar hynny llyma y dɪyƀ yn feuyll
ar vƀrd y llong. Ɉef a wnaeth y mab y vƀɪƀ. ae uedɪu
y rƀng giewyn y efgeir ar afgƀɪn. ffef a wnaeth hitheu
chƀerthin. Ɖioer heb hi yf llaƀ gyffes y medɪƀys y
lleƀ ef. Ɉe heb ynteu aniolƀch duƀ itt neur gauas ef
enƀ. a da digaƀn yƀ y enƀ. lleƀ llaƀ gyffes yƀ bell-
ach. Ɉc yna difflannu y gƀeith yn delyfc ac yn ƀim-
on. ar gƀeith nys canlynƀys ef hƀy no hynny. ac oɪ
achaƀs hƀnnƀ y gelƀit ef yn dɪydyd * eurgryd. Ɖioer
heb hitheu ny henbydy well di o uot yn dɪƀc ƀɪthyf i.
Ɖy buum dɪƀc i ettwa ƀɪthyt ti heb ef. Ɉc yna yd
ellygƀys ef y uab yn y bɪyt e hun. Ɉe heb hitheu
minheu a dynghaf dynghet yɪ mab hƀnn. na chaffo
arueu byth yny gƀifgƀyf i ymdanaw. yɪof a duƀ heb
ef. handid oth direidi di. ac ef a geiff arueu. Ɏna y
doethant hƀy parth a dinas dinllef. Ɉc yno meithɪyn
llew llaƀ gyffes yny allwys marchogaeth pob march.
ac yny oed gƀbyl o bɪyt a thƀf a meint. Ɉc yna
adnabot a ƀnaeth gƀydyon arnaƀ y uot yn kymryt di-
hirƀch o eiffeu meirch ac arueu. ae alƀ attaƀ a wnaeth.
Ɖa waf heb ef ni aƀn ui a thi y neges auoɪy. a byd
lawenach noc ydƀyt. a hynny a wnaf ynheu heb
y gƀas. Ɉc yn ieuenctit y dyd dɪannoeth kyuodi
a wnaethant. a chymryt yɪ aruoɪdir y uynyd parth
a bɪynn aryen. ac yn y penn uchaf y geuyn clūtno.
ymgyweiraƀ ar ueirch a wnaethant. a dyuot parth
a chaer aranrot. ac yna amgenu eu pɪyt a ƀnaethant.
a chyɪchu y poɪth yn rith deu was ieueinc. eithyɪ bot
yn pɪudach pɪyt gwydyon noc un y gƀas. Ɏ poɪthaƀɪ
heb ef dos ymyƀn a dywet uot yma beird o uoɪgannƀc.

Y poitha6i a aeth. Giaeffa6 du6 6ithunt gell6ng y
my6n 6y heb hi. Diruawr lewenyd a uu yn eu her-
byn. Yneuad a gyweir6yt y u6yta yd aethant. G6edy
daruot b6yta. ymdidan a 6naeth hi a g6ydyon . am
ch6edleu a chyuar6ydyt. Ynteu wydyon kyuar6yd da
oed. G6edy bot yn amfer ymada6 a chyuedach. yftau-
ell a gyweir6yt udunt h6y. ac y gyfcu yd aethant.
Bir bylgeint g6ydyon a gyvodes. ac yna y gelwis ef
y hut ae allu atta6. Irbyn pan oed y dyd yn goleu-
hau yd oed geniweir ac utkyin. a lleuein yn y wlat
yn gyghan. Pann yttoed y dyd yn dyuot wynt a
gly6ynt tara6 diös yi yftauell. ac ar hynny aranrot
yn erchi agoii. Kyuodi a oiuc y g6as ieuanc ac
agoii. * Bitheu a doeth y my6n a moi6yn y gyt a
hi. Ba wyida heb hi lle di6c yd ym. Ie heb ynteu
ni a gly6n utkyin a lleuein. a beth a debygy di o
hynny. Dioer heb hi ni cha6n welet lli6 y weilgi gan
bop llong ar toir y gilyd. Ic y maent yn kyichu
y tir yn gyntaf a allont. a pha beth a wna6n ni heb
hi. arglwydes heb y g6ydyon. nyt oef in gyghoi onyt
kaeu y gaer arnam. ae chynhal yn oreu a allom. Ie
heb hitheu du6 a [da]lo y6ch. a chynhell6ch ch6itheu.
ac ymą y keff6ch diga6n o arueu. Ic ar hynny yn
ol yi arueu yd aeth hi. a llyma hi yn dyuot a d6y
uoi6yn gyt a hi. ac arueu deu 6i gantunt. argl6ydes
heb ef g6ifc ymdan y g6iaync hwnn. a minneu ui
ar moiynyon a wifgaf ymdanaf inheu. Mi a gly6af
odoiun y g6yi yn dyuot. Hynny a 6naf yn lla6en.
a g6ifca6 a 6naeth hi ymdana6 ef yn lla6en ac yn
g6byl. a der6 heb ef wifca6 ymdan y g6iaync h6nn6.

Der6 heb hi. neur der6 y minheu heb ef. Diod6n
an harueu weithon. nyt reit in 62thunt. Och heb
hitheu paham. Ilyna y Ilynghes yg kylch y ty. Ha
wreic nit oes yna un Ilynghes. Och heb hitheu pa
ry6 dygyuor a uu o honei. Dygyuo2 heb ynteu y
to2o2ri dy dynghetuen am dy uab. ac y geiffa6 arueu
ida6. ac neur gauas ef arueu heb y diolwch y ti.
Y rof i a du6 heb hitheu g62 d26c 6yt ti. Ac ef a allei
y Ilawer mab colli y eneit am y dygyuo2 a bereift ti
yn y cantref h6nn hedi6. Ami a tynghaf dynghet y2
mab heb hi na chaffo g62eic vyth o2 genedyl yffyd
ar y dayar honn y2 a62 honn. Ye heb ynteu direit
wreic uvoft eiryoet. ac ny dylyei neb uot yn bo2th
itt. a g62eic a geiff ef ual kynt. H6ynteu a doethant
att vath uab mathon6y. A ch6yna6 yn luttaf yn y byt
rac aranrot a 6naethant. A menegi ual y paryffei y2
arueu ida6 oll. Ie heb y math. keiff6n ninneu ui
a thi (oc) an hut an Iletrith huda6 g62eic ida6 ynteu
o2 blodeu. Ynteu yna a meint g62 ynda6. ac yn
deledi6haf g6as o2 a welas * dyn eiryoet. Ac yna y
kymeraffant h6y blodeu y deri. a blodeu y banadyl.
a blodeu y2 erwein. ac o2 rei hynny aff6yna6 y2 un
uo26yn deckaf a thelediwaf a welas dyn eiryoet. Ae
bedydya6 o2 bedyd a wneynt yna. a dodi blodeuwed
arnei. 66edy y kyfcu y gyt h6y ar y wled. nyt ha6d
heb y g6ydyon y 62 heb gyuoeth ida6 offymdeitha6.
Ie heb y math. mi arodaf ida6 y2 un cantref go2eu
y was ieuanc y gael. Argl6yd heb ef pa gantref y6
h6nn6. 6antref dinodig heb ef. a h6nn6 a elwy2 y2
a62 honn eiwynyd. ac ardud6y. Sef Ile ar y cantref

y kyuanhedⱱys lys idaⱱ. yn y ꞁꞁe a elwir mur y caſteꞁꞁ.
a hynny yg gⱱꝛthdir ardudⱱy. ac yno· y kyuanhedⱱys
ef ac y gⱱledychⱱys.   A phaⱱb a uu uodlaⱱn idaⱱ ac
y arglⱱydiaeth. Ac yna dꝛeigylgⱱeith kyꝛchu a ⱱnaeth
parth a chaer dathyl. y ymwelet a math uab mathon-
ⱱy. Y dyd yd aeth ef parth a chaer dathyl. troi o vyⱱn
y ꞁꞁys a wnaeth hi. a hi a glywei lef coꝛn. Ac yn ol
ꞁꞁef y coꝛn. ꞁꞁyma hyd blin yn mynet heibaⱱ. a chⱱn
a chynnydyon yn y ol. Ac yn ol y cⱱn ar kynnydyon
bagat o wyꝛ ar traet yn dyuot.   Aꞁꞁyngⱱch waſ heb
hi y wybot pⱱy y niuer racco. Y gⱱas a aeth. a gouyn
pⱱy oedynt· Gꝛonⱱ pebyꝛ yⱱ hⱱnn. y gⱱꝛ yſſyd ar-
glⱱyd ar penꞁꞁynn heb ⱱy.   Hynny a dywaⱱt y gⱱas
idi hitheu. Ynteu a gerdⱱys yn ol yꝛ hyd. ac <u>ar</u> auon
gynwael goꝛdiⱱeꝛ yꝛ hyd ae lad. Ac ⱱꝛth ulingaⱱ yꝛ
hyd. a ꞁꞁithyaⱱ y gⱱn ef a uu yny wafcaⱱd y nos arnaⱱ.
A phan yttoed y dyd yn atueilaⱱ ar nos yn neſſau. ef
a doeth heb poꝛth y ꞁꞁys. Dioer heb hi ni a gaⱱn
yn goganu gan yꝛ unben. oe adu y pꝛyttⱱn y wlat
araꞁꞁ onys gⱱahodⱱn. Dioer arglⱱydes heb ⱱy iaⱱnaf
yⱱ ˙ y wahaⱱd. Yna yd aeth kennadeu yn y erbȳ y
wahaⱱd. Ac yna y kymerth ef y wahaⱱd yn ꞁꞁaⱱen.
ac y doeth yꝛ ꞁꞁys. Ac y doeth hitheu yn y erbyn ef
y reſſaⱱu. ac y gyuarch gⱱeꞁꞁ idaⱱ. Arglⱱydes heb ef
duⱱ a dalho it dy leⱱenyd. Ymdiarchenu a mynet
y eiſted a ⱱnaethant. Sef a ⱱnaeth blodeued edꝛych
arnaⱱ ef. Ac yꝛ aⱱꝛ yd edꝛychaⱱd nyt oed gyueir
arnei hi ny bei yn ꞁꞁaⱱn oe gary*at ef. Ac ynteu a
ſynnyⱱys arnei hitheu. ar un medⱱl a doeth yndaⱱ ef
ac a doeth yndi hitheu. ef ny aꞁꞁⱱys ymgelu oe uot

yn y charu hi. ae uenegi idi a ꝣnaeth. Ꝥitheu a gy-
merth diruaꝣꝛ lewenyd yndi. ac o achaꝣs y ferch ar
caryat a dodaſſei bop un o honunt ar y gilyd y bu
eu hymdidan y nos honno. ac ny bu ohir y ymgael
o honunt. nyt amgen noꝛ nos honno. ar nos honno
kyſcu y gyt aꝣnaethant. athꝛannoeth arouun aꝣnaeth
ef ymeith. Ꝥioer heb hi nyt ey y ꝣꝛthyf i heno. Y nos
honno y buant y gyt heuyt. ar nos honno y bu yꝛ
ymgynghoꝛ gantunt pa furyf y keffynt uot yg kyt.
Ꝥyt oes gynghoꝛ heb ef onyt un. keiſſaꝣ y gantaꝣ
gꝣybot pa ffuryf y del y angheu. a hynny yn rith am-
geled am danaꝣ. Tꝛannoeth arouun a ꝣnaeth. Ꝥioer
heb hi ny chyghoꝛaf it hediꝣ uynet y ꝣꝛthyf i.
Ꝥioer kanys kynghoꝛy ditheu. nyt af ynheu heb
ef. Ꝥi a dywedaf hagen uot yn berigyl dyuot yꝛ
unben bieu y llys adꝛef. Ꝥe heb hi auoꝛy mi ath
ganhataf di y uynet ymdeith. Ꝥꝛannoeth arouun a
ꝣnaeth ef. ac nys lludywys hitheu ef. Ꝥe heb ynteu
coffa a dywedeis ꝣꝛthyt ac ymdidan yn lut ac ef. a
hynny yn rith yſmalhaꝣch caryat ac ef. Ꝥ dilyt y
gantaꝣ pa ffoꝛd y gallei dyuot y angheu. Ꝥnteu
a doeth adꝛef y nos honno. Ꝥꝛeulaꝣ y dyd a wnaeth-
ant dꝛꝣy ymdidan a cherd a chyuedach. Ꝥr nos honno
y gyſcu y gyt yd aethant. ac ef a dywaꝣt parabyl
ar eil ꝣꝛthi. ac yn hynny parabyl nys kauas ef. Ꝥa
derꝣ ytti heb ef ac a wyt iach di. Ꝥedylyaꝣ yd ꝣyf
heb hi yꝛ hynn nys medylyut ti am danaf i. Ꝥef yꝣ
hynny heb hi goualu am dy angheu di ot elut yn
gynt no miui. Ꝥe heb ynteu duꝣ a dalo itt dy am-
geled. Ꝥ nym llad i duꝣ hagen nyt haꝣd vy llad i

heb ef. a wney ditheu yꝛ duꝼ. ac yrof inheu. menegi
y mi pa furyf y galler dylad ditheu. ᴋanyꝛ gwell yꝼ
uyg cof i ꝼꝛth ymoglyt noꝛ teu di. Ꝺywedaf yn llaꝼen
heb ef. nyt haꝼd uy lladi heb o ergyt. a reit oed
uot vlꝼydyn yn gꝼneuthur y par ym byꝛyit i ac ef.*
a heb wneuthur dim o honaꝼ namyn pan vydit aryꝛ
aberth duꝼ ful. ae diogel hynny heb hi. Ꝺiogel dioer
heb ef. Ꝺy ellir uy lladi y myꝼn ty heb ef. ny ellir
allan. ny ellir uy llad ar uarch. ny ellir ar uyn troet.
Ꝼe heb hitheu pa delꝼ y gellit dylad ditheu. ᴍi ae
dywedaf ytti heb ynteu. Ꝿꝼneuthur enneint im ar
lan auon. a gꝼneuthur cromglꝼyt uch penn y gerꝼyn.
ae thoi yn da ac yn didos ꝼedy hynny. a dꝼyn bꝼch
heb ef ae dodi ger llaꝼ y gerꝼyn. a dodi ohonaf inheu
y neill troet ar geuyn y bꝼch. ar llall ar ymyl y ger-
wyn. pꝼy bynnac a medꝛei i uelly ef a wnaei uy ageu.
Ꝼe heb hitheu diolchaf y duꝼ hynny. ef a ellir rac
hynny dianc yn haꝼd. Ꝺyt kynt noc y kauas hi yꝛ
ymadꝛaꝼd. y hanuones hitheu att gronꝼ pebyꝛ. Ꝿꝛonꝼ
a lauurywys gꝼeith y gꝼaeꝼ. ar un dyd ym penn y
vlꝼydyn y bu baraꝼt. ar dyd hꝼnnꝼ y peris ef idi hi
gꝼybot hynny. arglꝼyd hi yd ꝼyf yn medylyaꝼ pa
delꝼ y gallei uot yn wir a dywedeift dꝗ gynt ꝼꝛthyf i.
ac a dangoffy di y mi pa ffuryf y fauut ti ar ymyl
y gerꝼyn ar bꝼch opharaf inheu yꝛ enneint. Ꝺangoffaf.
heb ynteu. Ꝺitheu a anuones att ronꝼ. ac a erchis
idaꝼ uot y ghyfcaꝼt y bꝛynn a elwir weithon bꝛynn
kyuergyꝛ yg glan auon kynuael oed hynny. Ꝺitheu
a beris kynnullaꝼ a gauas o auar yn y cantref. ae dꝼyn
yꝛ parth dꝛaꝼ yꝛ auon gyuarꝼyneb a bꝛynn kyuergyꝛ.

a thiannoeth hi a dywaƀt. arglƀyd heb hi mi a bereis
kyweiryaƀ y glƀyt ar enneint y maent yn baraƀt. Ỿe
heb ynteu aƀn y hediych yn llaƀen. Wynt a doethant
diannoeth y ediych yi enneint. Ƀi a ey yi enneint
arglƀyd heb hi. af yn llaƀen heb ef. Ỿf a aeth yi
enneint ac ymeneinaƀ a ƀnaeth. arglƀyd heb hi llyma
yi anniueileit a dyƀedeift di uot bƀch arnunt. Ỿe heb
ynteu par dala un o honunt. a phar y dƀyn yma. ef
a ducpƀyt y bƀch. Ỿna y kyuodes ynteu oi enneint.
a gƀifcaƀ y laƀdyi ymdanaƀ. a dodi y neill troet idaƀ
ar ymyl y gerƀyn. ar llall ar geuyn y bƀch. Ỿnteu
ronƀ a gyuotes y uynyd oi bryn a elwir biynn kyuer-
gyi.* ac ar ben y neill glin y kyuodes. ac ar gƀenƀyn
waeƀ y uƀiƀ ae uediu yn y yftlys. yny neitta y paladyi
o honaƀ. a thiigyaƀ y penn yndaƀ. ac yna bƀiƀ ehet-
uan o honaƀ ynteu yn rith eryi. a dodi garymleis an-
hegar. ac ny chahat y welet ef o hynny allan. Ỿn
gyn gyflymet ac yd aeth ef ymeith. y kyichaffant
ƀynteu y llys. ar nos honno kyfcu y gyt. Ỿ thiann-
noeth kyuodi a oiuc gronƀ a goiefgȳ ardudƀy. Ƈƀedy
goiefgyn y wlat y gƀledychu a wnaeth yny oed yn y
eidaƀ ef ardudƀy a phenllyn. Ỿna y chƀedyl a aeth at
math uab mathonƀy. Ƀiymuryt a goueileint a gy-
merth math yndaƀ. a mƀy wydyon noc ynteu o laƀer.
Ỿrglƀyd heb y gƀydyon ny oiffowyffaf uyth yny
gaffƀyf chwedleu y ƀith uy nei. Ỿe heb y math.
duƀ a uo nerth itt. Ỿc yna kychƀynnu a ƀnaeth ef
a dechieu rodyaƀ racdaƀ. a rodyaƀ gƀyned a ƀnaeth
a phoƀys yny theruyn. Ƈƀedy daruot idaƀ rodyaƀ
uelly. ef a doeth hyt yn aruon. ac a doeth y ty uab

eillt ym maenaⱱꝛ bennard. Difgynnu yn y ty a ⱱnaeth
a thꝛigyaⱱ yno y nos honno. Gⱱꝛ y ty ae dylⱱyth
a doeth y myⱱn. ac yn diwethaf y doeth y meichat.
Gⱱꝛ y ty a dywaⱱt ⱱꝛth y meichat. Ha was heb ef
a doeth dy hⱱch di heno y myⱱn. Doeth heb ynteu.
yꝛ aⱱꝛ honn y doeth att y moch. Pa ryⱱ gerdet heb
y gⱱydyon yffyd ar yꝛ hⱱch honno. Pan agoꝛer y
creu beunyd yd a allan. ny cheir craff arnei. ac
ny wybydir pa ffoꝛd yd a. mⱱy no chynn elei yn y
dayar. A wney di heb y gⱱydyon y rof i nat agoꝛych
y creu. yny vⱱyf i yn y neill parth yꝛ creu y gyt a thi.
gⱱnaf yn llaⱱen heb ef. Y gyfgu yd aethant y nos
honno. A phan welas y meichat lliⱱ y dyd. ef a de-
ffroes wydyon. A chyuodi a ⱱnaeth gⱱydyon a gⱱifg-
aⱱ ymdanaⱱ. a dyuot y gyt ar meichat. a feuyll ⱱꝛth
y creu. Y meichat a agoꝛes y creu. y gyt ac y hegyꝛ
llyma hitheu yn bⱱꝛⱱ neit allan. a cherdet yn bꝛaff
a ⱱnaeth. A gydyon ae kanlynⱱys. A chymryt gⱱꝛth-
ⱱyneb auon a ⱱnaeth. A chyꝛchu nant a ⱱnaeth a elⱱir
weithon nant y lleⱱ. Ac yno gⱱaftattau a ⱱnaeth a
phoꝛi. Ynteu wydyon a doeth y dan * y pꝛenn. Ac
a edꝛychaⱱd pa beth yd oed yꝛ hⱱch yn y boꝛi. Ac ef
a welei yꝛ hⱱch yn poꝛi kic pⱱdyꝛ a chynron. Sef
a wnaeth ynteu edꝛych ym blaen y pꝛenn. a phan
edꝛych ef a ⱱelei eryꝛ ym blaen y pꝛenn. A phan ym-
yfgytⱱei yꝛ eryꝛ . y fyꝛthei y pꝛyuet ar kic pⱱdyꝛ o
honaⱱ. Ar hⱱch yn yffu y rei hynny. Sef a ⱱnaeth
ynteu medylyaⱱ mae lleⱱ oed yꝛ eryꝛ. a chanu eglyn.
Par a dyf y rⱱng deu lenn. goꝛduwrych awyꝛ a glen.
ony dywetaf i eu oulodeu. lleⱱ pan yⱱ hynn. Sef

a ỽnaeth ynteu yr eryr. ymellỻng yny uyd yg ky-
mherued y pren̄. Sef a wnaeth ynteu wydyon canu
eglyn araỻ.   Dar a dyf yn ard uaes. nys gỽlych glaỽ.
nys mỽ y taỽd. naỽ ugein angerd a borthes. yn y blaen
ỻeỽ ỻaỽ gyffes.   Ac yna ymellỻng idaỽ ynteu yny
uyd yn y geing iffaf or pren̄. Ganu eglyn idaỽ ynteu
yna.   Dar a dyf dan anwaeret. mirein medur ym
ywet. ony dywedaf i ef. dydaỽ ỻeỽ ym harffet. Ac
y dygỽydaỽd ynteu ar lin gỽydyon.   Ac yna y treỽis
gỽydyon a hutlath ynteu yny uyd yn y rith e hunan.
Dy welſei neb ar ỽr tremynt truanach hagen noc
a oed arnaỽ ef. nyt oed dim onyt croen ac afcỽrn.
Yna kyrchu kaer dathyl a wnaeth ef. Ac yno y duc-
pỽyt a gahat o uedic da yg gỽyned ỽrthaỽ. Kyn kyuyl
yr ulỽydyn yd oed ef yn holliach. Arglỽyd heb ef ỽrth
uath uab mathonỽy. madỽſ oed y mi kaffel iaỽn gan
y gỽr y keueis ouut gantaỽ.   Dioer heb y math ny
eiỻ ef ymgynnal ath iaỽn di gantaỽ.   Ie heb ynteu
goreu yỽ gennyf i bo kyntaf y kaffỽyf iaỽn.   Yna
dygyuoryaỽ gỽyned a ỽnaethant. a chyrchu ardudỽy.
Gỽydyon a gerdỽys yn y blaen. a chyrchu mur caſteỻ
a oruc.   Sef a ỽnaeth blodeued clybot eu bot yn
dyuot. kymryt y morynyon y gyt a hi. a chyrchu y
mynyd. a thrỽy auon gynuael. kyrchu ỻys a oed ar
y mynyd. Ac ny wydynt gerdet rac ovyn. namyn ac
eu hỽyneb drae keuyn Ac yna ny wybuant yny fyrth-
affant yn y ỻynn. ac y bodyſſant oỻ eithyr hi ehunan.
Ac yna y gordiwedaỽd gwydyon hitheu. ac y dywaỽt
ỽrthi. Dy ladaf i di. mi a ỽnaf * yſſyd waeth itt. Sef
yỽ hynny dy elỻng yn rith ederyn. Ac o achaỽs y

keßilyd a.wnaethoſt di y leß Ilaß gyffes. na beidych
ditheu dangos dy wyneb liß dyd vyth. a hynny rac
ouyn yꝛ holl adar. a bot yn aꞃyan udunt dy uaedu.
ath amherchi y Ile yth gaffont. ac na chollych dy enß.
namyn dy alß vyth blodeuwed. Sef yß blodeuwed
tyIluan oꝛ Ieith yꝛ aßꝛ honn. ac o achaßs hynny y
mae digaffaßc yꝛ adar yꝛ tyIluan. ac ef a elwir ettwa
y tyIluan yn vlodeuwed. Ynteu gronß pebyꝛ agyꝛch-
ßys pennIlynn. ac o dyno ymgennattau a wnaeth.
Sef kennadßꝛi a anuones. gouyn a wnaeth y leß Ilaß
gyffes. a vynnei ae tir ae dayar ae eur ae aryant am
y ſarhaet. Pachymeraf y duß y dygaf uyg kyffes heb
ef. a Ilyma y peth Ileiaf a gymeraf y gantaß. Mynet
yꝛ Ile yꝛ oedßn i o honaß ef pan ym byꝛyaßd ar par.
a minheu y Ile yꝛ oed ynteu. a gadel y minheu y
vßꝛß ef a phar. a hynny yn Ileihaf peth a gymeraf y
gantaß. Bynny a uenegit y ronß pebyꝛ. Ie heb
ynteu. dir yß y mi gßneuthur hynny. Vyg gwyꝛda
kywir am teulu am bꝛodyꝛ maeth. a oes o honaßch
chßi a gymero yꝛ ergit dꝛoſſof i. Pac oes dioer heb
ßynteu. ac o achaßs gomed o honunt ßy. diodef un
ergit dꝛos eu harglßyd. y gelwir ßynteu yꝛ hynny
hyt hediß. trydyd aniweir deulu. Ie heb ef mi ae
kymeraf. Ic yna y doethant ell deu hyt ar lann
auon gynuael. Ic yna y ſeuiſ gronß yn y Ile yd oed
Ileß Ilaß gyffes pan y byꝛyaßd ef. a Ileß yn y Ile yd
oed ynteu. Ic yna y dwaßt gronß pebyꝛ ßꝛth leß.
arglßyd heb ef. kanys o dꝛyc yſtryß gßꝛeic y gßneuth-
um i ytti a wneuthum. Qinneu a archaf y ti yꝛ duß.
Ilech a welaf ar lan yꝛ auon. gadel im dodi honno

y ryngof ar dyₗnaƀt.   Ꝑioer heb y Ꝉleƀ nyth ommedaf
o hynny.   Ꝗe heb ef duƀ a dalo itt.   Ꝓc yna y kymerth
gronƀ y Ꝉlech⸗ ac y dodes y ryngtaƀ ar ergit.   Ꝓc yna
y byₗyaƀd Ꝉleƀ ef ar par. ac y gƀant y Ꝉlech trƀydi.
Ꝏc ynteu dₗƀydaƀ yny dyₗr y geụyn.   Ꝓc yna y Ꝉlas
gronƀ pebyₗ⸗ Ꝏc yno y mae y Ꝉlech ar lann auon
gynuael yn ardudƀy ar tƀꝉ trƀydi. Ꝏc o ach*aƀs hynny
ettwa y gelwir hi Ꝉlech gronƀ⸗ Ynteu Ꝉleƀ Ꝉlaƀ gyffes
eilweith a oₗefgynnƀyₔ y wlat. ac ae gƀledychƀys yn
Ꝉlƀydyannus. à herwyd y dyweit y kyuarwydyt ef a uu
arglƀyd wedy hynny ar wyned. Ꝏc veꝉly y teruyna
y geing honn oₗ mabinogi⸗ ⸗ ⸗ ⸗

Ꝑyma bꝛeidỽyt maxen wledic.

Maxen wledic oed amheraỽdyꝛ yn ruuein. a
theccaf gỽꝛ oed a doethaf. a goꝛeu awedei
yn amheraỽdyꝛ oꝛ a vu kyn noc ef. a dadleu bꝛen-
hined a oed arnaỽ diwarnaỽt. ac ef a dywaỽt y an-
nwyleit. ᴍiui heb ef a vynnaf avoꝛy vynet y hela.
Tꝛannoeth y boꝛe ef a gychwynnawd ae niser [698]
ac a doeth y dyffrynn auon a dygỽyd y ruuein. Ꝑel-
a y dyffrynn awnaeth hyt pan vu hanner dyd. Yd
oed gyt ac ef hagen deudec bꝛenhin ar hugeint o
vꝛenhined coꝛonaỽc yna yn wyꝛ idaỽ. Ꝑyt yꝛ di-
grifỽch hela yd helei yꝛ amheraỽdyꝛ yn gyhyt a
hynny. namyn y wneuth ͬ yn gyuurd gỽꝛ ac y bei
arglỽyd ar y saỽl vꝛenhined hynny. ar heul a oed yn
vchel ar yꝛ awyꝛ. uch eu penn. ar gỽꝛes yn vaỽꝛ.
a chyscu a doeth arnaỽ. Ꝑef awnaeth y weisson. seuyll
kastellu eu taryaneu yn y gylch ar peleidyꝛ gỽaewar
~~ynygylch~~ rac yꝛ heul. Taryan eur grỽydyꝛ a dodas-
fant dan y penn. Ꝓc uelly y kyscỽys maxen. Ꝓc yna
y gỽelei vꝛeidỽyt. Sef bꝛeidỽyt awelei. y uot yn
kerdet dyffrynn yꝛ avon hyt y blaen. ac y vynyd

uchaf o2 byt y deuei. Ef a tebygei vot y mynyd yn
gyfuch ar awy2. Aphan deuei d2os y mynyd. ef a welei
y uot yn kerdet g6ladoed teccaf a g6aftattaf a welfei
dyn eiryoet o2 parth arall y2 mynyd. A ph2if auonyd
ma62 a welei o2 mynyd yn ky2chu y mo2. Ac y2 mo2
rytyeu ar y2 auonyd y kerdei. Py hyt bynnac y kerdei
velly. ef a doeth y aber p2if auon v6yhaf o2 a welfei
neb. a ph2if dinas a welei yn aber y2 auon. a ph2if
gaer yn y dinas. a ph2if dy2oed amyl amliwa6c a welei
ar y gaer. a llynghes a welei yn aber y2 auon. A m6y-
haf llȳghes oed honno o2 a welfei neb eiryoet. a llong
a welei ym plith y llynghes. A m6y o la6er a thegach
oed honno no2 rei ereill oll. a welei ef vch y mo2
o2 llong. y neill yftyllen a welei ef yn eureit ar llall
yn aryanneit. Pont a welei o afc62n mo2uil o2 llong
hyt y tir. ac ar hyt y bont y tebygei y vot yn dyuot
y2 llong. P6yl a dy2cheuit ar y llong. ac ar vo2 a
g6eilgi y kerdit a hi. Ef a welei y dyuot y ynys
deckaf o2 holl vyt. a g6edy y kerdei ar d2a6s y2 ynys
o2 mo2 py gilyd hyt y2 ymyl eithaf o2 ynys. Kȳm-
eu a welei a diff6ys a cherric uchel eithy2 agar6 am-
dyfr6ys ny rywelfei eiryoet y gyfry6. Ac odyno ef a
welei yn y mo2 gyuarwyneb ar tir amd yfr6ys h6nn6.
ynys. ac y rygta6 ar ynys honno y g6elei ef g6lat
a oed kyhyt y maeftir ae mo2. Kyhyt y mynyd ae
choet. Ac o2 mynyd h6nn6 avon a welei yn kerdet
aR tra6s y m wlat yn ky2chu y mo2. Ac yn aber y2
auō ef a welei p2if gaer deckaf o2 a welfei dyn eir-
yoet. a ph02th y gaer a welei yn ago2et. A dyuot y2
* gaer a wnaeth. Ef a welei neuad dec yn y gaer.

toat y neuad a tebygei y vot yn eur oll. Gant y neuad
a tebygei y uot yn vein llywychedic g6yzthua6z ae
gilid. Dozeu y neuad a tebygei eu bot yn eur oll.
lleithigeu eureit a welei yn y neuad. a byzdeu aryant.
ar ar y lleithic kyfarwyneb ac ef y g6elei deu vack6y
wineuon ieueinc yn g6are g6ydb6yll. Gla6z aryant
a welei yz wydb6yll. a g6erin eur arnei. G6ifc y
mack6yeit oed bali purdu. a ractaleu o rudeur yn
kynnal eu g6allt. a mein mawrweitha6c llywychedic
yndunt. Rudem a gem pob eilwerf yndunt. ac am-
herodzon mein. G6intaffeu o gozdwal newyd am eu
traet. a llafneu o rudeur yn eu kayu. ac ymon <u>colofyn</u>
y neuad y g6elei g6z g6ynllwyt y my6n cadeir o afc6zn
eliphant. a del6 deu eryz arnei o rudeur. Breich-
z6yfeu eur oed am y vzeicheu. a modz6yeu amyl am
y d6yla6. a gozdtozch eur am y vyn6gyl. a ractal eur
yn kynnal y wallt. ac anfa6d erdzym arna6. Gla6z
o eur a g6yb6yll rac y vzonn. a llath eur yn y la6.
a llifeu dur. ac yn tozri g6erin g6ydb6yll. a moz6yn
a welei yn eifted rac y vzonn y my6n kadeir o zudeur.
mwy noc yd doed ha6d difg6yl ar yz heul pan vei
teckaf. nyt oed ha6s difg6yl arnei hi rac y thecket.
Gryffeu o fidan g6ynn a oed am y uozwyn. a chaeeu
o rudeur rac y bzonn. a s6zcot o pali eureit ym danei.
a ractal o rudeur am y phenn. a rudem a gem yn y
ractal. a mein mererit pob eilwers. ac amherodzon
vein. A gwregis o rudeur ym danei. ac yn teckaf
gol6c o dyn edrych arnei. a chyuodi a ozuc y uozwyn
oz gadeir racda6. A dodi a wnaeth ynteu y d6yla6
am vyn6gyl y uozwyn. ac eifted a wnaethant ell deu

yn y gadeir eur. Ac nyt oed gyuyghach y gadeir
udunt ell deu noc yꝛ uoꝛbyn e hun. A phan yttoed
ef ae dwylaw am uynbgyl y voꝛbyn. ac ae rud bꝛth y
grud hitheu. rac angerd y kbn bꝛth eu kynllauann. ac
yſcbydeu y taryaneu yn ymgyhbꝛd y gyt. a pheleidyr
y gbaewar yn kyflad. a gberyꝛat y meirch ac eu pyſtyl-
at. Deffroi a wnaeth yꝛ amherabdyꝛ. A phan deffroes.
Boedel nac einyoes * na bywyt nyt oed idaw am y
voꝛbyn ry welſei trby y hun. Kygbn vn aſcbꝛn yndaw.
na mynnwes vn ewin yghwaethach lle a vei vby no
hbnnb nyt oed ny bei gyflabn o garyat y uoꝛwyn. Ac
yna y dywabt y teulu bꝛthaw. Arglbyd heb bynt. neut
yttib dꝛos amſer itt kymryt dy vbyt. Ac yna yd
eſgynnbys yꝛ amherabdyꝛ ar y balffrey yn dꝛiſtaf gbꝛ
a welſei dyn eiryoet. ac y kerdwys y ryngtaw a ruuein.
Ac uelly y bu yꝛ wythnoſ ar y hyt. Pan elhei y teulu
y yvet y gbin ar med oꝛ eurleſtri. nyt aey ef y gyt
a neb o nadunt by. Pan elhynt hby y warandaw kerd-
eu a didanbch. nyt aey ef y gyt ac bynt. Ac ny cheffit
dim gantaw. namyn kyſcu yn gyfynychet ac y kyſgei.
y wreic vbyhaf a garei a welei trby y hun. pꝛyt na
chyſgei ynteu ny handei dim am danei. kany wydyat
oꝛ byt pa le yd oed. Ac y dywabt gbaſ yſtafell bꝛthaw
diwarnabt. ac yꝛ y vot yn was yſtauell. bꝛenhin ro-
mani oed. Arglbyd heb ef y mae dy wyꝛ oll yth gablu.
Paham y cablant by vyui heb yꝛ amherabdyꝛ. O ach-
abſ na chaffant gennyt na neges nac atteb oꝛ a geiff
gbyꝛ gan eu harglbyd. A llyna yꝛ achabs ar cabyl yſſyd
arnat. Da was heb yꝛ amherabdyꝛ. dbc ditheu doeth-
on ruvein ym kylch i. a mi a dywedaf paham yd byf

trift i. Ic yna y ducp6yt doethon ruvein yg kylch
y2 amhera6d**r**. ac y dywa6t ynteu. doethon ruuein
heb ef. B2eud6yt a weleis i ac yny v2eud6yt y g6el6n
mo26yn. Boedyl na bywyt nac einoes nyt oes im
am y vo26yn. Irgl6yd heb 6ynteu. kanys arnam
ni y berneift ti dy gygho2. ni ath gygho26n di. A Ilyna
an kygho2 ni ytti. eIl6ng kennadeu teir blyned y ter
rann y byt. y geiffa6 dy v2eud6yt. A chany 6doft pa
dyd pa nos y del chwedleu da attatt hynny o obeith
ath geid6. Yna y kerd6ys y kennadeu hyt ym penn
y vlwydyn y gr6ytra6 y byt ac y geiffa6 ch6edleu y
62th y v2eud6yt. Fan doethan d2acheuyn ym penn
y vl6ydyn. ny wydynt vn geir m6y no2 dyd y kych-
wynnyffant. A th2iftau a o2uc y2 amhera6dy2 yna o
tebygu * na chaffei byth chwedleu am y wreic v6yaf
a garei. Ic yna y dywawa6t b2enhin romani 62th
y2 amhera6dy2. Argl6yd heb ef kychwyn y hela y ffo2d
y g6elut dy uot yn mynet ae parth ar dwy2ein ae
parth ar go2Ilewin. Ic yna y kychwynn6ys y2 am-
hera6dy2 y hela. ac y doeth hyt yg glann y2 auon.
Ilyma heb ef yd oed6n i pann weleis y v2eud6yt.
ac y ghyueir blaen y2 auon y tu ar go2Ilewin y
kerd6n. Ic yna y kerdaffant trywy2 ar dec yn gen-
nadeu y2 amhera6dy2. ac oe blaen y g6elfant mynyd
ma62 a debygynt y uot 62th y2 awy2. Bef anfa6d
oed ar y kennadeu yn eu kerdetyat. vn Ilawes a oed
ar gapan pob un o nadunt o2 tu racda6 yn arwyd
eu bot yn gennadeu pa ryueltir bynnac y kerdynt
ynda6 na wnelit d26c udunt. Ic ual y doethant d2os
y mynyd h6nn6. wynt a welynt g6ladoed ma62 gwaftat.

a phzif ouonyd dz6ydunt yn kerdet. Llyma heb 6ynt
y tir a welas an hargl6yd ni. Yz moz rydyeu ar yz
auonyd y kerdaffant. yny doethant y pzif auon a wel-
ynt yn kyzchu y moz. a phzif dinas yn aber yz auon.
a phzif gaer yn y dinas. a phzif dyzoed amliwa6c ar
y gaer. Llyghes v6yhaf oz byt a welynt yn aber yz
auon. a llog oed v6y noc vn oz rei ereill. Llyman
ettwa heb yz 6ynt y bzeud6yt a welas an hargl6yd ni.
Ac yn y llog ua6z honno y kerdaffant ar y moz. ac
y doethant y ynys pzydein. ar ynys a gerdaffant yny
doethant y eryri. Llyman ettwa heb yz 6ynt y tir
amdyfrwys a welas an hargl6yd ni. wynt a doethant
racdunt yny welynt mon gyuarwyneb ac wynt. ac
yny welynt heuyt aruon. Llyma heb 6ynt y tir a welas
an hargl6yd ni tr6y y hun. ac aber sein a welynt ar
gaer yn aber yz auon. Pozth y gaer a welynt yn
agozet. Yz gaer y doethant. neuad a welfant y my6n
y gaer. Llyman heb 6ynt y neuad a welfam ni tr6y
y hun. wynt a doethant yz neuad. ac wynt a welfant
y deu vack6y yn gware yz wydb6yll. ar y lleithic eur.
Ac a welfant y g6z g6ynll6yt y mon y golofyn. yn y
gadeir afc6zn yn tozri g6erin yz 6ydb6yll. ac a wel-
fant y uoz6yn yn eifted y my6n * cadeir o rud eur.
a goft6ng ar tal eu glinyeu a wnaethant y kennadeu.
amherodzes ruuein hanpych g6ell. Ha wyzda heb
y uozwyn anfa6d g6yz dylyeda6c a welaf arna6ch. ac
arwyd kenadeu. Pywattwar a wne6ch ch6i amdanafi.
Ha wna6n argl6ydes vn g6attwar am danat. Namyn
amhera6dzr ruuein ath welas tr6y y hun. Hoedel nac
einyoes nyt oes ida6 am danat. Dewis argl6ydes

a geffy y gennym ni. aedyuot gyt a ni yth wneuthur
yn amherodꝛes yn ruuein. ae dyuot yꝛ amheraꝟdyꝛ
yma yth gymryt yn wreic idaꝟ. Ɲa wyꝛda heb y
uoꝛꝟyn amheu yꝛ hynn a dywedꝟch chꝟi nyſ gꝟnaf i.
Ɲae gredu heuyt yn oꝛmod. Ɲamyn os miui a gar
yꝛ amheraꝟdyꝛ. deuhet hyt yman ym ol. ac y rꝟng
dyd a nos y kerdaſſant y kenadeu dꝛacheuyn. ac ual
y diffykyei eu meirch y pꝛynynt ereill o newyd. Ɑc
ual y doethant hyt yn ruuein. kyuarch gꝟell yꝛ am-
heraꝟdyꝛ a ꝟnaethant. ac erchi eu koeluein. a hynny
a gaꝟſſant ual y notteynt. Ɲi a vydꝟn gyuarꝟyd itt
arglꝟyd heb ꝟynt ar voꝛ ac ar tir hyt y lle y mae y
wreic vꝟyhaf a gery. a ni a wdam y henꝟ ae chyſtlꝟn
ae boned. ac yn diannot y kerdꝟys yꝛ amheraꝟdyꝛ yn
y luyd. ar gꝟyꝛ hynny yn gyuarwyd· udunt. Ɉarth
ac ynys pꝛydein y doethant dꝛos voꝛ a gꝟeilgi. Ɑc
y goꝛeſgynnꝟys yꝛ ynys ar veli mab manogan ae
ueibon. ac y gyꝛꝟys ar uoꝛ wynt. ac y deuth racdaꝟ
hyt yn aruon. ac yd adnabu yꝛ amheraꝟdyꝛ y wlat
mal y gꝟelas. Ac ual y gꝟelas kaer aber sein. weldy
racco heb ef y gaer y gꝟeleis i y wreic vꝟyhaf a garaf
yndi. ac y doeth racdaꝟ yꝛ gaer. ac yꝛ neuad. Ɑc
y gꝟelas yno kynan uab eudaf. ac adeon uab eudaf
yn gꝟare yꝛ wydbꝟyll. ac a welaſ eudaf uab karadaꝟc.
yn eiſted y mꝟn kadeir o aſcꝟꝛn yn toꝛri gꝟerin yr
ꝟydbꝟyll. Ƴ uoꝛwyn a welas trꝟy y hun ef ae gwelei
yn eiſted y mꝟn kadeir o eur. Ɑmherodꝛes ruuein
heb ef hanpych gꝟell. Ɑ mynet dꝟylaꝟ mynꝟgyl idi
a wnaeth yꝛ amheraꝟdyꝛ. Ar nos honno y kyſgꝟys
genthi. Ɑ thꝛannoeth y boꝛe yd erchis y uoꝛꝟyn y

hagƀedi am y chaffel yn uoꝛwyn⸗ ac yntev a erchis
idi nodi y hagwedi. a hitheu a nodeſ * ynys pꝛydein
yƀ that. o voꝛ rud hyt ym moꝛ Iwerdon. ar teir rac
ynys y dala dan amherodꝛes ruuein. a gƀneuthur teir
pꝛif gaer idi hitheu yny ꝉle y dewiſſei yn ynys pꝛydein.
ac yna y dewiſſaƀd gƀneuthur y gaer uchaf yn aruon
idi. ac y ducpƀyt egƀeryt ruuein yno. hyt pann uei
iachuſſach yꝛ amheraƀdyꝛ y gyſcu. ac y eiſted ac y
ymdeith. ⱺdyna y gƀnaethpƀyt y dƀy gaer ereiꝉl idi.
ꝑyt amgen kaer ꝉlion achaer vyꝛdin. a diwarnaƀt
yd aeth yꝛ amheraƀdyꝛ y hela y gaer vyꝛdin. ac yd
aeth hyt ym penn y vꝛevi vaƀꝛ. a thynnv pebyꝉl
a wnaeth yꝛ amhaƀdyꝛ yno. Ɨ chadeir vaxen y gelw-
ir y pebyꝉlua honno yꝛ hyt hediƀ. ⱺ achaƀs ynteu
gƀneuthur y gaer o vyꝛd o wyꝛ y gelwit kaer vyꝛdin⸗
ⱺ dyna y medylywys elen gƀneuthur pꝛif ffyꝛd o bob
kaer hyt y gilyd ar traƀs ynys pꝛydein. ac y gƀnaeth-
pwyt y ffyꝛd. Ɨc o achaƀs hynny ~~ygƀnaethpƀ~~ y
gelwir ƀynt ffyꝛd elen luydaƀc ƀꝛth y hanuot hi o
ynys pꝛydein⸗ ac na wnaei wyꝛ ynys pꝛydein y ꝉluyd-
eu maƀꝛ hynny y neb namyn idi hi. Ɨeith mlyned
y bu yꝛ amheraƀdyꝛ yn yꝛ ynys honn. Ɨef oed deuaƀt
gƀyꝛ ruuein yn yꝛ amſer hƀnnƀ. ꝑa amheraƀdyꝛ byn-
nac a drickyei yg gƀladoed ereiꝉl yn kynnydu ſeith
mlyn^{ed}⸗ trickyei ar y oꝛeſcyn. ac ny chaffei dyuot y
ruvein dꝛacheuyn. Ɨc yna y gƀnaethāt ƀynteu am-
heraƀdyꝛ new. ac yna y gƀnaeth hƀnnƀ lythyꝛ bygƀth
ar vaxen⸗ ꝑyt oed hagen o lythyꝛ. namyn o deuy
di ac o deuy di byth y ruuein. ac hyt yg kaer ꝉlion
y doeth y ꝉlythyꝛ hƀnnƀ ar uaxen⳯ ar chƀedleu. Ac

o dyna yd anuones ynteu lythyꝛ ar y gꝿꝛ a dywedei y
uot yn amheraꝿdyꝛ yn ruuein. Ꝑyt oed yny ỻythyꝛ
hꝿnnꝿ heuyt dim. namyn ot af ynheu y ruuein ac
ot af. Ꝺc yna y kerdwys Maxen yn y luyd parth
a ruuein. Ꝺc y goꝛefgynnꝿys ffreinc a bꝿꝛgꝿyn ar hoỻ
wlatoed. hyt yn ~~ffreine~~ ruuein. ac y deiſtedaꝿd ꝿꝛth
gaer ruuein. Ꝑlꝿydyn y bu yꝛ amheraꝿdyꝛ ꝿth y gaer.
nyt oed nes idaꝿ y chael noꝛ dyd kyntaf. ac yn y ol
ynteu y doeth bꝛodyꝛ y elen luydaꝿc o ynys Ꞁꝛydein
aỻu bychan gantunt. a gꝿeỻ ymladwyꝛ oed yn y ỻu
by*chan hꝿnnꝿ. noc eu deu kymeint o wyꝛ ꞃuuein.
Ꝺc y dywefpꝿyt yꝛ amheraꝿdyꝛ o welet y ỻu yn dif-
gynnv yn ymyl y lu ynteu ac yn pebyỻyaꝿ. Ꝺc ny
welfei dyn eiryoet ỻu degach na chyweirach nac ar-
ꝿydon hardach noc oed hꝿnnꝿ yn y ueint. ac y doeth
elen y etrych y ỻu. ac yd adnabu arꝿydon y bꝛodyꝛ.
Ꝺc yna y doeth kynan uab eudaf ac adeon uab eudaf
y ymwelet ar amheraꝿdyꝛ. Ꝺc y bu lawen yꝛ am-
hᵉʳaꝿdyꝛ ꝿꝛthunt. ac yd aeth dꝿylaꝿ mynꝿgyl udunt.
Ꝺc yna yd edꝛychaſſant ꝿy ar wyꝛ ruuein yn ymlad
ar gaer. ac y dywaꝿt kynan ꝿꝛth y vꝛaꝿt. Ꝑyni a
geiſſꝿn ymlad ar gaer yn gaỻach no hynn. Ꝺc yna y
meſſuraſſant ꝿynteu hyt nos uchet y gaer. Ꝺc yd
eỻygaſſant eu feiri yꝛ koet. ac y gꝿnaethpꝿyt yfcaꝿl
y pob petwar gꝿyr o nadunt. Ꝺ gꝿedy bot hynny yn
baraꝿt gantunt. Ꝑeunyd pob hanner dyd y kymerei
y deu amheraꝿdyꝛ eu bꝿyt. ac y peidynt ac ymlad
o bop parth yny darffei y baꝿp vꝿytta. Ꝺr boꝛedyd
y kymerth gꝿyꝛ ynys eu bꝿyt. ac yvet a wnaethant
yny yttoedynt vꝛꝿyfkeit. Ꝺ phan yttoedynt y deu am-

heraᵬdyꝛ ar eu bᵬyt y doeth y bꝛytanyeit ᵬꝛth y gaer
a dodi eu hyſgolyon ᵬꝛthi. ac yn diannot yd aethant
dꝛos y gaer y myᵬn. Dy chauas yꝛ amheraᵬdyꝛ newyd
aruot y wiſgaᵬ y arueu ymdanaᵬ. yny doethant am
y penn ae lad. a llawer y gyt ac ef. a theirnos a thꝛi-
dieu y buant yn gᵬaſtattau y gᵬyꝛ a oedynt yny gaer
ac yn goꝛeſgyn y kaſtell. Ir ranneu ereill onadunt
yn cadᵬ y gaer rac dyuot neb o lu maxen idi. yny
darffei udunt hᵬy gᵬaſtatau paᵬb ᵬꝛth eu kyghoꝛ. Ic
yna y dywaᵬt Maxen ᵬꝛth elen luydaᵬc. Ryued maᵬꝛ
yᵬ gennyf i arglᵬydes heb ef nat y mi y goꝛeſgynnei
dy vꝛodyꝛ di y gaer honn. Irglᵬyd amheraᵬdyꝛ heb
hitheu. gᵬeiſſon doethaf oꝛ byt yᵬ vym bꝛodyꝛ i. ados
ditheu racco y erchi y gaer. ac os ᵬynteu ae med hi.
ti ae keffy yn llawen. Ic yna y doeth yꝛ amheraᵬdyꝛ
ac elen y erchi y gaer. Ic y dywedaſſant ᵬynteu
ᵬꝛth yꝛ amheraᵬdyꝛ. nat oed weithꝛet y neb y gaffel
y gaer. nac yᵬ rodi idaᵬ ynteu. na*myn y wyꝛ ynys
Pꝛydein. ac yna yd agoꝛet pyꝛth kaer ruuein. ac yd
eiſtedwys yꝛ amheraᵬdyꝛ yny gadeir. Ic y gᵬedwys
idaᵬ paᵬb o wyꝛ ruuein. Ic yna y dywaᵬt yꝛ amher-
aᵬdyꝛ ᵬꝛth gynan ac adeon. Hawyꝛda heb ef cᵬbyl
ageueis i om amherodꝛaeth. ar llu hᵬnn mi ae rodaf
y chᵬytheu y oꝛeſgyn y gyueir y mynnoch ar y byt. ac
yna y kerdaſſant ᵬynteu ac y goꝛeſgynnaſſant gᵬledyd
a cheſtyll a dinaſſoed. ac y lladaſſant eu gᵬyꝛ oll. ac
y gadaſſant y gᵬꝛaged yn vyᵬ. Ic uelly y buant yny
yttoed y gᵬeiſſon ieueinc a dathoed y gyt ac ᵬynt yn
wyꝛ llwydon. rac hyt y buaſſynt yny goꝛeſgyn hᵬnnᵬ.
Ic yna y dywaᵬt kynan ᵬꝛth adeon y vꝛaᵬt. Beth

a vỹny di heb ef ae trigyaƀ yn y wlat honn. ae mynet
yꝛ wlat yd hanƀyt o honei. Ʒef y kauas yn y gyghoꝛ
mynet y wlat aꝇawer y gyt ac ef. Ꝃc yno y trigywys
kynan ar rann araꝇ gyt ac ef y pꝛeſſƀylaƀ. Ꝃc y
kaƀſſant yn eu kyghoꝛ ꝇad tauodeu y gƀꝛaged. rac
ꝇygru eu hieith. Ꝛc o achaƀs tewi oꝛ gƀꝛaged ac eu
hieith. y gelƀit gwyꝛ ꝇydaƀ bꝛytaen. Ꝛc odyna ydoeth
yn vynych o ynys pꝛydein ac ettwa y daƀ yꝛ ieith
honno. Ꝛr chwedyl hƀnn a elwir. Bꝛeudƀyt maxen
wledic amheraƀd^r ruuein. Ꝛc yman y mae teruyn
arnaƀ.

Lludd and Llevelys.

<hr>

Ꝉyma gyfranc Ꝉud a Ꝉeuelis.

Yꝛ beli maꝺꝛ uab manogan y bu tri meib. Ꝉud.
a chaſſwallaꝺn. a nynnyaꝺ. a herꝺyd y kyuar-
wydyt pedweryd mab idaꝺ uu Ꝉeuelys. Agꝺedy
marꝺ beli adygꝺydaꝺ teyꝛnas ynys pꝛydein yn Ꝉaꝺ
Ꝉud. y uab yꝛ hynaf. ae Ꝉywyaꝺ o lud hi yn Ꝉꝺyd-
yannⁿˢ. ef a atnewydwys muroed Ꝉundein. o anriu-
edic tyꝛoed ae damgylchynꝺys. Agꝺedy hynny a
oꝛchymynnꝺys yꝛ kiwtawtwyꝛ adeilat tei yndi megys
na bei yn y teyꝛnaſſoed. tei kyfurd ac a uei yndi.
Ic y gyt a hynny ymladwꝛ da oed. a hael ac ehal-
aeth y rodei vꝺyt a diaꝺt y baꝺb or ae keiſſei. a chyt
bei lawer o geyꝛyd a dinaſſoed idaꝺ honn a garei ef
yn vꝺy noꝛ vn. ac yn honno ypʳeſſꝺylei y rann vꝺyhaf
oꝛ vlꝺydyn. Ac ꝺꝛth hynny y gelwit hi kaer lud. ac
oꝛdiwed kaer lundein. Igꝺedy dyuot eſtraꝺn gen-
edyl idi. y gelwit hi lundein. neu ynteu lꝺndꝛys.
* Mꝺyhaf oc vꝛodyꝛ y karei lud y Ꝉeuelys. kanys
gꝺꝛ pꝛud adoeth oed. Igꝺedy clybot ryuarꝺ bꝛen-
hin heb adaꝺ etiued idaꝺ namyn vn uerch. Ac adaꝺ
y kyuoeth yn Ꝉaꝺ honno. ef a doeth att lud y vꝛaꝺt

y erchi kyghoʒ a nerth idaб. Ac nyt yn vбyhaf yʒ Ĩes
idaб ef. namyn yʒ keiſſaб achwanegu enryded ac
vʒdas a theilyngdaбt y eu kenedyl o gaĨei vynet y
teyʒnas ffreinc y erchi y uoʒбyn honno yn wreic idaб.
Ac yn y Ĩe y vʒaбt a gytſynnyaбd ac ef. ac a uu da
gantaб y gyghoʒ ar hynny. Ac yn y Ĩe paratoi Ĩong-
eu ac eu Ĩanб o varchogyon arvaбc⸗ a chychwyn
parth a ffreinc. Ac yn y Ĩe gбedy eu diſgynnu. Anuon
kenadeu a oʒugant y uenegi y wyʒda ſreinc yſtyʒ y
neges y dothoed oe cheiſſaб. Ac o gyt gyghoʒ gбyʒda
ſreinc ae thywyſſogyon y rodet y uoʒwyn y leuerys
a choʒon y deyʒnas y gyt a hi. A gбedy hynny ef
a lywyaбd y gyuoeth yn pʒud ac yn doeth. ac yn
detwyd hyt tra barhaaбd y oes. A gбedy Ĩithʒaб
talym o amſer. teir goʒmes a dygбydwys yn ynys
pʒydein. ar ny welſei neb oʒ ynyſſed gynt eu kyſryб.
Kyntaf o nadunt oed ryб genedyl a doeth a elwit
y coʒanneit. a chymeint oed eu gбybot ac nat oed
ymadʒaбd dʒos wyneb yʒ ynyʒ yʒ iſſet y dywettit
oʒ kyuarffei y gбynt ac ef nys gбypynt. Ac бʒth hynny
ny eĨit dʒбc udunt. Yʒ eil oʒmes oed. diaſpat a dodit
pob nos kalan mei. vch bob aelбyt yn ynys pʒdein.
a hōno a aei trбy gallonneu y dynyon. ac ae hoſn-
ockaei yn gymeint ac y coĨei y gбyʒ eu Ĩiб ac eu
nerth. ar gбʒaged eu beichogyeu. ar meibon ar
merchet a goĨynt eu ſynhбyʒeu. ar hoĨ aniueileit
ar gбyd ar dayar. ar dyfred a edewit yn diffrбyth⸗
Tʒyded oʒmes oed yʒ meint uei y darmerth ar arlбy.
a barattoit yn Ĩyſſoed y bʒenhin. kyt bei arlбy vlбydyn
o vбyt a diaбt. ny cheffit vyth dim o honaб. namyn

atreulit yꝛ vn nos gyntaf. ar dꝺy oꝛmes ereill nyt oed
neb awyppei pa yſtyꝛ oed ud|dunt. Jc ꝺꝛth hynny
mꝺy gobeith oed kaffel gꝺaret oꝛ gyntaf. noc oed oꝛ
eil neu oꝛ dꝛyded. ac ꝺꝛth hynny llud vꝛenhin a
gymerth pryder maꝺꝛ a goual yndaꝺ. kany wydyat
pa ffoꝛd y kaffei waret rac y goꝛmeſſeu hynny. a galꝺ
attaꝺ a oꝛuc holl wyꝛda y gyuoeth. a gouyn kyghoꝛ
udunt pabeth awnelynt yn erbyn y goꝛmeſſoed hynny.
ac ogyf*fred gyghoꝛ y wyꝛda. llud uab beli aaeth att
leuelis y vꝛaꝺt bꝛenhin freinc. kanys gꝺꝛ maꝺꝛ y gygoꝛ
adoeth oed hꝺnnꝺ y geiſſaꝺ kyghoꝛ y gantaꝺ. ac yna
parattoi llyghes awnaethant. a hynny yn dirgel ac
yn diſtaꝺ. rac gꝺybot oꝛ genedyl honno yſtyꝛ y neges.
nac o neb dy eithyꝛ y bꝛenhin ae gyghoꝛwyꝛ. Jgꝺedy
eu bot yn baraꝺt ꝺynt aaethant yn eu llynghes. llud
ac aethole ygyt ac ef. a dechꝛeu rꝺygaꝺ y moꝛoed
parth afreinc. a gꝺedy dyuot y chwedleu hynny att
leuelis. kany wydyat achaꝺs llyghes y vꝛaꝺt. y doeth
ynteu oꝛ parth arall yn y erbyn ef. a llynghes gantaꝺ
diruaꝺꝛ y meint. a gꝺedy gꝺelet o lud hynny. ef a
edewis y holl longeu ar y weilgi allan dy eithyꝛ vn
llong. ac yn yꝛ vn honno y doeth yn erbyn y vꝛaꝺt.
Ynteu y myꝺn vn llong arall adoeth yn erbyn y
vꝛaꝺt. a gꝺedy eu dyuot y gyt pob un onadunt aaeth
dꝺylaꝺ mynꝺgyl y gilyd. ac o vꝛaꝺdoꝛyaꝺl garyat pob
vn areſſawaꝺd y gilyd onadunt. Jgꝺedy menegi
o lud y vꝛaꝺt yſtyr y neges. lleuelis adywaꝺt y gꝺyd-
yat ehun yſtyꝛ y dyuodyat yꝛ gꝺladoed hynny. Jc
odyna y kymeraſſant kyt gyghoꝛ y ymdidan am eu
negeſſeu yn amgen no hynny. megys nat elei y gꝺynt

am eu hymad₂a6d. rac g6ybot o₂ co₂annyeit a dy-
wettynt. Ic yna y peris Ueuelis g6neuthur co₂n
hir o euyd. a th₂6y y co₂n h6nn6 ymdywedut. a phy
ymad₂a6d bynnac a dywettei y₂ vn o nadunt 6₂th y
gilyd. tr6y y co₂n. ny dodei ar y₂ vn o nadunt. namyn
ymad₂a6d go atcas g6₂th6yneb. a g6ed g6elet o leuelis
hynny a bot y kyth₂eul yn eu Uesteirya6. ac yn ter-
uyſcu tr6y y co₂n. y peris ynteu dodi g6in yn y co₂n
ae olchi. a th₂6y rinnwed yg6in gy₂ru y kyth₂eul o₂
co₂n. I g6edy bot ~~eubot~~ eu hymad₂a6d yn dileſteir.
y dywa6t Ueuelis 6₂th y v₂a6t y rodei ida6 ry6 b₂yuet.
a gadu rei o nadunt yn vy6 y hilia6. rac ofyn dyuot
eilweith o damwein y ry6 o₂mes honno. a chymryt
ereiU o₂ p₂yuet ae b₂iwa6 ym plith d6uy₂. ac ef a
gadarnhaei bot yn da hynny y diſtri6 kenedyl y
co₂anyeit. Dyt amgen g6edy y delei ad₂ef y dey₂nas.
dyuynnu y₂ hoU bobyl y gyt y genedyl ef. a chen-
edyl y co₂anyeit y₂ vn dadleu. ar ued6l g6neuthur
tageued y ryg*tunt. I phan vei ba6p o nadunt y gyt.
кymryt y d6uy₂ rinweda6l h6nn6. ae v6₂6 a pa6p yn
gyfredin. Ic ef a gadarnhaei y g6enn6ynei y d6ſy₂
h6nn6 genedyl y co₂annyeit. ac na ladei. ac nat eid-
igauei neb oe genedyl ehun. Y₂ eil o₂mes heb ef
yſſyd yth gyuoeth di. d₂eic y6 honno. a d₂eic eſtra6n
genedyl araU yſſyd yn ymlad a hi. ac yn keiſſa6
y go₂eſgynn. ac 6₂th hynny heb y dyt ych d₂eic ch6i
diaſpat engirya6l. Ic ual hynny y geUy kaffel g6ybot
hynny. 6wedy delych atref. par ueſſura6 yr ynys
oe hyt ae Uet. ac yn y Ue y keffych di y p6nt perued
yn ia6n. par gladu y Ue h6nn6. ac odyna par dodi

kerϬyneit oꝛ med goꝛeu a aller y wneuth^{ur} y myϬn
yclad hϬnnϬ. aꞁenn opali ar wyneb y gerwyn. ac
odyna yth perſon dy hunan. byd yn gϬylaϬ. ac yna
ti a wely y dꝛeigeu yn ymlad ynrith aruthter aniueil-
eit. ac oꝛ diwed ydant yn rith dꝛeigeu yn yꝛ awyꝛ.
ac yn diwethaf oꞁ gϬedy darffo udunt o engiryaϬl
agirat ymlad vlinaϬ. Ϭynt afyrthant yn rith deu
barcheꞁ hyt ar yꞁenn. ac afudant gantunt y ꞁenn.
ac ae tynnant hyt yg gϬaelaϬt y gerwyn. ac a yvant
y med yngϬbyl. ac a gyſcant gϬedy hynny.   Ɉc yna
yn y ꞁe plycca ditheu y ꞁenn yn eu kylch Ϭynteu. ac
yny ꞁe kadarnhaf a geffych yth gyſoeth y myϬn kiſt
uaen clad Ϭynt. achud y myϬn ydaear. a hyt tra
vont hϬy yn y ꞁe kadarn hϬñϬ. ny daϬ goꝛmes y ynys
pꝛydein ole araꞁ. achaϬꝛ y tryded oꝛmes yϬ heb ef.
Ϭoꝛ ꞁeturithaϬc kadarn yſſyd yn dϬyn dy vϬyt athlyn
ath darmerth. a hϬnnϬ teϬ yϬ y hut ae leturith a beir
y baϬp kyſcu.   Ɉc Ϭꝛth hynny y mae reit y titheu
yth perſſon dy hun gϬylaϬ dy wledeu ath arϬyleu. ac
rac goꝛuot oe gyſcu ef arnat. bit gerϬynet o dϬfyꝛ oer
geyꝛ dy laϬ. aphan vo kyſgu yn treiſſaϬ arnat. dos
y myϬn y gerwyn. ac yna yd ymchoeles ꞁud dꝛa-
cheuyn y wlat. ac yn diannot y dyuynnϬys attaϬ paϬb
yn ꞁϬyꝛ oe genedyl ef. ac oꝛ coꝛanneit. ac megys y
dyſgaϬd ꞁeuelis idaϬ. bꝛiwaϬ y pꝛyuet a oꝛuc ymplith
ydϬfyꝛ. a bϬꝛϬ hϬnnϬ yngyffredin ar baϬp. ac yn
diannot y diffeithaϬd hoꞁ giwtaϬt y coꝛanneit ueꞁy
heb echꝛys ar neb oꝛ bꝛytanyeit. ac ympenn yſpeit
gϬedy hynny. ꞁud a beris meſſuraϬ yꝛ ynys ar yhyt
ac ar yꞁet. * ac ynryt ychen y cauas y pϬynt

perued. ac yny lle honn6 y peris cladu y dayar. ac
yn yclad honn6 goffot kerwyn yn lla6n o2 med go2eu
aallwyt y wneuthur. a llenn opali ar y wyneb. Ic
ef e hun ynos honno yng6ylyat. ac ual yd oed uelly.
ef awelas yd2eigeu yn ymlad. A g6edy blina6 onad-
unt a diffygya6. 6ynt a difgynnaffant ar warthaf y
llenn. ae thynnu gantunt hyt yg g6aela6t y ger6yn.
a g6edy daruot ud|dunt yuet ymed. kyfcu ao2ugant.
ac yneu k6fc llud a blyg6ys y llenn yneu kylch. ac
yny lle diogelaf agauas yn eryri y my6n kift vaen
ae kudywys. Sef ffuruf y gelwit y lle honn6 g6edy
hynny. dinas emreis. a chyn no hynny dinas ffara-
on dande. T2ydyd crynweiffat uu honn6 a to2res y
gallon anniuiged. ac uelly y peidywys ydymheftlus
diafpat aoed yny kyuoeth. I g6edy daruot hynny.
llud v2enhin a beris arl6y g6led dirua62 y meint.
ag6edy y bot ynbara6t goffot kerwyn yn lla6n od6fy2
oer gey2 yla6. Ic ef ehun yny p2ia6t perfon ae
g6ylwys. ac ual y byd uelly yn wifcedic o arueu-
val am y tryded wylua o2 nos. nachaf y cly6 llawer
o didaneu odida6c. ac amryuaelyon gerdeu. ahun
yny gymell ynteu y gyfcu- Ic ar hynny fef ao2uc
ynteu rac llefteirya6 ar ydarpar ae o2th2ymu oe hun.
mynet yn vynych yny d6fy2. ac yny diwed nachaf
g62 dirua62 y veint yn wifcedic o arueu trymyon
kadarn yn dyuot y my6n achawell ganta6. ac megys
y gnottayffei yndodi y2 holl darmerth ar arl6y ov6yt
allyn yny cawell. ac yn kychwynv ac ef ymeith. ac
nyt oed dim ryuedach gan lud noc eiga6 yny kawell
honn6 peth kymeint a hynny. ac ar hynny llud

vꝛenhin agychwynnỽys yny ol. Ac adywaỽt ỽꝛthaỽ val hyñ. Arho arho heb ef. kyt rywnelych di sarhaedeu llawer a cholledeu kynno hynn. nys gỽney bellach. ony barn dy vilwryaeth dy uot yn dꝛech ac yn dewrach no mi. Ac yn diannot ynteu aossodes y kawell ar y llaỽꝛ. Ac ae arhoes ef attaỽ. Ac angerdaỽl ymlad avu y rygtunt. yny oed y tanllachar yn ehedec oꝛ arueu. Ac oꝛ diwed ymauael aoꝛuc llud ac ef. Ar dyghetuen awelas damwheinaỽ y uudugolyaeth y lud. gan vỽꝛỽ yꝛ oꝛmes yryngtaỽ ar * daear. A gỽedy goꝛuot arnaỽ o rym ac angerd. erchi naỽd aoꝛuc idaỽ. Pa wed heb y bꝛenhin y gallỽn i rodi naỽd ytti wedy y gyniuer collet a sarhaet rywnaethost titheu ymi. Oy holl golledeu eiryoet heb yꝛ ynteu oꝛ awneuthum i ytti. mi ae hennillaf itt yn gystal ac y dugym. Ac ny wnaf y gyffelyb o hynn allan. A gỽꝛ ffydlaỽn vydaf i ytti bellach. Ar bꝛenhin a gymerth hynny y gantaỽ. Ac uelly y gỽaredaỽd llud y teir goꝛmes y ar ynys pꝛydein. Ac o hynny hyt yn diwed y oes yn hedỽch lỽydyannus y llywyaỽd llud uab beli ynys pꝛydein. Ar chwedyl hỽnn a elwir kyfranc llud a lleuelys. Ac uelly y teruynha. . .

Kulhwch and Olwen.

Klyd mab kelydon wledic a uynnei wreic kynmwyt ac ef. Sef gʋreic a vynnaʋd goleudyd merch anlaʋd wledic. Gwedy y weſt genthi. mynet y wlat yg gʋedi malkaʋn a geffynt ettiued. A chaffel mab o honunt trʋy wedi y wlat. Ac oʋ aʋʋ y dellis beichogi. ydaeth hitheu yggwylltaʋc heb dy gredu anhed. Pan dyuu y thymp idi. ef a dyuu y hiaʋnbʋyll idi. Sef y dyuu. mynyd yd oed y meichat ynkadʋ kenuein o uoch. Ac rac ouyn y moch engi aoʋuc y vʋenhineſ. A chymryt y mab aoʋuc y meichat hyt pan dyuu yʋ llys. a bedydyaʋ y mab awnaethpʋyt. a gyʋru kulhʋch arnaʋ. ʋʋth y gaſſel yn retkyʋr hʋch. Bonhedic hagen oed y mab. keuynderʋ y arthur oed. a rodi ymab awnaethpʋyt ar ueithʋin. A gʋedy hynny cleuychu mam ymab goleudyd merch anlaʋd wledic. Sef aoʋuc hi galʋ y chymar attei. Ac yna ydywat hi ʋʋthaʋ ef. marʋ uydaf i oʋ cleuyt hʋnn. agʋreic arall a uynny ditheu. arecdouyd ynt y gʋʋaged weithon. Bʋʋc yʋ itti hagen llygru dy uab. Sef y harchaf itt na mynnych wreic. hyt panwelych dʋyſſien deu peinaʋc ar vym bed i. Ac adaʋ aoʋuc ynteu hynny idi. Galʋ y hathʋo

attei aozuc hitheu. ac erchi idaб amlynu y bed bop
blбydyn hyt na thyuei dim arnaб. Яarб uu y vzen-
hines. Sef aбnaei y bzenhin gyzru gбas bop boze y
edzych adyuei dim ar y bed. Gбallocau aozuc yz
athzo ym penn y feith mlyned yz hynn aadaбffei yz
urenhines. Diwarnaбt yn hely y brenhin. dy gyzchu
y gozdlan aozuc y bzenhin. gбelet y bed a vynnei
trб y kaffei wreicka. a gбelet y dzyffien aozuc. Jc
mal y gбelas. mynet aozuc y brēhin yg kyghoz pale y
kaffei wreic. Beb un oz kynghozwyr. mi a wydбn
wreicka da itt a wedei. Sef yб honno gбzeic doget
vzenhin. Kynghoz uu gantunt y chyzchu. a llad
y bzenhin. adбyn y wreic gantunt aozugant. ac un
uerch oed idi gyt ahi. agozefgyn tir y bzenhin a
бnaethant. * Dydgбeith ydaeth y wreicda allan y
ozymdeith. y deuth ydy hen wrach oed yny dzef heb
dant yny phenn. Яc y dywaбt y urenhines. ha wrach
a dywedy di y mi y peth a ovynnaf itt yz duб. ble mae
plant y gбz am llathrudaбd yg gozdбy. Beb y wrach
nyt oes blant idaб. Heb y urenhines. gбae uinneu
vyndyuot at anuab. ac yna y dyбaбt y wrach. nyt
reit itti hynny. Darogan yб idaб kaffel etiued o
honat ti. yz naf kaffo o arall. Dawna dziftit heuyt
un mab yffyd idaб. Яynet aozuc y wreic da yn llaбen
atref. Jc y dywaбt hi бzth y chymar. Pa yftyz yб
gennyt ti kelu dy blant ragof .i.   Heb y bzenhin.
aminheu nyf kelaf weithon. Kennattau y mab a
ozucpбyt. adyuot ac ef yz llys. Dywedut aozuc y
lyfuam бzthaб. Gбzeic yffyd da itti y chael. Яmerch
yffyd imi gбiб y bob gбzda yny byt. Y dywaбt y

mab. nyt oet ymi ettwa wreicka. Ac yna y dywa6t
hitheu. Mi atynghaf dynghet itt nachyflado dy
yſtlys 6ıth wreic. hyt pan geffych olwen merch yſpad-
aden pennka6ı. Lliwa6 ao2uc y mab. amynet ſerch
y uo2byn ympob aela6t ida6 y2 naſ g6elſei eiryoet.
Ac yna y dywa6t ydat 6ıtha6. Ha uab py liuy di.
Py dı6c yſſyd arnat ti. Vy llyſſuam adyngh6ys im
na chaff6yf wreic byth hyt panngaff6yf olwen merch
yſpadaden benn ka6ı. Hawd y6 itti hynny heb
y dat 6ıtha6. Arthur yſſyd geuynder6 itt. dos att
arthur y diwyn dy wallt. ac erchych hynny ida6
yngyuar6s itt. Mynet ao2uc y mab ar o2wyd penn
lluchl6yt pedwar gayaf gauyl gyg6ng karn gragen.
a ffr6yn eur kymibia6c yn y benn. a chyfr6y eur
anlla6d y dana6. a deu par aryannhyeit lliueit yny
la6. Gleif penntirec yny la6. kyuelin dogyn g6ı
odı6m hyt a6ch. y g6aet ar y g6ynt adygy2chei. bydei
gynt no2 g6lithin kyntaf o2 konyn hyt y lla6ı pan uei
u6yhaf y g6lith vis meheuin. Gledyf eurd6ın ar y
glun. a racllauyn eur ida6. a ch2oes eur gr6ydy2
arna6. a lli6 lluchet nef yndi. a llugo2n eliffeint yndi.
a deu vilgi uronwynnyon v2ychyon tu racda6. a g62d
to2ch * rudem am vyn6gyl pob un o gn6ch yſg6yd.
hyt yſgyuarn. Y2 h6nn a uei o2 parth aſſeu avydei
o2 parth deheu. Ar h6nn a uei o2 parth deheu
a uydei o2 parth aſſeu. mal d6y uo2wenna6l yndarware
yny gylch. Pedeir tywarchen aladei bedwarcarn
y go26yd. mal pedeir g6enna6l yny2 awy2 uch y benn.
g6eitheu uchot. g6eitheu iſſot. Llenn o bo2ffo2 pedeir
ael ymdana6. ac aual eur 6ıth bop ael idi. canmu

oed werth pob aual. Gwerth try chan mu o eur
gwerthuaƀ oed yn y archenat. ae warthafleu ſang-
narƀy o benn y glun hyt ym blaen y vys. Ɖy chꝛym-
ei vlaen bleƀyn y danaƀ rac yſcaƀnet tuth y goꝛwyd
oed y danaƀ yn kyꝛchu poꝛth llys arthur. y dywaƀt
y mab. a oeſ boꝛthaƀꝛ. Oes a thitheu ny bo teu dy
benn byꝛr y kyuerchy di. Ꝥi a uydaf boꝛthaƀꝛ y
arthur bop duƀ kalan ionaƀꝛ. am raclouyeit hagen
y vlƀydyn eithyꝛ hynny. Ɖyt amgen huandaƀ.
a gogigƀc. a llaeskenym. a phennpingyon a ymda ar y
benn yꝛ arbet y dꝛaet. nyt ƀꝛth nef. nyt ƀꝛth dayar.
namyn ual maen treigyl ar laƀꝛ llyſ. agoꝛ y poꝛth.
Ɖac agoꝛaf. Ꝥy yſtyꝛ naſ agoꝛy di. Kyllell aedyƀ
ym bƀyt a llynn ym bual. ac amſathyꝛ neuad arthur.
namyn mab bꝛenhin gƀlat teithiaƀc. neu y gerdaƀꝛ
a dycko y gerd. ny atter y myƀn. llith yth gƀn ac yth
ueirch. a golƀython poeth pebꝛeid y titheu. agƀin
goꝛyſgalaƀc. a didan gerdeu ragot. Ꝥƀyt degwyꝛ
ar ugeint a daƀ attat yꝛ yſpytty. Yno y bƀyta pellen-
nigyon. a mabyon gƀladoed ereill. nyt ergyttyo
kylch yn llys arthur. Ɖy byd gƀaeth inn yno. no
chyt ac arthur yny llys. Gƀꝛeic y gyſcu genthi.
a didan gerdeu rac dy vꝛonn. auoꝛy pꝛyt anterth pan
agerer y poꝛth rac y niuer a deuth yma hediƀ. Ꝥyd-
haƀt ragot ti gyntaf ydagoꝛir y poꝛth. a chyſeiſted
a wnelych yny lle a deƀiſſych yn neuad arthur. oe
gƀarthaf hyt y gƀaelaƀt. Ꝥywedut aoꝛuc y mab ny
wnaf i dim o hynny. Ot agoꝛy y poꝛth da yƀ. Onyꝛ
agoꝛy mi a dygaf angclot ythargloƀyd. * adꝛyc eir
y titheu. a mi adodaf teir diaſpat ar dꝛƀſ y poꝛth hƀnn.

hyt na bo agheuach ym penn pengⲃaed yng kernyⲃ. ac
yggⲃaelaⲃt dinſol yny gogled. ac yn eſgeir oeruel yn
iwerdon. ac yſſyd o wreic ueichaⲃc yny Ilys honn
methaⲃd eu beichogi. ac ar nyt beichaⲃc onadunt
ymchoelaⲃd eu kallonnev yn ⲃ2th2ⲃm heint arnadunt
mal na bont ueichaⲃc byth o hediⲃ aIlan. Heb y
gleⲃlⲃyt gauaeluaⲃ2. Pa diaſpettych di bynnac am
gyfreitheu Ilys arthur. nyth eIlyngir di y myⲃn. yny
elⲃyfi y dywedut y arthur gyſſeuin.

Ac yna y doeth gleⲃlⲃyt y2 neuad. ac y dywaⲃt
arthur ⲃ2thaⲃ. Ghⲃedleu po2th gennyt. Yſ
ethyⲃ gennyſ deuparth vy oet. adeuparth y teu dith-
eu. Mi auum gynt yg kaer ſe. ac aſſe. yn ſach. a ſal-
ach. yn loto2. a ffoto2. Mi auum gynt yn y2 india uaⲃ2.
ar india vechan. Mi a vum gynt yn ymlad deu yny2. pan
ducpⲃyt y deudec gⲃyſtyl olychlyn. Ami auum gynt
yn y2 egrop. A mi auum yn y2 affric. ac yn ynyſſed co2-
ſica. Ac yg kaer b2ythⲃch. ab2ythach. a nerthach. Mi
a uum gynt pan ledeiſt di deulu cleis mab merin. Pan
ledeiſt mil du mab ducum. Mi a uum gynt pan o2eſ-
gynneiſt roec ⲃ2th parth y dⲃy2ein. Mi auum gynt yg
kaer oeth. ac anoeth. Ic yg kaer neuenhy2 naⲃ
naⲃd tey2n. dynyon tec a welſam ni yno. ny weleis i
eiryoet dyn kyuurd ar hⲃnn yſſyd yn d2ⲃs y po2th y2
aⲃ2 honn. Ac y dywaⲃt arthur. Os ar dy gam y doeth-
oſt y myⲃn. dos ar dy redec aIlan. ar ſaⲃl a ed2ych
y goleu. Ac aegy2 y lygat. ac ae kae anghengaeth
idaⲃ. I gⲃaſſanaethet rei o vuelin go2eureit. Ac
ereiIl a golⲃython poeth pyb2eid hyt pan vo paraⲃt
ⲃⲃyt aIlyn idaⲃ. Ys dyhed a beth gadu dan wynt a

gla6 y kyfry6 dyn adywedy di.   Ɛeb y kei. myn Ila6
vygkyueillt pei g6nelhit vygkygho2 i ny tho2rit kyf-
reitheu y llys y2da6.   Ɖa wir kei wynn yd ym wy2da
hyt tra yn dygy2cher. yd yt uo m6yhaf y kyuar6f
arodhom.   ⸿6y v6y vyd * yn g62daaeth ninneu ac an
clot. ac anhetmic. ac y doeth glewl6yt y2 po2th. ac
ago2i y po2th racda6. Ɛc y2 y pa6b difgynnu 62th y
po2th ar y2 yfgynnvaen. nysdifgynna6d ef. namyn ar
y gor6yd y doeth y my6n. Ɛc y dywa6t kul6ch. hen-
pych g6ell pentey2ned y2 ynys honn. ny bo g6aeth y2
g6aela6t ty. noc y2 g6arthaf dy.   Ɖoet yn gyftal yth
deon ath niuer ath gat62idogyon y bo y g6ell h6nn.
Ɖy bo didla6t neb o hona6 mal y mae kyfla6n y kyu-
ercheis i well itti.   Ɖoet kyfla6n dy rat titheu. ath
glot ath etmic yn y2 ynys honn.   Ɛenpych g6ell dith-
eu heb y2 arthur.   ᴣifted y r6g deu o2 milwy2 a
didangerd a geffy rac dy uron. a b2eint tey2n arnat
g62th2ychyat tey2nas py hyt bynnac y bych yma.
Ɉphan rann6yf uynda y ofpeit a phellennigyon. ʙint
yth la6 pan y dech2euwyf yn y llys honn.   Ɛeb y mab.
ny deuthum i yma y2 ffra6dunya6 b6yt a llyn.   Ɖamyn
o2 kaffaf vygkyuar6s y dalu ae uoli awnaf.   Onys
kaffaf d6yn dy agclot ti awnaf hyt y bu dy glot ym
ped2yual byt bellaf.   Ɛeb y2 arthur yna.   Kan ny
th2igyy di yma unben. ti ageffy y kyfar6s a notto dy
benn ath daua6t. hyt y fych g6ynt. hyt y g6lych gla6.
hyt y treigyl heul. hyt yd amgyffret mo2. hyt yd ydi6
y dayar. eithy2 vy llong. am llenn. achaletu6lch uyg
cledyf. a rongomyant uygg6ae6. ac wyneb g62th
ucher. uyn taryan. acharnwenhan vyg kyllell. a g6en-

h6yuar vyg g6ɹeic. C6ir du6 arhynny ti ae keffy
yn llawen. Dot a nottych. Diwyn vyg g6allt a uyn-
naf. Ti ageffy hynny. Kymryt crip eur o arthur.
a g6elleu a doleu aryant ida6. ach2iba6 y benn a
o2uc. a gouyn p6y oed ao2uc arthur. mae vyg
callon yntirioni 62thyt. mi a6n dy hanuot om gwaet.
dywet im p6y 6yt. Dywedaf heb y mab. Kul-
hwch mab kilyd. mab kyledon wledic. o oleudyd
merch anla6d wledic vy mam. C6ir y6 hynny heb
y2 arthur. keuynder6 6yt titheu y mi. Dot anottych
a thi aekeffy. a notto dy benn ath daua6t. g6ir du6
im arhynny a g6ir dy dey2nas. ti ae keffy yn llawen. *
Dodaf arnat. Kaffel im olwen merch yfpadaden pen
ka62. ae haff6yna6 awnaf ar dy uilwy2. Aff6yn-
a6 y gyuar6s ohona6 ar gei. a bedwy2. a greida6l
galldouyd. ag6ythy2 uab greida6l. a greit mab eri.
a chyndelic kyuar6yd. a thathal t6yll goleu. a mael-
6ys mab baedan. achnych62 . m^{ab}. nes. a chubert m.
daere. aphercos . m . poch. I lluber beuthach. a
cho2uil beruach. a g6yn .m. efni. I g6ynn .m. n6yf-
ure. a g6ynn m. nud. ac edern m. nud. ac ad6y mab
gereint. a ffle6dur fflam wledic. I rua6n peby2 m.
do2ath. a b2atwen ø. mo2en myna6c. a moren myn-
a6c ehun. a dalldaf eil kimin cof. a mab alun dyuet.
a mab faidi. a mab g62yon. ac uchtrut ardywat kat.
a chynwas curuagyl. a g62hy2 g6arthecuras. ac Ifpery2
ewingath. a gallcoyt gouynynat. a duach. a grathach.
a nerthach. Meibon g6a62dur ky2uach. o 62thtir
uffern pan hanoed y g6y2 hynny. a chilyd canhafty2.
a chanhafty2 kanlla6. I cho2s cant ewin. ac efgeir

gulh6ch gouynka6n. a d2uft62n hayarn. a gle6l6yt gauaelua62. a Ỻoch Ỻa6wynnya6c. Ac annwas adeina6c. a finnoch mab feithuet. a g6enn6ynwyn mab na6. a bedy6 mab feithuet. a gob26y m . echel uo2d6yt t6ỻ. Ac echel uo2d6yt t6ỻ ehun. a mael . ꬰ. roycol. A datweir daỻpenn. A gar6yli eil g6ytha6c g6y2. a g6ytha6c g6y2 ehun. a go2mant . ꬰ. ricca. a men6 . ꬰ. teirgwaed. a digon ꬰ alar. a felyf m . finoit. a gufc . ꬰ. atheu. A nerth ꬰ kedarn. A d2utwas . ꬰ. tryffin. a th62ch ꬰ perif. a th62ch ꬰ ann6as. a Iona urenhin ffreinck. a fel ꬰ felgi. a theregut ꬰ Iaen. a fulyen ꬰ Iaen. a bratwen ꬰ Iaen. a мo2en m. Iaen. a sia6n ꬰ Iaen. A ch2ada6c ꬰ Iaen. G6y2 kaer tathal oedynt kenedyl y arthur o bleit y dat. Dirmyc ꬰ ka6. a Iuftic ꬰ ka6. ac etmic ꬰ ka6. ac anga6d ꬰ ka6. Ac ouan. mab ka6. a chelin ꬰ ka6. a chonnyn ꬰ ka6. a mabfant ꬰ ka6. A g6yngat ꬰ ka6. a Ỻ6yby2 ꬰ ka6. a choch ꬰ ka6. a meilic ꬰ ka6. A chynwas ꬰ ka6. ac ard6yat ꬰ ka6. ac ergy2yat ꬰ ka6. a neb ꬰ ka6. a gilda ꬰ ka6. * a chalcas ꬰ ka6. a hueil mab ka6. nyt aff6yn6ys eiryoet yn ỻa6 argl6yd. a famfon uinfych. a theleeffin penn beird. amama6ydan ꬰ Ỻy2. a Ỻary ꬰ kafnar wledic. Ac yfperin ꬰ fflergant b2enhin Ỻyda6. a faranhon ꬰ glythwy2. a Ỻa62 eil er6. ac annyanna6c ꬰ men6 . ꬰ. teirg6aed. A g6ynn ꬰ n6yv2e. a fflam ꬰ n6yv2e. a gereint ꬰ erbin. Ac erinit ꬰ erbin. A dyuel ꬰ erbin. a g6ynn ꬰ ermit. a chynd26yn ꬰ ermjt. a hyueid unỻenn. ac eidon ua62 urydic. a reid6n ar6y. a go2mant ꬰ ricca. b2a6t y arthur o

barth y uam. Pennhynef kerny6 y tat. A Îla6nrodet
uarua6c. A noda6l varyf t62ch. A berth a) kado. A
reid6n a) beli. Ac Afcouan hael. Ac Afcawin a) panon.
A mo2uran eil tegit. ny dodes dyn y araf ynda6 yg
kat gamlam rac y haccret. pawb a debyg9t y uot yn
gyth2eul canho2th6y. ble6 oed arna6 ual ble6 hyd.
A fande b2yt agel. ny dodes neb y wae6 ynda6 yg
kat gamlan. rac y decket. Pa6b a debygynt yuot yn
agel kanho2th6y. A chynn6yl fant. Y trydyd g62
a dihengis o gat kamlan. ef a yfgar6ys diwethaf ac
arthur y ar hen groen y uarch. Ac uchtryt a) erim.
Ac eus a) erim. A henwas adeina6c a) erim. Ahen-
betefty2 a) erim. Ac sgilti yfca6ntroet a) erim. Teir
kynnedyf a oed ar y trywy2 hynny. Henbedefty2 ny
chauaf eiryoet ae kyfrettei o dyn. nac ar uarch. nac
ar d2oet. Henwas adeina6c ny all6ys mil pedwar
troeta6c eiryoet y ganhymdeith hyt un er6. yg-
hwaethach a ue bellach no hynny. Sgilti yfga6n-
d2oet pan uei wyn h6yl kerdet ynda6 62th neges y
arglwyd. ny cheiff6ys fo2d eiryoet am g6ypei pa le
yd elei. namyn tra uei y my6n coet ar vric y coet y
kerdei. Ac yn hyt y oes ny fflyg6yf konyn dan y
d2oet. yghwaethach to2ri rac y yfga6net. Teithi
hen . a) . g6ynhan. a o2efg9n6ys mo2 y kyuoeth. ac
y dihengis ynteu o v2eid. Ac y doeth att arthur.
A chynnedyf a oed ar y gyllell. y2 pandeuth yma ny
th2igya6d carn arnei vyth. Ac 62th hynny y * tyua6d
heint ynda6. A nychta6t hyt tra uu uy6. ac o hynny
y bu uar6. A charnedy2 a). gouynyon hen. A g6en-
wyn6yn a) <u>naf</u> gyffeuin ryff62 arthur. A Îlyfgatrud

emys. a g6ıbothu hen. ewythıed arthur oedynt
vıodyı y uam. ᵹuluana6yt ᴂ goıyon. a Ilenulea6c
wydel o bentir gamon. a dyuynwal moel. a dunart
bıenhin y gogled. Ꞡeirnon t6ıyf bliant a thecuan
gloff. a thegyı talgeIIa6c⸗ Ꞡ6ıdiual mab ebıei. a moı-
gant hael. Ꞡ6yftyl mab. ᵹun ᴂ n6ython. a Il6ydeu
ᴂ n6ython. ᵹ g6ydıe ᴂ Il6ydeu. o wennab6y merch
ka6 y uam. ᵹueil y ewythyı ae g6ant. ᵹc amhynny
ybu gas r6ng hueil ac arthur am yı archoII. ᵹıem
vab dıemidyt. awelei o geIIi wic ygkerny6⸗ hyt ym
penn blathaon ym pıydein. pan dyıchauei y g6yd-
bedyn y boıe gan yı heul. ᵹc eidyol ᴂ ner. a gl6y-
dyn faer. awnaeth ehang6en neuad arthur. ᵹynyı
keinuarua6c. ᵹei adywedit y uot yn vab ida6. ef
a dywa6t 6ıth y wreic. o fit rann y mi oth uab di
uoı6yn oer vyth vyd y gallon. ᵹc ny byd g6ıes yny
d6yla6. kynnedyf araII arna6. Ꝋs mab imi uyd
kyndynnya6c uyd. ᵹynnedyf araII auyd arna6. ᵽan
dycko beich na ma6ı na bychan uo. ny welir vyth
nac rac ywyneb na thıaegeuyn. ᵹynnedyf araII
heuyt auyd arna6. ny pheit neb ad6uyı ac athan
yn gyftal ac ef. ᵹynnedyf araII auyd arna6. ny byd
g6affanaeth6ı na f6ydwr mal ef. ᵽenwas. a hen wyn-
eb. a hen gedymdeith y <u>arthur</u>. Ꞡ6aIIgoyc un araII.
ydıef y delhei. ᵹyt bei trychant tei yndi. oı bei
eiffeu dim arna6. ny adei ef hun vyth ar lygat dyn
tra uei yndi. ᵽer6yn mab gerenhir. a pharis bıenhin
ffreinc. ac am hynny y gelwir kaer baris. ᵹc ofla
gyIIeIIua6ı. a ymdygei bıonIIauyn verr IIydan. pan
delei arthur ae luoed y uronn Ilifd6ı y keiffit Ile

kyuing ar y d6uy2. ac y dodit y gyllell yn y g6ein
ar d2a6s y llifd62. diga6n o bont uydei y lu teir ynys
p2ydein. ae their rac ynys ac eu hanreitheu. C6yda6c
49ab menefty2 * a lada6d kei. ac arthur a llada6d
ynteu. ae urody2 yn dial kei. Caranwyn mab kei. ac
amren 49ab bedwy2. ac ely amy2. a reu r6yd dy2ys.
a run rudwern. ac eli. a th2achmy2 penkynydyon
arthur. a ll6ydeu mab kelcoet. I hunab6y mab
g62yon. a g6ynn got y fron. a g6eir dathar wennida6c.
I g6eir 49 kadellin tal aryant. a g6eir g62hyt enn-
wir. a g6eir balady2 hir. ewyth2ed y arthur v2ody2
y uam. Deibon ll6ch lla6wynnya6c o2 tu d2a6 y uo2
terwyn. llenllea6c wydel. ac ardercha6c p2ydein.
Cas mab faidi. C62van g6allt au6yn. a g6yllennhin
b2enhin ffreinc. ag6ittart mab oed b2enhin Jwerdon.
Carfelit wydel. Fana62 pen bagat. I fflendo2 mab
naf. C6ynn hyuar maer kerny6 a dyfneint. y na6uet
g62 a yftoues katgamlan. Keli. a chueli. a gilla goes
hyd. trychanner6 a lammei yn y un llan penn llem-
hidyd Jwerdon oed h6nn6. Sol. a g6adyn offol.
a gwadyn odyeith. Sol a allei feuyll undyd ar y
untroet. Cwadyn offol. pei fafhei ar benn y mynyd
m6yhaf yn y byt. ef a uydei yn tyno g6aftat dan
y traet: C6adyn o deith kymeint ar vas t6ym pan
tynnit o2 eueil oed tan llachar y wadneu. pan gyuarffei
galet ac 6ynt. ef a arll6yffei ffo2d y arthur yn y llud.
Bir er6m. a Hir atr6m ydyd y delynt y weft. try
chantref a achubit yn eu kyf|ueir g6eft hyt na6n a
wneynt a diotta hyt pan vei nos pan elynt y gyfgu.
Ic yna penneu y p2yuet a yffynt rac newyn mal pei

nat yſſynt u6yt eiryoet. Pan elhynt y weſt nyt edew-
ynt 6y na the6. na thenev. na th6ym. nac oer. na
ſur. na ch2oe6. nac ir na haIIt. na b26t. nac of. Huar-
war mab aſla6n a nodes ywala ar arthur yny gy-
uar6s. trydyd go2dibla kerny6 vu pan gahat y wala
ida6. ny cheffit g6ynn g6en arna6 vyt. namyn tra uei
la6n. 66are g6aIIt euryn. Peu geneu gaſt rymi.
g6yd2ut. a g6ydneu aſtrus. Sugyn 4). ſucnedyd.
a ſucnei y mo2a6l y bei * d2ychan IIong arna6. hyt
na bei namyn traeth ſych. B2onIIech rud a oed
ynda6. Racym62i g6as arthur. dangoſſit y2 yſcuba62
a uynnjt ida6. kyt bei r6yf dec erydy2 ar hugeint
yndi. ef ae tra6ei a ffuſt hayarn hyt na bei weII y2
reth2i ar troſtreu. ar dulatheu. noc y2 man geirch yng
g6aela6t y2 yſcuba62 yny ueiſca6n. a dygyfl6ng ac
anoeth ueida6c. a hir eidyl. A hir amren deu was y
arthur oedynt. a 66euyl mab g6eſtat. ydyd y bei d2iſt
y goIIyngei y IIeiII weuyl ida6 y waeret hyt y uogel.
ar IIaII a uydei yn pennguch ar y penn. Vchd2yt
uaryf d2a6s. a uy2yei y uaryf goch ſeuydla6c a oed
ida6 d2os 6yth d2a6ſt a deugeint a oed yn neuad
arthur. Jlidy2 gyfarwyd. yſky2daf. ac yſcudyd. deu
waſ y wenh6yuar oedynt. kynn eb26ydet oed eu traet
62th eu neges ac eu med6l. B2ys uab b2yſſethach o
dal y redyna6c du o b2ydein. a G2udl6yn go2r. B6lch.
a chyu6lch. a ſef6lch. Meibon cledyf kyf6lch. wy2on
cledyf dif6lch. Teir go2wen g6enn eu teir yſg6yd.
T2i gouan g6ann eu tri g6ae6. T2i benyn byneu eu
tri chledyf. Clas. Cleſſic. Cleiſ2at. eu tri chi. Kall.
6uaII. 6auaII. eu tri meirch. B6y2dyd6c. a d26cdyd6ç.

a ll6yı dyd6c. eu teir g6ıaged. Och. ag arym. a diaf-
pat. eu teir wyıyon. lluchet. a neuet. ac eiffiwet. eu
teir merchet. Dı6c. a G6aeth. a g6aethaf oll. Ju teir
moı6yn. Jheubıyt merch kyf6lch. Goıafc6ın merch
nerth. G6aedan merch kynuelyn keuda6t p6yll han-
ner dyn. D6nn dj effic unben. Jiladyı mab penn
llarcan. Kyuedyı wyllt ꝏab hett6n tal aryant. Sa6yl
benn uchel. G6alchmei ꝏab g6yar. G6alhauet ꝏab
g6yar. G6ıhyı g6afta6t ieithoed. yı holl Jeithoed
a wydyat. ar kethtr6m offeirat. Gluft mab cluft-
ueinat. pei cledit feith cup|pyt yny dayar. deng milltir
a deugeint y clywei y moıgrugyn y boıe pan gych6yn-
nei y ar y l6th. Medyı vab methıedyd. a uetrei y
dıy6 yn efgeir oeruel yn Iwerdon tr6y y d6y goes
yn gythıymhet o gelli wic. G6ia6n lygat cath. a ladei
onggyl ar lygat * y g6ydbedyn. heb argywed. Ol
mab ol6yd feith mlyned kyn noe eni a ducp6yt moch
ydat. J phan dyıchaua6d ynteu yn 6ı yd olrewys
y moch. ac ydeuth adıef ac 6ynt yn feith kenuein.
Betwini efcob a uendigei v6yt a llynn arthur. yı
m6yn merchet eur dyıchogyon yı ynys honn.

Yam wenh6yuar penn rianed yı ynys honn. a
g6ennh6yach y chwaer. a rathtyeu merch
unic. clememhill. a relemon merch kei. a
thannwen merch weir dathar wenida6c. G6ennalarch
merch kynn6yl canh6ch. Jurneit merch clydno eidin.
eneua6c merch uedwyı. Jnrydıec merch tutuathar.
G6ennwledyı merch waledur Kyıuach. Jrdutuul.
ꝏerch tryffin. Jurolwen merch wdolwyn goır. Gel-
eri merch peul. Jndec ꝏerch ar6y hir. Noruud merch

uryen reget.   ꝟꝟenꝟian dec y uoꝛꝟyn uaꝟꝛ vꝛydic.
ꝟreidylat merch ꝟlud ꝟlaꝟ ereint. y uoꝛꝟyn uꝟyhaſ
y maꝟꝛhed a uu yn teir ynys y kedyꝛn. ae their rac
ynys. Ꝯc am honno y mae gꝟythyꝛ ꝯab greidaꝟl.
agꝟynn mab nud yn ymlad bob duꝟ kalan mei vyth
hyt dydbꝛaꝟt. Ꝯllylꝟ merch neol kynn croc. a honno
a uu teir oes gꝟyꝛ yn vyꝟ. Ꝯſſyꝟt vinwen ac eſſyꝟt
vin gul. Ꝯrnadunt oꝟ y haſſꝟynꝟynꝟys kulhꝟch ꝯab
kilyd y gyuarꝟs.

Arthur adywaꝟt yna. a unbenn ny ry giglef i
eirmoet dim y ꝟꝛth y uoꝛꝟyn adywedy di.
nae rieni. Ꝯi aeꝟyngaf gennadeu oe cheiſſaꝟ yn
ꝟlaꝟen. dyꝛo ym yſpeit y cheiſſaꝟ. Ꝯmab adyꝟaꝟt
rodaf yn ꝟlaꝟen oꝛ nos heno hyt y ꝟlaꝟ ympenn y
vlꝟydyn.   Ꝯc yna y gyꝛrꝟys arthur y kennadeu
y bop tir yn y deruyn y geiſſaꝟ y uoꝛꝟyn honno. Ꝯc
ympenn y vlꝟydyn y doeth kennadeu arthur dꝛache-
vyn. heb gaffel na chꝟedyl na chyuarꝟydyt y ꝟꝛth
olwen mꝟy noꝛ dyd kyntaf. Ꝯc yna y dywaꝟt kulꝟch.
paꝟb agauas y gyuarꝟs aminneu ydꝟyf yn eiſſywedic
ettwa. Ꝯynet a wnaf i ath wyneb di a dygaf i
gennyf. Yna y dywaꝟt kei. a unben rꝟy y gꝟerthey
di arthur. Ꝯy gyꝛch di gennym ni hyt pan dywet-
tych di nat ydiꝟ y uoꝛꝟyn honno * yny byt. neu
ninneu ae kaſſom. ꝏyt yſcarꝟn athi. Ꝯyuodi kei
yna. Ꝯngerd oed ar gei. naꝟ nos a naꝟ diꝟarnaꝟt hyt
y anadyl. y dan dꝟfyꝛ. Ꝯaꝟ nos a naꝟ diwarnaꝟt y
bydei heb kyſgu. ꝟleuydaꝟt kei ny aꝟei uedic
y waret. Ꝯudugaꝟl oed gei. Kyhyt ar pꝛenn uchaf
yny coet vydei pan uei da gantaꝟ. ꝏynnedyf araꝟ

oed arnaƀ. pan uei uƀyaſ yglaƀ. dyꝛnued uch ylaƀ. ac
araỻ is y laƀ y bydei yn ſych. vꝛhynn auei yn y laƀ rac
meint y angerd. Aphan uei vƀyhaſ y annƀyt ar y
gedymdeithon diſkymon uydei hynny udunt y gynneu
tan. Ƀalƀ aoꝛuc arthur ar uedwyꝛ yꝛ hynn nyt
arſƀydƀys eiryoet yꝛ neges ydelei gei idi vynet. nyt
oed neb kyfret ac eſ ynyꝛ ynys honn. namyn arthur
adꝛych eil kibdar. ahynn heuyt kyt bei un ỻoſyaƀc.
nyt anwaedwys tri aeruaƀc yn gynt noc eſ yn un uaes
ac eſ. Angerd araỻ oed arnaƀ un archoỻ a uydei yny
waeƀ. a naƀ gƀꝛthwan. Ƀalƀ o arthur ar gyndelic
kyuarƀyd. Dos di yꝛ neges honn gyt ar unbenn.
achaƀs nyt oed waeth kyfuarƀyd yny wlat nys
ry welſei eiryoet noc yny wlat ehun. Ƀalƀ gƀꝛhyꝛ
gƀaỻtaƀt ieithoed. achaƀs yꝛ holl ieithoed awydyat.
Ƀalƀ gƀalchmei mab gƀyar kanny deuth adꝛeſ eiryoet
heb y neges yd elhei y cheiſſaƀ. Ƀoꝛeu pedeſtyꝛ oed
a goꝛeu marchaƀc. nei y arthur uab y chwaer. ac
geuynderƀ oed. Ƀalƀ o arthur ar uenƀ uab teirgƀaed.
kanys ot elynt y wlat angkret. mal y galỻei yꝛru
ỻetrith arnadunt ahut. hyt naſgƀelei neb ƀynt. ac
ƀyntƀy aƀelynt paƀb....

Mynet aoꝛugant hyt pan deuthant y uaeſtir
maƀꝛ. yny uyd kaer uaƀꝛ awelynt teckaf
o geyꝛyd y byt. Ƀerdet aoꝛugant ydyd hƀnnƀ hyt
ucher. Pan debygynt hƀy eu bot yn gyuagos yꝛ
gaer. nyt oedynt nes noꝛ boꝛe. Ir eildyd ar try-
dyd dyd y kerdaſſant. ac o vꝛeid y doethant hyt yno.
A phan deuant ym bꝛonn y gaer. yny uyd dauat-
tes uaƀꝛ aƀelynt heb ol. * a heb eithaſ idi. a

heuffa6r yncad6 y deveit arbenn go2fedua. aruchen
o gr6yn ymdana6. agauaelgi kedena6c ach yla6. oed
v6y noc am6s na6gayaf. Deua6t oed arna6 nycho𝖑𝖑et
oen eiryoet gantha6. agwhaethach 𝖑𝖑6dyn ma6r. Dyt
athoed gyweithyd hebda6 eiryoet. ny wnelei ae anaf
ae adoet arnei. Y fa6l uar6rienn ath6ympath auei
arymaes. a lofgei y anadyl hyt y p2id dilis. yna
y dywa6t kei. g62hy2 g6alfta6t ieithoed. Dos y
gyfr6ch ardyn racco. Kei heb ef nyt edeweis i
uynet namyn hyt yd elut titheu. Do6n ninheu
y gyt yno heb y kei. Heb y men6 mab teirgwaed.
nauit amgeled genn6ch. mynet yno. Mi ay2raf let-
rith ar y ki hyt nawnel argywed y neb. Dyuot
ao2ugant mynyd oed y2 heuffa6r. ac ydywedaffant
6rtha6. berth yd6yt heuffa6r. Dy bo berthach byth
y boch ch6i no minneu. Myndu6 kan 6yt penn. nyt
oes anaf ym𝖑𝖑ygru. namyn vymp2ia6t. Pieu y
deueit agedwy di neu bieu y gaer racko. Meredic
awy2 y6ch d2os y byt y g6ys pany6 kaer yfpadaden
penka6r y6. Deu ditheu p6y 6yt. Guftennin yn
gelwir uab dyfnedic. ac am vymp2ia6t ym rylygr6ys
vym b2a6t yfpadaden pen ka6r. Deu ch6itheu p6y
y6ch. Kennadeu arthur yffyd yma ynerchi olwen
merch yfpadaden penn ka6r. Vb wy2 na6d du6
ragoch. y2 y byt nawne6ch hynny. ny doeth neb
eiryoet y erchi y2 arh honno a elei ae vywyt ganta6.
Kyuodi ao2uc y2 heuffa6r y uynyd. Ac ual y kyuyt
rodi mod2y eur ao2uc culh6ch ida6. Keiffa6 g6ifga6
y uod2y honno o hona6. ac nyt aei ida6. ae dodi
ao2uc ynteu ymys y uanec. A cherdet ao2uc atref.

a rodi y uanec att y gymhar y gadѡ. Ichymryt
aѡruc hitheu y vodѡby ѡruanec. pan y ryattei. y
dywaѡt hitheu. gѡr y uodѡby hon nyt oed vynych itt
gaffel bud. Mi aeuthum heb ef. y geiffaѡ moѡuѡyt
yѡ moѡ. nachaf kelein awelѡn yn dyuot gan y tonneu.
ac ny weleis i eirmoet kelein degach no hi. Ac y vys
ef y keueis y uodѡby honn. Oi aѡr kanyat ymoѡ
ma*rѡ dlѡs yndaѡ. dangos ymi y gelein honno.
Ha wreic y neb pieu y gelein ti ae gѡely yma y
chѡinfaf. Pѡy yѡ hѡnnѡ heb y wreic. Kulhѡch mab
kilyd. mab kelydon wledic. o oleudyd merch anlaѡd
wledic y uam. a doeth y erchi olwen yn wreic idaѡ.
Peu fynnѡyѡ oed genthi. Ilawen oed genti dyuot
y nei vab y chwaer attei. Ithѡift oed genthi. kany
welfei eiryoet y ẏynet ae eneit ganthaѡ a delei y erchi
y neges honno. Kyѡchu aoѡugant hѡy poѡth Ilys
cuftenin heuffaѡѡ. clybot o honei hitheu eutrѡft ѡy
yn dyuot. Kedec o honei yn eu herbyn o leѡenyd.
Coglyt aoѡuc kei ympѡenn oѡ glut weir. Ae dyuot
hitheu yn eu herbyn y geiffaѡ mynet dѡylaѡ mynѡgyl
udunt. goffot o gei eiraf y rѡng ydѡylaѡ. Cѡafcu
o honei hitheu yѡ eiras yny yttoed yn ѡden diednedic.
Ha wreic heb y kei pei mi awafcut uelly ny oѡuydei
ar araIl vyth rodi y ferch arnaf. dѡycferch oed hѡnnѡ.
Dyuot aoѡugant hѡy yѡ ty. a gѡneuthur eugѡaffan-
aeth. Ympenn gѡers pan aeth paѡb aIlan y chѡare.
Agoѡi kib uaen aoed yn tal y penntan aoѡuc y wreic.
Achyuodi gwas pengrych melyn o honei. Heb y
gѡѡhyѡ yfoed gryffyn kelu y ryѡ was hѡnn. Cѡnn nat
y dѡѡc ehun adielir arnaѡ. Heb y wreic yfgohilyon

hỽnn. tri meib arhugeint a ladaỽd yſpadadeu penn-
kaỽr ymi. nyt oes oueneic y mi o hỽnn mỽy noc oꝛ rei
ereill. Ac yna y dywaỽt kei. dal|let gedymdeithas
a mi. Ac nyn lledir namyn y gyt. Bỽytta o honunt.
ac y dywat y wreic. pa neges y doethaỽch chỽi yma
oe hachaỽs. Ni a doetham y erchi olwen yꝛ gỽas
hỽnn. Heb y wreic yna. Yꝛ duỽ canych gỽelas neb
oꝛ gaer ettwa. ymchoelỽch dꝛacheuyn. Duỽ a wyꝛ nat
ymchoelỽn hyt pann welhom y uoꝛỽyn. Heb y kei
a daỽ hitheu yma yn teruyn y gweler. Ni a daỽ
yma bop duỽ ſadỽrn y olchi y phenn. Ac yny lleſtyꝛ
yd ymolcho yd edeu y modꝛỽyeu oll. na hi nae
chennat nydaỽ byth amdanunt. A daỽ hi yma ony
chennetteir. Duỽ a wyꝛ na ladaf i vy eneit. na
thỽyllafi am cretto. Namyn orodỽch gret na wneloch
gam idi. mi aekan*nattaaf. Rodỽn heb ỽynteu.
y chennattau aoꝛucpỽyt. Dyuot aoꝛuc hitheu. A
chamſe ſidan flamgoch ymdanei. A gỽꝛddoꝛch rud eur
am vynỽgyl y uoꝛỽyn. Amererit gỽerthuaỽꝛ yndi a rud
emeu. Melynach oed y phenn no blodeu y banadyl.
Gỽynnach oed y chnaỽt no diſtrych tonn. Tegach
oed y dỽylaỽ ae byſſed no channaỽan gotrỽyth o blith
man gaean ffynnaỽn ffynhonws. Na golỽc hebaỽc
mut. na golỽc gỽalch trimut nyt oed olỽc degach noꝛ
eidi. Gỽynnach oed y dỽyuron no bꝛonn alarch
gỽynn. Gochach oed y deurud noꝛffuon cochaf. Y
ſaỽl ae gỽelei kyflaỽn vydei oe ſerch. Pedeir
meillonen gỽynnyon. auydei yny hol pa ffoꝛd bynnac
y delhei. Ac am hynny y gelwit hi olwen. Dyuot
yꝛ ty aoꝛuc. ac eiſted geyꝛ llaỽ kulhỽch ar dalueinc.

ac ual y gwel y hadnabu. ac y dywaƀt kulhuch ƀrthi.
Ɖa uorƀyn ti agereis. dyuot awnelhych gennyf. rac
eirychu pechaƀt itti ac yminneu. Ꝉawer dyd yth
rygereis. Ɖy allaf i dim o hynny. Ɛret aerchis
uyntat im nat elwyf heb y gyghor. Kanyt hoedel
idaƀ namyn hyt pan elƀyf i gan ƀr. yffyd yffit hagen
cufful arodaf itt os aruolly. Ɖos di ym erchi i ym
tat. aphobpeth or anotto ef arnat ti y gael. adef
y gel aminneu agey. ac ot amheu ef dim mi nys
keffy. ada yƀ itt or dihengy ath uywyt gennyt. Mi
a adaƀaf hynny oll. ac ae kaffaf heb ynteu. Kerdet
aoruc hi y hyftauell. kyuodi o honunt ƀynteu yny
hol hi yr gaer. Ꜳ Ꝉad ynaƀ porthaƀr aoed ar y naƀ
porth. heb difgyryaƀ un gƀr. Ꜳ naƀ gauaelgi heb
wichaƀ vn. Ꜳ dyuot racdunt aorugant ac yr neuad.
Ɖenpych gƀell heb ƀy yfpadaden penkaƀr oduƀ ac
odyn. Ɖeuchƀitheu pan doethaƀch. neur doetham
y erchi olwen dyuerch y gulhƀch mab kilyd mab
kelydon wledic. Ɱae vyngƀeiffon drƀc am direitwyr.
dyrcheuƀch y ffyrch y dan vyn dƀy ael a dygƀydaƀd
ar vyꝉygeit hyt pan welwyf defnyd vyndaƀ. Hynny
awnaethpƀyt. Ɖoƀch yma auory chƀi a geffƀch atteb.
Kyuodi ymeith aorugant ƀy. ac ymauael * aoruc
yfpadaden penkaƀr yn un or tri Ꝉechwaeƀ gƀennƀyn-
nic oed geir y laƀ. ae dodi ar eu hol. ae aruoll aoruc
bedwyr aƀodif ynteu. a gƀan yfpadaden pennkaƀr
trƀy aual y garr yn gythrymet. Ɣ dywaƀt ynteu.
Ɣmendigeit annƀar daƀ hanbyd gƀaeth byth yd
ymdaaf gan annƀaeret. mal dal cleheren ym toftes
yr haearn gƀennƀynic hƀnn. boet ymendigeit y gof

ae digones. ar eingon y digonet arnei moꝛ doſt yꝟ.
Ꝟꝟeſt aoꝛugant ynoſ honno heuyt yn ty guſtennin
heuſſaꝟꝛ. Ƴꝛ eil dyd gan uaꝟꝛed. agyꝛru gꝟiꝟ grib
ymyꝟn gꝟaⅡ y doethant yꝛ gaer ac ymyꝟn yꝛ neuad.
Ꝺywedut aoꝛugant. yſpadaden penn kaꝟꝛ. dyꝛo in dy
uerch dꝛos y hengꝟedi ae hamwabyꝛ y titheu aedꝟy
gares. Ꝁc onys rody dy angheu ageſſy amdanei.
Ƴ dywaꝟt ynteu. ꝋi aephedeir goꝛhenuam. aephed-
war goꝛhendat. yſſyd vyꝟ ettwa. reit yꝟ im ymgyghoꝛ
ac ꝟynt. Ꝺybi itti hynny heb ꝟynt. Ꝁꝟn yn bꝟyt.
Mal y kyuodant kymryt aoꝛuc ynteu yꝛeil Ⅱech waeꝟ
aoed ach ylaꝟ. ae odif ar eu hol. Ꝁe aruoⅡ aoꝛuc
ꝳenꝟ mab teirgꝟaed. ae odif ynteu ae wan yn alauon
y dꝟy uron. hyt pandardaꝟd yꝛ meingeuyn aⅡan.
Ƴmendigeit annwar daꝟ heb ynteu. maldala gel
bendoⅡ ym toſtes yꝛ hayarn dur. Ꝓoet ymendigeit
y ffoc y berꝟit yndi Ꝁr gof ae digones moꝛ doſt yꝟ.
pan elꝟyſ yn erbyn aⅡt atuyd ygder dꝟy uron arnaf
weithon. achyⅡagꝟſt. a mynych lyſuꝟyt. Ꝁerdet
aoꝛugant hꝟy yeu bꝟyt. a dyuot y trydyd dyd yꝛ
Ⅱys. Ƴ dywaꝟt yſpadaden pennkaꝟꝛ. Ꝺa ſaethutta
vi beⅡach onyt dy uarꝟ a uynny. Ꝕae vygꝟeiſſon.
dyꝛcheuꝟch y ffyꝛch vy aeleu a ſyꝛthꝟys ar aualeu
vy Ⅱygeit hyt panngaffꝟyf edꝛych ar defnyd uyndaꝟ.
Kyuodi aoꝛugant hꝟy. Ꝁc ual y kyuodant. kymryt
aoꝛuc yſpadaden pennkaꝟꝛ ~~yr eil~~ <u>trydyd</u> Ⅱech waeꝟ
gꝟennꝟynnic. ac odif ar eu hol. Ꝁe aruoⅡ aoꝛuc
culhꝟch. ae odif ynteu ual y rybuchei. Ꝁe wan trꝟy
aual y lygat hyt pan aeth trꝟy y wegil aⅡan. Ƴmen-
digeit anwar daꝟ. hyt tra ymgatter yn vyꝟ. hanbyd

gwaeth dɩem vy llygeit pan elwyf yn erbyn gÎynt. ⌣ *
berwi awnant. at uyd gal penn a phendɩo arnaf
ar ulaen pob lloer. Poet emendigeit ffoc yt gÎeirÎyt
yndi. mal dala ki kanderaÎc yÎ gennyf mal ym gÎant
yɩ hayarn gÎennÎynnic hÎnn. Mynet onadunt y eu
bÎyt. Tɩannoeth ydoethant yɩ llys. Ac y dywedaſſant.
na ſaethutta ni bellach. namyn anaf ac adoet. a
merthyɩolyaeth yſſyd arnat. ac auo mÎy os mynny.
Dyɩo inn dy uerch. Ac onys rody ti ageffy dy agheu
ymdeni. Mae y neb yſſyd yn erchi vy merch i⌣ dos
yma lle ydymwelwyf athi. Kadeir a dodet y danaÎ
wyneb yn wyneb ac ef.

Y dywaÎt yſpadaden penn kawr. Ae ti a eirch
uy merch i. Mi heb y kulhwch. Gret a uyn-
naf gennyt na wnelych waeth no gÎir arnaf.
Pan gaffÎyf anottÎyf arnat ti. titheu a geffy vy merch⌣
ti a gehy yn llawen heb y kulhÎch⌣ notta yɩ hynn a
vynnych. Dodaf heb ynteu. awely di y garth maÎɩ
dɩaÎ. GÎelaf. DiwreidaÎ hÎnnÎ oɩ dayar auynnaf
ae loſgi ar wyneb y tir. hyt pan uo yn lle teil idaÎ⌣ ae
eredic ae heu yn undyd ae uot yn aeduet. a hynny
gouot undyd. Ac oɩ gÎenith hÎnnÎnnÎ. y mynnaf i
gÎneuthur bÎyt a llynn tymeredic yth neithaÎɩ di ti
ammerch i. A hynny oll auynnaf y wneuthur yn un
dyd. HaÎd yÎ gennyf kaffel hynny. Kyt tybyckych
di nabo haÎd. Kyt keffych hynny yſſyd ny cheffych.
amaeth a amaetho y tir hÎnnÎ nac ae digonho moɩ
dyɩys yÎ nyt oes. namyn amaethon uab don. nydaÎ
ef oeuod y gennyt ti. ny elly ditheu dɩeis arnaÎ ef.
HaÎd y kaffaſi hynny kyt tebyckych di nabo haÎd.

Kyt keffych ditheu hŷny yſſit naſ keffych. Gouannon
uab don y dyuot y penn y tir y waret yꝛ heyꝛn. ny
wna ef weith oe uod namyn y urenhin teithiaᴃc. ny
eſſy ditheu dꝛeis arnaᴃ ef. Haᴃd yᴃ gennyf i hynny.
Kyt keffych di hynny. yſſit naſ keffych. Deu ychen
gᴃlwlyd wineu yn deu gyt pꝛeinyaᴃc y eredic y tir
dyꝛys dꝛaᴃ yn wych. nys ryd ef oe uod. ny eſſy ditheu
* (dꝛ)eis arnaᴃ ef. Hawd yᴃ gennyf i kaffel hynny.
Kyt keffych hynny yſſit naſ kaffy. Y melyn gᴃann-
ᴃyn. ar ych bꝛych yn deu gyt bꝛeinaᴃc a uynnaf a uyn-
naf. Haᴃd yᴃ gennyfi kaffel hynny. Kyt keffych
hynny yſſit naſ keffych. Deu ychen bannaᴃc. y ſſeiſſ
yſſyd oꝛ parth hᴃnt yꝛ mynyd bannaᴃc. ar ſſaſſ oꝛ parth
yma. ac eu dᴃyn y gyt adan yꝛ un aradyꝛ. Sef yᴃ y
rei hynny. nynnyaᴃ. a pheibaᴃ a rithᴃys duᴃ yn ychen
am y pechaᴃt. Haᴃd yᴃ gennyf kaffel hynny. Kyt
keffych hynny yſſit naſ keffych. Awely di y keibedic
rud dꝛaᴃ. Gᴃelaf. Pan gyuaruum gyſſeuin a mam
y uoꝛᴃyn honno. yd hewyt naᴃ heſtaꝛ ſſinat yndaᴃ na
du na gᴃyn ny deuth o honaᴃ ettwa. Ir meſſur hᴃn-
nᴃ yſſyd gennyfi ettwa. ar ſſinat hᴃnnᴃ a uynnaf i y
gaffel y heu yn y tir newyd dꝛaᴃ. hyt pan uo ef auo
pennſſiein gᴃynn am penn uym merch i ar dy neithaꝛ
di. Haᴃd yᴃ gennyf kaffel hynny kyt tebyckych di
na bo haᴃd. Kyt keffych di hynny yſſit naſ keffych.
Mel auo chwechach naᴃ mod no mel kynteit. heb
wychi ac heb wenyn yndaᴃ a vynnaf y vꝛagodi y
wled. Haᴃd yᴃ gennyf kaffel hynny. Kyt tebyckych
di na bo haᴃd. Kib ſſᴃyꝛ uab ſſᴃyꝛyon yſſyd bennſſat
yndi. Kan nyt oes leſtyꝛ yny byt a dalyo y ſſyn kadarn

h6nn6. namyn hi. nys keffy di hi oe uod ef. ny elly
ditheu d2eis arna6 ef.   Ha6d y6 gennyf kaffel hynny
kyt tebyckych na bo ha6d.   Kyt keffych hynny. yffit
naf keffych. M6ys g6ydneu garanhir. kyt delei y byt y
gyt bop tri na6 wy2. y b6yt a vynno pa6b 62th y uryt a
geiff yndi. mi a vynnaf v6ytta o honno y nos y kyfco
vym merch gennyt. nys ryd ef oe uod y neb. ny elly
ditheu y d2eiffa6 ef.   Ha6d y6 gennyf gaffel hyñy kyt
tybyckych di na bo ha6d.   Kyt keffych hynny. yffit
naf keffych.   Go2n g6lga6t gogodin y walla6 arnam y
nos honno. nyfryd ef oe uod ny elly ditheu y d2eiffa6
ef.   Ha6d y6 gennyf kaffel hynny. kyt tebyckych na
bo ha6d.   Kyt keffych hynny yffit naf keffych. Telyn
teirtu ymdidanu y nos honno. * Pan uo da gan dyn
canu awna e hunan. pan uynner idi tewi hi a teu. a
honno nyfryd ef oe uod. ny elly ditheu d2eis arna6 ef.
Ha6d y6 gennyf kaffel hynny. Kyt tebyckych na bo
ha6d. Kyt keffych hynny yffit naf keffych. Peir
di62nach wydel. maer odgar mab aed b2enhin iwerd-
on. y uer6i b6yt dyneitha62.   Hawd y6 gennyf
kaffel hynny kyt tebyckych na bo ha6d.   Kyt keffych
hynny yffit naf keffych.   Reit y mi olchi vym penn ac
eilla6 uym baraf. yfkithy2 yfkithy2wyn penn beird a
uynnaf y eilla6 ym. ny han6yf well o hona6 onyt yn
vy6 y tinnir oe penn.   Ha6d y6 gennyf kaffel hynny
kyt tebyckych na bo ha6d. kyt keffych hynny. yffit
naf keffych.   Dyt oes yn y byt ae tynho oe penn
namyn odgar mab aed b2enhin iwerdon. Ha6d y6
gennyf kaffel hynny.   Kyt keffych hynny yffit naf K.
Dyt ymdiredaf y neb o gad6 y2 yfkithy2. namyn y

gado o p₂ydein. trugein cantref p₂ydein yſſyd y dan-
a6 ef╴ ny da6 ef oe uod oe dey₂nas. ny eꝉꝉy ditheu
d₂eis arna6 ynteu   Ħa6d y6 gennyf kaffel hynny kyt
tebyckych na bo ha6d╴ Ꝃyt keffych hynny yſſit naſ
keffych. Ꝛeit y6 ym eſtynnu uymble6 6₂th eiꝉꝉa6 ym.
nyt eſt6ng vyth o ny cheffir gwaet y widon o₂du.
merch y widon o₂wenn o pennant gouut yg g6₂th-
tir uffern. Ħa6d y6 gennyf kaffel hynny. Ꝃyt tebyc-
kych na bo h°a. Ꝃyt Ꝃ. Ɖy mynnaf y g6aet onyt yn
d6ym y keffych. nyt oes leſty₂ yny byt a gattwo g6res
y ꝉꝉynn a dotter ynda6. namyn botheu g6idolwyn go₂r
a gatwant g6₂es yndunt. pan dotter yn y d6y₂ein yndūt
y ꝉꝉynn. hyt pan deler y₂ go₂ꝉꝉe6in. nys ryd ef oe uod.
ny eꝉꝉy ditheu y d₂eiſſa6 ef. Ħa6d y6 gennyf ₇ cet°a╴
Ꝃyt Ꝃ. ꝉꝉefrith awhennych rei. nyt aruaeth kaffel
ꝉꝉefrith y ba6p nes kaffel botheu rinnon rin barna6t.
ny ſura uyth ꝉꝉynn yndunt. nys ryd ef oe uod y neb
ny eꝉꝉy ditheu d₂eis arna6 ef╴ Ħa6d y6 gēnyf Ꝃ.
Ꝃyt keffych h°╴ Ɖyt oes yny byt crib ag6eꝉꝉeu y
gaꝉꝉer g6₂teith uyg g6aꝉꝉt ac 6ynt rac y rynnet. namyn
* ygrib ar gweꝉꝉeu yſſyd y r6ng deugluſt t6₂ch tr6yth
mab tared wledic. nys ryd ef oe uod ₇ cet°a╴ Ħa6yd
y6 gennyf. Ꝃyt keffych. h°. ₇ c°. Ɖy helir t6₂ch
tr6yth yny gaffer d₂utwyn keneu greit mab eri. Ħa6d
y6. Ꝃyt keff°╴ Ɖyt oes yny byt kynꝉꝉyuan adalyo
arna6. namyn kynꝉꝉyuan k6₂s cant ewin. Ħa6d y6 g°.
Ꝃyt keff°. h°╴ Ɖytoeſ to₂ch yny byt a dalhyo y
gynꝉꝉyuan. namyn to₂ch canhaſty₂ canꝉꝉa6. Ħa6d ₇ c°.
Ꝃyt keffych hynny yſſit naſ keffych╴ Ꝇad6yn Ꝃilyd
canhaſty₂ y dala y do₂ch gyt ar gynꝉꝉyuan. Ħa6d y6.

Kyt k̄. ꝛ c°. Nyt oes yn y byt kynyd a digono kynnyd-
yaeth ar ki h6nn6. onyt mabon mab mod2on. a duc-
p6yt yn teir noffic y 62th y vam. ny wys pa du y mae.
na pheth y6 ae by6 ae mar6. Ḣa6d y6. Kyt k̄ ꝛ c°.
Ǥ6ynn mygd6n march g6ed6 kyneb26ydet y6 a thonn.
y dan vabon y hela y t62ch tr6yth. nyfryd ef oeuod.
ꝛ c°. Ḣa6d y6 g°. k̄. Ḳeffych. h°. Ḋy cheffir mabon
uyth kany wys pa tu y mae. nes caffel eidoel y gar
kyffeuin mab aer. kanys diuudya6c uyd yn y geiffa6.
y geuynder6 y6. Ḣa6d ꝛ c°. Kyt k̄. Ǥarfclit wydel
pennkynyd iwerdon y6. ny helir t62ch tr6yth vyth
hebda6. Ḣa6d y6. Kyt k̄. Ḳynllyuan o uaryf diffull
uarcha6c. kany̦t oes a dalhyo y deu geneu hynny. na-
myn hi. Ꝛc ny ellir m6ynnyant a hi. onyt ac ef yn
vy6 y tynnir oe uaryf. ae gnithya6 a chyllell b2enneu.
ny at oe uywyt g6neuthur hynny ida6. ny m6ynha
hitheu yn uar6 kanys b2eu vyd. Ḣa6d y6. Kyt
keffych hynny. ꝛ c°. Ḋyt oes kynyd yn y byt a dalyo
y deu geneu hynny. namyn kynedy2 wyllt mab hett6n
glafy2a6c. g6ylltall na6 mod y6 h6nn6 no2 gwydl6dyn
g6ylltaf yn y mynyd. nyf keffy di ef byth. na merch
inneu nyf keffy. Ḣa6d y6 g. Kyt keff°. Ḋy helir
t62ch tr6yth nef kaffel g6ynn uab nud. a ry dodes du6
aryal dieuyl ann6uyn ynda6 rac re6innya6 y b2effen.
ny hebko2ir ef o dyno. Ḣa6d y6. Kyt. k̄. Ḋyt oes
uarch yn y byt a dycko y wynn y hela t62ch tr6yth.
namyn du march mo2o oerueda6c. Ḣa6d y6. Kyt.
k̄. h°. * Ḋes dyuot gilennhin urenhin ffreinc. ny helir
t62ch tr6yth vyth hebda6. Ḣagy2 y6 ida6 ada6 y dey2n-
af y2 ot ti. ac ny da6 ef vyth yma. Ḣa6d y6. Kyt k̄.

⁊ c⁰. Ɖy helir tꝺꝛch trꝺyth vyth heb gaffel mab alun
dyuet. gell‖llyngꝺꝛ da yꝺ hꝺnnꝺ. Ꜣaꝺd yꝺ. ʞyt.
⁊ cetⁿa. Ɖy helyꝛ tꝺꝛch trꝺyth vyth nes caffel anet ac
aethlem. kyn ebrꝺydet ac awel wynt ynt. ny ellyngꝺyt
eiryoet ar lꝺdyn nyſ ledynt. Ꜣaꝺd ⁊ c⁰. ʞyt keffych
hⁿ. Ȝrthur ae gedymdeithon y hela tꝺꝛch trꝺyth. gꝺꝛ
kyuoethaꝺc yꝺ. Ȝc ny daꝺ ef yꝛot ti. ny elly ditheu
dꝛeis arnaꝺ ef. Ꜣaꝺd. ⁊ c⁰. ʞyt. ʞ. ⁊ c⁰. Ɖy ellir
hela tꝺꝛch trꝺyth vyth neſ kaffel bꝺlch a chyuꝺlch. a
syuꝺlch. meibon kilyd kyfuꝺlch. wyꝛyon kledyf
diuꝺlch. teir goꝛwenn gꝺenn eu teir yſcꝺyd. Ꞇꝛi
gouan gꝺan eu tri gꝺaeꝺ. Ꞇꝛi benyn byn eu tri chled-
yſ. Ꝺlas. Ꝺleiſſic Ꝺleiſſac. eu tri chi. Ꝺall. Ꝺuall
Ꝺauall. eu tri meirch. Ꜣꝺyꝛ dydꝺc. a Ɗꝛꝺcdydꝺc. a
Ꝇꝺyꝛ dydꝺc. eu teir gꝺꝛaged. Ꝺch ag aram. a diaſpat.
eu teir gꝺꝛeichon. ᶄluchet. a vynet. Ȝc eiſſiwet. eu
teir merchet. Ɗꝛꝺc. Ȝgꝺaeth. A gꝺaethaf oll. eu teir
moꝛꝺyn. Ᵹ trywyꝛ hynny a ganant eu kyꝛn. A phaꝺp
oꝛ rei ereill a diaſpedant. yny debycko paꝺb dygꝺyd-
aꝺ y neſ ar y dayar. Ꜣaꝺd yꝺ ⁊ c⁰. ʞyt. ʞ. Ꝺledyf
ꝺꝛnach gaꝺꝛ. ny ledir vyth. namyn ac ef. nys ry ef
oe uod nac ar werth nac yn rat. ny elly ditheu dꝛeis
arnaꝺ ef. Ꜣaꝺd yꝺ. ⁊ c⁰. ʞyt keffych. Ȝnhuned heb
gyſcu nos a geffy yn keiſſaꝺ hynny. ac nys keffy. am
merch inneu nyſ keffy. Ɱeirch a gaffaf īneu a march-
ogaeth. am harglꝺyd gar arthur a geiff imi hynny oll.
ath verch ditheu a gaffaf i. ath eneit a golly ditheu.
ᶄerda nu ragot. ny oꝛuyd arnat na bꝺyt na dillat ym
merch i tra geiſſych hynny. A phangeffych hynny
oll oꝛ anoetheu. vy merch inneu a geffy yn ueu itt.

Kyrdet a oꝛugant h6y y dyd h6nn6 educher.
yny uyd kaer ua6ꝛ awelynt. v6yhaf oꝛ byt.
Dachaf 6ꝛ du m6y oed no thrywyꝛ y*ny byt
h6nn yn dyuot oꝛ gaer. Ac y dywedaffant 6ynteu
6ꝛtha6. Pan deuy di 6ꝛ. oꝛgaer awelwch ch6i racco.
Pieu ygaer heb 6ynt. Qeredic awyꝛ y6ch ch6i. nyt
oes yny byt ny wypo pieu y gaer honn. 6ꝛnac ga6ꝛ
bieu. Py uoes yffyd y ofp a phellennic ydiſkynnu
yny gaer honn. Da unben du6 ach nodho. ny deuth
g6eſtei eiryoet o honei ae vywyt ganta6. ny edir neb
idi namyn adycko ygerd ganta6. Kyꝛchu y poꝛth a
oꝛugant. heb y g6ꝛhyꝛ g6alſta6t ieithoed. Aoes boꝛth-
a6ꝛ. Oes. A thitheu ny bo teu dy daua6t yth benn.
pyrac y kyuerchy di. Agoꝛ y poꝛth. Dac agoꝛaf. Py
yſtyꝛ nas agoꝛy di. Kyllell aedy6 ym b6yt allynn ym
bual. ac amſathyꝛ yn neuad 6ꝛnach ga6ꝛ. namyn y
gerda6ꝛ adycko y gerd y my6n nyt agoꝛir yma heno
bellach. Heb y kei yna. Y poꝛtha6ꝛ y mae kerd gen-
nyf i. Pa gerd yffyd gennyt ti. Y ſlipan6ꝛ cledyueu
goꝛeu yny byt 6yf i. Qi aaf y dywedut hynny y 6ꝛ-
nach ga6ꝛ. ac adygaf atteb itt. Dyuot aoꝛuc y poꝛth-
a6ꝛ y my6n. Ac y dywa6t 6rnach 6ꝛtha6. Chwedl-
eu poꝛth y gennyt. Yſ ydynt gennyf kyweithyd yſ-
fyd yn dꝛ6s y poꝛth a uynnynt dyuot y my6n. A ouyn-
neiſt di aoed gerd gantunt h6y. Souynneis heb ef.
Ac uno nadunt adywa6t g6ybot yſlipanu cledyueu
o hona6 yn da. Aꝛ oed reit ynni 6ꝛth h6nn6. Yſ g6ers
yd 6yf yn keiffa6 aolchei vygcledyf. ac nys keueis.
Sat h6nn6 y my6n. kan oes gerd gantha6. Dyuot
aoꝛuc y poꝛtha6ꝛ ac agoꝛi y poꝛth. Adyuot kei y my6n

ehun. a chyuarch gꝺell aoꝛuc ef y ꝺꝛnach gaꝺꝛ.
Ꝁadeir adodet y danaꝺ geyꝛ bꝛon gꝺꝛnach. ꝵc y
dywaꝺt ꝺꝛnach ꝺꝛthaꝺ. Haꝺꝛ ae gꝺir adywedir arnat
ti. y gꝺdoſt yſlipanu cledyveu. Ꝩi aꝺnn hynn ynda
heb y kei. Ꝧꝺyn cledyf ꝺꝛnach awnaethpꝺyt attaꝺ.
Ꝁymryt agalen gleis aoꝛuc kei y dan y geſſeil. agouyn
oꝛ deu pꝺy oed oꝛeu gantaꝺ. ae gwynſeit ae grꝺmſeit.
Yꝛ hꝺnn auo da gennyt ti malpei teu uei gꝺna ar-
naꝺ. Ꝿlanhau aoꝛuc hanner y ꞁeiꞁ gyꞁeꞁ idaꝺ. ae
rodi yn y laꝺ aoꝛuc. areinc dy uod di hynny. * Ꝺed
gꝺeꞁ genhyf noc yſſyd ym gꝺlat pei bei oꞁ ual hynn.
Ꝧyhed abeth bot gꝺꝛ kyſtal athi heb gedymdeith.
Ꝺi aꝺꝛda y mae ymi gedymdeith. ᴋyn ny dycko y
gerd hoñ. Ꝧꝺy yꝺ hꝺnnꝺ. aet y poꝛthaꝺꝛ aꞁan. a mi
adywedaf idaꝺ y arwydon. Ꝧenn y waeꝺ adaꝺ y ar
y baladyꝛ. ac yſſef adygyꝛch y gꝺaet y ar y gꝺynt.
ac adiſkyn ar y paladyꝛ eilweith. agoꝛi y poꝛth a
wnaethpwyt. a dyuot bedwyꝛ y mꝺn. ac ydywaꝺt
kei. ʙudugaꝺl yꝺ bedwyꝛ. kyn ny wypo y gerd honn.
Ꝧadleu maꝺꝛ a uu gan y gꝺyꝛ aoed aꞁan am dyuot
bedwyꝛ a chei y mꝺn. ꝵdyuot gꝺas ieuanc oed gyt
ac ꝺynt y mꝺn. vn mab cuſtennin heuſſaꝺꝛ. Ꝫef
aꝺnaeth ef ae gedymdeithon yg glyn ꝺꝛthaꝺ dyuot
dꝛos y teir katlys hyt pann yttoed y mꝺn y gaer.
ꝵ dywedaſſant y gedȳdeithon ꝺꝛth uab cuſtennin.
ti aoꝛugoſt hynn. goꝛeu dyn ꝺyt. ꝵc o hynny aꞁan
y gelwit ef goꝛeu Ꟁab cuſtennin. Gꝺaſcaru aoꝛugant
ꝺy y eu ꞁettyeu. mal y keffynt ꞁad eu ꞁettywyꝛ. heb
wybot yꝛ kaꝺꝛ. ꝵ cledyf a daruu y ꝺꝛteith. ae rodi
aoꝛuc kei yn ꞁaꝺ ꝺꝛnach gaꝺꝛ. y malphei y edꝛych

a ranghei y uod idaᵥ y gᵥeith. ac y dywaᵥt y kaᵥɪ.
Da yᵥ y gᵥeith. a ranc bod yᵥ gennyf. Y dywaᵥt
kei. dy wein di a lygrᵥys dy gledyf. dyɪo di y mi
y diot y kyḷleḷl bɪenneu o honei. Ac y wneuthur
ereiḷl o newyd idaᵥ. A chymryt y wein o honaᵥ.
ar cledyf yny ḷlaᵥ araḷl. a dyuot o honaᵥ uch
penn y kaᵥɪ mal pei y cledyf a dottei yny wein.
Y oſſot aoɪuc ynteu ym penn y kaᵥɪ. a ḷlad y benn
y ergyt * y arnaᵥ. Diffeithaᵥ y gaer. a dᵥyn a
vynnaſſant oɪda ar tlyſſeu. Ac yg kyuenu yɪ un-
dyd ym penn y vlᵥydyn y deuthant y lys arthur.
a chledyf ᵥɪnach gaᵥɪ gantunt

Oᵥ wedut aᵥ naethant y arthur y ual y daruu
udunt. Arthur a dywaᵥt. Pa beth yſſyd
iaᵥnaf y geiſſaᵥ gɪtaf oɪ annoetheu hynny. Jaᵥn-
af yᵥ heb ᵥynteu keiſſaᵥ Mabon uab modɪon. ac
nyt kaffel arnaᵥ nes kaffel eidoel uab aer y gar.
yn gyntaf. Kyuodi a oɪuc arthur a milwyɪ ynys
pɪydein gantaᵥ y geiſſaᵥ eidoel. a dyuot aoɪugant
hyt yn rackaer glini yny ḷle yd oed eidoel yg karch-
ar. Seuyḷl aoɪuc glini ar vann y gaer. Ac y dywaᵥt.
Arthur py holy di y mi pɪyt nam gedy yny tarren
honn. nyt da im yndi ac nyt digrif. nyt gᵥenith. nyt
keirch im. kynny cheiſſych ditheu wneuthur cam
im. Arthur a dywaᵥt. Dyt yɪ dɪᵥc itti y deuthum i
yma. namyn y geiſſaᵥ y karcharaᵥɪ yſſyd gennyt. Mi
a rodaf y carcharaᵥɪ itti ac ny darparyſſwn y rodi y
neb. Ac ygyt a hynny vy nerth am poɪth a geffy
di. Y gᵥyɪ a dywaᵥt ᵥɪth arthur. Arglᵥyd dos di
adɪef ny eḷly di uynet ath lu y geiſſaᵥ peth moɪ uan

arthur. achiledyr vnachgaur. gauciuut
Dyllheout abnaethant y arthur y
nual ydarnau uowint. Arthur aoy
dzabt. yabeth yssyro cabuaf y geissab gyp
taf oz annoetheu lyminy. Jabuaf yb heb
ypnteu keissab mabon uab modzon.
ac uyt kaffel arnab nes kaffel eidoel
uab aer ygvaer. vngvuitaf. Ipuedi ao
ziuc arthur a miliwz ynys pzydein gan
tab y geissab eidoel. aoviot aozugant
hyt vniackaer gliui mvy lle woed eido
el ygkarthvar. Seuyll aozuc gliui ar
vann. y gvaer. ac yovibaut: Arthur ys
holvoi y ini pzyt ueini gvoy yny tartni
homi. nyt da ini mioi ac uyt oignf.
uyt gvenith. nyt keirch ini. kyniny
chvessych oitheu ilkueithur cam ini.
Arthur aovibaut. Nyt yz ozbt itti ydeu
thuni y yina. nauiny ygeissab ykarch
arab: yssyro gennyt. my arvaf y carcha

ar rei hynn.   Arthur a dywabt.   Gbrhyr gbalftabt
ieithoed itti y mae iabn mynet yr neges honn.   Yr
holl ieithoed yffyd gennyt. a chyfyeith byt ar rei
or adar ar anniueileit.   Kidoel itti ymae iabn myn-
et y geiffab dy geuynderb yb. gyt am gbyr i.   Kei
a bedwyr. gobeith * yb gennyf y negef yd eloch
ymdanei y chaffel.   Kbch im yr neges honn.   Kerdet
aorugant racdunt hyt att vbyalch gilgbri.   Gouyn
aoruc gbrhyr idi yr dub abdoft ti dim y brth uabon
uab modron. a ducpbyt ynteir noffic ody rbng y vam
ar paret.   Y ubyalch adywabt. pan deuthum i yma
gyntaf. eingon gof aoed yma. a minneu ederyn
ieuanc oedbn. ny wnaethpbyt gbeith arnei. namyn
tra uu uyggeluin arnei bob ucher.   Hedib nyt oes
kymmeint kneuen o honei heb dreulab. dial dub arnaf
o chigleu i dim y brth y gbr aovynnbch chbi.   Peth
yffyd iabn hagen. adylyet y mi y wneuthur y gen-
nadeu arthur mi ae gbnaf. Kenedlaeth vileit yffyd
gynt rithbys dub nomi. mi aaf yn gyuarwyd ragoch
yno. Dyuot aorugāt hyt ynlle yd oed karb redynure.
Karb redynure yma ydoetham ni attat. kennadeu
arthur kany bdam aniueil hyn no thi. dywet. awdoft
di dim y brth uabon uab modron. a ducpbyt yndeir
noffic y brth y uam.   Y karb adywabt. Pan deuthum i
yma gyntaf. nyt oed namyn vnreit o bop tu ympenn.
ac nyt oed yma goet namyn un o gollen derwen. ac
y tyfwys honno yndar can keing. Ac ydygbydbys
ydar gbedy hynny. a hedib nyt oes namyn byftyn
coch o honei.   Yr hynny hyt hedib yd byf i yma. ny
chigleu i dim or neb aouynnbch chbi.   Miui hagen

a uydaf gyſarỽyd yỽch * kanys kennadeu arthur yỽch hyt lle ymae anifeil gynt arithỽys duỽ no mi. Dyuot aoꝛugant. hyt lle ydoed cuan cum kaỽlỽyt. cuan cỽm caỽlỽyt yma y mae kennadeu arthur. aỽdoſt di dim yỽꝛth vabon vab modꝛon a ducpỽyt ꝛ cº. Pei aſgỽypỽn mi aedywedỽn. Pan deuthum i yma gyntaf. y cỽm maỽꝛ aweloch glynn coet oed. ac y deuth kenedlaeth o dynyon idaỽ. ac y diuaỽyt. ac y tyuỽys yꝛ eil coet yndaỽ. ar trydyd coet yỽ hỽnn. a minneu neut ydydynt yn gynyon boneu vy eſgyll. yꝛ hynny hyt hediỽ. ny chiglefi dim oꝛ gỽꝛ a ouynnỽch chỽi. Mi hagen a uydaf gyuarwyd y genadeu arthur. yny deloch hyt lle ymae yꝛ anniueil hynaf yſſyd yny byt hỽnn. a mỽyaf adꝛeigyl. eryꝛ gỽern abỽy. Gỽꝛhyꝛ a dywaỽt. Eryꝛ gwern abỽy ni a doetham gennadeu arthur attat. youyn itt a ỽdoſt dim y ỽꝛth vabon uab modꝛon a duc ꝛ cº. Yꝛ eryꝛ a dywaỽt. Mi a deuthum yma yꝛ yſpell o amſer. a phann deuthum yma gyntaf. Maen a oed ym. ac y ar y benn ef y pigỽn y ſyꝛ bop ucher. weithon nyt oes dyꝛnued yny uchet. yꝛ hynny hyt hediỽ ydỽyf i yma. ac ny chiglef i dim y ỽꝛth y gỽꝛ a ouynnỽch chỽi. onyt un treigyl yd euthum y geiſſaỽ uym bỽyt hyt yn llynn llyỽ. A phann deuthum i yno y lledeiſ uyg cryuangheu y myỽn ehaỽc o debygu bot vym bỽyt yndaỽ weꝛs vaỽꝛ. ac y tynnỽys ynteu ui hyt yꝛ affỽyſ. hyt pann uu abꝛeid im ymdianc y gantaỽ. Sef a ỽneuthum inheu mi am [836] holl garant mynet ygg gỽꝛyſ ỽꝛthaỽ y geiſſaỽ y diuetha. Kennadeu a yꝛrỽys ynteu y gymot a mi. a dyuot a oꝛuc ynteu attaf i. y diot dec tryuer a deugeint oe geuyn. onyt

ef awyz peth oz hynn ageiffỽch chỽi. ny ỽnn i neb
ae gỽypo. Mi hagen auydaf gyuarỽyd yỽch hyt Ile
y mac. Dyuot aozuganţ hyt Ile yz oed. Dywedut
aozuc yz eryz. Ihaỽc Ilyn Iliỽ mi adeuthum attat.
gan gennadeu arthur youyn aỽdoft dim yỽzth vabon
uab modzon aducpỽyt yn teir noffic yỽzth yuam.
Y gymeint awypỽyfi mi ae dywedaf. Ỽan bob Ilanỽ
ydaf i ar hyt yz auon uchot hyt pandelỽyf hyt ym
ach mur kaer loyỽ. ac yno y keueis i. ny cheueis eir-
moet odzỽc ygymeint. ac mal ycrettoch doet un ar
uyndỽy yfgỽyd i yma o honaỽch. ac yfef ydaeth
ardỽy yfgỽyd yz ehaỽc. kei a gỽzhyz gỽalftaỽt ieithoed.
Ic y kerdaffant hyt pann deuthant am y uagỽyz ar
karcharaỽz. yny uyd kỽynuan agriduan aglywynt am
y uagỽyz ac ỽy. Ỽỽzhyz adywaỽt. padyn agỽyn yny
maendy hỽñ. Oi aỽz yffit le idaỽ y gỽynaỽ yneb
yffyd yma. Mabon uab modzon yffyd yma ygcarch.
ac ny charcharỽyt neb kyn doftet yn Ilỽzỽ carchar
ami. na charchar Ilud Ilaỽ ereint. neu garchar greit
mab eri. Oes obeith gennyt ti ar gaffel dy eIlỽng ae
yz eur ae yz aryant ae yz golut pzeffennaỽl. ae yz
catwent ac ymlad. Y gymeint ohonof i agaffer
ageffir dzỽy ymlad. Ymchoelut o honunt ỽy odyno.
a dyuot hyt * Ile ydoed arthur. Dywedut o honunt
y Ile yd oed mabon uab modzon ygkarchar. Ỽỽyffyaỽ
aozuc arthur milwyz yz ynys honn. amynet hyt
ygkaer loyỽ yIle yd oed mabon ygkarchar. Mynet
aozuc kei abedwyz ar dỽy yfcỽyd y pyfc. tra yttoed
vilwyz arthur yn ymlad ar gaer. rỽygaỽ o gei y uagỽyz
achymryt y carcharaỽz ar y geuyn. Ic ymlad ar gỽyz

ual kynt ar g6yz. Jt ref y doeth arthur amabon
ganta6 yn ryd..

Dywedut aozuc arthur. beth Ia6nhaf weithon
y geiffa6 yn gyntaf oz annoetheu. Ja6nhaf
y6 keiffa6 deu geneu gaft rymhi. awys heb yz arth^{ur}
pa du y mae hi. Y mae heb yz un yn aber deu gledyf.
Dyuot aozuc arth^{ur} hyt yn ty tringat yn aber cledyf.
A gouyn aozuc 6ztha6. aglyweift ti y 6zthi hi yma.
Py rith y mae hi. Ynrith bleidaft heb ynteu. ae
deu geneu genthi yd ymda. Hi a lada6d vy yfgrybul
yn vynych. ac y mae hi iffot yn aber cledyf y my6n
gogof. Sef aozuc arthur gyzru ym pzyt wenn y long
ar uoz. Ac ereill ar y tir y hela yz aft. ae chylchynu
uelly hi ae deu geneu. ac eu dat ritha6 o du6 y arth^{ur}
yn eu rith e hunein. Gwafcaru aozuc llu arthur bob
un bob deu ...

A6 ual ydoed g6ythyz mab greida6l. dydg6eith
yn kerdet dzos vynyd. y clywei leuein a grid-
ua girat. a garfcon oed eu clybot. achub aozuc ynteu
parth ac yno. Ac mal y deuth yno * difpeila6 cledyf
a wnaeth. A llad y t6ynpath 6zth y dayar. ac ev diffryt
uelly rac y tan. ac y dywedaffant 6ynteu 6ztha6.
D6c uendyth du6 ar einym gennyt. ar hynn ny allo
dyn vyth y waret. ni ado6n y waret itt. B6ynt6y
wedy hynny adoethant ar na6 hefta6z llinat. a nodes
yfpadaden penn ka6z ar culh6ch yn ueffuredic oll heb
dim yn eiffeu o honunt eithyz un llinhedyn. ar moz-
grugyn cloff adoeth ah6nn6 kynn ynos..

Pan yttoed gei abedwyz yn eifted ar benn pum-
lumon. ar garn g6ylathyz ar wynt m6yaf yn y

byt. edꝛych aỽnaethant yneukylch. Ac ỽynt aỽelynt vỽc maỽꝛ parth ardeheu ympell y ỽꝛthunt heb dꝛoſſi dim gan y gỽynt. Ac yna y dywaỽt kei. myn llaỽ vyngkyueillt. ſylldy racco tan ryſſỽꝛ. Bryſſyaỽ a oꝛugant parth ar mỽc. A dyneſſau parth ac yno dan ymardiſgỽyl obell. yny uyd dillus uareuaỽc yndeiuaỽ baed coet. llyna hagen y ryſſỽꝛ mỽyaf aochelaỽd arthur eiryoet. Heb y bedwyꝛ yna ỽꝛth gei. Ae hatwaenoſt di ef. Atwen heb y kei. llyna dillus uarruaỽc. nyt oes yny byt kynllyuan adalyo dꝛutwyn. keneu greit uab eri. namyn kynllyuan o uaryf y gỽꝛ awely di racko. Ac ny mỽynhaa heuyt onyt yn vyỽ y tynnir achyllellpꝛenneu oe uaraf. kanys bꝛeu uyd yn uarỽ. Mae ankynghoꝛ ninneu ỽꝛth hynny heb y bedwyꝛ. Gadỽn ef heb y kei y yſſu y wala oꝛ kic. A gỽedy hynny kyſcu aỽna. Tꝛa yttoed ef yn * hynny y buant ỽynteu yngỽneuthur kyllellbꝛenneu. Panỽybu gei yndiheu y uot ef ynkyſcu. gỽneuthur pỽll aoꝛuc dany dꝛaet mỽyhaf yny byt. Atharaỽ dyꝛnaỽt arnaỽ anueitraỽl y ueint aoꝛuc. Ae waſcu yny pỽll hyt pan daroed udunt y gnithiaỽ ynllỽyꝛ ar kyllellbꝛenneu y uaryf. Agỽedy hynny y lad yngỽbyl. Ac odyna yd aethant ell deu hyt ygkelli wic ygkernyỽ. A chynllyuann o uaryf dillus uaruaỽc gantunt. Ae rodi a oꝛuc kei ynllaỽ arthur. Ac yna y kanei arthur yꝛ eglyn hỽnn. Kynnllyuā aoꝛuc kei. o uaryf dillus uab eurei. Pei Iach dy angheu uydei. Ac amhynny y ſoꝛres kei hyt pan uu abꝛeid yuilwyꝛ yꝛ ynys honn tangneuedu y rỽng kei ac arthur. Ac eiſſoes nac yꝛ anghyſnerth ar arthur. nac yꝛ llad y wyꝛ. nyt ymyꝛ-

róys kei yn reit gyt ac ef o hynny allan. Ac yna y
dywaót arthur. Beth iaónaf weithon y geiffaó oꝛ
annoetheu. Iaónaf yó keiffaó dꝛutwyn keneu greit
uab eri. Kynno hynny ychydic yd aeth creidylat
uerch lud laó ereint gan wythyꝛ mab greidaól. a
chynn kyfcu genthi dyuot góynn uab nud ac dóyn
y treis. Kynnullaó llu o wythyꝛ uab greidaól. a dyuot
y ymlad a góynn mab nud. a goꝛuot o wyn. a dala
greit mab eri. a glinneu eil taran. a góꝛgóft letlóm.
a dyfnarth y uab. a dala o penn uab nethaóc. a
nóython. a chyledyꝛ wyllt y uab. a llad nóython aoꝛuc
a diot y gallon. a chymhell ar kyledyꝛ yffu callon y
dat. Ac am hynny yd aeth kyledyꝛ yg góyllt. Clybot
o arthur hynny. a dyuot hyt y gogled. a dyuynnv
aoꝛuc ef góynn uab nud attaó. * a gellóng y wyꝛda
y gantaó oe garchar. a góneuthur tangneued y róng
góynn mab nud a góythyꝛ mab greidaól. Sef tang-
neued a wnaethpóyt. gadu y uoꝛóyn yn ty y that yn
diuóyn oꝛ dóy barth. Ac ymlad bob duó kalan mei
uyth hyt dyd bꝛaót oꝛ dyd hónnó allan. y róng góynn
a góythyꝛ. Ar un a oꝛffo o nadunt dyd bꝛaót kymeret
y uoꝛóyn. A góedy kymot y góyꝛda hynny uelly. y
kauaf arthur mygdón march góedó. a chynnllyuan
cóꝛs cant ewin. Góedy hynny yd aeth arthur hyt
yn llydaó. a mabon uab mellt gantaó. a góare góallt
euryn y geiffaó deu gi glythmyꝛ lewic. A góedy eu
kaffel yd aeth arthur hyt yg goꝛllewin iwerdon y
geiffaó góꝛgi feueri. Ac odgar uab aed bꝛenhin iwerdō
gyt ac ef. Ac odyna yd aeth arthur yꝛ gogled. ac y
delis kyledyꝛ wyllt. Ac yd aeth yfkithyꝛwynn penn-

beid. Ac ydaeth mabon mab mellt adeugi glythuyꝛ
ledewic yny laб. adꝛutwyn geneu greit mab eri. ac
ydaeth arthur ehun yꝛ erhyl. A chauall ki arthur
yny laб. Ac yd eſgynnбys kaб o bꝛydein ar lamrei
kaſſec arthur. ac achub yꝛ kyfuarch. Ac yna y kym-
erth kaб o bꝛydein nerth ббyellic. ac yn wychyꝛ
trebelit y doeth ef yꝛ baed. ac y holldeſ y benn yn
deu hanner. A chymryt aoꝛᶜ kaб yꝛ yſgithyꝛ. Dyt
y kбn anottayſſei yſpaden ar gбlhбch aladaбd y baed.
namyn kauall ki arthur ehun.

Aбedy llad yſgithyꝛwyn bennbeid yd aeth ar-
thᵘʳ ae niuᵉʳ hyt yngkelli * wic yngkernyб.
ac odyno y gyꝛбys menб mab teirgбaed y edꝛych
a uei y tlyſſeu y rбng deugluſt tбꝛch trбyth. rac ſal-
wen oed uynet y ymdaraб ac ef. ac ony bei y tlyſſeu
gantaб. diheu hagen`oed y uot ef yno. Deur daroed
idaб diffeithaб traean iwerdon. Mynet aoꝛuc menб
y ymgeis ac бynt. Sef y gбelas бynt yneſgeir oeruel
yn Jwerdon. Ac ymrithaб aoꝛuc menб ynrith eder-
yn. A diſgynnu aбnaeth uchpenn y gбal. A cheiſſaб
yſglyffyaб un oꝛ tlyſſeu y gantaб. ac ny chauas dim
hagen namyn un oe wrych. Kyuodi aoꝛuc ynteu
yn wychyꝛda. ac ymyſgytyaб hyt pan ymoꝛdiwed-
aбd peth oꝛ gбenбyn ac ef. O dyna ny bu dianaf
menб uyth. Gyꝛru o arthur gennat gбedy hynny
ar odgar uab aed bꝛenhin iwerdon. y erchi peir di-
бꝛnach wydel maer idaб. Archi o otgar idaб yrodi.
Y dywaбt diбꝛnach. duб awyꝛ pei hanffei well o
welet un olбc arnaб naſ kaffei. Adyuot o gennat arth-
ur anac genthi o Iwerdon. Kychбynnu aoꝛuc arthᵘʳ

ac yſga6n niuer gantha6 amynet ympꝛytwen y long.
adyuot y ywerdon. adygyꝛchu ty di6ꝛnach 6ydel a
oꝛugant.   66elſant niuer otgar eu meint. ag6edy
b6yta onadunt ac yuet eudogyn. erchi ypeir aoꝛuc
arth^{ur}. Ɏ dywa6t ynteu pei aſrodei yneb. y rodei
6ꝛth eir odgar bꝛenhin Ɨwerdon. 66edy ɪɪeueryd
nac udunt. ᴋyuodi aoꝛuc bedwyꝛ ac ymauael yny
peir. ᴂedodi ar geuyn * hyg6yd g6as arthur. bꝛa6t
oed h6nn6 unuam ygacham6ꝛi g6as arth^{ur}. Ɛef
oed y ſ6yd ef yn waſtat ymd6yn peir arthur adodi
tan ydana6. Ɯeglyt olenɪɪea6c 6ydel yg kaletv6lch.
ae eɪɪ6ng ar yrot. aɪɪad di6ꝛnach wydel ae niuer
achan. Ɗyuot ɪɪuoed Ɨwerdon ac ymlad ac6y. ᴁ
g6edy ffo y ɪɪuoed achlan. mynet arthur ae wyꝛ yn
eug6yd yny ɪɪong. ar peir ynɪɪa6n oſ6ɪɪt i6erdon
gantunt. ᴁdiſkynnu ynty ɪɪ6ydeu mab kel coet ym
poꝛth kerdin yndyuet. acyno y mae meſſur ypeir.
Ꮹ6 yna ykynnuɪɪ6ys arth^{ur} aoed ogyniſy6ꝛ
yn teir ynys pꝛydein. ae their rac ynys.
ᴁc aoed ynfreinc aɪɪyda6. ᴁ noꝛmandi ag6lat yꝛ haf.
ac aoed o gic6ꝛ dethol. a march clotua6ꝛ. ac yd
aeth ar niueroed hynny oɪɪ hyt yn i6erdon. ᴁc y bu
ouyn ma6ꝛ ac ergryn racda6 yn Iwerdon. Ag6edy
diſgynnu arthur yꝛ tir. dyuot ſeint Iwerdon atta6 y
erchi na6d ida6. Ac yrodes ynteu na6d udunt h6y.
ac yrodaſſant 6ynteu eu bendyth ida6 ef. Ɗyuot a
oꝛuc g6yꝛ iwerdon hyt att arth^{ur} arodi b6yttal ida6.
Ɗyuot aoꝛuc arthur hyt yn eſgeir oeruel yn I6erdon.
yny ɪɪe ydoed t6ꝛch tr6yth. ae ſeithlydyn moch gant-
a6. geɪɪ6ng k6n arna6 o bop parth. y dyd h6nn6

educher yd ymlada6d y g6ydyl ac ef. 𝕿ɪhynny pym-
het ran y iwerdon a6naeth yndiffeith. 𝕬thrannoeth
ydym*lada6d teulu arthur ac ef. namyn a ga6ffant o
dɪ6c y ganta6. ny cha6ffant dim o da. 𝕿 trydyd dyd
yd ymlada6d arthur ehun ac ef na6nos. a na6 nieu.
nylada6d namyn un parchell oe uoch. 𝕮ouynn6ys y
g6yɪ y arthur peth oed yftyɪ yɪ h6ch h6nn6. 𝕿 dy-
wa6t ynteu⸗ bɪenhin uu. ac am y becha6t y rith6ys
du6 ef ynh6ch. 𝕮yɪru a6naeth arthur g6ɪhyɪ g6al-
fta6t ieithoed. y geiffa6 ymadɪa6d ac ef. 𝕸ynet aoɪuc
g6ɪhyɪ ynrith ederyn. 𝕬difgynnv a6naeth vchbenn y
wal ef ae feithlydyn moch. 𝕬 gouyn aoɪuc <u>g6ɪhyɪ</u>
g6alfta6t <u>ieithoed</u> ida6. 𝕿ɪ y g6ɪ athwnaeth ar y
del6 honn. oɪ gell6ch dywedut. yharchaf dyuot un o
hona6ch y ymdidan ac arthur. G6ɪtheb a6naeth
grugyn g6ɪych ereint. mal adaned aryant oed y
wrych oll y ffoɪd y kerdei argoet ac ar uaes y g6elit
ual y llith1ei y wrych. 𝕾ef atteb arodes grugyn. Myn
y g6r an g6naeth ni ar y del6 honn. ny wna6n. ac ny
dywed6n dim yɪ arth︫ᵘʳ︥. 𝕺ed diga6n odɪ6c a6nathoed
du6 ynni. an g6ncuth︫ᵘʳ︥ ar y del6 hon. ᴋyny dele6ch
ch6itheu y ymlad ani. Mi adywedaf y6ch yd ymlad
arth︫ᵘʳ︥ am y grib ar ellyn ar g6elleu yffyd r6ng deu
gluft t6ɪch tr6yth. 𝕭eb y grugyn hyt panngaffer y
eneit ef yn gyntaf. ny cheffir y tlyffeu hynny. 𝕵r
boɪe auoɪy ykych6ynn6nni odyma. ac yda6n y wlat
arth︫ᵘʳ︥ ar meint m6yhaf aallom ni o dɪ6c a6na6n yno.
𝕶ych6yn aoɪugant h6y ar ymoɪ parth a chymry. ac
ydaeth [840] arthur ae luoed ae ueirch ae g6n ym
pɪytwen. 𝕬thara6 lygat ymwelet ac 6ynt. 𝕯ifgynnu a

ỽnaeth tỽꝛch trỽyth ympoꝛth cleis yn dyuet. Dyuot a oꝛuc arthur hyt ym mynyỽ y nos honno. Tꝛannoeth dywedut y arthur eu mynet heibaỽ. Ac ymoꝛdiwes a oꝛuc ac ef yn ỻad gỽarthec kynnwas kỽꝛr y uagyl. A gỽedy ỻad a oed yn deu gledyf o dyn a mil kynn dyuot arthur. Oꝛ pan deuth arthur y kychỽynnỽys tỽꝛch trỽyth odyno hyt ym pꝛeſſeleu. Dyuot arthur a ỻuoed y byt hyt yno. Gyꝛru a oꝛuc arthur y wyꝛ yꝛ erhyl. Ely. A thꝛachmyꝛ. A dꝛutwyn keneu greit mab eri yn y laỽ ehun. A gỽarthegyt uab kaỽ yghongyl araỻ. A deu gi glythmyꝛ letewic yn y laỽ ynteu. A bedwyꝛ a chauaỻ ki arthur yn y laỽ ynteu. A reſtru a oꝛuc y milwyꝛ oỻ o deu tu nyuer. Dyuot tri meib cledyf divỽlch. gỽyꝛ a gauas clot maỽꝛ yn ỻad yſgithyꝛwyn pennbeid. Ac yna y kychỽynnỽys ynteu o lynn nyuer. Ac y doeth y gỽm kerỽyn. Ac y rodes kyuarth yno. Ac yna y ỻadaỽd ef bedwar ryſſỽꝛ y arthur. gỽarthegyd mab kaỽ a tharaỽc aỻt clỽyt. A reidỽn uab eli atuer. Ac iſcouan hael. A gỽedy ỻad y gỽyꝛ hynny. y rodes yꝛ eil kyuarth udunt yn y ỻe. Ac y ỻadaỽd gỽydꝛe uab arthur. A garſelit wydel. A gleỽ uab yſcaỽt. Ac iſcaỽyn uab panon. Ae doluryaỽ ynteu yna a ỽnaethpỽyt. Ar boꝛe ym bꝛonn y dyd dꝛannoeth yd ymoꝛdiwedaỽd rei oꝛ gỽyꝛ ac ef. Ac yna y ỻadaỽd huandaỽ. a gogigỽꝛ. A phenn pingon. tri gỽeis gleỽlỽyt gauaeluaỽꝛ. hyt nas gỽydyat duỽ was yn y byt ar y helỽ ynteu. eithyꝛ ỻaesgenym ehunan gỽꝛ ny hanoed weỻ neb ohonaỽ. Ac y gyt a hynny y ỻadaỽd ỻaỽer o wyꝛ y ỽlat. a gỽlydyn ſaer penſaer y arthur. Ac yna yd ymoꝛdiwedaỽd arthur ym pelumyaỽc ac ef. Ac

yna ylladaѕd ynteu madaѕc mab teithyon. agѕyn mab
tringat ҩab neuet * ѕc eiryaѕn pennlloᴚan. Ѫc odyna
ydaeth ef hyt yn aber tyѕi. ѕc yno y rodes kyuarth
udunt. ѕc yna ylladaѕd ef kynlas mab kynan. ѕ
gѕilenhin bᴚein freinc. odyna ydaeth hyt ygglynn
yſtu. Ѫc yna ydymgollaſſant ygѕyᴚ arcѕn acef.
Ѩyuynnu aoᴚuc arthᵘʳ gѕyn uab nud attaѕ. agouyn id-
aѕ aѕydyat ef dim y ѕᴚth tѕᴚch trѕyth. ᴚdywaѕt ynteu
naſgѕydyat. Y hela ymoch yd aeth y kynnydyon yna
oll. hyt yndyffryn llychѕᴚ. ѕc ydigribyѕys grugyn
gѕallt ereint udunt. ѕ llѕydaѕc gouynnyat. ѕc y lladaſſ
ykynnydyon hyt na diengis dyn yn vyѕ o nadunt⸳
namyn un gѕᴚ. Ѯef aoᴚuc arthᵘʳ dyuot ae luoed hyt
lle ydoed grugyn allѕydaѕc. ѕ gellѕng yna arnad-
unt aoed ogi rynodydoed yn llѕyᴚ. Ac ѕᴚth yᴚ
aѕᴚ adodet yna ar kyuarth. y doeth tѕᴚch trѕyth
ac y diffyᴚth ѕynt. Ac yᴚ pan dathoedynt dᴚos uoᴚ
iwerdon. nyt ymwelſei ac ѕynt hyt yna⸳ Ѩygѕydaѕ a
ѕnaethpѕyt yna agѕyᴚ achѕn arnaѕ. Ᵽmrodi y
gerdet ohonaѕ ynteu. hyt ym mynyd amanѕ. Ѫc
yna y llas banѕ oeuoch ef. ѕc yna yd aethpѕyt eneit
dᴚos eneit ac ef. ѕc y lladѕyt yna tѕᴚch llaѕin. ѕc yna
y llas arall oe voch⸳ gѕys oed y enѕ. ѕc odyna yd
aeth hyt yn dyffrynn amanѕ. ѕc yno y llas banѕ a
bennwic. Ѩyt aeth odyno gantaѕ oeuoch ynvyѕ.
namyn grugyn gѕallt ereint. a llѕydaѕc gouynnyat.
Ѳᴚ lle hѕnnѕ yd aethant hyt yn llѕch eѕin. ѕc ydymoᴚ-
diwedaѕd arthur acef yno. Ᵽodi kyuarth aѕnaeth
ynteu yna. ѕc yna ylladaѕd ef echel uoᴚdѕyt tѕll. ac
arѕyli eil gѕydaѕc ~~gѕydaѕc~~ gѕyᴚ. allaѕer owyᴚ achѕn

heuyt. ac yd aethant odyna hyt ynlloch taby. Yſcar
abnaeth grugyn górych ereint ac bynt yna. ac yd aeth
grugyn odyna hyt yndintywi. Ac odyna yd aeth
hyt ygkeredigyabn. ac eil. a thꝛachmyꝛ gantab. a
lliabs gyt ac bynt heuyt. Ac ydoeth hyt yggarth
gregyn. ac yno y * y llas llbydabc gouynnyat yn y
myſc. ac y lladabd ruduyb rys. a llaber gyt ac ef.
Ac yna yd aeth llbytabc hyt yn yſtrat yb. Ac yno y
kyuaruu góyꝛ llydab ac ef. ac yna y lladabd ef hir
peiſſabc bꝛenhin llydab. a llygatrud emys a góꝛbothu.
ebythred arth{ur} vꝛodyꝛ y uam. Ac yna yllas ynteu.
Tóꝛch tróyth aaeth yna y róng taby ac euyas. Cóyſ-
ſyab kernyb adyfneint o arthur yny erbyn hyt yn
aber hafren. adywedut aoꝛuc arthur bꝛth vilbyꝛ yꝛ
ynys honn. Tóꝛch tróyth aladabd llaber om góyꝛ.
Myn góꝛhyt góyꝛ nyt ami yn uyb yd aho ef y gernyb.
nys ymlityaſi ef bellach. namyn mynet eneit dꝛos
eneit ac ef awnaf. Cónebch chbi abnelhoch. Sef a
daruu o gyghoꝛ gantab ellóng kat o uarchogyon. a
chón yꝛ ynys gātunt hyt yn euyas. ac ymchoelut
odyno hyt yn hafren. ae ragot yno ac aoed o vilwyꝛ
pꝛouedic ynyꝛ ynys honn. ae yꝛru anghen yn anghen
yn hafren. amynet abnaeth mabon uab modꝛon gan-
tab ar wynn mygdón march góedb yn hafren. a goꝛeu
mab cuſtennin. a menb. ꙍab teirgbaed y róng llynn
lliban ac aber góy. adygbydab o arthur arnab. a ryſſ-
wyꝛ p{re}dein gyt ac ef. Dyneſſau aoꝛuc oſla gyllell-
uabꝛ. a manabydan uab llyꝛ. a chacmóri góas arth{ur}.
a góyngelli. adygrynnyab yndab. Ac ymauael yn
gyntaf yny traet. ae gleicab o honunt yn hafren. yny

yttoed ynllenᴠi ody uchtaᴠ.   ᴮᴣathu amᴠs o uabon
uab modᴣō oᴣ neilparth. achael yᴣ ellyn y gantaᴠ. ᴶc
oᴣ parth arall y dygyᴣchᴠys kyledyᴣ wyllt y ar amᴠs
arall gantaᴠ yn hafren. ac yduc y gᴠelleu y gantaᴠ.
ᴋynn kaffel diot y grib. kaffel dayar o honaᴠ ynteu
aedᴣaet. ac oᴣ pan gauas y tir ny allᴠys na chi na dyn
na march y ganhymdeith hyt pan aeth y gernyᴠ.
ᴴoc agaffat odᴣᴠc yn keiffaᴠ y tlyffeu hynny y gantaᴠ.
gᴠaeth agaffat ynkeiffaᴠ diffryt y deu ᴠᴣ rac eu bodi.
ᴋacmᴠᴣi ual y tynnit ef yuynyd y tynnei deu uaen
ureuan ynteu * yᴣ affᴠys.   ᴼfla gyllelluaᴠᴣ yn redec
yn ol ytᴠᴣch. y dygᴠydᴠys y gyllell oe wein ac y kolles.
ae wein ynteu gᴠedy hynny ynllaᴠn oᴣ dᴠfyᴣ. ual y tyn-
nit ef y uynyd y tynnei hitheu ef yᴣ affᴠys.   ᴼdyna yd
aeth arthur alluoed hyt pan ymoᴣdiwedaᴠd ac ef yg
kernyᴠ. ᴮᴠare oed a gafat odᴣᴠc gantaᴠ kyn no hynny
y ᴠᴣth a gaffat yna gantaᴠ yn keiffaᴠ y grib. ᴼ dᴣᴠc y
gilyd ykaffat ygrib y gantaᴠ.   Ac odyna y holet ynteu
o gernyᴠ. ac y gyᴣrᴠyt yᴣ moᴣ yny gyueir. ᴺy wybu-
ᴠyt vyth o hynny allan pa le yd aeth ac anet ac aeth-
lem gantaᴠ. ᴶc odyno yd aeth arth^{ur} y ymeneinaᴠ ac
y uᴠᴣᴠ y ludet y arnaᴠ hyt ygkelli wic ygkernyᴠ.

ᴼYwedut o arth^{ur} ~~aoef~~. aoes dim weithon oᴣ
       anoetheu heb gaffel.   ᴵ dywaᴠt vn oᴣ gᴠyᴣ.
oes. gᴠaet y widon oᴣdu merch y widon oᴣwen openn
nant gouut yggᴠᴣthtir uffern. ᴋychᴠyn aoᴣuc arth^{ur}
parth ar gogled. a dyuot hyt lle ydoed gogof y
wrach. ᴶ chynghoᴣi owynn uab nud. agᴠythyᴣ uab
grcidaᴠl gellᴠng kacmᴠᴣi. ahygᴠyd y uraᴠt.y ymlad
ar wrach. ᴬc ual ydeuthant y myᴠn yᴣ ogof y hachub

aozuc y wrach. Ac ymauael yn hygỻyd herỻyd
gỻaỻt y benn. ae daraỻ yz ỻaỻz deni. Ic ymauel o
gacmỻzi yndi hitheu. herỻyd gỻaỻt yphenn. ae thynnu
yar hygỻyd yz ỻaỻz. ac ymchoelut aozuc hitheu ar
kacmỻzi. ac eu dygaboli yỻ deu. ac eu diaruu. ae gyzru
aỻan dan euhub ac eu hob. a ỻidyaỻ aozuc arth^ur
o welet ydeu was hayachen. wedy eu ỻad acheiffaỻ
achub yz ogof. Ac yna y dywedaffāt gỻynn a gỻythyz
ỻzthaỻ. nyt dec ac nyt digrif genhym dy welet yn
ymgribyaỻ agỻzach. geỻỻng hiramren ahir eidyl
yz ogof. a mynet aozugant. Ic oz budzỻc trafferth
y deu gynt. gỻaeth uu dzafferth ydeu hynny. hyt naf
gỻypei duỻ y vn ohonunt eỻ pedwar aỻu mynet
oz ỻe. namyn mal ydodet eỻ pedwar. ar lamrei kaffec
arthur. Ic yna achub aozuc arth^ur dzỻs yz ogof. Ac
y ar ydzỻs a uyzyei y wrach acharnwennan y gyỻeỻ.
ae tharaỻ am yhanner yny uu yn deu gelỻzn hi.
a * chymryt aozuc kaỻ o bzydein gỻaet y widon
ae gadỻ ganthaỻ...

Aỻ yna ykychỻynnỻys kulhỻch. a gozeu uab
cuftennin gyt ac ef. ar faỻl a buchei dzỻc y
yfpadaden pennkaỻz. ar anoetheu gantunt hyt ylys.
I dyuot kaỻ o bzydein y eiỻaỻ y uaryf. kic achzoen
hyt afgỻzn ar deugluft yn ỻỻyz. ac y dyỻaỻt kulhỻch.
a eiỻỻyt itti ỻz. Iiỻỻyt heb ynteu. ae meu y min-
neu dy uerch di. weithon. Ieu heb ynteu. ac nyt reit
itt diolỻch y mi hynny. namyn diolỻch y arthur y gỻz
ae peris itt. Om bod i nyskaffut ti hi vyth. am
heneit inheu ymadỻs yỻ ydiot. Ic yna ydymauael-
aỻd gozeu mab cuftennin yndaỻ herỻyd gỻaỻt ypenn.

Ie lufgaб ynyol yꝛ dom. allad y penn ae dodi ar baбl y gatlys. I goꝛefgyn y gaer aoꝛuc ae gyuoeth. Ar nos honno y kyfcбys kulhбch gan olwen. Ahi auu un wreic idaб trauu vyб. Igбafcaru lluoed arth^{ur} paбb y wlat. Ic uelly y kauas kulhбch olwen merch yfpadaden penn kaбꝛ.

Rhonabwy's Dream.

bzeudbyt ronabby.

Madabc uab maredud aoed idab powys yny
theruyneu. Sef yb hynny opozfozd hyt yg
gwauan yg gwarthaf arwyftli. Ic yn yz am-
fer hbnnb bzabt aoed idab. nyt oed kyuu*rd* gbz ac
ef. Sef oed hbnnb Jozwoerth uab maredud. Ahbnnb
a gymerth goueileint mabz yndab a thziftbch owelet
yz enryded ar medyant aoed y vzabt ac ynteu heb
dim. Ic ymgeiffab aozuc ae gedymdeithō ae vzod-
ozyon maeth. Ac ymgyghoz acbynt beth awnelei am
hynny. Sef agabffant yn eu kyghoz. ellbng rei o
nadunt y erchi goffymdeith idab. fef y kynnigywys
madabc idab. y pennteuluaeth achyftal ac idab ehun.
a meirch ac arueu. ac enryded. A gbzthot hynny a
ozuc iozwoerth. A mynet ar herb hyt ynlloeger. a
llad kalaned allofgi tei. adala karcharozyon aozuc
Jozwerth. Achyghoz agymerth madabc agbyz pobys
ygyt ac ef. Sef y kabffant yn eukyghoz goffot kanwr
ym pop tri chymbt ympowys oe geiffab. I chyftal
y gbneynt rychtir powys. oaber ceirabc ymallictbn
ver ynryt wilure ar ef yznby. ar tri chymbt gozeu

oed ym powys. ar ny vydei da idaꞶ ar *teulu* ym po-
wys. ar ny bei da idaꞶ yny rychtir hꞶnnꞶ. a hyt yn
nillyſtꞶn treſan yny rychtir ħꞶnnꞶ yd ymrannaſſant
y gꞶyꝛ hynny. a gꞶꝛ aoed ar y keis hꞶnnꞶ. ſef oed
y enꞶ ꝚonabꞶy. * ac y doeth ronabꞶy a chynnwric
vꝛychgoch gꞶꝛ o vaꞶdꞶy. achadꞶgaꞶn vꝛas gꞶꝛ o voel-
ure ygkynꝉeith y ty heilyn goch uab kadꞶgaꞶn uab
idon yn ran. Iphan doethant parth ar ty. Ꞩef y
gꞶelynt hen neuad purdu tal unyaꞶn. a mꞶc o honei
digaꞶn y ueint. I phan doethant y myꞶn y gꞶelynt
laꞶꝛ pyꝉaꞶc anwaſtat. yn y ꝉe y bei vꝛynn arnaꞶ. a
bꝛeid y glynei dyn arnaꞶ rac ꝉyſnet y ꝉaꞶꝛ gan viſſ-
Ꞷeil gꞶarthec ae trꞶnc. yn y ꝉe y bei bꞶꝉ dꝛos vyn-
Ꞷgyl y troet ydaei y dyn gan gymyſc dꞶfyꝛ a thꝛꞶnc
y gꞶarthec. agꞶꝛyſc kelyn yn amyl ar y ꝉaꞶꝛ. gꞶedy
ryyſſu oꝛ gꞶarthec eu bꝛic. Iphan deuthant y kynt-
ed y ty y gꞶelynt partheu ꝉychlyt goletlꞶm. a gꞶꝛ-
wrach yn ryuelu ar yneiꝉparth. aphandꝝelei annꞶyt
arnei y byryei arffedeit oꝛ us ampenn y tan hyt
nat oed haꞶd y dyn oꝛ byt diodef y mꞶc hꞶnnꞶ yꝛ
mynet y myꞶn ydꞶy ffroen. ac ar y parth araꝉ y gꞶel-
ynt croen dinaꞶet melyn ar y parth. a blaenbꝛen oed
gan vn onadunt a gaffei vynet ar y croen hꞶnnꞶ.
a gꞶedy eu heiſted gofᵐ aoꝛugant yꝛ wrach pa du yd
oed dynyon y ty. ac ny dywedei y wrach Ꞷꝛthunt
namȳ gꞶꝛth gloched. ac ar hynny nachaf y dynyon
yn dyuot. gꞶꝛ coch goaruoel gogriſpin. a beich gꞶꝛyſc
ar y gefyn. a gꞶꝛeic veinlas vechan. a cheſſeilꞶꝛn genti
hithev. a glafreſſaꞶu awnaethant ar y gꞶyꝛ. a chyn-
neu tan gꞶꝛyſc udūt a mynet y pobi aoꝛuc y wreic.

a dbyn y bbyt udunt. bara heid a chabs a glaftbfyz
llefrith. Ac ar hynny nachaf dygyuoz owynt a glab
hyt nat oed habd yneb vynet yz aghenedyl. ac rac
an*nefmbythet gantunt eu kerdet dyffygyab aozug-
ant a mynet y gyfgu. Aphan edzychbyt y dyle nyt
oed arnei namyn byzwellt dyfdlyt chbeinllyt. aboneu
gbzyfc yn amyl trbydab. A gbedy ryuffu oz dinewyt
ymeint gbellt aoed uch eu penneu ac is eu traet
arnei. Bzeckan lbytkoch galetlom toll a dannbyt
arnei. A llenlliein vzaftoll trychwanabc ar uchaf y
vzeckan. a gobennyd lletwac Athudet govudyz idab
ar warthaf y llenlliein. Ac y gyfcu ydaethant. A chyf-
cu a difgynnbys ar deu gedymdeith ronabby yn trbm.
gbedy y goualu oz chwein ar an nefmbythder. A ron-
abby hyt na allei na chyfcu na gozffowys. medylyab
aozuc bot yn llei boen idab mynet ar groen y dina-
wet melyn yr parth y gyfgu. Ac yno y kyfgbys. Ac
yngytneit ac ydaeth hun yny lygeit yrodet dzych
idab y vot ef ae gedymdeithon yn kerdet ar trabs
maes. argygroec ae ohen ae vzyt adebygei y uot
parth a ryt y groes arhafren. Ac val ydoed yn kerdet
y clywei tbzyf. a chynhebzbyd yz tbzyf hbnnb nyfry-
glybffei eiryoet. Ac edzych aozuc dzae gefyn. Bef y
gbelei gbzaenc penngrych melyn. ae varyf yn newyd
eillab y ar varch melyn. Ac opeñ ydbygoes athal y
deulin y waeret yn las. A pheis o bali melyn am y
marchabc. wedy ry wniab ac adaued glaf. A chledyf
eurdbzn ar y glun. Agbein o gozdwal newyd idab.
A charrei oledyz ewic. Agbaec erni o eur. Ac ar
warthaf hynny llenn o pali melyn wedy ry wniab a

ſidan glas. agodꝛeon y llenn las ac aoed las o wiſc y marchaỽc ae uarch aoed kynlaſſet ~~aoed kynlaſſet~~ · a deil y * ffenitwyd. ac aoed velyn o honei aoed kyn uelynet a blodeu y banadyl. a rac dꝛuttet ygỽelynt y marchaỽc. dala ofyn a wnaethant a dechꝛeu ffo. ac eu hymlit aoꝛuc y marchaỽc. a phan rynnei y march y anadyl y ỽꝛthaỽ y pellaei y gỽyꝛ y ỽꝛthaỽ. A phan ytynnei attaỽ y neſſeynt ỽynteu attaỽ hyt ym bꝛon y march. a phan ygoꝛdiwedaỽd erchi naỽd aoꝛugant idaỽ. Chỽi ae keffỽch yn llaỽen. ac na vit ofyn arnaỽch. Ha vnbeñ kan rodeiſt naỽd ynn. a dywedy ynn pỽy ỽyt heb y ronabỽy. Ny chelaf ragot vyg kyſtlỽn. Idaỽc uab mynyo. Ac nyt om henỽ ym clywir yn vỽyaf. namyn om llyſenỽ. a dywedy di ynni pỽy dy lyſſenỽ. dywedaf. Idaỽc coꝛd pꝛydein ym gelwir. Ha vnbenn heb y ronabỽy pa yſtyꝛ yth elwir ditheu velly. Mi ae dywedaf itt yꝛ yſtyꝛ. vn oedỽn oꝛ kenadeu yg katgamlan y rỽng arthur a medꝛaỽt y nei. a gỽꝛ ieuanc dꝛythyll oedỽn i yna. ac rac vy chwannocket y vꝛỽydyꝛ y t[er]vyſgeiſ y rygtunt. Sef y ryỽ teruyſc aoꝛugū. pan ymgyꝛrei .i. yꝛ amh[er]aỽdyꝛ arthur y venegi y vedꝛaỽt y uot yn datmaeth ac yn ewythyꝛ idaỽ. ac rac llad meibō teyꝛned ynys pꝛydein ae gỽyꝛda y erchi tagnefed. A phan dywettei arthur yꝛ ymadꝛaỽd teckaf ỽꝛthyf oꝛ a allei. y dywedwn ynneu yꝛ ymadꝛaỽd hỽnnỽ yn haccraf a allỽn ỽꝛth vedꝛaỽt. ac o hynny y gyꝛrwyt arnaf ynneu idaỽc coꝛd bꝛydein. ac o hynny ydyſtovet y gatgamlan. Ac eiſſoes teirnos kynn goꝛffen y gatgamlan. yd ymedeweis ac ỽynt. Ac y | deuthum hyt ar y llech

las ym pɪydeī ypenytẏaƀ. Ac yno y bum ſeith mlyned
yn penydyaƀ.   A thɪugared a gefeiſ. ar hynny nach-
af y clywynt tƀɪyf oed vƀy o laƀer noɪ tƀɪƀf gynt.
A phan edɪychaſſant tu ar tƀɪyf. nachaf waſ melyn-
goch ieuanc heb varyf aheb * dɪaƀſſƀch arnaƀ. A
goſged dylyedaƀc arnaƀ y ar varch maƀɪ. Ac openn
ydƀy yſgƀyd. athal ydeulin ywaeret yɪ march yn vel-
yn. a gƀiſc ymdan y gƀɪ opali coch gƀedy rywniaƀ a
ſidann melyn. a godɪeon y ſſen yn velyn. ac araoed
velyn oewiſc ef ae varch aoed kyn uelynet ablodeu
y banadyl. ac aoed goch o honunt yn gyn gochet ar
gƀaet cochaf oɪ byt.   Ac yna nachaf y marchaƀc yn
eu goɪdiwes. ac yn gofyn y Jdaƀc a gaffei ran oɪ dyn-
yon bychein hy ny gantaƀ. Yran aweda ymi y rodi
mi ae rodaf. bot yn gedymdeith udunt ual y bun yn-
neu. a hynny aoɪuc y marchaƀc a mynet ymeith. Jd-
aƀc heb y ronabƀy pƀy oed y marchaƀc hƀnn. Rƀaƀn
bybyɪ uab deoɪthach wledic.   Ac yna y kerdaſſant
ar traƀs maes maƀɪ ar gygroec hyt yn ryt y groes ar
hafren. A miſſtir y ƀɪth yryt o pob tu yɪ ffoɪd y gƀel-
ynt y ſſueſteu ar pebyſſeu. a dygyfoɪ olu maƀɪ.   Ac
y lan y ryt y deuthant.   Sef y gƀelynt arthur yn
eiſted myƀn ynys waſtat iſ y ryt. ac oɪ neiſſparth
idaƀ betwin eſcob. ac oɪ parth araſſ gƀarthegyt vab
kaƀ. agƀas gƀineu maƀɪ yn ſeuyſſ rac eu bɪonn. ae
gledeu trƀy y wein yn y laƀ.   A pheis achapan o pali
purdu ymdanaƀ. Ac yn gyn wynnet y wyneb ac aſcƀɪn
yɪ eliffant. Ac yn gyn duet y aeleu ar muchud.   Ac
ny welei dyn dim oe ardƀɪn y rƀng y venic ae lewys.
Ƀƀynnach oed noɪ alaƀ. abɪeiſgach oed no mein eſ-

ſawr beth a chwedor di. Habe
heb yr arthur. nyt chwerthin abnat
uaunyn dieuet gennyf lot dynwſ
hru dablet ah ym yughanrhaob
yr ynyſ houn. gwedy gwyr k yſtal
ac ac y barchetlus gynt. Ac yna
yoyuaot ytha. Rouaboz athely
di y voozby er waen yndi arlab
yzaunhaboyz. erbelaf beb ef. Vu
oznnwedu y maten vb. dynot ef yn
albeleiſt ynia beuo. aphei uaudut
ti y maten upidei gof ytn dun olyui
odzo. A gwed ylynnuy yzbelei vy
dukyubyuot tu arryt. ſawr beb
yzunaboy picu y byotn raclo.
keoymuethon rbabu peby: uab
dozthach delcoit. Aryzbyz raclo a
uathant med a bzaghot ymeuuydoz.
Ac aguthant gozdezehu uerchet tz
yzueo ynyzyzpdutn ymdulkarabuu
ac byutau acdylpuuit hynuy. ka
nyz ynyzob rett ydeuaut yny bla
eu ac ynyol. Ac uydelei arugzu lu
uacarbuzth uucarlz oz byoin bou

keir mil6ꝛ. ac yna dyuot o Jda6c ac 6ynteu y gyt
ac ef hyt rac bꝛonn arth^{ur}. a chyfarch g6ell id-
a6. Du6 arodo da ytt heb yꝛ arth^{ur}. Pa du ida6c y
keueift di y dynyon bychein hynny. Mi ae keueis
argl6yd uchot ar. y foꝛd. ffef aoꝛuc yꝛ amhera6d^{yr}
glas owenu. argl6yd heb * Jda6c beth a chwerdy
di. Jda6c heb yꝛ arthur. nyt ch6erthin a 6naf nam-
yn truanet gennyf vot dynyō ky va6het a hynn yn
g6archad6 yꝛ ynys honn. g6edy g6yꝛ kyftal ac ae
g6archetwis gynt. Jc yna ydywa6t Jda6c. Ronab6y
a wely di y vodꝛ6y ar maen yndi arla6 yꝛ amh^{er}a6dyꝛ.
g6elaf heb ef. ⱱn o rinwedeu y maen y6. dyuot cof
y ti aweleift yma heno. a phei na welut ti y maen ny
doei gof ytti dim o hyñ o dꝛo. A g6edy hynny y g6elei
vydịn yn dyuot tu ar ryt. Jda6c heb y ronab6y pieu
y vydin racko. Kedymdeithon r6a6n pebyꝛ uab de-
oꝛthach wledic. Jr g6yꝛ racko a gaffant med a bꝛa-
ga6t yn enryded^{us}. Ac a gaffant goꝛderchu merche t
teyꝛned ynys pꝛydein yn diwaravun ac 6ynteu aę dy-
lyant hynny. kanys ym pob reit y deuant yn y vlaen
ac yn y ol. Ac ny welei amgen li6 nac ar varch nac ar
6ꝛ oꝛ vydin honno. namyn eu bot yn ky gochet ar
g6aet. Jc oꝛ g6ahanei vn oꝛ marchogyon y 6ꝛth
y vydin honno. Kynhebic y poft tan vydei yn kych-
wynnu yꝛ a6yꝛ. Jr vydin honno yn pebyllya6 uch
yryt. Jc ar hynny y g6elynt vydin araÏÏ yn dyuot
tu ar ryt. Jc oꝛ koꝛueu blaen yꝛ meirch y uynyd yn
gy wynnhet ar ala6. ac o hynny y waeret yn gy duet
ar muchud. ffef y g6elynt varcha6c yn racvlaenu ac
yn bꝛathu march yn y ryt yn y yfgein6ys y d6fyꝛ am

penn arthur ar eſcob. ac a oed yny kyghoꝛ y gyt ac ỽynt. yny oedynt kyn wlypet a chyt tynnit oꝛ auon. Ac ual yd oed yn troſſi penn y varch. ac a traỽei y gỽas oed yn ſeuyll rac bꝛonn arthur y march ar y dỽyffroen ar cledyf trỽy y wein. yny oed * ryued bei trewit ardur na bei yſſic ygkwa|aethach ai kic neu aſcỽꝛn. A thynnu a oꝛuc y marchaỽc y gledyf hyt am y hanner y wein. a gofyn idaỽ paham y treweiſt ti vy march i. ae yꝛ amarch y mi ae yꝛ kyghoꝛ arnaf. Reit oed itt ỽꝛth gyghoꝛ. Pa ynvydꝛỽyd a wnaei y tti varchogaeth yn gy dꝛuttet ac y hyſteynei y dỽfyꝛ oꝛ ryt am penn arthur ar eſgob kyſſegredic. ac eu kyghoꝛwyꝛ yny oedynt kyn wlypet a chyt tynnit oꝛ auon. Minneu ae kymeraf yn lle kyghoꝛ. ac ymchoelut penn y uarch dꝛachefyn tu ae vydin. Idaỽc heb y ronabỽy pỽy y marchaỽc gynneu. Y gỽas ieuanc kymhennaf a doethaf a wneir yn y teyꝛnas honn. adaon uab teleſſin. Pỽy oed y gỽꝛ a dꝛewis y varch ynteu. Gỽas traỽs fenedic. elphin uab gỽydno. Ac yna y dywaỽt gỽꝛ balch telediỽ. ac ymadꝛaỽd bangaỽ ehaỽn gantaỽ. bot yn ryued kyſſeiḡaỽ llu kymeint a hỽnn yn lle ky gyfyghet a hỽnn. Ac a oed ryuedach ganthaỽ bot yma yꝛ aỽꝛ honn a adaỽei eu bot yg gỽeith ụadon erbynn hanner dyd yn ymlad ac oſla gyllellwar. A dewis di ae kerdet ae na cherdych. Miui a gerdaf. Gỽir a dywedy heb yꝛ arthur. a cherdỽn ninneu y gyt. Idaỽc heb y ronabỽy pỽy y gỽꝛ a dywaỽt yn gyn aruthꝛet ỽꝛth arth^{ur}. ac y dywaỽt y gỽꝛ gynneu. Gỽꝛ a dylyei dywedut yn gyn ehofnet ac y mynnei ỽꝛthaỽ. karadaỽc vꝛeichuras uab llyꝛ mariui penn kyghoꝛỽꝛ

ae gefynder6. Ac odyna Jda6c agymerth ronab6y
is y gil. ac y kych6ynnyffont y llu ma6ı h6nn6 bop
bydin yny chyweir parth a chevyn digoll. Jg6edy
eu dyuot hyt ym perued y ryt ar hafren. troi ao2uc
ida6c penn y varch d2aegefyn ac ed2ych ao2uc . ron-
ab6y ar dyffryn hafren. Sef y g6elei d6y vydin waraf
yn dyuot tu ar ryt ar hafren. a bydin eglurwenn *
yn dyuot. a llenn o bali g6yn am bop un o nadunt. a
god2yon pob vn yn purdu. a thal eu deulin a phenneu
eu d6y goes y2 meirch yn purdu. ar meirch yn gan-
wel6 oll namyn hynny. ac eu harwydon yn purwynn.
a blaen pob un o honunt yn purdu. Jda6c heb y
ronab6y p6y y vydin burwenn racco. 66y2 llychlyn
y6 y rei hynny. a march uab meircha6n yn tywyffa6c
ar nadunt. Kefynder6 y arthur y6 h6nn6. Jc odyna
y g6elei vydin a g6ifc purdu am bop un o nadunt.
a god2eon pob lleñ yn purwynn. ac o penn eu d6y
goes a thal eu deulin y2 mei2ch yn purwynn. ac eu
har6ydon yn purdu. J blaen pob vn o honunt yn
purwynn. Jda6c heb y ronab6y p6y y vydin purdu
racco. 66y2 denmarc. ac edern uab nud yn tywyf-
fa6c ar nadunt. J phan o2diwedaffant y llu. neur
difgynnaffei arthur ae lu y kedy2n od is kaer vadon.
ar ffo2d y kerdei arthur y g6elei ynteu y uot ef ac
ida6c yn kerdet. Jg6edy y difgynnv y klywei t62yf
ma6ı ab26yfgyl ar y llu. Jr g6ı auei ar ymyl y llv
y2 a6ı honn. a vydei ar eu kana6l elch6yl. ar h6nn a
vydei yn y kana6l a vydei ar y2 ymyl. ac ar hynny
nachaf y g6elei varcha6c yn dyuot a lluruc ymdana6.
ac am y varch ky wynnet y mod26yeu ar ala6 g6yn-

naf. achyngochet y hoelon ar gůaet cochaf. ahůnnů
yn marchogaeth ymplith y ɫu. Ɉdaůc heb y ronabůy
ae ffo awna y ɫu ragof͛ ny ffoes yᴢ amh͛aůdyᴢ arthur
eiryoet. aphei clywit arnat yᴢ ymadᴢaůd hůnn gůᴢ
diuethaf vydut. namẏ y marchaůc awely di racko.
Ќei yů hůnnů. teckaf dyn a varchocka yn ɫys arthur
yů kei. ar gůᴢ ar ymyl y ɫu yffyd ynbᴢyffyaů ynol y
edᴢych ar kei yn marchogaeth. ar gůᴢ yn y kanol
yffyd ynffo yᴢ ymyl rac * y vᴢiwaů oᴢ march. Ȝ hynny
yů yſtyᴢ kynnůᴢyf y ɫu. Ȝr hynny ſef y clywynt galů
argadůᴢ iarɫ kernyů. nachaf ynteu yn kyuot. achled-
yf arthur yn y laů. a ɫun deu ſarf ar y cledyf o eur.
Ɉphan tynnit y cledyf oe wein. ual důy fflam o tan
awelit o eneueu y ſeirf. Ȝhynny nyt oed haůd y neb
edᴢych arnaů rac y aruthᴢet. Ɉr hynny nachaf y ɫu
yn arafhau ar kynnůᴢyf ynpeidaů. Ɉc ymchoelut
oᴢ iarɫ yᴢ pebyɫ.   Ɉdaůc heb y ronabůy půy oed y
gůᴢ a duc y cledyf y arthur. Ɉadůᴢ iarɫ kernyů
gůᴢ a dyly gůiſgaů y arueu am y bᴢenhin yn dyd
kat ac ymlad. ac arhynny y clywynt galů ar eiryn
wych amheibẏ gůas arthur gůᴢ garůgoch anhegar.
a thᴢaůffůch goch idaů. a bleů ſeuedlaůc arnei. nachaf
ynteu yndyuot ar uarch coch maůᴢ. gůedy rannu
y vůng o boptu y vynůgyl. a ſůmer maůᴢ telediů gan-
taů. Ȝ diſgyn aoᴢuc y gůas coch maůᴢ rac bᴢon arth͛.
athynnu kadeir eur oᴢ ſůmer a ɫenn o pali kaeraůc.
Ɉthānu y ɫenn aoᴢuc rac bᴢonn arthur. Ac [a]ual
rudeur ůᴢth bop koghyl idi. agoffot y gadeir ar
y ɫenn. Ȝchymeint oed y gadeir ac y galɫei tri milůᴢ
yn aruaůc eiſted. Ȝůenn oed enů y ɫenn. Ȝc vn

o genedueu y llenn oed.　y dyn y dottit yn y gylch.
ny welei neb euo ac euo a welei bawp. ac ny thrigyei
liw arnei vyth. namyn y lliw ehun.　Ac eifted aoruc
arthʷʳ ar y llenn.　Ac owein uab uryen yn feuyll rac
y uron.　Owein heb arthur a chwaryy di wydbwll.
Gwaryaf arglöyd heb owein.　A döyn or gwas coch yr
wydböyll * y arthur ac owein.　Gwerin eur. a clawr
aryant. a dechreu gware a wnaethant.　A phan yttoed-
ynt uelly yn digrifaf gantunt eu gware uch yr wydböyll.
nachaf y gwelynt o pebyll gwynn penngech a delw farf
purdu ar penn y pebyll. A llygeit rudgoch gwenwynic
ym penn y farf. ae dauawt yn fflamgoch yn y vyd
macköy ieuanc pengrych melyn llygatlas yn glaffu
baryf yn dyuot. a pheis a förcot o pali melyn ymdanaw.
a döy hoffan o vrethyn gwyrdvelyn teneu am y traet.
ac uchaf yr hoffaneu döy wintas o gordwal braith.
a chaeadeu o eur o̶ ̶e̶u̶r̶ am vynynygleu y draet yn eu
kaeu. A chledyf eurdörn tröm tri chanawl. a gwein
o gordwal du idaw. aföch o rudeur coeth ar penn
y wein yn dyuot tu ar lle yd oed yr amhᵉʳawdʸʳ ac owein
yn gware gwydböyl. A chyuarch gwell aoruc y macköy
y owein. Aryuedu o owein yr macköy gyuarch gwell
idaw ef ac naf kyfarchei yr amherawdʸʳ arthʷʳ. a gwybot
a wnaeth arthur pany̆w hynny a uedylyei owein. a
dywedut wrth owein. Pa vit ryued gennyt yr macköy
gyfarch gwell ytt yr awr honn. ef ae kyfarchöys y
minheu gynneu. ac attat titheu ymae y neges ef. Ac
yna y dywawt y macköy wrth owein.　Arglöyd ae oth
gennyat ti ymae gweiffon bychein yr amhᵉʳawdyr ae
uackwyeit yn kipris ac yn kathefrach <ins>ac</ins> yn blinaw dy

vɹein. Ic onyt oth gennyat. par yɹ amh{er}aƀd{yr} eu
gƀahard. Irglƀyd heb yɹ owein. ti aglywy adyweit
y mackƀy os da genhyt gƀahard ƀynt y ƀɹth vy mranos.
Ƙƀare dy chware heb ef. Ic yna yd ymchoeles y
mackƀy tu ae bebyll. Ƭeruynu y gƀare hƀnnƀ a
ƀnaethant. adechɹeu arall. A phan yttoedynt am
hann{er} y gƀare llyma * was Ɉeuanc coch gobengrych
gƀineu llygadaƀc hydƀf gƀedy eillaƀ y varyf yn dyuot
o pebyll puruelyn. a delƀ lleƀ purgoch ar penn y pebyll.
apheis o pali melyn ymdanaƀ yn gyfuch a mein y
efceir. gƀedy y gƀniaƀ ac adaued o fidan coch. adƀy
hoffan am y dɹaet o vƀckran gƀyn teneu. Ic ar
uchaf yɹ hoffaneu dƀy wintas o goɹdwal du am y
dɹaet. agwaegeu eureit arnadunt. achledyf maƀɹ
trƀm. tri chanaƀl yny laƀ. agƀein o hydgen coch idaƀ.
a fƀch eureit ar y wein yn dyuot tu ar lle yd oed
arthur ac owein yn gƀare gƀydbƀyll. achyuarch gƀell
idaƀ. adɹƀc yd aeth ar owein gyuarch gƀell idaƀ. ac
ny bu waeth gan arthur no chynt. Ỿ mackƀy adyw-
aƀt ƀɹth owein ae oth anuod di y mae mackƀyeit yɹ
amheraƀdyɹ. yn bɹathu dy vɹein. ac yn llad ereill. Ɛc
yn blinaƀ ereill. Ɛc os anuod gennyt. adolƀc idaƀ y
gƀahard. Arglƀyd heb owein. gƀahard dy wyɹ os da
gennyt. Ƙware dy whare heb yɹ amh{er}aƀd{yr}. Ic
yna yd ymchoeles y mackƀy tu ae pebyll. Ỿ gƀare
hƀnnƀ a teruynƀyt adechɹeu arall. Ɛc ual yd oedynt
yn dechɹeu y fymut kyntaf ar ygƀare. Ʃef ygƀelynt
ruthur y ƀɹthunt pebyll bɹychuelyn mƀyhaf oɹ a welas
neb. a delƀ eryɹ oeur arnaƀ. amaen gƀerthuaƀɹ ym
penn yɹeryɹ. Ỿndyuot oɹ pebyll y gƀelynt vackƀy

agỽallt pybyruelyn ar y benn yn tec gofgeidic. allenn
o pali glas ymdanaỽ. agỽaell eur yny llenn ar yr
yfgỽyd deheu idaỽ. kyn vraffet a garanvys milbr.
a dỽy hoffan am y traet o twtneis teneu. adỽy efgit
o gordwal braith am y traet. agỽaegeu eur arnadunt.
Y gỽaf yn vonhedigeid y bryt wyneb gỽyn grudgoch
idaỽ. allygeit mabr hebogeid. Ynllaỽ ymackỽy
ydoed paladyr braf vraith uelyn. aphenn nebydlif ar-
naỽ. ac ar y paladyr yftondard amlỽc. Pyuot aoruc
y mackỽy ynllidyaỽc * angerdaỽl. athuth ebrỽyd
gantaỽ tu ar lle yd oed arthur yn gỽare ac owein vch
peñ yr ỽydbỽyll. ac adnabot a orugant y vot yn
llidiaỽc. Ichyuarch gwell eiffoes y owein aoruc ef.
adywedut idaỽ rydaruot llad y brein arbennickaf
onadunt. ac ar ny las onadunt ỽynt a vrathỽyt ac
a vriwyt yngymeint ac nadigaỽn yrvn onadūt kych-
ỽynnv y hadaned un gỽryt y ỽrth y dayar. Irglỽyd
heb yr owein gỽahard dy wyr. Gỽare heb ef os
mynny. Ic yna y dyỽaỽt owein ỽrth y mackỽy. dos
ragot ac yn y lle y gỽelych y vrỽydyr galettaf. dyrchaf
yr yftondard y vynyd. ac a vynno duỽ derffit. Ic yna
y kerdỽys y mackỽy racdaỽ hyt y lle yd oed galettaf y
vrỽydyr ar y brein. adyrchauel yr yftondard. Ic ual
y dyrchefit y kyuodant ỽynteu yr aỽyr yn llidiaỽc
angerdaỽl oraỽenus. y ellỽng gỽynt yneu hadaned ac y
vỽrỽ y lludet yarnunt. I gỽedy kaffel eu hangerd.
ac eu budugolyaeth. yn llidyaỽc orawen^{us} yngytneit y
goftygaffant yr llaỽr am penn y gỽyr. awnathoedynt
lit agoueileint a chollet udunt kyn no hynny.
Penneu rei adygynt. llygeit ereill. achlufteu ereill.

a b2eicheu ereill. ae kyuodi y2 awy2 a wneynt. a
chynn62yf ma62 a uu yn y2 awy2 gan afgellwrych
y b2ein go2awenus ac eu kogo2. achynn62yf ma62
arall gan difgy2yein yg62y. yn eu b2athu ac yn
eu hanauu ac yn llad ereill. achan aruth2et uu gan
arthur. achan owein vch benn y2 wydb6yll kly-
bot y kynn62yf. Aphan ed2ychant y klywynt march-
a6c ar varch erchlas yn dyuot attunt. Ni6 enryued
a oed ar y uarch yn erchlas. ar v2eich deheu ida6 yn
purgoch. oc o penn y goeffeu hyt y mynwes y ewin-
ed y <u>garn</u> yn puruelyn ida6. y marcha6c yn gyweir
ae varch o arueu trymyon eftrona6l. G6nfallt y varch
o2 go2of vlaen ida6 y vynyd yn fyndal purgoch. Ac
o2 go2of y waeret yn fyndal puruelyn. Gledyf eurd62n
ma62 un min arglun y g6as. a *g6*ein burl*as idab newyd
a fbch* ar *y wein* o latt6n y2 yfpaen. g62egys y cledyf
o go2d6al ewy2donic du. a th2oftreu go2eureit arna6.
a g6aec o afg62n elifant arna6. A ba*la6c purdu ar y
waec. Helym eureit ar penn y marcha6c. amein ma62
weirtha6c g6y2thua62 yndi. Ac ar penn y2 helym del6
lle6part melyn rud. adeu vaen rudgochyon yn y peñ-
mal ydoed aruthur y vil62 y2 kadarnet vei y gallon
ed2ych yn wyneb y llewpart āghwaethach yn wyneb
y mil62. G6aell palady2 las hirtr6m yn y la6. ac oed62n
y vynyd yn rudgoch. Penn y palady2 gan waet y
b2ein ac eu pluf. Dyuot ao2uc y marcha6c tu ar lle
ydoed arthur ac owein vch penn y2 wydb6yll. Ac
adnabot ao2ugant y uot yn lludedic litya6cvlin yn
dyuot attunt. Y mak6y a gyuarcha6d g6ell y arthur
ac a dywa6t vot b2ein owein yn llad y weiffon bychein

ae vack6yeit. Ic edꝛych a oꝛuc arthurth^ur ar owein.
a dywedut. g6ahard dy vꝛein. Irgl6yd heb yꝛ owein
g6are dy chware. a g6are a6naethant. Ymchoelut
aoꝛuc y marcha6c dꝛachefyn tu ar vꝛ6ydyꝛ. ac ny
wahard6yt y bꝛein m6y no chynt. A phan yttoedynt
g6edy g6are talym. ſef y klywynt kȳnbꝛyf ma6ꝛ.
a diſgyꝛyein g6yꝛ. a chogoꝛ bꝛein yn d6yn y g6yꝛ yn
eu nyꝛth yꝛ awyꝛ ac yn eu hyſcoluaethu rydunt. ac yn
eu goll6ng yn dꝛylleu yꝛ lla6ꝛ. Ic y 6ꝛth y kynn6ꝛyf
y g6elynt uarcha6c yn dyuot ar uarch kanwel6. ar
ureich aſſeu yꝛ march yn purdu hyt ymynn6es y garn.
Y marcha6c yn gyweir ef ae varch o aruev trymleiſſon
ma6ꝛ. G6nſallt ymdana6 o pali kaera6c melyn. a go-
dꝛeon y g6nſallt yn las. K6nſallt y uarch yn purdu. ae
odꝛeon yn puruelyn. Ir glun y mack6y yd oed gled-
yf hirdꝛ6m trichana6l. a g6ein oledyꝛ coch yſgythꝛ-
edic ida6. Ar g6ꝛegis o hydgen newydgoch. A thꝛo-
ſtreu eur amyl arna6. Ag6aec oaſg6ꝛn moꝛuil ar-
na6. a bala6c purdu arna6. * Helym eureit am penn
y marcha6c. A mein ſaffir rinweda6l yndi. Ac ar penn
yꝛ helyrn. del6 lle6 melyngoch. ae daua6t yn fflam-
goch troetued oepenn allan. Allygeit rudgochyon
g6enn6ynic yn y benn. y marcha6c yn dyuot a phaladyꝛ
llinon bꝛas yn y la6. A phenn newyd g6aetlyt arna6.
a llettēmeu aryant ynda6. A chyfarch g6ell aoꝛuc y
mack6y yꝛ amh^er a6dyꝛ. Irgl6yd heb ef. neur der6
llad dyuack6yeit ath weiſſon bychein a meibon g6yꝛ-
da ynys pꝛydein. hyt na byd ha6d kynnal yꝛ ynys
honn byth o hedi6 allan. Owein heb arthur. g6ahard
dy vꝛein. G6are argl6yd heb o6ein y gware h6nn.

Daruot awnaeth y gware honn6 adechreu aral̄. a
phan yttoedynt ar diwed y g6are honn6. nachaf y
klywynt gynn6ꝛyf ma6ꝛ. a difgyꝛyein g6yꝛ arua6c.
a chogoꝛ bꝛein ac eu hafgel̄wrych yn yꝛ awyꝛ. ac yn
gol̄6ng yꝛ arueu yn gyfan yꝛ l̄a6ꝛ. ac yn gol̄6g y g6yꝛ
armeirch yn dꝛyl̄eu yꝛ l̄a6ꝛ.   ac yna yg6elynt uarch-
a6c yar varch olwyn du pennuchel. a phenn y goef
affeu yꝛ march yn purgoch. ar vꝛeich deheu ida6 hyt
y mynwes y garn yn purwyn.   y marcha6c ae uarch
yn arua6c o arueu bꝛychuelynyon. wedy eu bꝛitha6
a lact6n yꝛ yfpaen.   a ch6nfal̄t ymdana6 ef ac ymdan
y uarch deu hanner g6ynn aphurdu.   a godꝛeon y
g6nfal̄t opoꝛffoꝛ eureit.   ac aruchaf y g6nfal̄t cled-
yf eurd6ꝛn gloe6 trichana6l. g6ꝛegis y cledyf o eurl̄in
melyn. ag6aec arna6 o̜ amrant moꝛuarch purdu.   a
bala6c o eur melyn ar y waec.   ȝelymloyw ampenn
ymarcha6c o lact6nn melyn. a mein criftal gloe6 yndi.
ac ar penn yꝛ helym l̄un ederyn egrifft.   amaen
rinweda6l yny penn.   ꝑaladyꝛ l̄inwyd palatyꝛ gr6n
yny la6. g6edy y liwa6 ac afur * glas. penn newyd
g6aetlyt ar y paladyꝛ. g6edy y lettēmu ac aryant
coeth.   adyuot aoꝛuc ymarcha6c ynl̄idia6c yꝛ l̄e
ydoed arthur adywedut daruot yꝛ bꝛein lad ydeulu
ameibon g6yꝛda yꝛ ynys hoñ. ac erchi ida6 peri y
owein wahard y vꝛein.   yna yderchis arthᵘʳ y owein
wahard yurein.   ac yna y g6afg6ys arthᵘʳ y werin
eur aoed ar y cla6ꝛ yny oedynt yn d6ft ol̄. ac yd
erchis y owein wers uab reget goft6ng y vaner.   ac
yna ygoftygh6yt ac y tagnouedwyt pob peth.   yna
y govynn6ys ronab6y y ꝭda6c p6y oed y trywyꝛ kyn-

taſ a deuth at owein. y dywedut ida6 uot yn llad y
v2ein. ac y dywa6t ida6c. g6y2 oed d26c ganthunt dy-
uot collet y o6ein. Kytunbynn ·ida6 achedymdeith-
on. ſelyf uab kynan. garwyn o powys. ag6ga6n
gledyfrud. ag62es uab reget. y g62 aarwed y uaner
yndydkat ac ymlad. P6y heb y ronab6y y try6y2
diwethaf adeuthant att arthur. ydywedut ida6 ryuot
y b2ein yn llad y wy2. Y g6y2 go2eu heb y2 Ida6c a
de62aſ. a hack2aſ gantunt golledu arth^ur o dim. bla-
thaon uab m62heth. a r6a6n peby2 uab deo2thach
wledic. a hyueid unllenn. Ic ar hynny nachaf
pedwar marcha6c ar hugeint yn dyuot y gan offa
gyllellwa62. y erchi kygreir y arthur hyt ym penn
pythewnos a mis. ſef awnaeth arthur kyuodi a
mynet y kymryt kygho2. ſef ydaeth tu ar lle ydoed
g62 pen grych g6ineu ma62 ryna6d y 62tha6. ac yno
d6yn y gygho2wy2 atta6.

Betwin eſcob. ag6arthegyt uab ka6. amarch.
uab meircha6n. a chrada6c ureichuras. a g6alchmei
uab g6yar. ac edy2n uab nud. a r6a6n peby2 uab de-
o2thach wledic. a riogan uab b2enhī Iwerdon. a
g6envynnwyn uab naf * Howel uab emy2 llyda6.
G6ilim uab r6yf freinc. a danet ap^{ab}. oth. a go2eu cuſ-
tennin. a mabon ap^{ab} mod2on. a pheredur palady2 hir.
I heneid6n llen. a th62ch . m^{ab}. periſ. Derth ap^{ab}.
kadarn. a gob26 . m^{ab}. echel uo2d6yt twyll. g6eir m^{ab}
g6eſtel. ac ad6y uab g6ereint. Dy2ſtan mab talluch.
Ro2yen mana6c. granwen mab lly2. allacheu mab
arthur. a lla6uroded uaryſa6c. achad62 iarll kerny6.
Ro2uran eil tegit. arya6d eil mo2gant. a dyuy2 uab

alun dyuet. g6zyr gwalſtot ieithoed. adaon mab tel-
yeſſin. a llara uab kaſnat wledic. Affleudur fflam.
a greidyal gall doſyd. Gilbert mab katgyffro. Men6
mab teirg6aed. gyzthm6l wledic. Ha6zda uab karad-
a6c vzeichuras. Gildas mab ka6. karieith mab ſeidi.
a llawer owyz llychlyn a denmarck. a lla6er owyz
groec y gyt ac 6ynt. A diga6n olu adeuth yz kyg-
hoz h6nn6. Jda6c heb y ronab6y. P6y y g6z g6ineu
y deuthp6yt atta6 gynneu. Run uab maelg6n g6yned
g6z y mae o vzeint ida6 dyuot pa6p y ymgyghoz ac
ef. Pa acha6s y ducp6yt g6as ky ieuanghet ygkyg-
hoz g6yz ky vurd arrei racko. mal kadyzieith mab
ſaidi. 6zth nat oed ympzydein g6z 6zdarch y gyghoz
noc ef. Ac ar hӯny nachaf ueird yndyuot y datkanv
kerd y arthur. ac nyt oed dyn a adnapei y gerd honno.
namyn kadyzieith ehun. eithyz yuot ynuolyant y
arth^ur. Ac ar hynny nachaf pedeir aſſen ar ugeint ac
eu pynneu o eur ac aryant yndyuot. ag6z lludedic vlin
ygyt a phob un ohonunt ynd6yn teyznget y arthur
o ynyſſed groec. Yna yderchis kadyzieith mab ſaidi
rodi kygreir y oſla gyllellwa6z hyt ympenn pythew-
nos a mis. a rodi yz aſſennoed *.a dathoed ar teyznget
yz beird. ac aoed arnunt ynlle gobyz ymaros. Ac
ynoet y gygreir talu eu kanu udunt. Ac ar hynny
y trigywyt. Ronab6y heb Jda6c ponyt cam gwar-
auun yz g6as ieuanc arodei gyghoz kyhelaethet
ah6nn vynet ygkyghoz y argl6yd. Ac yna y kyuodes
kei ac y dywa6t. p6y bynnac a vynno kanlyn arthur.
bit heno ygherny6 gyt ac ef. Ac ar nys mynno. bit
yn erbyn arthur hyt ynoet y gygreir. Ac rac meint y

kynnꝺꝛꝏf hꝏnnꝏ deffroi aoꝛuc ronabꝏy. ꝕ phan de-
ffroes ydoed ar groen ydinawet melyn. gꝏedy rygyſcu
o honaꝏ teir <u>nos</u> athꝛi dieu. ꝑr yſtoꝛya honn aelwir
bꝛeidwyt ronabꝏy. ꝑllyma yꝛ achaꝏs naꝏyꝛ neb y
vꝛeidwyt. na bard na chyfarwyd heb lyuyꝛ. o achaꝏs
y geniuer Ⅱiꝏ aoed ar ymerch a hynny o ꝑmrauael
liw odidaꝏc ac ar yꝛaruev ꝑc eu kyweirdebeu. ꝑc ar y
Ⅱenneu gꝏerthuaꝏꝛ aꝛmein rinwedaꝏl. ᴗ

Owein and Lunet.

Yꝛ amheraƀdyꝛ arthur oed yg kaer llion arwyſc.
ſef yd oed yn eiſted diwarnaƀt yny yſtauell.
ac y gyt ac ef owein uab uryen. a chynon
uab clydno. a chei uab kyner. a gƀenhwyuar
ae llaƀuoꝛynyon yn gƀniaƀ ƀꝛth ffeneſt”. a
chyt dywettit uot poꝛthaƀꝛ ar lys arthur. nyt
oed yꝛ vn.   Clewlƀyt gauaelaƀꝛ oed yno hagen ar
ureint poꝛthaƀꝛ y aruoll yſp aphellennigyon. ac y
dechꝛeu euhanrydedu. ac y uenegi moes y llys ae
deuaƀt udunt. yꝛ neb adylyei vynet yꝛ neuad neu yꝛ
yſtauell oe venegi idaƀ.   Yꝛ neb adylyei letty oe
venegi idaƀ.   Ic ymperued llaƀꝛ yꝛ yſtauell ydoed
yꝛ amheraƀdyꝛ arth^ur yneiſted. ar demyl oirvꝛwyn a
llenn o bali melyngoch ydanaƀ ꬱ gobennyd ae dud-
et o bali coch dan penn yelin.   Ir hynny y dywawt
arthur.   Hawyꝛ pei nam goganeƀch heb ef mi a gyſ-
kƀn tra uewn ynaros vy mƀyt. ac ymdidan aellƀch
chƀitheu. a chymryt yſteneit o ved a golƀython ygan
gei. achyſcu aoꝛuc yꝛ amheraƀdyꝛ.   I gofyn aoꝛuc ky-
non uab klydno y gei yꝛ hynn a adawſſei arthur udunt.
Minneu a vynnaf yꝛ ymdidan da aedewit y minneu
heb y kei.   Ha wr heb y kynon teckaf yƀ itti wneuth^ur

edewit arthur yngyntaf. ac odyna yꝛ ymdidan goꝛeu
awypom ninneu ni ae dywedᎾn itti. Mynet aoꝛuc
kei yꝛ gegin. ac yꝛ vedgeỻ. adyuot ac yſteneit o ved
gantaᎾ. ac agoꝛvlᎾch eur. ac aỻoneit y dᎾin o vereu.
a golᎾython arnadunt. achymryt y golᎾython awnae-
thant. adechꝛeu yvet y med. Weithon heb y kei
chwitheu bieu talu yminneu uy ymdidan. Kynon
heb yꝛ owein tal y ymdidan y gei. Dioer heb y kyn<u>on</u>
hyn gᎾꝛ Ꮾyt agweỻ ymdidanᎾꝛ no mi. a mᎾy a *weleiſt*
o betheu odidaᎾc. tal di y ymdidan y gei. Dechꝛeu
di heb yꝛoweĩ * oꝛ hynn odidockaf awypych. Mi a
wnaf heb y kynon. Namyn vn mab mam a that
oedᎾn i. a dꝛythyỻ oedᎾn. amaᎾꝛ oed vy ryvic. Ac
ny thybygᎾn yny byt aoꝛffei arnaf o neb ryᎾ gamhᎾꝛi.
AgᎾedy daruot im goꝛuot ar bob camhᎾꝛi oꝛ aoed
yn vn wlat ami. YmgyweraᎾ awneuthum a cherdet
eithauoed byt a diffeithwch. ac yny diwed. Ac yn
y diwed dywannu aᎾneuthum ar yglynn teckaf yny
byt. agᎾyd gogyfuch yndaᎾ. ac avō regedaᎾc oed ar
hyt yglynn. a ffoꝛd gan yſtlys yꝛ auon. acherdet y
ffoꝛd awneuthum hyt hanner dyd. Ir parth araỻ a
gerdeis hyt pꝛyt naᎾn. Ac yna ydeuthum y uaes
maᎾꝛ. ac yn nibenn y maes yd oed Kaer uaᎾꝛ lyw-
ychedic. agᎾeilgi yngyuagos yꝛ gaer. a pharth ar
gaer ydeuthum. ac nachaf y gᎾelᎾn deu was pen-
grych velyn. a ractal eur am penn pop un o honunt. a
pheis obali melyn am bop un onadunt. agᎾaegeu eur
am vynygleu eu traet yn eu traet. I bᎾa o afgᎾꝛn
eliphant yn ỻaᎾ pob un onadunt. ac eu ỻinynneu o
ieu hyd. ae ſaetheu ac eu pelydꝛ o afgᎾꝛn moꝛuil.

M 2

g6edy eu hafgellu ac adaned pa6in. a phenneu eur
ar y pelydyz. I chylleill a llafneu eur udunt.
Ic eu karneu o afg6zn mozuil yn nodeu udunt. Ic
6ynteu yn faethu eu kylleill. a rynnawd y 6zthunt
yg6el6n wr penngrych melyn yny dewred. ae uaryf
ynnewyd eilla6. I pheis a mantell o pali melyn ym-
dana6. ac yfnoden o eurllin ympenn y uantell. a
d6y wintas o gozdwal bzith am y dzaet. a deu gnap o
eur yn eu kaeu. I phan y 6eleif i euo. dyneffau a
wneuthum atta6. a chyfarch g6ell a wneuthum ida6.
Ic rac dahet y wybot ef. kynt y kyuarcha6d ef well
ymi. no miui ida6 ef. Idyuot gyt a mi aozuc parth
ar gaer. Ic nyt oed gyuanhed yny gaer. namyn a
oed yn vn neuad. ac yno ydoed pedeir moz6yn ar
hugeint. yn g6nia6 pali 6zth ffeneftyz. I hynn a dy-
wedaf ytti gei vot * yn tebic gennyf bot yn tegach yz
hacraf onadunt hwy noz vozwyn deckaf a weleift ti
eiryoet yn ynys pzydein. Yz an hardaf onadunt.
hardach oed no g6enh6yuar g6zeic arthur pan uu
hardaf eiryoet du6 nadolic. neu du6 pafc 6zth offer-
en. achyuodi a ozugant ragof. a chwech o nadunt
a gymerth uy march ac amdiarchenwys inneu. a
chwech ereill onadunt a gymerth vy arueu ac ae golch-
affant y my6n rol yny yttoedynt gynwynet ar dim
g6ynnaf. Ir trydyd chwech onadunt adodaffant
llieineu ar y byzdeu. ac a arl6ydaffant v6yt. Ir ped-
wyzyd chwech a diodaffant vy lludetic wifc. adodi
g6ifc arall amdanaf. nyt amgen. crys alla6dyz oz
bliant. I pheis a f6zcot a mantell o bali melyn. a
gozffoys llydan yny vantell. I thynnu gobennydyeu

amhyl a thudedeu oꝛ bliant coch udunt. y danam ac
yn kylch.   Ic eiſted aoꝛugam yna. ar chwech onad-
unt a gymerth vy march ae goꝛugant yndiwall oe holl
yſtarn. yngyſtall ar yſweineit goꝛeu yn ynys pꝛydein.
Ic ar hynny nachaf gaẟgeu aryant a dẟfyꝛ y ymolchi
yndunt. athyẟeleu o vliant gẟyꝛd. a rei gwynnyon. ac
ymolchi aoꝛugam. a mynet y eiſted yꝛ bẟꝛd aoꝛuc y
gẟꝛ gynneu. a minneu yn neſſaf idaẟ argẟꝛaged oll is
vy llaẟ inneu. eithyꝛ y rei oedyn gwaſſanaethu.   Ic
aryant oed y bẟꝛd. a bliant oed lieineu y bẟꝛd.   Ic
nyt oed un lleſtyꝛ yn gwaſſanaethu y bẟꝛd namyn eur
neu aryant. neu vueli. an bẟyt a deuth in. a diheu oed
iti gei. na weleis i eirmoet bẟyt na llynn ny welẟn yno
y gyffelyp.   Iithyꝛ bot yn well kyweirdeb y bẟyt ar
llynn a weleis i yno noc yn lle arall eiryoet. abẟytta a
oꝛugam hyt am hanner bẟyt. ac ny dywat nar gẟꝛ nac
vn oꝛ moꝛynyon vn geir ẟꝛthyf i hyt yna.   Iphan
uu debic gan y gẟꝛ bot yn well gennyf ymdidan no
bẟyta. amofyn aoꝛuc a mi pa ryẟ ẟꝛ oedẟn. adyẟedut
aoꝛugum inneu bot yn da gennyf i kaffel a ymdidanei
a mi.   Ic nat oed yny * llys bei kymeint ac eu
dꝛycket ymdidan dynyon.   Ḣa unbenn heb y gẟꝛ. ni
aymdidanem athi. ony bei leſteir ar dy vẟyt.   Ic
weithon ni aymdidanẟn athi.   Ic yna y menegeis i
yꝛ gẟꝛ pẟy oedẟn. ar kerdet oed arnaf. ậdywedut vy
mot yn keiſſaẟ aoꝛffei arnaf. neu vinneu aoꝛffei ar
baẟp. ac yna edꝛych aoꝛuc y gẟꝛ arnafi a gowenu. a
dywedut ẟꝛthyf. bei na thybyckẟn. dyuot goꝛmod o
ovut itt. mi auanagẟn itt yꝛ hynn ydwyt yn y geiſſaẟ.
I chymryt triſtit agoueileint awneuthum ynof am

hynny. ac adnabot a wnaeth y g6r arnaf hynny. a
dywedut 6rthyf. ĸanys g6ell y6 gennytti heb ef.
menegi o honaf i ytti dy afles noth les mi ae managaf
itt. ĸ6fc yma heno heb ef. a chyuot yn uore y uynyd.
a chymer y ffo2d ydwyt ar hyt y dyffrynn uchot. yny
delych y2 koet ydoethoft tr6yda6. Ic yn rynna6d yn
y coet ef agyferuyd gwahanffo2d athi. ar y tu deheu
itt acherda arhyt honno. yny delych y lannerch ua62
o uaes. ago2fed ymperved y llannerch. I g62du
ma62 awely ympenn y2 o2fed. ny bo llei odim no deu-
wr owy2 y byt h6nn. ac un troet yffyd ida6. ac un lly-
gat ygknewillyn y tal. a ffonn yffyd ida6 ohayarn.
a diheu y6 itti nat oes deuwr yny byt ny chaffo eu
llwyth yny ffonn. Ic nyt g62 anhegar ef. g62 hagy2
y6 ynteu. ac wtwart y6 ar y koet h6nn6. athi awely
mil oanniueileit g6yllt ynpo2i yny gylch. agofyn ida6
ffo2d y uynet o2 llannerch. ac ynteu a vyd g62thgroch
62thyt ti. ac ef a vennyc ffo2d itti ual y keffych y2
hynn ageiffy. I hir uu gennyf i y nos honno. ar
bo2e trānoeth kyfodi ao2ugum ag6ifga6 amdanaf. ac
yfcynnu ar vy march. a cherdet ragof arhyt y dy-
ffrynn y2 coet. Ic y2 wahanffo2d a venegis y g62 y
deuthum hyt y llannerch. a phan deuthum yno. hoff-
ach oed gennyf awel6n yno oaniueileit g6yllt. no
* th2i chymeint ac y dywa6t yg62. Ir g62 du aoed
yno yneifted ympenn y2 o2fed. Ma62 ydywa6t y g62
imi y vot ef. m6y o lawer oed ef no hynny. ar ffonn
hayarn a dywedaffei y g62 y mi uot ll6yth deuwr yndi.
Ĵyfpys oed gennyf i gei uot ll6yth pedwar mil62 yndi.
a honno oed ynlla6 y g62 du. ac ny dywedei ynteu

6ithyfi. namyn g6ith gloched. Ꭺ gofyn a wneuthum
ida6. pa vedyant oed ida6. ar yi aniueileit hynny. Ꮇi
aedangoffaf itti dyn bychan heb ef. Ꭺ chymryt y
ffonn yn y la6. a thara6 kar6 a hi dyinա6t ma6i. Ꭲny
ryd ynteu vieuarat ma6i. ac 6ith y viefarat ef y doeth
o aniueileit. yny yttoedynt gyn amlet ar fyi yn yi awyi.
Ꭺc yny oed gyfyg y mi feuyꞀ yn y Ꞁannerch y gyt ac
6ynt. a hynny o feirff ag6iberot. ac amryuael aniueil‑
eit. Ꭺc ediych ao iuc ynteu ar nadunt h6y. ac erchi
udunt vynet y boi. ac eft6ng eu penneu ao iugant
6ynteu. ac adoli ida6 ef. val g6yi g6areda6c y eu
hargl6yd. Ꭺc yna y dywa6t y g6i du 6ithyf. a wely di
dyn bychan y medyant yffyd y mi ar yi aniueileit
hynn. Ꭺc yna gofyn ffoid a6neuthum ida6. agar6 uu
ynteu. ac eiffoer gofyn ao iuc ef y mi pa le y mynn6n
vynet. Ꭺ dywedut ao iugum ida6 py ry6 6i oed6n. a
phy beth ageiff6n. a menegi ao iuc ynteu y mi. Kymer
heb ynteu y ffoid y tal y Ꞁannerch. a cherda ȳ erbyn
yi aꞀt uchot yny delych oe pheñ. Ꭺc odyna ti a wely
yftrat megys dyffrynn ma6i. Ꭺc ym perued yi yftrat
ti a wely pienn ma6i. a glaffach y6 y viic noi ffenytwyd
glaffaf. Ꭺc y dan y pienn h6nn6 y mae ffynna6n. Ꭺc
yn ymyl y ffynna6n y mae Ꞁech varmoi. ac ar y Ꞁech
y mae ka6c aryant 6ith gad6yn aryant. mal na eꞀir
eu g6ahanu. A chymer y ka6c a b6i6 ga6geit oi d6fyi
am benn y Ꞁech. Ꭺc yna ti agly6y d6iyf ma6i. athi
a tebygy ergrynu y nef ar dayar gan y t6iyf. Ꭺc
yn * ol y t6i6f y da6 kawat adoer. ac abreid vyd itti
y diodef hi yn vy6. Ꭺ chenꞀyfc vyd y ga6at. ac ynol y
ga6at hinon a vyd. Ꭺc ny byd un dalen ar y pieñ ny

darffo yꝛ gawat eudỽyn. ac ar hynny ydaỽ kaỽat o
adar. a difgynnu ar y pꝛenn aỽnant. Ic ny chlyweift
eiryoet yth wlat dy hun kerd kyftal ac aganant. I
phan vo digrifaf gennyt gerd yꝛ adar. Ỽi aglywy
duchan. a chỽynuan yn dyuot ar hyt y dyffrynn tu ac
attat. Ic ar hynny ti awely varchaỽc ar varch pur-
du. a gỽifc o bali purdu ymdanaỽ. ac yftondard o
vliant purdu ar ywaeỽ. Ithgyꝛchu awna yngyntaf
y gallo. Ø ffoy di racdaỽ. ef ath oꝛdiwed. Øs arhoy
ditheu euo. a thi yn uarchaỽc. ef ath edeu yn bedeftyꝛ.
ac ony cheffy di yno ofut. nyt reit itti amofyn gofut
tra vych vyỽ. I chymryt y ffoꝛd aoꝛugum hyt pan
deuthum y benn yꝛ allt. ac odyno ygỽelỽn mal y
managyffei ygỽꝛ du ymi. ac y ymyl y pꝛeñ ydeuthum.
Ir ffynnaỽn awelỽn dan y pꝛenn. ar llech uarmoꝛ yn
y hymyl. arkaỽc aryant ỽꝛth ygadwyn. a chymryt y
kaỽc awneuthum. a bỽꝛỽ kaỽgeit oꝛ dỽfyꝛ ampeñ y
llech. ac ar hynny nachaf y tỽꝛỽf yndyuot yn vỽy yn
da noc y dywedaffei ygỽꝛ du im. Ic ynol y tỽꝛyf y
gawat. Adiheuoed gennyfi gei. na dihangei nadyn
nallỽdyn yn vyỽ oꝛ aoꝛdiwedei ygaỽat allan. Iany
oꝛfafei vn genllyfgen ohonei. nac yꝛ croen nac yꝛ kic
yny hatalyei yꝛ afgỽrn. ac ymchoelut pedꝛein uy
march ar ygaỽat awneuthum. Adodi fỽch vyntaryan.
ar penn vy march ae vỽng. A dodi y baryflen ar vym
penn vy hum. Ac uelly poꝛthi y gawat. I phan
edꝛycheis ar y pꝛenn. nyt oed un dalen arnaỽ. ac yna
yd hinones. Ac ar hynny nachaf yꝛ adar yndifgynnu
ar ypꝛenn. Ac yn kanu. I hyfpys yỽ gennyfi gei. na
chynt na gỽedy na chiglefi kerd kyftal [633] a hon-

no eiryoet. Aphan oed digrifaf gennyf gwarandaѳ ar
yꝛ adar. nachaf tuchan yn dyuot ar hyt y dyffryn yn
dyuot parth ac attaf. ac yndywedut ѳꝛthyf. A varch-
aѳc heb ef beth ahut ti ymi. ꝑadꝛѳc digoneis inheu yt-
ti pan wnelut titheu ymi. ac ym kyf byth awnaeth-
oſt hediѳ. ꝑony wydut ti nat edewis ygawat hediѳ
nadyn naꝡѳdyn yn vyѳ ymkyſoeth oꝛ a gauaſ aꝡ-
an. Ac ar hynny nachaf uarchaѳc ar varch pur-
du. a gѳiſc o bali purdu ymdanaѳ. ac arwyd ovliant
purdu ymdanaѳ. Ac ymgyꝛchu aoꝛugam. Achyn
beidꝛut hynny. ny bu hir ynymbyꝛrywyt i. Ac y-
na dodi aoꝛuc ymarchaѳc arꝡoſt y waeѳ dꝛѳy avѳyn
ffrѳyn vy march. Ac ymdeith yd aeth ar deu varch
gantaѳ. am adaѳ ynneu yno. Ɖy wnaeth y gѳꝛ ym-
danafi o vaѳꝛed. kymeint am karcharu. Ɖyt yſ-
peilѳys ynteu vi. A dyuot aoꝛugum inneu dꝛachef-
en y ffoꝛd ydeuthum gynt. Aphan deuthum yꝛ ꝡan-
nerch ydoed ygѳꝛ du yndi. Am kyffes adygaf itti gei.
mae ryued na thodeis ynꝡynn taѳd rac kewilyd. gan
agefeis owattwar gan y gѳꝛdu. Ac yꝛ gaer ybuaſſѳn
ynos gynt. ydeuthum y nos honno. A ꝡawenach
uuwyt ѳꝛthyf y nos hōno. noꝛ nos gynt. a gѳeꝡ ym
poꝛthet. ar ymdidan a vynnѳn gan wyꝛ achan wraged
agaffѳnn. Ac ny chaffѳn i neb agyꝛbѳyꝡei ѳꝛthyf i
dim am vyg kyꝛch yꝛ ffynnaѳn. Ɖys kyꝛbѳyꝡeis yn-
neu ѳꝛth neb. Ac yno y bum y nos honno. Aphan
gyfodeis y vynyd y boꝛe trannoeth. ydoed balffrei
gѳineudu. amygen burgoch idaѳ kyngochet arkenn
yn baraѳt gѳedy y yſtarnu yn gywei. a gѳedy gѳiſgaѳ
vy arueu. Ac adaѳ vy mendyth yno. adyuot hyt vy

llys vy hun. Ar march h6nn6 ymae gennyfi etto yn
y2 yftauell racko. Ac yrof adu6 gei naf rod6n i euo
ettwa y2 y palffrei go2eu ynynyf p2ydein. Adu6 a
wy2 gei nac adeua6d * dyn arna6 ehun ch6edyl veth-
edigach no h6nn eiryoet. Ac eiffoes rac odidocket
gennyfi. nachiglef eirmoet na chynt. nac g6edy a
wypei dim y62th y ch6edyl h6nn. namyn hynny. A
bot defnyd y ch6edyl h6nn ygkyfoeth y2 amhera6-
dy2 arthur heb dywanu neb arna6. Ha wy2 heb
y2 owein ponyt oed da mynet y geifa6 dywanu ar
ylle h6nn6. Mynlla6 vygkyfeillt heb ykei. myn-
ych ydywedut ar dy daua6t y2 hynny peth nyf g6nelut
ar dy weith2et. Du6 awy2 heb ygwenh6yfar ys oed
g6ell dy grogi di gei. no dywedut ymad2a6d mo2
warthaedic a h6nn6 62th 62 mal owein. Myn·lla6 vyg
kyfeillt wreicda heb y kei. nyt m6y o volyant y owein
adywedeift di. no minneu. Ac ar hynny deffroi a
o2uc arthur. agofyn agyfgaffei hayach. Do argl6yd
heb y2 owein dalym. ae amfer ynni ~~vynet~~ vynet y2
by2deu. Amfer. argl6yd heb y2 owein. Ac yna
kanu ko2n ymolchi awnaethp6yt. amynet awnaeth
y2 amhera6dy2 ae deulu oll y v6ytta. A g6edy daruot
b6ytta. difflan ao2uc owein ymdeith. A dyuot y letty
a pharattoi y varch ae arueu ao2uc.

APhan welas ef y dyd d2annoeth. g6ifga6 y
arueu ao2uc. Ac yfgynnu ar y uarch. Acherdet
racda6 ao2uc eithafoed byt. Adiffeith vynyded.
ac yn y diwed y dywana6d ar y glynn a uanagaffei
gynon ida6. ual yg6ydyat yn hyfpyf pany6 h6nn6 oed.
acherdet ao2uc ar hyt y glynn gan yftlys y2 au6.

Ir parth arall yꝛ auon y kerda6d yny doeth yꝛ dyff-
rynn. Ir dyffrynn agerda6d yny welei y gaer. I
pharth ar gaer y deuth. Ief y g6elei y g6eifon yn
faethu eu kylleill yn y lle y g6elfei gynon. ar g6ꝛ
melyn bieuoed y gaer yn feuyll ger eu lla6. I phan
yttoed owein yn mynnv kyuarch g6ell yꝛ g6ꝛ melyn.
kyuarch g6ell aoꝛuc yg6ꝛ y owein. a dyuot yny
vlaen parth ar gaer. ac ef awelei yftauell yn y gaer.
I phan deuth yꝛ yftauell ef awelei y moꝛynyon yn
g6nya6 * pali y my6n kadeireu eureit. I hoffach o
lawer oed gan owein e tecket. ac eu hardet. noc y
dywa6t kynon ida6. I chyfodi awnaethant y waffan-
aethu owein mal y g6affanaethaffynt gynon. Ahoffach
vu gā owein y boꝛthant. no chan gynon. ac am han-
ner b6ytta amofyn aoꝛuc y g6ꝛ melyn ac owein. py
gerdet oed arna6. Ic y dywa6t owein g6byl oe gerd-
et ida6. ac ȳ ymgeiffa6 ar marcha6c yffyd yn g6ar-
cha d6 y ffynna6nn y mynn6n vy mot. a gowenu aoꝛuc
y g6r melyn. abot yn anha6d ganta6 menegi y owein
y kerdet h6nn6. mal y bu anha6d ganta6 y uenegi y
gynon. Ac eiffoes menegi aoꝛuc y owein g6byl y 6ꝛth
hynny. Ac y gyfgu yd aethant. ar boꝛe dꝛannoeth y
bu bara6t march owein gan y moꝛynyon. I cherdet
aoꝛuc owein racda6 yny deuth yꝛ llannerch yd oed y
g6ꝛ du yndi. a hoffach uu gan owein meint y g6ꝛ du
no chan gynon. Agofyn ffoꝛd aoruc owein yꝛ g6ꝛ du.
Ac ynteu ae menegis. A cherdet aoꝛuc owein y ffoꝛd
ual kynon. yny doeth yn ymyl y pꝛenn glas. Ic ef
awelei y ffynna6n. ar llech yn ymyl y ffynna6n. ar
ka6c erni. a chymryt y ka6c aoꝛuc owein ab6ꝛ6 ka6-

geit oꝛ dꝺfyꝛ ar y ꝇech. Ic ar hynny nachaf y tꝺꝛyf.
ac yn ol y tꝺꝛyf y gaꝺat. Mꝺy olawer noc y dywedaſ-
fei gynon oedynt. A gꝺedy y gaꝺat goleuhau a oꝛuc
yꝛ awyꝛ. I phan edꝛychaꝺd owein ar y pꝛenn. nyt
oed vn dalen arnaꝺ. Ac ar hȳny nachaf yꝛ adar yn
diſgynnu ar ypꝛeñ ac yn kanu. I phan oed digrifaf
gan owein gerd yꝛ adar. ef awelei varchaꝺc ȳ dyuot
arhyt y dyffryn. Ae erbynnyeit a oꝛuc owein. ac ym-
wan ac ef yn dꝛut. I thoꝛri ydeu baladyꝛ a oꝛugant.
A diſpeilaꝺ deu gledyf awnaethant. ac ymgyfogi. Ic
ar hynny owein a dꝛewis dȳꝛnaꝺt ar ymarchaꝺc trꝺy
y helym. ar pennffeſtin. ar penngꝺch pꝺꝛqꝺin. a thꝛꝺy
y kroen ar kig ar aſgꝺꝛn. yny glꝺyfaꝺd ar yꝛ emen-
nyd. Ic yna adnabot a oꝛuc y marchaꝺc duaꝺc ry
gaffel dyꝛ*naꝺt agheuaꝺl ohonaꝺ. Ic ymchoelut peñ
y varch a oꝛuc affo. Ie ymlit a oꝛuc owein. Ac nyt
ymgaffei owein ae vaedu ar cledyf. nyt oed beꝇ idaꝺ
ynteu. Ic ar hynny owein awelei gaer uaꝺꝛ lyw-
ychedic. Ic y poꝛth y gaer ydeuthant. ac eꝇꝺng y
marchaꝺc duaꝺc aꝺnaethpꝺyt ymyꝺn. Ac eꝇꝺng doꝛ
dyꝛchauat awnaethpꝺyt ar owein. I honno ae me-
dꝛaꝺd odis y pardꝺgyl y kyfrꝺy yny doꝛres ymarch
yn deu hanner trꝺydaꝺ athꝛoeꝇeu yꝛ yſparduneu gan
yſodleu owein. ac yny gerda ydoꝛ hyt y ꝇaꝺꝛ. athꝛo-
eꝇeu yꝛ yſparduneu a dꝛyꝇ y march y maes. Ic
owein y rꝺng ydꝺydoꝛ ardꝛyꝇ araꝇ yꝛmarch. Ardoꝛ
y myꝺn agaewyt ual na aꝇei owein vynet odyno. Ic
yg kyfyg gyghoꝛ yd oed owein. ac ual ydoed owein
ueꝇy. ſef y gꝺelei trꝺy gyſſꝺꝇt ydoꝛ heol gyfarꝺyneb
ac ef. ac yſtret o tei o bop tu yꝛ heol. Ic awelei

moꝛwyn benngrech uelen aractal eur am yphenn.
a gwifc o bali melyn ymdanei. a dwy wintaſ o goꝛdwal
bꝛith am y thꝛaet. Ȝc yndyuot yꝛ poꝛth. ac erchi
agoꝛi aoꝛuc. Ɖuw awyꝛ unbennes heb yꝛ owein na
ellir agoꝛi ytti o dyma. mwy noc y gelly ditheu waret
yminneu odyna. Ɖuw awyꝛ heb y uoꝛwyn oed dyhed
mawꝛ na ellit gwaret itti. ac oed iawn y wreic wneuthur
da ẏtti. Ɖuw awyꝛ na weleis i eirmoet waſ well no
thidi wꝛth wreic. Ø bei gares itt goꝛeu kar gwꝛeic
oedut. Ø bei oꝛderch itt goꝛeu goꝛderch oedut. ac
wꝛth hynny heb hi yꝛ hynn aallaf i o waret itti mi
ae gwnaf. Ƀwde di y votꝛwy honn adot am dy vys.
a dot y maen hwnn y mywn dy law. a chae dy dwꝛn
am y maen. A thꝛa gudyych ti euo euo ath gud ditheu.
Ȝ phan hambwyllont hwy oꝛ lleon y deuant wy yth
gyꝛchu di yth dihennydyaw am y gwꝛ. Ȝ gwedy na
welont hwy dydi dꝛwc vyd gantunt. a minneu a vydaf
ar yꝛ efgynuaen racko yth aros di. Ȝ thydi amgwely
i. kany welwyf i dydi. a dyꝛet titheu adot dy law ar
penn * vy yſgwyd i. Ȝc yna ygwybydaf i dy dyfot
titheu attaf fi. Ȝr ffoꝛd ydelwyf i odyno dyꝛet titheu
gyt a mi. Ȝc ar hynny mynet aoꝛuc odyno ywꝛth
owein. ac owein awnaeth aerchis y voꝛwyn idaw oll.
ac ar hynny y deuth y gwyꝛ oꝛ llys y geifaw owein
oe dihenydu. Ȝ phan deuthant y geiſſaw. ny welfant
dim namyn hanner y march. Ȝ dꝛwc ydaeth arnunt
hynny. a difflannu oaruc owein oc eu plith. Ȝdyuot
att y voꝛwyn. adodi y law ar y hyſgwyd. a chychwyn
aoꝛuc hitheu racdi. ac owein y gyt ahi yny deuth-
ant y drwſ llofft uawꝛ delediw. ac agoꝛi y lloſt aoꝛuc

y voꝛỽyn. adyuot y myỽn. achaeu yllofft aoꝛugant. Ac edꝛych ar hyt y lloſt aoꝛuc owein. ac nyt oed yny llofft un hoel heb y lliwaỽ a lliỽ gwerthuaỽꝛ. Ac nyt oed un yſtyllen heb delỽ eureit arnei yn amryual. A chynnu tan glo aoꝛuc y voꝛỽyn. achymryt kaỽc aryant aoꝛuc hi adỽſyꝛ yndaỽ. athỽel o vliant gỽynn ar y hyſgỽyd. a rodi dỽſyꝛ y ymolchi aoꝛuc y owein. A dodi bỽꝛd aryant goꝛeureit rac y vꝛonn. a bliant melyn yn llein arnaỽ. A dyuot ae ginyaỽ idaỽ. A diheu oed gan owein. na welſei eiryoet neb ryỽ vỽyt. ny welei yno digaỽn o honaỽ. eithyꝛ bot yn well kyweirdeb y bỽyt a welei yno. noc yn lle arall eiryoet. Ac ny welas eiryoet lle kyn amlet anrec odidaỽc o vỽyt a llynn ac yno. Ac nyt oed vn lleſtyꝛ yn gỽaſſanaethu arnaỽ. namyn lleſtri aryant neu eur. A bỽytta ac yuet aoꝛuc owein yny oed pꝛyt naỽn hir. Ac ar hynny nachaf y clywynt diaſpedein yn y gaer. A gofyn aoꝛuc owein yꝛ uoꝛỽyn py weidi yỽ hỽnn. Dodi oleỽ ar y gỽꝛda ~~bieu~~ bieu y gaer heb y uoꝛỽyn. Ac y gyſgu ydaeth owein. A gỽiỽ oed y arthur dahet y gỽely a ỽnaeth y uoꝛỽyn idaỽ. o yſgarlat a gra a phali a ſyndal a bliant. Ac am hanner nos y clywynt diaſpedein girat. Py diaſpedein yỽ hỽnn weithon heb yꝛ owein. Y gỽꝛda bieu y gaer yſ*ſyd uarỽ yꝛ aỽꝛ honn heb y voꝛỽyn. Ac am rynnawd oꝛ dyd. y clywynt diaſpedein a gỽeidi. anueitraỽl eu meint. A gofyn a oꝛuc owein yꝛ uoꝛỽyn pa yſtyr yſſyd yꝛ gỽeidi hỽnn. Mynet a choꝛff y gỽꝛda bieu y gaer y gaer yꝛ llann. A chyuodi a oꝛuc owein y vynyd a gỽiſgaỽ ymdanaỽ. Ac agoꝛi ffeneſtyꝛ ar y llofft. ac

ed₂ych parth ar gaer. ac ṅy welei nac ymyl nác
eithaſ y₂ ℓluoed yn ℓlewni y₂ heolyd. a hynny yn ℓla6n
arua6c. a g6₂aged ℓlawer y gyt ac wynt ar ueirch ac
ar traet. a ch₂eſydwy₂ y dinas oℓl yn kanu. Ic eſ ate-
bygei owein bot y₂ awy₂ yn ed₂ina6 rac meint y g6ei-
di ar utky₂nn. ar creſydwy₂ yn kanu Ic ym perued
y ℓlu h6nn6 eſ y₂ elo₂. aℓlenn o vliant g6ynn arnei.
aphyſt k6y₂ yn ℓloſgi yn amyl yn y chylch ac nyt
oed vndyn dan y₂ elo₂ <u>lai</u> no bar6n kyuoetha6c. I
diheu oed gan owein na welſei eiryoet niuer kyhard-
et a h6nn6 o bali a ſeric a ſyndal. Ic ar ol y ℓlu
h6nn6 y g6elei eſ g6₂eic velen ae g6aℓlt d₂os y d6y
yſg6yd. ac a g6aet bri6 amyl yn y b₂igeu. a g6iſc o
bali melyn ymdanei g6edy yr6yga6. a d6y wintas
o go₂dwal b₂ith am y thraet. Iryued oed na bei
yſſic penneu· y byſſed rac dyckynet y maedei y
d6yla6 y gyt. ahyſpys oed gan owein na welſei eſ
eiryoet g6₂eic kymryt a hi beyt uei ar y ffuryſ ia6n.
ac uch oed y diaſpat. noc a oed o dyn acho₂n yn y
ℓlu. a phann welas eſ y wreic ennynu a6naeth oe
charyat yn y oed gyfla6n pop ℓle ynda6. Igofyn
ao₂uc owein y₂ uo₂6yn p6y oed y wreic. Du6 a wy₂
heb y uo₂6yn g6₂eic y geℓlir dywedut idi y bot yn
deckaſ o₂ gwraged⌄ ac yn diweiraſ. ac yn haelaſ. ac
yn doethaſ. ac yn vonhedickaſ. vy argl6ydes i y6
honn racko. a iarℓles y ffynna6n y gelwir g6₂eic y
g6₂ a * ledeiſt di doe. Du6 a wy₂ heb y₂ owein
arnaſ. mae m6yhaſ g6₂eic agaraſi y6 hi. Du6 a wy₂
heb y uo₂6yn nachar hi dydi na bychydic na dim.
Ic ar hynny kyuodi a o₂uc y vo₂6yn achynneu tan

glo. a llan6 crochan od6fy2 ae dodi y d6yma6. a
chymryt t6el ovliant g6yñ aedodi am vyn6gyl owein.
achymryt go2fl6ch o afc62n eliphant. a cha6c aryant.
ae lan6 o2d6fy2 t6ym. agolchi peñ owein. ac odyna
ago2i p2enuol athynnu ellyn. ae charn o afg62n eliph-
ant. **I** deu gana6l eureit ar y2 ellyn. **Ac** eilla6 y
uaraf ao2uc afychu y benn ae vyn6gyl ar t6el. **Ac**
odyna dy2chafel ao2uc y uo26yn rac b2onn owein.
a dyuot ae ginya6 ida6. **A** diheu oed gan owein. na
chafas eiryoet kinya6 kyftal ahonno nadiwallach y
wafanaeth. **I** g6edy daruot ida6 y ginya6. kyweirya6
ao2uc y uo26yn y g6ely. **Dos** yma heb hi y gyfcu a
minneu aaf yo2derchu itti. **A** mynet ao2uc owein y
gyfgu. achaeu d26s y llofft ao2uc y vo26yn amynet
amynet parth ar gaer. **A** phan deuth yno nyt oed yno
namyn triftyt a goual. **Ir** iarlles ehun yn y2 yftau-
ell heb diodef g6elet dyn rac triftit. a dyuot ao2uc
lunet attei achyuarch g6ell idi. ac nyf atteba6d y2
iarlles. **A** blyghau ao2uc y uo26yn adywetut 62thi. **Py**
der6 ytti p2yt nat attep|pych y neb hedi6. **Lunet**
heb y2 iarlles py wyneb yffyd arnat ti. p2yt na delut
y ed2ych y gofut auu arnaf i. **Ac** aoed itti. ac yf
g6neuthum i dy ti ȳ gyfoetha6c. **Ac** aoed kam itti.
na delut y ed2ych y gofut auu arnaf i. **Ac** oed kam
itti hynny. **Dioer** heb y lunet. ny thebyg6n i na bei
well dy fyn6y2 di noc ymae. **Oed** well ytti geiffa6
goualu am ennill y g62da h6nn6. noc am peth arall.
ny ellych byth y gaffel. **Y** rofi adu6 heb y2 iarlles.
ny all6n i vyth ennill vy argl6yd i odyn arall. * yn
ybyt. **Callut** heb y Lunet g62hag62 a v6i gyftal ac

ef neuwell noc ef. Ɣ rof i a duƀ heb yꝛ Ɉarlles pei
na bei ƀꝛthmun gennyf peri dihenydyaƀ dyn aꝫackƀn
mi abarƀn dy dihenydyaƀ. amgyffelybu ƀꝛthyf peth
moꝛ aghywir ahynny. Apheri dy dehol ditheu mi ae
gƀnaf. Ɖa yƀ gennyf heb y lunet nat achaƀꝛ itt|y
hynny. namyn am uenegi ohonafi ytti dy les. Ꝉe
nys metrut dy hun. A mevyl idi ohonam y gyntaf
ayrro att ygilyd. Amiui y adolƀyn gƀahaƀd itti. ae
titheu ym gƀahaƀd inneu. Ɉc arhynny mynet aoꝛuc
lunet ymeith. Achyfodi aoꝛuc yꝛ iarlles hyt ardꝛƀs
yꝛ yſtauell yn ol lunet. a pheſſychu yn uchel. Ꝍc
edꝛych aoꝛuc Lunet tu dꝛaechefyn. Ɉc emneidaƀ
aoꝛuc yꝛ iarlles ar lunet. A dyuot dꝛachefyn aoꝛuc
Lunet att yꝛ iarlles. Ɣ rof i aduƀ heb yꝛ iarlles ƀꝛth
lunet dꝛƀc yƀ dy anyan. Achanys vy Ꝉes i yd oedut
ti yny uenegi im. manac pa ffoꝛd vei hynny. Ɱi
aemanagaſ heb hi. Ɠi awdoſt na ellir kynnal dy
gyfoeth di namyn o vilƀryaeth ac arueu. Ac amhynny
keis yn ebꝛƀyd aekynhalyo. Ɖa ffoꝛd y gallaf i hynny
heb yꝛ iarlles ᴍanagaſ heb y lunet. Ꝍny elly di gyn-
nal y ffynnaƀn. ny elly gynnal dy gyuoeth. Ɖy eill
kynnal y ffynnaƀn namyn vn o teulu arthur. Ɉ min-
neu aaf heb y lunet hyt yn Ꝉys arthur. A mefyl im
heb hi o deuaf o dyno heb uilƀꝛ a gattƀo y ffynnaƀn
yngyſtal neu ynwell noꝛ gƀꝛ ae kedwis gynt. Ꝍnhaƀd
yƀ hynny heb yꝛ iarlles. Ꝍc eiſſoes dos ybꝛofi yꝛ hynn
adywedy. Ɋychƀyn aoꝛuc lunet ar uedƀl mynet ylys
arthur. Ɉ dyuot aoꝛuc yꝛ Ꝉofft att owein. Ɉc yno
ybu hi gyt ac owein yny oed amſer idi dyuot olys
arth^{ur}. Ɉc ꝯna gƀiſgaƀ ymdanei aoꝛuc hi a dyuot y

ymwelet ar iarlles. a llawen uu y iarlles 6zthi. ch6ed-
leu o lys arthur gennyt heb yz iarlles. 6ozeu ch6edyl
gennyf argl6ydes heb hi kaffel o honaf vy neges. a
pha bzyt y mynny di dangos itt yz un*benn adoeth
gyt ami. Dyzet ti ac ef heb yz iarlles am hanner
dyd avozy. y ymwelet ami. a minneu abaraf yfgy-
falhau ydzef erbyn hynny. I dyuot awnaeth hi
adzef. Ic amhann^er dyd trannoeth y g6ifg6ys owein
ymdana6 peis af6zcot a mantell obali melyn. ac oz-
ffreis lydan yny vantell o eurllin. A d6y wintas o
gozdwal bzith am ydzaet. allun lle6 o eur yn eu kaeu.
a dyuot a6naethnt hyt yn yftauell y iarlles. I llawen
uu y iarlles wzthunt. Ic edzych ar owein yn graff
aozuc y iarlles. Iunet heb hi nyt oes wed kerdet6z
ar yz unben h6nn. Py dz6c y6 hynny argl6ydes. heb
y lunet. Y rof fi adu6 heb y iarlles naduc dyn eneit
vy arglwydi oe gozff namyn y g6z h6nn. Bandit
g6ell itt argl6ydes. peina bei dzech noc ef nyf dygei
ynteu y eneit ef. Dy ellir dim 6zth hynny heb hi
kan dery6. I6ch ch6i dzachefyn atref heb yz iarlles.
aminneu agymeraf gyghoz. I pheri dyfynnu y holl
gyuoeth y unlle dzannoeth aozuc y iarlles. Amenegi
udunt uot y hiarllaeth yn wedu. Ac na ellit y chynnal
onyt o uarch ac arueu amil6zyaeth. Ic yfef y
rodaf inneu ar awch de6is ch6i. ae un ohona6ch ch6i
am kymero i. ae vyg kannyadu ynneu y gymrut g6z
ae kanhalyo o le arall. Sef aga6fant yneu kyghoz
kanhadu idi g6za o le arall. Ic yna yduc hitheu
efcyb ac archefcyb oe llys y wneuthur y phziodas
hi ac owein. Ag6zhau aozugant g6yz y iarllaeth y

owein.	Ic owein a gedwis y ffynnaᵬn o waeᵬ a
chledyf.	Sef mal y kedᵬis adelei o varchaᵬc yno.
owein ae byᵎyei. ac ae gᵬerthei yᵎ y laᵬn werth.	Ir
da hᵬnnᵬ arannei owein y varᵬnyeit ae uarchogyon
* hyt nat oed vᵬy gan y gyfoeth garyat dyn oᵎ byt
oll noᵎ eidaᵬ ef.	I their blyned y buef uelly.

Aᵬ ual ydoed walchmei diwarnaᵬt yn goᵎym-
deith y gyt ar amheraᵬdyᵎ arthur.	Edᵎych
aoᵎuc ar arthur ae welet yn trift gyftudedic.
adoluryaᵬ aoᵎuc gᵬalchmei yn uaᵬᵎ o welet arthur
yn y drych hᵬnnᵬ. a gofyn aoᵎuc idaᵬ. arglᵬyd heb py
derᵬ itti.	Y rof aduᵬ walchmei heb yᵎ arthur hir-
aeth yffyd arnaf am owein. agolles y gennyf meint
teir blyned.	Ic o bydaf y bedwared vlᵬydyn heb
y welet ny byd vy eneit ymkoᵎff. a mi aᵬn ynhyfpys
panyᵬ o ymdidan kynon mab clydno y kolles owein
y gennym.	Dyt reit itti heb y gᵬalchmei luydyaᵬ
dy gyfoeth yᵎ hynny. namyn ti agᵬyᵎ dy ty aeill dial
owein oᵎ llas. neu y rydhau ot ydiw yg karchar. ac os
buᵬ y dᵬyn gyt athi. ac ar a dywaᵬt gᵬalchmei y
trigywyt. ac ymgyweiryaᵬ awnaeth arthur a gᵬyᵎ
y dy gyt ac ef y geiffaᵬ owein. Sef oed meint y nifer
teir mil heb amlaᵬ dynyon. a chynon mab clydno yn
gyfarᵬyd udunt.	I dyuot aoᵎuc arthur hyt y gaer
y buaffei gynon yndi.	a phandeuthant yno ydoed y
gᵬeiffon yn faethu yn yᵎ unlle. ar gᵬᵎ melyn yn feuyll
ach eu llaᵬ.	I phan welas ygᵬᵎ melyn arthur. Kyu-
arch gwell aoᵎuc idaᵬ ae wahaᵬd. achymryt gᵬahaᵬd
aoᵎuc arthur.	Ic yᵎ gaer ydaethant. a chyt bei
maᵬᵎ eu niuer. ny wydit eu hyftyᵎ yn y gaer. a chyuodi

aoꝛuc y moꝛynyon y eugẇaſſanaethu. a bei awelſant
ar bop gẇaſſanaeth eiryoet eithyꝛ gẇaſſanaeth y
gẇꝛaged. ac nyt oed waeth gwaſſanaeth gẇeiſſon y
meirch y nos * honno. noc vydei ar arthur yny lys
ehun.   Ar boꝛe trannoeth y kychẇynnẇys arthur. a
chynon yn gyfarẇyd idaẇ odyno. ac wynt a deuthant
hyt ỻe ydoed y gẇꝛ du. a hoffach o lawer oed gan
arthur meint ygẇꝛ du noc ydywedyſſit idaẇ. ac hyt
ympenn yꝛ aỻt ydeuthant. ac yꝛ dyffryn hyt yn ymyl
ypꝛenn glas. ac yny welſant y ffynnaẇn ar kaẇc ar
ỻech.   ac yna ydoeth kei ar arth^{ur}.   a dywedut
arglẇyd heb ef. mi a ẇnn achaẇs y kerdet hẇnn oỻ.
Ac eruyn yẇ gennyf. gadu ymi bẇrẇ y dẇfyꝛ ar y ỻech.
ac erbynyeit y gofut kyntaf adel. ae ganhadu aoꝛuc
arthur.   a bẇrẇ kaẇgeit oꝛ dẇfyꝛ ar y ỻech aoꝛuc kei.
ac yny ỻe arol hynny y deuth y tẇꝛyf. ac ynol y tẇꝛ-
yf y gawat. ac ny chlywyſſynt eiryoet twryf achaẇ-
at kyffelyb y rei hynny. aỻawer oamlaẇ dynyon a
oed ygkyẇeithas arthur aladaẇd y gawat.   a gẇedy
peidyaẇ y gaẇat y goleuhaẇys yꝛ aẇyꝛ.   a phan edꝛych-
aſſant ar ypꝛen nyt oed un dalen arnaẇ. a diſgynnu
aoꝛuc yꝛ adar ar y pꝛenn. a diheu oed gantunt na
chlyẇyſſynt eiryoet kerd kyſtal ar adar yn kanu.   ac
arhynny ygẇelynt uarchaẇc y ar varch purdu. a gẇiſc
o bali purdu ymdanaẇ. a cherdet gẇꝛd gantaẇ. ae
erbynnyeit aoꝛuc kei. ac ymwan ac ef.   ac ny bu hir
yꝛ ymẇan kei avyꝛywyt.   ac yna pebyỻaẇ aoꝛuc
y marchaẇc a phebyỻaẇ aoꝛuc arthur ae lu y nos
hõno.   a phan gyfodant y boꝛe trannoeth y vynyd.
ydoed arwyd ymwan ar waeẇ y marchaẇc. a dyuot

aoꝛuc kei ar arthur adywedut ꝸithaꝸ. argloyd heb
ef kam ym byrywyt i doe. ac a oed <u>da</u> yti y mi hediꝸ
vynet y ymwan ar marchaꝸc. Ga*daſ heb yꝛ arthur.
a mynet aoꝛuc kei yꝛ marchaꝸc. Ic yny ꝉe bꝸꝛꝸ kei
aoꝛuc ef. ac edꝛych arnaꝸ ae wan ac arꝉoſt y waeꝸ
yny tal yny tyꝛ y helym ar penffeſtin ar croen ar kic
hyt yꝛ aſgꝸꝛn kyſlet a phenn y paladyꝛ. Ic ymchoel-
ut aoꝛuc kei ar y gedymdeithon dꝛachefyn. Ic o hyn-
ny aꝉan yd aeth teulu arthur bop eilwerſ y ymwan
ar marchaꝸc. hyt nat oed un heb y vꝸꝛꝸ oꝛ march-
aꝸc namyn arthur a gꝸalchmei. Ic arthur a wiſgaꝸd
ymdanaꝸ y vynet y ymwan ar marchaꝸc. Och ar-
gloyd heb y gꝸal<u>ch</u>mei gat y mi vynet y ymwan ar
marchaꝸc yn gyntaſ. ae adu a wnaeth arthur. ac ynteu
aaet<u>h</u> y ymwan ar marchaꝸc. a chꝸnſaꝉt o bali ymda-
naꝸ aanuonaſſei uerch iarꝉ rāgyꝸ ymdanaꝸ ac am y
varch. ꝸꝛth hynny nys atwaenat neb oꝛ ꝉuef. Ic
ymgyꝛchu a wnaethant ac ymwan y dyd hꝸnnꝸ hyt
ucher. Ic ny bu agos yꝛ un o nadunt a bꝸꝛꝸ ygilyd
yꝛ ꝉaꝸꝛ. a thꝛannoeth ydaethant y ymwan a pheleidyꝛ
godeuaꝸc gantunt. ac ny oꝛfu yꝛ un o nadunt ar y
gilyd. ar trydyd dyd ydaethant y ymwan. a pheleid-
yꝛ kadarnuras godeuaꝸc gan bob un onadunt. Ic
ennynnv olit a wnaethant ac ymgyꝛchu aꝸnaethant
am hanner dyd ehun. a hꝸꝛd a rodes pob un onadunt
y gilyd. yny toꝛres hoꝉ gegleu eu meirch. Ic yny
vyd pob un o nadunt dꝛos bedꝛein y varch yꝛ ꝉaꝸꝛ.
achyuodi y vynyd aoꝛugant yn gyſlym. a thynnu
clefydeu ac ymffuſt. I diheu oed gan y nifer ae gꝸel-
ei ꝸyṅt ueꝉy. na welſynt eiryoet deu ꝸꝛ kyn wych-

et ar rei hynny. na chyn gryſet. aphei tywyll y nos
hi a vydei oleu gan y tan oe harueu. Ic ar hynny dyꝛ-
naƀt a rodes y marchaƀc y walchmei hyt pan troes yꝛ
helym y ar y wyneb. * mal y hadnabu y march-
aƀc panyƀ gƀalchmei oed. Ic yna y dywaƀt owein.
arglƀyd walchmei nyt atwaenƀn i didi o achaƀs dy
gƀnſallt am keſynderƀ ƀyt. Hƀde di uyg kledyſi am
harueu. Ƃidi owein yſſyd arglƀyd heb y gƀalchmei.
a thi aoꝛuu. a chymer di vyg cledyſi. ac ar hynny yd
arganuu arthur ƀynt. a dyuot attunt aoꝛuc. Irglƀyd
arthur heb y gƀalchmei llyma owein. gƀedy goꝛuot
arnaſi. ac ny mynn uy arueu y gennyſ. Irglƀyd heb
yꝛ owein euo aoꝛuu arnaſi. ac ny mynn vyg cledyſ.
Moeſſƀch attaſi heb yꝛ arthur aƀch cleſydeu. Ac ny
oꝛuu yꝛ vn ohonaƀch ar ygilyd gan hynny. a mynet
dƀylaƀ mynƀgyl y arthur aoꝛuc owein. ac ymgaru
aoꝛugant. a dyuot aoꝛugant y llu attunt yna gan
ymſag a bꝛys y geiſſaƀ gƀelet owein. yuynet dƀylaƀ
mynƀgyl idaƀ. Ic ef auu agos abot kalaned ynyꝛ
ymſag hƀnƀ. Ir nos honno ydaethant yeu pebyllyeu.
I thꝛannoeth arofyn aoꝛuc arthur ymeith. arglƀyd
heb yꝛ owein nyt uelly y mae iaƀn itt. teir blyned yꝛ
amſer hƀnn yd euthum i y ƀꝛthyt ti arglƀyd. ac ymae
y meu i y lle hƀnn. Ic yꝛ hynny hyt hediƀ yd wyfi
yn darparu gƀled ytti. kan gƀydƀn y dout ti ym keiſſaƀ.
a thi a deuy gyt a mi y vƀꝛƀ dyludet ti ath wyꝛ. ac
enneint a geffƀch. I dyuot aoꝛugant oll hyt yg kaer
iarlles y ffynnaƀn. Ƴ gyt ar wled y buƀyt deir blyn-
ed yn y darparu. yn un trimis y treulƀyt. Ic ny bu
eſmƀythach udunt wled eiryoet na gƀell no honno.

Ic yna arofyn aoꝛuc arthur ymeith. agyꝛru kennadeu aoꝛuc arthur att yꝛ yarlles y erchi idi ellᴗng
owein y gyt ac ef oe dangos y wyꝛda ynys pꝛydein.
ae gᴗꝛagedda vn trimis. Ar iarlles ae kanhadaᴗd　*
ac anhaᴗd uu genthi hynny. Idyfot aoꝛuc owein y
gyt ac arthur y ynys pꝛydein. I gᴗedy y dyuot
ymplith y genedyl ae gyt gyfedachᴗyꝛ. ef a trigywys
teir blyned ygkyfeir y trimis.

Aᴗ ual ydoed owein diwarnaᴗt yn bᴗyta ar y
bᴗꝛd ygkaer llion ar wyfc. nachaf uoꝛᴗyn yn
dyuot ar uarch gᴗineu mynggrych. ae vyghen
a gaffei. Agᴗifc ymdanei o bali melyn. Ir ffrᴗyn
ac awelit oꝛ kyfrᴗy eur oed oll. a hyt rac bꝛonn
owein ydeuth. a chymryt y uotrᴗy oed ar laᴗ owein
awnaeth. Val hynn heb hi ygᴗneir y tᴗyllᴗꝛ bꝛatᴗꝛ
aghywir yꝛ mefyl ar dy uaryf. Ic ymchoelut penn
ymarch ac ymeith. Ac yna y doeth cof y owein y
gerdet hōno. I thꝛiftau aoꝛuc. Aphandaruu bᴗyta
dyuot y letty aoꝛuc. agofalu ynos honno. I thꝛannoeth y kyuodes. ac nyt y llys agyꝛchᴗys. namyn
eithafoed bydoed. adiffeith vynyded. Ac ef a uu uelly
yny daruu y dillat oll. Ac yny daruu y goꝛff hayach.
Ic yny tyfaᴗd bleᴗ hir trᴗydaᴗ. Achyt gerdet aᴗnaei a bᴗyftuileit. achyt ymboꝛth ac ᴗynt yny oedynt
gynefin ac ef. Ac yn hynny gᴗanhau aoꝛuc ef heb
allu eu kanhymdeith. Ic eftᴗng oꝛ mynyd yꝛ dyffrynn. A chyꝛchu parc teccaf oꝛ byt. A iarlles wedᴗ
bioed y parc. Idiwarnaᴗt mynet aoꝛuc y iarlles ae llaᴗuoꝛynyon y oꝛymdeith gan yftlys llynn a
oed yny parc hyt argyfeir y chanaᴗl. Ic ᴗynt a

welynt yno eilun dyn aedel6. Ac ualdala ofyn rac-
da6 ao2ugant. Ac eiffoes neffau ao2ugant atta6
ae deymla6 ae ed2ych. ffef y g6elynt g6ythi yn Ifa6n
ar na6. Ac yntev yng6ywa6 62th y2 heul. Adyuot
ao2uc y2 iarlles d2achefyn y2 kaftell. A chymryt
Ifoneit go2fl6ch oireit g6erthua62. ae rodi yn
Ifa6 un o2 Ifa6 uo2ynyon. Dos heb hi a h6nn gen-
nyt a d6c y march racko ar dillat gennyt. * a dot
ger Ifa6 y dyn gynneu. ac ir ef ar ireit h6nn ar gyfeir
y gallon. Ac o2 byd eneit ynda6 ef agyfyt gan y2
ireit h6nn. ag6ylya beth awnel. ar uo26yn adeuth rac-
di. A ch6byl o2 ireit arodes arna6. ac ada6 y march
ar dillat ach y la6. A mynet ruthur y 62tha6. ac
ymgudya6 adifg6yl arna6. Ac ym penn rynna6d hi
ae g6elei yn koffi y v2eicheu. Ac yn kyfodi y uynyd
ac yn ed2ych ar y gna6t. A chymryt kewilyd ao2uc mo2
hagy2 oed y del6 a oed arna6. Ac arganfot ao2uc y
march ar dillat y 62tha6. Ac ymlith2a6 ao2uc yny
gafas tynnu y dillat atta6 o2 kyfr6y. ac eu g6ifga6. ac
efgynnu ar y march o ab2eid ao2uc. Ac yna ym-
dangos ao2uc y uo26yn ida6. achyuarch g6ell ida6. A
Ifawen uu ynteu 62th y vo26yn. a gofyn ao2uc idi py
dir oed h6nn6 aphyle. Dioer heb y uo26yn iarlles
wed6 bieu y kaftell racko. A phan uu uar6 y g62 ef a
edewis genthi d6y iarllaeth. ahedi6 nyt oes ar y hel6
namyn y2 unty h6nn nys ry dycko iarll ieuanc yffyd
gymoda6c idi. am nat aei yn wreic ida6. T2uan y6
hynny heb y2 owein. acherdet ao2uc owein ar uo26yn
y2 kaftell. Adifgynnu awnaeth owein yn y caftell.
Ar uo26yn aeduc y yftauell efm6yth. achynneu tan

ida6 ae ada6 yno. Ʒdyuot ao2uc y vo26ȳ att y2 iarꝶes. arodi y gorvl6ch yn y ꝶa6. Ꝉaa vo26yn heb y2 iarꝶes mae y2 ireit oꝶ. neur goꝶes oꝶ heb hi. Ꝉa vo26yn heb y2 iarꝶes. nyt ha6d gennyfi dy atneirya6 di y2 hynny. Oed diryeit hagē y minneu treula6 g6erth feith ugeint punt oireit g6erthua62 62th dyn heb wybot p6y. Ʒc eiffoes uo26yn heb hi g6affanaetha di euo. * yny vo diwaꝶ og6byl. a hynny a o2uc y uo26yn y waffanaethu ar v6yt adia6t athan a g6ely ac enneint yny vu iach. ar ble6 aaet ẏar owein yn to2uenneu kennoc. fef y bu yn hynny tri mis. a g6ynnach oed y gna6t yna. noc y buaffei gynt. Ʒc ar hynny y clywei owein diwarna6t kynn62yf yny caf- teꝶ. a d6yn arueu y my6n. Ʒgofyn a o2uc owein y2 uo26yn. py gynn62yf y6 h6nn. Ɣiarꝶ heb hi adywed- eis i ytti yffyd yndyuot 62th y kafteꝶ. y geifa6 diua y wreic honn a ꝶu ma62 ganta6. Gofyn ao2uc owein aoes uarch ac arueu y2 iarꝶes. Oes heb y vo26yn y rei go2eu o2 byt. aey di y erchi ymi benffic march ac arueu heb y2 oweꝺ pei gaꝶ6n uynet yn ed2ychyat ar y ꝶu. af heb y uo26yn. adyuot att y2 iarꝶes ao2uc. Ʒdywedut 62thi y hymadⁿ6d o g6byl. Ʒef ao2uc y2 iarꝶes ch6erthin. Ɣrofi adu6 heb hi mi a rodaf ida6 uarch ac arueu byth. Ʒc ny bu ar y hel6 eiryoet march ac aruev kyftal ac 6ynt. ada y6 gennyfi eu kymryt o hona6. rac eu kaffel om gelynyon auo2y om hanuod. Ʒc ny 6n beth avynn ac 6ynt. adyfot a wnaethp6yt ag6afg6yn du telediw a chyfr6y offawyd arna6. ac adogon o arueu g62 a march. Ʒg6ifga6 a o2uc owein ymdana6. ac efgynnu ar y varch. a mynet

ymeith adeu uackѳy gyt ac ef yngyweir o veirch ac
arueu. aphan deuthant parth a Ilu yꝛ iarll. ny welynt
nac ol nac eithaf idaѳ. Igofyn aoꝛuc owein yꝛ mack-
ѳyeit. pa vydin yd oed yꝛ iarll yndi. Y vydin y mae
y pedeir yſtondard melynyon yndi racko heb ѳynt.
dѳy yſſyd yny vlaen a dѳy yny ol. Ie heb yꝛowein
eѳch chѳi dꝛachefyn. ac arhoѳch viui ynymyl poꝛth y
kaſtell. Ymchoelut aoꝛugant hѳy. a cherdet aoꝛuc
ynteu racdaѳ yny gyferuyd ar iarll. Ie tyn*nu aoꝛuc
owein oe gyfrѳy. yny uyd yrydaѳ a choꝛof. ac ymchoe-
lut penn y uarch parth ar kaſtell. I pha oſut bynnac
agafas ef a deuth ar iarll y boꝛth y caſtell. at ymack-
ѳyeit. Ic y myѳn ydeuthant. ac owein arodes y iarll
ỹ anrec yꝛ iarlles. adyѳedut ѳꝛthi. welydi yma y
ti bѳyth yꝛ ireit bendigedic. arllu abebyllywys yg
kylch y kaſtell. ac yꝛ rodi bywyt yꝛ iarll y rodes yn-
teu y dѳy iarllaeth idi dꝛachefyn. Ic yr rydit id-
aѳ yrodes hanner y gyfoeth ehun. achѳbyl oe heur
ae haryant ae thlyſſeu ae gѳyſtlon ar hynny. Ic
ymeith ydaeth owein. ae wahaѳd aѳnaeth yꝛ iarll-
es idaѳ. ef aeholl gyfoeth. ac nymynnѳys owein nam-
yn kerdet racdaѳ eithafoed byt adiffeithѳch. Ic
ual ydoed ynkerd|det ef aglywei difgrech uaѳꝛ y
myѳn koet ar eil ar dꝛyded. a dyuot yno aoꝛuc owein.
I phan doeth yno. ef awelei clocuryn maѳꝛ ygkanaѳl
y koet. acharrec lѳyt ynyſtlys y bꝛyn. a hollt aoed
yny garrec. a farff aoed ynyꝛ hollt. A Ileѳ purdu aoed
yn ymyl y garrec. I phan geiſſei y Ileѳ vynet o dyno
y neidei y farff idaѳ oe vꝛathu. Sef aoꝛuc owein dif-
peilaѳ cledyf a neſſau att y garrec. Ic ual ydoed y

sarff yn dyuot oı garrec. y tharaƀ aoıuc owein achled-
yf yny vyd yn deu hanner. a fychu y gledyf. a dyfot yı
ffoıd ual kynt. Sef y gƀelei y Ueƀ yny ganlyn. Ac
yn gƀare yny gylch ual milgi auackei ehun. a
cherdet aoıugant ar hyt y dyd hyt ucher. I phan
uu amfer gan owein oıffowys. difgynnu aoıuc. a
geUƀng y uarch ymyƀn dol goedaƀc waftat. a Uad tan
aoıuc * a phan uu baraƀt y tan gan owein. yd oed
gan y Uew dogon o gynnut. hyt ym penn teirnos. I
difflannu aoıuc y Ueƀ y ƀıthaƀ. Ic yny Ue nachaf y
Ueƀ yndyuot attaƀ a chaeriwrch maƀı tlediƀ gātaƀ.
Ie vƀıƀ gerbıonn owein. amynet am y tan ac ef. a
chymryt aoıuc owein y kaeriƀıch ae vlighaƀ. Adodi
golƀython ar uereu ygkylch y tan. I rodi y iƀıch
namyn hynny yı Uew oe yffu. ac ual ydoed owein
ueUy ef aglywei och uaƀı ar eil ar dıyded yn gyfag-
os idaƀ. I gofyn aoıuc owein aedyn bydaƀl. Ie yf
gƀir heb y dyn. Pƀy ƀyt titheu heb yı oweī. Pioer heb
hi Lunet ƀyfi UaƀuoıƀYn iarUes y ffynnaƀn. Beth
awney di yma heb yı owein. Vygkarcharu heb hi
yd ydys. o achaƀs marchaƀc adoeth olys arthur y
uynnu y iarUes yn pıiaƀt. ac auu rynnaƀd gyt ahi. ac
yd aeth y dıeiglaƀ Uys arthur. Ic ny doeth vyth
dıachefyn. achedymdeith y mi oed ef mƀyaf agarƀn
oı byt. Sef aoıuc deu weiffon yftaueU y iarUes y
oganu ef ae alƀ yn tƀyUƀı. Sef y dywedeis i na
aUei y deu goıff hƀy. amryffon ae uncoıff ef. Ic
amhynny vygkarcharu yny Ueftyı maen. Adywedut
nabydei vy eneit ym coıff onydelei ef ym amdiffyn i
yn oet y dyd. Ic nyt peUach yı oet no thıennyd. Ac

nyt oes ymi neb ae keiſſaɓ ef. Ɛef yɓ ynteu owein
uab uryen. Ɋoed diheu gennyt titheu pei gɓyppei
y marchaɓc hɓnnɓ hynny y deuei yth amdiffyn. Ɖiheu
y rofi a duɓ heb hi. Ɑphanuu dogyn poethet y go-
lɓython. eu rannu aoɀuc owein yn deu hanner y ryng-
taɓ ar uoɀɓyn. Ɑ bɓytta aoɀugant. Ɑgɓedy hynny ymdi-
dan yny vu dyd dɀannoeth. Ꞇɀannoeth gofyn aoɀuc
owein yɀ uoɀɓyn aoed le y gallei ef kaffel bɓyt a lle-
wenyd y nos honno. Ɵes arglɓyd heb hi. dos yna
dɀɓod. a cherda y ffoɀd gan yſtlys yɀ auon. Ɋc ym
penn rynnaɓd ti awely gaer uaɓɀ. a thyɀeu * yn am-
yl arnei. Ɋr iarll bieu y gaer hɔno goɀeu gɓɀ am
vɓyt yɓ oɀ byt. Ɋc yno y gelly di uot heno. Ɋc ny
wylɓys gɓylɓɀ y arglɓyd eiryoet yn gyſtal ac y
gɓylɓys y lleɓ owein y nos honno. Ɋc yna y ky-
weiryɓys owein y uarch. ac y kerd|dawd racdaɓ
trɓy y ryt yny welas y gaer. Ɋc y doeth yɀ gaer.
Ɑe aruoll aɓnaethpɓyt idaɓ yno yn enrydedus. Ɑ
chyweiryaɓ y uarch yn diwall. a dodi dogyn. o vɓyt
rac y uronn. Ɋ mynet aoɀuc y lleɓ y bɀeſſeb y march
y oɀwed. hyt na lyfaſſei neb oɀ gaer uynet ygkyſyl y
march. Ɑ diheu oed gan owein. na welas eiryoet lle
kyſtal y waſſanaeth a hɓnnɓ. Ɋ chyndɀiſtet oed bop
dyn yno a chyn bei agheu ympop dyn onadunt. A
mynet aoɀugant y vɓyta. Ɑc eiſted aoɀuc yɀ iarll ar y
neill laɓ y owein. Ɋc un verch oed idaɓ ar y tu
arall y owein. Ɋ diheu oed gan owein na welas eir-
yoet vn voɀɓyn delediwach no honno. Ɋ dyuot aoɀ-
uc y llew rɓng deutroet owein dan y bɓɀd. Ɋc ow-
ein ae poɀthes o bop bɓyt oɀ aoed idaɓ ynteu. Ɋc

ny welas owein bei kymeint yno a thꝛiſtyt y dynyon.
Ꝭc am hanner bỻytta greſſaỽu owein aoꝛuc y iarỻ.
Ꝭadỽs oed itt bot yn ỻawen heb yꝛ owein. Ꝯuỽ a
ỽyꝛ yni nat ỽꝛthyt ti ydym dꝛiſt ni. namyn dyuot
deunyd triſtit in agofal. Ꝭeth yỽ hynny heb yꝛ
owein. Ꝯeu uab oed im. a mynet uyn deu uab yꝛ
mynyd doe y hela. Ꝭef y mae bỻyſtuil yno aỻad
dynyon awna. ꝛc eu hyſſu. Ꝭ dala vy meibon aoꝛuc.
ꝛc auoꝛy y mae oet dyd y rofi ac ef y rodi y voꝛỽyn
honno idaỽ. neu ynteu aladho vy meibon ymgỽyd. ac
eil|lun dyn yſſyd arnaỽ. Ꝭc nyt ỻei ef no chaỽꝛ.
Ꝯioer heb yꝛ owein. truan yỽ hynny. a phyun awney
ditheu o hynny. Ꝯuỽ awyꝛ arnaf heb yꝛ iarỻ uot yn
diweirach gennyf diuetha vy meibon agafas om han-
uod. no rodi uy merch idaỽ ombod. * oe ỻygru. ae
diuetha. ac ymdidan awnaethant am betheu ereiỻ.
Ꝭc yno y bu owein y nos honno. ꝛr boꝛe trannoeth
ỽynt aglywynt tỽꝛyf anveitraỽl y ueint. Ꝭef oed
hynny y gỽꝛ maỽꝛ yn dyuot ar deu uab gantaỽ. A
mynnu kadỽ y gaer aoꝛuc y iarỻ racdaỽ a dilyſſu y
deu vab. Ꝭỽiſgaỽ aoꝛuc owein y arueu ymdanaỽ. ꝛ
mynet aỻā. ꝛc ymbꝛaỽf ar gỽꝛ. Ꝭr ỻeỽ yny ol. Ꝭ
phan welas y gỽꝛ owein yn aruaỽc. y gyꝛchu aoꝛuc.
Ꝭc ymlad ac ef. agỽeỻ o laỽer yd ymladei y ỻeỽ ar
gỽꝛ maỽꝛ noc owein. Ꝯrofi aduỽ heb y gỽꝛ ỽꝛth
owein. nyt oed gyfyg gennyf ymlad athidi bei nabei
yꝛ anifeil gyt athi. Ꝭc yna y byꝛyaỽd owein y ỻeỽ
yꝛ gaer. ꝛ chaeu y poꝛth arnaỽ. Ꝭ dyuot y ymlad ual
kynt ar gỽꝛ maỽꝛ. a diſgrech aoꝛuc y ỻeỽ am glybot
gofut ar owein. ꝛ dꝛigyaỽ yny vyd arneuad yꝛ iarỻ,

ac yar y neuad hyt ar y gaer. ac yar y gaer y neid-
yaƀd yny uu gyt ac owein. aphaluaƀt a trewis yꞁeƀ ar
beñ yſgƀyd y gƀꝛ maƀꝛ yny uyd y balaf trƀy bleth y
dƀyclun. ual ygƀelit y hoꞁ amyſgar yn ꞁithꝛaƀ o hon-
aƀ. Ic yna y dygƀydƀys y gƀꝛ maƀꝛ yn varƀ. Ac yna
y rodes owein y deu vab yꝛ iarꞁ. a gƀahaƀd owein a
oꝛuc yꝛ iarꞁ. ac nyſmynnaƀd owein. namyn dyuot
racdaƀ yꝛ dol ydoed Iunet yndi. Ic ef a welei yno
kynneu uaƀꝛ o tan. I deu was penngrych wineu
delediƀ yn mynet ar uoꝛƀyn oe bƀꝛƀ yny tan. I go-
fyn aoꝛuc owein py beth a holynt yꝛ uoꝛƀyn. a dat-
kanu eu kyfranc aoꝛugant idaƀ. mal y datkanaſſei y
uoꝛƀyn y * nos gynt. ac owein a paꞁƀys idi. Ic
am hynny y ꞁoſgƀn ninneu hi. Ꝑioer heb yꝛ owein
marchaƀc da oed hƀnnƀ. Iryued oed gennyfi pei
gƀypei ef uot ar y uoꝛƀyn hynny. na delei y hamdi-
ffyn. Iphei mynneƀch chƀi vyui dꝛoſtaƀ ef. miui
a aƀn y chƀi. Ꝺynnƀn heb y gweiſſon mynn y gƀꝛ an
gƀnaeth. a mynet aoꝛugant y ymdiot ac owein. a go-
fut agafas owein gan y deu was. Ic ar hynny y ꞁeƀ
a nerthƀys owein. Ac aoꝛuuant ar y gƀeiſſon. Ic
yna ydywedaſſant ƀynteu. Ha unbenn. nyt oed amot
ynni ymlad namyn a thydi dy hun. Ic yſanhaƀs
ynni ymlad ar anifeil racko noc a thydi. Ic yna y
dodes owein y ꞁeƀ yn yꞁe y buaſſei y uoꝛƀyn yg
karchar. a gƀneuthur mur maen ar y dꝛƀꝛ. I mynet
y ymlad ar gƀyꝛ mal kȳt. ac ny dothoed owein y
nerth ettwa. I hydyꝛ oed y deu was arnaƀ. Ar
ꞁew vyth yn diſgrechu am vot gouut ar owein. a
rƀygaƀ y mur aoꝛuc y ꞁew yny gauaſ ffoꝛd aꞁā. Ic

yn gyflym y lladaᵬd y neill oꝛ gᵬeiſſon. ac yn y lle y
lladaᵬd y lall. Ic uelly y differaſſant hᵬy Lunet rac
y lloſgi. Ic yna yd aeth owein a Lunet gyt ac ef y
gyfoeth iarlles y ffynnaᵬn. aphan doeth odyno y
duc y iarlles gantaᵬ y lys arthur. I hi a uu wreic
tra uu vyᵬ hi.

Aᵬ yna ydeuth ef ffoꝛd y lys y du traᵬs. ac
ymladaᵬd ac ef. ac nyt ymedewis y lleᵬ ac
owein yny oꝛuu ar y du traᵬs. I phan doeth
ef ffoꝛd y lys y du traᵬs y neuad a gyꝛchᵬys. Ic
yno y gᵬelas ef pedeir gᵬꝛaged ar hugeint. telediwaf
oꝛ a welas neb eiryoet. ac nyt oed dillat ymdannunt
werth pedeir arhugeint o aryant. I chyn triſtet oed-
ynt ac * agheu. I gofyn aoꝛuc owein udunt yſ-
tyꝛ eu triſtit. Y dywedaſſant ᵬynteu panyᵬ merchet
ieirll oedynt. Ic ny dothoedynt yno namyn ar gᵬꝛ
mᵬyhaf a garei bop un onadunt gyt ahi. I phan
doetham ni yma ni a gaᵬſſam lewenyd apharch ac an
gᵬneuthur yn vedᵬ. I gᵬedy y beym uedᵬ y deuei
y kythꝛeul bieu y llys honn. ac y lladei angᵬyꝛ oll.
ac y dygei an meirch ninneu ac an dillat ac an eur ac
an aryant. I choꝛffoꝛoed y gᵬyꝛ yſſyd yn yꝛ un ty a
llawer o galaned ygyt ac ᵬynt. allyna itti unben yſtyꝛ
an triſtit ni. adꝛᵬc yᵬ gennym ni unben dy dyuot ti-
theu yma rac dꝛᵬc itt. I thꝛuan uu gan owein hyn-
ny. a mynet aoꝛuc y oꝛymdeith allann. Ic ef a welei
uarchaᵬc yn dyuot attaᵬ. ac yn y aruoll trᵬy lewenyd
a charyat ual bei bꝛaᵬt idaᵬ. ſef oed hᵬnnᵬ y du traᵬs.
Ɗuᵬ aᵬyꝛ heb yꝛ owein nat y gyꝛchu dy lewenyd y
dodᵬyf i yma. Ɗuᵬ awyꝛ heb ynteu naſ keffy dith-

eu. Ic yn y lle ymgyrchu a6naethant. Ic ymadoydi
yn d2ut. ac ymdihauarchu ac ef a o2uc owein ac ef. Ae
r6yma6 ae d6yla6 ar y gefyn. Ana6d aerchis y du tra6s
y owein.   Idywedut 6ztha6. argl6yd owein heb ef.
darogan oed dydyuot ti yma ym dareft6ng i. a thi-
theu adeuthoft. ac ao2ugoft hynny. Ic yfpeil6z uum
i yma. Ac yfpeilty uu uyn ty. Ady2o im vy eneit.   I
mi aaf yn yfpytty6z. ami agynhalyaf y ty h6nn yn
yfpytty y wann ac y gadarn. tra v6yf vy6 rac dy eneit
ti.   Ic owein agymerth hynny ganta6. Ac yno y bu
owein y nos honno. A th2annoeth y kymerth ypedeir
g62aged arhugeint ae meirch. ae dillat. ac adathoed
gantunt oda athlyffeu.   Ic y kerd6ys ac 6ynt gyt ac
ef hyt yn llys arthur.   I llawen uuaffei arthur 6ztha6
gynt pan y kollaffei. A lla6enach yna. Ar g62aged hyny
yz honn a vynnei d2igya6 yn llys arth^{ur} * hi ae
kaffei. ar honn a vnnei vynet ymeith elei. Ic owein
a trigywys yn llys arthur o hynny allann yn penn-
teulu.   Ic yn ann6yl ida6 yny aeth ar y gyfoeth
ehun.   Sef oed hynny trychant <u>cledyf</u> kenuerchyn
ar v2anhes. Ic yz lle ydelei owein ahynny ganta6.
go2uot a6naei. Ir chwedyl h6n aelwir chwedyl.
iarlles y ffynna6n. . .

Peredur.

Effra6c iarll bioed iarllaeth y gogled. I feith meib a oed ida6. Ic nyt o gyuoetheu yn v6yaf yd ymbo2thei efra6c. namyn o t62neimeint a ryueloed. ac ymladeu. Ac ual y mae mynych y2 neb a ymka1lyno ac ymladeu a ryueleod. ef a las ae ch6e meib. Seithuet mab a oed ida6 pered^ur oed yen6. a ieuhaf oed h6nn6. Ac nyt oed oet ida6 vynet y ymlad nac y ryuel. Pei oet ida6. ef a ladyffit mal y llad6yt y tat. ae v2ody2. 66zeic yftrywyat kymet oed yn vam ida6. Aphryderu a o2uc yn ua62. am y hun mab ae chyfoeth. ffef agafas yn y chygho2 ffo y ynyal6ch a diffieith6ch did2am6yeit. ac ymada6 ar kyfannedeu. Dy ada6d neb yn y chedymdeithas na-my g62aged a meibon. adynyon did2aha. ny ellynt nac ny wedei udunt nac ymlad. na ryfelu. Dy lyu-affei neb yn y lle y clywei y mab. kynnulla6 na meirch nac arueu. rac dodi y v2yt o2 mab arnunt. Ac y2 ffo2-est ydaei y mab beunyd y ch6are ac y taflu llyfg-yon. ac yfky2yon. a diwarna6t ef a welei. gatwan geif-y2 y uam. Id6y ewic yn gyfagos y2 geify2 yn fef-yll. Ac ereffu yn ua62 a o2uc ymab bot y d6y hynny heb gy2n. achy2n ar y rei ereill. athybya6 eu bot yn

o

hir ar goll. ac am hynny kolli eukyrn onadunt. Ac
y ty aoed ym benn y fforest yr geifyr. o vil6ryaeth
a phedestric. ef agymhell6ys yr ewiged y gyt ar geifyr
y my6n. Ef adeuth peredur drachefyn att yuam.
Y mam heb ef peth ryued ryweleis * yghot. D6y
oth eifyr di g6edy ryuynet g6ylltineb yndunt. arygolli
eukyrn. rac meint hyt y buant argoll dan y koet.
Ac ny chafas dyn gystec u6y noc ageueis yn eu gyrru
ymy6n. Ac ar hynny kyfodi aoruc pa6b adyfot y
edrych. Aphanwelsant yr ewiged ryfedu yn ua6r
aorugant. Adiwarna6t 6ynt awelynt tri marcha6c yn
dyuot ar hyt marcha6cfford gan ystlys yfforest. Sef
tri marcha6c oedynt. 6walchmei uab g6yar. a geneir
g6ystyl. ac owein uab uryen: Ac owein yn kad6 yr
ol ȳ ymlit y marcha6c. arannassai yr|yraualeu yn llys
arthur. Vy mam heb ypered[ur] beth y6 yrei racko.
Egylyon ynt vy mab heb hitheu. Hyma vy ffyd heb
y pered[ur] yd af yn egyl gyt ac6ynt. Ac yr fford yn eu
herbyn ydeuth peredur. Dywet eneit heb yr owein
aweleist di varcha6c yn mynet heiba6. nahediw na
doe. Na6n heb ynteu beth y6 marcha6c. y ry6 beth
6yfi heb yr owein. Bei dywetut ti ymi y peth a
ovynnaf ytti. Minneu adywed6n y titheu yr h6nn
aovynny ditheu. Dywedaf yn llawen heb yr owein.
Beth y6 h6nn heb y peredur 6rth y kyfr6y. kyfr6y
y6 heb yr owein. Amovyn aoruc yn ll6yr beth oed
y kyweirdebeu awelei ef ar y g6yr ar meirch. ar
arueu. A phabeth a vynnynt ac 6ynt. ac aellynt
o honunt. Oowein auenegir ida6 yn ll6yr pob peth
o aellit ac 6ynt. Dos ragot heb y pered[ur]. mi a

weleis y kyfry6 aovynny titheu. a minneu aaf yth
ol ti. Yna ymchoelut ao2uc pered^{ur} att yuam. ar
nifer. Ymā heb ef nyt egylyon oed y rei gynneu.
namyn marchogyon urdo*lyon. Yna y dyg6yda6d
y uam yn var6 lewic. Ic ydaeth pered^{ur} hyt lle
ydoed keffyleu a gywedei gynnut udunt. ac a dygei
v6yt allynn o2 kyfanned y2 ynyal6ch. a cheffyl b2ych-
wel6 yfky2nic cryuaf a tebygei a gymerth. aphynn-
yo2ec a wafg6ys yngyfr6y ida6. ac owydyn danwaret
y kyweirdabei a welfei ar y meir ac ar boppeth ao2uc
pered^{ur}. a th2achefyn y deuth pered^{ur} att y uam. Ir
hynny datlewygu ao2uc y2 iarlles. Ie vy mab kych6yn
a vynny. Ieu heb ef gan dy genyat. arho ygennyf
i gygho2eu kȳn dy gych6ynnu. Yn llawen heb ef
dywet ar v2ys. Dos ragot heb hi y lys arthur ynlle
mae go2ev y g6y2. a haelaf. a dewraf. lle y g6elych
egl6ys. kan dy pader 62thi. O gwely vwyt a dia6t o2
byd reit itt 62tha6. ac na bo owybot adayoni y rodi
itt. kymer dy hun ef. O2 clywy diafpat dos 62thi.
a diafpat g62eic annat diafpat o2 byt. O2 g6ely tl6s
tec. kymer ef. a dy2o y arall. ac o hynny clot ageffy.
O2 g6ely wreic tec. go2dercha hi. kyn nyth uynno.
g6ellg62 a phenedigach yth wna o hynny no chynt
I g6edy y2 ymad2a6d h6nn6 yfgynnv ao2uc peredur
ar y uarch. a dy2neit o aflacheu blaenllym yn y la6. a
chychwyn racda6 ymeith ao2uç Ic y bu deudyd a
d6ynos ynke2det ynyal6ch ffo2eftyd. ac amry6 le
diffeith heb v6yt ac heb dia6t. ac yna y doeth y goet
ma62 ynyal. ac ympell yn y coet ef awelei lannerch
dec waftat. ac yn y llannerch y g6elei bebyll. Ic yn

rith egl6ys ef agant ypader 62th y pebyll. Apharth
ar pebyll ydoeth. ad26s ypebyll ao*ed yn ago2et.
achadeir eureit oed yn agos y2 d26s. Amo26yn
wineu deledi6 yn ygadei yn eifted. a ractal eur amy
thal. amein llywychedic yn y ractal. amod26y eururas
am y lla6. adifgyn ao2uc peredur. a dyuot racda6
y my6n. a llawen uu y uo26yn 6tha6. a chyfarch g6ell
ida6. Ar tal y pebyll ef awelei v6yt. ad6y goftrel
yn llawn owin. ad6y do2th o vara cann. A gol6ython
o gic meluoch. Vy mam heb y pered^ur aerchis ymi
pa le bynnac y g6el6n v6yt adiawt y gymryt. Dos
titheu unben yn llawen y2 b6yt a greffa6 62thyt. Yna
y kymerth pered^ur hanner y b6yt. ar llynn ida6 e hun.
Ac ada6 y llall y2 uo26yn. Aphandaruu y peredur
v6yta. dyuot ao2uc agoft6ng ar tal y lin rac b2onn y
uo26yn. Vy mam heb ef aerchis ymi yn lle y g6el6n
tl6s tec y gymryt. Kymer titheu eneit eneit heb hi.
Y uotr6y a gymerth pered^ur. a chymryt y uarch. a
chychwyn ymeith. Yn ol hynny llyma y marcha6c bi-
euoed y pebyll yn dyuot. Sef oed h6nn6 fyber6 y
llannerch. Ac ol y march awelei. Dywet heb ef
62th y uo26yn. p6y auu yma g6edy mivi. Dyn enry-
ued y anfa6d argl6yd heb hi. A menegi anfa6d
peredur ae gerdet yn ll6y2. Dywet heb eff. a vu ef
gennyt ti a ag6neuthur anuod arnat. Na vu myn
vygcret heb hi na cham nyfgo2uc ym. Myn vygcret
nyth gredaf. ac yny ymgaff6yf ac efo y dial vyg
kewilyd am llit ny cheffy ditheu trigya6 d6y nos yn
vnty. Achyuodi ao2uc y marcha6c y ymgeiffa6 a
pheredur. Ac ynteu beredur agychwynna6d parth

allys arthur. I chynn y dyuot ef y lys arthur. ef
adathoed marcha6c arall y lys arthur. ac a rodes
mod2̇6y eur uras ynd2̇6s y po2th y2 dala y uarch. Ic
ynteu adeuth y2 neuad yn lle ydoed arthur ar teulu.
a g6enhwyfar aerianed. a g6as yftafell yn * yng6affan-
aethu oo2vl6ch eur ar wenh6yuar. Yna y marcha6c
adineua6d y llyn aoed ynda6 am y h6yneb ae b2onffoll.
a rodi boncluft ma62 y wenh6yfar. Idywedut. o2
byd neb ky ehofnet. ac am6yn y go2ul6ch h6nn a mi.
adial farhaet g6enh6yfar. deuet ymol y2 weirglod a
mi aeharhoaf yno. ay varch a gymerth y march ar
weirglod agyrch6ys. Sef ao2ugant pa6b o2 teulu
goft6ng eu penneu. rac adol6yn y un vynet y dial
farhaet g6enh6yfar. athebygolyaeth oed gantunt na
wnaei neb ch6aen kȳehofnet a hynny. ony bei uot
arna6 vilwryaeth. ac angerd. neu letrith. ual na allei
neb ymdial ac ef. Ir hynny llyma peredur yndyuot
y2 neuad ar geffyl b2ychwel6 yfgy2nic. a chyweirdabeu
mufgrell arna6. ac yn anhyd6f yn llys kyfurd ahonno.
Sef yd oed gei yn feuyll ymperued y neuad. Dywet
heb y peredur y g62 hir racko mae arthur. Beth
avynnut ti heb y kei ac arthur. Vy mam aerchis
ymi dyuot ym urda6 yn varcha6c vrda6l att arthur.
Myn vygkret heb y kei ry aghyweir yd wyt o uarch
ac arueu. Ic ar hynny y arganuot o2 teulu ab626
llyfkyon ida6. Ir hynny llyma go2 yndyuot ymy6n.
a dathoed vl6ydyn kynno hynny y lys arthur. ef
acho2res. y erchi tr6ydet y arthur. a hynny a ga6ffant.
Ic yggouot y vl6ydyn ny dywedaffei un ohonunt vn
geir 62th neb. a phan arganvu y co2 pered^{ur}. haha heb

ef groffa6 du6 6ithyt peredur dec uab efra6c. arbennic
milwyi a blodeu marchogyon. Dioer heb ykei Ilyna
vediu yndi6c bot vl6ydyn ynIlys arthur yn vut yn
kael dewis dy ymdidan6i. agal6 y kyfry6 dyn ah6nn
yg g6yd arthur ae deulu. ae dyftu yn arbennic milwyi.
a blodeu marchogyon. a rodi boncluft ida6 yny vyd
yi Ila6i yny var6 lewic. ar hynny Ilyma y goires ha-
ha heb hi groffa6 du6 6ithyt peredur dec uab efra6c.
blodeu y milwyi achann6Il ymarchogyon. Te voi-
6yn * heb y kei. Ilyna vedi yn di6c bot vl6ydyn yn
vut ynIlys arthur. a gal6 y kyfry6dyn h6nn ynymod
y gelweift. ag6an g6th troet ogei yndi yny vyd yi
Ila6i yn var6 lewic. Y g6i hir heb y peredur manac
ym mae arthur. Ta6 ath fon heb ykei. dos ynol y
marcha6c aaeth o dyma yi weirgla6d. ad6c y goivl6ch
y ganta6. ab6i6 ef. achymer yvarch ae arueu. ag6edy
hynny ti ageffy dy urda6 yn varcha6c urda6l. Y g6r
hir minneu awnaf hynny ac ymchoelut penn y varch
ac alla. ac yi weirglod. Aphandeuth ydoed y march-
a6c yn marchogaeth yn ryuygus oe allel aedewred
oe tebygolyaeth ef. Dywet heb y marcha6c a weleift
di neb oi Ilys yndyuot ymol i. 66i hir oed yno heb
ef. aerchis ymi dy v6i6 di achymryt ygoirul6ch ar
march ar arueu ymy hun. Ta6 heb y marcha6c. dos
diachefyn yi Ilys. ac arch ygennyf y arthur dyuot ae
ef ae arall y ymwan a mi. ac onyda6 yn gyflym nyf
arhoaf i euo. Myn vyg cret heb y peredur. dewis di
ae oth vod ae oth anvod. mivi avynnaf y march ar
arueu ar goifl6ch. Ac yna y gyichu oi marcha6c ef
yn Ilidya6c. ae wan ac arlloft y wae6 yr6ng yfg6yd

amynwgyl· dyʒnaʕt maʕʒ doluryus. aha was heb y̌
peredᵘʳ. ny chʕaryei weiʃʃon vy mam a mivi veɫy.
ꟙinneu achʕaryaf athitheu ual hynn. ae vʕʒʕ ef
a gaʃlach blaenɫym. ae vedʒu yny lygat yny vyd trʕy
y wegil aɫan. ac ynteu yn varʕ yngytneit. ꟙioer heb
yʒ owein uab uryen ʕʒth gei. dʒʕc y medʒeiʃt amdyn̈
ffol a yrreiʃt yn ol y marchaʕc. Ꟃc un o deu a derʕ idaʕ
ae lad ae vʕʒʕ. os y vʕʒʕ a derʕ yʒ marchaʕc. rif gʕʒ *
mʕyn oʒɫys a vyd arnaʕ gan y marchaʕc. ac aglot
dʒagywydaʕl y arthur ae vilwyʒ. Ꟁs y lad a derʕ yʒ
aglot a gerda val kynt. ae pechaʕt arnaʕ ynteu. yn
ychwannec. a ɫyma vy ffyd ydafi. y wybot py gy-
franc yʕ yʒ eidaʕ ef. ac y doeth owein yʒ weirglaʕd.
Ꟃef y gʕelei owein peredᵘʳ yn ɫuʃgaʕ y gʕʒ ar hyt y
weirglaʕd. Ꟃeth a wney di ueɫy heb owein. Ꟁy
daʕ vyth heb y peredᵘʳ y beis hayarn y amdanaʕ. tym
yʕ gennyf pany o honaʕ ehunan pan henyʕ. Ꟈna
y dioʃcles owein yʒ arueu ar diɫat. ɫyma eneit heb
ef uarch ac arueu gweɫ. noʒ rei ereiɫ. a chymer yn
ɫaʕen ʕynt. Ꟃ dyʒet ygyt ami hyt att arthur yth
durdaʕ yn varchaʕc urdaʕl. ĸanys ti aedylyy. Ꟁy
chatʕyf vy wneb ot af heb y peredur. namyn dʕc dj
y goʒflʕch y gennyf i y wenhwyuar. Ꟃ dywet y arthur
pa lebynnac y bʕyfi gʕʒ idaʕ vydaf. ac o gaɫaf ɫes a
gʕaʃʃanaeth idaʕ mi ae gʕnaf. Ꟃ dywet na deuaf y lys
vyth yny ymgaffʕyf ar gʕʒ hir yʃʃyd yno ydial ʃar-
haet y koʒ ar goʒres. Ꟈna y deuth owein dʒachefyn
yʒ ɫys. a menegi y gyfranc y arthur a gʕenhʕuar.
ac y baʕp oʒ teulu aʔ bygʕth ar gei. Ꟃc ynteu peredᵘʳ
a gychʕynnʕys ymeith. ac ual y byd yn keʔdet. ɫyma

uarchaƀc yn kyuaruot ac ef. Ɓa le pan deuy di heb
y marchaƀc. pan deuaf o lys arthur heb y pered^{ur}. ae
gƀꝛ y arthur ƀyt ti heb ef. Ɠe myn vygkret heb y
pered^{ur}. Ɠaƀnꝇe yd wyt yn ymardelƀ ac arthur. Paham
heb y pered^{ur}. ᴍi ae dywedaf itt heb ef. <u>herwr</u> ar arthur
vum eiryoet. ac agehyꝛdƀys a mi yn wyꝛ idaƀ mi ae
ꝇedeis. Ɖy bu hƀy y ryngtunt no hynny ymwan a
oꝛugant. ac ny bu hir yny vyryaƀd pered^{ur} ef dꝛos
pedꝛein y varch yꝛ ꝇaƀꝛ. Ɖaƀd aerchis y marchaƀc
idaƀ. naƀd ageffy heb y p^{ur}. gan rodi dy lƀ ar vynet
y lys arth^{ur}. a menegi y arthur mae mi ath vyrywys
yꝛ enryded a gƀaffanaeth idaƀ ef. * ᴀ manac na deuaf
vyth y lys yny gaffƀyf dial farhaet y coꝛr ar goꝛres.
ar marchaƀc arodes y gret ar hynny. ac agychwyn-
nƀys racdaƀ y lys arthur. ac aoꝛuc hynny. ar bygƀth
argei. ac ynteu p^{ur}. agychƀynnƀys racdaƀ. ac yn yꝛ
vn wythnos ef agyfaruu ac ef. vn marchaƀc ar bym-
thec. ᴀc ef. p^{ur}. ae byꝛywys yn gywelydyus. ᴀc a
aethant y lys arthur. ᴀr vn ryƀ ymadꝛaƀd gantunt
ac adothoed gan y marchaƀc kyntaf. ar vn bygƀth gan
p^{ur}. ar gei. ᴀcheryd agauas ᴋei gan arthur. ᴀgou-
alus uu ynteu gei am hynny. Ɏnteu pered^{ur} agych-
wynnƀys racdaƀ. Ɠef ydeuth y goet maƀꝛ ynyal.
ac ỹ yftlys y coet ydoed ꝇynn. ac ar y tu araꝇ yd
oed kaer dec. ar lann y ꝇyn y gƀelei gƀꝛ gynꝇwyt
telediw yn eifted ar obennyd o bali. a gƀifc o bali
ymꝺanaƀ. a gƀeiffon yn pyfcotta ar y ꝇynn honno.
Ɗal y gwelas y gƀꝛ gƀynꝇƀyt p^{ur}. yn dyuot. ᴋyuodi
aoꝛuc tu ar gaer. a chloff oed yꝛ henƀꝛ. ᴠnteu p^{ur}.
a gyꝛchwys y ꝇys ar poꝛth. a oed yn agoꝛet. ac yꝛ

neuad ydeuth. Ac ydoed y gꝟ gꞗynllꞷyt yn eiſted
ar obennyd. a ffyꝛyſdan maꞗꝛ yn lloſgi rac y ꞗꝛon.
A chyſodi aoꝛuc yteulu ar niuer yn erbyn. pʷ. ae
diarchenu. ac erchi awnaeth y gwr yꝛ mackꞷy eiſted
ar tal y gobēnyd. A chyt eiſted ac ymdidan aoꝛugant.
A phan vu amsᵉʳ goſſot byꝛdeu amynet y vꞷyta. Ac
ar yneilllaꞗ yꝛ gꞗꝛ bioed y llys yd oed. pʷ. yn
eiſted. Gwedy daruot bꞷyta. govyn aoꝛuc y gꞗꝛ
ypereredur. awydyat llad achledyf ynda. na ꞷn heb
y peredᵘʳ pei kaffꞷn dyſc naſ gꞷypꞷn꙼ A wypei chware
a ffonn atharyan ynda. ef awybydei ymlad achledyſ꙼
Deu vab oed yꝛ gꞗꝛ. gꞷas melyn agwas gꞷineu. Ky-
fodꞷch weiſſon heb ef y chware affynn. ac athar-
yaneu. Ac yna ychware affynn ydaethant. Dywet
eneit heb y * gꞗꝛ. pꞷyoꝛeu oꝛ gꞗeiſſon dybygy di a
achware. vyntebic yꞗ heb y peredᵘʳ y gallei y gꞗas
melyn wneuthur gꞷaet ar yllall pei as mynnei. Ky-
uot titheu eneit achymer y ffonn ar daryan olaꞗ y
gꞗas gꞷineu. agꞷna waet ar y gwaſ melyn os gelly.
Peredᵘʳ agyſodes amynet y chware ar gꞗas melyn.
adyꝛchauel llaꞗ arnaꞗ. ae daraꞗ dyꝛnaꞗt maꞗꝛ yny
dygꞷydaꞗd yꝛ ael ar y llygat. ae waet ynteu yn rydec.
Deu eneit heb y gꞗꝛ. dos y eiſted bellach. A goꝛeu
dyn alad achledyf ynyꝛ ynys honn vydy di. Ath
ewythyꝛ ditheu vꝛaꞗt dy vam ꞗyf ynneu. A chyt a
mi y bydy ywerſ honn yndyſcu moes ac aruer y
gꞷladoed ae mynutrꞷyd. Kyuartalrꞷyd ac adfꞷynder
ac unbenrꞷyd. ac ymadaw weithon a ieith dy vam.
a mi a vydaf athꝛo itt. ac ath urdaf yn varchaꞗc urdaꞗl
o hynn allan. a llyma awnelych. kyt gꞷelych beth

avo ryued gennyt. nac amouyn am danaᵬ. ony byd
o wybot y venegi itt. nyt arnat ti y byd y keryd. na-
myn arnaf i. Kanys mi yſſyd athᵣo itt. ac amryſael
enryded agᵬaſſanaeth agymeraſſant. Ⅎ phan uu am-
ſer y gyſcu yd aethant. Ⅎan doeth y dyd gyntaf.
kyuodi aoᵣuc. pᵘʳ. achymryt y varch Ⅎchan gennyat
yᶒwythᵣ kychwyn ymeith. Ⅎc ef adoeth y goet
maᵬ ynyal. Ⅎc yn niben y coet y deuth y dol. ar tu
araⅡ yᵣ dol waſtat y gᵬelei gaer vaᵬᵣ. athu arⅡe
hᵬnnᵬ y kyᵣchᵬys. pᵘʳ. Ⅎrpoᵣth agauas yn agoᵣet. ac
yᵣ neuad y deuth. ſef y gᵬelei gᵬᵣ gᵬynⅡᵬyt telediw
yn eiſted ar yſtlys y neuad. a mackᵬyeit yn amyl yn
y gylch. a chyſodi a oᵣugant yn vᵣdaſſeid ae erbyn-
nyaᵬ. ae dodi y eiſted ar y neiⅡ laᵬ yᵣ gᵬᵣ bioed y
Ⅱys. Ⅎc ymdidan aoᵣugant. Ⅎ phan uu amſer mynet
yᵣ bᵬyt. dodi. pᵘʳ. aᵬnaethpᵬyt y eiſted ar neiⅡ laᵬ
y gᵬᵣ mᵬyn y vᵬyta. Ⅎ gᵬedy daruot bᵬyta ac yvet
eu hamkann. * gofyn aoᵣuc y gᵬᵣda y pᵘʳ. awydyat
ef lad a chledyf. Ⅎei kaffᵬn dyſc tebic oed gennyf
y gᵬydᵬn heb y pᵘʳ. ſſef ydoed yſtᵬffᵬl maᵬᵣ yn Ⅱaᵬᵣ
y neuad amgyffret milᵬᵣ yndaᵬ. Ⅎymer heb y gᵬᵣ
ᵬᵣth pᵘʳ. y cledyf racko atharaᵬ yᵣ yſtᵬffᵬl hayarn. Ⅎ
pheredᵘʳ agyſodes ac a dᵣewis yᵣ yſtᵬffᵬl yny vu yn
deudᵣyⅡ ar cledyf yndeudᵣyⅡ. Ⅎᵬᵣᵬ ydᵣyⅡyeu y gyt
achyuanna ᵬynt. Ⅎeredᵘʳ ae dodes y gyt a chyuann-
hau aoᵣugant ual kynt. Ⅎr eilweith y trewis yᵣ yſ-
tᵬffᵬl yny vyd yndeudᵣyⅡ ar cledyf yndeudᵣyⅡ. Ⅎc
ual kynt kyuannhav aoᵣugant. Ⅎr dᵣyded weith y ky-
ffᶒlyb dyᵣnaᵬt a trewis ae bᵬᵣᵬ y gyt ac ny chyuan-
haei nar yſtᵬffᵬl nar cledyf. Ⅎe was heb y gᵬᵣ dos

y eifted bellach am bendith ytt. Yny teyꝛnas goꝛeu
dyn a lad a chledyf Ỽyt. Deuparth dy dewred a geueift.
ar trayan yffyd heb gael. A gỼedy keffych yn gỼbyl
ny thyckya y neb amryffon a thi. ath ewythyꝛ Ỽyf yn-
neu vꝛaỼt dy vam. bꝛodoꝛyon ym ni ar gỼꝛ y buoft
neithwyꝛ yny ty. Ic yna ymdidan ae ewythyꝛ aoꝛuc
pᵘʳ. ar hynny y gỼelei deu was yn dyuot yꝛ neuad‿ ac
yn mynet yꝛ yftauell. a gwaew gantunt anveitraỼl y
veint. a thꝛi ffrỼt o waet yn redec oꝛ mỼn hyt y llaỼꝛ.
I phan welas ef y niuer hỼnnỼ. lleuein a dꝛycyꝛuerth
aoꝛug|gant. Ic yꝛ hynny ny thoꝛres y gwr y ymdi-
dan a phᵘʳ‿ Yꝛ hynny ny dywat ef y beredᵘʳ yꝛ yftyꝛ.
nyf gofynnaỼd ynteu. GỼedy tewi yfpeit vechan. ar
hynny llyma dỼy voꝛwyn yn dyuot. a dyfgyl vaỼꝛ y
ryngtunt. a phenn gỼꝛ yny dyfgyl. a gỼaet yn amyl
yny chylch. Ac yna diafpedein aoꝛugant yn vaỼꝛ
niuer y llys. yn yoed vlin trigyaỼ yn vn llys ac Ỽynt.
Ic oꝛ diwed tewi o * honunt. I phan vu amfer y
gyfgu y daeth. pᵘʳ. y yftauell tec. I thꝛannoeth. pᵘʳ.
a gychwynnwys gan genyat y ewythyꝛ racdaỼ ymeith.
Ỽ dyna ef a doeth y goet ac ym pell yny coet ef a
glywei diafpat. Sef y gỼelei wreic wineu delediỼ. a
march a chyfrỼy arnaỼ yn feuyll geyꝛ y llaỼ a chel-
ein yny hymyl. ac yn keiffaỼ bỼꝛỼ y gelein ar y march
yny kyfrỼy. y dygỼydei ynteu yꝛ llaỼꝛ. ac y dodei hi-
theu diafpat. Dywet vy chwaer heb y pᵘʳ pa diafped-
ein yffyd arnat. Ỽ y a yfgymunedic peredᵘʳ bychan
waret vyggovit a geueis eiryoet gēnyt ti. Paham
heb y pᵘʳ. y bydỼn yfgymun .i. am dyuot yn achaỼs
y lad dy uam. Kanys pan gychwynneift oe hanuod y

neidyaᴠd gᴠaeᴠ yn y challonn ac ohynny y bu uarᴠ.
Ic am hynny yd ᴠyt yn yſgymun. ar coꝛr ar goꝛres
a weleiſt yn Ilys arthur. coꝛreit dy dat ti ath uam
oedynt. a chwaeruaeth itt ᴠyf ynneu. am gᴠꝛ pʳaᴠt
oed hᴠnn. ae Iladaᴠd y marchaᴠc yſſyd yn y Ilannerch
yn y coet. ac na dos ditheu yn y gyvyl ef rac dy lad
o honaᴠ. Vy chwaer cam ydwyt ymkerydu. am vy
mot yn gyhyt ac y bum y gyt a chwi. abꝛeid vyd ym
y oꝛuot. a phei bydᴠn a vei hᴠy anaᴠd vydei ym y
oꝛuot. a thitheu taᴠ bellach ath dꝛycyꝛuerth. kany
thykya amgen. a mi a gladaf y gelein. I gᴠedy hỹny
mi aaf hyt Ile mae y marchaᴠc yedꝛych a allwyf y
dial arnaᴠ. a gᴠedy cladu y gᴠꝛ ohonaᴠ. Dyuot a
oꝛugant yꝛ Ile ydoed y marchaᴠc yn marchaeth yn
ryuygus yn y Ilannerch. ar hynt gofyn oꝛ marchaᴠc
y peredᵘʳ py le pan doei. pan deuaf o lys arthur. ae
gᴠꝛ y arthᵘʳ ᴠyt ti. Ieu myn vygkret. Iaᴠn Ile yd
ymgyſtlyny o arthur. Dy bu * hᴠy no hynny ym-
gyꝛchu a oꝛugant. ac yn y Ile pᵘʳ a vyryaᴠd y march-
aᴠc. I naᴠd a erchis ynteu y beredᵘʳ. Daᴠd a geſſy
heb y pᵘʳ. gan gymryt y wreic honn yn pʳaᴠt. a
gwneuthᵘʳ y parch ar anryded goꝛeu a eIlych idi. am
lad ohonat titheu y gᴠꝛ pꝛiaᴠt hi yn wirion. a mynet
ohonat y lys arthur. a menegi idaᴠ mae mi ath vy-
ꝛywys yꝛ enryded agᴠaſſanaeth y arthur. a menegi
idaᴠ na deuaf i vyt y lys ef yny ymgaffᴠyf ar gᴠꝛ
hir yſſyd yno y dial ſarhaet y coꝛr ar goꝛres arnaᴠ.
a chedernit ar hynny a gymerth y gan y marchaᴠc. a
chyweiraᴠ y wreic yn gyweir o varch a diIlat gyt ac
ef y lys arthᵘʳ. a menegi y arthur y gyfranc. ar bᴠgᴠth

ar gei. Jcheryd agauas kei gan arth^{ur} arteulu am
wylltu o honaƀ gƀas kyſſtal aphered^{ur} olys arthur.
Ɥeb yₐowein uab uryen. ny daƀ ymackƀy hƀnnƀ
vyth yₐ llys. nyt a kei oₐllys allan. Ꝙynvyg cret
heb arthur mi ageiſſaf ynyalƀch ynys p^{ry}dein am
danaƀ yny caffƀyf. ac yna gƀnaet pob un onadunt a
allo waethaf ygilyd. Ɏnteu p^{ur} agychwynnwys
racdaƀ. ac adeuth y coet ynyal. amſathyₐ dynyon
nac alanot nys gƀelei. namẏ gƀydweli allyſſeu. Jc
yn dibenn ycoet ef awelei gaer uaƀₐ. athyₐeu ka-
darn amyl erni. Jc ynagos yₐ poₐth hƀy oed y
llyſſeu noc ynlle arall. Jc arlloſt ywaeƀ affuſtaƀd
y poₐth. ar hynny llyma was melyngoch achul ar
vƀlch y gaer. Ꝑewis unbenn heb ef ae mi aagoₐ-
wyf y poₐth itt. aemenegi yₐ neb pennaf dy uot tith-
eu yndₐƀs y poₐth. Manac vymot yma heb y p^{ur}.
ac oₐ mynnir vy nyvot ymyƀn mi adeuaf. Ɏmackƀy
adeuth dₐachefyn ac aagoₐes y poₐth y p^{ur}. Jphan
deuth yₐ neuad ef awelei deunaweis oweiſſon culyon
cochyon vndƀf ac vnpₐyt. ac vnwiſc. ac unoet. ar
gƀas aagoₐaſſei y poₐth racdaƀ. J da vu eu gƀybot
ae gƀaſſanaeth. ae diarchenu aoₐugant. Ɉiſted ac
ymdidan aoₐugant. * Jr hynny llyma pump moₐƀyn
yndyuot oₐ yſtauell yₐ neuad. Jr uoₐwyn pennaf o
nadunt. Ꝑieu oed gantaƀ na welſei dₐemeint kyn
decket a hi eiryoet ar arall. a henwiſc o bali rƀyllaƀc
ymdanei a uuaſſei da gynt. yny welit y chnaƀt trƀy-
daƀ. a gƀynnach oed no blaƀt y kriſſant. y gƀallt
hitheu ae dƀyael duach oedynt noₐ muchud. deu
uann gochyon vychein yn y grudyeu. cochach oed-

ynt noꝛ dim cochaf. Kyuarch gỽell y peredur a oꝛuc y voꝛỽy̅ a mynet dỽylaỽ mynỽgyl idaỽ. ac eiſted ar y neilllaỽ. Nyt oed pell yn ol hynny. ef a welei dỽy vanaches yn dyuot. a choſtrel yn llaỽn o win gan y lleill. a chwe thoꝛth o vara cann gan y llall. Arglỽydes heb ỽy duỽ a wyꝛ na bu y gymeint arall a hynn o vỽyt a llynn yꝛ koveint hỽnt heno. Odyna yd aethant y vỽyta. A pheredur a adnabu ar y uoꝛỽyn mynnu rodi oꝛ bỽyt ar llynn idaỽ ef mỽy noc y arall. Tydi vy chwaer heb y peredur. Myvi a rannaf y bỽyt ar llynn. Nac ef eneit heb hi. llyma vy ffyd mae mi ae rannaf. Peredur a gymerth attaỽ y bara. ac a rodes y baỽp gyſtal ae gilyd. Ac y ueſſur ffiol oꝛ llynn ef a rodes y baỽp gyſtal ae gilyd. Pan oed amſer mynet y gyſcu. yſtauell a gỽeirỽyt y pur. ac y gyſcu yd aeth. llyma vy chỽaer heb y gỽeiſſon ỽꝛth y voꝛỽyn deckaf a phennaf o nadunt a gyghwn i ytti. Beth yỽ hynny heb hi. Mynet att y mackỽy yꝛ yſtauell uchot y ymgynnic idaỽ. yn y wed y bo da gantaỽ ef. ae yn wreic ae yn oꝛderch. llyna heb hi beth ny weda. mivi heb achaỽs eiryoet a gỽꝛ. Ac ymgynnic o honaf ynneu idaỽ ef. ym blaen vyg goꝛderchu o honaỽ. ny allaf i hynny yꝛ dim. Dygỽn y duỽ an kyffes o ny wney di hy̅ny. yth adaỽn yth elynnyon yma y wneuthur a vynnont a thi. Ac rac ofyn hynny kychwynnv a oꝛuc y voꝛỽyn. a than ellỽg̅ y dagreu dyuot racdi yꝛ yſtauell. A chan dỽꝛỽf y doꝛ yn agoꝛi. deffroi a oꝛuc peredur. Sef yd oed y voꝛỽyn yn wylaỽ. ac yn dꝛycaruerthu. Dywet vy chwaer heb y peredur. Pa yſtyꝛ yd wyt yn wylaỽ. Mi a edywedaf

* ytt argl6yd heb hi. Vyntat i bioed y kyuoeth h6nn
yn veu ida6 ehun. ar llys honn ar iarllaeth ydanei go2-
eu yn y gyuoeth. Sef yd oed mab iarll arall ym erchi
ynneu ymtat. nyt a6n ynneu om bod atta6 ef. nym
rodi ynneu vynn tat om hanuod ida6 ef nac y iarll
o2byt. Jc nyt oed o blant ym tat i namyn myvi
vy hun. ag6edy mar6 vyntat y dyg6ydwys y kyuo-
eth ymlla6 ynheu. ah6y2ach ymynn6n euo yna no
chynt. Sef ao2uc ynteu yna ryuelu arnaf i. ago2ef-
gynn y kyuoeth eithy2 y2 vn ty h6nn. Jc rac daet
y g6y2 aweleift di b2odo2yon maeth ymi. achadarn-
et y ty. ny cheit vyth tra barhaei v6yt allynn. a
hynny aderyw. namyn ual yd oed y mynacheffeu a
weleiftdi yn po2thi ni herwyd bot yn ryd udunt h6y
y kyfoeth ar wlat. Jc weithon nyt oes udūt 6ynteu
na b6yt na llynn. ac nyt oes oet bellach noc auo2y
yny del y iarll ae holl allu ganta6 am penn y lle
h6nn. ac os mivi a geiff ef. ny byd g6ell vyn dihenyd.
nom rodi y weiffon y veirch. a dyuot y ymgynnic y
tithev argl6yd yn y wed y bo hegaraf gennyt. y2 bot
yn nerth ynni. yn d6yn odyma neu yn amdiffynn
ninheu yma. Dos vy chwaer heb ef y gyfgu. ac nyt
af y 62thyt kyny wnel6yf dim oc adywedy. yny wy-
p6yf a allwyf ꝥ nerth y6ch. Drachefyn y deuth y
uo26yn y gyfgu. T2annoeth y bo2e y kyuodes y uo2-
6yn ac y deuth hyt lle yd oed pᵘʳ. a chyvarch g6ell
ida6. Du6 a rodo da ytt encit a pha ry6 ch6edleu
yffyd gennyt. Nyt oes namyn da argl6yd tra vych
iach di. namyn bot y iarll ae holl allu g6edy ry
difgynnu 62th y po2th. Jc ny welas neb lle amlach

pebylleu. na marchaѡc yn galѡ ar arall y ymwan.
Ieu heb y pᵘʳ. kyweirer y minneu vy march. Yna
y varch a gyweirwyt y beredur. ac yn*teu a gyfodes
ac a gyꝛchѡys y weirglaѡd. Sef ydoed marchaѡc
yn marchogaeth yn ryuygus yn y weirglaѡd gѡedy
dyꝛchafel arwyd ymwan. Ic yna ymwan a oꝛugant.
I phered^ur a vyꝛyaѡd y marchaѡc dꝛos pedꝛein y
varch yꝛ llaѡꝛ. Ic yn diwed y dyd ef a deuth march-
aѡc arbennic y ymwan ac ef. a bѡꝛѡ hѡnnѡ a oꝛuc pe-
red^ur. Ɋaѡd a erchis hѡnnѡ. Pѡy ѡyt ti heb y pered^ur.
Ɋioer heb ef penteulu y iarll. Beth yſſyd o gyfoeth
y iarlles yth uedyant ti. Ɋioer heb ef y trayan.
Ieu heb ef eturyt idi dꝛaean y chyuoeth yn llѡyꝛ.
ac a geueiſt o da o honaѡ a bѡyt kan ѡꝛ. ac eu llynn
ac eu meirch ac eu harueu heno yn y llys iddi. athi-
theu yn garcharaѡꝛ idi eithyꝛ na bydy eneit uadeu.
A hynny a gahat yn diannot. Ir uoꝛѡyn y nos honno
yn hyfryt lawen. gѡedy caffel kѡbyl o hynny. I
thꝛannoeth ꝑed^ur a gyꝛchѡy y weirglaѡd. A lluoſſog-
rѡyd o honunt a vyꝛyaѡd. ef y dyd hѡnnѡ. Yn diwed
y dyd hѡnnѡ ef a deuth marchaѡc ryuygus arbennic.
a bѡꝛѡ hѡnnѡ a oꝛuc pᵘʳ. a naѡd a erchis hѡnnѡ y pᵘʳ.
Pa vn ѡyt titheu heb y pᵘʳ. Ɋiſtein llys heb ef. Beth
heb y pᵘʳ. yſſyd o gyuoeth y uoꝛѡyn yn veu ytti.
Tꝛayan y kyuoeth heb ef. Ieu heb y pᵘʳ y kyu-
oeth yꝛ voꝛѡyn. ac a geueiſt o da o honaѡ yn llwyꝛ. a
bѡyt deu kann ѡꝛ ac eu llynn ac eu meirch ac eu har-
ueu. athitheu yn garcharaѡꝛ idi. A hynny ynn dian-
not a gahat. Ar trydyd dyd y deuth pᵘʳ. yꝛ weirglod.
a mѡy a vyꝛyѡys ef y dyd hѡnnѡ noc undyd. Ic

yn diwed ydyd ef adoeth iarll y ymwan idaỼ. ac ef
ae byȝywys a naỼd aerchis ynteu. Ỽỽy Ỽyt titheu
heb y pᵘʳ. Ⓜi y Ɉarll heb ef nyt ymgelaf. Ɉeu
heb y pᵘʳ. y hyarllaeth yngỼbỼl yȝ voȝỼyn. ath iarll-
aeth titheu heuyt yn achwanec. ⒶbỼyt trych|channỼȝ
ac eu llynn ac eu meirch ac eu harueu. a thitheu yn
ymedyant. Ɉc uelly y bu yn gỼbỼl. Ɉc y trigyaỼd
pᵘʳ. teir wythnoſ yn peri teyȝnget a da*reſtyngedig-
aeth yȝ uoȝỼyn ar kyuoth Ỽȝth y chyghoȝ. gan dy
genyat heb y pᵘʳ. mi agychỼynnaſ ymeith. Ɉe
hynny vy mraỼt avynny. Ieu myn vyg cret. aphei
na bei ogaryat arnat ti ny bydỼn yma hyt y bum.
Ɉneit heb hi pa vn Ỽyt titheu. Ɉaredᵘʳ uab efraỼc
oȝ gogled. ac oȝ daỼ na gofut arnat nac enpytrỼyd.
manac attaf. ami ath amdiffynnaſ os gallaf. Ⓞdyna
kychwyn aoȝuc pᵘʳ. ac ympell odyno ef agyſcruyd
marchoges ac ef. Ⓐmarch achul gochỼys y danei.
Ⓐchyuarch gỼell aoȝuc hi yȝ mackỼy. Ɉa le pan
deuy di vy chwaer. Ⓜenegi aoȝuc idaỼ yȝ achaỼs
ydoed ar y kerdet hỼnnỼ. ſef oed honno gỼȝeic ſy-
berỼ y llannerch. Ɉeu heb ef mi yỼ y marchaỼc
y keueiſt di y gofut hỼnn oe achaỼs. Ɉc ediuar
vyd yȝ neb ae gỼnaeth. Ⓐr hynny llyma y marchaỼc
yn dyᵤot ac yn amovyn aphᵘʳ. awelſei ef y kyfryỼ
uarchaỼc ydoed ef yny geiſſaỼ. ƬaỼ ath ſon heb
y pᵘʳ mi yd wyt yny geiſſaỼ. Ɉc myn vyg kret dȝỼc
Ỽyt ar deulu Ỽȝth y voȝỼyn achaỼs gỼiryon yỼ o
honaf i. Ɏmwan eiſſoes aoȝugant. Ɉc ny bu hir
yȝ ymwan pᵘʳ. auyȝyaỼd y marchaỼc. a naỼd aerchis
ynteu y bᶜȝedᵘʳ. ɎaỼd ageffy heb y pᵘʳ. gan vynet

d2acheuyn y fo2d y deuthoft y venegi kaffel y vo26yn
yn wirion. ac yn wynabwerth idi hitheu dy v626 o
honaf i. Y gret ar hynny a rodes y marcha6c. Ac
ynteu p^{ur} agerda6d racda6. ac ar vynyd y 62tha6 ef
a welei gaftell. a pharth ac yno y deuth. a g6an y
po2th ao2uc ae waew. ar hynny Ilyma was g6ineu
teledi6 yn ago2i y po2th. a meint mil62 ynda6. ac
oed2an mab arna6. a phan deuth p^{ur}. y2 neuad. yd
oed g62eic va62 deledi6 yn eifted ymy6n kadeir. a
Ilawuo2ynyon yn amyl yn y chylch. * a Ilawen uu y
wreicda 62tha6. a phan vu amfer gantaunt mynet
y v6yta ao2ugant. G6edy daruot b6yta. da oed yti
vnben heb hi vynet y gyfcu y le arall. Pony cha6n
gyfcu yma heb y p^{ur}. Ha6 g6idon eneit yffyd yma
o widonot kaer loy6. ae tat ae mam gyt ac wynt.
ac nyt nes an dianc ni erbyn y dyd noc udunt yn
Ilad. ac neur der6 udunt go2efgyn y kyuoeth ae di-
ffeitha6 o nyt y2 vnty h6nn. Ieu heb y p^{ur}. yma y
byd6n heno. Ac os gofut ada6 arna6ch o2 gallaf i
les mi ae g6naf. afles nys g6naf ynneu. Ac y gyfcu
yd aethant. ac y gyt ar dyd p^{ur}. a glywei diafpat en-
girya6l. A chyuodi yn gyflym ao2uc p^{ur}. oe grys ae
la6dy2 ae gled|dyf am y vyn6gyl. ac allan y doeth.
fef y g6elei g6idon yn ymo2diwes a g6ill62. Ac ynteu
yn diafpedeit. Pered^{ur}. a gy2chwys y widon. ac ae
trewis a chledyf ar y phenn yny leda6d y2 helym ae
phenffeftin ual dyfcyl ar y phenn. Dyna6d p^{ur}. dec
uab efra6c ana6d du6. Paham wrach y g6doft di
mae p^{ur}. 6yf i. Tyghetuen a g6eledigaeth yni odef
gofut y gennyt. Ac y titheu kymryt march ac arueu

y gēnyf ynneu. Jc y gyt a mi y bydy yn dyſcu march-
ogaeth a theimlaỽ dy arueu. Val hynn heb y p{ur} y
keſſy naỽd. Dy gret na wnelych gam vyth ygkyu-
oeth y iarlles. Kedernyt ar hynny agymerth p{ur}. a
chan ganyat y iarlles kychỽyn y gyt ar widon y lys
y gỽidonot. Jc yno y bu ef teir wythnos ar vntu.
Ac yna dewis y uarch ae arueu. A chyỽynnu racdaỽ.
A diwedyd ef adoeth y dyffrynn. Ac yndiben y dyff-
rynn ef adoeth y gudygyl meudwy. a llaỽen uu y
meudỽy ỽzthaỽ. Ac yno y buef ynos hōno. * Tzan-
noeth y boze ef a gyfodes o dyno. J phan deuth
allan yd oed gawat o eiry gỽedy ry odi y nos gynt.
Agỽalch wyllt wedy llad hỽyat yntal y kudugyl.
a chan dỽzyf y march ~~kilyaỽ oz walch~~ ~~adifgyn~~ adiſ-
gyn bzan ar gic yz ederyn. Sef aozuc p{ur}. ſeuyll a
chyffelybu duet y vzan. agỽynder yz eiry. a chocht{er}
y gỽaet y wallt y wreic uỽyaſ agarei a oed kynduhet
ar muchud. Ae chnaỽt oed kynwynnet ar eiry. A
chochter y gỽaet ynyz eiry yz deu vann gochyon
oed yny grudyeu. Ar hynny yd oed arthur ae deulu
ynkeiſſaỽ p{ur}. a wdaỽch chỽi heb yz arth{ur} pỽy y
marchaỽc paladyz hir. a ſeif yny nant uchot. Jr-
glỽyd heb vn mi aaf y wybot pa vn yỽ. Yna y
doeth y mackỽy hyt y lle yd oed p{ur}. a gofyn idaỽ
beth a wnaei ef uelly. a phỽy oed. Ac rac meint
medỽl p{ur}. ar y wreic vỽyaſ a garei. ny rodes atteb
idaỽ. Sef aozuc ynteu goſſot agỽaew ar p{ur}. ac yn-
teu p{ur}. a ymchoelaỽd ar y mackỽy. ac ae gỽant dzos
bedzein y uarch yz llaỽz. Ac ol ynol ef adoeth ped-
war mackỽy ar hugeint attaỽ. Ac nyt attebei yz vn

m6y noe gilyd. namyn yꝛ un g6are a phob un. y
wan ar un goffot yꝛ lla6ꝛ. Ynteu gei a deuth atta6
ef. ac a dywa6t yn difgethꝛin anhegar 6ꝛth pʷʳ. a
phered^{ur} ae kymerth ag6ae6 ydan y dwyen. ac ae
byrywys ergyt y6ꝛtha6. yny doꝛres y vꝛeich a g6aell
y yfg6yd. a marchogaeth vn weith ar hugeint dꝛofta6.
Ac ual ydoed yn y uar6 lewic rac meint y dolur a
ga6ffei. yd ymhoela6d y uarch a thuth garw ganta6
gra6th. A phan welfant y teulu y march yn dyuot
heb y g6ꝛ arna6. y kych6ynnaffant ar vꝛys. parth
ar lle y buaffei y gyfranc. A phan deuthant yno tyb-
ygu ry lad kei. wynt a welfant hagen oꝛ kaffei vedic
da. y bydei vy6. Ny symuda6d pʷʳ y ved6l m6y
no chynt yꝛ g6elet y pennyal aoed amben kei. _ *
Ac y deuthp6yt a chei hyt ym pebyll arthur. Ac y peris
arthur d6yn medygon kywreint atta6. Dꝛ6c uu gan
arthur kyfuaruot a chei y gofut h6nn6. Kanys ma6ꝛ
y karei. Ac yna y dywa6t g6alchmei. ny dylyei neb
kyffroi marcha6c urda6l y ar y med6l y bei arna6 yn
agkyfuartal. kanys ac attoed ae collet ar dathoed
ẏda6. ae ynteu yn medylya6 am y wreic v6yhaf a
garei. Ar agkyuartal6ch h6nn6 ac attuyd agyuaruu
ar g6ꝛ a ymwelas ac ef yn diwethaf. Ac oꝛ byd da
gennyt ti argl6yd. miui aaf y edꝛych a fymuda6d y
marcha6c y ar y med6l h6nn6._. Ac os uelly y byd. mi
aarchaf ida6 yn hygar dyuot y ymwelet a thi. Ac
yna y foꝛres kei ac y dywa6t geireudic kenuigennus.
G6alchmei heb ef hyfpys y6 gennyfi ydeuy di ac ef
herwyd y av6yneu._ Glot bychan hagē ac etmyc y6
ytt oꝛuot y marcha6c lludedic g6edy blina6 yn ymlad.

velly hagen y goꝛuuoſt di ar lawer onadunt ỽy. Ac hyt tra barhao gennyt ti dy dauaỽt atheireu tec. digaỽn vyd itt o arueu. Peis o vliant teneu ymdanat. Ac ny byd reit itt toꝛri na gỽaeỽ na chledyf yꝛ ymlad ar marchaỽc a geffych yn yꝛ anſaỽd honno. Ac yna y dywaỽt gỽalchmei ỽꝛth gei. Ti a allut dywedut a uei hygarach pei aſ mynhut. Ac nyt arnafi y perthyn itti dial dy lit ath digyoueint. Tebic yỽ gennyf i hagen y dygafi y marchaỽc gyt a mi heb toꝛri na bꝛeich nac yſgỽyd ymi. Yna y dywaỽt arthur ỽꝛth walchmei. mal doeth a phỽyllic y dywedy di. A dos ditheu ragot a chymer digaỽn o arueu ymdanat. A dewis dy uarch. Gỽiſgaỽ a wnaeth gỽalchmei ymdanaỽ. A cherdet racdaỽ yn chweric ar gam y varch. parth ar lle yd oed peredur. Ac yd oed ynteu yn goꝛffowys ỽꝛth paladyꝛ y waeỽ ac yn medylyaỽ yꝛ vn medỽl. Dyuot a ỽnaeth gỽalchmei attaỽ heb arỽyd creulonder gantaỽ. A dywedut ỽꝛthaỽ. Pei gỽypỽn vot yn da gennyt ti mal y mae da gennyfi. Mi a ymdidanỽn a thi. Kiſſoes negeſſaỽl ỽyfi y gan arthur attat. y atolỽyn itt dyuot y ymwelet ac ef. A deu ỽꝛ a doeth kynno mi ar y negeſ honno. Gỽir yỽ hynny heb y peredur. * ac anhygar y doethant. ymlad a wnaethant a mi. Ac nyt oed da gennyf ynneu hynny. gyt ac nat oed da gennyf vyn dỽyn y ar y medỽl yd oedỽn arnaỽ. Yn medylyaỽ yd oedỽn am y wreic uỽyhaf a garỽn. Sef achaỽs y doeth cof im hynny. yn edꝛych yd oedỽn ar y ẏ̨eira. ac ar y uran. Ac ar y dafneu o waet yꝛ hỽyat a ladyſſei y walch yn yꝛ eira. Ac yn medylyaỽ yd oedỽn bot yn gynhebic gỽynder

yꝛ eira. aduhet y g6allt ae haeleu yꝛ uran. ar deuvann
gochyon aoed yny grudyeu yꝛ deudafyn waet. Beb
y g6alchmei   nyt oed anuonhedigeid y med6l h6nn6.
adiryued oed kynny bei da gennyt dy d6yn yarna6.
Beb y peredur. adywedy di ymi aytti6 kei yn Ilys
arthur. ytti6 heb ynteu. ef oed y marcha6c diwethaf
aymwana6d a thi. ac ny bu da y doeth ida6 yꝛ ym-
wan h6nn6. toꝛri awnaeth y vꝛeich deheu ida6 a
g6ahell y yfk6yd gan y k6ymp agauas o 6th dy pala-
dyꝛ di.   Ie heb y peredur. nym ta6ꝛ dechꝛeu dial
farhaet y coꝛr ar goꝛres velly.   Sef awnaeth g6alch-
mei enryuedu y glybot yn dywedut am y coꝛr ar
goꝛres. adyneffau atta6 amynet d6yla6 myn6gyl
ida6. agovyn p6y oed yen6.   Peredur uab efra6c
ymgelwir i heb ef. athitheu p6y 6yt.   G6alchmei
ymgelwir i heb ynteu.   Da y6 gennyf dy welet heb
y peredur.   Dy glot ry giglef ym pob gwlat oꝛ y bum
o vilwryaeth a chywirdeb. ath gedymdeithas yffyd
adol6yn gennyf y gaffel. keffy myn vyg cret. adyꝛo
ditheu ymi y teu.   Ti ageffy yn Ilawen heb y pedur.
Iych6yn awnaethant ygyt ynhyfryt gyt|tuun parth
ar Ile yd oed arthur. aphan gigleu gei eubot yn dyuot.
ef adywa6t.   Mi awyd6n na bydei reit y gei ymlad
ar marcha6c. adiryued y6 ida6 caffel clot.   M6y awna
ef oe eireu tec no nini onerth an harveu. amynet
awnaeth pedur ag6alchmei hyt yn Ilueft walchmei
ydiot eu harueu. achymryt aoꝛuc pedur yꝛy6 wifc ac
aoed y walchmei. amynet awnaethant la6 yn Ila6 hyt
y Ile yd oed arthur. achyuarch g6ell ida6. Ilyma ar-
gl6yd heb y g6alchmei [675] y g6ꝛ y buoft yꝛ yftalym

o amſer yny geiſſaꝩ. Ꝿꝛaeſſaꝩ ꝩꝛthyt unbenn heb yꝛ
arthur. achyt ami y trigyy. apheigꝩypwn vot dy
gynnyd ual y bu. nyt aut yꝩꝛthyfi pann aethoſt.
Ꝩꝩnn hagen adaroganꝩys ycoꝛr ar goꝛres itt auu dꝛꝩc
kei ꝩꝛthunt. a thitheu aedieleiſt. ac ar hynny nachaf
y vꝛenhines ae llaꝩ voꝛynyon yndyuot. achyvarch
gꝩell awnaeth peredur udunt. a llaꝩen uuant ꝩynteu
ꝩꝛthaꝩ ae reſſaꝩv aoꝛugant. parch ac enryded maꝩꝛ
awnaeth arth^ur amperedur. ac ymchoelut aoꝛugant
parth achaerllion. Ꝉr nos gyntaf y deuth pered^ur
y gaerllion y lys arthur. ac yd yttoed yntroi yny gaer
wedy bꝩyt. nachaf ygharat laꝩ euraꝩc yn kyuaruot ac
ef. Ꝥyn vygkret vy chwaer heb.y p^ur. moꝛwyn hygar
garueid wyt. ami aallꝩn arnaf dy garu yn vꝩyhaf
gꝩꝛeic pei da gennyt. Ꝥiui arodaf vygcret heb hi val
hynn. nacharaf i dydi ac nath vynnaf yndꝛagywydaꝩl.
Ꝥinneu arodaf vygcret heb y pered^ur. na dywedaf yn-
neu ei vyth ꝩꝛth griſtaꝩn yny adeuych ditheu arnat
vygcaru i yn vꝩyhaf gꝩꝛ. Ꝿꝛannoeth ef agerdaꝩd .p^ur.
ymeith. ar pꝛiffoꝛd ar hyt keuyn mynyd maꝩꝛ adilyn-
ꝩys. ac ar dibenn ymynyd ef awelei dyffryn crꝩnn. a
goꝛoꝛeu ydyffryn yn goedaꝩc carrecgaꝩc. agꝩaſtat y
dyffrynn oed yn weirglodyeu. ac yn dired ar y rꝩng
y gꝩeirglodyeu ar coet. Ꝉc ym mynnꝩes ycoet y
gwelei tei duon maꝩꝛ anuanaꝩl eugꝩeith. adiſgynnu
aꝩnaet ac arwein y varch tu ar coet. Ꝉc am talym
oꝛ coet ef awelei ochyr carrec lem. ar ffoꝛd yn kyꝛchu
ochyꝛ y garrec. allew yn rꝩym ꝩꝛth gadwyn. ac yn
kyſcu ar ochyꝛ y garrec. aphwll dꝩfynn athꝛugar y
veint awelei dan ylleꝩ. ae loneit yndaꝩ o eſgyrn

dynyon ac aniueileit. a thynnv cledyf awnaeth p^{ur}
athараб y ꝉꝉeб. ynydygбyd yndibin бꝛth y gadwyn.
vch penn y pбꝉꝉ. ac ar yꝛ eildyꝛnaбt taraб y gadбyn
aoꝛuc yny tyꝛr. ac yny dygбyd y ꝉꝉew yny pбꝉꝉ. ac
ar traбs ochyꝛ ygarec arбein y varch aoꝛuc pered^{ur}.
yny doeth yꝛ dyffrynn. Ꝺc ef awelei am ganaбl y
dyffryñ * cafteꝉꝉ tec. athu ar cafteꝉꝉ y deuth. ac ar
y weirglaбd бꝛth y cafteꝉꝉ ef awelei gбꝛꝉꝉбyt maбꝛ yn
eifted. mбy oed no gwr oꝛ awelfei eiryoet. adeuwas
ieueinc yn faethu karneu eukyꝉꝉeiꝉꝉ o afgбꝛn moruil.
y neiꝉꝉ ohonunt yn was gбineu. ar ꝉꝉaꝉꝉ yn was melyn.
adyuot racdaб awnaeth hyt y ꝉꝉe ydoed y gбꝛ ꝉꝉwyt.
achyvarch gweꝉꝉ aoꝛuc peredur idaб. Ꝺr gбꝛꝉꝉwyt
adywaбt. mevyl ar varyf vympoꝛthaбꝛ. ac yna y
dyaꝉꝉaбd pered^{ur} panyб y ꝉꝉeб oed ypoꝛthaбꝛ. Ꝺc yna
yd aeth y gбꝛꝉꝉбyt ar gбeiffon gyt ac ef yꝛ cafteꝉꝉ. Ꝺc
ydaet pered^{ur} gyt ac бy. a ꝉꝉetec enryded^{us} awelei ef
yno. Ꝺr neuad a gyꝛchaffant. Ꝺr byꝛdeu oed gбedy eu
dyꝛchauel. a bбyt a ꝉꝉynn yn didlaбt arnadunt. acar
hynny ef awelei yn dyuot oꝛ yftaueꝉꝉ gбꝛeic ohen
agбꝛeic ieuanc. Ꝺmбyhaf gбꝛaged oꝛ awelfei eiryoet
oedynt. Ꝺc ymolchi aoꝛugant. Ꝺmynet y vбytta. ar
gбr ꝉꝉбyt aaeth y benn y bбꝛd yn uchaf. ar wreic ohen
yn neffaf idaб. a phered^{ur} ar uoꝛбyn adodet ygyt. Ꝺr
deuwas ieueinc yn gбaffanaethu arnadunt. ꝵc edꝛ-
ych awnaeth yuoꝛбyn ar peredur a thꝛiftau. agovyn
aoꝛuc pered^{ur} yꝛ voꝛбyn paham ydoed trift. Ꝇydi
eneit yꝛ pann yth weleis gyntaf agereis yn vбyhaf
gбꝛ. athoft yб gennyf welet arwas kyn uonhedicket
athi. y dihenyd avyd arnat auoꝛy. Ꝺweleift ti y tei

duon llawer ym bronn y coet. góyz yó y rei hynny ym
tat i oll ygóz llwyt racko. achewri ynt oll. ac auozy
wynt adygyfozant amdypenn ac ath ladant. ar dyffryn
crónn ygelwir y dyffrynn hónn. Oi auozwyn dec
a bery di bot vym march i am arueu yn vn lletty ami
heno. Paraf y rofi aduó os gallaf yn llawen. Pan
vu amferach gantunt kymrut hun no chyuedach.
y gyfgu yd aethant. ar uozóyn aberis bot march ped^{ur}
ae arueu yn vn lletty ac ef. athzannoeth ped^{ur} aglywei
gozdyar góyz ameirch ygkylch y caftell. apheredur
agyuodef. ac awifgaód y arueu ymdanaó. ac ymdan
y uarch. ac ef adeuth yz weirglaód. ac y deuth y
wreic hen ar uozóyn att y góz llóyt. Arglóyd heb
hóy kymer gret ymackóy nadywetto dim oz aóelas
yman. a ni avydón dzoftaó y keidó. Pa chymeraf
mynvygkret heb y góz llóyt. Ic * ymlad awnaeth
peredur ar llu. ac erbyn echwyd neur daroed idaó
llad trayan y llu heb argywedu neb arnaó ef. Ic
yna ydywaót y wreic ohen. neur deró yz mackóy llad
llawer othlu. adyro naód idaó. Pa rodaf myn vyg
cret heb yz ynteu. ar wreic ohen. ar uozóyn dec yar
vólch ygaer ydoedynt ynedzych. ac ynhynny ym-
gyvaruot o pedur ar góas melyn ae lad. arglóyd heb
y uozóyn dyzo naód yz mackóy. na rodaf y rofi aduó
heb y gózllóyt. ac ar hynny ymgyvaruot oped^{ur} ar
góas góineu ae lad. Puaffei well itti pei rodaffut
naód yz mackóy kynn llad dy deuuab ohonaó. ac
abzeid vyd y titheu dy hun oz dihegy. Dos ditheu
vozóyn ac adolóyn yz mackóy rodi naód ynni. kannys
rodaffam ni idaw ef. Ar vozóyn adoeth yz lle yd oed

peredur. ac erchi na6d y that ao2uc. ac y2 fa6l a
dihagyffei oe wy2 yn vy6. ℟effy dan amot mynet oth
tat apha6b o2 yffyd y dana6 y 62hau y2 amhera6dy2
arthur. ac ydywedut ida6 pany6 pered^{ur} g62 ida6
awnaeth y g6affanaeth h6nn. 66na6n y rofi adu6
ynllawen. a chymryt bedyd ohona6ch. aminneu
aanuonaf att arthur. y erchi ida6 rodi ydyffryñ h6nn
ytti. ac yth ettiued byth g6edy ti. ac yna y doethant
y my6n. a chyuarch g6ell awnaeth y g62 ll6yt ar wreic
vawr y pered^{ur}. ℐc yna ydywa6t yg62ll6yt. ℣r
pan yttwyf ynn medu ydyffrynn h6nn. mi ny weleif
grifta6n aelei ae eneit ganta6 namyn ti. aninne
aa6n y wrhau y arthur ac y gymryt cret abedyd.
ℐc yna ydywa6t peredu2 diolchaf ynneu y du6. na
tho2reis vy ll6 62th ywreic v6yhaf agaraf. nadywed6n
un geir 62th grifta6n. ℭ2igya6 yno a6naethant y nos
honno. ℭ2annoeth y bo2e ydaeth y g62 ll6yt ae niuer
ganta6 y lys arthur. ac y g62hayffant y arthur. ac y
para6d arthur eubédydya6. ℐc y dywa6t y g62 ll6yt
y arthur pany6 ped^{ur} ae go2uuaffei. ac arthur arodes
y2 g62 ll6yt aeniuer y dyffryn oe gynnal y dana6 ef
mal yd erchis ped^{ur}. a chan gennat arthur yg62 ll6yt
aaeth ymeith parth ar dyffryn cr6nn. ℘eredur ynteu
agerda6d * y bo2e d2annoeth racda6 talym ma62
odiffeith. heb gaffel kyuanned. ℐc yn y diwed ef
adoeth y gyuanned bychann amdla6t. ac yno y
clywei uot sarff yn go2wed ar uod26y eur. heb adel
kyfuanned seith milltir obop parth idi. ℐc yd aeth
pedur y2 lle y clywei vot y sarff. ac ymlad awnaeth
ar farff yn llidya6cd2ut ffenedicualch. ℐc yn y diwed

y lladaϭd. ac y kymerth y votrϭy idaϭ e hun. ac uelly
y bu ef yn hir yn yꝛ agherdet hϭnnϭ. heb dywedut vn
geir ϭꝛth neb ryϭ griftaϭn. ac ohynny yd yttoed yn
kolli y liϭ ae wed o tra hiraeth yn ol llys arthur ar
wreic vϭyaf a garei. ae gedymdeithon. Odyna y
kerdaϭd raᵹdaϭ y lys arthur. ac ar y ffoꝛd y kyfuar-
uu ac ef teulu arthur. a chei yn eu blaen yn mynet
y neges udunt. Peredur aatwaenat baϭp onadunt.
ac nyt atwaey neb oꝛ teulu euo. Pandeuy di vnbenn
heb y kei. a dϭyweith a their. ac nyt attebei ef.
Y wan aoꝛuc kei a gϭaeϭ trϭy y uoꝛdϭyt. Ac rac
kymell arnaϭ dywedut a thoꝛri ygret mynet heibyaϭ
aoꝛuc heb ymattiala ac ef. Ac yna y dywaϭt gϭalch-
mei. Yꝛofi aduϭ gei dꝛϭc y medꝛeift kyflauanu ar
uackϭy ual hϭnn yꝛ na allei dywedut. Ꝣc ymchoelut
dꝛaegeuyn y lys arthur. Arglϭydes heb ef ϭꝛth wen-
hϭyuar. a wely di dꝛycket y gyflauan aoꝛuc kei ar y
mackϭy hϭnn yꝛ na allei dywedut. Ac yꝛ duϭ ac yrof
ynneu par di y uedeginyaethu ef erbyn pandelϭyf
dꝛachefyn. a mi adalaf y pϭyth itt. Ꝣchynn dyuot y
gϭyꝛ oc eu neges ef a deuth marchaϭc yꝛ weirglaϭd y
ymyl llys arthur y erchi gwr y ymwan. a hynny
a gauas. a bϭꝛϭ hϭnnϭ a wnaeth peredᵘʳ. Ꝣc wythnos
y bu yn bϭꝛϭ marchaϭc beunyd. A diwarnaϭt ydoed
arthur ae teulu yn dyuot yꝛ eglϭys. Sef y gϭelynt
marchaϭc gϭedy dyꝛchauel arwyd ymwan. Ha wyꝛ
heb yꝛ arthur. myn gϭꝛhyt gϭyꝛ nyt af odyma yny
gaffwyf vy march am arueu y vϭꝛϭ y ianghϭꝛ racko.
Yna yd aeth gϭeiffon yn ol y uarch ae arueu y arthur.
A pheredᵘʳ a gyfaruu ar gϭeiffon yn mynet heibaϭ. ac

agymerth ymarch ar arueu arweirgla6d agy1cha6d.
Sef awnaeth pa6p oe welet ef ynkyuodi ac yn mynet
y * ymwan y1 marcha6c. mynet ar benn y tei ar b1yn-
neu ar lle aruchel y ed1ych ar y1 ymwan. Sef a
wnaeth pered^ur emneida6 ae la6 ar ymarcha6c y erchi
ida6 dech1eu arna6. Ir marcha6c aoſſodes arna6. ac
nyt yſgoges ef o1 lle y1 hynny. Ic ynteu peredur
ao1dinhaa6d ac ae ky1cha6d yn llitya6cd1ut engirya6l
chwer6 awydualch. ac ae g6ant dy1na6t g6en6yniclym
toſtd1ut mil61yeidffy1yſ ydan yd6yen ae d1ych|chauel
oe gyfr6y. ae v61ỽ ergit ma61 y61tha6. ac yd ymchoel-
a6d d1acheuyn ac ydedewis y march ar arueugan y
g6eiſſon mal kynt. Ic ynteu ar y d1aet agy1cha6d
y llys. ar mack6y mut y gelwit pedur yna. ar hynny
nachaf agharat Law eura6c yn kyuarfot ac ef. Y1ofi
adu6 vnbenn heb hi ys oed gryſſyn na allut dywedut.
a phei gallut dywedut mi ath ath garỽn yn v6yhaf g61.
ac myn vygcret kynnyſgellych mi ath garaf yn
v6yhaf g61. Du6 atalo itt vyg whaer heb ypered^ur.
ac mȳ vygcret minneu ath garaf di. Ic yna yg6y-
buwyt pany6 pered^ur oed ef. ac yna y dellis ef gedym-
deithas ag6alchmei ac ac owein vab uryen. ac apha6b
o1 teulu ac y trigywys yn llys arthur.

Arthur aoed yg kaer llion ar wyſc. amynet a
wnaeth y hela. a phered^ur gyt ac ef. I pher-
ed^ur aellyga6d y gi ar hyd. ar ki alada6d y1
hyd ymy6 ndiffeith6ch. ac ympenn ruthur y61tha6
ef awelei arwyd kyuanhed. a thu ar kyfanhed y
deuth. ac ef awelei neuad. ac ar d16ſ y neuad ef
awelei tri g6eis moelgethinyon yng6are g6ydb6ll.

Ꝥ phan deuth y myϬn. ef awelei teir moꝛϬyn yn eifted
ar leithic. Ꝧc vn ryϬ wifcoed ymdanunt ual y dylyei
am dylyedogyon. ac ef aaeth y eifted attunt yꝛ ꝉeith-
ic. Ꝧc vn oꝛ moꝛynyon aedꝛychaϬd ar peredᵘʳ yn graff.
ac wylaϬ awnaeth. Ꝥ pheredur aovȳnaϬd idi beth
awylei. Ꝛac dꝛycket gennyf gϬelet ꝉeaffu gϬafkyn
decket athi. ꝒϬy am ꝉeaffei i heb y peredur. Ꝓei
na bei hyt ytt arhos ynyꝉe hwnn. mi aedywedϬn
itt. Yꝛ meint uo y gϬꝛthꝛet arnaf yn arhos. mi ae
gϬarandawaf. Ꝧ gϬꝛ yffyd tat y mi heb y uorϬyn.
bieu yꝉys honn. Ꝧ hϬnnϬ alad paϬb oꝛ adel yꝛ ꝉys
honn heb y ganhyat. Ꝓa gyfryϬ Ϭꝛ yϬ * aϬch tat
chϬi pan aꝉo ꝉeaffu paϬb ueꝉy. ꞘϬꝛ awna treis ac
anuod ar y gymodogyon. ac ny wna iaϬn y neb am
danaϬ. Ꝧc yna y gwelei ef y gϬeiffon yn kyuodi ac ȳ
arꝉϬyffaϬ y claϬꝛ oꝛ werin. ac ef aglywei dϬꝛyf maϬꝛ.
Ꝧc yn ol y tϬꝛyf ef aϬelei wr du maϬꝛ unꝉygeitaϬc
yn dyuot y myϬn. Ꝧr moꝛynyon agyuodaffant yny
erbyn adiot y wifc y am danaϬ awnaethant. Ꝧc ynteu
aaet y eifted. Ꝥ gϬedy dyuot y bϬyꝉ idaϬ ac aryf-
hau edꝛych aoꝛuc ar peredur. Ꝧgouyn pϬy y march-
aϬc. ꝦrglϬyd heb yꝛ vn or moꝛynyon. y gϬas ieuanc
teckaf a bonhedickaf oꝛ aweleift eiryoet. Ꝧc yꝛ duϬ
ac yꝛ dyfyberϬyt pϬyꝉa ϬꝛthaϬ. Yꝛot ti mi abϬyꝉaf
ac a rodaf y eneit idaϬ heno. Ꝧc yna peredᵘʳ adoeth
attunt Ϭꝛth y tan. Ꝥc agymerth bϬyt a ꝉynn. ac
ymdidan ar rianed aoꝛuc. Ac yna ydywaϬt peredᵘʳ
gϬedy y vꝛϬyfcaϬ Ϭꝛth y gϬꝛ du. Ꝛyued yϬ gennyf
kadarnet ydywedy di dy uot. ꝒϬy adiodes dy lygat
ti. Ꞙn omkennedueu oed heb y gϬꝛ du. pϬy byn-

nac aovynhei imi yr hynn yd6yt ti yn youyn. ny
chaffei y eneit gennyf nac yn rat nac ar werth. Ar‐
gl6yd heb yuor6yn kyt dywetto ef overed ov26yfged
a med|da6t parth ac attat ti. Kywirha y geir a dy‐
wedeift gynneu ac a edeweift 6rthyfi. A minheu a
wnaf hynny yn llawen yrot ti heb yg6r du. Mi a
adaf y eneit ida6 yn lla6en heno. Ac ar hynny y
trigyaffant ynos honno. Y thrannoeth kyuodi aoruc
y g6r du. Ag6ifca6 arueu ymdana6. Ac erchi y pered^ur.
Kyuot dyn y uynyd ydiodef aghev heb y g6r du. Pe‐
red^ur adywa6t 6rtha6. Gyna yneillpeth y g6r du. os
ymlad a vynny ami. ae diot dy arueu y ymdanat.
Ae titheu arodo arueu ereill y mineu y ymlad athi.
Ba dyn heb ef ae ymlad aallut ti pei kaffut arueu.
Kymer yr arueu a vynnych. Ac ar hynny ydoeth y
uor6yn ac arueu y pered^ur aoed hoff ganta6. Ac ym‐
lad awnaeth ef ar g6r du. yny uu reit yr g6r du erchi
na6d y pered^ur. Y g6r du ti ageffy na6d trauych yn
dywedut ym pun wyt. a ph6y atynna6d dy lygat.
* Argl6yd minhe aedywedaf. Yn ymlad ar pryf du or
garn. Gruc yffyd aelwir y cruc galar^us. Ac yny cruc
y mae karn. Ac yny garn y mae pryf. Ac yn llofc6rn
ypryf ymae maen. A rinnwedeu ymaen ynt. p6y
bynnac aekaffei yny neilla6. Auynnei o eur ef ae
kaffei ar y lla6 arall ida6. Ac yn ymlad ar pryf h6nn6
y kolleis i vy llygat. Amhen6 ynneu y6 ydu traha6c.
Sef acha6s ymgelwit ydu t^raha6c. ny ad6n un dyn
ym kylch nyf treiff6n. a Ia6n nys g6na6n y neb. Ye
heb y peredur. py gy bellet odyma y6 y cruc ady‐
wedy di. Mi arifaf itt ymdeitheu hyt yno ac a dy‐

wedaf itt py gy beﬅet yб. Ɣdyd y kychwynnych
odyma ti adoy ylys meibon y bɿenhin y diodey-
ueynt. Paham y gelwir бynt ueﬅy. a danc ﬅynn
aeﬅad бynt beuny unweith. Pandelych odyno ti
adeuy hyt ynﬅys iarﬅes y kampeu. Py gampeu
heb yped^ur yﬅyd erni hi. Ꞇɿychanwr teulu yﬅyd
idi. Pob gбɿ dieithyɿ oɿ adel yɿﬅys ef adywedir idaб
campeu y theulu. Ꞅef achaбs yб hynny. y trychann
wr teulu aeiﬅted yn neﬅaf yɿ arglбydes. Ꞁc nyt yɿ
amharch yɿ gбeﬅteion. namyn yɿ dywedut kampeu
y theulu. Ɣdyd y kychбynnych odyno ti aey y gruc
galarus. Ꞁc yno y maent perchen trychant pebyﬅ yg
kylch y cruc yn kadб y pɿyf. Ꝑan buoﬅt heb y pered^ur
yn oɿmes yngyhyt ahynny. mi awnaf na bych byth
beﬅach. Ꞁelad awnaeth pered^ur idaб. Ꞁc yna ydy-
waбt y uoɿбyn adechɿeuaﬅei ymdidan ac ef. Ꝑei
bydut tlaбt yn dyuot yma. Ꝅyuoethaбc vydut beﬅach
o dɿyfoɿ y gбɿ du aledeiﬅt. Ꞁthi awely y faбl uoɿyn-
yon hygar yﬅyd yn y ﬅys honn. ti agaffut oɿderchat
ar yɿ un avynnvt onadunt. Ꝓy deuthum i yma om
gбlat arglбydes yɿ gбɿeicka. namyn gбeiﬅon hegar a
welaf yna. ymgeﬀylybet baбp ohonaбch aegilyd
mal ymynno. Ꞁdim oc aбch da nys mynnaf. Ꞁc nyt
reit ym бɿthaб. Ꝋdyna y kychwynnaбd peredur rac-
daб. Ꞁc ydeuth ylys meibon bɿenhin ydiodeiueint.
Ꝓphann deuth yɿ ﬅys ny welei namyn gбɿaged. Ꞁr
gбɿag^ed agyuodaﬅant racdaб. ac avuuant lawen бɿth-
aб. Ꞁc ar dechɿeu eu hymdidan. ef aw*elei varch yn
dyuot achyfrбy arnaб. achelein yn y kyfrбy. Ꞁc vn
oɿ gбɿaged agyuodes y|yuynyd ac agymerth y ge-

lein o₂ kyfr6y. ac aeheneina6d ymy6n aoed is la6 y
d₂6s a d6fy₂ t6ym yndi. ac adodes eli g6erthua6₂ ar-
na6. arg6₂ agyuodes yn vy6. ac adeuth y₂ lle yd oed
pedur ae raeffawu ao₂uc. abot yn llawen 6₂tha6. a
deu 6₂ ereill adoethant ymy6n yn eu kyfrwyeu. ar
un dywygyat awnaeth y uo₂6yn y₂ deu hynny ac y₂
vn gynt. Yna y govynna6d pered^ur y₂ vnbeñ paham
yd oedynt uelly. ac 6ynteu adywedaffant bot adanc
my6n gogof. a h6nn6 ae lladei 6y un weith beunyd.
ac ar hynny y trigyaffant y nos honno. ath₂annoeth
ykyuodes y mack6yeit racdunt. ac yderchis ped^ur y₂
m6yn eu go₂dercheu y adel gyt ac 6ynt. ac wynteu
ae gomedaffant. adywedut. pei athledit ti yno. nyt
oed itt ath wnelei yn vy6 d₂acheuyn. ac yna y ker-
daffant 6y racdunt. ac y kerda6d ped^ur yn eu hol. a
g6edy eudifflannu 6y hyt naf g6elei ef. Yna y ky-
uaruu ac ef yn eifted ar benn cruc. y wreic deckaf
o₂ a welfei eiryoet. Ei a6n dy hynt heb hi. mynet
yd6yt y ymlad ar adanc. ac ef athlad. ac nyt oe
dewred namyn oe yftry6. Gogof yffyd ida6. a philer
maen yffyd ar d₂6s y₂ ogof. ac ef awyl pa6b o₂ adel
ymy6n. ac nys g6yl neb euo. Ic allechwae6 g6en-
n6ynic o gyfga6t y piler y llad ef ba6p. Iphei rodut
ti dy gret vyg caru i yn v6yhaf g6₂eic mi arod6n itt
uaen ual y g6elut euo pan elut y my6n. ac ny welei
ef dydi. Rodaf myn vygkret heb y ped^ur. Y₂ pan
yth weleis gyntaf mi ath gereis. apha le ykeiff6n i
dydi. Iangeiffych di vyui keis parth ar india. Ic
yna ydifflann6ys y uo₂6yn ymeith g6edy rodi y
maen yn lla6 pered^ur. ac ynteu adeuth racda6 parth

a dyffrynn auon. Agoꝛoꝛeu y dyffryn oed yngoet. ac
opobparth yꝛ ~~dyffrynn~~ auon ynweirglodyeu g6aſtat.
ac oꝛneillparth yꝛ avon y gwelei kad6 odeueit g6yn-
yon. ac oꝛ parth arall y g6elei cad6 o deueit duon.
Ac ual y bꝛeuei vn oꝛ deueit g6ynnyon y deuei vn
or deueit duon dꝛ6od. ac y bydei yn wenn. ac ual
y bꝛeuei vn oꝛ deueit duon. y deuei vn oꝛ deueit
g6ynnyon dr6od ac ybydei yndu. aphꝛenn hir a
welei ar lann yꝛ auon. Ar * neill hanner aoed ida6
yn lloſci oꝛ gwreid hyt y ulaen. ar hanner arall a
deil ir arna6. ac uch la6 hynny y g6elei mack6y
yn eiſted ar benn cruc. a deu vilgi vꝛonnwynnyon
vꝛychyon my6n kynllyuaneu yngoꝛwed geyꝛ yla6.
Adiheu oed ganta6 na welſei eiryoet mack6y kyn
deyꝛneidet ac ef. ac yny coet gyfuarwyneb ac ef
y clywei ellg6n ynkyuodj hydgant. achyuarch g6ell
awnaeth yꝛ mack6y. ar mack6y agyuarcha6d well y
pered^{ur}. atheir ffoꝛd awelei pered^{ur} yn mynet y6ꝛth
y cruc. Y d6y ffoꝛd yn va6ꝛ ar dꝛyded yn llei. ago-
vyn aoꝛuc peredur pale ydaei y teir ffoꝛd. vn oꝛ
ffyꝛd hynn a a ym llys i. Ac un oꝛ deu agyghoꝛaf i
ytti aemynet yꝛ llys oꝛ blaen att vyg g6ꝛeic i yſſyd
yno. ae titheu aarhoych yma athi awely y gellg6n
yn kymell yꝛ hydot blin oꝛcoet yꝛ maes. athi awely
ymilg6n goꝛeu oꝛ aweleiſt eiryoet agle6haf ar hydot
yn eullad ar yd6fyꝛ geyꝛ anlla6. Aphan uo amſer
ynn vynet yn b6yt ef ada6 vyg g6as am march ym
herbyn athi ageffy lewenyd yno heno. Du6 a diolcho
itt. ny thꝛigyafi. namyn ragof ydaf. Y neill ffoꝛd
aa yꝛ dinas yſſyd yma ynagos. ac yn hwnn6 y keffir

Q

bwyt allynn ar werth. ar ffozd yffyd lei noz rei ereill
aa parth a gogof yz adanc. Gan dy ganhyat vackwy
parth ac yno yd afi. adyuot awnaeth peredur parth
ar ogof. a chymryt y maen yny llaw affeu. ae waew
yn yllaw deheu. Ic ual y daw y mywn. arganuot yz
adanc awnaeth ae wan agwaew trwydaw. allad y benn.
A phan daw y maes oz ogof. nachaf yn dzws yz ogof
y tri chedymdeith. a chyuarch gwell awnaethant y
ped^ur. A dywedut panyw idaw ydoed darogan llad
yz ozmes honno. A rodi y penn awnaeth p^ur yz
mackwyeit. a chynnic awnaethant wynteu idaw yr vn
a vynnynt oe teir chwiozyd yn bziawt. a hanner eu
bzenhinyaeth y gyt ahi. Hy deuthum i yma yz gwz-
eika heb y pered^ur. A phei mynnwn unwreic ac
atuyd. awch | haer chwi a vynnwn yn gynntaf. a
cherdet racdaw awnaeth peredur. ac ef aglywei
twzwf ynyol. ac edzych awnaeth ynteu yny ol. Ic
ef awelei gwz ar gevyn * march coch. ac arueu co-
chyon ymdanaw. ar gwz adeuth ar ogyvuch ac ef.
achyuarch gwell awnaeth y peredur o duw ac o dyn.
Ic ynteu pered^ur agyuarchawd gwell yz mackwy yn
garedic. Arglwyd dyuot y erchi itti ydwyfi. Beth
aerchy di heb y pered^ur. vygkymryt yn wz itt. Pwy
agymerwn ynneu yn wz pei ath gymerwn. Hy chelaf
vygkyftlwn ragot. Atlym gledyf coch ymgelwir iarll
oyftlys ydwyzein. Ryued yw gennyf i ymgynnic o
honat yn wz y wz ny bo mwy y gyuoeth no thi. nyt
oes yminneu namyn iarllaeth arall. achanys gwiw
gennyt ti dyuot yn wz ymi. Mi athgymeraf yn llawen.
ac y doethant parth allys yz iarlles. a llawen uuwyt

6ʒthunt yn y llys. a dywedut 6ʒthunt awnaethp6yt.
nat yʒ amarch arnunt ydodit ifla6 y teulu. namyn
kynnedyf y llys aoed y velly. Kanys yneb a vyʒyei
y thʒychann6ʒ teulu hi. b6yta agaffei yn neffaf idi.
a hi ae carei yn v6yhaf g6ʒ. A g6edy y b6ʒ6 operedur
y thʒychann6ʒ teulu yʒ lla6ʒ. Ac eifted ar y neill la6.
y dywa6t y iarlles. Y diolchaf y du6 kaffel g6as kyn
decket achyndewret athi. kanycheueis yg6ʒ m6yhaf
agar6n. P6y oed yg6ʒ m6yhaf agarut titheu. Myn
vyg cret etlym gledyf coch oed y g6ʒ m6yhaf agar6n
i. ac nyfg6eleis eiryoet. Dioer heb ef. kedymdeith
ymi y6 etlym. A llyma evo. Ac yʒ y v6yn ef y deuth-
um i y chware ath teulu di. Ac euo ae gallei yn
well no myvi pei afmynnei. Aminneu ath rodaf di
ida6 ef. Du6 adiolcho ytitheu uack6y tec. Aminn-
eu agymeraf y g6ʒ m6yaf agaraf. Ar nos honno
kyfcu awnaeth etlym ar iarlles y gyt. Athʒannoeth
kychwynnu awnaeth peredur parth ar cruc galar^ns.
Myn dy la6 di argl6yd mi a af y gyt athi heb yʒ et-
lym. Wynt adeuthant racdunt hyt y lle y g6elynt
y cruc ar pebylleu. Dos heb y pered^ur att y g6yʒ
racko 6ʒth etlym. ac arch udunt dyuot y 6ʒhau ynni.
Af adeuth etlym attunt. ac a dywa6t 6ʒthunt ual
hynn. Dewch y wrhą ym hargl6yd i. P6y y6 dy
argl6yd di heb yʒ 6ynteu. Pered^ur balady ʒhir y6 vy
argl6yd i heb yʒ etlym. * Pei dylyedus diuetha ken-
nat. nyt aut dʒacheuyn yn vy6 att dy argl6yd. am
erchi arch moʒ dʒahaus y vʒenhined a ieirll abar6n-
eit a dyuot y wrhau yth argl6yd di. Pered^ur aerchis
ida6 vynet dʒachcuyn attunt. a rodi dewis udunt ae

gỽꝛhau idaỽ. ae ymwan ac ef. Wynt adewiſſaſſant
ymwan ac ef. Apheredur auyꝛꝛyaỽd perchen cant
pebyỻ ydyd hỽnnỽ yꝛ ỻaỽꝛ. athꝛannoeth ef auyꝛyaỽd
perchen cant ereiỻ yꝛỻaỽꝛ. Ir trydyd dyd cant a
gaỽſſant yneukyghoꝛ gỽꝛhau y peredur. A pheredur
aouynnaỽd udunt. ᴮeth awneynt yno. ac ỽynteu a
dywedaſſant panyỽ gỽarchadỽ ypꝛyf yny vei varỽ.
Ac yna ymlad awnaem ninneu am y maen. ar neb
auei dꝛechaf ohonam agaffei ymaen. Irhoỽch vi
yma heb y peredur mi aaf y ymwelet ar pꝛyf. Ꝺac
ef arglỽyd heb wynt. awn y gyt y ymlad ar pꝛyf.
Ꝺe heb yperedur ny mynnaf i hynny. Ꝑei ỻedit y
pꝛyf ny chaffỽnn i oglot vỽy noc un o honaỽch
chwitheu. Amynet awnaeth ef yꝛ ỻe yd oed ypryf
ae lad. adyuot attunt wyntev. adywedut ỽꝛthunt.
Ꝺyfriuỽch aỽch treul yr pan doethaỽch yma. ami ae
talaf yỽch ar eu heb y peredur. If adalaỽd udunt
kymeint ac adywaỽt paỽb y dylyv ohonaỽ. Ic nyt
erchis udunt namyn adef eu bot ynwyꝛ idaỽ ef. Ic
ef adywaỽt ỽꝛth etlym. att y wreic vỽyhaf agery
yd ey di. aminneu aaf ragof. Ac adalaf itt dyuot
ynỽꝛ im. Ic yna y rodes ef ymaen y etlym. Ꝺuỽ
adalho itt. arỽydheyt duỽ ragot. Ac ymeith yd aeth
peredur. ac ef a doeth y dyffryn avon deckaf awelſei
eiryoet. A ỻawer obebyỻeu amliỽ awelei ef yno. a
ryuedach oed gantaỽ nohȳny gỽelet y faỽl awelei
ovelineu dỽfyꝛ. a melineu gỽynt. If agehyꝛdaỽd ac
ef gỽꝛ gỽineu maỽꝛ agỽeith faer arnaỽ. A govyn
pỽy oed aoꝛuc pedur. Ꝑenn melinyd ỽyf i heb ef ar
y melineu racko oỻ. agaffafi letty gennyt ti heb y

pered^{ur}. Keſſy heb ynteu yn ꝉꝉawen. ef a doeth ꝑed^{ur}
y ty y melinyd. Ic ef a welas ꝉꝉetty hoff tec y2
melinyd. Ac erchi a wnaeth ꝑedur * aryant yn ech-
wyn y2 melinyd y b2ynu b6yt a ꝉꝉynn ida6 ac y dy-
lwyth y ty. Ac ynteu a talei ida6 kynn y vynet odyno.
6ouyn ao2uc y2melinyd py acha6s yd oed y dygy-
uo2 h6nnw yno. Y dywa6t y melinyd 62th p^{ur}. Mae
y neiꝉꝉ peth. ae tydi yn62 obeꝉꝉ. ae titheu yn ynvyt.
Yna y mae amherod2es criſtinobyl ua62. Ac ny mynn
honno namyn y g62 dewraf. kanyt reit idi hi da.
Ac ny eꝉꝉit d6yn b6yt y2 ſa6l vilioed yſſyd yma. Ac
o acha6s hynny y mae y ſa6l velineu hynn. Ir nos
honno kymryt eu heſſm6ythter a wnaethant. I th2an-
noeth kyuodi y uynyd ao2uc ꝑed^{ur}. ag6iſca6 ym-
dana6 ac ymdan yuarch y uynet y2 t62neimeint. Ac
ef a welei bebyꝉꝉ ym plith y pebyꝉꝉeu ereiꝉꝉ teckaf o2
a welſei eiryoet. A mo26yn dec a welei yn yſtynnv y
phenn tr6y ffeneſty2 ar y pebyꝉꝉ. Ic ny welſei eir-
yoet mo26yn degach. ac eur wiſc o bali ymdanei. Ac
ed2ych a wnaeth ar y uo26yn yngraff. A mynet y cha-
ryat ynda6 yn va62. Ac ueꝉꝉy y bu yn ed2ych ar y
uo26yn o2 bo2e hyt hanner dyd. Ac o hanner dyd yny
oed p2yt na6n. Ic yna neur daroed y t62neimeint.
A dyuot ao2uc y letty. A thynnu y arueu y amdana6.
Ac erchi aryant y2 melinyd yn echwyn. I dic vu
wreic y melinyd 62th pered^{ur}. ac eiſſoes y melinyd
a rodes aryant yn echwyn ida6. I th2annoeth y
g6naeth y2 vnwed ac a wnathoed y dyd gynt. Ar
nos honno y doeth y letty ac y kymerth aryant yn
echwyn y gan y melinyd. Ar trydyd dyd pan yttoed

yn yꝛ vnlle ynedꝛych ar y uoꝛ6yn. ef aglywei dyꝛna6t
ma6ꝛ róng yſg6yd a myn6gyl ida6 a mynybyꝛ b6yall.
Aphan edꝛycha6d dꝛaegeuyn ar y melinyd. Y mel-
inyd a dywa6t 6ꝛtha6. 66na y neillpeth heb y melin-
yd. ae tydi adynho dy benn ymeith. ae titheu a el
yꝛ tóꝛneimeint. A gowenv awnaeth pʷ. ar y melin-
yd. Amynet yꝛ tóꝛneymeint. ac agyuaruu ac ef y
dyd hónn6. ef ae byꝛya6d oll yꝛ lla6ꝛ 6ynt. a chy-
meint ac avyꝛya6d ef a anuones y g6yꝛ yn anrec yꝛ
amherodꝛes. Ar meirch ar arueu yn anrec y wreic y
melinyd. yꝛ ymarhos am y haryant echwyn. Dylin
a oꝛuc pedur y tóꝛneimeint yny vyꝛya6d * Pa6b yꝛ
lla6ꝛ. Ac anuon y g6yꝛ a oꝛuc y garchar yꝛ amherod-
ꝛes. Ar meirch ar arueu y wreic y melinyd yꝛ ymar-
hos am yꝛ aryant echwyn. Yꝛ amherodꝛes a anuones
att varcha6c y velin. y erchi ida6 dyuot y ymwelet
a hi. Aphallu awnaeth peredʷ yꝛ gennat gyntaſ. ar
eil a aeth atta6. A hitheu y dꝛyded weith a anuones
cant marcha6c y erchi ida6 dyuot y ymwelet a hi. Ac
ony delei oe vod erchi udunt y d6yn oe anuod. Ac
6ynt adoethant atta6. ac adywedaſſant eu kennad6ꝛi
y 6ꝛth yꝛ amherodꝛes. Ynteu a wharya6d ac 6ynt yn
da. ef abara6d eu róyma6 6ynt róymat i6ꝛch. Ac
eu b6ꝛ6 ygkla6d y velin. Ar amherodꝛes a ovynna6d
kyghoꝛ y 6ꝛ doeth aoed yny chyghoꝛ. A hónn6 a
dywa6t 6ꝛthi mi a af atta6 ardy gennyat. a dyuot
att pʷ. a chyuarch g6ell ida6. Ac erchi ida6 yꝛ m6yn
y oꝛderch dyuot y ymwelet ar amherodꝛes. Ac ynteu
a deuth ef ar melinyd. Ac yny gyueir gyntaf y deuth
yꝛ pebyll eiſted a6naeth. A hitheu adeuth ar y neill

la6. a by2r ymdidan auu yrygtunt· a chymryt ken-
nat awnaeth ped^ur. a mynet y letty. T2annoeth
ef aaeth y ymwelet a hi.   J phann doeth y2 peby11
nyt oed vn gyueir ary peby11 auei waeth y gyweir-
deb noe gilyd. kany wydynt h6y py le yd eiſtedei ef.
Jiſted ao2uc ped^ur ar neill la6 y2 amherod2es.   ac
ymdidan awnaeth yn garedic.   Pan yttoedynt uelly
6ynt awelynt yn dyuot y my6n g62 du ago2fl6ch eur
yny la6 yn 11a6n owin.   J dyg6yda6 ao2uc ar penn
y lin gey2 b2onn y2 amherod2es.   ac erchi idi naſ
rodei onyt y2 neb a delei y ymwan ac evo ymdanei.
a hitheu a etrycha6d ar pered^ur argl6ydes heb ef
moes ymi y go2ul6ch.   ac yuet y g6in aoruc ped^ur.
a rodi y go2vl6ch ywreic y melinyd.   J phann yttoed-
ynt velly nachaf wr du oed v6y no2 11a11.   ac ewin
p2yf yny la6 ar weith go2fl6ch ae loneit owin.   ae
rodi y2 amherot2es.   ac erchi idi naſ rodei onyt y2
neb aymwanei ac ef.   argl6ydes heb y pered^ur moes
ymi.   ae rodi y ped^ur awnaeth hitheu.   ac yuet y g6in
ao2uc p^ur. a rodi y go2fl6ch y wreic y melinyd.   Pan
yttoedynt uelly nachaf g62 penngrych coch oed
v6y noc un o2 g6y2 erei11 ago2fl6ch o vaen criſſyalt
yny la6 * aeloneit o win ynda6. a goſt6ng ar penn
y lin ae rodi yn 11a6 y2 amherod2es.   ac erchi idi naſ
rodei onyt y2 neb aymwaney ac euo am danei.   ae
rodi awnaeth hitheu y peredur.   ac ynteu ae han-
uones ywreic y melinyd.   Y nos honno mynet y letty
ao2uc ped^ur.   J th2annoeth g6iſga6 ymdana6 ac ym-
dan y varch.   adyuot y2 weirgla6d a11ad y trywy2 a
o2uc pered^ur.   Jc yna y deuth y2 peby11.   J hitheu

adywa6t 62th peredur. Peredur dec coffa dy gret
arodeift ti ymi pan rodeif i ytti y maen pan ledeift
y2 a̶radanc. Irgl6ydes heb ynteu g6ir adywedy.
a minneu ae coffaaf. Ic y g6ledych6ys peredur gyt
ar amherod2es pedeir blyned ar dec. megys y dyweit
y2 yfto2ya.

A̶2thur aoed yg kaer Ilion arwyfc p2if lys ida6.
Ac yg kena6l Ila62 ynewad ydoed pedwar gwy2
yn eifted ar lenn o bali. Owein uab uryen.
ag6alchmei uab g6yar. a Howel uab emy2 Ilyda6.
apheredur balady2 hir. Ac ar hynny 6ynt a welynt
yn dyuot y my6n mo26yn benngrech du ar gevyn mul
melyn. acharreieu anuana6l yn y Ila6 yn gyrru ymul.
aph2yt anuana6l agharueid arnei. Duach oed y
hwyneb ae d6yla6. no2 hayarn duhaf adarffei y bygu.
Ic nyt y Ili6 hackraf. namyn y Ilun. G2udyeu aruch-
el oed idi. ac wyneb kyckir y waeret. A th26yn by2r
ffroenvoll. ar neill lygat yn v2ithlas tra theryll. ar Ilall
yn du ual y muchud yg keuynt y phenn. Danned
hiryon melynyon melynach no blodeu y banadyl. ae
ch2oth ynkychwynnu o gledy2 y d6yv2on. ynvch noe
helgeth. Afc62n y chevyn aoed arweith bagyl. Y d6y
clun aoed yn Ilydan yfcy2nic. Ac ynvein oll o hynny
ywaeret. eithy2 y th2aet ae glinyeu aoedynt v2eifc.
Kyuarch g6ell y arthur ae teulu oll eithy2 ypedur
ao2uc. Ac 62th pered^ur ydywa6t geireu dic anhegar.
Peredur ny chyuarchafi well itti. kanys dylyy. Dall
uu y tyghetuen pan rodes itti · da6n achlot. Pan
doethoft y lys y b2enhin cloff. a phan weleift yno y
mack6y ynd6yn y g6ae6 Iliueit. aco vlaen y g6ae6

dafyn o waet. A h6nn6 yn rydec yn raeady₂ hyt yn
d6₂n y mackwy. Ac *en*ryuedodeu ereill heuyt a weleift
yno. Ac ny * ofynneift eu hyfty₂ nac eu hacha6s.
Aphei as gofynnut iechyt agaffei y b₂enhin. ae gyuo|
uoeth yn hed6ch. A bellach b₂6ytreu ac ymladeu a
cholli marchogyon. Ac ada6 g6₂aged yn wed6. arianed
yn diofymdeith. A hynny oll oth acha6s di. Ac yna
y dywa6t hi 6₂th arthur. gan dy ganyat argl6yd pell
y6 vy lletty i odyma. nyt amgen yg kaftell fyber6 ny
6nn aglyweift y 6₂tha6. Ac yn h6nn6 y mae chwech
marcha6c a th₂ugeint a phumcant o varchogyon v₂d-
a6l. Ar wreic v6yhaf agar pob un gyt ac ef. Aph6y
bynnac avynno ennill clot o arueu ac o ymwan. ac
o ymlad. ef ae keiff yno os dirper. Auynnei hagen
arbennicr6yd clot ac etmyc. g6nn y lle y kaffei. Gaftell
yffyd arvynyd aml6c. Ac yn h6nn6 ymae mo₂6yn. Ac
yn y gyveiftydya6 yd ydys. A ph6y bynnac aallei y
rydhau. penn clot y byt agaffei. Ac ar hynny kych-
wynnv ymeith ao₂uc. Heb y g6alchmei. myn vyg
cret ny chyfcaf hun lonyd nes g6ybot a all6yf ell6ng y
vo₂6yn. allawer o deulu arthur agyttuuna6d ac ef.
Amgen hagen y dywa6t peredur. Myn vyg cret ny
chyfgaf hun lonyd nes g6ybot ch6edel ac yfty₂ y
g6ae6 adywa6t y vo₂6yn du am dana6. Iphann
yttoed pa6p yn ymgyweirya6. nachaf uarcha6c yn
dyuot y₂po₂th ameint mil6₂ ae angerd ynda6 yn
gyweir o dillat ac arueu. Ac adeuei racda6 ac agy-
uarchei well y arthur ae deulu oll. eithy₂ y walchmei.
Ac ar yfg6yd y marcha6c ydoed taryan eur gr6ydy₂.
a th₂a6ft olaffar glaf yndi. Ac yn vnlli6 ahynny yd oed

yꝛ arueu ereill oll. ac ef adywaⱳt ⱳ1th walchmei. ꝶi
aledeiſt vyarglⱳyd oth tⱳyll ath vꝛat. a hynny mi ae
pꝛofaf arnat. ꝶyuodi awnaeth gⱳalchmei y uynyd.
llyma hebef vyg gⱳyſtyl yth erbyn ae yma ae yn y lle
y mynnych nat wyf i na thwyllⱳꝛ na bꝛatⱳꝛ. geyꝛ bꝛonn
y bꝛenhin yſſyd arnafi y mynnafi bot y gyfranc y rof
athi heb y marchaⱳc. ꝶn llawen heb y gⱳalchmei.
dos ragot mi yth ol. ꝶacdaⱳ yd aeth y marchaⱳc.
ac ymgyweiryaⱳ awnaeth gⱳalchmei. allawer *oarueu*
agynnigywyt idaⱳ. ac ny mynnaⱳd onyt yrei eidaⱳ.
ꝶⱳiſgaⱳ awnaeth gⱳalchmei apheredur ym danunt. ac
y kerdaſſant yny ol o achaⱳs eu kedymdeithas. a
meint yd ymgerynt. ac nyt ymganlynnaſſant y gyt.
namyn pob un yny gyueir. ꝶⱳalchmei ynieuenctit
ydyd adeuth y dyffrynn * ac yny dyffryn y gⱳelei
kaer allys uaⱳꝛ yny gaer. a thyꝛeu aruchelualch yn
y chylch. ac ef awelei varchaⱳc yndyuot yꝛ poꝛth a-
llan yhela y ar balffre gloewdu ffroenuoll ymdeithic. a
rygig waſtatualch eſcutlym didꝛamgⱳyd gantaⱳ. ꝶef
oed hⱳnnⱳ y gⱳꝛ bioed y llys. ꝶyuarch gwell awnaeth
gⱳalchmei idaⱳ. ꝶuⱳ arodo da itt un benn. aphan
doy ditheu. ꝛandeuaf heb ef olys arthur. ae gⱳꝛ y
arthur ⱳyt ti. ꝶe myn vyg cret heb y gⱳalch°. ꝶi
aⱳnn gyghoꝛ da itt heb y marchaⱳc. ꝶlin alludedic
yth welaf. ꝶos yꝛ llys ac yno y trigyy heno os da
gennyt. da arglⱳyd aduⱳ adalho itt. ꝶⱳde vodꝛⱳy
yn arⱳyd att ypoꝛthaⱳꝛ. ados ragot yꝛ tⱳꝛ racco.
achwaer yſſyd y minheu yno. ꝶc yꝛ poꝛth y doeth
gⱳalchmei. adangos y votrⱳy awnaeth achyꝛchu y
tⱳꝛ. aphandoeth y myⱳn. ydoed ffyꝛyfdan maⱳꝛ yn

llofgi. afflam oleu uchel divỽc o honaỽ. a moꝛỽyn
uaỽꝛhydic delediỽ yn eifted ymyỽn kadeir ỽꝛth y tan.
Ar uoꝛỽyn a vu lawen ỽꝛthaỽ ae reffaỽu aoꝛuc. a chy-
chwȳnv yny erbyn. ac ynteu aaeth y eifted ar neill
laỽ y uoꝛỽyn. eukinyaỽ agymeraffant. A gỽedy eu
kinyaỽ dala ar ymdidan hygar aoꝛugant. Aphan ytt-
oedynt uelly. llyma yn dyuot ymyỽn attunt gỽꝛ gỽyn-
llỽyt telediỽ. Ɵi aachenoges butein heb ef. pei gỽy-
put ti iaỽnet itt chware ac eifted ygyt ar gỽꝛ hỽnnỽ.
nyt eiftedut ac ny chwaryut. athynnu y benn allan
ac ymeith. Ɓa vnbenn heb y uoꝛỽyn pei gỽnelut
vygkyghoꝛ rac ofyn bot pyt gan y gỽꝛ itt. ti agaeut
y dꝛỽs. Gwalchmei agyuodes y vynyd. aphandaỽ
tu ar dꝛỽf. yd oed y gỽꝛ ar y trugeinuet yn llaỽn aru-
aỽc ynkyꝛchu y tỽꝛ y uynyd. Ɓef aoꝛuc gỽalchmei a
chlaỽꝛ gỽydbỽyll diffryt rac dyuot neb y uynyd o
nadunt yny doeth y gỽꝛ ohela. Ar hynny llyma y
iarll yndyuot. Ɓeth yỽ hynn heb ef. Ƥeth hagyꝛ
heb ygỽꝛ gỽynllỽyt. bot yꝛ achenoges racko yn eifted
educher ac yn bỽyta gyt ar gỽꝛ aladaỽd awch tat. A
gỽalchmei uab gỽyar yỽ. Ƥeitỽch bellach heb yꝛ
iarll miui aaf ymyỽn. Ƭiarll a vu lawen ỽꝛth walch-
mei. Ɓa vnbenn heb ef cam oed itt dyuot yan llys oꝛ
gỽyput lad an tat ohonat. ꝅyn *naa*llom ni y dial
duỽ aedial arnat. Ƭneit heb *y gỽal*chmei llyna ual
y mae amhynny. nac y * adef llad aỽch tat chỽi nac
y diwat ny deuthum i. Ƥeges ydỽyfi yn mynet y
arthur. ac ymyhun. archaf i oet vlỽydyn hagen yny
delỽyf oꝛ neges. Ac yna ar vygcret vyn dyuot yꝛ
llys honn y wneuthur vnoꝛdeu ae adef ae wadu. Yꝛ

oet agauas ynllawen. ac yno ybu ynos honno.
Trannoeth kychwyn ymeit aoruc. ac ny dyweit yr
yftorya amwalchmei hỏy no hynny yny gyueir
honno. I pheredur agerdaỏd racdaỏ. Orỏytraỏ yr
ynys awnaeth peredur. y geiffaỏ chwedylyaeth y ỏrth
y uorỏyndu. ac nys kauas. ac ef adeuth ydir nyf
atwaenyat ymyỏn dyffryn avon. ac ual ydyttoed yn
kerdet y dyffrynn. ef awelei varchaỏc yndyuot yny
erbyn. ac arỏyd balaỏc arnaỏ. ac erchi y vendyth a
wnaeth. Och atruan heb ef ny dylyy gaffel bendyth.
ac ny phrỏytha itt. am wifgaỏ arueu dyd kyuuch
ar dyd hediỏ. a phadyd yỏ hediỏ heb y peredur.
Duỏ gỏener y croclith yỏ hediỏ. Ha cheryd ui ny
wydỏn i hynny. Blỏydyn y hediỏ y kychwynneis om
gỏlat. ac yna difgynu yr llaỏr awnaeth ac arwein y
uarch ynylaỏ. a thalym or prifford agerdaỏd yny
gyuaruu ochelfford. ac yr ochelfford trỏy y coet. ar
parth arall yr coet. ef awelei gaer voel ac arwyd
kyuanned awelei or gaer. a pharth argaer y doeth.
ac ar borth ygaer y kyuaruu ac ef y balaỏc agy-
uaruuaffei ac ef kynno hynny. ac erchi y vendyth
aoruc. Bendyth duỏ itt heb ef. a iaỏnach yỏ kerdet
uelly. achyt ami y bydy heno. Athrigyaỏ awnaeth
ped^{ur} y nos honno yno. Trannoeth arofun awnaeth
pered^{ur} ymeith. Dyt dyd hediỏ yneb ygerdet. ti
avydy gyt ami hediw. ac avory athrennyd. a mi
adywedaf itt y kyuarwydyt goreu aallwyf am yr hy͠n
yd wyt yny geiffaỏ. ar pedwyryd dyd arofun awnaeth
ped^{ur} y ymdeith. ac adolỏyn yr balaỏc dywedut
kyfarwydyt yỏrth gaer yr enryuedodeu. Tymeint

ac a wypðyfi mi ae dywedaf itt. Dos dros ymynyd
racko. a thu hont yr mynyd ymae afon. ac yndyffrynn
yr avon y mae llys brenhin. ac yno y bu y brenhin y
pafc. ac or keffy ynvnlle chwedyl y ðrth gaer yr
enryuedodeu. ti ae keffy yno. Ic yna y kerdaðd
ped^{ur} * racdað. ac y deuth y dyffryn yr avon. ac y
kyfaruu ac ef niuer owyr yn mynet y hela. Ac ef
awelei ym plith y niuer gðr urdedic. a chyuarch idað
a oruc pered^{ur}. Dewis di vnbenn aeti aelych yr llys.
ae titheu a delych gyt ami y hela. ae minneu a yr-
ro vn or teulu yth orchymun y verch yffyd im yno.
y gymryt bðyt allynn yny delðyf o hela. ac or byd
dy negeffeu hyt y gallwyf i eu kaffel ti ae keffy yn
llawen. agyrru awnaeth y brenhin gðas byruelyn
gyt ac ef. Iphandoethant yr llys ydoed yr vn-
bennes gðedy kyfodi ac yn mynet y ymolchi. ac
ydeuth pedur racdað. ac y greffawaðd hi peredur yn
llawen. ae gynnðys ar y neilllað. a chymryt eu | eu
kinyað a orugant. a pheth bynnac a dywettei peredur
ðrthi. chwerthin awnay hitheu yn vchel. mal yclywei
paðp or llys. Ic yna y dywaðt y gðas byruelyn ðrth
yr vnbennes. Mynvygcret heb ef or bu ðr itti eir-
yoet y mackðy hðnn auu. ac ony bu ðr itt ymae dy
vryt ath vedðl arnað. Ir gðas byruelyn aaeth parth
ac att y brenhin. ac a dywaðt mae tebyckaf oed gan-
tað bot y mackðy agyuaruu ac ef ynwr oe verch. ac
onyt gðr mi adebygaf ybyt gðr idi yny lle onyt
ymogely racdað. Mae dy gyghor di was heb y bren-
hin. Iyghor yð gennyf ellðng dewrwyr am y benn
ae dala. yny wypych diheurðyd am hynny. ac ynteu

a ellynghaᵥd gᵥyꝛ am benn pered^ur oe dala. ac y dodi
y myᵥn geol. ar voꝛᵥyn a doeth yn erbynn y that ac
a ovynnaᵥd idaᵥ. py achaᵥs y paraffei carcharu y
mackᵥy olys arthur. Dioer heb ynteu ny byd ryd
heno nac auoꝛy na thꝛenhyd. ac ny daᵥ oꝛlle ymae.
Ꝺy ᵥꝛthneuaᵥd hi ar y bꝛenhin yꝛ hynn a dywaᵥt. a
dyuot att y mackᵥy. ae anigryf gennyt ti dy uot
yma. Ꝺym toꝛei i kynny beᵥn. Ꝺy byd gwaeth dy
wely ath anfaᵥd noc un y bꝛenhin. Ar kerdeu goꝛeu
yn y llys ti ae keffy ᵥꝛth dy gyghoꝛ. a phei djdanach
gennyt titheu no chynt vot vynggᵥely i yma. y ym-
didan a thi ti ae kaffut yn llawen. Ꝺy wrthneuafi
hynny heb y peredur. Ꝼf auu yg karchar y nos hon-
no. ar uoꝛᵥyn a gywiraᵥd yꝛ hyñ a adaᵥffei idaᵥ. a
thꝛannoeth y clywei ped^ur * kynnᵥꝛyf yny dinas.
Ꝋia voꝛᵥyn dec py gynnᵥꝛyf yᵥ hᵥnn heb y pered^ur.
llu y bꝛenhin ae allu yffyd yn dyuot yꝛ dinas hᵥnn
hediᵥ. Ᵹeth a vynnant hᵥy uelly. Ᵹarll yffyd yn
agos yma adᵥy iarllaeth idaᵥ. a chy gadarnet yᵥ
a bꝛenhin. a chfranc a vyd y rygtunt hediᵥ. adolᵥyn
yᵥ gennyfi y ti heb y peredur peri y mi varch ac
arueu y vynet y difgᵥyl ar y gyfranc. ar vyg kywirdeb
ynheu dyuot ym carchar dꝛachevyn. Ƴn llawen heb
hitheu mi a baraf itt varch ac arueu. Ꜳ hi a rodes idaᵥ
march ac arueu a chᵥnfallt purgoch aruchaf y aru-
eu. Ꜳ tharyan uelen ar y yfgᵥyd. a dyuot yꝛ gyfranc
a wnaeth. ac a gyfaruu ac ef owyꝛ yꝛ iarll y dyd
hᵥnnᵥ ef ae byꝛyaᵥd oll yꝛ llaᵥꝛ. ac ef adoeth dꝛ-
chevyn y garchar. Ꝿovyn chwedleu a wnaeth y voꝛ-
ᵥyn y pedur. ac ny dywaᵥt ef vn geir ᵥꝛthi. a hitheu

aaeth y ofyn chwedleu y that. agovyn awnaeth poy
auuaſſei oꝛeu oe deulu⹀ Ynteu adywaꝺt nas at-
waenat. gwr oed achꝺnſaℍt coch aruchaſ yarueu
atharyan velen ar y yſgꝺyd. agowenu awneth hi-
theu⹀ adyuot yꝛ ℍe yd oed pered{ur}. ada vu y barch y
nos honno. athꝛi dieu aruntu yℍadaꝺd pedᵘʳ wyꝛ
yꝛ iarℍ. Ichynn caffel o neb wybot poy vei y doey
y garchar dꝛacheuyn. Ir pedwyꝛyd dyd y ℍadaꝺd
pedᵘʳ y iarℍ ehunan. adyuot aoꝛuc y voꝛwyn yn
erbyn y that. agovyn chꝺedleu idaꝺ. Chwedleu da
heb y bꝛenhin. ℍad yꝛ iarℍ. a minneu bieu y dꝺy
iarℍaeth. aꝺdoſt ti arglꝺyd poy ae ℍadaꝺd ef. Gꝺn
heb y bꝛenh. Marchaꝺc y cꝺnſaℍt coch ar taryan
uelen ae ℍadaꝺd. Irglꝺyd heb hi miui aꝺn poy yꝺ
hꝺnnꝺ. Yꝛ duꝺ heb yꝛ ynteu poy yꝺ ef. argloyd heb
hi y marchaꝺc yſſyd yg karchar gennyt yꝺ hꝺnnꝺ.
Ynteu adoeth hyt ℍe ydoed peredur. achyuarch
gꝺeℍ idaꝺ awnaeth. adywedut idaꝺ y gꝺaſſanaeth
awnathoeth. y talei idaꝺ megys y mynnei ehun. a
phan aethpꝺyt y vꝺyta. Peredur adodet ar neiℍ laꝺ
y bꝛenhin. ar uoꝛꝺyn y parth araℍ y peredᵘʳ. Mi
arodaf itt heb y bꝛenhin vym merch yn bꝛiaꝺt. a
hanner vym bꝛenhinyaeth genthi. ardꝺy iarℍaeth a
rodaf itt yth gyuarꝺs. arglꝺyd duꝺ a dalho itt heb y
peredur. ny deuthum i yma yꝛ gꝺꝛeicka. * Beth a
geiſſy ditheu vnbenn. Keiſſaꝺ chedleu yd ꝺyf i y ꝺꝛth
gaer yꝛ enryuedodeu. Mꝺy yꝺ medꝺl yꝛ vnbenn noc
ydym ni yny geiſſaꝺ heb y uoꝛꝺyn. Chwedleu y ꝺꝛth y
gaer ti ae keſſy. a chynhebꝛygyeit arnat trꝺy gyuoeth
vyn tat athꝛeul digaꝺn. athydi unbenn yꝺ y gꝺꝛ mꝺy-

haf agarafi. Ac yna y dywa6. Dos dros y mynyd
racco. a thi awely lynn achaer o vy6n yllynn. a
h8no aelwir kaer yr enryuedodeu. ac ny wdam ni
dim oe hanryuedodeu hi eithyr ygal6 velly. A dyuot
aoruc pedur parth argaer. A phorth y gaer oed yn
agoret. A phandoeth tu ar neuad. ydr6s oed yn
agoret. Ac val y doeth y my6n. g6ydb6yll awelei yny
neuad. Aphob vn or d6y werin yn g6are ynerbyn y
gilyd. ar vn y bydei borth ef idi. agollei y g6are. ar
llall a dodei a6r yn vnwed a phey bydynt g6yr. Sef
awnaeth ynteu digya6 achymryt ywerin yny arffet
Athaflu y cla6r yr llynn. A phan yttoed ef uelly.
nachaf y uorwyn du yndyuot y my6n. Ac yndywedut
6rth p^ur. Dy bo greffa6 du6 6rthyt. Mynychach it
wneuthur dr6c noda. Beth a holy di y mi y uor6yn
du heb ypedur. Golledu ohonat yr amherodres oe
chla6r acnymynnei hi hynny yr y amherodraeth.
Oed wed ykeffit y cla6r. oed beielhut ygaer yf-
bidinongyl. ymae yno 6r du yndiffeitha6 llawer o
gyuoeth yr amherodres. allad h6ñ6 ohonat ti agaffut
y cla6r. Ac ot ey di yno ny doy yn vy6 dracheuyn. A
vydy di gyuar6yd y mi yno heb y pedur. Mi auan-
agaf fford itt yno heb hi. Ef adeuth hyt ygkaer
yfbidinongyl. Ac aymlada6d ar g6r du. ar g6r du
aerchis na6d y pered^ur. Mi arodaf na6d it par vot
y cla6r yny lle yd oed pan deuthum i yr neuad. ac
yna y doeth y uor6yn du. adywedut 6rtha6. Ie heb
hi. Amelltith du6 itt yn lle dy lauur. am ada6 yr
ormes yn vy6. yffyd yndiffeitha6 kyuoeth yr amher-
odres. Mi aedeweis heb yperedur ida6 yeneit yr

Vrnin mal y trwythir oyster
a cerctut uab erbin.

Athur adwodae dala Llys yghaer
llion arwysc. Ac y delis arunta
leith .... pasc · aphninp nad
lie. Arsuleyrvn orengyllwerth dala Llys
aoruc pno · Rarys hygrwchaf Ue yny gr
wech oed gwer Llion yar uor ac yar dir.
A dygynor aoruc attab nab brenhin arona
bc. adedynt ffyr wab hyt yno · Ac ygyt a
hynny Jeull abarbneit · Rarys gwahoddyr
wab upoel yrei hynny ymyobgybyl arben
o nybei nabr aghenyon yn eu lluoydeu ·
Aphanvei ef yghaer Llion yn dala Llys · teir
eglwys arder aadiubit brth yoffervneu ·
Sef ual yoacdubit · eglwys yartinir ac d
yrned ae dwahoddyr · Ar ail y dzchenuar · ac
rianed · Ar dzyad auydei yr diskein ardu euth
eit · Ar bedwarw y   firauc ar lwydo
gwon ereill · A uab eglwys ereill auydei yr
nab yermteulu · Ac ydzalchnei yn beunaf ·
Ranys ef oarderchoeryyodot milwraeth ar
urdas boued oed beunaf ar ynab yermteulu ·
Ac wyt anghei yn yn or eglwysseu nuby noe
aodruearllam ni uch ot · Gledzlove gwnadwa

peri y cla6z. Ᵽyt ytti6 ycla6z y Ỻe kyntaf y kefeiſt.
Ᵽos dzacheuyn aỻad ef.   ᴍynet aozuc pedur aỻad y
g6z du. Ꜳphandoeth yz Ỻys yd oed y uoz6yn du yn
y Ỻys. Ᵽa uoz6yn heb y pedur mae yz amherodzes.
Ᵽzofi a du6 nys * g6ely di hi yna6z. ony bei lad
gozmes yſſyd yn y ffozeſt racko ohonat. Ᵽy ry6
ozmes y6 h6nn6. Ᵽar6 yſſyd yno achynebz6ydet y6
ar adeinya6c kyntaf. ac un cozn yſſyd yn y dal. kyhyt
a phaladyz g6ae6. achyn vlaenỻymet y6 ardim blaen-
Ỻymhaf. a thozri awna bzic y coet ac avo oweỻ yn
y ffozeſt. aỻad pob aniueil awna oz agyfarffo ac ef
yndi. ac ar nys Ỻado. mar6 vydant o newyn. ᵼ
g6aeth no hynny. Ᵽyuot awna beunoeth ac yuet y
byſcotlyn yn y dia6t. agadu y pyſca6t yn noeth a
meir6 vyd eu kanm6yhaf. kynn dyuot d6fyz idi dzach-
eſyn. Ꜳ voz6yn heb y peredur adoy di y dangos ymi
yz aniueil h6nn6. Ᵽac af ny lyuaſſ6ys dyn uynet yz
ffozeſt yz ys bl6ydyn. Ᵽae yna gol6yn yz argl6ydes.
ah6nn6 agyfyt y kar6 ac ada6 attat ac ef. ar kar6 ath
gyzch di. ᵼcolwyn aaeth yngyfarwyd y pered^{ur}. ac
agyuodes y car6. ac adoeth parth ar Ỻe yd oed ped^{ur}
ac ef. ᵼr kar6 agyzcha6d ped^{ur}. ac ynteu aeỻygh6ys
y ohen heiba6. ac atrewis y benn yarna6 achledyf.
aphan yttoed ynedzych ar penn y kar6. ef awelei
varchoges yn dyuot atta6. ac ynkymryt y col6yn yn
Ỻawes ychapann. ar penn y rygthi achozyf. ar tozch
rudeur aoed am yvyn6gyl. avnben heb hi anſyber6
y g6naethoſt. Ỻad y tl6s teckaf <u>oed</u> ymkyuoeth. arch
auu arnaf y hynny. ᵼc a<u>o</u>ed wed y gaỻ6n i kaffel
dy gerennyd di. Ꝋed. dos yvzonn ymynyd racko.

R

ac yno ti awely l6yn. ac ymon yll6yn ymae llech. ac
yno erchi g6ı y ymwan deirg6eith.ti agaffut vygker-
enhyd.   Peredur agerda6d racda6. ac adeuth y ymyl
yll6yn. ac aerchis g6ı y ymwan.   Ac ef agyuodes
g6ı du y dan y llech. a march yſkyınic y dana6. ac
arueu rytlyt ma6ı ymdana6 ac ymdan y uarch. ac
ymwan awnaethant.   Ac ual y byıyei peredur y g6ı
du yı lla6ı y neityei ynteu yny gyfr6y dıacheuyn. a
diſgynnv aoıuc pered^{ur} athynnv cledyf. ac yn hynny
difflannu aoıuc y g6ı du a march p^{ur} ganta6. ac ae
varch ehun hyt nawelas ef yı eil ol6c arnvnt. ac ar
hyt y mynyd kerdet awnaeth peredur. ar parth arall
yı mynyd ef awelei gaer yn dyffryn auon. apharth
ar gaer y doeth. ac ual y da6 yı gaer. neuad * awelei.
adı6s y neuad yn agoıet. ac y my6n y doeth. ac ef
awelei 6ı ll6yt cloff yn eiſted ar dal y neuad. ag6alch-
mei yn eiſted ar y neill la6. ae varch aducſei y g6ı
du. awelei yn vn pıeſſeb a march g6alchmei. allawen
uuant 6ıth pedur. amynet y eiſted aoıuc y parth
arall yı g6ıll6yt. ac ar hynny nachaf was melyn yn
dyg6yda6 ar penn y lin geyı bıon pered^{ur}. ac yn erchi
. kerennyd yperedur.   Irgl6yd heb y g6as mi adeu-
thum yn rith y uoıwyn du y lys arthur. aphan vyı-
yeiſt y cla6ı. aphan ledeiſt yg6ı du oyſbidinongyl.
a phan ledeiſt y kar6. a phan vuoſt yn ymlad ar g6ı
oı llech. ami adeuthum ar penn ynwaetlyt ar ydyſcyl.
ac arg6ae6 yd oed y ffr6t waet oı penn hyt y d6ın ar
hyt y paladyı. ath geuynder6 bioed y penn. ag6id-
onot kaerloy6 ae lladyſſei. ac 6ynt agloffaſſāt dy
ewythyı. ath geuynder6 6yf ynneu. a darogan y6

ytti dial hynny. A chygoꝛ vu gan pedur agᵥalchmei
anuon att arthur ae deulu y erchi idaᵥ dyuot ambenn
y gᵥidonot. adechꝛeu ymlad awnaethant ar gᵥidon-
ot. allad gᵥꝛ yarthur geyꝛ bꝛonn pered^{ur} awnaeth
vn oꝛ gᵥidonot. ae gᵥahard aᵥnaeth ped^{ur}. Ir eil-
weith llad gᵥꝛ awnaeth ywidon geyꝛ bꝛonn pedur.
ar eilweith y gᵥahardaᵥd pedur hi. Ir tryded weith
llad gᵥꝛ awnaeth y widō geyꝛ bꝛonn ped^{ur}. athynnv
y gledyf awnaeth peredur. atharaᵥ y widon aruchaf
y helym yny hyllt yꝛ helym. ar arueu oll. ar penn yn
deu hanner. I dodi llef awnaeth ac erchi yꝛ gᵥidon-
ot ereill ffo. adywedut pan yᵥ peredur oed. y gᵥꝛ a
vuaſſei yn dyſcu marchogaeth gyt ac ᵥynt yd oed
tyghet eullad. Ic yna y trewis arthur ae deulu gan
y gᵥidonot. ac yllas gᵥidonot kaer loyᵥ oll. Ic
uelly y treythir ogaer yꝛ enryuedodeu.

Gereint and Enid.

Nyma mal y treythir o ystory a gereint uab erbin.

Rthur adeuodes dala llys ygkaer llion arwyſc.
ac y delis ar untu ſeith ~~mlyned~~ paſc. aphump
nadolic. Ir ſulgwyn dʒeigylweith dala llys
aoʒuc yno. kanys hygyʒchaf lle yny gyuoeth oed
gaer llion y ar uoʒ ac y ar dir. adygyuoʒ aoʒuc attaꝟ
naꝟ bʒenhin coʒonaꝟc. aoedynt wyʒ idaꝟ hyt yno.
ac y gyt a hynny Ieirll abarꝟneit. kanys gꝟahod-
wyʒ idaꝟ uydei y rei hynny ympob gꝟyl arbennic
ony bei uaꝟʒ aghenyon yn eu lludyas. a phan vei ef
ygkaer llion yn dala llys. teir eglꝟys ardec aachub-
it ꝟʒth y offerenneu. ſef ual yd achubit. eglꝟys y ar-
thur ae deyʒned ae wahodwyʒ. ar eil y wēhꝟyuar.
ae rianed. ar dʒyded a uydei yʒ diſtein ardie eirch-
eit. ar bedwared y   franc ar ſꝟydogyon ereill.
a naꝟ eglꝟys ereill auydei yʒ naꝟ pennteulu. ac y
walchmei yn bennaf. kanys ef o arderchocrꝟyd clot
milꝟʒyaeth ac urdas boned oed bennaf ar ynaꝟ penn-
teulu. ac nyt anghei yn vn oʒ eglꝟyſſeu mꝟy noc a
dywedaſſam ni uchot. Clewlꝟyt gauaeluaꝟʒ oed penn
poʒthaꝟʒ idaꝟ. ac nyt ymyʒrei ef yggꝟaſſanaeth. na-

myn yn vn oꝛ teir gꝃyl arbennic. namyn ſeithwyꝛ a
oedynt y danaꝃ yn gꝃaſſanaethu. a rennynt y vlꝃyd-
yn y ryngtunt. Ðyt amgen. grynn.   a
phenn pighon. aſſaes gymyn. a gogyfꝃlch. a gꝃꝛd-
nei lygeit cath. a welei hyt nos yngyſtal ac hyt
dyd. Ꝋ dꝛem uab dremhitit. Ꝋchluſt uab cluſtueinyt
a oedynt wylwyꝛ y arthur. Ꝋ duꝃ maꝃꝛth ſulgꝃyn
ual yd oed yꝛ Ꝋmheraꝃdyꝛ yn y gyuedach yn eiſted.
nachaf was gꝃineu hir yn dyuot y myꝃn. Ꝋ pheis a
ſꝃꝛcot o bali caeraꝃc ym danaꝃ. a chledyf eurdꝃꝛn
am y vynꝃgyl. a dꝃy eſgit iſſel o goꝛtwal am y dꝛaet.
Ꝋ dyuot aoꝛuc hyt rac bꝛonn arthur * Ꝣenpyꞇ
gꝃeſſ arglꝃyd heb ef. Ðuꝃ a rodho da it heb yꝛ
ynteu. a greſſo duꝃ ꝃꝛthyt. ac a oes chꝃedleu o neꝃyd
gennyt ti. Ꝋes arglꝃyd heb yꝛ ynteu. Ðyt atwen
i dydi heb yꝛ arthur. Ꝣyued yꝃ gennyf i nam
atwaenoſt. a ffoꝛeſtꝃꝛ itti arglꝃyd ꝃyf i yn foꝛeſt y
dena. a madaꝃc yꝃ vy enꝃ i uab tꝃꝛgadarn. Ðywet
ti dy chwedleu heb yꝛ arthur. Ðywedaf arglꝃyd heb
ef. ꝶarꝃ a weleis yn y foꝛeſt. ac ny weleis yꝛ moet y
gyfryꝃ. Ꝥa beth yſſyd arnaꝃ ef heb yꝛ arthur. pꝛyt
na welut eiryoet y gyfryꝃ. Ꝥurwyn arglꝃyd yꝃ. ac
ny cherda gyt ac un aniueil o ryuic a balchder rac
y urenhineidet. ac y ouyn kyngoꝛ itti arglꝃyd y
dodꝃyf beth yꝃ dy gynghoꝛ am danaꝃ. Ꝥawnaf y
gꝃnaf i heb yꝛ arthur. mynet y hela ef auoꝛy yn
ieuenctit y dyd. Ꝋ pheri rybud heno ar baꝃb oꝛ ſſet-
tyeu. ac ar ryfuerys oed bennkynyd y arthur. ac
ar eliuri oed benn mackꝃy. ac ar baꝃb y am hynny.
Ꝋc ar hynny y trigyaſſant. a geſſꝃng y mackꝃy oꝛ

blaen aoʒuc. Ac yna y dywaƀt gƀenhƀyuar ƀʒth
arthur. Arglƀyd heb hi agennhedy di vyvi auoʒy
y uynet yedʒych ac .y warandaƀ ar hela ykarƀ a
dyƀaƀt y mackƀy. Kanhadaf ynllaƀen heb yʒ arthur.
Minneu aaf heb hi. Ac yna ydywaƀt gƀalchmei ƀʒth
arthur. Arglƀyd heb ynteu ponyt oed iaƀn ytitheu.
kanhadu yʒ neb y delei hƀnnƀ attaƀ yny helua. llad
y benn ae rodi yʒ neb ymynhei ae yoʒderch idaƀ
ehun ae yoʒderch y gedymdeith idaƀ. na marchaƀc
na phedeftyʒ y del idaƀ. Kanhadaf yn llawen heb
yʒ arthur. a bit y keryd ar y diftein ony byd par-
aƀt paƀp auoʒy y uynet y hela. A thʒeulaƀ y nos a
oʒugant dʒƀy gymodʒolder o gerdeu adidanƀch ac
ymdidaneu a diwall waffanaeth. A phan uu amfer
gan baƀp onadunt vynet ygyfcu ƀynt aaethant.
A phan doeth y dyd dʒannoeth deffroi aoʒugant. A
galƀ aoʒuc arthur ar ygƀeiffon agadwei ywely. Dyt
amgen. pedwar mackƀy. Sef rei oedynt. Gadyʒ-
ieith uab poʒthaƀʒ gandƀy. Ac Amhʒen uab bedwyʒ.
Ac Amhar uab arthur. A goʒeu uab Guftennyn. Ar
gƀyʒ hynny adoethant att arthur. Ac agyuarchaf-
fant well idaƀ. Ac awifc*affant ymdanaƀ. a ryuedu
aoʒuc arthur na deffroes gƀenhƀyuar. Ac nat ym-
dʒoes yny gƀely. ar gƀyʒ a uynnyffynt y deffroi. Da
deffroƀch hi heb yʒ arthur. kanys gƀell genthi gyfcu
no mynet yedʒych ar yʒ hela. Ac yna y kerdaƀd
arthur racdaƀ. ac ef aglyƀei deu goʒn yn canu. vn
yn ymyl lletty y pennkynyd. ar llall yn ymyl lletty
y penn mackƀy. allƀyʒ dygyuoʒ kƀbyl oʒ niueʒoed
adoethant att arthur. acherdet aoʒugant parth ar

ffozeſt. ꝑ gͦedy mynet arthur odieithyz y llys y
deffroes gͦenhͦyuar. agalͦ ar y mozynyon aozuc a
gͦifcaͦ ymdanei. a uozynyon heb hi. mi agymereif
gennat neithͦyz y uynet yedzych ar yz hela. ac
aet un ohonaͦch yz yftabyl apharet dyuot aca uo
o uarch oz awedo y wraged eu marchogaeth. ac ef
aaeth vn onadunt. ac ny chahat ynyz yftabyl namyn
deu uarch. a gͦenhͦyuar acun oz mozynyon aaeṭh-
ant ar y deu uarch. ac ͦynt adoethant dzͦy wyfc.
allufc y gͦyz ar meirch agynhalyffant. ꝑc ual y
bydynt yn kerdet uelly ͦynt aglywynt tͦzyf maͦz
angherdaͦl. ac edzych aozugant dzae keuyn. ac
ͦynt awelynt uarchaͦc ar ebaͦluarch helyclei athzu-
gar y ueint. amackͦy gͦyneu ꝥeuanc efgeirnoeth
teyzneid arnaͦ. a chledyf eurdͦzn ar y glun. apheis
a fͦzkot o bali ymdanaͦ. adͦy efkit iffel ogozdwal
am ydzaet. allenn o bozffoz glas ar warthaf hynny.
ac aual eur ͦzth bop cͦzr idi. a cherdet yn uchel-
ualch dzybelit ffraeth gyffonuyz awnaei y march.
ac ymozdiwes agͦennhͦyuar aozuc. a chyuarcḥ gͦell
idi aozuc. ꝑuͦ arodho da itt ereint heb yz hitheu.
a mi ath adnabuum pann yth weleif gyntaf gynneu.
a greffaͦ duͦ ͦzthyt. aphaham nat aethoft di gyt
ath arglͦyd yhela. am na wybuum panaeth heb ef.
Minneu aryuedeis heb hi gallu o honaͦ ef vynet
yndirybud ymi. ꝥe arglͦydes heb ef. kyfcu awneuth-
um i ual nawybuum pan aeth ef. agozeu vn kedȳ-
deith genhyf i heb hi vyg kedymdeithas arnaͦ yny
kyuoeth oll wyt ti owas ieuanc. ac ef aallei uot
yngyndigriuet ymi oz hela ac udunt ͦynteu. kanys

ni a glywn y * kyrn pan ganer. ac agly6n y c6n
pann ellynger. a phan dech2euont al6. ac 6ynt a
doethant y yftlys y fo2eft. ac yno feuyll a6naeth-
ant. Di a gly6n odyma heb hi pan ellynger y k6n.
ac ar hynny t62yf a gly6ynt. ac ed2ych yg g62th6yn-
eb yt626f ao2ugant. ac 6ynt a6elynt co2r yn march-
ogaeth march uchelde6 ffroenuoll mafwehyn ka-
darnd2ut. Ic yn lla6 y co2r yd oed ffrowyll. Ic
yn agos y2 co2r y g6elynt wreic y ar uarch canwel6
teledi6. a phedeftric waftatualch ganta6. ac eurwifc
o bali ymdanei. ac yn agos idi hitheu marcha6c y
ar gatuarch ma62 tomlyt. ac arueu tr6m gloy6 ym
dana6 ac am y uarch. a diheu oed ganthunt na wel-
fynt eiryoet g62 a march ac arueu hoffach gantunt
eu meint noc 6ynt. a phobun onadunt yn agos y
gilyd. Gereint heb y g6enh6yuar a atwaenoft di y
marcha6c racco ma62. nac atwen heb y2 ynteu. ny
at y2 arueu eftrona6l ma62 racco welet nae wyneb
ef nae b2yt. Dos uo26yn heb y g6enh6yuar a gouyn
y2 co2r p6y y marcha6c. mynet ao2uc y uo26yn yn
erbyn y co2r. Sef ao2uc y co2r kyuaros y uo26yn
pan y gwelas yn dyuot atta6. a gouyn ao2uc y uo26yn
y2 co2r p6y y marcha6c heb hi. Dys dywedaf ytti
heb ef. Ianys kynd26c dy wybot heb hi ac nas
dywedy ymi. mi ae gouynnaf ida6 ehun. Da ouynny
myn uyg cret heb ynteu. Paham heb y2 hi. am nat
6yt yn enryded dyn a wedo 62tha6 ymdidan am har-
gl6ydi. Sef ao2uc y uo26yn yna troffi penn y march
tu ar marcha6c. Sef ao2uc y co2r yna y thara6 ar
ffrowyll aoed yny la6 ard2a6s y h6yneb ae llygeit

yny uyd y g6aet yn hidleit. Sef a6naeth yuo2byn
o dolur y dy2na6t. dyuot d2acheuynt at wenh6yuar.
dan g6yna6 y dolur. Bagy2 ia6n heb y gereint y
go2uc y co2r athi. Mi aaf heb y gereint y wybot
p6y y marcha6c. Dos heb y g6enh6yuar. dyuot a
o2uc gereint att y co2r. P6y y marcha6c racko heb
y gereint. Dys dywedaf ytti heb y co2r. Mi ac
gouȳnaf y2 marcha6c ehun heb ynteu. Da ovȳny
mynn vygcret heb y co2r. nyt 6yt vn en*ryded di
ac y dylyych ymdidan am argl6yd i. Miui heb y
gereint aymdideneis ag62 yffyd gyftal ath argl6yd
di. ath2offi penn y uarch ao2uc parth ar marcha6c.
Sef ao2uc y co2r. ymo2diwes ac ef ae dara6 yny
gyueir y tra6fei y uo2byn. yny oed y g6aet ynlliwa6
y llenn oed am ereint. Sef ao2uc gereint dodi y
la6 ard62n y gledyf. achymryt kyngho2 yny ued6l
ac yfty2ya6 ao2uc nat oed dial ganta6 llad y co2r.
ar marcha6c arua6c yny gael ~~yny gael~~ ynrat aheb
arueu. Adyuot d2acheuyn ao2uc hyt lle ydoed wen-
h6yuar. Doeth aph6ylla6c y med2eift heb hi. Ir-
gl6ydes heb ef miui etwa aaf yny ol gandy gen-
nyat ti. ac ef ada6 yny diwed y gyuanned y kaff-
6yf i arueu. ae eu benffic ae ar 6yftyl. ual y kaff6yf
ymbra6 armarcha6c. Dos ditheu heb hi ac nac
ymwafc ac ef yny geffych arueu da. agoual ma62
uyd genyfi ymdanat ti heb hi yny gaff6yf ch6edleu
y62thyt. Os by6 uydaf i heb ef erbyn p2yt na6n
auo2ycher ti aglywy ch6edleu odianghaf. ac ar
hynny kerdet ao2uc. Sef ffo2d y kerdaffant is la6
y llys ygkaer llion. Ac y2 ryt ar wyfc mynet d2wod.

a g6aſtat tir tec erd2ym aruchel a gerdaſſant yny
doethant y dinaſtref. Ac ympenn y d2ef yg6elynt
kaer a chaſteⅡ. Ac y benn y d2ef y doethant. ac ual
y kerdei y marcha6c d26y y d2ef y kyuodei tyl6yth
pob ty y gyuarch g6eⅡ ida6 ac y reſſa6u. Ⅰ phan
doeth gereint y2 d2ef ed2ych a wnaei ym pob ty y
geiſſa6 adnabot neb o2 a6elei. Ac nyt atwaenat ef
neb na neb ynteu. ual y gaⅡei ef gaffel kym|m6yn-
as o arueu ae o venffic ae ar wyſtyl. A phob ty a
welei ynⅡa6n o wy2 ac arueu a meirch. ac yn Ⅱath-
2u taryaneu. Ac yn yſleipanu cledyfeu. Ⅰc yn golchi
arueu. ac ynpedoli meirch. Ar marcha6c ar uarch-
oges ar co2r agy2chaſſant y caſteⅡ a oed yn y d2ef.
Ⅱa6en oed ba6p 62thunt o2 kaſteⅡ. Ac ar y bylcheu
ar py2th ympob kyu'eir yd ymdo2uyn|nyglynt y gy-
uarch g6eⅡ. ac y uot yn Ⅱa6en 62thunt. ƧeuyⅡ ac
ed2ych ao2uc gereint a uydei dim gohir arna6 yn y
caſteⅡ. Ⅰphan wybu yn hyſpys y drigya6. ed2ych
ao2uc yn y gylch. ac ef a welei ar dalym o2 d2ef hen-
Ⅱys * atueiledic ac yndi neuad d2ydoⅡ. Ac 62th nat
atwaenat neb yn y d2ef mynet ao2uc y2 henⅡys. Ⅰ
g6edy dyuot ohona6 parth ar Ⅱys. ny welei hayach
namyn lofft a6elei. a phont o uaen marmo2 yn dyuot
o2 lofft. Ac ar y bont y g6elei g62 g6ynⅡ6yt yn eiſted.
a hen diⅡat atueiledic ym dana6. Ƨef ao2uc gereint
arna6 yngraff hirhynt. ſſef y dywa6t y g62 g6ynⅡ6yt
62tha6. A uacc6y heb ef. pa ued6l y6 y teu di. Ƥe-
dylya6 heb ynteu am na 6n pale ydaf heno. A deuy
di ragot yma unben heb ef. athi ageffy o2eu a
gaffer itt. A dyuot racda6 ao2uc achy2chu ao2uc y

gБr gБynllБyt ~~y gБr gБynllБyt~~ yr neuad oe vlaen. A
difgynnv aoruc yny neuad ac adaБ yno y uarch. a
dyuot racdaБ tu ar lofft ef ar gБr gБynllБyt. Ac ar
y lofft y gБelei gohenwreic yn eifted ar obennyd. a
hen dillat atueiledic o bali ymdanei. A phan uuaf-
fei yny llaБn ieuenctit. tebic oed gantaБ na welffei
neb wreic degach no hi. A morБyn gyr yllaБ a
chrys allenlliein ymdenei gohen yndechreu at-
ueilaБ. A diheu oed gantaБ na welfei eiryoet un uorБ-
yn gyflaБnach o amylder pryt a gofked a thelediБ-
rБyd no hi. Ar gБr gБynllБyt a dywaБt Брth y uorБyn.
Дyt oes was y uarch y mackБy hБnn heno namyn
tydi.   Y gБaffanaeth goreu aallБyfi heb hi mi ae
gБnaf ac idaБ ac y uarch. A diarchenu y makБy aoruc
y uorБyn. Ac odyna diwallu y march owellt ac yt. a
chyrchu yr neuad ual kynt a dyuot yr loft dracheuyn.
Ac yna y dywaБt y gБr gБynllБyt Брth y uorБyn. Дos
yr dref heb ef ar traБfgБyd goreu ac aellych ovБyt
allynn par dyuot yma ac ef. Дi awnaf yn llaБen
arglБyd heb hi. Ac yr dref y doeth y uorБyn. ac ym-
didan aorugant Бynteu tra uu y uorБyn yny dref. Ac
yny lle nachaf y uorБyn yn dyuot a gБas y gyt ahi. a
choftrel ar y geuyn yn llaБn oued gБerth. a chБarth-
aБr eidon ieuanc. Ac y rБng dБylaБ y uorБyn yd oed
talym o uara gБynn. Ac un coeffet yny llenlliein. ac
yr lofft ydoeth. Дy elleis i heb hi traБffgБyd well no
hБnn. Ac ny chaБn uyg credu ar well no hynn. Дa
digaБn heb y gereint. a pheri berБi y kic aorugant.
A phanuu baraБt eu bБyt Бynt aaethant y eifted. Дyt
amgen. [775] Gereint a eiftedaБd y rБng y gБr gБyn-

llỽyt ae wreic. Ar uoꝛỽyn awaſſanaethaỽd arnunt. A bỽyta ac yuet aoꝛugant. A gỽedy daruot bỽyta. dala ar ymdidan ar gỽꝛ gỽynllỽyt aoꝛuc gereint. a gouyn idaỽ ae ef gyntaf bioed y llys yd oed yndi. Mi yſgỽir heb ef ae hadeilaỽd. A mi bieiuu y dinas ar caſtell aỽeleiſt ti. Och aỽꝛ heb y gereint. paham y colleiſt ditheu hỽnnỽ. Mi agolleis heb ynteu iarllaeth uaỽꝛ ygyt ahynny. A llyma paham y colleis. Nei uab bꝛaỽt aoed im. achyuoeth hỽnnỽ armeu vyhun agymereis i attaf. A phan doeth nerth yndaỽ holi y gyuoeth awnaeth. Sef y kynheleis ynheu y gyuoeth racdaỽ ef. Peri aoꝛuc ynteu ryuelu arnafi. achyn-uydu cỽbyl oꝛ aoed ymllaỽ. A ỽꝛda heb y gereint auenegy di y mi pa dyuotyat uu un y marchaỽc a doeth yꝛ dinas gynneu. ar uarchoges ar coꝛr. A phaham y mae y darpar aweleis i argỽeiryaỽ arueu. managaf heb ef. Darpar yỽ auoꝛy archware yſſyd gan yꝛ iarll Ieuanc. Nyt amgen dodi ymyỽn gỽeir-glaỽd yſſyd yno dỽy ffoꝛch. ac ar y dỽy ffoꝛch gỽial-geing aryant. a llamhyſtaen a dodir ar y wialgeing. A thỽꝛneimeint auyd am y llamhyſdaen. Ar niuer aweleiſt di yny dꝛef oll owyꝛ ameirch ac arueu adaỽ yꝛ tỽꝛneimeint. Ar wreic vỽyhaf agarho adaỽ ygyt aphob gỽꝛ. Ac ny cheiff ymwan am y llamyſtaen y gỽꝛ ny bo gyt ac ef y wreic vỽyhaf agarho. Ar mar-chaỽc aweleiſt di agauas y llamhyſtaen dỽy vlyned. ac oꝛ keiff y dꝛyded ulỽydyn y hanuon aỽneir idaỽ pob blỽydyn wedy hynny. Ac ny daỽ ehun yno. A marchaỽc y llamhyſtaen y gelỽir y march o hynn allan. A ỽꝛda heb y gereint mae dy gynghoꝛ di y mi

am y marcha6c h6nn6. am farhaet ageis gan y go2r
ac agauas mo26yn y wenh6yuar g62eic arthur. a
menegi yfty2 y farhaet ao2uc gereint y2 g62 g6ynll6yt.
Dyt ha6d ym rodi kyngho2 itt kanytoes na g62eic na
mo26yn ydymardel6ych o honei. yd elut y ymwan
aef. arueu aoed y mi yna y rei hynny agaffut ti. ac
o2 bei well gennyt uy march i no2 teu dy hun. a
wrda heb ynteu du6 adalo it. da diga6n y6 gennyfi
vy march vy hun yd 6yf i yn gynneuin * ac ef. ath
arueu ditheu. a phony edy ditheu 62da y mi ardel6 o2
uo26yn racco yffyd uerch y titheu. ynoet y dyd auo2-
y. ac o2dianghafi o2 t62neimeint. vygkywirdeb am
karyat a uyd ar y uo26yn tra u6yf i vy6. Ony dianghaf
inheu. kyndiweiret uyd y uo26yn achŷt. Miui heb
y g62 g6ynll6yt awnaf hynny yn lla6en. a chanys ar
ymed6l h6nn6 yd6yt titheu yn trigya6. reit vyd itt
pan uo dyd auo2y bot dy uarch ath arueu yn bara6t.
Kanys yna ydyt marcha6c y llamhyftaen goftec. Dyt
amgen erchi y2 wreic v6yhaf agar kymryt y llam-
hyftaen. kanys go2eu y g6eda itti. a thi ae keueift
med ef y2 llyned ac y2 d6y. ac o2 byd ae g6arauunho
itt hedi6 o gedernit. mi ae hamdiffynnaf itt. ac am
hynny heb yg62 g6ynll6yt ymae reit y titheu uot yno
pan vo dyd. a ninheu yntri a vyd6n gyt athi. ac ar
hynny trigya6 ao2ugant. ac yn y lle o2 nos ydaethant
y gyfgu. a chyn y dyd kyuodi ao2ugant a g6ifca6 ym
danunt. a phan oed dyd yd oedynt 6ynteu yll ped-
war ar gla6d yn feuyll. ac yna yd oed marchawc y
llamhyftaen yndodi y2 oftec ac yn erchi y o2derch
ky2chu y llamhyftaen. Da chy2ch heb y gereint y

mae yma uo2byn yffyd degach a thelediwach a dyly-
edogach. ac aedyly ynweḷḷ no thi. **Ø**s tydi a gynhely
y ḷḷamhyſtaen yn eidi hi dy2et ragot y ymwan amiui.
Ᵽyuot racdab ao2uc gereint hyt ympenn y weirglabd.
yn gyweir o varch ac arueu tröm rytlyt dielb eftronabl
ymdanab ac ymda y uarch. ac ymgy2chu ao2ugant.
atho2ri to obeleidy2. a tho2ri y2 eil. a tho2ri yd2yded
do. a hynny bob eilwers. ac bynt ae to2rynt ual y dy-
git attunt. **Ᵽ**phannwelei y iarḷḷ ae niuer marchabc
y ḷḷamhyſtaen yn hydy2. dolef a ḷḷewenyd a go2aben
auydei gantab ef aeniuer. a th2iftau abnaei y gö2
göynḷḷöyt aewreic ae uerch. **a**r gö2 göynḷḷöyt awaſ-
fanaethei y ereint o2 peleidy2 ual y to2rei. **a**r co2r
awaffanaethei uarchabc y ḷḷamhyſtaen. **Ᵽ**c yna y
doeth y gö2 göynḷḷöyt att ereint. **a** unben heb ef wely
dy yma y palady2 aoed ymḷḷab i y dyd ym urdböyt yn
uarchabc urdabl. **a**c y2 hynny hyt hedib ny tho2reis i
ef. * **a**c ymae arnab penn iabnda. kany thyckya un
palady2 gennyt. **Ⅽ**ereint agymerth y göaeb gan y
diolbch y2 gö2 göynḷḷöyt. **a**r hynny nachaf y co2r yn
dyuot agöaeb gantab ynteu y arglöyd. wely dy yma
y titheu waeb nyt göaeth heb y co2r. achoffa na
fauabd marchabc eiryoet gennyt kyhyt ac ymae hönn
ynfeuyḷḷ. **Ᵽ**rof adub heb y gereint onyt angheu
eb2byd am dwc i. ny henbyd göeḷḷ ef oth bo2th di. **a**c
o beḷḷ y brthab go2dinab y varch ao2uc gereint. **a**e
gy2chu ef gan y rybudyab a goffot arnab dy2nabt
toftlym creulabn d2ut. ygkedernit y daryan yny hoḷḷ-
des y daryan **Ᵽ**c yny ty2r y2 arueu ygkyueir y gof-
fot. **a**c yny ty2 y gegleu. **a**c yny vyd ynteu efae

gyfrôy dĵos bedĵein y uarch yĵ Ilaôĵ. ac yn gyflyn
difgynnu aoĵuc gereint a Ilidiaô. a thynnu cledyf ae
gyĵchu yn Ilityaôclym. Y kyuodes y marchaôc ynteu
a thynnu cledyf araIl yn erbyn gereint. ac ar eu traet
ymffuft achledyfeu yny yttoed arueu pob un onad-
unt yn ferigyluriô gan y gilyd. ac yny yttoed y chôys
ar gôaet yndôyn Ileuuer eu Ilygeit racdunt. Jphan
uei hyttraf gereint y Ilaôenhaei y gôĵ gôynIlôyt ae
wreic ae uerch. Jphan uei hytraf y marchaôc y Ilaô-
enhaei y iarIl ae bleit. Aphan welas y gôĵ gôynIlôyt
ereint wedy kaffel dyĵnaôt maôĵdoft. neffau aoĵuc
attaô yn gyflym adywedut ôĵthaô. Aunbenn heb ef
coffa y farhaet ageueift ygan y coĵr. A phonyt y
geiffaô dial dy farhaet y deuthoft di yma. afarhaet
gôenhôyuar gôĵereic arthur. Dyuot aoĵuc y ereint
ymadĵaôd y gôĵ ôĵthaô. A galô attaô y nerthoed. adyĵ-
chauel y gledyf. a goffot ar y marchaôc yggôarthaf y
benn yny tyĵ holl arueu y benn. ac yny tyĵr y kic oll
ar croen. ac yny iat. yny glôyua ar yĵ afgôĵn. Ac yny
dygôyd y marchaôc ar ydeulin. A bôĵô y gledyf oe laô
aoĵuc. ac erchi trugared y ereint. a rywyĵ heb ef
ygadaôd vygkam ryuic am balchder ym erchi naôd.
Jc ony chaf yfpeit y ymwneuthur aduô am vym pe-
chaôt. ac y ymdidan ac offeireit. ny hannôyf well *
o naôd. Mi arodaf naôd itt gan hynn heb y gereint.
Dy uynet hyt at wenhôyuar gôĵeic arthur. y wneuthur
iaôn idi am farhaet y moĵôyn oth goĵr. Digaôn yô
gennyf inheu awneuthum i arnat ti am ageueis ofar-
haet gennyt ti ath goĵr. ac na difgynnych oĵ pan
elych odyma hyt rac bĵonn gôenhôyvar y wneuthur

iaᵕn idi ual y barnher yn ꞮꞮys arthur. aminheu aᵕnaf
hynny yn ꞮꞪaᵕen. a phᵕy ᵕyt titheu heb ef. Mi ereint
uab erbin. amanac ditheu pᵕy ᵕyt. Mi edern uab
nud. Ꞇc yna y byꝛywyt ef ar y uarch ac y doeth
racdaᵕ hyt ynꞮꞮys arthur. ar wreic uᵕyhaf agarei yny
vlaen ae goꝛr. adꝛycyꝛuerth maᵕꝛ gantunt. adatkan
y chᵕedyl ef hyt yna. Ꞇc yna y doeth y IarꞮꞮ bychan
ae niuer hyt ꞮꞮe yd oed ereint achyuarch gᵕeꞮꞮ idaᵕ
ae wahawd gyt ac ef yꝛ cafteꞮꞮ. Ꞩa vynnaf heb y
gereint. yꝛ ꞮꞮe y bum neithᵕyꝛ yd af heno. Ꞇany
uynny dy wahaᵕd. ti auynny diwaꞮꞮrᵕyd oꝛ a aꞮꞮwyfi
y beri itt ir ꞮꞮe y buoft neithᵕyꝛ. ami abaraf enneint
itt a bᵕꝛᵕ dy vlinder ath ludet yarnat. Ꞩuᵕ adalo
itt heb y gereint aminheu aaf ymꞮꞮetty. ac ueꞮꞮy y
doeth gereint. a nyᵕl iarꞮꞮ ae wreic ae uerch. Ꞇ phan
doethant yꝛ lofft. yd oed gᵕeiffon yftaueꞮꞮ y iarꞮꞮ
ieuanc ae gᵕaffanaeth gᵕedy dyuot yꝛꞮꞮys. ac ynky-
weiryaᵕ y tei oꞮꞮ ac yn eu diwaꞮꞮu o weꞮꞮt athan. ac ar
oet byꝛr yn baraᵕt yꝛ enneint. ac yd aeth gereint
idaᵕ. a golchj y benn awnaethpᵕyt. Ꞇc arhynny
y doeth y IarꞮꞮ ieuanc ar y deugeinuet o uarchogyon
urdolyon. y rᵕng y wyꝛ ehun agᵕahodwyꝛ oꝛ tᵕꝛnei-
meint. Ꞇc yna y doeth ef oꝛ enneint. ac yd erchis
yꝛ iarꞮꞮ idaᵕ vynet yꝛ neuad y vᵕyta. Mae ynᵕl iarꞮꞮ
heb ynteu ae wreic ae uerch. Ꞓ maent yny lofft rac-
ko heb y gᵕas yftaueꞮꞮ y iarꞮꞮ. yn gᵕifcaᵕ ymdan-
unt y gᵕifgoed a beris y iaꞮꞮ y dᵕyn udunt. Ꞩa wif-
cet y uoꝛᵕyn heb ynteu dim ymdanei onyt ychꝛys
ae ꞮꞮenꞮꞮiein yny del y lys arthur y wifgaᵕ o wenhᵕy-
uar y wifc a vynno ymdanei. ac ny wifgaᵕd y uoꝛᵕyn.

Ic yna ydoeth pa6b y2 neuad onadunt. ac ymolchi
ao2ugant a mynet y eifted ac y v6yta. Sef ual yd
eifted*affant.   O2 neill tu y ereint yd eifteda6d y iarll
ieuanc. ac odyna yny6l iarll. o2 tu ararall y ereint yd
oed y uo26yn ae mam.   I g6edy hynny pa6b ual y
racvlaenei y enryded. a b6yta awnaethant adidla6t
waffanaeth ac amylder o amryuael anregyon a ga6f-
fant. Ac ymdidan ao2ugant. Dyt amgen no g6aha6d
o2 iarll ieuanc ereint trannoeth. Da uynnaf y rof a
du6 heb y gereint. y lys arthur yd afi ar uo26yn honn
auo2y. adiga6n y6 gennyf hyt y mae yny6l iarll ar
dlodi a gouut. Ac y geiffa6 aghwanegu goffymdeith
ida6 ef yd afi yn bennaf. a unben heb y2 iarll ieuanc
nyt omkam i ymae yny6l heb gyuoeth.   Myn uyg
cret i heb y gereint ny byd ef heb y gyuoeth onyt
agheu eb26yd amd6c i. Da unben heb ef am auu
o anghyffondeb y rofi ac yny6l. mi auydaf 62th dy
gygho2 di yn lla6en gan dy uot yn gyffredin ar y
ia6nder y rynghom.   Dyt archaf i heb y gereint
rodi ida6. namj y dylyet ehun ae amrygoll y2
pan golles y gyuoeth hyt hedi6. a minheu awnaf
hynny yn llawen y rot ti heb ef. Se heb y gereint
auo yma o2 adylyho bot yn 62 y yny6l g62haet
ida6 o2lle. a hynny ao2uc y g6y2 oll. ac ar y tag-
neued honno y trigywyt. ae gaftell ae d2ef ae gy-
uoeth aedewit y yny6l. ach6b6l o2 agollaffei hyt
yn oet y tl6s lleihaf agafas. Ic yna y dywa6t yn-
y6l 62th ereint. a unben heb ef y uo26yn a ymard-
elweift ohonei hyt y bu y t62neimeint. para6t y6 y
wneuthy2 dy ewyllys a llyma hi yth uedyant.   Dy

mynnaf i heb ynteu namyn bot y uo₂6yn ual ymae
yny del y lys arthur. ac arthur ag6enh6yuar a vyn-
naſ eu bot yn rodyeit ar yuo₂6yn. a th₂annoeth y
kych6ynnaſſant racdunt y lys arthur. Kyfranc ge-
reint hyt yma :.

Ilyma weithon ual yd hel|la6d arthur y car6. ran-
nu y₂ erhyluaeu o₂ g66y₂ ar c6n. agell6ng y c6n arna6
a o₂ugant. adiwethaf ki a ell ynghbyt arna6 ann6ylgi
arthur. cauall oed y en6. Ac ada6 y₂ holl g6n a o₂uc
arodi yſtum y₂ car6. Ic ar y₂ eil yſtum y doeth
y₂ car6 y erhylua arth^{ur}. * Ac arthur a ymgauas ac
ef. a chynn kyflauanu oneb arna6. neur daroed y
arthur lad y benn. Ac yna kanu co₂n Ilad a wnaeth-
p6yt. Ic yna dyuot a o₂ugant pa6p y gyt. A dyuot
a o₂uc kady₂ieith att arthur a dy6edut 6₂tha6. Ar-
gl6yd heb ef ymae racco wenh6yvar heb neb gyt
a hi namyn un uo₂6yn. Arch ditheu heb y₂ arthur
y gildas uab ka6 ac y yſcolheigon y Ilys oll kerdet
gyt a g6enh6yuar parth ar Ilys. a hynny a wnaeth-
ant 6ynteu. Ac yna y kerd6ys pa6b onadunt a dala
ar ymdidan a o₂ugant am benn y car6 y b6y y rodit.
6n yn mynnu y rodi y₂ wreic v6yhaf a garei ef.
arall y₂ wreic v6yhaf a garei ynteu. A pha6b o₂ teulu
ar marchogyon yn amryſſon yn ch6er6 am y penn. ac
ar hynny ydoethant y₂ Ilys. ac y gyt ac y kicleu
arthur ag6enh6yuar y₂ amryſſon am y penn. y dy-
wa6t g6enh6yuar yna 6₂th arthur. Argl6yd heb hi.
Ilyma vyg kygho₂ i am benn y car6. na rodher yny
del gereint uab erbin o₂ neges yd edy6 idi. A dy-
wedut y arthur yſty₂ yneges a o₂uc g6enh6yuar.

Gỽneler hynny ynllaὓen heb yꝛarthur. ar hynny y
trigyὓyt. athꝛannoeth yperis gὓenhὓyuar. bot dif-
gὓyleit ar ygaer am dyuotyat gereint. a gὓedy
hanner dyd y gὓelynt godꝛumyd odyn bychan ar
uarch. ac yny ol ynteu gὓꝛeic neu uoꝛὓyn debygynt
hὓy ar uarch. ac yny hol hitheu marchaὓc maὓꝛ go-
chꝛὓm penn iffel goathꝛift. ac arueu bꝛiὓedic amdlaὓt
ymdanaὓ. Achynn eudyuot ygkyuyl y poꝛth y
doeth un oꝛ difgὓyleit hyt lle ydoed wenhὓyuar.
adywedut idi y ryὓ dynyon awelynt ar ryὓ anfaὓd
oed arnunt. Dy ὓnn i pὓy ynt hὓy heb ef. ꟿi ae
gὓnn heb ygὓenhὓyuar llyna y marchaὓc ydaeth
gereint ynyol. a thebic yὓ gennyf nat gan yuod
ymae yndyuot. ac ymoꝛdiwedaὓd gereint ac. neur
dialaὓd farhaet y uoꝛὓyn pan uo lleihaf. ac arhỹny
nachaf y poꝛthaὓꝛ yn dyuot hyt lle ydoed wenhὓy-
uar. arglὓydes heb ef ymae yny poꝛth marchaὓc.
ac nywelas dyn eiryoet golὓc moꝛ athꝛugar edꝛych
arnaὓ ac ef. Arueu bꝛiὓedic amdlaὓt yffyd ymdanaὓ.
* alliὓ y waet arnunt yndꝛech noc eu lliὓ ehun. a
ὓdoft di pὓy yὓ ef heb hi. gὓnn heb ynteu. Edyꝛn
uab nud yὓ med ef. nyt atwen inheu ef. ac yna
ydoeth gὓenhὓyuar yꝛ poꝛth yny erbyn. ac ymyὓn
ydoeth. ac y bu doft gan wenhὓyuar gὓelet yꝛ olὓc
awelei arnaὓ. pei na attei gyt ac ef y coꝛr yn
gyndꝛὓc ywybot ac ydoed. ar hynny kyuarch a
oꝛuc edyꝛn y wenhὓyuar. Duὓ arodo da itt heb yꝛ
hitheu. arglὓydes heb ef dy annerch ygan ereint
uab erbin y gὓas goꝛeu adewraf. a ymwelas ef a
thi heb hi. do heb ef ac nyt yꝛlles ymi. ac nyt ar-

na6 ef ydoed hynny namyn arnafi argl6ydes. Ith
annerch y gan ereint. a chan dy annerch ef am kym-
hella6d i hyt yma. y wneuthur dy ewyllys di am
godyant dy uor6yn y gan y cor. Ynteu madeuedic
y6 ganta6 y godyant ef. ama oruc arnafi. kann teby-
gei vy mot yn enbeitr6yd am vy eneit. achymhellyat
cadarndrut g6ra6l mil6ryeid aoruc ef arnaf i hyt
yma. y wneuthur ia6n itti argl6ydes. Oi a 6r pale
yd ymordiweda6d ef a thi. rny lle ydoedem ynch6are
ac yn amryffon am lamhyftaen. yny dref a elwir yr
a6rhonn kaerdyff. ac nyt oed gyt ac ef oniuer.
nam|myn tri dyn godla6t atueiledic eu hanfa6d. Pyt
amgen g6r g6ynll6yt gohen. a g6reic oeta6c. a mor-
6yn ieuanc deledi6. a hen dillat atueiledic ymdan-
unt. ac ardel6 caru y uor6yn o ereint yd ymyrra6d
yn y t6rneimeint am y llamhyftaen. adywedut bot
yn well y dylyei y uor6yn honno y llamhyftaen. nor
uor6yn yma a oed gyt amiui. ac amhynny ymwan
aorugam. ac ual y g6ely di argl6ydes y gedewis ef
vivi. a 6r heb hi pa bryt y tebygy di dyuot gereint
yma. auory argl6ydes y tebygaf i y dyuot ef ar
uor6yn. Ic yna y doeth arthur atta6 achyuarch
g6ell aoruc ef y arthur. ac edrych hirhynt aoruc
arthur arna6. abot yn aruthyr ganta6 y welet uelly.
ac ual tybyeit y adnabot. agouyn ida6. Ae edern uab
nud 6yt ti. oi argl6yd heb ynteu g6edy ry gyhurd
ami dirua6r ouut a g6elioed annodefedic a menegi
c6byl oe angherdet y arth^{ur}. Ie heb yr arth. Ia6n y6
y wenh6yuar uot [782] yn drugara6c 6rthyt wrth a gly6-
afi. Y drugared a uynnych di argl6yd heb hi mi ae

g6naf ac ef. 6ıth uot yngymeint gewilyd itti argl6-
yd kyhyıdu ke6ilyd amiui ac athy hun. Ꝟyna yſſyd
ia6naf am hynny heb yı arthur. gadel medegynaeth-
u y g6ı yny wyper auo b6y. Ac os by6 vyd g6naet
ia6n mal ybarno goıeug6yı yꝰys. achymer ueicheu
ar hynny. Os mar6 uyd ynt. goımod uyd agheu g6as
kyſtal ac edern yn ſarhaet moı6yn. Ɖa y6 genhyfi
hynny heb yg6enh6uar. Ic yna ydaeth arth^{ur} yn
oıuoda6c dıoſta6. achıada6c uab ꝰyı. ag6alla6c uab
ꝰenna6c. Ac owein uab nud. a g6alchmei. adiga6n
yam hynny. Ic y peris arthur gal6 moıgan tut
atta6. penn medygon oed h6nn6. Ꝡymer attat edern
uab nud aphar gyweira6 yſtaueꝰ ida6. Aphar ued-
eginyaeth ida6. yn gyſtal ac yparut ymi pei be6n
urathedic. ac naat neb y yſtaueꝰ y aſlonydu arna6.
namyn ti ath diſgyblon ae medeginyaetho. ꝳi a6naf
hynny ynꝰawen argl6yd heb y moıgan tut. Ic
yna y dywa6t y diſtein. Ɖa le ymae ia6n argl6yd
goıchymun yuoı6yn. Ᵹwenh6yuar ae ꝰa6 uoıyn-
yon heb ynteu. ar diſtein ae goıchymynna6d:~ Ɖu
chwedyl 6ynt hyt yma.

Ɠıannoeth ydoeth gereint parth arꝰys. a diſ-
g6yleit oed arygaer ygan wenh6yuar rac ydyu-
ot yndirybud. Ar diſg6ylat adoeth hyt ꝰeydoed
wenh6yuar. Argl6ydes heb ef mi adebygaf y g6el-
af ereint aruoı6yn gyt acef. Ac ar uarch y mae a
phedyt wiſc ymdana6. Y uoı6yn hagen ual goıwyn
yg6elaf athebic ylieinwiſc a6elaf ymdanei. Ᵹm-
g6eir6ch oꝰ wraged in. ado6ch yn erbyn gereint y
reſſa6u. ac y uot yn ꝰawen 6ıtha6. A dyuot aoıuc

góenhóyuar ynerbyn gereint ar uozóyn. aphandaó
gereint hyt lle ydoed góenhóyvar kyuarch góell a
ozuc idi. Ðuó arodo da itt heb hi agreffaó ózthyt.
Ahynt ffróythlaón donyaóc hyrróyd glotuaóz adugoft.
Aduó adalo itt heb hi peri iaón ym yn gyn ualchet
ac y pereift. arglóydes heb ef mi abuchón peri iaón
itt ózth dy ewyllys. A llyma y uozóyn ykeueift ti dy
warthzud oe hachaós. Je heb y góenhóyuar greffaó
duó ózthi. Ac nyt cam bot yn llaóen ózthi. Ðyuot
y myón aozugant a difgynnv amynet ge*reint hyt
ll ydoed arthur achyuarch góell idaó. Ðuó arodo
da itt heb yz arthur agreffaó duó ózthyt. achyt caffo
edern uab nud gouut a chlóyueu gennyt ti hynt lóyd-
yannus adugoft. nyt arnaf i y bu hynny heb y
gereint. namyn ar ryuic edern uab nud ehun nat
ymgyftlynei. nyt ymadaón inheu ac ef yny wypón
póy uei. neu yny ozffei y lleill ar y llall. A óz heb yz
arth^{ur} pale ymae y uozóyn agiglef y bot yth ardel.
di. Ymae góedy mynet gyt agóenhóyuar y hyfta-
uell. Ac yna ydeuth arthur ywelet y uozóyn. a
llaóen uu arthur ae gedymdeithon aphaób oz llys oll
ózth y uozóyn. Ahyfpys oed gan baób onadunt pei
kyt rettei goffymdeith y uozóyn aephzyt. nawelfynt
eiryoet un wympach no hi. Ac arthur auu rodyat
ar y uozóyn y ereint. Ar róym awneyit yna róng deu-
dyn awnaethpóyt y róng gereint aruozóyn. A dewis
ar holl wifcoed góenhóyuar yz uozóyn. Ar neb awelei
y uozóyn yny wifc honno ef awelei olóc wedeidlóys
deledió arnei. Ar dyd hónnó ar nos honno atreulaf-
fant dzóy dogynder o gerdeu. ac amylder o anreg-

yon wirodeu. aꞁuoſſyd o waryeu. 𝔍phann vu amſer
gantunt uynet y gyſgu wynt a aethant. 𝔞c ynyꝛ yſta-
ueꞁ yd oed wely arthur agꝟenhꝟyuar y gꝟnaethpꝟyt
gꝟely y ereint ac enit. ar nos honno gyntaf y kyſ-
gaſſant y gyt. 𝔍 thꝛannoeth y ꞁonydaꝟd arthur yꝛ
eircheit dꝛos ereint. o didlaꝟt rodyon. 𝔞 cheneuinaꝟ
aoꝛuc y uoꝛꝟyn ar ꞁys. adꝟyn kedymdeithon idi o
wyꝛ agꝟꝛag^{ed} hyt na dywedit am vn voꝛꝟyn yn ynys
pꝛydein vꝟy noc am danei. 𝔍c yna y dywaꝟt gꝟen-
hꝟyuar. 𝔍aꝟn ymedꝛeis i heb hi am benn y carꝟ na
rodit y neb yny delei ereint. a ꞁyma le iaꝟn y rodi
ef. y enit uerch ynyꝟl y uoꝛꝟyn glotuoꝛaf. 𝔞c ny the-
bygaff i ae gꝟarauuno idi. 𝔍anyt oes ryngthi aneb
o nyt yſſyd o garyat a chedymdeithas. 𝔊anmoledic
uu gan baꝟb hynny a chan arthur heuyt. 𝔍rodi
penn y karꝟ awnaethpꝟyt y enit 𝔞c o hynny aꞁan
ꞁuoſſogi y chlot. ae chedymdeithon o hynny yn vꝟy
no chynt. 𝔍ef aoꝛuc gereint o hynny aꞁan caru
carꝟ tꝟꝛneimeint achyfrangeu calet. abudugawl y
deuei ef o bop un. 𝔞 blꝟydyn a dꝟy a their y bu ef
yn * hynny yny yttoed y glot yn ehedec dꝛos wyneb
y deyꝛnas. 𝔞 thꝛeigylgweith ydoed arthur yn dala
ꞁys ygkaer ꞁion ar wyſc y ſulgꝟyn. nachaf yndyuot
attaꝟ kennadeu doethpꝛud. dyſcediclaꝟn ymadꝛaꝟd-
lym ac yn kyuarch <u>gꝟeꞁ</u> y arthur. 𝔇uꝟ arodho da
y ꝟch heb yꝛ arthur agreſſaꝟ duꝟ ꝟꝛthywch. 𝔞c o pa
le pan deuwch chꝟi. 𝔍an deuꝟn arglꝟyd heb ꝟy o
gernyꝟ. 𝔞chennadeu ym ni ygan erbin uab cuſten-
nin dy ewythyꝛ di. 𝔍c attat y mae yn kennadꝟꝛi.
athannerch y ganthaꝟ. mal ydyly ewythyꝛ annerch

y nei. ac ual y dyly g6r annerch y argl6yd. Ic y
uenegi ytti yuot ef yn amd2ymmu ac ynⅡefcu ac
yn dyneffau ar heneint. ae gyttirogyon o wybot hyn-
ny yn camderwynnu 62tha6. ac yn chwennychu y dir
ae gyuoeth. Ic yn adol6c y mae y ti argl6yd eⅡ6ng
gerreint y uab atta6 y gad6 y gyuoeth ac y wybot y
deruyneu. a menegi y mae ida6 bot yn weⅡ ida6
treula6 blodeu y Ieuenctit ae de62ed yn kynnal y
deruyneu ehun. noc yn t62neimeint diffr6yth kyt
caffo clot yndunt. Ie heb y2 arthur e6ch y ymdi-
archenu. a chymer6ch ych b6yt. a by2y6ch a6ch
blinder y arna6ch. I chynn ych mynet ymeith atteb
a geff6ch. Y v6ytta yd aethant. Ic yna medylya6
ao2uc arthur. nat oed ha6d ganta6 eⅡ6ng gereint
y 62tha6. nac o unⅡys ac ef. Dyt oed ha6d na thec
gantha6 ynteu. uot y geuynder6 yn g6archad6 y gyu-
oeth ae deruyneu cany aⅡei y dat eu kynnal. Dyt
oed lei goual g6enh6yuar ae hiraeth hi ar hoⅡ
wraged ar hoⅡ uo2ynyon. rac ouyn mynet y uo26yn
y 62thunt. Y dyd h6nn6. arnos honno ad2eulyffant
d26y diwaⅡr6yd o bop peth. ac arth^{ur} a uenegis y
ereint yſty2 y gennad62i. a dyuotyat y kennadeu o
gerny6 atta6 ef yno. Ie heb y gereint y2 adel nac
oles nac o afles y mi argl6yd o hynny. dy uynnv di
awnaf. am y gennad62i honno. Ⅱyma y6 dy gyngho2
am hynny heb y2 arthur. ᴋyt boet dy hir gennyf i
dy uynet ti. mynet o honat y gyuanhedu dy gyuoeth.
ac y gad6 dy deruyneu. achymer y niuer a vyn*nych
gyt athi am6yhaf a gerych om fydlonyon i yn heb-
2yngyeit arnat. ac ath garant ditheu ath gytuarch-

ogyon. Duꞗ adalo itt a minneu aꞗnaf hynny heb
ygereint. Pa odꞗ2d heb y gꞗennhꞗyuar a glywafi y
gennꞗch chꞗi. ac am hebꝛyngyeit ar ereint parth ae
wlat. Pe heb yꝛ arthur. Reit yꞗ y minneu uedyl-
yaꞗ heb hi. am hebꝛyngyeit a diwallrꞗyd ar yꝛ un-
bennes yffyd gyt a minneu. Paꞗn aꞗney heb yꝛ
arthur. Ac y gyfgu yd aethant ynos honno. Athⁿn-
noeth yd eꞁyngꞗyt y kennadeu y ymdeith. I dy-
wedunt udunt y deuei ereint yn euhol. Y trydyd
dyd gꞗedy hynny y kychꞗynnaꞗd gereint. Pef niuer
aaeth gyt ac ef gꞗalchmei uab gꞗyar. A riogoned
uab bꝛenhin iwerdon. ac ondyaꞗ uab duc bꞗ2gꞗin.
Cꞗilim uab rꞗyf ffreinc. Powel uab emyꝛ ꞁydaꞗ.
Pliury anaꞗ kyꝛd. Cꞗynn uab tringat. Coꝛeu uab
cuftennin. Cꞗeir gꞗꝛhyt uaꞗꝛ. Carannaꞗ uab golith-
mer. Peredur uab efraꞗc. Cꞗynn ꞁogeꞁ. gꞗyꝛ ynat
ꞁys arthur. Dyuyꝛ uab alun dyuet. Gꞗꝛei gꞗalftaꞗt
ieithoed. Bedwyꝛ uab bedꝛaꞗt. Padꞗꝛy uab gꞗꝛyon.
Rei uab kynyꝛ. Odyar ffranc. Yftiwart ꞁys arthur.
Ac Idern uab nud. Peb ygereint a glywaf i digaꞗn
uarchogaet a uynnaf gyt ami. Pe heb yꝛ arthur ny
weda itti dꞗyn y gꞗ2 hꞗnnꞗ y gyt a thi. kyt boet
iach. yny wneler tangneued y ryngtaꞗ agꞗenhꞗyuar.
If ar aꞁei y wenhꞗyuar y ganhadu y gyt a mi ar
ueicheu. Os kanhatta. kanhadet heb ueicheu. Kanys
digaꞗn ogymꞗeu a gouutyeu yffyd ar y gꞗ2 yn ꞁe far-
haet y uoꝛꞗyn y gan y coꝛr. Pe heb y gꞗenhꞗyuar
awelych di yuot yniaꞗn am hynny ti a gereint mi
ae gꞗnaf yn ꞁaꞗen arglꞗyd. Ic yna y kanhadaꞗd
hi edern y uynet yn ryd. a digaꞗn y am hynny a

aeth yn hebꝛygeit ar ereint. a chychỽyn aoꝛugant. a cherdet ynỽympaf niuer oꝛ aỽelas neb eiryoet parth a hafren. Ac ar y parth dꝛaỽ y hafren yd oed goꝛeugỽyꝛ erbin uab cuſtennin. ae datmaeth yn eu blaen yn aruoll gereint yn llawen. a llaỽer o * wraged y llys ygan y uam ynteu yn erbyn enit uerch ynyỽl y wreic ynteu. A diruaỽꝛ oꝛuoled a llewenyd a gymerth paỽp oꝛ llys yndunt. ac oꝛ holl gyuoeth yn erbyn gereint. rac meint y kerynt ef. ac rac meint y kynnullaſſei ynteu glot yꝛ pan athoed y ỽꝛthunt hỽy. Ac am uot y uedỽl ynteu ar oꝛeſkyn y gyſoeth e hun. Ac y gadỽ y deruyneu. Ac yꝛ llys ydoethant. Ac yd oed yn y llys udunt ehalaethꝛỽd diwallualch o amryuael anregyon ac amylder gỽirodeu. a didlaỽt waſſanaeth. ac amryuaelon gerdeu a gỽaryeu. Ac o anryded gereint. y gỽahodet holl wyꝛda y kyuoeth y nos honno y ymweleint a gereint. Ar dyd hỽnnỽ a dꝛeulaſſant ar nos honno dꝛỽy gymedꝛolder o eſmỽythtra. Ac yn Ieuenctit y dyd dꝛannoeth kyuodi a oꝛuc erbin. a dyuynnu attaỽ ereint. ar goꝛeugỽyꝛ a dathoed y hebrỽng. a dywedut ỽꝛth ereint. gỽꝛ amdꝛỽm oedaỽc ỽyfi heb ef. A thꝛa elleis i gynnal y kyuoeth ytti ac y my hun mi ae kynnheleis. a thitheu gỽas ieuanc ỽyt. ac ym blodeu dy dewred ath ieuenctit yd ỽyt. Kynnal dy gyuoet weithon. Ie heb y gereint. om bod i ny rodut ti medyant dy gyuoeth ym llaỽ i yꝛ aỽꝛ honn. ac nym dygut ettwa o lys arthur. Yth laỽ di nu y rodaf i. A chymer heuyt hediỽ wrogaeth dy wyꝛ. Ac yna y dywaỽt walchmei. Iaỽnaf yỽ itt lonydu yꝛ eircheit hediỽ. Ac

auoꝛy kymer ꝟꝛogaeth dy gyuoeth. Ic yna y dyuyn-
nꝟyt yꝛ eircheit y un lle. ac yna y doeth kadyꝛieith
attunt y edꝛych eu haruedyt. ac y ouyn y baꝟb beth
aeruyn|nynt.   I theulu arthur adechꝛeuwys rodi.
ac yny lle y doeth gꝟyꝛ kernyꝟ ac y rodaffant ꝟyn-
teu. ac ny bu hir y buant yn rodi rac meint bꝛys
paꝟb onadunt y·rodi. ac oꝛ adoeth y erchi da yno.
nyt aeth neb ymeith o dyno. namyn gan y uod. Ir
dyd hꝟnnꝟ ar nos honno adꝛeulaffant dꝛꝟy gymed-
ꝛolder o efmꝟythdꝛa. a thꝛannoeth yn ieuenctit y dyd
yderchis erbin y ereint anuon kennadeu ar y wyꝛ
y ovyn vdunt aoed diꝟꝛthꝛꝟm gantunt y dyuot y *
gymryt eu gꝟꝛogaeth. ac·aoed ganthunt ae bar ae
enniwet o dim a dottynt yny erbyn⸗ Yna y gyꝛraꝟd
gereint gennadeu ar wyꝛ kernyꝟ y ovyn udunt
hynny. ac ydywedaffant ꝟynteu nat oed gantunt
namyn kyflaꝟnder o lewenyd agogonyant gan baꝟp
o nadunt am dyuot gereint y gymryt eu gꝟꝛogaeth.
ac yna y kymerth yntev gꝟꝛogaeth aoed yno o nad-
unt. ac yno y gyt y buant y dꝛyded nos. I thꝛannoeth
yd arouunaꝟd teulu arthur ymeith. Ly yghyꝛth yꝟ
yꝟch uynet ymeith ettwa⸗ arhoꝟch ygyt ami yny
darffo ym gymryt gꝟꝛogaeth vyggoꝛeugꝟyꝛ oꝛ aer-
kyttyo o nadunt dyuot attaf. ac ꝟynt a dꝛꝛigyaffant
yny daruu idaꝟ ef hynny. ac y kychwynnaffant hꝟy
parth allys arthur.   Ic yna yd aeth gerein y eu
hebꝛꝟng ef ac enit hyt yn diganhꝟy. ac yna y gꝟahan-
yffant.   Ic yna y dywaꝟt ondyaꝟ uab duc bꝟꝛgꝟyn
ꝟꝛth ereint.   Kerda heb ef eithauoed dy gyuoeth yn
gyntaf. ac edꝛych yn llꝟyꝛgraf deruynev dy gyuoeth.

Ac oꝛ goꝛthꝛymha gouut arnat. manac ar dy gedym-
deithon. Duꞡ adalo itt heb ef a mineu awnaf
hynny. Ic yna y kerdaꞡd gereint eithauoed y
gyuoeth. a chyvaꝛꞡydyt hyſpys gyt ac ef᷉ o oreugꞡyꝛ
y gyuoeth. ar amcan pellaf adangoſſet idaꞡ a getwis
ynteu gantaꞡ᷉ Ic ual y gnottayſſei trauu yn llys
arthur᷉ kyꝛchu tóꝛneimeint aꞡnaei. ac ymwybot ar
gꞡyꝛ deꞡꝛaf achadarnaf. yny oed glotuaꞡꝛ yn y gyueir
honno ual y buaſſei yn lle arall gynt. Ic yny gyuoe-
thoges y lys ae gedymdeithon ae wyꝛda. oꝛ meirch
goꝛeu ar arueu goꝛeu. ac oꝛ eurdlyſſeu arbennickaf
agoꝛeu. Ac ny oꝛffoꞡyſſaꞡd ef o hynny yny ehedaꞡd y
glot dꝛos ꞡyneb y deyꝛnas. I phann ꞡybu ef hynny.
dechꝛeu caru eſmꞡythder ac yſgaꞡnrꞡyd aoꝛuc ynteu.
Kanyt oed neb adalei aruot yny erbyn᷉ Acharu y
wreic a gꞡaſtatrꞡyd yn y lys. A cherdeu adidanꞡch. a
chartreuu ynhynny dalym aoꝛuc. Ac ynol hynny
karu yſcafalꞡch oe yſtauell ae wreic. hyt nat oed
digrif dim gantaꞡ namyn hynny. yny yttoed yn
kolli * callon y wyꝛda ae hela ae digrifꞡch. achallon
cꞡbyl o niuer y lys. ac yny oed ymodꞡꝛd agogan
arnaꞡ gan laꞡgan dylꞡyth y llys. am y uot yn ymgolli
yn gyn lꞡyꝛet a hynny ac eu kedymdeithas ꞡy o gar-
yat gꞡꝛeic. ar geireu hynny aaeth hyt att erbin. I
gꞡedy clybot o erbin hẏnnẏ. Dywedut aoꝛuc ynteu
hynny y enit. Agouyn aoꝛuc idi ae hihi oed yn peri
hynny y ereint. Ac yndodi y danaꞡ ymadaꞡ ae lꞡyth
ac aeniuer. Da vi myn vyg kyffes y duꞡ heb hi. ac
nyt oes dim gaſſach gennyfi no hynny. Ac ny wydyat
hi beth aꞡnaei. kanyt oed haꞡd genthi adeſ hynny y

ereint.   Ŷyt oed haẞs genthi hitheu warandaẞ ar
aglywei heb rybudyaẞ gereint ymdanaẞ. agoueileint
maẞr adellis hi yndi am hynny. A boregẞeith yr haf
ydoedynt yn eu gẞely ac ynteu ẞrth yr erchẞyn. ac
enit oed heb gyfcu y myẞn yftaueÎÎ wydrin. ar heul
yn tywynnu ar y gẞely. ar diÎÎat gẞedy ry lithraẞ y ar
y dẞyuron ef ae dẞyureich. ac ynteu yn kyfcu.   Ŝef
aoruc hitheu edrych. tecket ac aruthret yr olẞc aẞel-
ei arnaẞ. adywedut. Ẃwae ui heb hi of om achaẞs i y
mae y breicheu hynn ar dẞyuronn yn koÎÎi clot amil-
ẞryaeth kymeint ac aoed eidunt. a chan hynny eÎÎẞng
y dagreu yn hidleit. yny dygẞydaffant ar y dẞyuronn
ef.   Ĵc un or petheu ae deffroes ef uu hynny y gyt
ar ymadraẞd adywaẞt hi kynno hynny. a medẞl
araÎÎ ae kyffroes ynteu nat yr medẞl ymdanaẞ ef
ydywedaffei hi hynny. namyn yr yftyryaẞ karyat ar
ẞr araÎÎ droftaẞ ef. Adamunaẞ yfcaualẞch hebdaẞ ef.
Ac ar hynny fef aoruc gereint antangneuedu yny
uedẞl. agalẞ ar yfqẞier idaẞ. adyuot hẞnnẞ attaẞ. Ŷar
yngyflym heb ynteu kyweiryaẞ uy march am arueu.
ac eubot yn baraẞt. achyuot titheu heb ef ẞrth enit a
gẞifc ymdanat. Aphar gyweiraẞ dy uarch. adẞc y wifc
waethaf ar dy helẞ gennyt ẞrth uarchogaeth. a
meuyl ymi heb ef or deuy di yma yny wypych di
agoÎÎeis i vy nerthoed yn ky gẞplet ac ydywedy di.
Ac y gyt a hynny or byd kyn yfgaualhet itt ac yd oed
dy damunet y geiffaẞ yfgaualẞch am yneb ymedylyut
ymdanaẞ. * Achyuodi aoruc hitheu a gẞifcaẞ yfcaeluf
wifc ymdanei. Ŷy ẞnn i heb hi dim oth uedylyeu
di arglẞyd. Ŷyfgẞybydy di yr awrhonn heb ef. Ĵc

yna yd aeth gereint y ymwelet ac erbin. aϭꝛda heb ef
neges yd wyſ yn mynet idi. ac nyt hyſpys gennyf i
pa bꝛyt y deuaf dꝛacheuyn. aſynnya di heb ef ϭꝛda
ϭꝛth dy gyuoeth yny delwyfi dꝛacheuyn. Mi awnaf
heb ef. ac eres yϭ gennyf moꝛ deiſſyuyt yd ϭyt yn
mynet. aphϭy a gerda gyt a thi ϭꝛth nat ϭyt ϭꝛdi y
gerdet tir Ꝉoegyꝛ yn unic. Ɖy daϭ gyt a miui namyn
un dyn araꝉꝉ. Ɖuϭ ath gyghoꝛo nu mab heb yꝛ erbin.
a Ꝉaϭer dyn ae haϭl arnat yn Ꝉoegyꝛ. ac yꝛ Ꝉe yd
oed y uarch y doeth gereint.   Ac yd oed y uarch yn
gyweir o arueu trϭm eſtronaϭl gloyϭ. Ꝛc erchi aoꝛuc
ynteu y enit yſgynnu ar y march a cherdet oꝛ blaen. a
chymryt ragoꝛ maϭꝛ. ac yꝛ awelych nac yꝛ a glywych
heb ef arnaf i. nac ymchoeldi dꝛacheuyn. ac ony dy-
wedafi ϭꝛthyt ti na dywet ti vngeir heuyt. Ꝛcherdet
racdunt aoꝛugant. ac nyt yffoꝛd digrifaf a chyuan-
hedaf a beris ef y cherdet. namyn y ffoꝛd diffeithaf a
diheuaf uot Ꝉatron yndi. aherϭyꝛ aϭϭyſtuileit gϭenn-
ϭynic. adyuot yꝛ bꝛiffoꝛd ae chanlyn aoꝛugant a
choet maϭꝛ awelynt y ϭꝛthunt. a ffarth ar coet y
deuthant.   Ꝛc yn dyuot oꝛ koet aꝉꝉan ygϭelynt ped-
war marchaϭc aruaϭc. ac edꝛych aoꝛugant arnunt. a
dywedut aoꝛuc un o honunt. Ꝉyma le da ynni heb
ef y gymryt y deu uarch racko ar arueu ar wreic
heuyt. ahynny agaffϭn ynſegur yꝛ yꝛ vn marchaϭc
pendꝛϭm go athꝛiſt racco Ꝉibin. ar ymdidan hϭnnϭ
agigleu enit. ac ny wydyat hitheu beth aϭnaei rac
ouyn gereint ae dywedut hynny ae tewi. Ɖial duϭ
arnaf heb hi onyt dewiſſach gennyf vy agheu oe laϭ
ef noc o laϭ neb. a chyt ymlado a mi. mi aedywedaf

idaб rac gбelet angheu arnaб ef yndybɪyt. achyuaroȿ
gereint aoɪuc yny uyd yn agos idi. arglбyd heb hi
aglywy di geireu y gбyɪ ym danat. Dyɪchauel y
wyneb aoɪuc ynteu ac edɪych arnei yn Ⅱidiaбc. Dyt
oed reit ytti heb ef namyn cadб y geir. aarchyſſit itt.
ſef oed hбnnб tewi. * Dyt amgeled gennyſ yteu. ac
nyt ry bud. achyt mynnych di gбelet vy angheu i am
diuetha oɪ gбyɪ racko. nyt oes arnafi un argyſſбɪ.
Ic ar hynny eſtбng gбaeб aoɪuc y blaenaf o honunt
agoſſot ar ereint.   Ac ynteu ae herbynnaбd . ef ac
nyt ual gбɪ Ⅱeſc. agellбng y goſſot heibaб aoɪuc. I
goſſot aoɪuc ynteu ar y marchaбc yn teбder y daryan.
yny hyⅡt y daryan ac yny dyɪ yɪ arueu. ac yny uyd
dogyn kyuelin uaбɪ yndaб ynteu oɪ paladyɪ. Ac yny
vyd hyt gбaeб gereint dɪos pedɪein y uarch yɪ Ⅱaбɪ.
Ir eil marchaбc ae kyɪchaбd yn Ⅱidiaбc amlad y
gedymdeith. ac ar ungoſſot y byɪyaбd ef hбnnб ac
y Ⅱadaбd ual y ⅡaⅡ. ar trydyd ae kyɪchaбd. aç ueⅡy
y Ⅱadaбd.   Ic ueⅡy y Ⅱadaбd y pedwyɪyd. Gɪiſt ac
aflaбen oed y uoɪбyn yn edɪych ar hynny. Diſcynnu
aoɪuc gereint adiot arueu y gбyɪ Ⅱadedic. ae dodi yn
eu kyfrбyeu. affrбynglymhu y meirch aoɪuc. Ac yſ-
gynnu ar y uarch. Wely di awnelych heb ef kymer
di y pedwar meirch agyɪ rac dy vɪonn. acherda oɪ
blaen ual yd ercheis itt gynneu. Ic nadywet ti vn
geir бɪthyfi yny dywettбyf i yn gyntaf бɪthyt ti. Ym
kyſſeſ y duб heb ef os hynny nys gбney ny byd
diboen itt. Mi aбnaf vyg gaⅡu am hynny arglбyd
heb hi бɪth dy gynghoɪ di. Wynt agerdaſſant rac-
dunt y goet. Ac adaб y coet aoɪugant adyuot y

waſtattir ma6ɿ. ac ym perued y g6aſtattir yd oed byɿ-
goet pende6 dyɿys. Ic y6ɿth h6nn6 y g6elynt tri
marcha6c yn dyuot attunt. yn gyweir oueirch ac arueu
hyt y lla6ɿ ymdanunt ac ymdan eu meirch. Sef
aoɿuc y uoɿ6yn edɿych yn graff arnunt. I phann
doethant yn agos. Sef ymdidan agly6ei gantunt.
llyma dyuot da ynni heb 6ynt yn ſegvr. pedwar
meirch aphedwar arueu. ac yɿ y marcha6c llaeſtriſt
racko rat y kaff6n 6ynt. ar uoɿ6yn heuyt yn medyant
y byd. 66ir y6 hynny heb hi blin y6 y g6ɿ o ymh6ɿd
ar g6yɿ gynneu. dial du6 arnaf o nys rybudyaf heb hi.
ac aros gereint aoɿuc y uoɿ6yn yny uyd yn agos idi.
Irgl6yd heb hi pony chlywy di * ymdidan y g6yɿ
racko ymdanat. ʙeth y6 hynny heb ef. Dywedut
y ryngtunt ehunein y maent y caffant hynn o yſpeil
yn rat. Yɿofi adu6 heb ef yſtrymach gennyfi noc
adyweit y g6yɿ 6ɿthyf. na thewy di 6ɿthyf i. ac na
bydy 6ɿth vyg kynghoɿ. argl6yd heb hi rac dy gaffel
yn diaruot y6 gennyfi. 6a6 bellach a hynny nyt
amgeled gennyſ y teu. ac ar hynny eſt6ng g6ae6 a
oɿuc un oɿ marchogyon. a chyɿchu gereint agoſſot
arna6 yn ffr6ythla6n debygei ef. ac yſgaelu y ky-
merth gereint y goſſot ae dara6 heiba6 aoɿuc. ae
gyɿchu yntev a goſſot arna6 yny gymherued. achan
h6ɿd y g6ɿ ar march ny thygya6d y riuedi arueu yny
uyd penn y g6ae6 allan a thalym oɿ paladyɿ tr6yda6.
ac yny uyd ynteu hyt y ureich ae baladyɿ dɿos bed-
ɿein y uarch yɿ lla6ɿ. Y deu uarcha6c ereill adoethant
bob eilwers ac ny bu well eu kyɿch 6ynt noɿ llall. Y
uoɿ6yn yn ſeuyll ac yn edɿych ar hynny. goualus oed

oꝛ lleillparth o debygu bꝛiwaꝺ gereint yn ymhꝺꝛd ar
gꝺyꝛ. ac oꝛ parth arall o lewenyd y welet ynteu yn
goꝛuot. Yna y difgynnaꝺd gereint. ac y rꝺymaꝺd y
tri arueu yny tri chyfrꝺy. ac a ffrꝺynglymaꝺd y meirch
y gyt. yny oed yna feith meirch y gyt gantaꝺ. ac
efgynnu ar y uarch ehun a oꝛuc a goꝛchymun yꝛ uoꝛ-
ꝺyn gyꝛru y meirch. ac nyt gꝺell im heb ef dywed-
ut ꝺꝛthyt no thewi kany bydy ꝺꝛth vyg kyghoꝛ.
Bydaf arglꝺyd hyt y gallꝺyf heb hi. eithyꝛ na allaf
kelu ragot y geireu engiryaꝺlchꝺerꝺ aglyꝺyf yth
gyueir arglꝺyd. y gan eftronaꝺl giwtaꝺdoed a gerd-
o diffeithꝺch mal yrei hynny. Yrof aduꝺ heb ef
nyt amgeled gennyf y teu. athaꝺ bellac. ꝺi awnaf
arglꝺyd hyt y gallꝺyf. a cherdet aoꝛuc y uoꝛꝺyn
ryngthi ar meirch aoed rac y bꝛonn. achadꝺ y ragoꝛ
aoꝛuc. ac oꝛ pꝛyfc gynneu adywetpꝺyt uchot rꝺyddir
arucheldec gꝺaftatlꝺys erdꝛym agerdaffant. ac ym
pell y ꝺꝛthunt ꝺynt awelynt coet. ac eithyꝛ gꝺelet
yꝛ ymyl neffaf attunt. ny welynt wedy hynny nac
ymyl nac eithaf yꝛ coet. ac ꝺynt adoethant parth
ar coet. ac yn dyuot oꝛ koet ꝺynt awelynt pump mar-
*chaꝺc awyddꝛut kadarnffyꝛyf y ar gatueirch cadarn-
dew efkyꝛnbꝛaf mafwehynn ffroeuolldꝛut. a dogynder
o arueu am y gꝺyꝛ ac am y meirch. Igꝺedy eu dy-
uot yn agos ygyt. Sef ymdidan aglywei enit gan y
marchogyon. Weldy yma ynni dyuot da yn rat. ac
yn dilauur heb ꝺynt. hynn oll oueirch ac arueu a
gaffꝺn ar wreic heuyt yꝛ yꝛun marchaꝺc llibindꝛꝺm
goathꝛift racco. Ioualu aoꝛuc y uoꝛꝺyn yn uaꝺꝛ am
glybot ymadꝛodyon y gꝺyꝛ hyt nawydat oꝛ byt pa

T

wnaei. ac yny diwed y kauaſ yny chynghoɀ rybud-
yaƀ gereint. Athɀoſſi aoɀuc penn y march tu ac
attaƀ. argloyd heb hi beiclyƀut ti ymdidan y mar-
chogyon racko mal y kiglef i. moy uydei dy oual noc
ymae. Clas chƀerthin digius engiriaƀlchwerƀ aoɀuc
gereint. adywedut. Mi athglyƀaf di heb ef yn toɀri
pobpeth oɀ a wahardwyfi ytti. ac ef a allei uot yn
ediuar gennyt ti hynny ettwa. Ac yn y lle nachaf
y gƀyɀ ynkyuaruot ac ƀynt. ac yn uudugaƀl oɀawen‌
goɀuot aoɀuc gereint ar y pum | wyɀ. Ar pump arueu
arodes yny pump kyvɀƀy. A ffrƀynglymu y deudeg
meirch aoɀuc y gyt. ac eu goɀchymū y enit awnaeth.
Ac ny ƀnn i heb ef pa da yƀ ymi dy oɀchymun di. ar
un weith honn ar ureint rybud itt mi ae goɀchymyn-
naf. a cherdet racdi yɀ coet aoɀuc y uoɀƀyn. a ragoɀ
aerchis gereint idi y gadƀ hi ae kedwis. A thoſt oed
gantaƀ edɀych ar dɀallaƀt kymeint a hƀnnƀ ar uoɀƀyn
kyſtal a hi gan y meirch pei as gattei lit idaƀ. Ar coet
agyɀchaſſant. a dƀvyn oed y coet a maƀɀ. Ar nos
adoeth arnunt yny coet. A uoɀƀyn heb ef ny thykya
y nị keiſſaƀ kerdet. Ie argloyd heb hi a uynnych di
ni ae gƀnaƀn. Iaƀnaf yƀ y ni heb ef troſſi yɀ coet y
oɀffowys ac aros dyd y gerdet. Gƀnaƀn ninneu yn
llaƀen heb hi. a hynny aoɀugant. a diſkynnu aoɀuc ef.
ae chymryt hitheu yɀ llaƀɀ. Dy allaf i heb ef yɀ dim
rac blinder na chyſgƀyf. agƀylha ditheu y meirch ac
nachƀſc. Mi awnaf argloyd heb hi. achyſcu aoɀuc
ynteu yny arueu. a thɀeulaƀ y nos. Ac nyt oed hir yn
yɀ amſer hƀnnƀ. Aphan welas hi aƀɀ dyd yn ymdang-
os y [793] lleuyer. edɀych yny chylch aoɀuc a yttoed

ef yn deffroi. ac ar hynny yd yttoed ef yn deffroi.
arglóyd heb hi mi a uynnaſſón dy duhunaó yꝛ mei-
tin. . Kynheói aoꝛuc ynteu oulinder óꝛthi hi am nat
archyſſei idi dywedut. a chyuodi aoꝛuc ynteu ady-
wedut óꝛthi. kymer y meirch heb ef a cherda ragot.
achynnal dy ragoꝛ ual y kynheleiſt doy. ac ar dalym
oꝛ dyd adaó y koet aoꝛugant. adyuot y uaeſtir goam-
noeth agóeirglodyeu oed oꝛ neiłłtu udunt. aphalad-
urwyꝛ yn łlad y góeirglodyeu. ac y auon yn eu blaen
ydoethant. a geſtóng aoꝛuc y meirch ac yuet y dóuyꝛ
aónaethant. adyꝛchauel aoꝛugant oꝛ auon y riw ar-
uchel. ac yno y kyuaruu ac óynt glaſſwas goaduein a
thóel am y vynógyl. abóꝛnn aóelynt yny tóel. ac ny
wydynt hóy beth. a phiſſer glas bychan yny laó. a
ffiol ar wyneb y piſſer. a chyuarch góełl aoꝛuc y góas
y ereint. Juó arodho da itt heb y gereint ac obale
pan deuy di. Pan deuaf heb ynteu oꝛ dinas yſſyd
yth ulaen yna. arglóyd heb yꝛ ynteu ae dꝛóc gennyt
ti ouyn pa le pan deuy ditheu. Ja dꝛóc. dꝛóy y coet
racko. Jyt hedió y deuthoſt di dꝛóy y coet. Jac
ef heb ynteu yny coet y buum neithóyꝛ. Ꝺi adebyg-
af heb y góas yna na bu da dy anſaód yno neithóyꝛ.
ac na cheueiſt na bóyt na diaót. Jado y rof aduó
heb ynteu. awney di vyg kygoꝛ i heb y góas. kym-
ryt y gennyfi dy ginnaó. Ja ryó ginnyaó heb yn-
teu. Joꝛe vwyt yd oed un yny anuon yꝛ paladur-
wyꝛ racco. Jyt amgen no bara achic agóin. ac os
mynny di óꝛda ny chaffant óy dim. Ꝺynnaf heb
ynteu. aduó adalo itt. adiſgynnu aoꝛuc gerein. a
chymryt aoꝛuc y góas y uoꝛóyn yꝛ łaóꝛ. acymolchi

a oꝛugant a chymryt eu kinyaꬵ. ar gꬵas a dauellaꬵd y
bara ac arodes diaꬵt udunt. ac ae gꬵaſſanaethaꬵd o
gꬵbyl. Agꬵedy daruot udunt hynny. y kyuodes y
gꬵas ac ydywat ꬵꝛth ereint. arglꬵyd gan dy gennyat
miui aaf ygyꝛchu bꬵyt yꝛ paladurwyꝛ. Dos yꝛ dꝛef
heb y gereint yngyntaf. adala * letty y mi yny
lle goꝛeu awypych ac ehangaf yꝛ meirch. a chymer
ditheu heb ef yꝛ un march auynnych ae arueu gyt ac
ef yntal dy waſſanaeth ath anrec. Duꬵ adalo itt ar-
glꬵyd heb y gꬵas. adigaꬵn oed hynny yntal gꬵaſſan-
aeth a uei vꬵy noꝛun awneuthum i. ac yꝛ dꝛef yd
aeth y gꬵas. adala lletty goꝛeu ac efmꬵythaf a wydyat
yn y dꝛef awnaeth. agꬵedy hynny yd aeth yꝛ llys ae
uarch ae arueu gantaꬵ. adyuot aoꝛuc hyt lle yd oed
y iarll a dywedut y gyfranc oll idaꬵ. a miui aaf ar-
glꬵyd yn erbyn y mackꬵy y uenegi yletty idaꬵ. Dos
ditheu yn llaꬵen heb ynteu. a llewenyd ageiff ef
yman pei aſ mynnei yn llawen. Ac yn erbyn gereint y
doeth y gꬵas adywedut idaꬵ y kaffei lewenyd gan yꝛ
iarll .yn y lys ehun. Ac ny mynnaꬵd ef namyn mynet
y letty ehun. Ac yſtauell efmꬵyt agauas adigaꬵn
owellt adillat yndi. alle ehang efmꬵyth a gauaſ y
ueirch. adogyn o diwallrꬵyd a beris y gꬵas udunt. A
gꬵedy ymdiarchenu onadunt ydywaꬵt gereint ꬵꝛth
enit. Dos di heb ef yꝛ tu dꝛaꬵ yꝛ yſtauell. ac na
dyꝛet ti yꝛ tu hꬵnn yꝛ ty. a galꬵ attat wreic y ty oſ
mynny. Mi awnaf arglꬵyd heb hi ual y dywettych
di. Ac ar hynny ydoeth gꬵꝛ y ty att ereint. ae reſſaꬵu
aoꝛuc. A unben heb ef aleweiſt ti dy ginnyaꬵ. Do
heb ef. Ac yna y dywaꬵt y gꬵas ꬵꝛthaꬵ. a uynny di

heb ef ae diaᵥt ae dim. kynn dy uynet y ymwelet ar
iarll. Ꝺynnaf yſgᵥir heb ynteu. Ꙇc yna yd aet y
gᵥas yꝛ dꝛef. ac y doet. a djaᵥt udunt. a chymryt diaᵥt
aoꝛugant. Ꝺy allaf i na chyſgᵥyſ heb ef. Ꙇe heb y
gᵥas tra uych di yn kyſcu. minneu aaf y ymwelet ar
iarll. Ꝺos yn llawen heb ynteu. a dyꝛet yma dꝛach-
euyn pan ercheis i ytti dyuot. a chyſcu aoꝛuc gereint.
achyſcu aoꝛuc enit. Ꙇ dyuot aoꝛuc y gᵥas hyt lle
yd oed yꝛ iarll. a gouyn aoꝛuc yꝛ iarll idaᵥ pale yd
oed lletty y marchaᵥc. ac y dywaᵥt ynteu. Ꞃeit yᵥ
ymi heb ef vynet y waſſanaethu arnaᵥ ef y chᵥinſaf.
Ꝺos heb ynteu ac annerch y gennyf i ef. a dywet
idaᵥ mi aaf y ym*welet ac ef y chᵥinſaf. Ꝺi awnaf
heb ynteu. Ꙇ dyuot aoꝛuc y gᵥs pan oed amſer ud-
unt deffroi. achyuodi aoꝛugant agoꝛymdeith. Ꙇ
phan uu amſer gantunt kymryt eu bᵥyt. ᵥynt ae
kymeraſſant. ar gᵥas auu yn gᵥaſſanaethu arnunt. a
gereint a ouynnaᵥd y ᵥꝛ y ty a oed gedymdeithon
udunt avynnei eu gwahaᵥd attaᵥ. oes heb ynteu.
Ꝺᵥc ditheu ᵥynt yma y gymryt digaᵥn ar vyg koſt i
oꝛ hynn goꝛeu agaffer yny dꝛef ar werth. Ƴ niuer
goꝛeu auu gan ᵥꝛ y ty ef ae duc yno y gymryt digaᵥn
argoſt gereint. ar hynny nachaf y iarll yn dyuot y
ymwelet a gereint ar y deudecuet marchaᵥc urdaᵥl.
achyuodi aoꝛuc gereint ae reſſawv. Ꝺuᵥ arodo da
itt heb yꝛ iarll. Mynet y eiſted aoꝛugant paᵥp ual y
raculaenei y enryded idaᵥ. ac ymdidan aoꝛuc y iarll
a gereint. agouyn idaᵥ pa ryᵥ gerdet oed arn|naᵥ.
Ꝺyt oes gennyfi heb ef. namyn edꝛych damweineu.
a gᵥneuthur negeſſev auo da gennyſ. Ꙇef aoꝛuc y iarll

yna edꝛych ar enit yngraff ſythedic. a diheu oed
gantaꝟ na welſei eiryoet voꝛꝟyn degach no hi na
gꝟympach. adodi y vꝛyt ae vedꝟl aoꝛuc arnei. A go-
vyn aoꝛuc y ereint. a gaf i gennyt ti gennat y uynet
att y uoꝛꝟyn dꝛaꝟ y ymdidan a hi. megys ar didaꝟl
y ꝟꝛthyt y gꝟelaf. Keffy yn Ꝡawen heb ef adyuot
aoꝛuc ynteu hyt Ꝡe ydoed y uoꝛꝟyn adywedut ꝟꝛthi.
Auoꝛꝟyn heb ef nyt digrif itt yny kerdet hꝟnn gyt
ar gꝟꝛ racco. Ꝡyt annigrif heb hi gennyfi nu ger-
det y ffoꝛd y kerdo ynteu. Ꝡy cheffy heb ynteu
na gꝟeiſſon na moꝛynyon ath waſſannaetho. Je heb
hitheu. digriuach yꝟ gennyf i. canlyn y gꝟꝛ racko.
no chyt caffꝟn weiſſon a moꝛynyon. Ai aꝟn gynghoꝛ
da itt heb yꝛ ynteu. Mi arodaf vy IarꝡIaeth yth
uedyant athꝛic gyt a mi. Ꝡa uynnaf y rof a duꝟ
heb hitheu. ar gꝟꝛ racco yd ymgredeis i yn gyntaf
eiryoet. ac nyt annꝟadalaf y ꝟꝛthaꝟ. Gam awney
heb ynteu. O Ꝡadafi y gꝟꝛ racko. mi ath gaf di
tra yth vynnꝟyf. agꝟedy nath uynnꝟyf mi ath dyrraf
ymeith. Os oth uod y gꝟney * ditheu yꝛof i. Kyſ-
ſondeb tragywyd di wahan auyd yrom tra uom vyꝟ.
Medylyaꝟ aoꝛuc hitheu am adywaꝟt ef. ac oe medꝟl
y kauaſ yny chynghoꝛ rodi ryuic idaꝟ am aerchis.
Ꝡyma yſſyd iaꝟnaf ytti unben heb hi. rac gyꝛru ar-
naf i mꝟy no meſſur o anniweirdeb. Ꝡyuot yma
auoꝛy ymkymryt ual na wypꝟn i y ꝟꝛth hynny. Ain-
neu awnaf hynny heb ef achyuodi aoꝛuc ar hynny.
achymryt kennyat amynet ymeith ac ef ae wyꝛ.
ac ny dywaꝟt hi y ereint yna dim o ymdidan y gꝟꝛ
a hi. rac tyuu aeꝡlit ae gofual yndaꝟ ae aflonydꝟch.

Imynet y gyſcu yn amſer aoꝛugant. A dechꝛeu nos
kyſcu ychydic aoꝛuc hi. Ac am hanner nos deffroi
aoꝛuc. achɓeiraɓ arueu gereint ygyt ual y bydynt
baraɓt ɓꝛth y gɓiſcaɓ. Ac yn ofnaɓc eryneigᵘˢ y doeth
hi hyt yn ymyl gɓely gereint. Ac yn daɓel araf y
dywaɓt ɓꝛthaɓ. Arglɓyd heb hi deffro agɓiſc ym
danat. A llyma ymdidan y iarll amiui arglɓyd ae
uedɓl am danaf heb hi. a dywedut y ereint y holl ym-
didan aoꝛuc. A chyt bei lidiaɓc ef ɓꝛthi hi. ef a
gymerth rybud ac a wiſcaɓd ymdaɓ. A gɓedy lloſgi
cannɓyll o honei hi yn oleuat idaɓ ef ɓꝛth ym wiſcaɓ.
adaɓ yna y gannɓyll heb ef ac arch y ɓꝛ y ty dyuot
yma. Ꝺynet aoꝛuc hitheu agɓꝛ y ty a doeth attaɓ.
Ic yna gouyn aoꝛuc gereint idaɓ. A ɓdoſt di pa
amkan adylyy di ymi. Ychydic a debygaf i y dy-
lyu itti ɓꝛda heb ef. Ꝺeth bynnac nu adylyych.
kymer yꝛ un march ardec ar vn arueu ardec. Ꝺuɓ
adalo itt arglɓyd heb ef. ac ny thꝛeuleis i ɓꝛthyt
ti gɓerth vn oꝛ arueu. Ꝑathaɓꝛ heb ynteu henbydy
kyuoethogach. A wr heb ef adeuy di yn gyuarwyd
y mi odieithyꝛ y dꝛef. Af heb ynteu yn llawen. a pha
dꝛaɓs y mae dy uedɓl ditheu arnaɓ. Yꝛ parth arall
yꝛ lle y deutham yꝛ dꝛef y mynnɓn vynet. Ꝑɓꝛ y
lletty ae hebꝛynghaɓd yny uu gɓbyl gantaɓ yꝛ heb-
ꝛyghyat. Ic yna yd erchis ef yꝛ voꝛɓyn kymꝛyt rag-
oꝛ oꝛ blaen. A hitheu * ae kymerth. ac a gerdaɓd
racdi. Ar poꝛthmon a doeth adꝛef. Ac ny daroed idaɓ
namyn dyuot yꝛ ty. nachaf y tɓꝛɓf mɓyhaf aglyɓſ-
fei neb yndyuot ~~yndyuot~~ am benn y ty. Iphann
edꝛychaɓd allan. nachaf y gɓelei. petwar ugeint

marcha6c yngkylch y ty yn lla6n arueu. ar iarll
d6nn oed oc eu blaen. Dae y marcha6c oed yma
heb y2 Iarll. Myn dy la6 di heb ef y mae ar dalym
odyma. ac y2 meitin yd aeth odyma. Paham uilein
heb ynteu y gadut ti ef heb y uenegi ymi. Ar-
gl6yd heb ynteu nys go2chymynneist di euo ymi.
pei af go2chym|mynnaffut nyf gad6n. Pa barth heb
ynteu y tebygy di y uynet ef. Da 6nn heb ynteu.
namyn y2 heol ua62 agerda6d. G2oi penneu eu
meirch ao2ugant 6ynteu y2 heol ua62. a g6elet oleu
y meirch awnaethant. achanlyn y2 oleu ao2ugāt a
dyuot y b2iffo2d ua62. Sef awnaei y uo26yn ed2ych
yn y hol pann welas oleuat y dyd. a hi awelei yn y
hol tarth a ny6l ma62. a nefnes attei y g6elei. a
goualu ao2uc hi am hynny. a thebygu bot y iarll
ae lu yn dyuot yn y hol. ac yn hynny hi awelei uarch-
a6c yn ymdangos o2 ny6l. Dyn vygcret heb hi kyt
ym llado i. g6ell y6 gennyf vy anheu oe la6 ef. no
g6elet y lad ef heb y rybudya6. argl6yd heb hi pony
wely di y g62 yth gy2chu a g6y2 ereill llawer gyt ac
ef. G6elaf heb ynteu. ac y2 aoftecke2 arnat ti ny
thewy di byth. ac ymchoelut ao2uc ar y marcha6c.
ac ar y goffot kyntaf y v626 y2 lla62 ydan d2aet y
uarch. a th2a barhaa6d y2 un o2 pedwar ugeint march-
a6c. ar y goffot kyntaf y by2yawd pob un onadunt.
ac oo2eu y o2eu y doethant atta6 eithy2 y2 iarll. Ac
yn diwethaf oll y doeth y2 iarll atta6. a tho2ri palad-
y2. a tho2ri y2 eil. ffef ao2uc ynteu ereint ymchoelut
arna6 agoffot a g6ae6 yn te6der y daryan yny hyllt
y daryan. ac yny ty2r y2 holl arueu yn y gyueir hon-

no. Ic yny uyd ynteu dʒos bedʒein y uarch yʒ
Ilaȝʒ. ac yny oed ym perigyl am y eneit. * A neʃʃau
aoʒuc gereint attaȝ. achan dȝʒyf y march datlywygu
aoʒuc yʒ iarll. arglȝyd heb ef ȝʒth ereint dy naȝd.
a naȝd arodes gereint idaȝ. Ac yrȝng calettet idayar
Ile ybyʒywyt y gȝʒ. adʒuttet y goʃʃodeu agaȝʃʃant.
nyt aeth yʒ un onadunt heb gȝymp agheuaȝl chwerȝ
clȝyfedicdoʃt bʒiȝedicffyʒyf y ȝʒth ereint. I cherdet
aoʒuc gereint racdaȝ ar y pʒiffoʒd ydoed arnei. Ar
uoʒȝyn agedwis y ragoʒ. Ac yn agos udunt ȝynt a
welynt. dyffryn teccaf oʒ a welʃei neb eiryoet. A phʒif
auon ar hyt y dyffryn. A phont a welynt ar yʒ auon.
Ar pʒiffoʒd yn dyuot yʒ bont. Ac uch laȝ y bont oʒ
tu dʒaȝ yʒ auon ȝynt a welynt gaʃtell dʒef teccaf a
welʃei neb eiryoet. Ac ual y kyʒchei ef y bont ef
a welei ȝʒ yn dyuot tu ac attaȝ trȝy vyʒgoet bychan
teȝ y ar uarch maȝʒ uchel ymdeith waʃtat hywed-
ualch. Ha uarchaȝc heb y gereint o pale pan deuy
di. Pan deuaf heb ynteu oʒ dyffryn iʃʃot. A ȝʒ heb
y gereint adywedy di ymi pieu y dyffryn tec hȝnn.
ar caʃtell dʒef racco. Dywedaf yn llawen heb yʒ
ynteu. Ȝȝiffert petit y geilȝ y ffreinc. ar bʒenhin
bychan y geilȝ y kymry ef. ae yʒ bont racco heb y
gereint ydafi. ac yʒ bʒiffoʒd iʃʃaf y dan y dʒef. Ha
dos di heb y marchaȝc ar y dȝʒr ef oʒ tu dʒaȝ yʒ
bȝt ony mynynny ymwelet ac ef. Kanys y gyn-
nedyf yȝ na daȝ marchaȝc ar y dir ef na mynno ef
ymwelet ac ef. Y rof a duȝ heb y gereint miui a
gerdaf yʒ hȝnȝ vy ffoʒd. Tebyckaf yȝ gennyfi heb
y marchaȝc os uelly y gȝney nu. y keffy gewilyd

agꞷarthaet yn orulꞷng galllonnaꞷcdic. ꞋΚerdet aoꝛ-
uc gereint y ffoꝛd ual yd oed y uedꞷl kynno hynny.
ꝺc nyt y ffoꝛd a gyꝛchei y dꝛef oꝛ bont agerdaꞷd
gereint. namyn y ffoꝛd agyꝛchei y kalllettir erdꝛym
aruchel dꝛemhynuaꞷꝛ. Ꞌꝡc ual y byd uelly ynkerdet
ef awelei uarchaꞷc yny ol yar gatuarch kadarndeꞷ
kerdetdꝛut Ꞇydangarn bꝛonehang. ꝺc ny welſei eir-
yoet gꞷꝛ lei noc aoed ar ymarch. ꝺdogynder o arueu
ymdanaꞷ ac am y uarch. ꝺphann ymoꝛdiwedaꞷd a
gereint. y * dywaꞷt ꞷꝛthaꞷ. Ꝺywet unbenn heb ef
ae oannꞷybot. ae ynteu ae oryuic y keiſſut ti colli
ohonafi vym bꝛeint. athoꝛri vygkynnedyf. Ꝺac ef
heb y gereint ny wydꞷn i kaethau ffoꝛd y neb.
ꞋΚanys gwydut heb ynteu dyꝛet gyt amyui ym Ꞇys
ywneuthur iaꞷn im. Ꝺac af myn vygcret heb ynteu
ereint. Ꝺyt aꞷn y lys dy arglꞷyd onyt arthur yꞷ dy
arglꞷyd. Ꝺyn Ꞇaꞷ arthur nu heb ef mi avynnaf
iaꞷn ygennyt. neu uinneu agaffꞷyf y gennyt ti dir-
uaꞷꝛ ouut. ꝺc yn diannot ymgyꝛchu aoꝛugant. ꝺc
yſſwein idaꞷ ef adoeth y waſſanaethu ar beleidyꝛ ual
y toꝛrynt. ꝺdyꝛnodeu calet toſt arodei baꞷp o nad-
unt y gilyd yny golles y taryaneu eu holl liꞷ. ꝺc
ampꝛytuerth oed y ereint ymwan ac ef rac y vych-
anet. ac anhaꞷſſet craffu arnaꞷ. ꝺchalettet y dyꝛn-
odeu arodei ynteu. ꝺc ny dyffygyaſſant ꞷy o hynny
yny dygꞷydaꞷd y meirch ar eu glinyeu. ꝺc yny diwed
y byꝛyaꞷd gereint ef ynol y benn yꝛ Ꞇaꞷꝛ. Ꞌꝡc yna
yd aethant ar eu traet y ymffuſt. ꝺdyꝛnodeu kyflym-
dic toſtdꝛut kadarnchꞷerꞷ arodei bob un onadunt
ygilyd. a thꝛydyꞇu y helmeu abꝛiwaꞷ y paeledeu ac

effigaб yꝛ arueu aoꝛugant. ynyoed eu Ilygeit yn
colli euIleuuer gan ychбys argбaet. Ic yny diwed
Ilidiaб aoꝛuc gereint. a galб attaб y nerthoed. ac yn
Ilidiaбcdꝛut gyflym|wychyꝛ greulaбnffyꝛyf. dyꝛchauel
y gledyf aoꝛuc ae daraб yggбaftat ybenn dyꝛnaбt
agheuaбldoft gбenбyniclym engiriaбlchбerб. yny dyꝛr
holl arueu ypenn arcroen arkic. ac yny vyd clбyf
ar yꝛ afcбꝛn. ac yny uyd y gledyf olaб y bꝛenhin bych-
an. yn eithaf y maes y бꝛthaб. ac erchi yꝛ duб naбd
gereint ae dꝛugared aoꝛuc yna. Бi a geffy naбd
heb ygereint. ac ny bu da dy wybot. ac ny buoft
gyuartal. gan dy uot yn gedymdeith. ac nat elych
ymherbyn yꝛ eilweith. ac ochlywy ouut arnaf y
achubeit o honat. Бi ageffy hynny arglбyd yn Ilaбen.
ae gret agymerth ar hynny. a thitheu arglбyd heb
ef adeuy gyt ami ym Ilys racco y vбꝛб dyludet ath
ulinder yarnat. Dac af yrof aduб heb ynteu. ac
yna edꝛych * gбiffert petit ar enit yn Ile ydoed.
athoft uu gantaб welet Iluoffogrбyd o ouut. ardyn
kyn uonedigeidet ahi. adywedut yna aoꝛuc бꝛth
ereint. Irglбyd heb ef cam awney nachymery
ardymhereu ac efmбythder. ac o chyueruyd caledi
athi ynyꝛ anfaб honno ny byd haбd itt yoꝛuot. Dy
mynnaбd gereint namyn kerdet racdaб. ac efgynnv
ar y varch yn greulyt anefmбyt. ar uoꝛwyn a gyn-
helis y ragoꝛ. ac бynt agerdaffant parth achoet a
welynt y бꝛthunt ar tes oed yn uaбꝛ ararueu dꝛбy
chбys argбaet ynglynu бꝛth y gnaбt. Igбedy eu
dyuot yꝛ coet. feuyll aoꝛuc ydan bꝛenn y ochel y
tes. adyuot cof idaб y dolur yna yn vбy no phan

y kaᵥffei. a ſeuyll aoꝛuc y uoꝛᵥyn ydan bꝛenn arall.
ac ar hynny ᵥynt a glyᵥynt kyꝛn adygyuoꝛ. ſef
yſtyꝛ oed hynny. arthur ae niuer oed yn diſgynnu
yny coet. ſef aoꝛuc ynteu medylyaᵥ pa ffoꝛd yd
aei y eu gochel ᵥynt. ac ar hynny nachaf bedeſtyꝛ
yny arganuot. ſef ydoed yno gᵥas yꝛ diſtein. a
dyuot aoꝛuc att y diſtein. a dywedut idaᵥ welet y
kyfryᵥ ᵥꝛ ac a welſei yny coet. ſef aoꝛuc y diſtein
yna peri kyfrᵥyaᵥ y uarch. a chymryt y waeᵥ ae
daryan a dyuot hyt lle yd oed ereint. a varchaᵥc heb
ef beth a wney di yna. ſeuyll dan bꝛenn gooer a
gochel y bꝛᵥt ar teſ. ꝑa gerdet yſſyd arnat ti a
phᵥy ᵥyt ti. Edrych damwheineu a cherdet y ffoꝛd
ymynnᵥyf. ꝑe heb y kei dyꝛet ti gyt amiui y ym-
welet ac arthur yſſyd yma yn agos. Ꝺac af y rof
aduᵥ heb yntev ereint. Ꝭf auyd reit itt dyuot heb
y kei. a gereint a atwaenat gei. ac nyt atwaenat gei
ereint. a goſſot aoꝛuc kei arnaᵥ ual y gallaᵥd ef
oꝛeu. a blynghau aoꝛuc gereint. ac ac arlloſt y
waeᵥ y wan yny uyd ᵼyn ol y benn yꝛ llaᵥꝛ. ac ny
mynnaᵥd gᵥneuthur idaᵥ waeth no hynny. ac yn
wyllt ofnaᵥc ykyuodes kei. ac yſgynnu ar y uarch
a dyuot y letty. Ꝭc odyno mynet aoꝛuc y oꝛym-
deith hyt ym pebyll gᵥalchmei. a ᵥꝛ heb ef ᵥꝛth
walchmei. mi a giglef gan vn oꝛ gᵥeiſſon gᵥelet yn
y coet uchot marchaᵥc bꝛiᵥedic. ac arueu amdlaᵥt
ymdanaᵥ. ac oꝛ * gᵥney iaᵥn ti a ey y edꝛych ae
gᵥir hynny. Ꝺym taᵥꝛ i vynet heb y gᵥalchmei. ky-
mer dy uarch nu heb y kei a pheth oth arueu. mi
a giglef nat diᵥꝛthgloch ef ᵥꝛth y neb adel attaᵥ.

Gwalchmei agymerth y waew aedaryan. ac a esgyn-
nawd ar y uarch. ac adoeth hyt lle ydoed ereint. a
uarchawc heb ef paryw gerdet yssyd arnat ti. Kerdet
wyth vy negesseu. ac y edzych damwheineu y byt.
a dywedy di y mi pwy wyt. neu adeuy y ymwelet ac
arthur yssyd yn agos yma. Dyt ymgystlynafi wythyt
ti. ac nyt af y ymwelet ac arthur heb ef. ac euo
a atwaenat walchmei. ac nyt atwaenat walchmei ef.
Dy chlywir arnaf vyth heb y gwalchmei dy adu y
wythyf. yny wypwyf pwy vych ae gyrchu agwaew a
gossot yn y daryan yny vyd y paladyz yn yssic vziw.
ar meirch daldal. Ic yna edzych arnaw yn graff a
ozuc gwalchmei ae adnabot. Och ereint heb ef ae
tidi yssyd yma. Dac wyf ereint i heb ef. Gereint
yrof aduw heb ynteu. acherdet agkyghozus truan
yw hwnn. Ac edzych yn y gylch aozuc. ac arganuot
enit. Ae graessawu abot yn llawen wzthi. Gereint heb
ygwalchmei dyret y ymwelet ac arthur dy arglwyd
yw ath geuynderw. Dac af heb ynteu. nyt yttwyfi yn
anfawd ygallwyf ymweled aneb. Ac arhynny nachaf
un oz mackwyeit yn dyuot ynol gwalchmei y chwed-
leua. Sef aozuc gwalchmei gyzru hwnnw y uenegi
y arthur uot gereint yno yn vriwedic. ac na deuei
ef y ymwelet ac arthur. ac yd oed dzuan edzych ar
yz anfawd yssyd arnaw. ahynny heb wybot y ereint
ac yn hustyng y ryngtaw ar mackwy. ac arch y arthur
heb ef nessau y bebyl ar y ffozd. kany daw ef y ym-
welet oe uod ac ef. Ac nat hawd ydiriaw ynteu yn
yz agwed ymae. Ar mackwy adoeth att arth^{ur} ac a
dywawt idaw hynny. Ac ynteu afymudawd ybebyll

ar ymyl y ffoꝛd. A Ilaꝟenhau aoꝛuc medꝟl y uoꝛꝟyn
yna. a chynnhꝟyIlaꝟ gereint aoꝛuc gꝟal<u>ch</u>mei. arhyt
y ffoꝛd yꝛ Ile yd oed arthur yn pebyIlaꝟ. ae uackꝟyeit
yn tynnu pebyIl yn yſtlys y ffoꝛd. aꝛglꝟyd heb y
gereint hennpych gꝟeIl. * Duꝟ arodo da it heb yꝛ
arthur. aphꝟy ꝟyt ti. Gereint heb y gꝟalchmei yꝟ
hꝟnn. ac oeuod nyt ymwelei athydi hed. Ie heb yꝛ
arthur ynyaghyngoꝛ ymae. ac ar hynny enit adoeth
hyt Ile yd oed arthur. achyuarch gꝟeIl idaꝟ. Duꝟ
arodo da itt heb yꝛ arthur. kymeret vn hi yꝛ Ilaꝟꝛ. ac
vn oꝛ makꝟyeit ae kymerth. Och aenit heb ef pa
gerdet yꝟ hꝟnn. Da ꝟnn arglꝟyd heb hi. namyn dir
yꝟ ymi. gerdet y ffoꝛd y <u>kerdo</u> ynteu. arglꝟyd heb y
gereint ni aaꝟn ymeith gan dy gennyat. Ja le uyd
hynny heb yꝛ arthur. ny eIly di vynet yꝛ aꝟꝛ honn. o
nyt ey y oꝛffen dy angheu. Dy adei ef ymi heb y
gꝟalchmei gꝟahawd arnaꝟ. Ef ae gat ymi heb yꝛ ar-
thur. Ac y gyt ahynny. nyt a ef odyma yny uo iach.
Goꝛeu oed gennyf i arglꝟyd heb y gereint. pei gattut
uiui ymeith. Da adaf yrof aduꝟ heb ynteu. Ac yna
y peris galꝟ ar y uoꝛꝟyn yn erbyn enit oe dꝟyn y
bebyIl yſtaueIl gꝟenhꝟyuar. a Ilaꝟen uu wenhꝟyuar
ꝟꝛthi ar gꝟꝛaged oIl. a gꝟaret y marchaꝟcwiſc y am
danei. a rodi araIl ymdanei. agalꝟ argadyꝛieith aoꝛuc
ac erchi idaꝟ tynnu pebyIl y ereint ae uedygon. a
dodi arnaꝟ peri diwaIlrꝟyd o bop peth ual y gouynnit
idaꝟ. A hynny aoꝛuc kadyꝛieith ual yderchit idaꝟ
oIl. adꝟyn moꝛgant tut ae diſgyblon aoꝛuc att ereint.
Ac yno ybu arthur aeniuer agos y uis wrth uedegin-
yaethu gereint. a phann oed gadarn y gnaꝟt gan

ereint y deuth at arthur. ac yd erchis kennat y uyn-
et y hynt. Dy 6nn a6yt iach ia6n ettwa. wyf yſg6ir
argl6yd heb y gereint. Dyt tydi agredaſ i am hynny.
namyn y medygon auu 6ithyt. A dyuynnu y medyg-
on atta6 ao2uc. a gouyn udunt aoed wir hynny.
G6ir argl6yd heb y mo2gant tut. S2annoeth y kan-
hadawd arthur ef y uynet ymeith. ac yd aeth ynteu
y o2ffen y hynt. Ar dyd h6nn6 yd aeth arthur odyno.
ac erchi ao2uc gereint y enit kerdet o2 blaen. achad6
y rago2 ual y g6nathoed kyn no hynny. a hitheu * a
gerda6d. ar b2iffo2d adilyna6d. ac ual ybydynt ueſſy
6ynt aglywynt diaſpat grochaf o2 byt yn agos udunt.
Saf di yma heb ef achyuaro. a minneu aaf y ed2ych
yſty2 ydiaſpat. Di a6naf heb hi. amynet ao2uc
ynteu. a dyuot y lannerch aoed yn agos y2 ffo2d. ac ar
y ſſannerch y g6elei deu uarch un achyfr6y g62 arna6.
ar ſſaſſ a chyfr6y g62eic arna6. a marcha6c aearueu
ymdana6 ynuarw. ac uch benn y marcha6c y g6elei
mo26ynwreic ieuanc. ae marcha6cwiſc ym danei. ac
yndiaſpedein. a unbennes heb y gereint pa der6 itti.
Yma yd oed6n yn kerdet ui ar g62 m6yhaf a gar6n.
ac ar hynny y doeth tri cha62 oge62i attam. a heb
gad6 ia6n o2 byt ac ef y lad. Pa ffo2d yd eynt h6y
heb y gereint. Yna y2 ffo2d ua62 heb hi. Dyuot
ao2uc ynteu att enit. dos heb ef att y2 unbennes
yſſyd yna ob2y ac aro ui. yno y deuaf. Soſt uu gen-
thi erchi idi hynny. Ac eiſſoes dyuot ao2uc att y
uo26yn. ac irat oed waranda6 arnei. Adiheu oed
genthi na deuei ereint uyth. yn·ol y ke62i yd aeth
ynteu. ac ymo2diwes ac 6ynt ao2uc. am6y oed bob

un o nadunt no th2ywy2. a chl6ppa ma62 oed ar
yfg6yd pob un onadunt. Sef ao2uc ynteu. d6yn
ruthur y vn onadunt. ae wan a g6a6 tr6yda6 berued.
a thynnu y wae6 o h6nn6. ag6an ara2 onadunt tr6y-
da6 heuyt. ar trydyd a ymchoela6d arna6 ac ae
tre6is achl6ppa yny hy2t y daryan. ac yny ettellis y
yfg6yd ynteu. ac yny ymegy2 y ho2 welioed ynteu.
ac yny uyd y waet yn co2i o2. Sef ao2uc ynteu yna
tynnv cledyf ae gy2chu ef ae dara6 dy2na6t toftlym
ath2ugar angerda6ld2ut. yg g6arthaf y benn yny hy2t
y benn ae vyn6gyl hyt yd6y yfg6yd. ac yny dyg6yd
ynteu yn uar6. ac eu hada6 yn uar6 ao2uc ue2y. a
dyuot hyt 2e ydoed enit. A phan welas ef enit. y
dyg6yda6d yn var6 y2 2a62 y ar y uarch. Piafpat
ath2ugar aruchel didaweldoft adodes enit. adyuot
uch y benn 2e y dyg6ydaffei.. ac ar hynny nachaf yn
dyuot 62th y diafpat iar2 lim62is. a niuer aoed ygyt
ac ef aoedynt yn kerdet yffo2d. ac o acha6s y diafpat
y doethant * d2os y ffo2d. ac yna y dywa6t y Jar2
62th enit. a unbennes heb ef padery6 ytti. a 62da heb
hitheu 2ad y2 undyn m6yaf agereis y2moet ac agaf
vyth. Pa beth heb ef ader6 y titheu 62th y 2a2. 2ad
y g62 m6yaf a gar6n heb hi heuyt. Pa beth ae 2ada6d
6ynt heb ef. Ke62i heb y2 honno alada6d y g62
m6yaf a gar6n .i. ar marcha6c ara2 heb hi aaeth yn
eu hol. ac ual y gwely di ef. y doeth y 62thunt. ae
waet yn co2i m6y no meffur. athebic y6 gennyf heb
hi na doeth y 62thunt heb lad ae rei onadunt ae
k6byl. Y iar2 aberis cladu y marcha6c aede6ffit
yn uar6. Ynteu adebygei uot peth o2 eneit y my6n

gereint ettwa. ac aberis y dẃyn gyt ac ef y edɿych
auei vyẃ ymplyc y daryan ac ar eloɿ. Ɨr dẃy uoɿẃyn
adoethant yɿ llyf.   Ɨ gẃedy eudyuot yɿ llys. y dodet
gereint ar eloɿ wely ar dal voɿt aoed yny neuad.
ẟiarchenu aoɿuc paẃb onadunt. ac erchi aoɿuc y
iarll y enit ymdiarchenu. achymryt gẃifc arall ym
danei. ẟa uynnaf y rof aduẃ heb hi. a unbennes
heb ynteu na uyd gyndɿiftet ti ahynny. Ɑnaẃd iaẃn
yẃ vyghynghoɿi i amhynny heb hi. Ɱi aẃnaf itt heb
ynteu hyt nat reit itt uot yn dɿift beth bynnac auo y
marchaẃc racco na byẃ na marẃ. Ẏmae yma iarllaeth
da ti ageffy honno yth uedyant. a minneu gyt ahi
heb ef. a byd laẃen hyfryt bellach.   ẟa vydaf lawen
ym kyffes y duẃ heb hi tra vẃyf i vyẃ bellach. ẟyɿet
y uẃytta heb ef.   ẟac af y rof aduẃ heb hi.   ẟeuy y
rof aduẃ heb ynteu. ae dẃyn gyt ac ef yɿ uoɿt oe
hanuod. ac erchi idi vẃyta yn uynych.   ẟa vẃytaaf
ym kyffes y duẃ heb hi yny vẃyttao y gẃɿ yffyd ar yɿ
eloɿ racço.   ẟy ellydi gywiraẃ hynny heb yɿ iarll.
Ẏ gẃɿ racco neut marẃ haeach. Ɱi abɿofaf y allu heb
hi.   Ƒef aoɿuc ynteu. kynnic ffioleit o lynn idi hi.
Ẏf heb ynteu y ffioleit honn. ac ef aamgena dy fynn-
ẃɿ.   Ɱeuyl y mi heb hi ot yfaf i diaẃt yny hyuo
ynteu.   Ɠe heb yɿ iarll nyt gẃell ymi uot yn hegar
ẃɿthyt ti noc yn anhegar. arodi boncluft aoɿuc idi.
Ƒef aoɿuc hitheu. dodi diafpat uaẃɿ arucheldoft. * a
doluryaẃ yn vẃy yna o laẃer no chynno hynny. a dodi
y dan y medẃl pei byẃ gereint na boncluftit hi uelly.
Ƒef oɿuc gereint yna datlywygu odatfein y diafpat.
achyuodi yn y eifted achaffel y gledyf ymplyc y dar-

yan. adỽyn ruthur hyt ỻe yd oed yꝛ Jarỻ. ae daraỽ dyꝛnaỽt eidiclym gỽennỽynicdoſt kadarnffyꝛyf yng gỽarthaf y benn. yny hoỻtes ynteu. ac yny etteil y voꝛt y cledyf. Sef aoꝛuc paỽp yna adaỽ y boꝛdeu a ffo aỻan. Ac nyt ouyn y gỽꝛ byỽ oed vỽyaf arnunt. namyn gwelet y gỽꝛ marỽ yn kyuodi y eu ỻad. Ac edꝛych aoꝛuc gereint ar enit yna. A dyuot yndaỽ deu dolur. vn o honunt o welet enit wedyꝛ goỻi y ỻiỽ ae gỽed. Ar eil o nadunt. gỽybot y bot hi ar yꝛ iaỽn. Arglỽydes heb ef. aỽdoſt di pa le y mae an meirch ni. Gỽnn arglỽyd heb hi. pa le yd aeth dy uarch di. Ac ny ỽnn i pa le yd aeth y ỻaỻ. Yꝛ ty racco yd aeth dy uarch di. Ynteu a deth yꝛ ty. ac a tynnaỽd y uarch aỻan. Ac yſgynnv aoꝛuc arnaỽ. a chymryt enit. y ar y ỻaỽꝛ. ac dodi y ryngtaỽ ar goꝛyf. a cherdet racdaỽ ymeith. Ac ual y bydynt ueỻy, yn kerdet ual y rỽng deu gae. ar nos yn goꝛuot ar y dyd. nachaf y gwelynt y ryngtunt ar nỽyure ar eu hol peileidyꝛ gwewyꝛ a thỽꝛyf meirch a glywynt a godỽꝛd yniuer. Mi a glywaf dyuot yn hol heb ef. a mi ath ꝛodaf dꝛos y kae ae rodi aoꝛuc. Ac ar hynny nachaf uarchaỽc yn y gyꝛchu ynteu. Ac yn eſtỽng y waeỽ. A phann welas hi hynny y dywaỽt. A unbenn heb hi pa glot a geffy di yꝛ ỻad gỽꝛ marỽ pỽy bynnac a uych. Och duỽ heb ynteu ae gereint yỽ ef. Je y rof a duỽ. A phỽy ỽyt titheu. Mi yỽ y bꝛenhin bychan heb ynteu yn dyuot yn boꝛth itti. am glybot bot gouut. A phei gỽnelut ti vyghygoꝛ ny chyhyꝛdei a gyhyꝛdaỽd o galedi a thi. Ny eỻir dim heb y gereint ỽꝛth a uynno duỽ. ỻaỽer da heb ynteu a daỽ o gyghoꝛ. Je heb y bꝛenhin

bychan. ᴍi a6nn gygho₁ da itti weithon dyuot gyt
a mi ylys da6 gan ch6aer ymi yffyd yn agos yma. yth
uedeginyaethu. * o₁ hyn go₁eu agaffer yny dey₁naf.
a6n yn llawen heb y gereint. a march un oyffweineit
y b₁enhin bychan a rodet y dan enit. a dyuot racdunt,
a o₁ugant y lys y bar6n. a llawen uuwyt 6₁thunt yno.
ac ymgeled aga6ffant. a g6affanaeth. a th₁annoeth y
bo₁e yd aethp6yt y geiffa6 medygon. ac ar oet by₁r
6ynt a doethant. a medeginyaethu gereint a wnaeth-
p6yt yna yny oed holliach. ꝥ th₁a uuwyt yny vede-
ginyaethu ef y peris y b₁enhin bychan kyweirya6 y
arueu yny oedynt gyftal ac y buaffynt o₁eu eiryoet.
a phene6nos a mis y buant yno. ꝥc yna y dywa6t
y b₁enhin bychan 6₁th ereint. ꝥi a6n parth am llys
inneu weithon y o₁ffowys ac y gymryt efm6ythder.
ꝑeida gennyt ti heb y gereint ni a gerdem un dyd
ettwa. ac odyna ymchoelut d₁acheuyn. ꝥn llawen
heb y b₁enhin bychan kerda ditheu. ꝥc yn ꝥeueng-
tit y dyd y kerdaffant. a hyfrytach a llawenach y
kerda6d enit y gyt ac 6y y dyd h6nn6 noc eiryoet. ꝥc
6ynt a doethant y ffo₁d ua6₁. ac 6ynt ae g6elynt yn
g6ahann yn d6y. ac ar hyt y neill o nadunt 6ynt a
welynt pedefty₁ yndyuot yn eu herbyn. ꝥgouyn a
o₁uc g6iffart y₁ pedefty₁ pa du pan deuei. ꝑan deuaf
heb ynteu o wneuthur negeffeu o₁ wlat. ꝥywet heb
y gereint pa ffo₁d o₁eu ymi y cherdet o₁ d6y hynn.
ꝥo₁eu itt gerdet honno heb ef. ꝥt ey y honn ny
deuy d₁acheuyn byth. Iffot heb ef ymae y kae
ny6l. ac y mae yn h6nn6 g6aryeu lletritha6c. ar
geniuer dyn a doeth yno. ny dody6 vyth d₁acheuyn.

a llys owein iarll yſſyd yno. ac nyt at neb y lettya
yny dʒef. namyn adel atta6 y lys. Y rof adu6 heb y
gereint yʒ fford iſſot yd a6n ni. Ac y honno y doeth-
ant yny deuant yʒdʒef. ar lle hoffaf atheccaf gantunt
yny dref ydalyaſſant letty ynda6. Ac ual y bydynt
uelly. nachaf was Ieuanc yndyuot attunt ac yn
kyuarch g6ell udunt. Du6 arodo * da itt heb 6y. A
wyʒda heb ef padarpar y6 yʒ ein6ch ch6i yma. Dala
lletty heb 6ynteu. athʒigya6 heno. Nyt deua6t gan
y g6ʒ bieu ydʒef gadu neb y lettya6 yndi o dynyon
m6yn. namyn adel atta6 ef ehun yʒ llyſ. Ach6itheu
do6ch yʒ llys. a6n yn lla6en heb y gereint. A mynet
aoʒugant gyt ar mack6y alla6en uuwyt 6ʒthunt yny
llys. ar iarll adoeth yʒ neuad yn eu herbyn. ac a
erchis kyweirya6 y boʒdeu. ac ymolchi aoʒugant a
mynet y eiſted. Sef ual yd eiſtedaſſant gereint oʒ
neilltu yʒ iarll. ac enit oʒ tu arall. Yn neſſaf y enit y
bʒenhin bychan. Odyna y iarlles yn neſſaf y ereint.
Pa6b g6edy hynny ual y gwedei udunt. ac ar hyn-
ny medylya6 aoʒuc gereint am y g6are. athebygu
na chaffei ef uynet yʒ g6are. a pheida6 ab6ytta o
acha6s hynny. Sef aoʒuc y iarll edʒych ar ereint a
medylya6. a thebygu pany6 rac mynet yʒ g6are yd
oed yn peidya6 ab6ytta. Ac yndʒ6c ganta6 g6neuthur
y g6aryeu hynny eiryoet. kyn ny bei namyn rac colli
g6as kyſtal a gereint. Ac ot archei ereint ida6 peida6
ar g6are h6nn6. ef abeidei vyth yn lla6en ac ef. Ac
yna ydywa6t y iarll 6ʒth ereint. Pa ued6l y6 dy teu
di unben pʒyt na b6yttehych. Os petruſſa6 yd 6yt ti
uynet yʒ g6are ti a geffy nat.elych. ac nat el dyn vyth

idab oth enryded ditheu. Dub adalo itti heb y ger-
eint. ac ny mynnaf i namyn mynet yꝛ gbare am
kyfarbydab idab.   Os goꝛeu gennyt ti hynny ti ae
key yn llawen. Goꝛeu yfgbir heb ynteu. a bbytta a
oꝛugant. a dogynder o waffanaeth. ac amylder o an-
regyon. alluoffogrbyd owirodeu ageffynt. J phan
daruu bbytta. kyuodi aoꝛugant. a galb aoꝛuc gereint
am y uarch ae arueu. a gbifgab ymdanab ac am y
uarch aoꝛuc. adyuot aoꝛugant yꝛ holl niueroed. yny
vydant ynymyl y kae. ac nyt oed is y kae awelynt
noꝛ dꝛemynt uchaf awelynt yn yꝛ abyꝛ. ac ar bop
pabl oc awelynt yny kae ydoed penn gbꝛ. eithyꝛ deu
babl. ac amyl iabn oed y polyon yny cae athꝛbydab.
Jc yna ydywabt * y bꝛenhin bychan. ageiff neb
vynet y gyt ar unben namyn ef ehun. Da cheiff heb
yꝛ owein iarll. Da gyueir heb y gereint ydeir yma.
Da bn i heb yꝛowein namyn y gyueir y mynnych ac
y bo habffaf gennyt dos. Jc yn ehouyn dipetrus
mynet aoꝛuc gereint racdab yꝛ nybl. J phan edewis
y nybl ef adoeth y berllan uabꝛ. a llannerch awelei
yny berllan. a phebyll o bali pengoch awelei yny
llannerch. adꝛbf y pebyll awelei ynagoꝛet. ac auallen
aoed ygkyueir dꝛbs y pebyll. ac ar yfcbꝛ oꝛ auallen
ydoed coꝛn canu mabꝛ. adifgynnv aoꝛuc ynteu yna
adyuot yꝛ pebyll y mybn. Jc nyt oed yny pebyll
namyn vn voꝛbyn yn eifted ymybn cadeir cureit. a
chadeir arall gyuerbyn a hi ynwaac. Sef aoꝛuc
gereint eifted yny gadeir waac. a unben hcb y
uoꝛbyn. ny chynghoꝛaf i ytti eifted yny gadeir honno.
Daham heb y gereint. Y gbꝛ bieu y gadeir honno ny

diodeua6d eiryoet y arall eifted yn y gadeir. Dym
ta6ı i heb y gereint kyt boet dı6c ganta6 ef eifted
yn y gadeir. Ac ar hynny wynt aglywynt t6ıyf
ma6ı ygkylch y pebyll. Ac edıych aoıuc gereint pa
yfty oed yı t6ıyf. Ac ef awelei uarcha6c allan ar
gatuarch ffroen uolldıvt awydua6ı efgyınbıaff. a
ch6nfallt deu hanner ym dana6. ac am y uarch. a
dogynder o arueu y dan hynny. Dywet unben heb
ef 6ıth ereint p6y a erchis itti eifted yna. Myhun heb
ynteu. Gam oed itt wneuthur kewilyd kymeint a
h6nn6 i mi a g6arthaet. A chyuot ti o dyna y wneuthur
ia6n ymi am dy agkymhenda6t dy hun. A chyuodi
aoıuc gereint. Ac yndiannot mynet y ym6an a
oıugant. a thoıri to o belydyı aoıugant. a thoıri yı
eildo. A thoıri y dıyded do. A dyınodeu caletchwer6
kyflymdıut a rodei bob un o nadunt y gilyd. Ac
yn y diwed lidia6 aoıuc gereint. a goıdina6 y uarch
ae gyıchu. a goffot arna6 yghedernit y daryan. yny
hyllt ac yny uyd penn y wae6 yn y arueu. Ac yny dyır
y holl gegleu. ac yny uyd ynteu dıos bedıein y uarch
yı lla6ı hyt g6ae6 gereint. a hyt y vıeich yn wyfc y
benn. Och * argl6yd heb ynteu dy na6d. athi a
geffy a vynnych. Dy mynnaf i heb ynteu namyn na
bo yma vyth y g6are h6nn nar cae ny6l. nar hut nar
lletrith aryuu. Gi a geffy hynny yn lla6en argl6yd.
Par ditheu heb ef vynet y ny6l ymeith oı lle. Gandi
yco n racco heb eff. ac yı a6ı y kenych ef aa y ny6l
ymeith. Ac yny canei ef uarcha6c am byıyei i nyt aei
y ny6l vyth o dyma. Athıift a goualus oed enit yn y
lle yd oed rac goual am ereint. Ac yna dyuot aoıuc

gereint achanu y coʒn. ac yʒ aƀʒ y rodes unllef arnaƀ
ydaeth ynyƀl ymeith. Ac y doeth y niuer y gyt. ac y
tagnouedƀyt paƀp o nadunt ac gilyd.   Ar nos honno
ygƀahodes y iarll ereint ar brenhin bychan.   A
thʒannoeth y boʒe y gƀahanyffant. ac yd aeth gereint
parth ae gyuoeth ehun. ac y wledychu o hynny allan
ynllƀydyannus. ef ae uilƀʒyaeth ae wychdʒa yn parhau
gan glot ac etmic idaƀ. ac y enit o hynny allan.

Triads,

Mythical and Historical.

tri dynyon agabffant gampeu adaf.

Tri dyn a gauas kedernit adaf. Ircwlf gadarn. ac
ectoꝛ gadarn. a fompfon gadarn. kyngadarnet oed-
ynt yΠtri. ac adaf e hun. Tꝛi dyn agauas pꝛyt adaf.
abfolon abdauyd. A Iafon uab efon. apharis uab pꝛiaf.
Kyndecket oedynt yΠtri ac adaf ehun. Tꝛi dyn
agauas doethineb adaf. Sado hen. a beda. a fib-
li doeth. kyndoethet oedynt eΠ tri ac adaf e hun.
Teir gbꝛaged agauas pꝛyt eua yn tri thꝛaean. dia-
dema goꝛdeꝛch eneas yfcbydwyn. ac elen uannabc
y wreic y bu diftriwedigaeth tro dꝛby y phenn. apho-
lixena uerch pꝛiaf hen vꝛenhin tro.

Pann aeth Πu y lychlyn.

Doꝛth aaeth y gan yꝛp luydabc hyt yn Πychlyn.
ar gbꝛ honnb adoeth ~~yn~~ * yman ynoes gadyal
y byꝛy y erchi dygyfuoꝛ oꝛ ynys honn. ac ny
doeth gantab namyn ef amathuthauar y was. ac yf
ef a archei o dec prifgaer ~~arhugaer~~ arhugeint yffyd

yn y2 ynys honn. deu kymmeint a elei gantha6 y
bob un onadunt ydyuot gantha6 ohonunt ymeith.
Ac ny doei ganta6 y2 gaer gyntaf. namyn ef ac was.
ac y bu arduftur gan wy2 y2 ynys honn hynny. ac
y rodaffant ida6. A h6nn6 uu l6y2af llu o2 aaeth o2
ynys honn. Ac ef ao2efgynna6d arg6y2 hynny y
ffo2d y kerda6d. Ac yfef lle y trigya6d y g6y2 hynny
yn y d6y ynys ynymyl mo2 groec. Dyt amgen. clas
ac auena. Ar eil aaeth gan elen luyda6c. A maxen
wledic hyt yn llychlyn. Ac ny doethant byth y2 ynys
honn. Ar trydyd aaeth gan gaffwalla6n uab beli. a
g6enn6ynwyn. a gwanar. veibon llia6 uab n6yfre.
Ac aryanrot verch veli eu mam. Ar g6y2 hynny o
erch aheled pannanhoedynt. Ac a aethant gyt a
chaffwalla6n eu hewythy2 ar 6yfc y keffaryeit o2 ynys
honn. Sef lle ymae y g6y2 hynny ygg6afg6yn.
Sef riuedi a aeth gan bob un onadunt. vn vil ar
hugeint. ar rei hynny uu tri aryanllu ynys p2ydein.
T2ywy2 g6y2 g6arth auu ynynys p2ydein. vn o
nadunt. Auar6y uab llud. uab beli. ef adyuynna6d
Julius acefar ag6y2 ruuein y2 ynys honn yn gyntaf.
Ac aberis talu teir mil o bunnoed aryant bop bl6y-
dyn yn dey2nget o2 ynys honn y wy2 ruuein. o gyf-
ryffed achaffwalla6n y ewythy2. Ar eil y6 g62they2n
g62theneu. a rodef tir gyntaf y faeffon yn y2 ynys honn,
ac aymdywedia6d yngyntaf ac 6ynt. ac a beris llad
cuftennin uychan uab cuftennin uendigeit oe v2at a
dehol y deu u2oder. emrys wledic ac uthur penn-
d2adon o2 ynys honn. hyt yn llyda6. a chymryt y
go2on ar urenhinyaeth oe d6yll yny eida6 ehun. Ac

yny diwed uthur ac emrys alofgaffant wrtheyʒ. yg
kaftell g𝑣erthʒynya𝑣n arlann g𝑣y unfflam y dial eu
bʒa𝑣t.   Tʒydyd g𝑣aethaf uu vedra𝑣t pan edewis
arthur lyw*odʒaeth ynys pʒydein gantha𝑣 pan aeth
ynteu dʒ𝑣y voʒ yn erbyn Iles amhera𝑣dyʒ ruuein
aanuonaffei gennadeu att arthur hyt ygkaer Ilion
y erchi teyʒnget ida𝑣 oʒ ynys honn. ac y wyʒ ruuein
ar ymeffur y talp𝑣yt y gatwalla𝑣n uab beli hyt yn
oef guftennin uendigeit. teit arthur.   Sef atteb a
rodes arthur y gennadeu yʒ amhera𝑣dyʒ. nat oed
well ydylyei wyʒ ruuein deyʒnget y wyʒ ynys pʒyd-
ein. noc y dylyei wyʒ ynys pʒydein udunt 𝑣ynteu.
Kanys bʒan uab dyuynwal. achuftennin uab elen.
auuaffynt amherodʒon yn ruuein. adeu 𝑣ʒ oʒ ynys
honn oedynt. Ic yna y Iluyda𝑣d arthur goʒdethol-
wyʒ y gyuoeth dʒ𝑣y uoʒ yn erbyn yʒ amhera𝑣dyʒ.
ac y kyuaruuant ytu h𝑣nt yuynyd mynneu. ac an-
eirif o nadunt o bop parth a las y dyd h𝑣nn𝑣. Ic yn
y diwed y kyuaruu arthur ar amhera𝑣dyʒ. ac arthur
ae Ilada𝑣d. ac yno y Ilas goʒeug𝑣yʒ arthur. A phan
gigleu vedʒa𝑣t g𝑣ahanu niuer arthur. yd ymchoel-
awd ynteu ynerbyn arth^{ur}. ac y duuna𝑣d faeffon a
ffichteit. ac yfcottyeit. ac ef y gad𝑣 yʒ ynys honn
rac arthur. A phangigleu arthur hynny yd ymchoel-
a𝑣d dʒacheuyn. ac adihengis ganta𝑣 oe niuer. Ic
y dʒeis y ar vedʒa𝑣t y kauas dyuot y dir yʒ ynys
honn. Ic yna y bu weith camlan y r𝑣ng arthur
amedʒa𝑣t. ac y Ilada𝑣d arthur uedʒa𝑣t. ac y bʒath-
𝑣yt arthur yn angheua𝑣l. ac o hynny y bu uar𝑣. ac
y my𝑣n plas yn ynys aualiach y clad𝑣yt.

Dechzeu y trioed yͦ y rei hynn.

Ri gozuchel garchara6z ynys pzydein. Ilyz Iled-
yeith. Amabon uab modzon. A geir uab geir-
yoed. Ac un oed ozuchela6z noz tri. ef a uu deirnos
ygkarchar hut adan lech echymeint. fef oed hͦnn6
arthur. Ac un g6as ae geIlynga6d oztri charchar hynny.
nyt amgen gozeu uab cuftennin y geuynder6. Tzi
g6yn deyzn ynys pᵛdein. owein uab uryen. a run
* uab maelgͦn. Arua6n pebyz uab dozarth wledic.
Tzi ouer uard ynys pzydein. arthur. Araa6t eil moz-
gant. achatwaIla6n uab katuan. Tzi matkud ynys
pzydein. penn bendigeituran uab Ilyz aguduwyt yn
y g6ynuryn yn Ilundein. ae wyneb ar ffreinc. ahyt
tra uu ynyz anfa6d y dodet yno. ny doei ozmes faef-
fon byth yz ynys honn. Yz eil amatkud. Y dzeigeu
yn ninas emreis agudya6d Ilud uab beli. Ar trydyd
efgyzn g6ertheuyz uendigeit. ympzif pyzth yz ynys
honn. a hyt tra vydynt ~~yn yz~~ yn y kud hͦnn6. ny doei
ozmes o faeffon byth yz ynys honn. A Ilyna y tri
anuat kud pan datkudywyt. a g6ztheyzn g6ztheneu
a datkudyawd efgyzn g6ertheuyz uendigeit yz ferch
g6zeic. Sef oed honno ronn6en baganes. Ac ef a
datkudya6d y dzeigeu. Ac arthur a datkudya6d
penn bendigeituran oz g6ynn vzynn. Kannyt oed
dec ganta6 kad6 yz ynys honn o gedernit neb. nam-
yn oz eida6 ehun. Tzi marchl6yth ynys pᵛdein. du
y mozoed march elidyz m6ynua6z. a duc feithnynn
a hanner arna6. o benn Ilech elidir yny gogled. hyt
ym penn Ilech elidyz ym mon. Sef feithnyn oedynt.
elidyz m6ynua6z. ac eurgein uerch vaelgͦn ywreic.

ag6ynn da gyued. ag6yn da reimat. a mynach na6-
mon y gḣ ygho₂6₂. a phetryle6 vyneſty₂ y wallouyat.
ac aran uagyl y was. ac albeinwyn y goc. anoeues
aed6yla6 ar bed₂ein y uarch. ah6nn6 uu hanner y
dyn. ar eil marchl6yth aduc co₂uann march meib-
on eliſſer goſgo₂dua6₂. aduc g6₂gi a phered^{ur} arna6.
ac nyſ go₂diweda6d neb namyn diuogat uab kynan
garwynn y ar y kethin kyflym ac aruidia6t. ac aglot
a gauas y₂ hynny hyt hediw. aduna6t wr uab. pabo.
a chynuelyn d₂6ſgyl ẏ ed₂ych ar vygedo₂ḍh IIu g6en-
doleu yn arderyd. Y trydyd marchl6yth aduc erch
march * meibon grythm6l wledic. aduc arna6 ach-
leu. ac archanat. yn erbyn ri6 uaela6₂ yg keredigya6n
y dial eu tat. Ꝫeir IIynghes gynniweir ynys p₂ydein.
IIynghes lary uab yryf. a IIynghes digniſ uab alan.
a IIynghes ſolo₂ uab urnach. Ꝫeir g6ith balua6t
ynys p^{r}dein. vn o nadunt a trewis mathol6ch wydel
ar v₂anwen uerch ly₂. ar eil a d₂ewis g6enh6yfach
ar wenh6yuar. ac o acha6s hynny y buweith kat
gamlan wedy hynny. Ar d₂yded ad₂ewis golydan
uard ar gadwalady₂ vendigeit. Ꝫeir d₂ut heirua
ynys p^{r}dein. vn onadunt pandoeth med₂a6t y lys
arthur yg kelli wic yg kerny6. nyt edewis na b6yt
na dia6t yny IIys nyſ treulei. a thynnu g6enhyuar
heuyt oe chadeir urenhinyaeth. ac yna y trewis pal-
ua6t arnei. Y₂ eil d₂ut heirua pandoeth arthur y
lys med₂a6t. nyt edewis yny IIys nac yny cantref
na b6yt na dia6t.

Tir neges agahat o bowys. vn onadunt y6
kyꝛchu myngan o veigen. hyt ynllan ſilin. er-
byn anterth dꝛannoeth. y gymryt kynnedueu y gan
gadwalla6n vendigeit. wedy llad ieuaf a gryffri. Yꝛ
eil y6 kyꝛchu griffri hyt ymbꝛynn griffri erbyn y boꝛe
dꝛannoeth. wꝛth ymchoelut ar etwin. Y dꝛyded uu
kyꝛchu howel uab Jeuaf hyt yg keredigya6n. owein
g6yned y ymlad a Jeuaf ac a Jago ynyꝛ aerua
honno.

Cꝛioed y6 y rei hynn.

Tir pꝛif riein arthur. G6ennh6yuar uerch g6ꝛyt
g6ent. a g6enh6yuar uerch uab greidya6l. a
g6enh6yuar uerch ocuran ga6ꝛ. Ae deir karedic wreic
oed yꝛei hynn. Jndec uerch ar6y hir. a garwen
uerch henin hen. a g6yl verch * enda6t. Geir g6ꝛ-
uoꝛ6yn ynys pꝛydein. vn onadunt llewei uerch ſeit-
wed. aroꝛe verch uſber. amederei badellua6ꝛ. Geir
goſgerd advwyn ynys pʳydein. goſgoꝛd mynyda6c
yg katraeth. a goſgoꝛd dꝛeon le6 yn rotwyd arderys.
Ar dꝛyded goſgoꝛd velyn oleyn erythlyn yn ros. Geir
pꝛif hut ynys bꝛydein. hut mat uab mathon6y. a
dyſga6d y wydyon uab don. A hut uthur penndꝛag-
on. a dyſga6d y uen6 uab teirg6aed. Ar dꝛyded hut
rudl6m goꝛr a dyſga6d a dyſga6d y goll uab collure6y
ynei. Gri chynnweiſſyeit ynys bꝛydein. g6ydar uab
run uab beli. ac owein uab maxen wledic. acha6ꝛdaf
uab krada6c. Gri deifnya6c ynys pʳdein. riwalla6n
wallt banhadlen. ag6all uab g6yar. a llacheu uab
arthur. Gꝛi anuat gyghoꝛ ynys pʳdein. rodi y ul
keſſar a g6yꝛ ruuein lle y karneu blaen y eu meirch

ar y tir ymp6yth meinlas. ar eil gadel ho2s aheyn-
gyſt a ronn6en y2 ynys honn. ar trydyd rannu o
arth^ur y wy2 deirg6eith amed2a6t yg kamlan. T2i
thaleitha6c ynys p^rydein. g6eir uab g6yſtyl. achei
uab kyny2. a d2yſtan uab tall6ch. T2i rud uoa6c
ynys b2ydein. Run uab beli. a llew lla6 gyffes. a
mo2gan m6ynua62. ac un oed ruduogach no2 tri.
arthur oed y en6. bl6ydyn ny doei na g6ellt ~~nag6ellt~~
na llyſſeu y ffo2d y kerdei y2 un o2 tri. a ſeith mlyn-
ed ny doey y ffo2d y kerdei arthur. T2i llynghes-
ſwr ynys p2ydein. gereint uab erbin. amarch uab
meirchyon. ag6enn6ynnwyn uab na6. T2i unbenn
llys arthur. gron6 uab echel. a ffleud62 fflam uab go-
do. achaedy2ieith uab ſeidi. T2i thar6 unben ynys
b2ydein. adaon uab talyeſſin. a chynhaſal uab argat.
ac elin6y uab kadegy2. T2i unben deiuy2 a b2yneic
a th2i beird oedynt. ath2i meib diſſynynda6t a
wnaethant y teir mat gyflauan. Diffeidell * uab diſ-
ſyuynda6t. a wnaethant y teir mat gyflauan. diffeidell
uab diſſyuynda6t alada6d g62gi gar6l6yt. ar g62 h6nn6
aladei gelein beunyd o2 kymry. a d6y bop ſad62 rac
llad un y ſul. Sgaſynell uab diſſynynda6t. alada6d
edelfflet ffleiſſa6c urenhin lloegy2. G6all uab diſ-
ſyuynda6t alada6d deu ederyn g6endoleu y rei oed-
ynt yn kad6 y eur ae aryant. a deudyn a yſſynt
beunyd yn eu kinya6. ar gymmeint arall yn eu k6ynos.
T2i g6yth62 ynys b2ydein awnaethant y teir anuat
gyflauan. llofuan llaw diffro alada6d uryen uab
kynuarch. llongat gr6m uargot eidin alada6d auon
uab talyeſſin. aheiden uab euengat. alada6d aueir-

in g6a6tryd verch tey2nbeird. Y g62 a rodei gan my6
bob fad62n ygher6yn enneint yn talhaearn. ae tre6js
a bwyell gynnut yn y phenn. A honno oed y d2yded
v6yẹlla6t. ar eil kyn|nuntei o aberffra6. a d2e6is go-
lydan a b6yall yn y benn. ar tryded uab beli a d2ewis
y 62 ehun a b6yall yn y benn. T2i aerueda6c ynys
b2ydein. Selyf uab *kyna* garwyn. ac auaon uab
talyeffin. a g6alla6c uab Ilenna6c. Sef acha6s y
gelwit 6y yn eruedogyon. 62th dial eu kam oc eu bed.
T2i poft kat ynys p`dein. duna6t uab pabo. a
chynuelyn d26fgyl. ac uryen uab kynuarch. T2i
hael ynys b2ydein. a ryderch hael uab tutwal tut-
klyt. anud hael uab fennIIt. a mo2daf hael uab
ferwan. T2i gle6 ynys p`dein. grudnei. ahenb2ien.
ac aedena6c. ny doynt o gat namyn ar eugelo2eu. Ac
yfef oedynt y2ei hynny. tri meib gleiffiar gogled.
o haernwed urada6c eu mam. T2i traha6c ynys
b2ydein. g6ibei d2aha6c. a fa6yl benn uchel. Arnua6n
peny2 d2aha6c. T2i Iledyf unben ynys p2ydein.
Mana6ydan uab Ily2. aIlywarch hen. A g6gon g62on
uab peredur uab eliffer. Ac yfef acha6s y gelwit
6ynt yn Iledyf * unbẹnn. 62th na cheiffynt gyuoeth.
Ac na allei neb y ludyas udunt. T2i galouyd ynys
b2ydein. greida6l galouyd. A d2yftan uab taII6ch.
A g6gon g62on. T2i efgemyd aeren ynys p2ydein.
mo2uran eil tegit. ag6gon gledyfrud. agilbert kat
gyffro. T2i pho2tha62 g6eith perIlan uango2. g6gon
gledyfrud. a mada6c uab run. A g6iwa6n uab kyn-
dy2wynn. Ath2i ereiII o bleit IIoegy2. Hawyftyl
d2aha6c. a g6aet|cym herwuden a g6iner. T2i eur

gelein ynys bzydein. madaɓc uab bzɓyn. acheugan
peillyaɓc. ₰ ruaɓn peuyz ab gɓydno. Ƀzi hualhogeon
deulu ynys bzydein. teulu kadwallaɓn llaɓir. ado-
daſſant hualeu eu meirch ar dzaet pob un onadunt
yn ymlad aſerygei wydel ygkerric gɓydyl ym mon.
₰r eil teulu riwallaɓn uab uryen yn ymlad a ſaeſſon.
atheulu belen o leyn yn ymlad ~~yn ymlad~~ ac etwin
ymrynn etwin yn ros. Ƀzi diweir deulu ynys pzyd-
ein. teulu katwallaɓn. yny buant hualogyon. a theulu
gafran uab aedan. pan uu y diuakoll. ₰ theulu gɓen-
doleu ab keidyaɓ yn arderyd. adalyaſſant yz ymlad
pythewnos amis gɓedy llad eu harglɓyd. ꝶef oed
eiryf pob un oz teulu oed un kan wr arhugeint. Ƀzi
anniweir deulu ynys bzydein. teulu gronɓ peuyz o
bennllyn aomedaſſant eu harglɓyd o erbyn y gɓen-
nɓynwaeɓ y gan leɓ llaɓ gyffes. a theulu gɓzgi a
pheredur. aadaɓſant eu harglɓyd yg kaer greu a
chynoeth ac ymlad udunt dzãnoeth. ac eda glin gaɓz.
₰c yna y llas ell deu. ₰r trydyd teulu ar lan ffergan.
aymadaɓſſant ac eu harglɓyd yn lledzat y ar y ffozd
yn mynet gamlan. riuedi pob un oz teuluoed un
cann ɓz arhugeint.	Ƀri hualo eur ynys bzydein.
riwallaɓn wallt banhadlen. arun amaelgɓn achad-
waladyz uendigeit. ₰c y ſef achaɓs y gelwit y gɓyz
hynny yn hualogyon. ɓzth na cheffit meirch aberth-
ynei udunt. rac * eu meint. namyn dodi hualeu eur
am eu hegɓytled ar bedzein eu · eu meirch dzaekefyn-
eu. adɓy badell eur. adan eu glinyeu. ₰c ɓzth hynny
y gelwir padellec y glin. Ƀzi charɓ ellyll ynys pzy-
dein. ellyll gɓidawl. ₰c ellyll llyz marini. ac ellyll

gyrthniбl wledic. Tri gбyd ellyll ynys prydein. ellyll manaбc. ac ellyll ednyuedaбc drythyll. ac ellyll melen. Tri trбydedaбc llyf arthur. athri anuodaбc. llywarch hen. allemennic a heled. Tri diweir ynys prydein. ardun wreic gatcor uab goroluyn. ac eneilian wreic wydyr drбm. ac emerchret wreic uabon uab dewengen. Tri gбaeб rud ynys prydein. degynelб vard owein. ac arouan uard felen uab kynan. ac auanuedic uard katwallaбn uab katuan. Tri goruchel garcharaбr ynys prydein. llyr lledyeith auu gan eurofwyd ygkarchar. ar eil mabon uab modron. ar trydyd gбeir uab gбeiryoed. Ac vn oed goruchelach nortri auu deir nos ygkarchar ygkaer oeth ac anoeth. Ac auu teir nos ygkarchar gan wenn benn dragon. ac auu deir nos ygkarchar hut y dan lech echymeint. Ac yfef oed y goruchel garcharaбr hбnnб. arthur. ar un gбas ae gollygaбd or tri charchar hynny. Ac yfef oed y gбas hбnnб. goreu uab cuftennin y gefynderб.

Trioeд y meirch yб yrei hynn.

Tri rodedic uarch ynys brydein. Meinlas march kaffwallaбn uab beli. A melyngan gamre march lleб llaб gyffes. A lluagor march karawc ureichuras. Tri phrifuarch ynys brydein. du hir tynedic march kynan garwyn. ac Awydaбc ureich hir. march kyhoret eil kynan. Arud broen tuth bleid march gilbert uab kat gyffro. Tri anreithuarch ynys prydein. Karnaflaбc march owein uab uryen. athauaбt hir. march Kadwallaбn uab katuan. a bucheflom march [597] gбgaбn gledyfrud. Tri thom edyftyr ynys brydein.

g6ineu g6d6c hir. march kei. agrei march ed6in. a
lluyd march alfer uab maelg6n. 6ri go2derch uarch
ynys b2ydein. fferlas march dalldaff eil kunin. agwel6-
gan gohoewgein march kcredic uab g6alla6c. ag62
b2ith march raa6t. 6ri penn uarch ynys b2ydein a
dugant y tri marchl6yth y mae eu henweu d2acheu-
yn. 6ri·g62ueichyat ynys b2ydein. P2yderi uab
p6yll penn annwn. 62th uoch penndaran dyuet y
datmaeth. 8c yf ef moch oedynt y feithlydyn aduc
p6yll penn ann6nn. 8c ae rodes y pendaran dyuet y
datmaeth. 8c yf ef y lle y katwei yglynn cuch yn em-
lyn. 8c yf ef acha6s y gelwit h6nn6 yn62ueichat. kany
allei neb nath6yll na th2eis arna6. 8r eil d2yftan
uab tall6ch 62th voch march uab meirchyon. tra
aeth y meichyat yn gennat ar effyllt. arth^{ur}. a march.
achei. abedwy2. a uuant ell petwar. 8c ny cha6ffant
kymmeint ac un ban6. nac o d2eis. nac o d6yll. nac
o led2at y ganta6. **J**r trydyd coll uab kallureu6y.
62th uoch dallwy2 dallbenn ygglynn (da)llwy2 yg
kerny6. 8c un o2 moch oed do2ra6c. hennwen oed
y hen6. 8 darogan oed y2 hanuydei waeth ynys p2yd-
ein o2 to2ll6yth. 8c yna y kynnulla6d arthur llu ynys
b2ydein. ac yd aeth y geiffa6 y diua. 8c yna yd aeth
hychen yggo2dod6. 8c ym pennrynn ha6ftin yg ker-
ni6 yd aeth yny mo2. ar g62dueichyat yny hol. 8c
ymaef g6enith yg6ent y dotwes ar wennithen a
g6ennynen. 8c y2 hynny hyt hedi6 y mae go2eu lle
g6enith a g6enyn maes g6enith yg6ent. 8c yn llou-
yon ym pennuro y dotwes ar heiden a g6enhith-
en. am hynny y diaerhebir o heid llouyon. 8c yn ri6

gyfuerth६ch yn aruo y dodwes ar geneu cath. a
chy६ eryꝛ. ac y roet y bleid y uergaed. Ic y roet yꝛ
eryꝛ y vꝛeat tywyſſa६c oꝛ gogled. ac ६ynt a hanuu-
ant waeth onadunt. ac yn llanueir yn * aruon a
dan y maen du y dotwes argeneu cath. ac y ar y
maen y byꝛya६d y g६ꝛueichyat yn y moꝛ. a meibon
paluc ym mon ae magaſſant yꝛ dr६c udunt, a honno
uu gath baluc. ac auu un o deir pꝛif oꝛmes. mon
a uag६yt yndi. ar eil oed daron६y. ar dꝛyded etwin
urenhin lloegyꝛ. Tri ann६yl llys arthur. a thꝛi chat-
uarcha६c. ac ny mynnaſſant pennteulu arnadunt
eiryoet. ac y cant arthur eglyn. Sef y६. vyn tri
chatuarcha६c mened. allud lluruga६c. a cholovyn
kymry ~~kymry~~ karada६c. Tꝛi eurgryd ynys bꝛydein.
Caſſwalla६c uab beli. panaeth y geiſſa६ flur hyt yn
ruuein. amana६ydan uab llud pan uu hut ar dyuet.
a llew lla६gyffes pan uu ef ag६ydyon yn keiſſa६ en६
ac arueu y gan aranrot y uam. Tꝛi bꝛenhin a uuant
o ueibon eillon. G६ꝛyat uab g६ꝛyan yn y gogled. a
chadauel uab kynued६ yg g६yned. a hyueid uab
bleidic yn deheubarth. Tꝛi budyꝛ hafren. katwall-
a६n pann aeth yweith digoll. a llu kymry ganta६. ac
etwin oꝛ parth arall. a llu lloegyꝛ ganta६. Ic yna
y budꝛa६d hafren oe blaen hyt y haber. ar eil ky-
uar६ꞩ golydan y ganeinya६n uab bed bꝛenhin ker-
ny६. ar dꝛyded. calam uerch Idon uab ner y gan
uaelgwn.

Enweu ynys prydein aerac ynyssed

Kyntaf enw auu ar yr ynys honn. kyñ noe
chael nae chyuanhedu. claf myrdin. a gwedy
y chael ae chyuanhedu y vel ynys. a gwedy y gor-
efgynn o brydein uab. aed mawr y dodet arnei ynys
prydein. Teir prif rac ynys yffyd idi. a feith rac
ynys arhugeint. yffyd y danei. Sef ynt y teir rac
ynys. Mon. a Manaw. ac ynys weir. Athri prif
aber a seith ugeint y danei. Iphedwar prif porth
ar dec adeugeint. a their prif gaer ar dec ar hug-
eint. Dyt amgen. Kaer alclut. Kaer lyr. Kaer hawyd.
Kaer efrawc. Kaer gent. Kaer wyranghon. Kaer lun-
dein. Kaer lirion. Kaer golin. Kaer loyw. Kaer gei.
Kaer firi. Kaer wynt. Kaer went. Kaer grant. Kaer
dawri. Kaer lwytkoet. Kaer vyrdin. Kaer yn aruon.
Kaer gorgyrn. Kaer lleon. Kaer gorcon. Kaer cufrad.
Kaer urnas. Kaer felemion. Kaer mygeid. Kaer lyf-
fydit. Kaer beris. Kaer llion. Kaer weir. Kaer grad-
awc. Kaer widawl wir.

Notes

On letters which are either doubtful, peculiar, or corrected in the MS.

———

cor. = corrected.
fac. = facsimile.
or. w. = originally written.
Italics denote the letters to which reference is made.

PAGE. LINE.

2, 23. ac *n*y. Begun as *r*; cor. into *c*; there is a
   kind of dot over the first limb of *n*.

3, 19. ar*c*ho. W. *t*; cor. above line into *c*.

4, 15. debyg*y*ei. Or. w. *o*?; cor. into *y* by a late
   hand.

5, 10. ha*6l6*1. Or. letter scratched out; cor. (par-
   tially by a late hand) into *l*.

9, 11. yd aeth. MS. reads y daeth.

15, 16. geimat. See fac. and cf. penardim, &c.

18, 2. dy*u*et. MS. reads dy*n*et.

24, 3. *6*o, ?*v*o. Cf. *6*ydynt, col. 727, l. 44.

24, 16. argl*6*y*d*. Or. w. *s*; cor. into *d* in red ink.

24, 18. *i*da*6*. Read jda*6*.

26, 9. penardim. See fac. and cf. geimat, &c.

31, 7. bych*en*et. *ene* retraced by a late hand, but
   one can still see the word was or. w.
   bych*a*net.

31, 27. diha*n*gy*ss*ant. Letters -*ngyss*- are very faint.

33, 13. a*c*. The *c* is irregular in form.

33, 17. gy*s*cu. *y* looks very like *6*.

35, 12. kyn*6*eiffat. Cor. *6*.

35, 19. chy*1*ch*u*. *u* is a late insertion.

PAGE. LINE.

35, 26. wel(eỽ)ch.   Read weleỽch.

35, 30. nyt oes neb yma a wypo.   Faint in MS.

36, 1. bꝛanwen go-.   Faint in MS.

36, 19. Ileſtyꞁ. ſ is in pale ink; *t* has 'run' or 'spread,' the or. letter having been scratched out; *y* and *ꞁ* are slightly retraced.

36, 30. matholỽch.   Or. w. *ꞁ*?; cor. into *c.*

39, 1. uanaỽydan.   Or. w. *t*; cor. into *y*.

39, 14. urodꝛ.   Or. w. *y*; cor. into something resembling *c* which has a punctum delens under it and an *e* written over it.

40, 7. 𝕲liuieri.   See fac.

41, 4. Manaỽydan.   Or. w. *ỽ*; cor. into *y*.

41, 15. niuyget.   *an-* has been inserted above line in a late hand.

41, 15. Pendaraꞃ.   Apparently the scribe attempted to cor. *r* into *n*.   Read Pendara*n*.

45, 4. gꝺymdeithas.   Cor. letter.

45, 5. oſ.   Cor. letter.

46, 2. dyuot.   Manifestly an error.   Read Dyuet.

46, 27. mae.   Faint in MS.

46–48. The lacunae on these pages are due to a corner of the MS. having been torn away. The readings are supplied from the WHITE BOOK, i.e. Hengwrt MS. 4.

49, 21. oꞁ.   Probably by a late hand.

50, 2. kerddaſſant.   Read kerd|daſſant.

50. 14. ymma.   Read ym|ma.

52, 1. *heb.*   The scribe wrote or. *h∗* .   Being unable to make his second letter legible, he drew the pen through both letters and wrote *heb* over them.

53, 22. bet*h*.   The *h* is in late hand.

PAGE. LINE.

54, 7. aḷḷei un. MS. reads aḷḷei ᵈun. See fac.

54, 9. vane*l*. Read vane*c*.

55, 2. gant*aб*. The *aб* are by a later hand.

57, 16. gȯnnaeth. Read gȯn|naeth.

58, 12. *ac.* Cor. letters, which are also retraced.

60, 24. enб.. Two letters have been scratched out here. Apparently the word was or. wr. en*бeu.*

60, 27. traбfgбyd. A late hand has inserted a letter resembling *l*? above -gб-. On p. 61, l. 26, the letter *l* is similarly inserted.

61, 1. tei*u*i. MS. reads tei*n*i.

61, 3. uuбyvt. Or. w. *б*; cor. into *v.*

61, 3. бɪth*u*nt. MS. reads бɪth*n*nt.

63, 8. yn ych ol. MS. reads yny chol.

64, 21. *e*idaб. Or. w. *r*; cor. into *e.*

66, 5. gi*lu*aethбy. Or. w. gi*u*aethбy, then the first limb of *u* was cor. into *l*, thus making a word gi*lu*aethбy.

66. — The words within brackets on this page are supplied from the WHITE BOOK. The vellum of the RED BOOK seems to have been originally scaly where these words occur, and the surface has peeled off.

66, 21. hon aбch. The gap is occasioned by a hole in the vellum. Read honaбch.

68, 6. camma. Read cam|ma.

68, 10. be*t*han. See fac. and cf. wy*l*, l. 4.

69, 6. Ḷḷy*f*. Or. w. *z*; cor. into *f.*

69, 15. Oia. Read Oi a.

70, 12. wnaant. Read wna|ant.

71, 6. Ḷḷeб. The *б* was begun as *u*, then cor. into *б.* Lleu is the old form, *not* Lleб.

PAGE. LINE.

72, 18. Ꝛc.   See fac.

72, 22. a [da]lo.   MS. reads a | lo.

73, 6. ua*b*.   MS. reads va*l*.

76, 25. enneint.   See fac. and cf. geimat, &c.

78, 6. mo*c*h.   Or. w. *r* ?; cor. into *c*.

80, 3. a*n*yan.   Or. w. *u* ?; cancelled by puncta delentia, and cor. into *n* above line.

80, 25. feui*/** .   A letter has been scratched out after final *f*, which is a cor. letter.

80, 26. b*y*ya*b*d.   Or. w. *o* or *b* ; cor. into *y*.

82, 4. dywa*bl*.   Or. w. *a* ; cor. into t*t*.

83, 23. amd yfr*b*ys.   A letter has been scratched out after *d*.

83, 27. a*R* *t*ra*bs*.   The R and *t* are faint and doubtful.

84, 28. ed*r*ych.   Begun apparently as *y*; cor. into r.

85, 10. yg*h*waethach.   See fac.

86, 22. a*n*on.   MS. reads a*n*on.

89, 12. v*ı*e*v*i.   Or. w. *n* ? cor. into *v*.   The true reading is v*ı*e*n*i.

93, 4. p*ı*ydein.   Or. w. *o* ?; cor. into *y*.

94, 7. ar*v*a*b*c.   Cor. letter.

95, 27. yfty*r*.   Cor. letter ?

96, 29. keffych.   Or. w. *b*; cor. into *y*.

96, 29. p*ó*nt.   Or. w. *o*; cor. into *b* (in late ink ?).

97, 11. kylc*h*.   See fac.

100, 1. wledi*c*.   Imperfect letter.

101, 30. imi.   Read i mi.

102, 23. g*n*b*ch.   Cor. letter ?

103, 19. a*r*ugeint.   Or. w. *d* with an *e* inserted above (immediately after) it, thus reading a*de*ugeint.   The d*e* were next cancelled in red ink and replaced by r.

103, 30. dr*bf*.   Or. w. *2*; cor. into *f*.

105, 12. gat*6ɪ*id*o*gyon.   See fac. ? gat*bɪ*idogyon.

106, 4. ar*y*ant.   Or. w. *6* ? cor. into *y*.

106, 10. nott*y*ch.   Or. w. *o* ; cor. into *y*.

106, 19. poch.   See fac.

107, 12. ful*y*en.   Cor. *y*.

107, 18. cho*c*h.   See fac.   ? cho*t*h.

107, 27. Eri*n*it.   In the next line the word is Er*m*it. Both readings are unmistakable.

108, 7. wa*c6*.   Or. w. *r* ; cor. into *e*.

110, 16. fflendo*ɪ*.   See fac.

111, 15. ueif*c*a*6*n.   See fac.   Cf. the modern word gwisgon : if there is a word ueif*t*a*6*n it can be so read.

111, 30. H*6*y*ɪ*dy*d6*c.   Cor. letter.

111, 30. d*ɪ6*cdy*d6*c.   The *d* is cor. (in later ink ?). For *c* the MS. reads *t*.

114, 6. eiryo|et.   This word was omitted originally but afterwards filled in by the scribe, partly on the right margin and partly on the left.

117, 23. ga*e*an.   Or. w. *r* ; cor. into *e*.

117, 23. ffynhon*ws*.   Cor. letter.

118, 12. hy*f*taue*ll*.   The *f* is not regular.   ? cor. *ɪ*.

120, 22. g*6*enith.   Cor. letter.

120, 26. *h*a*6*d.   Cor. letter.

121, 16. pe*c*ha*6*t.   See fac.

128, 20. eid*o*el.   Or. w. *y* ; cor. in later ink into *o*.

129, 12. *ao*ed.   Cor. letters.

129, 13. *oe*d*6*n.   Cor. letters.

130, 26. aff*6*y*f*.   Or. w. *ɪ* ; cor. into *f*.

130, 28. g*6ɪ*y*f*.   Or. w. *ɪ* ; cor. into *f*.

131, 9. ym *ach*.   Or. letters scratched out and *ach* substituted.   (? Inked over later.)

131, 18. do*f*tet.   Or. w. *t* ; cor. into *f*.   Read *f*.

PAGE. LINE.

131, 22. cat*w*ent.   MS. gives w but the punctum appears to be accidental.

133, 6. di*llu*s.   Or. letters scratched out, and *llu* substituted.   Read di*llu*s.

133, 6 and 9. uarr*u*a6c.   The *u* in both instances has been cor. by a later hand.   The vellum bears marks of having been scratched both over and under the *u*, and there can be no doubt that uar*cha*6c was or. w. in both instances.

134, 23. g6ed*6*.   Or. w. *y ;* cor. into *6.*

134, 25. m*ell*t.   Several letters have been scratched out here.   The *e* was or. *o,* and the length of the or. word is that of mo*dzo*n.

137, 16. ada*n*ed.   Sic in MS.   ? ada*u*ed.

137, 27. *dz6c.*   Retraced (? by a later hand).

140, 8. y*ſtr*at.   Cor. letter.

141, 10. uynyd* .   Apparently there was a letter after d.

142, 5 and 7. *ae gyzru.*   ? later hand.   *wedy eu llad,* w. in margin.

145, 24. gof^{yn} a.   MS. reads gof`a.

146, 3. aghe*n*edyl.   ? aghe*u*edyl.   See fac.

147, 26. ha*cc*raf.   See fac.

149, 15. vy|d*i*n.   See fac.

150, 13. kygho*z*wy*z*.   Or. w. *z*? cor. into *o.*

150, 23. *u*adon.   MS. reads *n*adon.

150, 25. cher*d*ych.   Cor. letter.

152, 21. wych . . . .   There is a blank space nearly equal to the length of this word left after it, which shows the word was not completed.

158, 11. la*ct*ón.   See fac.   The reading lactón is unmistakeable in l. 17.

159, 26. *cc*hel. See fac.

159, 27. Dy*ı*sta*ɲ*.   Or. w. *ı*; cor. into *y*.

163, 6. a*d*ech*ı*eu.   MS. reads ad ech*ı*eu.

163, 13. r*y*vic. Cor. letter.

163, 14. gam*hı*b*ı*i. Cor. letter.

163, 28. yn eu *trael*.   Sic. in MS.   Read *kaeu*.

164, 1. ada*n*ed.   A hybrid form, which is neither
           n nor *u*.

164, 29. b*l*iant.   Or. w. *ı*; cor. into *l*.

170, 4. na*c*.   ?na*l*.   See fac.

170, 4. ad*e*ua*b*d.   Cor. *e*.

170, 13. gw*e*nh*b*yfar.   Begun as *e*; cor. into w.

173, 9. *itt*.   Cor. letters.

173, 10. .oed*u*t (first word).   Or. w. *y*; cor. into *u*.

173, 21. e*lb*yf.   Or. w. *t* (or *d*); cor. into *l*.

173, 27. o*a*ruc.   Or. w. *ı*; cor. into *a*.   Read ao*ı*uc.

174, 29. ow*e*in.   Begun as *ı*; cor. into *w*.

179, 24. dy*u*ot.   MS. reads dy*n*ot.

179, 30. hyf*t*y*ı*.   ?hyf*c*y*ı*.   The top part of the fourth
           letter is illegible: it is rather tall for a *c* or
           a *t*, and looks 'very like' an *ſ*, or an *l.*   Any
           one with 'very good sight' can here read
           anything his imagination may suggest. We
           are not at all certain of the third letter
           either, but *hy* .. *yı* are unmistakable.
           See facsimile.

180, 2. *cithyı gba-*.   These letters are retraced in
           late ink, but the or. writing is still legible.

180, 20. a*b*y*ı*.   Or. w. *ı*; cor. into *y*.

180, 24. g*b*elynt.   ?*o*.   Irregularly formed letter.

181, 15. mar*c*ha*b*c.   See fac.

181, 21. trydyd.   Or. w. *v*.; cor. into *y*.

190, 29. di*ſ*gre*c*hu.   See fac.   The *g* was or. w. *k*.

193, 1. *Eﬀra6c.* It may be worth while to point
out that the letters *ﬀ* here stand for F.

193, 1. bi*o*ed. Or. w. *e*; cor. into *o*.

193, 10. phryder*u*. The *u* has been partially scratched
out recently.

193, 12. diﬀ*i*eith6ch. See fac.

194, 30. elli*t*. Or. w. *r*; cor. (? by later hand) into *t*.

195, 8. yﬁky₂ni*c*. See fac.

195, 14. *g*ych6ynnu. Or, w. *cl* or *ch*; cor. into *g*.

195, 26. o₂u*c*. Possibly the *c* should be read *ɩ*, i.e.
a stop.

196, 10. meluo*ch*. See fac.

198. 19. mar*ch*a6c. See fac. Cf. the two letters
italicised.

199, 18. dioﬁcles. It is useless to torture this spelling
into dioﬁ*d*es. See fac.

200, 5. *herwr.* By a later hand.

200, 27. pyﬁcotta. See fac. Cf. hyﬁcy₂, &c.

206, 18. h*e*b. Or. w. *j*; cor. into *e*.

206, 27. d*6*₂6f. Or. w. *y*; cor. into *6*.

208, 16. by*dy* eneit. See fac.

209, 6. MS. reads:—ac eu ﬂynn "ac eu harueu" ac
eu meirch.

209, 24. dy*u*ot. MS. reads dy*n*ot.

210, 30. a*c*. Cor. letter.

211, 5. *ch*an. See fac.

212, 21. v6yhaﬁ* . This was or. w. v6yha*ha*.

212, 27. *ﬁ*o₂res. Or. w. *z*; cor. into *ﬁ*.

213, 3. *v*liant. Cor. letter. Or. w. *6*?

213, 13. *dy*. Cor. letter.

213, 28. y*r* *c*ira. Or. w. y*r*ira. The *r* was then cor.
into something like *e*, but the meaning
requires *re*.

215, 28. r*6*ym.   Or. w. *o*; cor. into something like *6*.

220, 15. kyuar*f*ot.   Or. w. *6*?; cor. into *f*.

220, 29. d₂*6f*.   Or. w. *₂*; cor. into *f*.

221, 4. mo₂ynyon.   Cor. letter. See fac.

221, 20. ary*f*hau.   Cor. letter, like that of line 4.

222, 9. g*6*i*fca6*.   See fac.   Cf. uei*fca6*n.

225, 6. d₂*6*od.   ? d₂*6*ad.   Cf. kynllyuaneu, col. 683, l. 5.

226, 18. w*e*lei.   Or. w. *r*; cor. into something like *e*.

226, 25. co*c*h.   Cor. letter.

226, 28. mi*nn*eu.   See fac.

230, 13. o₂uc.   Cor. letter.

231, 23. Note that col. 688 is blank in the MS.

232, 3. a̤radanc.   The puncta delentia are late.

232, 13. *Ila6*.   Cor. letters.

232, 14. agh*a*rueid.   Cor. letter.

232, 25. κyuarch g*6*ell y arthur ae teulu oll.   Or.
     words scratched out by the scribe, and
     these substituted.

233, 2. yn ^d*6*₂n.   The *d* is by a later hand ?

235, 14. d₂*6f*. .Or. w. *₂*; cor. into *f*.

236, 30. *6*₂th.   Or. w. *₂*; cor. into a kind of *6*.

237, 27. *6*yt.   Cor. letter. (? or. w. *d*.)

245, 5. *h*yt dyd.   Cor. letter.

245, 6. d*r*emhitit.   Or. w. *e*; cor. into *r*.

245, 10. *f6*₂cot.   Cor. letter.

245, 12. Henpy*ch*.   Or. w. *ll*; cor. above line into *ch*.

247, 7. y*f*ta*6*yl.   Cor. letter. (? or. w. *u*.)

247, 8. ae*t*hant.   Cor. letter; it looks more like *c*

248, 19. e*f*.   Cor. letter.   [than *t*.

249, 2. d₂acheuyn*t*.   The *t* has been partially
     scratched out.

249, 26. y*m*.   See fac.

249, 28. dian*g*haf.   Cor. letter.

260, 30. h*i*. The *i* is extremely shadowy. Or.
letter has been scratched out.

265, 2. gym6eu. Cor. letter.

268, 27. *y* ereint. Cor. letter.

268, 28. a*e*. Cor. letter.

269, 2. ry6udya6. Or. w. *d*; cor. into something
resembling *b*.

269, 9. o*f*. Or. w. *z*; cor. into *f*.

272, 7. seg*v*r. The *v* is irregular in form, and in paler
ink: something has been scratched out.

274, 19. gy*z*chaffant. Or. w. *o*; cor. into *y*.

275, 6. rago*z*. Cor. letter.

276, 26. o*f*. Or. w. *z*; cor. into *f*.

277, 24. a*r*. Cor. letter and very irregular in form.

280, 2. d6*nn*. See fac. Cf. y*m*choelut, l. 22.

289, 3. Πy*f*. Or. w. *z*; cor. into *f*.

287, 1. a*t*. Or. w. *r*; cor. into *t*.   [than *c*.

289, 19. rac*c*o. Cor. letter, which looks more like *o*

290, 3. *e*tteil. There is a dot over the initial *e*.

290, 20. a*e*. Cor. letter.

290, 29. Πetritha6c. Cor. letter.

292, 11. Πy*f*. Or. w. *z*; cor. into *f*.

293, 22. d*z*6*f*. Or. w. *z*; cor. into *f*.

294, 1. diodeua6d "y araΠ eifted" eiryoet—in MS.

301, 13. ar*c*hanat. ? *t*. Cf. Ar*t*hur, col. 592, l. 15.

301. Blank at bottom of page represents four blank
lines in MS.

302, 7. keredigya6n. Or. w. *o*; cor. into some sem-
blance of *y*.

303, 14. chaedy*z*ieith. At first sight the *i* looks like
a regular *l*, but closer examination will
show the top half of the would-be *l* to be
an addition.

303, 30. a*u*eirin.   The *u* here is unmistakable.

304, 4. kyn⎮*nun*tei.   See fac.

304, 8. Π*enna*бc.   See fac.   The ´ seems accidental.

304, 13. ſe*nn*llt.   See fac.   The ´ is suspiciously bold, and can scarcely be original.   The oldest MS. of the Triads reads SenyΠt.

304, 14. henbrie*n*.   ? henbɹie*u*.

304, 30. gwaet⎮ɼym.   See fac.   (? *r* or *t*.)

305, 17. k*a*er.   Cor. letter.

306, 3. m*e*len.   A bungled, cor. letter.   ? *a*.

306, 4. Π*e*mmeni*c*.   An irregularly formed letter.   ? *t*.

306, 5. ga*t*⎮cor.   See fac.

306, 10. Π*e*dyeith.   Cor. letter.

306, 11. euroſwyd.   Or. w. ɀ ; cor. into ſ.

306, 12. gбeiryoed.   Cor. letter.

306, 29. K*a*tuan.   Cor. letter.

306, 30. y*n*ys.   Or. w. ɀ ; cor. into *n*.

307, 4. p*e*nn.   A bungler who lived rather over a century ago has written *y* over the *e*.

307, 13. arn*a*б.   Cor. letter.   (Or. w. *o* ? ; there is also a deletion.)

308, 13. *mened*.   See fac.

308.   The remainder of col. 598, the whole of col. 599, and lines 1–14 of col. 600 have Proverbial Triads.

309.   1.   The full title in the MS. is ‘Enбeu ynys pɹydein ae rac ynyſſed ae anryuedodeu,’ but as the *anryuedodeu* are not given in this Volume the word has been omitted in the title.

Index.

Cross References.

b. = brenhin ; ep. = epithet ; f. = father.

Ab b. Iwerdon, *f. of* Gwittart ; Riogan.
Adeinawc, ep. of Ann- *or* Henwas.
Aed M., *f. of* Odgar ; Prydein.
Aedan, *f. of* Gavran.
Aer, *f. of* Eidoel.
Alan, *f. of* Digniv.
Alar, *f. of* Digon.
Alarch, see Gwenn.
Allt-klwyt, ep. of Tarawc.
Alser, *see* Lluyd.
Alun *f. of* Dyvyr. *See* Koet.
Amheibyn, *f. of* Eiryn Wych.
Amherawdyr, *see* Arthur ; Lles ; Maxen.
Anarawc Wallt G., *f. of* Idic.
Anaw Kyrd, *see* Eliuri.
Angel, see Pryd Angel.
Aniweir, *see* Teulu.
Anlawd W., *f. of* Goleudyd.
Annwas, *f. of* Twrch.
Annwvyn, see Arawn ; Pwyll.
Anvat, see Bwyellawt ; Datkud ; Ergyt ; Kud ; Palvawt.
Ardywat Kat, ep. of Uchtryt.
Argat, *f. of* Kynhaval.
Arthur, *f. of* Amhar ; Gwydre ; Llacheu. *See* Gwenhwyvar ; Gwraged ; Gwreic ; Kennadeu ; Llamrei ; Llys A., Peir A., *Pensaer* ; Prytwen ; Rieni ; Rysswr ; Teulu.
Arwy, *f. of* Indec ; *ep. of* Reidwn.
Ascwrn, *see* Min Ascwrn.
Astrus, ep. of Gwydneu.
Atheu, *f. of* Gusc.

Atver, ep. of Eli.
Avlawn, *f. of* Huarwar.
Awstin, *see* Pennryn.

Baedan, *f. of* Maelwys.
Bagat, see Penn.
Banhadlen, see Gwallt B.
Bannawc, ep. of Elen. *See* Ychen.
Bard, ep. of Arouan ; Auan ; Degynelw ; Golydan.
Bargot, see Krwm V.
Barnawt, see Rin B.
Barvawc, ep. of Dillus ; Llawn- *or* Llawuroded.
Baryv Draws, ep. of Uchdryt.
Baryv Twrch, ep. of Nodawl.
Bed, *f. of* Einyawn.
Bedrawt, *f. of* Bedwyr.
Bedwyr, *f. of* Amhren ; Eneuawc.
Beidawc, ep. of Anoeth.
Beli Mawr, *f. of* Aryanrot ; Kadwallawn ; Kaswallawn ; Lleuelys ; Llud ; Nynnyaw ; Penardim ; Reidwn ; Run.
Bendigeit, ep. of Bran ; Gwerthevyr ; Kadwaladyr ; Kadwallawn ; Kustennin. *See* Penn B.
Bervach, ep. of Korvil.
Beuthach, ep. of Lluber.
Bleidic, *f. of* Hyveid.
Bliant, see Twryv B.
Bradawc, ep. of Haearnwed.
Bran B., *f. of* Karadawc.
Bras, ep. of Kadwgawn.
Breich Hir, ep. of Awydawc.
Brenhin, ep. of Doget.

Brwyn, *f. of* Madawc.
Brychgoch, ep. of Kynnwric.
Bryssethach, *f. of* Brys.
Bychan, ep. of Gwiffert;   Iarll
   Kaer Dyff; India; Kustennin.
Byneu, *see* Benyn.

Chware, *see* Broch; Gwyđbwyll.

Da Gyveđ, ep. of Gwynn.
Da Reimal, ep. of Gwynn.
Daere, *f. of* Kubert.
Dalldav, *see* Fferlas.
Dallpen, ep. of Dallwyr.
Dateni, *see* Peir.
Dauyđ, *f. of* Absolon.
Deheu, *see* Gwyr; Kantrevi.
Denmark, *see* Gwyr D.
Deorthach W., *f. of* Ruawn.
Dewengen, *see* Mabon.
Diessic Unbenn, ep. of Dwnn.
Dinlleu, *see* Dinas.
Dinodig, *see* Kantrev.
Diođeiveint, *see* Brenhin; Llys.
Dissynynđawt, *f. of* Diffcidell;
   Gwall; Sgavynell.
Divro, see Llaw Đivro.
Doeth, ep. of Sibli.
Don, *mother of* Amaethon; Aran-
   rot; Gilvaethwy; Govannon;
   Gwydyon; Heveyđ.
Drythyll, ep. of Ednyvedawc.
Du, see Maen; Mil; Morwyn.
Duk B., *f. of* Ondyaw.
Dukum, *f. of* Mil Du.
Dyrus, see Rwyđ D.
Dyvel, ep. of Alun;   Pendaran
   Pwyll; *see* Kantrevi.
Dyvnedic, *f. of* Kustennin.
Dyuynwal, *f. of* Bran.

Ebrei, *f. of* Gwrdiual. *Cf.* Eurei.
Eiđin, *ep. of* Klyđno; Llongat.
Echel V. Twll, *f. of* Gobrwy;
   Gronw.
Echymeint, *see* Llech.

Ednyvedawc D., *see* Ellyll.
Edwin, *see* Grei.
Eiđin, ep. of Klydno; Llongat.
Eillon, ep. of Dylan.
Elen, *mother of* Kustennin.
Eli Atver, *f. of* Reidwn.
Elidyr, *see* Du y M., Llech.
Eliffer, *f. of* Peredur: *see* Korvan
Emyr Llydaw, *f. of* Howel.
Emys, *see* Llygatruđ.
Endawt, *f. of* Gwyl.
Ennwir, see *Gwrhyt E.*
Enryueđodeu, *see* Kaer yr E.
Erbin, *f. of* Dyuel; Erinit; Ge-
   reint. *See* Kennadeu E.
Ereint, see Gwalll; *Gwrych; Llaw.*
Eri, *f. of* Greit.
Erim, *f. of* Eus;   Henbetestyr;
   Henwas Ad., Sgilti; Uchtryt.
Ermit, *f. of* Gwynn; Kyndrwyn.
Eruyll, *f. of* Ffodor.
Erw, *f. of* Llawr.
Eskob, ep of Betwini. *See* Llwyt.
Esni, *f of* Gwynn.
Eson, *f. of* Iason.
Eudav, *f. of* Adeon; Elen Luy-
   đawc; Kynan.
Euengat, *f. of* Heiđen.
Eur, see Hualo; Kelein; Kryđ.
Eurei, *f. of* Dillus V.
Eurawc, see Llaw E.
Euroswyđ, *f. of* Nissyen.
Evrawc, f. of Peredur.
Ewingalh, ep. of Isperyr.

Fflam, ep. of Ffleuđur.
Ffleissawc, ep. of Eđelfflet.
Fflergant, *f. of* Ysperin.
Ffreinc, *see* Gwilenhin; Gwilim;
   Iona; Paris.
Ffynnawn,   *see*   Du;   Iarlles;
   Marchawc.

Galarus, *see* Kruc.
Galouyđ, ep. of Greidyawl.
Ganđwy, see *Porthawr.*

Gwylll, ep. *of* Kyledyr; Kynedyr
or Kyuedyr.
Gwyneb, *see* Hen Wyneb.
Gwyned, ep. *of* Maelgwn; Owein.
See Gwyr; Kedernit.
Gwynhan, *f. of* Teithi Hen.
Gwynllwyt, *see* Gwr; Ynywl.
Gwynn Gohoyw, *f. of* Kicva.
Gwynn Hen, *f. of* Heilyn.
Gwynn, *see* Teyrn.
Gwynnyawc, see *Llaw.*
Gwynt, *see* Kaer Wynt.
Gwyr, ep. *of* Gwrhyt; Gwythawc.
Gwyrangon, *see* Kaer W.
Gwystyl, *f. of* Gweir. *Cf.* Geneir.
Gwythawc G., *f. of* Garwyli.
Gyrthniwl Wledic, *see* Ellyll.

Hael, ep. *of* Iskovan; Mordav;
Morgant; Nud; Ryderch.
Hav, *see* Gwlat yr H.
Hayarn, ep. *of* Drustwrn.
Hen, ep. *of* Gouynyon; Gwrbothu;
Gwynn; Henin; Heveyd;
Kado; Llywarch; Priav; Tei-
thi. *See* Gwr; Gwrach; Gwyn-
eb; Kroen.
Henin Hen, *f. of* Garwen.
Herwuden, *see* Gwaetcym.
Hettwn Tal Aryant, *f. of* Kyuedyr.
Hettwn Glavyrawc, *f. of* Kynedyr.
Heussawr, ep. *of* Kustennin.
Heveyd, *f. of* Riannon, *see* Llys.
Hir, ep. *of* Arwy, Heveyd; Hych-
twn. *See* Amren; *Breich;*
Eidyl; *Gwdwc; Gwr; Llaw;*
Paladyr; Prenn; *Tavawt.*
Hir Tynedic, ep. *of* Du.
Hualogeon, *see* Teulu.
Hynev, *see* Penn H. K.
Hyuar, ep. *of* Gwynn.

Iaen, *f. of* Bratwen; Kradawc;
Moren; Siawn; Sulyen; Te-
regut.
Idon, *f. of* Kadwgawn; Kalam.

Ieithoed, see *Gwalstawt.*
Ieuav, *f. of* Howel.
Ionawr, *see* Kalan.
Iwerdon, *see* Aed; Esgeir O.,
Gorsed; Gwittart; Gwyr; Ma-
tholwch; Mor; Pennllemhidyd;
Pump Ran; Riogan; Seint.

Kadarn, ep. *of* Ector; Ercwlf;
Sompson. *See* Twr G.
Kadegyr, *f. of* Elinwy.
Kadellin Tal A., *f. of* Gweir.
Kado, *f. of* Berth.
Kadvan, *f. of* Kadwallawn V.
Kadwallawn, *see* Auan V.
Kadwgan, *f. of* Heilyn Goch.
Kaerloyw, *see* Gwidonot.
Kamre, *see* Melyngan.
Kanhastyr, ep. *of* Kilyd.
Kanhwch, ep. *of* Kynnwyl.
Kanllaw, ep. *of* Kanhastyr.
Kant Ewin, ep. *of* Kwrs.
Karadawc, *f. of* Eudav; Kawrdav.
Karn, *see* Pryv.
Karw, *see* Ellyll.
Kasnar Wledic, *f. of* Gloyw Wallt
Lydan; Llary.
Kastell, *see* Gwerthrynyawn; Kaer
Iarlles y Ff., Mur y K.
Kat, *see* Ardywat; Post.
Katgyffro, *f. of* Gilbert.
Kath, see *Llygat, -eil.*
Katvan, *f. of* Kadwallawn.
Katvarchawc, *see* Llys Arthur.
Kaw, *f. of* Angawd; Ardwyat;
Dirmyc; Ergyrat; Etmic;
Gildas; Gwennabwy; Gwar-
thegyt; Gwyngat; Hueil; Ius-
tic; Kalcas; Kelin; Koch;
Konnyn; Kynwas; Llwybyr;
Mabsant; Meilic; Neb; Ouan.
Kawlwyd, *see* Kwm; Kuan.
Kawr, ep. *of* Gwrnach. See *Klin;*
Penn Kawr.
Kedarn, *f. of* Nerth.
Kedymdeith, *see* Hen Ged.

Kedyrn, *see* Ynys y K.
Kei, *f. of* Garanwyn ; Relemon.
Keidyaw, *f. of* Gwendoleu.
Keimat ? see Reimat.
Keinvarvawc, ep. of Kynyr.
Kelcoet, *f. of* Llwydeu.
Kelyđon W., *f. of* Kilyđ.
Keredic, *see* Gwelwgan.
Kernyw, *see* Gwyr ; Kadwr.
Kibdar, *f. of* Drych.
Kilcoet, *f. of* Llwyt.
Kilyđ, *f. of* Kulhwch.
Kimin Kof, *f. of* Dalldav.
Kleđyv Koch, ep. of Etlym.
Kleđyvrud, ep. of Gwgawn.
Klememhill, ep. of Unic.
Klin Gawr, ep. of Eda.
Kloff, ep. of Brenhin ; Gwr Gwyn-
    llwyt ; Gwr Llwyt ; Tecuan.
    See Llys y B. K.
Klustveinat, *f. of* Klust.
Klut, *f. of* Gwawl.
Klydno, *f. of* Eurneit ; Kynon.
Koch, ep. of Heilyn. *See* Gwr ;
    Kleđyv ; March.
Koes Hyđ, ep. of Gilla.
Kollvrewy, *f. of* Koll.
Korđ Prydein, ep. of Idawc.
Korr, ep. of Grudlwyn ; Gwiđol-
    wyn ; Ruđlwm.
Kradawc, *f. of* Kawrdav. *See*
    Kaer.
Kregyn, *see* Garth.
Kristinobyl, *see* Amherodres.
Krwm Vargot E., ep. of Llongat.
Krwn, *see* Dyffryn ; *Gwallt.*
Kulhwch, *see* Esgeir K.
Kustennin, *f. of* Erbin ; Goreu ;
    Kustennin Vychan.
Kurvagyl, ep. of Kynwas.
Kyffes, see *Llaw.*
Kyllellvawr, ep. of Osla.
Kynan, *f. of* Diuogat ; Kyhoret ;
    Kynlas ; Selen ; Selyv.
Kyniweir, *see* Llynghes.
Kyndyrwyn, *f. of* Gwiawn.

Kynyr, *f. of* Kei.
Kynn Kroc, ep. of Neol.
Kynvarch, *f. of* Uryen.
Kynvedw, *f. of* Kadavel.
Kynvelyn, *f. of* Gwaedan.
Kynwyl K., *f. of* Gwenn-Alarch.
Kynwyl Sant, *see* Hen Groen.
Kynyđ, *see Penn K.*
Kyruach, ep. of Gwaledur ; Gwawr-
    đur.
Kysseuin, ep. of Nav.
Kyuergyr, *see* Brynn K.
Kyvarwyđ, ep. of Elidyr ; Kynđelic.
Kyveđ, see *Da Gyveđ.*
Kyvwlch, *f. of* Eheubryt.

Llaesar Ll., *f. of* Llashar.
Llaesgygwyd, ep. of Llasar.
Llaesgyvnewil, ep. of Llassar.
Llarcan, see *Penn Llarcan.*
Llaw Đivro, ep. of Llofuan.
Llaw Ereint, ep. of Lluđ.
Llaw Eurawc, ep. of Yngharat.
Llaw Hir, ep. of Kadwallawn.
Llaw Gyffes, ep. of Lleu.
Llaw Wynnyawc, ep. of Lloch.
Llawin, ep. of Twrch.
Llech, *see* Gwr o'r Llech.
Lledyeith, ep. of Llyr.
Lleđyv, *see* Unbenn.
Lletewic, ep. of Glythmyr.
Lletlwm, ep. of Gwrgwst.
Llennawc, *f. of* Gwallawc.
Lleyn, *see* Belen.
Lliaw, *f. of* Gwanar ; Gwennwyn-
    wyn.
Lliueit, *see* Gwaew.
Llogell, see Gwynn.
Llom, see Buches.
Lloran, see *Penn Lloran.*
Lluđ, *f of* Auarwy ; Manawyđan.
Lluđ Ll. E., *f. of* Kreiđylat.
Llurugawc, ep. of Lluđ.
Lluyđawc, *ep. of* Elen ; Yrp.
Llwch Ll. W., *see* Meibon Ll. W.
Llwydeu, *f. of* Gwydre.

Llwyt, *see* Gwr.
Llwyth, *see* Marchlwyth.
Llwyryon, *f. of* Llwyr.
Llydan, see *Gwallt L.*
Llydaw, *see* Emyr; Gwyr; Hir Peissawc; Howel; Ysperin.
Llygat Kath, ep. of Gwiawn.
Llygeit Kath, ep. of Gwrdnei.
Llyr, *f. of* Bran; Branwen; Granwen; Karadawc V., Manawydan. *See* Ellyll.

Maelgwn, *f. of* Alser; Eurgein; Run.
Manawc, ep. of Moryen. *See* Ellyll.
Man- *or* Mynogan, *f. of* Beli M.
Maredud, *f. of* Iorwoerth; Madawc.
Matholwch, *f. of* Gwern.
Mathonwy, *f. of* Math.
Mawr, ep. of Aed; Beli; Breui; India; Kristinobyl; Traeth. *See Gwrhyt.*
Mawr Vrydic, ep. of Eidon; Gwenllian.
Maxen, *f. of* Owein. *See* Kadeir.
Mechteyrn B., *see* Aueuryn.
Medic, ep. of Auan.
Mei, *see* Kalan.
Meinlas, *see* Gwreic; Pwyth.
Meir, *see* Llan Veir.
Meirchawn, *f. of* March.
Melen, *see* Ellyll.
Mellt, *f. of* Mabon.
Melyn, see Gwas; Gwr; Mul.
Menestyr, *f. of* Gwydawc.
Menw, *f. of* Annyanawc.
Merin, *f. of* Kleis.
Methredyd, *f. of* Medyr.
Min Ascwrn, ep. of Wlch.
Mingul, ep. of Essyllt.
Minsych, ep. of Sampson.
Minwen, ep. of Essyllt.
Modron, *mother of* Mabon.
Moel, ep. of Dyvynwal.
Mordwyt Twll, ep. of Echel.

Moren M., *f. of* Bratwen.
Morganhwc, *see* Kantrevi.
Morgant, *f. of* Raawt *or* Ryawd.
Moro Oeruedawc, *see* Du.
Morynyon, *see* Llynn.
Muryel, *see* Ynawc G.
Mul, see Mackwy.
Mwynvawr, ep. of Elidyr; Morgan.
Mwrheth, *see* Blathaon.
Mynestyr, ep. of Petrylew.
Mynyo, *f. of* Idawc K. P.
Myrdin, *see* Kaer V., Klas.

Nav, *f. of* Gwennwynwyn; Fflendor.
Neol, *f. of* Ellylw.
Ner, *f. of* Eidyol; Idon.
Nerth, *f. of* Gorascwrn.
Nes, *f. of* Knychwr.
Nethawc, *f. of* Penn.
Neuet, *f. of* Tringat.
Nud, *f. of* Edern; Gwynn; Owein.
Nwython, *f. of* Kyledyr; Llwydeu; Run.
Nwyvre, *f. of* Fflam; Gwynn; Lliaw.
Nywl, *see* Kae; Marchawc.

Ocuran, *f. of* Gwenhwyvar.
Odyeith, *see* Gwadyn.
Oeruedawc, ep. of Moro.
Oeruel, *see* Esgeir O.
Olwyd, *f. of* Ol.
Ossol, ep. of Gwadyn.
Oth, *f. of* Danet.
Owein, *see* Degynelw.

Pabo, *f. of* Dunawt Wr.
Padellvawr, ep. of Mederei.
Paganes, ep. of Ronnwen.
Paladyr Hir, ep. of Gweir; Peredur.
Panon, *f. of* Iscawyn.
Paris, *see* Kaer B.
Pebin, *f. of* Goewin.
Pebyr, Penyr, Pevyr, Pybyr, see Gronw; Ruawn.

Peillyawc, *ep. of* Keugan.
Peir, *see* Llynn ; Messur.
Pendevic D., *ep. of* Pwyll.
Pendragon, *ep. of* Gwenn ; Uthur.
Pengech, *ep. of* Gwynn.
Pengrech Ðu, *see* Morwyn.
Pengrych Koch, *see* Gwr.
Penmaen, *see* Dol P.
Penn Annwn, *ep. of* Pwyll.
Penn Bagat, *ep. of* Panawr.
Penn Beið, *ep. of* Yskithyrwynn.
Penn Beird, *ep. of* Talyessin ;
     Yskithyr Y.
Penn Kawr, *ep. of* Yspaðaden.
Penn Kynyð, *ep. of* Ryfuerys.
Penn Llarcan, *f. of* Eiladyr.
Penn Lloran, *ep. of* Eiryawn.
Penn Mackwy, *ep. of* Eliuri.
Penn Uchel, *ep. of* Sawyl.
Pensaer, *see* Glwyðyn.
Peredur ab E., *f. of* Gwgon Gwron.
Periv, *f. of* Twrch.
Perllan, *see* Bangor.
Petit, *ep. of* Gwiffert.
Peul, *f. of* Teleri.
Pingon, *ep. of* Penn.
Poch, *f. of* Percos.
Porthawr G., *f. of* Kadyrieith.
Powys, *see* Gwyr Powys.
Priav, *f. of* Paris ; Polixena.
Pryd Angel, *ep. of* Sanðe.
Prydein, *see* Arðerchawc ; Gwyr ;
     Kado ; Kantrevi ; Kaw ; Ryss-
     wyr ; Ynys.
Pwyll P. A., *f. of* Pryderi.

Raawt, *see* Gwrbrith.
Rangyw, *see* Merch.
Reget, *f. of* Gwers.
Reget, *ep. of* Uryen.
Reimat [? Keimat], *see* *Da R.*
Ricca, *f. of* Gormant.
Rin Barnawt, *ep. of* Rinnon.
Romani, *see* Brenhin.
Ros, *see* Lleyn ; Kantrev.
Roycol, *f. of* Mael.

Ruð, *see* Gwaew ; Mor.
Rudwern, *ep. of* Run.
Run, *f. of* Gwydar ; Madawc.
Ruvein, *see* Gwyr ; Kaer R., Lles ;
     Maxen.
Rwyð Dyrys, *see* Reu.
Rys, *ep. of* Ruduyw.

Saer, *ep. of* Glwyðyn.
Saidi, *f. of* Kadyrieith ; Kas. *See*
     Mab Seidi.
Sant, *ep. of* Kynnwyl.
Seithvet, *f. of* Bedyw ; Sinnoch.
Seitwed, *f. of* Llewei.
Selen, *see* Arouan.
Selgi, *f. of* Sel.
Senyllt, *f. of* Nuð.
Servan, *f. of* Mordav H.
Seueri, *ep. of* Gwrgi.
Sinoit, *f. of* Selyv.
Sucnedyð, *f. of* Sugyn.

Tal Aryant, *ep. of* Hettwn ; Ka-
     dellin.
Talgellawc, *ep. of* Tegyr.
Taliessin, *f. of* Auaon.
Tallwch, *f. of* Drystan.
Tanðe, *see* Ffaraon.
Taran, *f. of* Glinneu.
Tared Wledic, *f. of* Twrch T.
Tathal, *see* Gwyr ; Kaer, *cf.*
Tathar Wenidawc, *ep. of* Gweir.
Tec, *ep. of* Gwenllian.
Tegit, *f. of* Morvran.
Teirgwaeð, *see* Menw.
Teithyon, *f. of* Madawc.
Teivi, *see* Ruðlan.
Terwyn, *see* Mor.
Trahawc, *ep. of* Du ; Gwibei
     Hawystyl ; Ruawn P.
Traws, *ep. of* Du. *See Baryv.*
Tremhidyt, *f. of* Drem.
Tringat, *f. of* Gwynn.
Trwm, *ep. of* Gwydyr.
Trwsgyl, *ep. of* Kynvelyn.
Trwyth, *see* Twrch.

Tryffin, *f. of* Drutwas; Erdutvul.
Tut, ep. of Morgant.
Tuth Bleiđ, ep. of Ruđ B.
Tutklyt, ep. of Tutwal.
Tutuathar, *f. of* Enrydrec.
Tutwal T., *f. of* Ryđerch H.
Twryv Bliant, ep. of Teirnon.
Twr Gadarn, *f. of* Madawc.
Twrch, see Baryv T.
Twyll Goleu, ep. of Tathal.
Tyllyon, ep. of Morđwyt.
Tyvyawc, *see* Maen.
Tywi, *see* Aber; Din; Ystrat.

Unbenn, see Diessic U.
Uchel, see Penn U.
Unllenn, ep. of Hyveiđ.
Unic K., *f. of* Rathtyeu.

Urnach Wyđel, *f. of* Solor.
Uryen Reget, *f. of* Morvuđ;
 Owein; Riwallawn.
Usber, *f. of* Rore.

Wđolwyn, *see* Gwiđolwyn.
Wenidawc, see *Tathar W.*
Wr, ep. of Dunawt.

Ych, *see* Brych; Melyn Gwan-
 nwyn; Nynnyaw; Peibaw.
Ynywl, *f. of* Enit.
Yryf, *f. of* Llary.
Yscawntroel, ep. of Sgilti.
Yscawt, *f. of* Glew.
Yskithyrwyn, ep. of Yskithyr.
Yfkwydwyn, ep. of Eneas.
Yspađaden P. K., *f. of* Olwen.

List of Subscribers.

PATRONS' EDITION.

Bute, The Most Honourable the Marquis of, K.T., Cardiff Castle.
(4 *copies.*)

Cymmrodorion, The Hon. Society of, London.

Davies, Miss Mary, 5 Gordon Square, W.C.

Davies, Richard, Esq., Treborth, Lord Lieutenant of Anglesey.

Davies-Cooke, P. B., Esq., Gwysaney, Mold, and Owston, Doncaster.

Dynevor, The Right Hon. Lord, Dynevor Castle, Llandeilo.

Edwards, Owen, Esq., B.A., Balliol College, Oxford.

Emrys-Jones, A., Esq., M.D., Oak Hill, Fallowfield, Manchester.

Evans, Alderman David, 24 Watling Street, E.C.

Evans, E. Vincent, Esq., 30 Leconfield Road, N.

Evans, Rev. O., M.A., Prof. of Welsh, St. David's College, Lampeter.

Evans, Stephen, Esq., J.P., Llwyngwern, Chiselhurst.

Griffith, J. Milo, Esq., 45 Mornington Road, N.W.

Griffiths, John, Esq., 3 Hawthorn Villas, Flookersbrook, Chester.

Griffiths, John, Esq., M.A., Jesus College, Oxford.

Hughes, Rev. W. Hawker, M.A., Jesus College, Oxford.

Jesus College Library, Oxford.

Jones, J. W., Esq., The Grange, Highbury New Park, N.

Jones, John, Esq., Central Buildings, Llandudno.

Jones, Rev. Michael D., Principal, Independent College, Bala.

Jones, Pryce, Esq., Dolerw, Newtown, and 63 Upper Berkeley
Street, Portman Square, W.

Jones-Parry, Sir T. Love D., Bart., Madryn Park, Pwllheli. (2 *copies.*)

Kemeys-Tynte, Colonel C. K., Cefn Mably, Cardiff.

Lewis, David, Esq., Barrister-at-law, Kilvey Terrace, Swansea.

Lewis, Sir William Thomas, The Mardy, Aberdare.

Llanover, The Right Hon. Lady, Llanover, S. Wales.

Llewelyn, John T. D., Esq., M.A., Penllergare, Swansea.

Lloyd, E. O. V., Esq., B.A., Berth, Ruthin.

Morfill, W. R., Esq., M.A., 4 Clarendon Villas, Oxford.

Morgan, R. Aneurin, Esq., Plas Teg, Catford, S.W.

Morris, Rev. R. E., B.A., 3 Upper Bedford Place, W.C.

Phillips, James M., Esq., M.D., J.P., Priory Street, Cardigan.

Phillips, J. Roland, Esq., West Ham Police Court, West Ham
    Lane, Stratford, E.
Powel, Thomas, Esq., M.A., Prof. of Welsh, University Coll., Cardiff.
Powis, The Right Hon. the Earl of, Powis Castle, Welshpool.
Pugh, D., Esq., M.P., Manoravon, Carmarthenshire.
Puleston, J. H., Esq., M.P., 31 Sussex Square, Brighton.
Price, Captain T. P., M.P., Triley Court, Abergavenny.
Rendel, Stuart, Esq., M.P., 4 Whitehall Gardens, S.W.
Reynolds, Llywarch, Esq., B.A., Merthyr Tydvil.
Richard, Henry, Esq., M.P., 22 Bolton Gardens, S.W.
Roberts, Mrs. L. H., 8 Willow Bridge Road, N.
Ryle, Rev. H. E., M.A., Principal, St. David's College, Lampeter.
Stokes, The Hon. Whitley; D.C.L., 15 Grenville Place, S.W. (*2 copies.*)
Thomas, Charles, Esq., J.P., Pitch and Pay, Stoke Bishop.
Thomas, G. Ap., Esq., M.D., 162 Stockpool Road, Levenshulme,
    Manchester.
Thomas, Rev. T. Llewelyn, M.A., Jesus College, Oxford.
Vaughan, J. Williams, Esq., J.P., D.L., The Skreen, Radnorshire.
Warren, T. Herbert, Esq., President, Magdalen College, Oxford.
West, Lt. Colonel the Hon. W. E. Sackville, Limegrove, Bangor.
Williams, David, Esq., Taff Vale Brewery, Merthyr Tydvil.
Williams, His Honour Judge Gwilym, Miskin Manor, Llantrisant.
    (3 *copies.*)
Williams, John, Esq., M.D., 11 Queen Anne Street, London.
Williams, M., Esq., School of Chemistry, 27 Chancery Lane, W.C.
Williams, William, Esq., M.A., H.M. Senior Inspector of Schools
    for Wales, Aberystwyth.
Williams-Wynn, Sir Watkin, Bart., Wynnstay, Ruabon.
Wynne, W. R. M., Esq., Peniarth, Merioneth.

LIBRARY EDITION.

Bute, The Most Hon. the Marquis of, K.T., Cardiff Castle. (*2 copies.*)
Allen, The Very Rev. James, Dean of St. David's, Cathedral Close.
Allen, Edward G., Esq., 28 Henrietta Street, W.C.
Boston Free Public Library, Boston, Mass., U.S.A.
Burrell, J. Esq. (Treasurer C.B.S.), 6 Ella Road, N.
Cardiff Free Library.
Davies, D. S., Esq., 8 Dale Street, Manchester.
Davies, Morgan, Esq., M.D., F.R.C.S. (President C.B.S.), 9 King
    Street, Finsbury Square, E.C.

Davies-Evans, Colonel Herbert, Highmead, Llanybyther, S. Wales.
Edwards, Rev. J. C., M.A., Ingoldmells Rectory, Lincolnshire.
Edwards, Rev. T. C., M.A., Principal, University College of Wales, Aberystwyth.
Evans, E. D. Priestley, Esq., Laburnum House, Cefncoed, Merthyr.
Exeter College Library, Oxford.
Green, Robert, Esq., 1 Founder's Court, E.C.
Harvard College Library, Cambridge, Mass., U.S.A.
Hilles-Johnes, Sir James, Dolaucothy, Llandeilo.
James, Arthur Perkins, Esq., Brynheulog, Treharris.
James, Charles H., Esq., M.P., Brynteg, Merthyr Tydvil.
James, C. Russell, Esq., Courtland House, Merthyr Tydvil.
James, Frank, Esq., Garth Newydd, Merthyr Tydvil.
James, Dr. John (M.C.B.S.), Llangwyryfon, Aberystwyth.
Jayne, Rev. F. J., M.A., The Rectory, Leeds.
Jones, His Honour Judge Brynmor, Ll.B., 23 De Vere Gardens, W.
Jones, Evan Parry, Esq., J.P., Cefnfaes, Festiniog.
Jones, R. Pughe, Esq., Barrister-at-law, Lincoln's Inn, W.C.
Jones, Thomas, Esq., B.A., H.M.S.I. of Schools, Aberystwyth.
Kenyon, The Hon. George T., M.P., Llanerch Paunce, Ellesmere.
Lewis, Rev. D., M.A., Vicarage, St. David's, Canon of St. David's.
Lewis, Lieut.-Colonel David Rees, 2nd Glamorgan R. V., Merthyr.
Lloyd, John Edward, Esq., B.A., University College, Aberystwyth.
Lloyd-Phillips, F. L., Esq., M.A., Pentyparc, Clarbeston, R. S. O.
Merton College Library, Oxford.
Morgan, Sir Walter, Naish, Nailsea, Somersetshire.
Morris, Lewis, Esq., M.A., J.P., Penbryn, Carmarthen.
Mostyn, The Right Hon. Lord, Mostyn Hall, N. Wales.
Napier, Arthur S., Esq., M.A., Ph. D., Merton Professor of English Language and Literature in the University of Oxford.
Newcastle-upon-Tyne Free Library.
Owen, Daniel, Esq., J.P., Ash Hall, Cowbridge.
Owen, Edward, Esq., India Office, Whitehall, S.W.
Owen, Isambard, Esq., M.D., M.A., 5 Hertford Street, Mayfair, W.
Owen, Rev. John, M.A., Warden, The College, Llandovery.
Parkins, W. Trevor, Esq., Glasfryn, Gresford, Wrexham.
Phillips, Rev. T. Lloyd, M.A., The Abbey, Beckenham, Kent.
Plummer, Rev. Charles, M.A., Corpus Christi College, Oxford.
Powell, F. York, Esq., M.A., Christ Church College, Oxford.
Pritchard, Lewis J., Esq., Inland Revenue, Somerset House.
Queen's College Library, Oxford.
Rees, Griffith, Esq., Birkenhead.
Rees, Rowland, Esq. (Sec. C. B. S.), 27 St. James Street, N. L.
Roberts, Lewis H., Esq., 8 Willow Bridge Road, Canonbury, N.
Roberts, T. D., Esq., M.I.C.E., Penrallt, Newport, Mon.
Roberts, Thomas, Esq., Asso. M. Inst. C. E., Portmadoc.

Roberts, G. F., Esq., B.A., Prof. of Greek, University College, Cardiff.
Roberts, Sir William, M.D., F.R.S., 89 Mosley Street, Manchester.
Royal Institution of S. Wales, Swansea.
St. Asaph, The Right Rev. the Lord Bishop of, The Palace,
Swansea Public Library.   [St. Asaph.
Sydney Free Library, New South Wales.
Thomas, T. W., Esq., M.R.C.S., &c., Ty'n y Wern, Pontypridd.
Wilkins, Charles, Esq., Ph.D., Springfield, Merthyr Tydvil.
Williams, Arthur J., Esq., M.P., Victoria Mansions, S.W.
Williams, T., Esq., J.P., Llewesog, Denbigh, 5 Button Street, L'pool.
Williams, T. Marchant, Esq., 4 Paper Buildings, Temple, E.C.
Williams, W. Prichard, Esq., Crescent, Upper Bangor.
University College of Wales, Aberystwyth.
University College, Bangor.

STUDENTS' EDITION.

Adams, Rev. David, B.A., Bryn Hawen, Newcastle Emlyn, S. Wales.
Anwyl, Edward, Esq., Oriel College, Oxford.
Asher and Co., Messrs., 13 Bedford Street, W.C.   (*2 copies.*)
Arnold, E. V., Esq., M.A., Professor of Latin, University Coll., Bangor.
Bevan, Rev. W. L., Hay, Canon of St. David's.
Blackwell, Henry, Esq., 201–213, East Twelfth Street, New York.
Browne, J. W., Esq., M.B., 7 Norland Place, W.
Calvinistic Methodist College, Bala.
Carne, J. W. Stradling, Esq., D.C.L., St. Donat's Castle, Bridgend.
Christ Church Library, Oxford.
Coram, C., Esq., L. and Prov. Bank, Tottenham, N.
Corpus Christi College Library, Oxford.
Cowell, E. B., Esq., M.A., Professor of Sanskrit and Fellow of C.C.C.
    in the University of Cambridge.
Davies, Dan Isaac, Esq., B.Sc., H.M.S. I. of Schools, Cardiff.
Davies, E. Emrys, Esq. (M.C.B.S.), 17 Albert Road, S.E.
Davies, Ivan T., Esq., Llanuwchllyn, Bala.
Davies, Rev. J. E., M.A., 23 Belitha Villas, Barnsbury.
Davies, Rev. John Evan, M.A., Rector of Llangelynin, Merioneth.
Davies, W. E., Esq., Brenton Villa, Marlborough Road, Merton,
    Surrey.
Edinburgh University Library.
Edmondes, The Venerable Archdeacon, Warren, Pembroke.
Edwards, David, Esq., 222 Kentish Town Road, N.W.
Edwards, Rev. David Charles, M.A., Tegid House, Bala.
Edwards, Edward, Esq., Caerhys, Llanuwchllyn, Bala.
Edwards, Rev. Prof. Ellis, M.A., C.M. College, Bala.
Edwards, Hugh, Esq., 25 Myddelton Square, E.C.
Edwards, John, Esq., 2 Camp Street, Broughton, Manchester.

Edwards, Rev. Thomas, M.A., Brynheulog, Bedwas, Caerphilly.
Ellis, Thomas E., Esq., B.A., M.P., Cynlas, Merioneth.
Evans, D. H., Esq., 10 Cornwall Terrace, Regent's Park, N.W.
Evans, Rev. D. Silvan, B.D., Llanwrin Rectory, Machynlleth.
Evans, Rev. D. Wynne, Mount Pleasant, Briton Ferry.
Evans, John, Esq., Old Change Buildings.
Evans, Titus, Esq., Post Office Llanwnen, Cardiganshire.
Evans, T. Cadrawd, Esq., Llangynwyd, S. Wales.
Evans, W. Charles, Esq., 3a Poet's Corner, Westminster.
Gaidoz, M. Henri, 22 Rue Servandoni, Paris.
Gilbert, T. H., Esq., 3 Vernon Chambers, Southampton Row, W.C.
Griffith, Maurice, Esq., Exeter College, Oxford.
Gwynoro-Davis, J., C. M. Minister, Llanuwchllyn, Bala.
Hart, Prof. J. M., Cincinnati University, Ohio.
Hartland, E. Sidney, Esq., Beresford House, Swansea.
Henrhi, Ioan Matthew, Esq., *Ascanas*, Pant Tawel, Llanddarog.
Hopkins, Rev. Gerard M., S. J., University College, St. Stephen's
    Green, Dublin.
Hibberd, Shirley, Esq., Kew, Surrey.
Hughes, T. R., Esq., N. and S. Wales Bank, Liverpool.
James, Ivor, Esq., Registrar, University College, Cardiff.
Jenkins, Edward, Esq., Gwalia House, 9 Upper Woburn Place,
Jenkins, Rees, Esq., Bronyderi, Glyncorrwg.   [W.C.
Jesus College Library, Oxford.
Jones, Rev. Prof. D. E., M.A., Presbyterian College, Carmarthen.
Jones, Rev. D. M., B.A., Bottwnog, Pwllheli.
Jones, Rev. Henry, M.A., Professor of Philosophy, University
    College, Bangor.
Jones, D. Pryce, Esq., The Board School, Denbigh.
Jones, E. D., Esq., 26 Exchange Place, New York.
Jones, Henry, Esq., Watergate Hays, Chester.
Jones, J. M., Esq., Jesus College, Oxford.
Jones, J. Puleston, Esq., Balliol College, Oxford.
Jones, John T., Esq., N. & S. Wales Bank, Bala.
Jones, L. D., Esq., The Board School, Garth, Bangor.
Jones, Miss Lloyd, Penrallt, Penmaenmawr.
Jones, Rev. Owen, B.A., 143 Bedford Street, Liverpool.
Jones, Rev. R. J., M.A., Meirion Cottage, Aberdare.
Jones, Thomas, Esq., M.B., F.R.C.S., 96 Mosley Street, Man-
    chester.
Jones, Thomas H., Esq., Lima, Ohio, U.S.A.
Jones, T. Roberts, Esq., 22 Old Bailey, E.C.
Jones, T. R., Esq., c/o Messrs. Stephen Evans and Co., Old Change
    Buildings.
Jones, William, Esq., 42 Brecknock Road, N.
Jones, William, Esq., Belmont House, Hay, Breconshire.

Jones, William, Esq., 13 Upper Baker Street, N.W.
Jones, Rev. W. Jenkyn, 8 Rue de la Halle, Quimper, Brittany.
Jones-Williams, W., Esq., Somerset House, W.C.
Jubainville, M. d'Arbois de, Paris.
Levi, Rev. Thomas, Aberystwyth.
Lewis, The Very Rev. Evan, The Deanery, Bangor.
Lewis, Owen, Esq., *Owain Dyfed*, Parkwaun Villa, Mornington
　　　Road, N.W.
Lindsay, W. M., Esq., M.A., Fellow of Jesus College, Oxford.
Liverpool Free Public Library.
Lloyd, Howel W., Esq., M.A., 19 Hogarth Road, S.W.
Longmans, Green and Co., Messrs., Paternoster Row, E.C.
Loth, Joseph, Esq., Professeur à la Faculté des Lettres, 1 Rue de
　　　Toulouse, Rennes, Brittany.
Mackinnon, Donald, Esq., M.A., Professor of Keltic Literature in
　　　the University of Edinburgh.
Mainwaring, Charles S., Esq., M.A., Galltfaenan, Rhyl. (*2 copies.*)
Meyer, Dr. Kuno, University College, Liverpool. (*2 copies.*)
Mills, R. M., Esq., 15 Alexander Road, Upper Holloway, N.
Morgan, C. E., Esq., B.A., Keble College.
Morgan, Owen, Esq., *Morien*, Ashgrove, Treforest.
Morgan, Major W. Ll., R. E., The Curragh, Ireland.
Morice, Rev. Thomas R., M.A., Jesus College, Oxford.
Morris, John H., Esq., c/o Messrs. R. Mills & Co., 79 Cornhill, E.C.
Oriel College Library, Oxford.
Owen, David, Esq., M.A. (Ex-P. C. B. S.), Inner Temple, E.C.
Owen, Rev. R. Trevor, M.A., Llangedwyn, Oswestry.
Owen, T. W., Esq., Garn Dyvi, 32 Cornwall Road, Strand Green, N.
Owens, John, Esq., 37 Mornington Road, Regent's Park, N.W.
Parry, David, Esq., 78 Granby Street, Liverpool.
Parry, D. C., Esq., Merchant, Llanelly.
Parry, Robert, Esq., B.A. (M. C. B. S.), 9 Poynings Road, N.
Parry, Tom, Esq., 9 Upper Woburn Place, W. C.
Phillimore, Egerton G. B., Esq., M.A., Llandovery.
Phillips, R. W., Esq., B.A., B.Sc., University College, Bangor.
Powell, Prof. T., University College, Cardiff.
Prichard, Thomas, Esq., Llwydiarth Esgob, Llanerchymedd.
Prickard, A. O., Esq., M.A., New College, Oxford.
Pugh, J. W., Esq., M.R.C.S. (M.C.B.S.), 252, Mile End Road, E.
Randell, Rev. Thomas, M.A., The Training College, Durham.
Rathbone, William, Esq., M.P., Greenbank, Liverpool. (3 *copies.*)
　　　One copy each for the Univ. College Libraries at Aberystwyth,
　　　Bangor, and Cardiff respectively.
Rees, Evan Griffith, Esq., Presbyterian College, Carmarthen.
Rees, Rev. L. A., Caerphilly, Cardiff.
Rees, T. Aneuryn, Esq., Tonn, Llandovery.

Rees, William, Esq. (M. C. B. S.), Eithin Duon, St. Clears.
Reichel, H. R., Esq., M.A., Principal, University College, Bangor.
Rhys, D., Esq., M.R.P.S., Bryncelyn, Rhydlewis, S. Wales.
Roberts, David, Esq., 29 Swinton Street, King's Cross, W.C.
Roberts, R. Esq., B.A., 10 Willow Bridge Road, Canonbury, N.
Roberts, W. D. Esq. (Jesus Coll., Oxon), Rhydyronen, Tregaron.
Rogers, J. B., Esq., Univ. Coll. of Wales Office, 27 Chancery Lane,
Rogers, J. E., Esq., Abermeurig, Talsarn, S. Wales.   [W.C.
Rogers, Rev. T. P., B.A., Rectory, Llanvihangel, Torymynydd, Mon.
Rowlands, Rev. D., M.A., Principal, Normal College, Bangor.
Rowlands, William, Esq., M.D., Ebenezer, nr. Carnarvon.
Rowlands, W. Bowen, Esq., Q.C., M.P., 33 Belsize Park, N.W.
Rowse, Messrs. E. E. & Co., 12 Castle Square, Swansea.
St. David's, The Right Rev. the Lord Bishop of, Abergwili Palace.
      Carmarthen.
St. David's College, Lampeter.
Sayce, Rev. A. H., M.A., Dep. Prof. of Comparative Philology in
      the University of Oxford.
Shrimpton & Son, Messrs., Broad Street, Oxford.
Smith, Samuel, Esq., M.P., Carleton, Prince's Park, Liverpool.
Spurrell, William, Esq., Publisher, &c., Carmarthen.
Taylor Institution, Oxford.
Thomas, Abel, Esq., Barrister-at-Law, Southville, Swansea.
Thomas, D. Lleufer, Esq., Lincoln's Inn, London.
Thomas, Rev. D. R., M.A., F.S.A., Vicar of Meifod, Canon of St.
      Asaph and Archdeacon of Montgomery.
Thomas, Ebenezer, Esq., 12 Woburn Square, W.C.
Thomas, Howel, Esq., Local Government Board, Whitehall, S.W.
Thomas, John, Esq., *Pencerdd Gwalia, Harpist to the Queen.*
Treharne, J. Ll., Esq., Newport Road, Cardiff.
Trinity College, Cambridge, per Messrs. Deighton, Bell & Co.
Vivian, Sir H. Hussey, Bart., M.P., Singleton, Swansea.
Williams, David, Esq., (M. C. B. S.), 26 Dartmouth Road, S.W.
Williams, E. Lloyd, Esq., M.R.C.S., 2 James Street, Buckingham
      Gate, S.W.
Williams, Rev. Garnons, M.A., Abercamlais, Prebendary of St.
      David's.
Williams, Rev. Prof. Hugh, C. M. College, Bala.
Williams, Lucas, Esq., 9 Upper Woburn Place, W.C.
Williams, S. W., Esq., Penralley, Rhayader, Radnorshire.
Williams, W. Prydderch, Esq., Borough Road College, S.E.
Windisch, Ernst, Esq., Ph.D., Professor of Sanskrit in the Uni-
      versity of Leipzig.
University College Library, Cardiff.
Zupitza, Julius, Esq., Ph.D., Professor of English Philology in the
      University of Berlin.

𝔒𝔵𝔣𝔬𝔯𝔡

PRINTED AT THE CLARENDON PRESS.

BY HORACE HART, PRINTER TO THE UNIVERSITY.

www.ingramcontent.com/pod-product-compliance
Lightning Source LLC
Chambersburg PA
CBHW021528110726
47902CB00004B/793